HEYNE <

Das Buch

Darlene Marshall entführt den Leser zu einem romantischen Abenteuer in die Karibik. Die junge Amanda Stephenson will nach dem frühen Tod ihres Mannes in Charleston ein neues Leben als Seifenfabrikantin beginnen. Doch während der Überfahrt läuft ihr Schiff vor Floridas Küste auf ein Riff und ist somit hilflose Beute für den Freibeuter Captain Morgan Roberts und seine Crew. Als ein heftiger Sturm aufkommt, verschanzt sich Amanda aus Angst in ihrer Kabine und merkt zu spät, dass der Rest der Besatzung an Land gegangen ist. Nur der ungezähmte Roberts, der schon längst ein Auge auf sie geworfen hat, ist noch an Bord und beschließt kurzerhand, sie auf eine einsame Insel zu entführen.

Pressestimmen

»Sexy, charmant, voller Esprit und unvergesslicher Figuren.« *Diana Gabaldon*

Zum Autor

Darlene Marshall hat jahrelang als Reporterin gearbeitet, bevor sie sich dem Schreiben historischer Liebesromane widmete. Seit dreißig Jahren ist sie glücklich verheiratet und lebt mit ihrem Mann und ihren zwei Kindern in Florida.

Darlene Marshall hat eine eigene webpage: www.darlenemarshall.com

Darlene Marshall

SAMT UND SÄBEL

Roman

Aus dem Amerikanischen
von Barbara Schnell

WILHELM HEYNE VERLAG
MÜNCHEN

Die Originalausgabe CAPTAIN SINSITER'S LADY erschien 2006
bei Amber Quill Press, LLC

Verlagsgruppe Random House FSC-DEU-0100
Das für dieses Buch verwendete FSC-zertifizierte Papier *München Super*
liefert Mochenwangen

Vollständige deutsche Erstausgabe 09/2007

Printed in Germany 2007
Umschlagfoto: © Fukuhara, Inc./Corbis
Umschlaggestaltung: Nele Schütz Design, München
Satz: Pinkuin Satz und Datentechnik, Berlin
Druck und Bindung: GGP Media GmbH, Pößneck
ISBN: 978-3-453-77169-7

www.heyne.de

KAPITEL 1

Jedes Geschäft hat seine guten und seine schlechten Tage, sogar das Geschäft des Räubers. Für die Mannschaft des Freibeuters *Zephyr* sah dieser Tag ausgesprochen gut aus.

»Schau dir nur diese Augenweide an, Lopez.« Morgan Roberts reichte seinem ersten Maat das Fernglas.

Gabriel Lopez nahm es entgegen und hob es seinerseits ans Auge, dann stieß er einen leisen Pfiff aus.

»Hast du heute Geburtstag, Käpt'n?«

»Woher, zum Teufel, soll ich das wissen? Im Waisenhaus wurde über so etwas nicht Buch geführt.«

»Dann musst du in diesem Jahr wohl ein braver Junge gewesen sein, wenn dir der Weihnachtsmann so ein verfrühtes Geschenk beschert.«

»Möglich«, sagte Roberts gut gelaunt. »Schließlich stößt man nicht alle Tage auf ein amerikanisches Handelsschiff, das auf einem Riff festsitzt. Noch dazu ist es nicht nur irgendein Handelsschiff, sondern die *Penelope* unseres alten Freundes Jeremiah McGuire. Welch ein Pech für ihn!«

Roberts grinste immer noch, als er das Fernglas wieder an sich nahm, um einen letzten Blick hindurchzuwerfen.

»Lopez, kennst du den Unterschied zwischen einem Freibeuter und einem Piraten?«

»Aber natürlich, Käpt'n.« Lopez blickte zu ihm auf und sagte in spöttischem Vortragston: »Ein Pirat entert ein Schiff mit Gewalt und nimmt alles an sich, was nicht niet- und nagelfest ist. Ein Freibeuter rettet Mannschaft und Passagiere und nimmt *dann* alles an sich, was nicht niet- und nagelfest ist.«

»Ganz genau, Lopez. Welch ein Glück für die *Penelope*, dass wir heute Freibeuter sind und keine Piraten. Vielleicht bekommt Mr. McGuire ja sein Schiff wieder seetüchtig, wenn wir ihn um seine Ladung erleichtern. Es wäre doch nur anständig von uns, wenn wir hinüberfahren und ihm helfen würden.«

»Genau das habe ich gerade auch gedacht, Käpt'n.«

»Bereite den Einsatz vor, Lopez, und vergiss nicht: Freibeuter, keine Piraten! Sorge dafür, dass diesem heruntergekommenen Haufen der Unterschied klar ist, bevor sie übersetzen und anfangen, Leute abzustechen.«

***

»Sei vorsichtig mit dem, was du dir wünschst, sonst bekommst du es am Ende noch«, sagte Amanda Stephenson leise zu sich selbst, während sie an die Reling geklammert dastand und das hektische Treiben ringsum auf der *Penelope* beobachtete. Sie wünschte, sie könnte jeden einzelnen Gedanken zurücknehmen, den sie in den letzten einundzwanzig Jahren daran verschwendet hatte, sich mehr Aufregung in ihrem Leben zu wünschen. »Öde und langweilig« bedeutete übersetzt »bequem und sicher«, und keiner dieser beiden Begriffe traf derzeit auf die *Penelope* zu, die mit zersplittertem Steuerruder in der Straße von Florida festsaß.

Amerika so nahe zu sein und dann von der Katastrophe heimgesucht zu werden! Noch gestern Abend hatte sie mit

Kapitän McGuire zu Abend gegessen, während er von seiner Heimat geschwärmt hatte …

»Amerika ist ein großartiges Land, Mrs. Stephenson, ein großartiges Land, dem die Zukunft gehört! Louisiana, Florida, jetzt hält uns niemand mehr auf! Sie werden Ihre Entscheidung, sich in den Staaten niederzulassen, nicht bereuen!«

Amanda lächelte den Seekapitän an, dessen Worte von Herzen kamen. Doch auch wenn Jeremiah McGuire ein begeisterter Verfechter der jungen Nation war – eigentlich brauchte man die Engländerin gar nicht mehr davon zu überzeugen, dass ihr am Ende ihrer Reise alle Möglichkeiten offenstünden. Sie hatte sich aus Yorkshire aufgemacht, um das Land zu sehen, über das sie so viel gelesen hatte, ein Land, das auf den Prinzipien der Freiheit und der Gleichheit gründete.

Und was das Beste für sie war, es gab keine Seifensteuer.

»Das würde ich aber nicht laut sagen, wenn Präsident Monroe und die Politiker aus Washington dabeistehen«, erwiderte McGuire lachend, als sie Letzteres erwähnte. »Sie werden mit Sicherheit eine Steuer auf Seife, Wasser und sogar die Luft einführen, wenn sie nur können. Schließlich«, sagte er zwinkernd, »sitzen im Kongress ein paar Yankees, die ausgefuchste Geschäftsleute sind, Mrs. Stephenson. Sie haben die Spanier überredet, Florida gegen die texanische Wüste einzutauschen. So macht man gute Geschäfte!«

»Ich bin zugegebenermaßen froh, dass ich mich etwas weiter westwärts niederlassen werde«, meinte Amanda. »Die britischen Zeitungen sind voll von Geschichten über blutrünstige Piraten in den Gewässern der Westindischen Inseln und in Florida. Da ich weiß, wie sehr die Presse zu Übertreibungen neigt, hoffe ich, dass auch diese Geschichten nur aufgebauscht sind.«

McGuire wechselte einen hastigen Blick mit seinem Maat, Mr. Dawkins, einen Blick, von dem Amanda wusste, dass sie ihn nicht hätte sehen sollen.

»Die Küste ist lang, und es gibt tatsächlich eine Piratenplage in den Gewässern Floridas, Ma'am«, sagte McGuire schließlich. »Als Englands Krieg mit Napoleon zu Ende ging, hatten die Freibeuter auf beiden Seiten keine Arbeit mehr, und viele von ihnen gingen ganz offen zur Piraterie über.«

»Kapitän McGuire war während des Kriegs einer unserer fähigsten Kommandanten, Mrs. Stephenson. Die Vereinigten Staaten haben ihm viel zu verdanken«, fügte Dawkins hinzu.

»Oh, Mrs. Stephenson interessiert sich sicher nicht für alte Kriegsgeschichten«, erwiderte McGuire leicht gereizt. »Zerbrechen Sie sich nicht Ihren hübschen Kopf deswegen, Ma'am. Ich rechne mit einem reibungslosen Verlauf der restlichen Reise nach Charleston.«

Von den Wellen gepeitscht, erzitterte das Schiff, als wolle es McGuires Worte im Nachhinein Lügen strafen, und Amandas Gedanken kehrten zu der Bedrohung zurück, in der sie schwebten. Im Westen zogen schwarze Wolken auf, und sie hörte, wie McGuire seine Beratung mit dem Schiffszimmermann unterbrach und befahl, die Boote für den Fall bereit zu machen, dass sie gezwungen waren, das Schiff zu verlassen und an die Küste zu rudern.

»Es sieht ganz so aus, als könnten wir doch noch ein wenig Zeit miteinander verbringen, Mrs. Stephenson.«

Amanda erstarrte, machte jedoch keine Anstalten, sich dem Mann an ihrer Seite zuzuwenden. Sie brauchte ihn auch gar nicht anzusehen, um zu wissen, wer er war, denn Joshua

Wrights stark riechende Pomade verriet seine Gegenwart auch so. Immer wieder war es ihm in den letzten Wochen gelungen, sie mit seinen feuchten Händen zu berühren, wenn sie einander in den engen Schiffskorridoren begegnet waren. Mit Genugtuung erinnerte sie sich an ihre letzte Begegnung unter Deck, bei der sie ihm den Absatz in den Spann seines Fußes gerammt hatte, woraufhin er eine Woche lang gehumpelt war. Nach diesem Zwischenfall hatte sie sich widerstrebend an Kapitän McGuire gewandt, der den Anwalt angewiesen hatte, sich von der jungen Witwe fernzuhalten, wenn er nicht in seiner Kajüte unter Arrest gestellt werden wollte.

»McGuire wird gegenüber dem Schiffseigner in große Erklärungsnot geraten«, sagte Wright. »Wenn wir erst an Land sind, beabsichtige ich, der Schiffsgesellschaft einen Brief mit meiner Sicht der Ereignisse zu schreiben. Sie sollen schließlich wissen, welch inkompetenten Dummköpfen sie ihre Schiffe anvertrauen.«

»Kapitän McGuire segelt diese Route nicht zum ersten Mal, Mr. Wright. Ich habe gehört, wie sich die Matrosen darüber unterhalten haben, welche Gefahren diese Gewässer bergen. Es war wohl einfach nur Pech, dass wir auf Grund gelaufen sind. Ich bin sicher, der Kapitän wird das Schiff so weit reparieren lassen, dass wir die Reise nach Charleston oder zumindest zum nächsten Hafen fortsetzen können.«

»Wir werden ja sehen«, sagte Wright. »Es ist auch gut möglich, dass wir an Land rudern und am Strand campieren müssen, bis Hilfe kommt.«

Er trat dichter an sie heran, bis sich ihre Beine beinahe berührten.

»Falls Sie während dieser Tortur irgendetwas brauchen, Amanda, können Sie sich an mich wenden.«

Amanda umklammerte die Reling und richtete einen funkelnden Blick auf ihn.

»Wie können Sie sich erdreisten, mich bei meinem Vornamen anzusprechen, Mr. Wright!«

»Oh, geben Sie doch auf, Amanda! Ihre prüde Art passt nicht zu einer Witwe von Ihrer Erfahrung und Ihrem Format.«

Was auch immer Amanda darauf zurückgeben wollte, wurde durch einen Ausruf von oben unterbrochen. Ohne Wright weiter zu beachten, folgte sie den anderen zum Achterdeck, wo unvermutet ein Segel aufgetaucht war.

***

Auch Kapitän McGuire hatte jetzt sein Fernglas in der Hand und beobachtete das Schiff, das sich näherte. Es konnten Retter, Räuber oder Schlimmeres sein. In Floridas Gewässern wimmelte es genauso von zweibeinigen Haien wie von der Sorte, die unter der Oberfläche lebte.

»Können Sie eine Flagge ausmachen, Stokes?«

»Aye, Kapitän. Sieht nach kolumbianischen Farben aus.«

McGuire beobachtete, wie sich der Abstand zwischen ihnen und dem Schoner verringerte, und Amanda sah, wic so manches abgehärtete Seemansgesicht die Farbe verlor, als das Schiff jetzt deutlicher in Sicht kam.

»Gütiger Himmel. Es ist die *Zephyr*.«

Amanda runzelte die Stirn, doch bevor sie nachfragen konnte, sagte Dawkins: »Kapitän Sinister? Der Himmel steh uns bei!«

Amanda konnte nicht länger an sich halten.

»Kapitän Sinister? Das klingt wie ein Name, mit dem man Kindern Angst machen will.«

»Aye, Kindern, Seeleuten, Kaufleuten und der Marine!«, sagte Dawkins. »Kapitän Sinister ist ein Pirat, der diese Gewässer schon seit Jahren unsicher macht. Er nimmt sich, was er will, und verschwindet dann im Nebel. Er ist ein Dämon, der keine Gnade kennt, ganz gleich, ob er Männer, Frauen oder Kinder vor sich hat!«

»Schluss mit dem Gerede, Mister!«, herrschte ihn McGuire an, sagte aber zu Amanda: »Ich schlage vor, dass Sie sich zu Ihrer eigenen Sicherheit unter Deck begeben und in Ihrer Kabine bleiben.« Er senkte die Stimme. »Sie erwähnten, dass Sie die Pistole Ihres Mannes dabeihaben. Seien Sie auf alles gefasst, Mrs. Stephenson. Wir werden diese Situation überstehen, aber es wäre besser, wenn die Piraten gar nicht wüssten, dass Sie an Bord sind.«

»Meine Pistole würde doch nie eine ganze Piratenbande aufhalten, Kapitän«, erwiderte Amanda.

McGuire blickte sie an und sah die Hoffnungslosigkeit in ihren Augen.

»Wie ich schon sagte, Mrs. Stephenson, gehe ich davon aus, dass wir dieser Schwierigkeit trotzen werden. Sollte es jedoch anders kommen, und sollte der Anschein entstehen, als würden Sie in Kapitän Sinisters Hände fallen …«

Er wandte den Blick ab und nickte Dawkins zu. Der Maat nahm sie am Arm und führte sie nach unten in ihre Kabine.

Die Mannschaft der *Penelope* sah zu, wie der Schoner, der wegen seines geringeren Tiefgangs keine Probleme mit dem Riff hatte, mit geöffneten Stückpforten beilegte – eine Machtdemonstration, die eigentlich kaum nötig war. McGuire wusste schließlich, dass er eine hilflose Zielscheibe bot, zu keinem Manöver fähig, geschweige denn zur Flucht. Die *Zephyr* führte sieben Kanonen mit, darunter eine Drehbasse, und die Piraten zielten johlend und pfeifend auf die Brigantine, während die Segel der *Zephyr* eingeholt wurden.

Ein kräftiger Mann richtete ein Hornsignal an das beschädigte Schiff.

»Ahoi, *Penelope*! Wir sind hier, um zu helfen! Halten Sie sich zum Entern bereit!«

»Hilfe? Von Leuten wie Ihnen, Sinister?«, rief McGuire zurück. »Was für ein Spiel soll das werden, alter Schurke?«

»Haben Sie mir unsere letzte Begegnung etwa immer noch nicht verziehen, Kapitän McGuire? Ich wusste nicht, dass der Krieg vorbei war, als ich Ihnen Ihr Schiff wegnahm.«

»Der Krieg war seit über einem Jahr vorbei!«, brüllte der Amerikaner.

Roberts zuckte mit den Achseln.

»Nun beruhigen Sie sich, Kapitän. Sie sind ja nicht das erste Schiff, dem in der Straße von Florida etwas zustößt! Wir sind Freibeuter und wollen Ihnen helfen. Natürlich gegen die Bergung der Fracht.«

»Ich kenne Sie, Sinister, Sie und Ihr Schiff! Sie haben keinen Kontrakt für Schiffsbergungen! Sie sind Piraten, keine Freibeuter!«

Roberts beugte sich über die Reling, und McGuire konnte den weißen Streifen in seinem Bart sehen, als er jetzt grinste wie ein Hai, der sein Abendessen erspäht.

»Wenn ich ein Pirat wäre, hätte ich Ihrem Schiff längst eine Breitseite verpasst, und meine Männer würden sich zu Ihnen hinüberschwingen, um den Rest zu erledigen.« Er hörte auf zu lächeln. »Seien Sie doch nicht dumm, Mann! Der Krieg ist längst vorbei, und mir ist überhaupt nicht danach, noch einmal mit Ihnen zu kämpfen. Sie sind so manövrierfähig wie ein gestrandeter Wal, McGuire, und Sie bieten ein wunderbares Ziel. Wenn Sie mit uns kooperieren, verlieren Sie nur die Fracht, und die ist es nicht wert, dass Sie dafür Ihr Leben lassen.«

McGuire fluchte heftig, doch ihm blieb keine Wahl, als seinen Männern zu befehlen, die Waffen niederzulegen. Der Wind wurde stärker, und das Schiff erzitterte. Es saß unwiderruflich auf denselben Felsen fest, die schon in den Zeiten der spanischen Eroberer Schiffe in die Tiefe gezogen hatten. Unter besseren Umständen hätten sie es vielleicht mit Hilfe ihrer Pumpen bis nach Fernandina geschafft, falls es ihnen gelänge, das Leck notdürftig zu flicken, aber der aufkommende Sturm und die noch unmittelbarere Bedrohung durch die Kanonen der *Zephyr* machten dies unmöglich. Also sammelten sich Passagiere und Seeleute unter den wachsamen Augen einiger bewaffneter Männer in der Takelage der *Zephyr* an Deck, während der windschnittige Schoner an der Bordwand der *Penelope* beilegte.

»Freibeuter, zieht los!«, ertönte es an Bord, und ein Dutzend Männer, darunter der Kapitän und sein Maat, schwangen sich auf das manövrierunfähige Handelsschiff hinüber.

Morgan Roberts zückte sein Entermesser und dirigierte die Mannschaft beim Umladen der Fracht. Dann wandte er sich wieder an McGuire und die anderen und runzelte die Stirn.

»Machen Sie sich bereit, dieses Schiff zu verlassen, Kapitän. Sie und Ihre Männer werden den Rest des Weges nach Florida rudern.«

McGuire regte sich nicht.

»Ich werde warten, bis Sie uns fertig ausgeraubt haben, bevor ich diese Entscheidung treffe, Sinister.«

»So viel Zeit haben Sie nicht. Wenn dieses Unwetter kommt, sinkt das Schiff, und dann sollten Sie besser nicht mehr an Bord sein.« Roberts sah sich um. »Sind das alle Mann an Bord Ihres Schiffs, Kapitän?«

»Ja«, zischte McGuire.

»Er lügt! Unter Deck ist noch eine Frau! Nehmen Sie sie für sich mit und verschonen Sie uns!«, rief Wright.

Roberts wandte ihm den Kopf zu und sah den Engländer mehrere Sekunden lang an; dann ging er zu ihm hinüber. Wright trat immer weiter zurück, bis er mit dem Rücken zur Reling stand. Der Schweiß rann ihm über den Hals.

»Sie würden mir und meiner Mannschaft eine Frau ausliefern? Um sich selbst zu retten?«, fragte Roberts leise.

»Sie ist Witwe, aber so, wie sie aussieht, würden Sie sie zu nichts zwingen, was sie nicht sowieso schon getan hat«, sagte Wright, dessen Stimme sich am Ende des Satzes überschlug.

»Halten Sie den Mund, Wright!«, sagte McGuire. »Sie haben kein Recht, so über die Dame zu sprechen!«

»McGuire, wer ist dieser Mann?«

»Er ist ein Passagier der *Penelope*, der mir nichts als Ärger macht.«

»In diesem Fall werde ich Ihnen jetzt einen Gefallen tun, Kapitän McGuire.«

Roberts hielt dem Mann die Spitze des Entermessers unter das Kinn. Wright zuckte zusammen und versuchte, sich noch flacher an die Reling zu pressen.

»Springen Sie.«

Wright starrte in die gewittergrauen Augen, die ihn in aller Ruhe beobachteten.

»Das können Sie nicht tun. Ich werde ertrinken!«, schrie er.

Statt einer Antwort verstärkte Roberts den Druck, bis eine rote Spur in das schmutzige Halstuch des Mannes sickerte.

Wright keuchte auf und zuckte zurück. Er sah sich panisch um, doch niemand äußerte einen Einwand oder machte Anstalten, ihm zu helfen. Er schwang ein Bein über die Reling und verharrte kurz, dann fiel er klatschend ins Wasser.

Roberts hatte sich schon abgewandt.

»Lopez, geh die Dame holen, damit wir uns selbst ein Bild machen können.«

Lopez verschwand unter Deck, kehrte aber allein zurück. Er trat an die Seite seines Freundes und sprach leise zu ihm.

»Sie hat sich in ihrer Kabine verbarrikadiert, Käpt'n. Sie sagt, sie ist mit einer Pistole bewaffnet und wird den ersten Piraten erschießen, der durch die Tür kommt. Vielleicht kannst du ja mit ihr sprechen und sie überreden, an Deck zu kommen?«

»Dann halte du hier Wache.«

Roberts seufzte und ging unter Deck. Wenn das ein abgekartetes Spiel war, so würden sie damit nicht durchkommen.

Jim Swanson von der *Zephyr* lehnte am Schott. Roberts schickte ihn mit einem Ruck seines Kopfes nach oben. Dann klopfte er an die Luke.

»Wer ist da?«, kam die heisere Frage.

Sie hörte sich so jung an. Zu dumm. Mit einer älteren Frau, die sich nicht als Piratenbeute sah, wäre es leichter.

»Kapitän Morgan Roberts, Ma'am, Kommandeur der *Zephyr*. Sie müssen zu den anderen Passagieren nach oben kommen.«

Sekundenlang herrschte nachdenkliches Schweigen.

»Nein.«

Roberts fluchte im Stillen. Er wusste nie, was er zu einer Frau sagen sollte. Zu denen, die er bezahlte, brauchte er ja auch nichts zu sagen, aber das hier war etwas anderes.

»Ma'am …«

Zu seiner Überraschung unterbrach sie ihn.

»Ich habe nein gesagt, und ich habe auch nein gemeint. Sie sind ein Pirat, Sir, dieser … dieser Kapitän Sinister, von dem alle gesprochen haben! Ich lasse mich nicht zum Narren halten, und ich komme nicht heraus!«

»Madam, ich bin Freibeuter, kein Pirat. Es ist mir gleichgültig, was Sie gehört haben, aber Sie müssen jetzt Ihre Kajüte verlassen.«

»Schwierigkeiten?« Lopez hing auf der Leiter und blickte hinunter.

»Sie weigert sich herauszukommen, Gabe.« Er wies auf die verschlossene Kajüte.

»Dann musst du wohl die Luke eintreten und sie herauszerren, Käpt'n. Dieser Bottich hält nicht mehr lange.«

»Das kannst du leicht sagen, denn du bist ja nicht derjenige, den diese Harpyie erschießen wird.«

Lopez sprang zu ihm hinunter.

»Sag ihr, wenn sie dich erschießt, komme ich hinterher und bringe sie um. Ich wette, dass sie nur einen Schuss in ihrer Pistole hat. Glaub mir, das wirkt mit Sicherheit.«

Da er keine bessere Idee hatte, gab Roberts Lopez' Drohung weiter. Wieder folgte ein Moment der Stille.

»Dann werden wir eben beide tot sein, Kapitän Sinister. Ich habe eine bessere Idee. Sie gehen und überlassen es mir, mein Glück mit dem sinkenden Schiff zu versuchen.«

Roberts warf einen enervierten Blick auf Lopez, der auf das Deck starrte, als sei es das Faszinierendste, was er heute zu sehen bekam. Roberts hatte den Eindruck, dass die Lippen des Maats zuckten, doch er vermochte es nicht mit Gewissheit zu sagen.

»Gottverdammt, Lopez, mach dich nützlich!«, flüsterte er heiser. »Ich trete jetzt die Luke ein, du folgst mir, und am besten betest du, dass diese Frau eine lausige Schützin ist. Ich zähle bis drei – fertig? Eins, zwei …«

Roberts holte mit dem Bein aus und ließ seinen Fuß gegen den Verschluss der Luke prallen. Dann ging alles sehr schnell. Holz splitterte, das überraschte Gesicht der Frau tauchte vor ihm auf. Sie hielt die Pistole mit beiden Händen umklammert.

Er duckte sich und packte sie um die Taille. Aus der Pistole löste sich ein Schuss, und darauf war Morgan nicht vorbereitet. Die Frau wurde in der winzigen Kajüte rückwärts geschleudert und schrie auf, als ihr Kopf gegen die Koje stieß. Sie glitt bewusstlos zu Boden.

Lopez war nur einen Schritt hinter ihm.

»El Dio«, fluchte er. »Morgan, um ein Haar hätte sie dich umgebracht!«

»Aye, und dafür habe ich sie jetzt umgebracht! Wenn du noch weitere schlaue Vorschläge hast, Lopez, behalte sie nur ja für dich!«

Roberts beugte sich über die gestürzte Frau. Weil ihr das Blut über den Hinterkopf lief, war es schwierig zu sagen, wie schwer sie verletzt war, aber sie reagierte nicht, als er ihr leicht auf die Wange klopfte. Er hob sie auf, und während ein Teil seines Verstandes registrierte, wie weich ihr Körper war, beschäftigte sich der andere mit den jüngsten Problemen.

»Such ihre Habseligkeiten zusammen, Lopez, und dann treffen wir uns an Deck.«

Gabe beeilte sich, der Anordnung Folge zu leisten, und schob sich die abgefeuerte Pistole in den Gürtel, bevor er nach den verschlossenen Koffern griff, die sich auf dem Boden stapelten.

Roberts trug die Frau nach oben.

»Mörder!«, zischte McGuire.

»Sie ist nicht tot, sondern nur verletzt! Gibt es hier jemanden, der sich um sie kümmern kann?«

»Überlassen Sie Mrs. Stephenson mir, Sie Bestie! Wir suchen Hilfe für sie, wenn wir an Land sind!«

»Tu das nicht, Käpt'n.« Lopez war wieder an seiner Seite und betastete die Kopfhaut der bewusstlosen Frau. »Wahrscheinlich muss die Verletzung genäht werden, und ich bezweifle, dass sie es heil bis ans Ufer schaffen würde, vor allem nicht bei Sturm.«

»Ich kann sie doch nicht hierlassen, Lopez.«

»Dann musst du sie eben mit auf die *Zephyr* nehmen, Käpt'n. Da kann ich mich um sie kümmern.«

»Es bleibt uns ja wohl nichts anderes übrig, oder?« Roberts setzte eine resignierte Miene auf. »Nun gut. Seht zu, dass die anderen von Bord kommen.«

Die Mannschaft der *Zephyr* scheuchte die restlichen Passagiere und Besatzungsmitglieder der *Penelope* über die Reling in die Boote. Die Männer der *Penelope* zogen auch den triefenden Wright an Bord. McGuire war der Letzte, der das Schiff verließ, und der grauhaarige Seekapitän wandte sich um und drohte dem Piraten mit geballter Faust.

»Dafür werden Sie bezahlen, Sinister! Sie können keine Frau kaltblütig ermorden, ohne die Leute gegen sich aufzubringen!«

»Noch ist sie ja nicht tot, verdammt, aber Sie sind es gleich, wenn Sie Ihren Hintern nicht in das Boot bewegen, McGuire.«

Mit einem letzten Fluch kletterte McGuire in das Boot. Lopez ließ einen Matrosen nach unten laufen und eine Bettdecke holen, die Roberts vorsichtig um die Frau legte. Ihr blondes Haar klebte an ihrem Schädel und hing ihr blutig ins Gesicht, und er konnte nicht viel von ihr sehen, außer, dass sie jung und verletzt war.

Als sich das letzte der Boote abgestoßen hatte und Richtung Westen aufgebrochen war, löste die Mannschaft der *Zephyr* die Leinen, die sie mit dem festsitzenden Handelsschiff verbanden. Morgan Roberts war der Letzte, der sich leichtfüßig mit einer Hand hinüberschwang, während er mit der anderen die verletzte Frau an seine Brust drückte.

Wieder an Bord der *Zephyr*, überließ es Roberts seinen Männern, die Segel zu setzen, und wies Lopez an, ihm unter Deck zu folgen. Lopez machte kurz halt, um seine medizinische Ausrüstung an sich zu nehmen, und als er die Kapitänskajüte erreichte, wusch Roberts soeben der Frau das Gesicht und den Kopf mit Wasser, das sich rasch verdunkelte. Sie ignorierten den Donner draußen, und Lopez stieß einen leisen Pfiff aus, als er den Riss in ihrer Kopfhaut sah.

»Normalerweise würde ich ja sagen, es sei nicht gut, dass sie noch nicht wieder unter den Lebenden ist, Morgan, aber es ist besser so, wenn ich sie versorge. Halt sie trotzdem fest, falls sie wieder zu sich kommt.«

Morgan setzte sich neben der Frau auf seine Koje und hielt ihre Schultern fest, während Lopez die Lampe auf sie richtete und ihr dann mit einer kleinen Schere die Haare schnitt. Altgoldene Strähnen fielen auf das Kissen, wo sie sich unter den vorsichtigen Händen des Maats ringelten wie zerbrechliche Dublonen.

Ob es darum ging, gefälschte Banknoten zu Papier zu bringen, oder darum, die Mannschaft zusammenzuflicken – Lopez' lange Finger legten stets dasselbe Geschick an den Tag, und ihre Bewegungen waren zielsicher und präzise. Morgan hatte ihn schon zahllose Wunden versorgen sehen und war auch selbst schon von ihm behandelt worden, aber jetzt sah er mit beklommener Sorge zu, wie Lopez die Wunde der bewusstlosen Frau nähte.

Lopez wickelte einen Verband um sein Werk und seufzte.

»Wenn sie zu sich kommt, werden wir wissen, wie es ihr geht, Käpt'n. Bis dahin sollten wir es ihr etwas bequemer machen.«

»Zieh du ihr die Schuhe aus, Lopez, und ich fange hier oben mit der Takelage an.«

Lopez zog die Augenbrauen hoch, widersprach seinem Kapitän aber nicht. Er wollte sich gerade an die Arbeit machen, als ihm Roberts die Hand auf den Arm legte und ihm Einhalt gebot.

»Riechst du Mandelgebäck, Gabe?«

»Alles, was ich rieche, ist Blut und Medizin, Käpt'n. Vielleicht riechst du die Fracht der *Penelope*?«

Morgan murmelte zustimmend und zog die letzten Nadeln aus dem blonden Haar, um sie geistesabwesend in seinen Rock zu stecken. Er löste die Knöpfe, die in einer langen Reihe an der Vorderseite des Kleides entlangliefen. Seine Finger sahen neben dem zarten Spitzensaum des schwarzen Kleides wie Aale aus, und er verfluchte seine Ungeschicktheit – und die ihre, die sie in diese Situation gebracht hatte.

»So«, sagte er, als er den Halsausschnitt ihres Kleides geöffnet hatte. »Das sollte reichen.«

»Nein«, erwiderte Lopez, der jetzt ihren wohlgeformten Knöchel in der Hand hielt. »Sie trägt ein Korsett, ohne das sie besser schlafen wird.« Er legte Roberts seine freie Hand auf den Arm und sah ihn mit großen, unschuldigen Augen an.

»Mein Freund, ich bin so gut wie verheiratet. Lass mich diese Aufgabe übernehmen, damit du dich wieder deinen Pflichten an Deck widmen kannst.«

Roberts schnaubte verächtlich.

»Eben weil du ›so gut wie verheiratet‹ bist, werde ich das tun. Das Letzte, was ich brauche, ist, dass deine Mutter und Miss Kahn von dieser Szene erfahren.«

»Dein Problem ist, dass du einfach nicht weißt, wie man eine Frau um den Finger wickelt, Morgan.« Lopez wackelte zur Demonstration mit seinem Finger. »Eine reumütige Miene, ein paar Unschuldsbeteuerungen, in Judiths Fall der eine oder andere Kuss, und alles ist wieder gut.«

Roberts runzelte die Stirn und machte sich aufs Neue an seine Aufgabe, ohne die Schweißperlen zu beachten, die sich auf seiner Stirn bildeten. Er öffnete die letzten Knöpfe ihres Mieders und schob es auf die Taille hinunter, sodass die wohl gerundete Gestalt darunter sichtbar wurde, die in ein Korsett eingeschnürt war. Er zupfte daran, dann griff er mit einem Fluch nach seinem Messer und schnitt die Schnüre rücksichtslos auf. Er schob der Frau die Hand unter den Rücken und zog ihr mit vorsichtigen Bewegungen das Korsett aus, um sie nicht ruckartig zu schütteln. Danach war es eine Sache weniger Augenblicke, ihr das Kleid an den Beinen hinunterzuziehen und es in eine Ecke der Kajüte zu werfen. Lopez verstummte an seiner Seite, und Roberts atmete abrupt aus, als sein Blick auf die nur mit einem Hemd bekleidete Gestalt in der Koje fiel.

»Teufel noch mal.«

Das einzige Wort, mit dem man sie beschreiben konnte,

war »üppig«. Nun, da sie nicht mehr von dem Korsett eingeschnürt wurden, wölbten sich ihre Brüste voll und sanft, kaum verhüllt von dem einfachen Baumwollhemd. Ihre Figur verjüngte sich zu einer schlanken Taille, bevor sich ihre Hüften rundeten, die wiederum in Beine übergingen, um die jede Ballerina sie beneidet hätte. Morgan konnte die Umrisse dunkler Aureolen durch den abgetragenen Stoff sehen. Ihre Schultern und Oberarme waren sanft gerundet, das herzförmige Gesicht hatte einen Teint wie feinste Sahne, die Lippen erinnerten an reife Kirschen.

»Bei meinem Leben, Morgan, das ist ein Prachtexemplar von einer Frau!«

Morgan konnte sie nur anstarren. Er hatte noch nie einen Menschen gesehen, der ihn so sehr an eine köstliche Nachspeise erinnerte. Er musste an den Sahnekuchen denken, den er als kleiner Straßenjunge von der falschen Seite der Schaufensterscheibe aus sehnsüchtig betrachtet hatte. Mandeln. Sie roch sogar nach Plätzchen.

Er griff nach der Bettdecke und zog sie über die schlafende Gestalt. Als er sich umwandte, starrte sein Freund ihn an, und diesmal war seine Miene völlig ernst.

»Das bedeutet Ärger, Käpt'n.«

Roberts fuhr sich mit den Fingern über den Bart und blickte auf die Frau hinunter. Er fragte sich geistesabwesend, welche Augenfarbe sie wohl hatte. Sodann ergriff er eine der goldenen Locken, die auf das Kissen gefallen waren, und ließ sie in seine Tasche gleiten, ohne weiter darüber nachzudenken.

»Es gibt verschiedene Sorten von Ärger, Lopez. Wir werden ja sehen, mit welcher wir es hier zu tun haben, wenn unser Gast erwacht.«

KAPITEL 2

»MADAM, KÖNNEN SIE MICH VERSTEHEN?«

Amanda wandte den Kopf und kniff die Augen zusammen, weil es so hell war, dann schloss sie sie wieder.

»Madam, sind Sie wach?«

Diese tiefe, polternde Stimme wollte einfach nicht verschwinden. Ihre Tonlage und Klangfarbe verrieten Amanda, wo sie sich befand. Das, wovor ihre Mutter sie immer gewarnt hatte, war eingetreten: Wenn sie einmal starb und den Vorhof des Himmels betrat, würde sie vollkommen unvorbereitet sein. Jetzt sprach also ihr Schöpfer zu ihr, und sie bekam kein Wort heraus.

Amanda runzelte die Stirn. Wie sollte sie auch ein Wort herausbekommen, wenn ihr die Zunge im Mund festklebte.

Sie öffnete die Augen wieder und richtete sie auf die kräftige Gestalt, die ihr gegenüber auf einem Stuhl saß. Ihre Haare und der Bart waren schwarz, nicht weiß wie auf Mr. Blakes Zeichnungen. Jedenfalls zum Großteil schwarz. Weiße Gewänder trug die Gestalt allerdings auch nicht.

Amanda leckte sich die aufgesprungenen Lippen.

»Sind Sie Gott?«

Die Gestalt fuhr sacht zusammen, dachte dann aber einen Augenblick darüber nach.

»Ich bin der Schiffskapitän, das ist ungefähr dasselbe.«

»Gotteslästerung«, murmelte sie und schloss erneut die

Augen, denn in ihrem Kopf hämmerte es, und Übelkeit durchfuhr sie. Der Mann widersprach ihr nicht und blieb wortlos wartend sitzen. Ganz gleich, wer er war, ob nun Gott oder der Teufel, er hatte jedenfalls keine Eile. Sie nahm all ihre Kraft zusammen, um die Augen zu öffnen und zu versuchen, Antworten zu bekommen.

»Wo bin ich?« Sie zuckte zusammen. »Und warum fühlt sich mein Kopf so an, als hätte jemand mit einem großen Hammer darauf eingeschlagen?«

Er rutschte auf dem Stuhl hin und her.

»Sie sind an Bord meines Schiffes. Sie haben sich den Kopf gestoßen, als wir Ihre Kajüte betreten haben. Erinnern Sie sich?«

Amanda starrte ihn an. Dann riss sie vor Schreck die Augen auf.

»Die Piraten! Sie sind der Pirat!«, keuchte sie und versuchte, aus der Koje aufzustehen und zu flüchten. Sofort war er bei ihr und hielt sie an den Schultern fest.

»Keine heftigen Bewegungen, Madam, sonst verletzen Sie sich noch mehr. Und in Gottes Namen, schreien Sie nicht!«, fügte er hinzu, als sie den Mund öffnete, ihn dann aber entschieden wieder schloss. Die Hände, die ihre Schultern festhielten, waren groß und hart. Sie blickte auf die Bettdecke hinunter, die ihr bis zur Taille gerutscht war, und konnte jetzt sehen, wie wenig sie am Leibe trug.

Sie schrie.

Der Pirat zuckte zusammen, ließ aber nicht los.

»Hören Sie mir zu. Sie sind verletzt. Wir haben Sie ausgezogen, damit Sie es bequemer haben, aber niemand hat Sie angerührt. Verstehen Sie mich?«

Amanda zitterte wie Espenlaub, schrie aber nicht noch

einmal. Der Pirat sah so aus, als könnte er ihr ohne jede Anstrengung das Rückgrat brechen. Er war ein haariger, ungehobelter Rüpel, und er schien die gesamte Luft in der Kajüte zu verbrauchen.

»Ich schreie nicht. Bitte tun Sie mir nicht weh«, keuchte sie.

Er ließ ihre Schultern los, als hätte er sich daran verbrannt, und entfernte sich von der Koje, um in der Kajüte auf und ab zu gehen. Sie zog sich die Bettdecke bis zum Kinn hoch und starrte ihn an. Er hatte kaum Platz, sich zu bewegen, und schließlich gab er sich damit zufrieden, die Hände hinter dem Rücken zu verschränken, auf den Füßen vor und zurück zu wippen und sie zu betrachten.

Sie betrachtete ihn ebenfalls. Noch nie hatte sie einen solchen Hünen auf einem Schiff gesehen. Die meisten Matrosen, denen sie bis jetzt begegnet war, waren klein und drahtig, doch dieser Mann sah so aus, als könnte er seinem Schiff den Großmast ersetzen, wenn es nötig wurde. Sein schwarzer Haarschopf, der beinahe die Decke der Kajüte berührte, ging in einen grau melierten Bart über, der ihm über die breite Brust hing. Nur auf einer Stelle seiner Wange, die von einer unregelmäßigen Narbe bedeckt war, wuchsen keine Haare. Seine Schultern füllten einen Rock aus, der auf seine Größe zugeschnitten worden sein musste, und die Beine, die in einer eng anliegenden Lederhose steckten, hatten den Umfang von Baumstämmen. Er war barfuß – große Füße mit einem schwarzen Haarflaum. Als sie zu ihm aufblickte, bemerkte sie, dass er sie beobachtete. In seinen schiefergrauen Augen lauerte ein Lächeln.

»Wahrscheinlich ist es ja nur gerecht, dass Sie die Gelegenheit nutzen, mich von oben bis unten zu mustern. Schließlich hatte ich die Gelegenheit ja auch. Nicht schreien!«, fügte er hinzu und hob flehend die Hand.

»Ich habe nicht die Absicht zu schreien«, sagte sie schnippisch. »Das habe ich Ihnen doch gesagt, und außerdem fürchte ich, dass hier sowieso niemand ist, der mir dann zu Hilfe eilen würde.«

»Da wäre ich mir gar nicht so sicher«, murmelte der Mann, und es klopfte an der Luke.

»Käpt'n? Brauchst du Hilfe mit unserem Gast?«

»Sag Cesar, er soll Wasser holen, Lopez, und dann kehre auf deinen Posten zurück«, befahl der Hüne knapp.

Auf der anderen Seite der Luke herrschte Schweigen, dann entfernte sich der Seemann mit einem »Aye, Sir«.

»Lassen Sie uns noch einen Versuch unternehmen, Madam«, sagte Amandas Gegenüber und verneigte sich formell. »Ich bin Morgan Roberts, Eigentümer und Kapitän der *Zephyr*, eines Handelsschiffes, das seinen Heimathafen im Osten Floridas hat. Und Sie sind …?«

»Ich bin Mrs. Geoffrey Stephenson aus Yorkshire, England, unterwegs nach Charleston – wo mich meine Familie erwartet«, fügte sie betont hinzu. »Wenn Sie Kapitän Roberts sind, wo ist dann dieser ›Kapitän Sinister‹, vor dem alle solche Angst hatten?«

»Kapitän Sinister?«, gluckste er. »Das klingt ja wie ein Name, mit dem man kleinen Kindern Angst machen will. Ähm, wo haben Sie denn von Kapitän Sinister gehört? Und wie viel wissen Sie noch von den Ereignissen an Bord der *Penelope*?«

Sie sah ihm forschend ins Gesicht, während ihr die Gedanken durch den Kopf rasten. Wenn sie ihn nicht bezichtigte, Kapitän Sinister zu sein, vielleicht würde er sie ja dann irgendwo absetzen und sie am Leben lassen. Sie machte große Augen und hoffte, dadurch so einfältig auszusehen, wie die Männer es oft vermuteten.

»Ich habe die Seeleute auf der *Penelope* von einem Piraten namens Kapitän Sinister reden hören«, sagte sie. »Dann hat mich Kapitän McGuire angewiesen, unter Deck zu gehen, und natürlich habe ich getan, was man mir sagte.«

Sie senkte den Blick und sah ihn durch die Wimpern hindurch an.

»Danach kann ich mich an nichts mehr erinnern. Vielleicht können Sie mir sagen, was geschehen ist?«

Sie runzelte die Stirn, denn sie konnte sich tatsächlich nicht an alles erinnern. McGuire hatte sie unter Deck beordert, und sie erinnerte sich, dass von Piraten die Rede gewesen war und dass sie Geoffreys Pistole an sich hatte nehmen sollen, doch danach hatte sie eine Gedächtnislücke. Ihr Kopf dröhnte, als sie versuchte, sich zu entsinnen, was geschehen war, nachdem sie ihre Taschen gepackt hatte.

»Ah«, sagte er und strich sich über den Bart. »Ich muss Ihnen ein Geständnis machen, Mrs. Stephenson. ›Kapitän Sinister‹ ist ein unsinniger Name, der mich in Verbindung mit maßlosen Lügen und Übertreibungen verfolgt. Ich versichere Ihnen, dass er nicht auf meinem Verhalten beruht. Als wir auf die *Penelope* stießen, die mit einem Leck auf einem Riff festsaß, nun, da wollten wir nur unsere Hilfe anbieten. Leider kommt es in diesen Gewässern häufig zu Unfällen, und es ist üblich, im Austausch gegen die Schiffsladung Hilfe zu leisten. Sie haben sich den Kopf gestoßen, als Mr. Lopez und ich versucht haben, Sie zu überreden, an Deck zu kommen.«

Er sah sie an.

»Da die Mannschaft der *Penelope* ihr Schiff verlassen hat,

ließ uns Ihre Verletzung keine andere Wahl, als Sie mitzunehmen. Sie werden unser Gast sein, bis wir einen sicheren Hafen finden, von dem aus Sie Ihre Reise fortsetzen können. Ich bedauere, dass wir Ihnen die Haare geschnitten haben, aber es war notwendig, und …«

Er verstummte und setzte eine beklommene Miene auf, als sie die Hand unter der Bettdecke hervorzog, sie an die Wunde hob und den Verband betastete, der um ihren Kopf gewickelt war.

Er räusperte sich.

»Vielleicht können Sie es anders frisieren. Es wächst ja wieder nach.«

Amanda fasste sich bestürzt an den schmerzenden Kopf. Sobald der Pirat gegangen war, würde sie den Verband lösen und in einen Spiegel schauen, um zu sehen, wie schlimm es war.

»Rühren Sie den Verband nicht an«, fügte er hinzu, und sie fuhr auf und fragte sich, ob er ihre Gedanken gelesen hatte. Doch er lächelte nur. »Besser, wenn Sie keine Luft an die Wunde lassen. Hier in den Tropen könnte sie sich schnell entzünden.«

Amanda seufzte und rieb sich die Stirn, um den zunehmenden Schmerz zu lindern.

Er sah sie mitfühlend an.

»Ich habe leider keine Arzneipülverchen, und ich weiß, dass Sie einige Tage Kopfschmerzen haben werden. Ich habe selbst im Lauf der Jahre schon den einen oder anderen Hieb auf den Schädel bekommen. Es war ein Glück, dass Sie so stark geblutet haben, sonst hätte Lopez Sie zur Ader lassen müssen, um den Druck zu lindern.«

Es klopfte, und Roberts öffnete die Luke und winkte einen

schokoladenhäutigen Jungen herein, der eine Metallkaraffe trug.

»Danke, Cesar.«

Der Junge warf einen schüchternen Blick auf die Frau in der Koje und wandte sich dann zum Gehen.

»Nein, geh noch nicht, Junge. Mrs. Stephenson, das ist Cesar, unser Schiffsjunge. Ich überlasse ihn Ihnen, damit er Ihnen holen kann, was immer Sie vielleicht brauchen.«

»Guten Tag, Cesar«, sagte Amanda und lächelte.

Der Junge senkte den Kopf und sagte leise: *»Señora.«*

Er schien etwa acht oder neun Jahre alt zu sein, ein wenig jung für einen blutrünstigen Piraten, dachte sie. Sie war froh, dass Roberts – oder Sinister oder wer immer er war – ihr jemanden zur Seite stellte, der harmlos war und ihr zur Hand gehen konnte.

Der Junge zupfte am Rock des Kapitäns, und der Hüne hockte sich hin, um zuzuhören, während ihm Cesar etwas ins Ohr flüsterte. Amanda war verblüfft über diesen Anblick des Piraten, dessen Name angeblich dazu geschaffen war, Kindern vor dem Einschlafen Angst einzujagen.

»Aye, du darfst sie fragen. Aber ich muss dich daran erinnern, junger Mann, dass es unhöflich ist, vor anderen Leuten zu flüstern. Und vergiss nicht, Englisch zu sprechen.«

Cesar senkte erneut den Kopf und betrachtete schweigend den Fußboden.

Roberts gluckste.

»Ob Sie es glauben oder nicht, Mrs. Stephenson, wenn Cesar Sie erst besser kennt, wird er plappern, bis Ihnen die Ohren abfallen. Er ist den Umgang mit Damen nicht gewohnt.«

Er wandte sich zum Gehen, doch sie hielt ihn auf.

»Kapitän, in wessen Bett liege ich hier?«

Er drehte sich um, die Hand am Türriegel. Seine Wangen liefen dunkel an, und er räusperte sich.

»Es ist meine Koje, Ma'am.«

Dann hastete er aus der Kajüte und ließ sie mit Cesar allein.

»Nun, das war ja ein abrupter Abgang. Ich bin noch nicht einmal dazu gekommen, ihn zu fragen, wohin wir unterwegs sind.«

Cesar huschte durch die Kajüte und schenkte Amanda Wasser ein. Auf ihre Bitte hin wandte er sich gehorsam ab, und sie zog sich sie Bettdecke bis über die Schultern hoch, bevor sie sich aufsetzte. Dankbar nahm sie den Becher entgegen und trank das Wasser gierig leer. Cesar schenkte ihr ein zweites Mal ein, und wieder leerte sie den Becher. Das Wasser war köstlich – nach Wochen auf hoher See betrachtete sie den simplen Genuss eines Bechers mit frischem Wasser plötzlich mit ganz neuen Augen.

Nachdem er ihr den Becher gereicht hatte, betrachtete der Junge weiter die Bodenplanken, bis sie ihn erneut ansprach.

»Cesar, weißt du, wohin wir unterwegs sind? Und was Kapitän Roberts mit mir vorhat?«

Cesar schüttelte den Kopf und blickte dann mit großen, ernsten Augen auf.

»Kapitän Roberts ist ein guter Mensch. Er wird Ihnen nichts tun. Die Huren sagen, er ist großzügig, und er schlägt sie nicht.« Beunruhigt sah er sie an. »Haben Sie Fieber, Ma'am? Ich kann Mr. Lopez holen.«

»Nein, Cesar«, keuchte sie. »Das ist nicht nötig. Meine Güte.« Sie bemühte sich, die Fassung zurückzugewinnen. »Was war es, was du mich fragen wolltest?«

Der Junge scharrte mit dem Fuß auf dem nackten Boden, dann blickte er durch die Wimpern zu ihr auf.

»Schon gut, junger Mann. Ich verspreche, dass ich nicht schimpfen werde, ganz gleich, was du fragst.«

»Haben Sie … haben Sie vielleicht ein Buch?«

Was immer sie erwartet hatte, das war es nicht.

»Wenn man meinen Koffer mit an Bord gebracht hat, Cesar, dann sollten Bücher darin sein. Ich habe eine Bibel und noch ein paar andere Bücher, darunter auch eine Märchensammlung aus Deutschland, die ich meinen jungen Verwandten in Amerika mitbringen wollte. Kannst du denn lesen?«

»Ja, Ma'am, ein bisschen. Mr. Lopez bringt mir bei, Spanisch und Englisch zu lesen. Aber er sagt, einige seiner Bücher seien nichts für kleine Jungen.«

»Solange ich hier bin, kann ich vielleicht meine Bücher mit dir teilen, Cesar. Die Geschichten aus dem Märchenbuch gefallen dir bestimmt. Ein Freund meines Vaters hat sie übersetzt und mir das Buch geschenkt, bevor ich aus England abgereist bin.«

Ein breites Lächeln ließ sein Gesicht strahlen, und er sah sie an.

»Das wäre sehr schön, Ma'am. Ich werde mich auf die Suche nach Ihren Koffern machen.«

»Danke, Cesar. Bist du schon lange Kapitän Sin… Roberts' Schiffsjunge?«

»Seit er mich gekauft hat, Ma'am, vor ungefähr einem Jahr.«

Die Engländerin riss die Augen auf.

»Gekauft? Du meinst, du bist Kapitän Roberts' Sklave?«

»Ja, Ma'am. Kapitän Roberts hat mich gekauft, als meine

Mama gestorben ist.« Traurigkeit überschattete seine Augen, und er verließ die Kajüte.

Als sich die Luke hinter dem Jungen schloss, ließ Amanda die Bettdecke sinken und stieg aus der Koje. Auf wackeligen Beinen stand sie da und stützte sich auf den Stuhl, bis ihre Übelkeit verging und sie sich ein wenig sicherer sein konnte, dass ihre Beine sie tragen würden. Sie erschauerte. Nur mit ihrem abgetragenen Baumwollhemd, dem Unterrock und Strümpfen bekleidet, hatte Sinister und Gott weiß wer sonst noch sie fast nackt gesehen, während sie bewusstlos und schutzlos gewesen war.

Ihr schwarzes Kleid lag über dem Ende der Koje, und sie hob es hoch. Als sie die Blutflecken sah, die den Halsausschnitt entstellten, rümpfte sie die Nase. Dann fand sie das aufgeschnittene Korsett und war bestürzt, wie brutal es geöffnet worden war. Sie hatte keine zusätzlichen Korsettschnüre dabei, um es zu flicken, aber sie wollte auch nicht unbekleidet sein, wenn die Piraten zurückkehrten, daher stieg sie wieder in ihr Kleid, das sie so gut wie möglich verschloss.

Amanda wanderte durch die Kabine und stützte sich dabei auf Möbelstücke und Rumpfbalken. Hinter einer Tür entdeckte sie einen Abort, den sie hastig benutzte, bevor sie sich auf den Stuhl setzte.

Während sie darauf wartete zu erfahren, was von ihrem Gepäck gerettet worden war, beschäftigte sich Amanda mit einer Bestandsaufnahme.

Wenn der Pirat sie festhielt, um Lösegeld zu fordern, erwartete ihn eine gewaltige Enttäuschung, da sie bezweifelte, dass die amerikanischen Vettern ihres verstorbenen Mannes in der Lage waren, das nötige Geld zusammenzukratzen. Sie fragte sich, ob es wohl besser war, ihm zu sagen, dass niemand für ihre unversehrte Rückkehr bezahlen würde, oder ihn in dem Glauben zu lassen, dass ihm ein Lösegeld winkte. Wenn er das Gefühl bekam, dass es sich nicht lohnte, sie weiter festzuhalten, war es ja möglich, dass er sie in der Nähe der Zivilisation absetzte. Andererseits war es denkbar, dass er sie für seine persönlichen, verdorbenen Zwecke benutzte, wenn er herausfand, dass sie mittellos war und keine Freunde und keine Familie besaß, die sie beschützen konnten.

Sie zuckte zusammen. Ihr Kopf dröhnte wieder, und vorerst konnte sie sich nicht mehr auf die Zukunft konzentrieren. Sie stolperte zur Koje zurück, stieg hinein und zog sich die Decke bis zum Kinn hoch. Die Koje roch nach dem Mann, der sonst darin schlief, und als sie in den Schlaf driftete, empfand sie es als merkwürdig tröstend, dass niemand die Bettwäsche gewechselt hatte. Es war lange her, dass sie beim Einschlafen jemand anderen als sich selbst gerochen hatte.

***

Der Nachmittagsschauer wehte vorüber und hinterließ einen klaren Himmel mit wenigen weißen Wölkchen. Roberts beobachtete den Himmel mit wetterkundigem Blick und spielte mit der Idee, die Florida Keys anzusteuern. Das Dorf am westlichen Ende würde ihnen Schutz bieten. Doch er verwarf die Idee wieder, weil Mrs. Stephenson dort schnell ein Schiff finden würde, das sie aus Florida fortbrächte, und das passte nicht zu dem Plan, der in seinem Kopf Gestalt annahm.

»Wie geht es unserem unfreiwilligen Gast, Käpt'n?« Lopez trat an seine Seite.

»Sie ruht sich unten aus, Gabe. Ruf die Männer zusammen, ich möchte ihnen unsere Pläne mitteilen.«

»Hast du immer noch vor, das Freibeuterdasein an den Nagel zu hängen?«

Lopez zog eine Münze aus seiner Tasche und rollte sie auf seinen Fingerknöcheln hin und her, ein Trick, mit dem er seine Finger beweglich hielt.

»Mehr denn je.«

Morgan wandte sich von der Reling ab und sah seinen Freund an. »Jetzt, da sich die Vereinigten Staaten Florida unter den Nagel gerissen haben, werden sie ihre Marine darauf ansetzen, diese Seewege zu patrouillieren. Hier steht so viel auf dem Spiel, dass sie es sich nicht leisten können, die britischen und amerikanischen Schiffe sich selbst zu überlassen. Am Ende wird die Marine siegen, und dann möchte ich nicht in ihre Schusslinie geraten. Ich will aussteigen, solange ich noch kann, und das genießen, was wir uns verdient haben.«

Er erwähnte nicht, dass es ihm in den letzten Jahren immer schwerer fiel, sich im Winter am Morgen in Bewegung zu setzen, weil seine Gelenke und die alten Wunden in der feuchten Kälte schmerzten. Er konnte die Takelage immer noch genau so schnell erklettern wie seine Seeleute, aber er spürte es am nächsten Tag stärker. Früher hatte auch er Gabes Münzentrick beherrscht. Es war schon eine Weile her, dass er es zuletzt versucht hatte, und in der Öffentlichkeit wagte er es lieber nicht mehr.

»Es lohnt sich doch, Wracks zu plündern.«

Roberts riss seine Gedanken in die Gegenwart zurück und pflichtete Lopez lachend bei.

»Das stimmt, aber dass es dieses Mal so einfach war, das war Glück. Warte nur ab. Die Vereinigten Staaten werden sich auch da einmischen. Es werden viel zu viele Reichtümer auf den Keys angespült, als dass die Schnüffler der Regierung auf ihren Anteil verzichten würden. Nein, auf mich wartet das Pflanzerleben, Lopez. Ein netter kleiner Ankerplatz für mich und jemand, der nachts an meiner Seite liegt.« Er begeisterte sich zunehmend für seine Idee. »Ich bin es müde, mit diesem Haufen zusammenzuleben. Wenn ich abends zu Bett gehe, höre ich Silvestre oben an Deck furzen und schnarchen, und morgens werde ich von einem Chor hustender, pinkelnder Männer geweckt. Ich habe Glück gehabt, bis jetzt unverletzt zu überleben, aber das alles bedeutet nichts, solange ich keine Frau habe und keine Söhne, die mein Erbe weiterführen. Ich wünsche mir ein bisschen Sanftheit in meinem Leben.« Seine Mundwinkel verzogen sich, als er sich an den Mandelduft erinnerte. »Ein bisschen Glück.«

Lopez warf seinem Freund einen skeptischen Blick zu.

»Denkst du etwa an die Frau in deiner Kajüte? Die dir eher das Hirn wegpusten würde, als dir ins Gesicht zu sehen? Ist das die Frau, die du umwerben möchtest?«

»Den Versuch ist es doch wert.« Roberts zuckte mit den Achseln. »Mrs. Stephenson ist Witwe. Offensichtlich hat sie nicht viel Geld. Ihre Kleider waren schlicht und abgetragen, und sie hatte kein Dienstmädchen oder eine andere Begleitung dabei. Du musst zugeben, dass sie die hübscheste Frau ist, die mir seit einer Ewigkeit begegnet ist. Sie drückt sich gewählt aus, und es sieht so aus, als hätte sie gute Zähne. Warum sollte ich sie nicht umwerben?«

Er zeigte mit dem Finger auf den Maat, um seine Worte zu unterstreichen, und fuhr dann energisch fort.

»Und weil sie eine Witwe ist, wird sie wohl kaum so ängstlich wie eine Jungfrau sein. Wahrscheinlich sehnt sie sich sogar nach einem Kerl in ihrer Koje!«

»Morgan, du hast noch nicht vielen Frauen den Hof gemacht, oder?«

»Bis jetzt habe ich es ja auch noch nicht gebraucht, Gabe. Man steuert einen Hafen an, bezahlt die Frauen, die einem verkaufen, was man will, und dann fährt man wieder zur See. Kein Ärger und kein Theater.«

Lopez schnaubte verächtlich und steckte sich die Münze wieder in die Tasche.

»Ich glaube, dass du mit dieser hier eine Menge Ärger erleben wirst, und wahrscheinlich auch reichlich Theater, bis du am Ziel bist, mein Freund.«

»Ich hoffe, dass ich ihr in einem neuen Licht erscheinen werde, wenn sie erst etwas Zeit mit mir verbracht hat. Ich kann nicht zulassen, dass sie Charleston erreicht«, sagte Roberts.

»Hast du etwa vor, sie zu entführen? Das ist aber kein guter Anfang für dein Liebeswerben, Morgan.«

»Es ist keine Entführung, es ist eine … Chance.« Er rieb sich nachdenklich das bärtige Kinn und sah einem Fregattvogel nach, der auf der Suche nach seinem Abendessen über das Wasser flog.

»Schließlich ist sie mir praktisch in den Schoß gefallen. Vielleicht ist es ja göttliche Fügung, dass Mrs. Stephenson hier auf der *Zephyr* ist.«

»Möglich, dass dir der Weihnachtsmann reiche Handelsschiffe schickt, aber ich glaube nicht, dass du *so* brav warst, dass der Herr dich belohnt, indem er dir attraktive Witwen in den Schoß fallen lässt«, sagte Lopez trocken.

»Die Frage ist, *wohin* kann ich sie bringen, wenn nicht nach Charleston? In Cowford herrscht viel zu viel Verkehr.«

»Jacksonville.«

»Was?«

»Sie nennen es jetzt Jacksonville. Nach Jackson.«

Roberts tat diese belanglose Auskunft mit einer Handbewegung ab.

»Wir müssen unsere Fracht verkaufen und die *Zephyr* nach St. Augustine zurückbringen.« Unbewusst liebkoste seine Hand die Reling des Schiffs, das seit so vielen Jahren sein Zuhause war. Ein Lächeln breitete sich langsam über sein Gesicht.

»Ein Abstecher nach Havanna, das würde eine Weile dauern, Gabe. Man muss an das Wetter denken, und es könnte zu Verzögerungen kommen. Das mag mehrere Tage dauern, vielleicht sogar Wochen.«

»Havanna liegt doch nicht mehr als einen Tag von uns entfernt, es sei denn, wir haben Pech mit dem Wetter, Morgan!«

»Ah, aber das weiß Mrs. Stephenson doch nicht, oder? Wir brauchen frisches Wasser und Vorräte. Und Abgeschiedenheit. Darüber muss ich nachdenken.«

Kleine, nackte Füße kamen hinter den beiden Männern angelaufen.

»Kapitän Roberts? Mrs. Stephenson hat mich gebeten, ihren Koffer zu holen.«

»Ich komme gleich mit dir, Cesar. Lopez, ruf die Mannschaft zusammen.«

Lopez sah sich an Deck um.

»Es sind alle da außer Tom Cook, Käpt'n. Er kocht unten das Abendessen.« Er hob die Stimme. »Kommt her, Männer, der Kapitän hat euch etwas zu sagen.«

»Danke, Lopez.«

Roberts ließ den Blick über seine Mannschaft schweifen. Die meisten der Männer fuhren schon seit Jahren mit ihm und besaßen Erfahrung in fragwürdigen Unternehmungen aller Art. Manche hatten schon auf anderen Schiffen und unter anderen Flaggen gedient, aber Roberts traute ihnen. Unruhestifter blieben nie lange auf der *Zephyr*.

»Männer, ich möchte euch zu einer weiteren erfolgreichen Bergung gratulieren.« Er hielt inne, und die Mannschaft brach in fröhliches Johlen aus. So leicht wie diesmal hatten sie es nicht oft.

»Wie ihr wisst, haben wir einen Passagier an Bord genommen. Eine Dame.« Er betonte das Wort mit strengem Blick. »Mrs. Stephenson wird eine Weile mit uns fahren, und ich erwarte, dass die Mannschaft der *Zephyr* ihr höflich begegnet. Wir fahren nach Havanna.«

Erneute Jubelrufe unterbrachen ihn, diesmal noch lauter.

»Dort werden wir uns unserer Fracht entledigen und dann nach Florida zurückkehren. Durch die zusätzliche Beute kann ich euch den Umweg gut bezahlen.«

Wieder jubelten die Männer Kapitän Sinister zu. Roberts überließ es Lopez, sich um alles Weitere zu kümmern, während er Cesar unter Deck begleitete, um nach den Besitztümern der Witwe zu suchen. Der ganze Frachtraum war mit der Beute von der *Penelope* gefüllt, Kisten mit Porzellan und Besteck, Wein und Schnaps und Stoffe. Der abgewetzte Koffer der Witwe lag unter ein paar Baumwollballen, welche die Freibeuter achtlos zu Boden geworfen hatten. Roberts nahm sich vor, den Alkohol bewachen zu lassen, dann zerrte er den Koffer hervor.

»Kannst du sonst noch etwas sehen, das der Dame gehört, Cesar?«

»Nein, Kapitän Roberts. Das ist alles. Aber vielleicht ist es ja der Koffer mit ihren Büchern?«

»Dann hast du dich also tatsächlich getraut, sie zu fragen, ob sie Bücher hat, wie?«

»Ja, Sir. Mrs. Stephenson sagt, sie hat ein Buch voller wunderbarer Märchen – so wie die Geschichten vielleicht, die mir Mr. Lopez über die Flaschengeister und Dämonen in Arabien erzählt hat.«

»Das ist schön, Cesar. Vielleicht erzählt sie mir ja auch einmal eine Geschichte.«

»Oh, ich habe ihr gesagt, dass Sie ein guter Mensch sind, Kapitän. Bestimmt würde sie auch gern eine von Ihren Geschichten hören.«

***

Als Amanda das nächste Mal erwachte, saß ein Engel an ihrer Seite. Er hielt ihr Handgelenk fest, und seine Miene war konzentriert.

Sie starrte ihn an und platzte heraus: »Wie schön du bist!«

»Ich weiß«, sagte der Engel nüchtern. »Ich ziehe die Frauen unwiderstehlich an. Es ist geradezu ein Fluch. Ich kann nicht über die Straße gehen, ohne dass gestandene Ehefrauen und schüchterne Mädchen ihre Taschen fallen lassen und in Ohnmacht sinken.«

»Sie sind gar kein Engel«, sagte sie und entriss ihm ihre Hand. »Sie sind der Pirat, der versucht hat, mich aus meiner Kajüte zu locken.«

»Gabriel Lopez, zu Ihren Diensten, Madam.« Er lächelte sie hinreißend an, während sie unverwandt auf seine ebenmäßigen, gebräunten Gesichtszüge starrte, die großen, dicht bewimperten schwarzen Augen und die ebenholzfarbenen Locken auf einem Kopf, bei dessen Anblick der Maler Raphael nach seinen Pinseln gegriffen und vor Glück geweint hätte.

Lopez nahm ihr Gesicht sanft in die Hände und beobachtete ihre Augen, während er ihren Kopf hin und her drehte.

»Bitte halten Sie den Blick auf mein Gesicht gerichtet. Haben Sie immer noch Kopfschmerzen, Mrs. Stephenson? Cesar sagt, Sie hätten sich wieder hingelegt.«

»Manchmal ja, manchmal nein, aber im Augenblick scheint alles gut zu sein. Sind Sie denn Arzt?«

»Nein, ich bin nur der Maat der *Zephyr*. Ich bin zur Stelle, wenn jemand zusammengeflickt werden muss, und auf diesem Schiff bin ich das, was einem Doktor am nächsten kommt. Ihr Puls scheint regelmäßig zu sein, und Ihre bezaubernden Kornblumenaugen sind klar und reagieren normal.« Er beugte sich vor und legte die Hand auf die oberen Knöpfe ihres Kleides. »Und jetzt werde ich Ihre Brust abhören.«

»Nein, das wirst du nicht.«

Lopez und Amanda blickten zur Luke. Roberts, der mühelos einen Koffer auf den Schultern balancierte, sah seinen Maat stirnrunzelnd an.

Lopez zuckte nur mit den Achseln und meinte: »Richtige Ärzte tun das auch, also fand ich, dass es eine gute Idee wäre.«

Er stand auf und reckte seine schlanke Gestalt.

»Mrs. Stephenson scheint sich von ihrem Unfall gut zu erholen. Ich empfehle Ruhe, ein leichtes Abendessen und frühes Zubettgehen. Morgen früh, Mrs. Stephenson, sollte es Ihnen wieder besser gehen.«

»Unfall, soso«, sagte Amanda, als sich die Luke hinter dem sympathischen Maat schloss. Sie richtete ihre Aufmerksamkeit auf den Piratenkapitän, der jetzt in die Kajüte trat, den Koffer abstellte und dann im Stehen die Hände hinter dem Rücken verschränkte, um Amanda zu beobachten. Ihr wurde beklommen zumute, vor allem, da sie flach auf dem Rücken lag, daher richtete sich zum Sitzen auf und lehnte sich mit dem Rücken gegen den Rumpfbalken.

»Bitte setzen Sie sich doch, Kapitän Si… Kapitän Roberts.«

Er setzte sich, und sie sah ihn an. Das, was von seinem Gesicht zu sehen war, war von der tropischen Sonne mahagonifarben gebräunt, und seine Augenwinkel waren von einem Fächer tiefer Falten eingerahmt. Die grauen Augen waren entschlossen, und es waren keine jungen Augen. Als Kapitän einer Mannschaft von Raubeinen hatte er mit Sicherheit schon viel gesehen und wahrscheinlich Dinge getan, die ihre Vorstellungskraft überstiegen; von daher würde sie nichts erreichen, wenn sie versuchte, diesem Mann gegenüber unaufrichtig zu sein. Sie verschränkte die Hände auf ihrem Schoß.

»Konnten Sie auch meine anderen Koffer finden, Kapitän Roberts?«

Er rutschte auf dem Stuhl hin und her.

»Wir haben nur den einen Koffer gefunden, Ma'am. Ich fürchte, dass der Rest auf dem Meeresboden liegt.«

»O nein«, sagte sie und schnappte nach Luft. »Meine Formpressen waren in diesen Koffern!«

»Formpressen?« Er legte fragend den Kopf schief.

Sie rieb sich die schmerzende Stirn, ohne seine Frage zu beachten.

»Was wird aus mir, Kapitän Roberts?«

Er beugte sich auf dem Stuhl vor und verschränkte ebenfalls die Hände.

»Ich verstehe ja, dass Sie darauf brennen, Ihre Familie wiederzusehen, Ma'am«, sagte er mit seiner polternden Stimme, »aber ich habe ein geschäftliches Anliegen, das nicht warten kann. Es wird noch etwas dauern, bis ich Sie nach Charleston bringen kann.«

Amanda runzelte die Stirn.

»Dann setzen Sie mich irgendwo ab, von wo aus ich selbst für meine Weiterreise sorgen kann, Kapitän.«

»Nein, Ma'am, das kann ich leider nicht. Unser Ziel liegt nicht an einer regulären Handelsroute. Sie werden sich eine Weile als mein Gast betrachten müssen.«

»›Eine Weile‹? Und wie lang wird diese ›Weile‹ sein?«

»Das wird sich zeigen, Mrs. Stephenson.«

Sie nahm die Hand von der Stirn und fixierte ihn mit strengem Blick.

»Kapitän Roberts«, sagte sie und spuckte jede einzelne Silbe aus wie eine Pistolenkugel. »Ihr Verhalten wird mit jeder Stunde empörender! Zuerst rauben Sie das Schiff aus, auf dem ich mich befinde, und bedrohen meine Person. Dann halten Sie mich auf Ihrem Piratenschiff fest, anstatt sich wie ein Gentleman zu benehmen und mich in die Zivilisation zurückzubringen. Und jetzt teilen Sie mir auch noch mit, dass sich meine Gefangenschaft in einer zweifellos abgelegenen Gegend fortsetzen wird, wo Sie endlich Ihr wahres Gesicht zeigen werden.«

Einen Augenblick lang schwieg er nachdenklich.

»Wenn Sie es so ausdrücken, klingt es in der Tat schrecklich«, gab er zu. »Obwohl Sie mich wirklich nicht dafür verantwortlich machen können, dass McGuire die *Penelope* auf ein Riff gesetzt hat.«

»Es ist zum Haare-Ausreißen; Sie Schuft! Sie können mich hier nicht weiter gefangen halten! Ich bestehe darauf, dass Sie mich sofort an Land bringen.«

Roberts sah sie neugierig an.

»Sie bestehen darauf? Und wie wollen Sie dieser Forderung Nachdruck verleihen, Mrs. Stephenson?«

Sie funkelte ihn an, und er erwiderte ihren Blick. Die meisten Frauen ließen sich von seiner Körpergröße einschüchtern, von seiner rauen Erscheinung ganz zu schweigen. Morgan wollte eine Frau mit Rückgrat, keine zerbrechliche englische Rose, die in der Sommerhitze verwelken würde. Er lächelte seinen kampflustigen Gast an, und sein breites Grinsen entwaffnete sie.

»Mrs. Stephenson. Wie ich schon sagte, werde ich mein Möglichstes tun, um Sie zeitig an Ihr Ziel zu bringen. Bis dahin bestehe *ich* darauf, dass Sie sich als mein Gast betrachten, denn Sie sind nicht meine Gefangene. Allerdings werde ich dafür sorgen, dass Sie in Mr. Lopez' Kajüte einziehen können, da wir meine Kajüte zum Abendessen und für Besprechungen brauchen. Wenn Sie irgendetwas benötigen, fragen Sie Cesar. Ich überlasse Ihnen den Jungen wie gesagt zu Ihrer freien Verfügung; er bereitet gerade Mr. Lopez' Kajüte für Sie vor. Allerdings sollten Sie vielleicht lieber den, äh, Abort in meiner Kajüte benutzen als den der Mannschaft.« Er wies mit einer vagen Handbewegung auf die entsprechende Tür, und auf seinen Wangenknochen erschienen dunkle Flecken.

»Bitte erwägen Sie doch, mit mir und Mr. Lopez zu Abend zu speisen, Ma'am. Ich weiß zwar, dass Sie mich zum Teufel wünschen, aber Gabriel wird untröstlich sein, wenn er das

Gefühl hat, Sie beleidigt zu haben, und ich weiß, dass Cesar nur so darauf brennt, seine Manieren zu verbessern. Eine Dame an Bord zu haben, kann ihm dabei nur helfen.«

»Bleibt mir etwas anderes übrig?«

»Natürlich«, sagte er geduldig. »Cesar könnte Ihnen ein Tablett in Ihre Kajüte bringen. Überlegen Sie es sich, Mrs. Stephenson. Ein Tablett in Ihrer Kabine wäre eine einsame Angelegenheit. Wenn Sie sich aber Mr. Lopez und mir anschließen, schnappen Sie womöglich die eine oder andere Anekdote auf, die Sie dann Ihrer Familie in Charleston erzählen können. Wenn Sie dann einmal alt und grau sind, können Sie Ihre Gäste immer noch mit Seemannsgarn vom Leben auf der *Zephyr* unterhalten.«

Es klopfte an der Luke, und Cesar sagte: »Alles ist bereit für Mrs. Stephenson, Kapitän.«

Morgan erhob sich, verbeugte sich vor seinem Gast und verließ die Kajüte.

Es mochte ja sein, dass er nicht wusste, wie man einer Frau schöne Augen machte, dachte er mit Genugtuung, aber es hatte auch seine Vorteile, wenn man in der Lage war, einer Frau die Sprache zu rauben.

KAPITEL 3

Amanda starrte auf die geschlossene Luke. Er hatte es schon wieder getan. Dieser Pirat war in die Kajüte und wieder hinaus gerauscht, ohne dass sie irgendwie klüger geworden wäre.

»Ja«, sagte sie, als es wieder klopfte.

»Hier ist Cesar, Ma'am. Wenn es Ihnen recht ist, begleite ich Sie jetzt zu Ihrer Kajüte.«

Amanda lächelte über seinen ernsten Ton und schwang die Beine über den Rand der Koje. Als sie die Tür öffnete, stand Cesar hoch aufgerichtet da und wartete auf sie. Sie hatte zwar nicht das Gefühl, für den Weg von einer Kajüte zur nächsten eine Eskorte zu benötigen, doch sie ließ sich gern von ihm zu Mr. Lopez' Quartier führen.

Die Kajüte des Maats war sauber und ordentlich. Er hatte seine persönlichen Gegenstände entfernt, und jetzt enthielt die Kajüte eine Kommode mit einem Spiegel, eine schmale Koje, über der sich ein Bullauge befand, und zwei Laternen. Am Fußende der Koje stand ihr Koffer, und auf dem Bett lag ein Kleiderbündel.

Amanda griff neugierig nach den Kleidungsstücken – einer blauen Baumwollhose mit weiten Beinen und einem gestreiften Hemd mit einem Kragen, der über den Rücken fiel. Das Hemd ähnelte dem eines britischen Matrosen, und es war sogar ein rotes Halstuch dabei, das sie sich um den Hals schlingen und vorn zusammenknoten konnte. Ein zweites, gestricktes Hemd hatte zwar einen weiten Halsausschnitt, schien aber sonst eher eng zu sein. Sie legte es beiseite. Das letzte Kleidungsstück war ein weißes Männernachthemd, um dessen Hals sich eine hübsche Stickerei aus grünen Blättern und blauen Blüten rankte. Sie hielt es sich neugierig vor den Körper.

»Das gehört Mr. Lopez, Ma'am. Seine Mama hat es für ihn genäht und es ihm geschenkt, als er das letzte Mal in London war, aber ich glaube nicht, dass er es schon getragen hat. Vielleicht wollte er es bis nach der Hochzeit aufheben.«

»Mr. Lopez heiratet?«

»O ja, Ma'am.« Der Junge runzelte die Stirn. »Ich habe neulich noch gehört, wie er sich mit dem Kapitän darüber unterhalten hat, dass sein Bett dann schön warm sein und er kein Nachthemd brauchen wird. Also weiß ich auch nicht, wofür er es aufhebt. Ma'am, haben Sie etwa Fieber? Ihre Gesichtsfarbe sieht gar nicht gut aus.«

Amanda räusperte sich und wartete, bis ihr die Farbe wieder aus dem Gesicht gewichen war.

»Nein, Cesar, mir fehlt nichts. Diese Kleider sind also von Mr. Lopez?«

»Nur das Nachthemd, Ma'am. Die anderen Sachen gehören den Männern. Kapitän Roberts hat gefragt, und ein paar von ihnen haben ihm ihre Ersatzkleider angeboten. Er hat gemeint, ich soll Ihnen sagen, dass die Kleider sauber sind. Geben Sie mir heute Abend Ihr schwarzes Kleid, dann wasche ich es für Sie. Das kann ich sehr gut«, sagte er stolz. »Ich wasche auch für den Kapitän und den Maat. Außerdem bietet Ihnen Kapitän Roberts an, dass sie sich Stoff aus dem Frachtraum nehmen können, falls Sie sich gern etwas nähen würden.«

Amanda warf einen reumütigen Blick auf die Männerkleider.

»Diesmal muss ich Kapitän Roberts' Großzügigkeit wohl annehmen, Cesar. Meine arme Mutter ist an mir verzweifelt, weil mein Nähtalent gerade eben so weit reicht, dass ich eine aufgerissene Naht flicken oder einen Knopf annähen kann.«

Sie hielt sich das Matrosenhemd vor die Brust. Es sah weit genug aus, und fürs Erste musste es reichen. Die Hose stellte sie vor ein weiteres Problem. Sie konnte zwar ihr Unterhemd unter dem Hemd tragen, aber ihre restlichen Untergewänder würden nicht passen. Sie malte sich aus, wie sich die Hose an ihren nackten Beinen rieb, ihren Oberschenkeln, sogar oben dazwischen, und wieder wurde sie rot. Doch auch die Hose würde ausreichen müssen, denn Amanda wünschte sich nichts sehnlicher, als aus ihrem blutfleckigen Kleid herauszukommen.

»Ich danke dir für das Angebot, mein Kleid zu waschen, Cesar. Jetzt würde ich mich gern vor dem Abendessen frisch machen. Holst du mich, wenn es Zeit ist?«

»Ja, Ma'am, ich komme nachher wieder. Der Kapitän sorgt immer dafür, dass ich mich wasche und selber esse, bevor ich das Abendessen auftrage, also werden Sie mich bis dahin nicht mehr zu sehen bekommen. Können wir uns vielleicht morgen Ihr Buch anschauen, wenn ich mit der Arbeit fertig bin und Sie sich dazu bereit fühlen?«

»Natürlich, Cesar. Ich freue mich schon darauf. Jetzt lauf und geh essen, während ich mich fertig mache.«

Er machte kehrt und huschte aus der Kajüte, und Amanda lächelte ihm nach.

Als der Junge gegangen war, setzte sie sich auf die Kante der Koje. Ihr Lächeln war verschwunden. Der Verlust der

Pressen und der anderen Materialien zur Seifenherstellung war ein schwerer Schlag. Die Seife sollte ihr in Amerika zu einem Einkommen verhelfen, sodass sie nicht auf Almosen der Verwandten ihres verstorbenen Mannes angewiesen wäre. Der Tonfall des Briefes, den Lawrence Stephenson geschrieben hatte, ließ keinen Zweifel daran, dass sie die Witwe »ihres lieben Geoffrey« als potenzielles, unbezahltes Kindermädchen für ihre zahlreichen Nachkommen betrachteten.

Dann lächelte Amanda über ihre eigene Torheit. Sie konnte ihre Mutter hören, als stünde sie mit erhobenem Zeigefinger vor ihr.

»Amanda Brooke Winthrop Stephenson, wage es ja nicht, in Selbstmitleid zu verfallen. Du besitzt das Geschick und das Talent der Brookes! Streng dich an, dann wird alles gut.«

Ihre Mutter versuchte immer wieder gern, die »Damen Brooke« ins beste Licht zu rücken, deren Tradition auf die erste Amanda Brooke zurückging. Deren Parfums, Cremes und Schönheitspuder waren der letzte Schrei am Hofe Charles des Zweiten gewesen, und irgendwann war auch der König selbst auf die wohlgeformte Seifenmacherin aufmerksam geworden. Seitdem waren die Brookes für zweierlei Dinge bekannt: die Hingabe, mit der sie sich der Herstellung feiner Kosmetika widmeten, und ihren bemerkenswerten Körperbau.

»Das ist der Fluch der Brookes«, hatte ihre Mutter seufzend gesagt, als sie ihr diese Geschichte erzählt hatte. »Die Männer sehen uns und haben nur noch eines im Kopf. Weil wir aussehen wie Kurtisanen, glauben sie, dass wir lose Weiber sein müssen.«

Reverend Mr. Winthrop hatte von seinem Buch aufgeblickt, und seine Augen hatten hinter den Gläsern seiner Brille gefunkelt.

»Ich wüsste nicht, dass ich eine Kurtisane kenne, meine Liebste, daher kann ich mit aller Gewissheit sagen, dass du unvergleichlich bist.«

Margaret Brooke Winthrop hatte den Kopf geschüttelt, sodass die blonden Löckchen, die sich unter ihrer Haube hervorgeringelt hatten, nur so geflogen waren.

»Du weißt genau, was ich meine, Charles. Die Leute zerreißen sich einfach die Mäuler über uns«, hatte sie geseufzt. »Das ist schon so, seit Amanda Brooke den Grundstock für unser Familienvermögen gelegt hat, als sie sich mit dem König arrangierte.«

»›Sich arrangierte‹. Das ist eine Beschönigung, die ich so noch nicht gehört habe«, hatte Charles gemurmelt.

Margaret hatte über diesen Seitenhieb ihres Mannes gelächelt, und ihr Blick war sanft geworden.

»Wenn du so viel Glück hast wie ich, Amanda, wirst du einen Mann finden, der deine inneren Werte genauso wahrnimmt wie die äußeren. Aber du musst dich immer anständig benehmen, denn die Leute werden dich beobachten und verurteilen.«

»*Du* bist wertvoller als Rubine, Liebste«, hatte Charles gesagt und hatte die Hand nach Margaret ausgestreckt. Das Leuchten in seinen Augen hatte seine Tochter verlegen aus dem Zimmer flüchten lassen.

Die Erinnerung an diese glücklicheren Zeiten trieb Amanda die Tränen in die Augen, als sie so allein in der Kajüte saß. Sie hatte immer gehofft, dass auch sie und Geoffrey einander irgendwann so nah sein würden, wie es ihre Eltern waren. Vielleicht wäre ja alles anders gekommen, wenn er nicht so bald nach ihrer Hochzeit krank geworden wäre.

Sie holte tief Luft und rieb sich die Augen. Schluss damit!

Es sah ihr überhaupt nicht ähnlich, Trübsal zu blasen, es führte ja doch zu nichts.

Amanda zog ihren mitgenommenen Koffer zu sich heran und öffnete den Verschluss. Sie war tieftraurig über den Verlust ihrer Kleider und Werkzeuge, aber wenn überhaupt etwas gerettet werden konnte, so war sie froh, dass es der kleinere Koffer war. Er enthielt ihre Bücher, ihre Bürsten und Haarnadeln, ihr Tagebuch und die Seifenstücke sowie einige Dutzend sorgfältig in Flanell eingeschlagene und mit Wachs versiegelte brauner Fläschchen. Diese holte sie einzeln heraus und wickelte sie aus, um sie zu untersuchen, dann seufzte sie erleichtert auf.

Die Bittermandelessenz war unversehrt geblieben und für die Seifenherstellung bereit. Auch das gehörte zu den Dingen, die sie von der ersten Amanda Brooke geerbt hatte – die geheimen Rezepte zur Destillation von Duftstoffen und zur Herstellung feiner Seifen und Cremes, Rezepturen, die hingebungsvoll von den Müttern an die Töchter weitergegeben wurden. Jede Generation hatte sie weiter verfeinert, bis Amandas Seifen schließlich in ganz Yorkshire zur begehrten Ware geworden waren. Und als Geoffrey kein Einkommen mehr gehabt hatte, hatten sie das Geld gut gebrauchen können.

»Eine Frau sollte immer über Mittel und Wege verfügen, sich selbst in der Welt zu behaupten!«, hatte Margaret zu Amanda gesagt. »Deine Ahnherrin hat es auf zweierlei Arten getan, von denen jedoch nur mehr eine profitabel war, als sie alt und grau wurde. Vergiss das nicht und halte diejenigen deiner Talente in Ehren, die nicht von deinem Aussehen abhängen. Oder von einem Mann.«

Sobald sie sich in Charleston niedergelassen hätte, würde

Amanda sich vor Ort einen Apotheker suchen, der bereit war, ihre Seife zu verkaufen. Vielleicht würde Geoffreys Vetter Lawrence ja einwilligen, ihr das Geld für neue Pressen zu leihen, und wenn nicht, konnte sie die Seife auch von Hand herstellen. Sie würde damit zwar nicht viel Geld verdienen, aber es würde zumindest einen Teil ihrer eigenen Bedürfnisse abdecken, sodass sie nicht vollständig auf ihre angeheiratete Verwandtschaft angewiesen wäre.

Doch alles der Reihe nach.

Das Dröhnen in Amandas Kopf war auf ein erträgliches Maß zurückgegangen; also öffnete sie die Verschlüsse ihres Kleides, dankbar, dass es jemand waschen würde, bevor sie es wieder anzog. Mit ihrer Seife und dem Wasser im Waschkrug wusch sie sich Gesicht und Hals so gut es ging, ohne den Verband nass zu machen. Dann rieb sie ihre Hände mit Mandelcreme ein, wie sie es sich angewöhnt hatte, seit sie angefangen hatte, Seife zu kochen. Die Seife, die andere so schätzten, weil sie die Haut weich und geschmeidig machte, schadete bei der Herstellung ihrer eigenen Haut. Ihre Arme und Hände waren an einigen Stellen von der Lauge verätzt, doch sorgfältige Pflege ließ die Narben weitgehend verschwinden.

Nachdem sie sich den Unterrock ausgezogen hatte, stand Amanda nur noch im langen Unterhemd da und betrachtete die Männerkleider. Zuerst also das Hemd, das sie sich über den Kopf zog und das ihr bis zu den Hüften reichte – lang genug, um es in die Hose zu stecken. Diese folgte als Nächstes, und sie brauchte eine Weile, bis es ihr gelang, den Vorderlatz richtig zuzuknöpfen. Die Hose saß an Bauch und Hüften eng, war an der Taille lose und reichte ihr bis zu den Knöcheln. Sie rollte ihre Strümpfe herunter und befestigte die Strumpfbänder über dem Knie, wo sich die Hosenbeine weiteten.

Schließlich schlang sie sich das rote Halstuch als Schärpe um die Taille.

Sie betrachtete sich in Mr. Lopez' Spiegel, den sie dazu schräg stellen musste. Das Hemd war relativ tief ausgeschnitten, und der Saum ihres Unterhemdes lugte daraus hervor. Sie runzelte die Stirn. Ihre Brüste zeichneten sich deutlich unter der weichen Baumwolle ab, doch daran konnte sie ohne Korsett nichts ändern.

Der Verband saß in einem verwegenen Winkel auf ihrem Kopf; vorsichtig bürstete sie ihr übriges Haar aus. Am besten, sie flocht es zu einem Zopf, den sie über die Schulter hängen ließ und mit einem Haarband aus dem Koffer befestigte.

Sobald sie fertig war, betrachtete sie sich noch einmal, so gut es ging, und als sie dann durch die Kajüte ging, errötete sie. Sie fühlte sich außerordentlich unwohl in ihren Männerkleidern, doch sie sagte sich standhaft, dass sie sich schon daran gewöhnen würde.

Ein Klopfen an der Luke verkündete Cesars Rückkehr. Mit dem ihm eigenen Ernst begleitete er sie durch den Gang zu Roberts' Kajüte. Amanda holte tief Luft und verschränkte die Hände vor dem Bauch, als Cesar anklopfte und die tiefe Stimme des Kapitäns »Herein!« sagte.

Beide Männer erhoben sich bei Amandas Eintreten. Sie zögerte und hätte beinahe gekichert, als sie sich ausmalte, als Erwiderung auf ihre Begrüßung in Hosen einen Knicks zu machen. Sie wartete darauf, dass einer der beiden etwas sagte, bis sie begriff, dass Lopez und Sinister sie angafften.

Lopez war schneller von Begriff.

»Mrs. Stephenson«, sagte Gabriel mit einer eleganten Verbeugung. »Wie schön, dass Sie sich entschlossen haben, mit uns zu speisen.«

Er hob ihre Hand an seine Lippen, ohne sie dabei aus den Augen zu lassen. Eine leichte Wärme stieg ihr in die Wangen, und sie senkte die Lider.

Roberts, der die Engländerin immer noch unverwandt anstarrte, schob seinen Maat beiseite, folgte aber seinem Beispiel und ergriff Amandas Hand. Er hielt sie einen Moment fest – wie klein sie im Vergleich zu seiner eigenen Hand war – und blickte zu Boden, während er überlegte, was er sagen sollte.

»Sie haben kräftige Hände. Das ist gut.«

Lopez stieß ihm den Ellbogen in die Seite.

»Versuch's noch mal!«, zischte er auf Spanisch.

Roberts warf ihm einen stirnrunzelnden Blick zu, dann wandte er sich wieder an ihren Gast.

»Mrs. Stephenson. Bitte gesellen Sie sich zu uns. Sie sehen schon viel … besser aus.«

Lopez murmelte irgendetwas, doch Roberts ignorierte ihn.

»Wie hätte ich eine so großzügige Einladung ablehnen können?«

Ihr Lächeln schwächte den beißenden Unterton ab, und Roberts' Mundwinkel verzog sich, sodass sein Bart zuckte. Er zog ihr einen Stuhl unter dem Tisch hervor und bat sie, Platz zu nehmen.

Amanda staunte, wie sich die Kajüte im Gegensatz zu vorher verändert hatte. Der Holztisch stand jetzt mitten im Zimmer, und er war mit feinem Leinen, Silber und Porzellan gedeckt. Die Stücke passten zwar nicht zusammen, waren aber von guter Qualität.

»Himmel, Kapitän, einen solchen Luxus hätte ich an Bord eines Pira… eines Schiffes wie diesem hier nie erwartet.«

»In diesen Gewässern laufen immer wieder Schiffe auf

Grund, Mrs. Stephenson. Was wir nicht verkaufen können, das nehmen wir für uns her. In den Keys werden Sie die feinsten Seidenstoffe und die besten Möbel außerhalb Londons finden. Sie haben vielleicht ein paar Wasserflecken, sind aber noch gut zu gebrauchen.«

Dann kamen Cesar und Swanson mit Tabletts voller Speisen herein, die die Verpflegung auf der *Penelope* an Vielfalt und Frische weit übertrafen. Dennoch stocherte Amanda nur in ihrem Essen herum. Der Schlag vor den Kopf hatte ihr den Appetit weitgehend geraubt. Außerdem sagte die Mannschaft dem Koch nach, er hätte einen guten Kanonier abgegeben: Das Geflügel war so durchgebraten, dass es nicht mehr zu erkennen war, und das Beste, was man über sein Labskaus sagen konnte, war, dass es geherzt schmeckte.

Doch als der letzte Gang aufgetischt wurde, war Amanda begeistert.

»Orangen!«, rief sie.

Sie ergriff eine der goldenen Früchte und hielt sie sich mit geschlossenen Augen unter die Nase, um den Duft einzuatmen. Das Aroma ließ ihr das Wasser im Mund zusammenlaufen, und als sie die Augen wieder aufschlug, sah sie, dass die beiden Männer ihre Darbietung amüsiert beobachteten.

Sie spürte, wie sie errötete.

»Verzeihung, meine Herren. Diese Frucht ist so eine seltene Kostbarkeit.«

»Ganz und gar nicht, Mrs. Stephenson«, sagte Kapitän Roberts sanft. »Aber ich weiß, was es bedeutet, eine bestimmte Speise zu schätzen, vor allem, wenn man lange ohne sie auskommen musste. Wir gehen in Florida viel zu selbstverständlich mit der Fülle um, mit der die Natur dieses Land gesegnet hat.«

Amanda nahm ein Messer und begann, die Frucht zu schälen, um sie zerteilen zu können. Sie steckte sich eine Scheibe in den Mund, und als der Saft herausspritzte, seufzte sie vor Vergnügen auf und leckte sich die Lippen.

Sie blickte auf und stellte fest, dass die Männer sie erneut wie gebannt betrachteten. Sie konnten einem wirklich die Fassung rauben. Hatten sie noch nie gesehen, wie jemand Obst aß?

»Morgan, haben wir vielleicht auch Bananen an Bor… Autsch!«

Lopez fuhr zusammen und warf seinem Gegenüber einen finsteren Blick zu.

»Du Hornochse! Du hast mir den Knöchel gebrochen!«

Roberts runzelte die Stirn.

»Benimm dich, Lopez«, knurrte er.

Amanda, die dieses Zwischenspiel verwirrt zur Kenntnis nahm, hielt es für eine gute Idee, das Thema zu wechseln.

»Was hat Sie denn nach Florida verschlagen, Kapitän Sinister?« Die Worte waren kaum heraus, als sie sich die Hand vor den Mund hielt und nach Luft schnappte. »Ich wollte natürlich ›Kapitän Roberts‹ sagen.«

Amanda war sich genau bewusst, dass ihre unglückliche Angewohnheit, stets genau das zu sagen, was ihr auf der Zunge lag, zu unangenehmen Situationen führen konnte, doch sie war auch überzeugt, dass man unnötige Verwirrung vermied, wenn man einfach fragte, was man wissen wollte. Sie verdrehte die Serviette auf ihrem Schoß und versuchte es erneut.

»Kapitän McGuire und seine Mannschaft haben Sie als ›Kapitän Sinister‹ bezeichnet, und unter diesem Namen habe ich das erste Mal von Ihnen gehört, Kapitän Roberts. Würden Sie mir sagen, warum man Sie ›Kapitän Sinister‹ nennt?«

Sie war sich nicht ganz sicher, aber sie hatte das Gefühl, dass Mr. Lopez hämisch kicherte. Es war schwer zu sagen, was für eine Miene Roberts aufgesetzt hatte, weil sein Bart und seine Haare so viel von seinem Gesicht verdeckten. Doch seine Antwort klang geduldig.

»Wie ich schon sagte, ist es ein Name, der mir schon seit Jahren nachhängt. Ich muss zugeben, dass es einen Grund dafür gibt, warum ich als ›Kapitän Sinister‹ bekannt bin, und der Name ist mir schon oft nützlich gewesen, wenn es darum ging, anderen Schiffskapitänen den Wind aus den Segeln zu nehmen. Vielleicht überlegen sie es sich lieber zweimal, bevor sie sich mit Kapitän Sinister und seiner Mannschaft anlegen.«

»Und Spitznamen sind unter Seeleuten nichts Ungewöhnliches«, fügte Lopez hinzu. »Da gibt es Diablito vor Kuba und Dandy Hoskins und Domingo, der einmal ein Schiff geentert hat, das die Post für Kommodore Porters Männer dabeihatte. Domingo ist ein gerissener Kerl. Er hat den Männern die Post zukommen lassen, aber die Miniatur der Frau eines gewissen Leutnant Gardner hat er behalten und Gardner geschrieben, dass er hoffe, Mrs. Gardner eines Tages zu begegnen und …«

Der Kapitän funkelte ihn an, und er verstummte.

»… und weitere Details erspare ich Ihnen lieber. Belassen wir es dabei, Mrs. Stephenson, dass *das* Männer sind, um die Sie besser einen weiten Bogen machen.«

»Dann hoffe ich doch, dass ich bald nach Charleston komme, wo mir kein Pirat mehr etwas anhaben kann. Sie haben meine Frage nicht beantwortet, Kapitän Roberts«, sagte sie. »Woher kommt Ihr Spitzname, ganz gleich, wozu er heute dient?«

»Sie sind aber hartnäckig, Mrs. Stephenson. Ich sage Ihnen etwas. Ich glaube, Sie werden selbst herausfinden, woher mein *Nom de Guerre* kommt. Und wenn Sie es heraushaben, können Sie einen Gefallen von mir verlangen.«

»Was für einen Gefallen könnte mir denn ›Kapitän Sinister‹ tun?«

»Ich riskiere es zu sagen, Sie dürfen verlangen, was immer in meiner Macht steht.«

Amanda überlegte kurz. Dann beschloss sie, aufs Ganze zu gehen.

»Außerdem hat Kapitän McGuire gesagt, Sie wären berüchtigte Piraten.«

»Piraten? Da hat sich McGuire mit Sicherheit versprochen«, sagte Roberts im Brustton der Überzeugung. »Wir sind keine Piraten, Madam, sondern Freibeuter.«

»Freibeuter? Piraten? Wo ist denn da der Unterschied?«

»Wenn einem der Henker mit einer Hanfschlinge winkt, ist es ein großer Unterschied! Ich bin im Besitz eines Kaperbriefes, der mich berechtigt, Schiffe feindlicher Nationen zu konfiszieren. Dieser Brief unterscheidet die *Zephyr* von den echten Piraten, die diese Gewässer verseuchen.«

Amanda runzelte die Stirn.

»Aber sie segeln unter kolumbianischer Flagge, hat McGuire gesagt. Ist das das Land, in dessen Dienst Sie stehen?«

»Diese Woche«, sagte Lopez mit einem merkwürdigen Unterton.

»Ich besitze immer wieder Kaperbriefe verschiedener Länder«, sagte Roberts. »Gegen Kriegsende habe ich die Briten gegen Frankreich unterstützt und später gegen die Vereinigten Staaten. Dabei habe ich einmal auch McGuires Schiff gekapert, was seine Feindseligkeit erklären dürfte.«

Amanda hätte gern noch mehr erfahren, aber Mr. Lopez

lenkte sie ab, indem er sich vorbeugte und ihr Wein nachschenkte.

»Mrs. Stephenson«, sagte er freundlich, »möchten Sie uns nicht etwas über sich erzählen? Es kommt so selten vor, dass wir eine Dame bei Tisch zu Gast haben, und ich würde gern mehr über Ihre Reise nach Amerika erfahren.«

»Da gibt es nicht viel zu erzählen.«

Amanda wandte sich dem dunkeläugigen Mann zu. Er sah geradezu verwirrend gut aus – heute Abend trug er einen mit Diamanten besetzten Goldring im Ohr –, doch aus irgendeinem Grund machte er sie nicht so nervös wie Kapitän Sinister.

»Ich bin in Yorkshire aufgewachsen, in einer Ortschaft namens North Wetherby in der Nähe von Leeds. Mein Vater war dort bis zu seinem Tod vor ein paar Jahren Vikar. Mein verstorbener Mann, Geoffrey Stephenson, wuchs gemeinsam mit mir dort auf. Er war Möbelschreiner, doch kurz nach unserer Hochzeit wurde er krank.«

Sie hielt inne und biss sich auf die Lippen.

»Nach Geoffreys Tod gab es für mich in England keine Zukunftsaussichten mehr, und Verwandte hatte ich dort auch nicht. Also habe ich beschlossen, in die Neue Welt zu reisen. Ich werde bei Geoffreys Familie in Charleston unterkommen.«

»Sie hör'n sich aber gar nicht an wie 'n Mädel aus Yorkshire, wenn ich das sagen darf, Ma'am«, sagte Lopez lächelnd.

»Ach nee?«, sagte sie in breitem Dialekt und grinste. »Jahrelange Übung, Mr. Lopez. Außerdem stammten meine Eltern aus Südengland.«

»Es ist sehr tapfer von Ihnen, Ihre Wurzeln hinter sich zu

lassen und in ein neues Land aufzubrechen, Mrs. Stephenson«, sagte Roberts.

»Ach, du liebe Güte.« Amanda sah den Kapitän an und überlegte kurz. »Als tapfer würde ich mich nun wirklich nicht bezeichnen, Kapitän Roberts. Ich finde es tatsächlich aufregend, ein neues Land kennenzulernen. Und Amerika ist so wundervoll, ein Land der Freiheit und der unbegrenzten Möglichkeiten! Wie sagt der Dichter Mr. Freneau so treffend: ›Ehre den Gründern, die fanden und verbanden, zu Beginn diese segensreichen Landen‹.«

Dazu sagte Roberts nichts, und Amanda fuhr fort. »Sie klingen, als wären Sie auch in England geboren, Kapitän – und Mr. Lopez auch. Bitte erzählen Sie mir mehr von sich. Gewiss sind Ihre Geschichten sehr viel aufregender als die meine.«

»Da sich Mr. Lopez ja heute Abend so amüsant findet, lasse ich ihn erzählen.«

Roberts nickte Lopez zu.

Gabriel schenkte sich noch einen Schluck des exzellenten Sherrys ein, den sie vor einiger Zeit von einem portugiesischen Handelsschiff erbeutet hatten, und begann mit seiner Erzählung.

»Ich bin vor etwa zehn Jahren auf die *Zephyr* gekommen, und Sie haben recht, Mrs. Stephenson, ich bin mitten in London geboren.«

Er grinste sie an.

»Sie werden feststellen, dass viele der Männer, die auf einem Freibeuterschiff wie der *Zephyr* zur See fahren, zu diesem Leben kommen, weil sie vorher, nun ja, Schwierigkeiten hatten. Ich habe einen spanischen Namen, weil ich Sepharde bin, ein Hebräer spanischer Abstammung. Meine Eltern hat es nach London verschlagen, und ich wurde in eine Familie von Diamantenhändlern hineingeboren, die hofften, dass ich das Familiengeschäft übernehmen oder Arzt werden würde wie mein Onkel.«

Er zuckte mit den Achseln.

»Aber ich hatte andere Interessen. Ich bin in schlechte Gesellschaft geraten, und meine Kameraden haben schnell entdeckt, wie gut ich …«, er hielt zögernd inne, »… handschriftliche und gedruckte Dokumente kopieren konnte. Ich war bald ein viel beschäftigter Mann. Dann wurde einer meiner Partner festgenommen, und plötzlich drohte mir die Deportation nach Neusüdwales, weil es unter Dieben nun einmal keine Ehre gibt. Meine Eltern haben alles versucht, um meine Festnahme zu verhindern, und so kam es, dass ich auf dem ersten Schiff angeheuert habe, das zu den Westindischen Inseln aufbrach.«

Amanda war fasziniert.

»Werden Sie in England steckbrieflich gesucht, Mr. Lopez?«

»Nein, der Mann, der meinen Untergang hätte besiegeln können, ist bei einer Prügelei im Gefängnis umgekommen, bevor er singen konnte«, sagte er mit einem Funkeln der Genugtuung in den schwarzen Augen.

»Aber Sie haben noch nicht erklärt, wie Sie sich den Pir… den Freibeutern angeschlossen haben.«

Die schwarzen Augen strahlten sie an.

»Die *Zephyr* war jenes erstbeste Schiff, das meine Eltern finden konnten.«

Morgan konnte sich noch gut an diesen Abend erinnern. Da ihm selbst Elternliebe völlig fremd war, hatten ihn die Besorgnis und die Liebe, die die Lopez' für ihren missratenen

Sohn empfanden, gerührt, und er hatte sich einverstanden erklärt, ihn an Bord zu nehmen.

»Und waren Sie froh, an Bord eines Freibeuters gelandet zu sein?«, bohrte Amanda weiter.

»Nein«, sagte Gabriel. »Ich war es gewohnt, verhätschelt und umsorgt zu werden, und Morgan hat mich wie das letzte, unfähigste Mitglied seiner skorbutverseuchten Mannschaft behandelt. Was ich ja auch war. Als ich einwandte, dass ich ein zahlender Passagier sei, hat er mir einen solchen Hieb verpasst, dass ich quer über das Deck geflogen bin, und mir noch mehr Prügel für den Fall versprochen, dass ich nicht die wichtigste Lektion des Lebens auf der *Zephyr* lernte – nämlich dass ihr Kapitän keine Geduld mit Dummköpfen und Gaunern hat. Dann musste ich die Decks schrubben, alte Seile spleißen, Taue einholen. Jeden Tag habe ich Pläne geschmiedet, wie ich diesem Verrückten am schnellsten entkommen könnte. Erst als ich bei einem Zusammenstoß mit der amerikanischen Marine tatsächlich Schrapnell und Blut gerochen habe, habe ich begriffen, an welch seidenem Faden das Leben auf See hängt, wenn man unachtsam ist.«

»Er hat mir das Leben gerettet«, sagte Roberts, »und sich zwischen mich und einen Yankeeoffizier geworfen, der mich sonst wie ein Hühnchen aufgespießt hätte.«

»Ich habe mir gedacht, der Teufel, den ich schon kenne, ist besser als die Unwägbarkeiten eines Lebens als Gefangener der Amerikaner«, fuhr Lopez fort. »Am nächsten Tag war ich zwar immer noch das rangniedrigste Mitglied der Mannschaft, aber ich hatte meinen Anteil an der Beute und das Angebot zu bleiben, wenn ich wollte. Da mich in Eustatius nur die Strafpredigten meines Vetters erwartet hätten, habe ich Kapitän Roberts' Angebot angenommen, und der Rest ist Geschichte.«

Amanda spielte mit dem Messer, das sie zum Zerteilen ihrer Orange benutzt hatte.

»Die Kriege sind lange vorbei, und Sie bezeichnen sich immer noch als Freibeuter?«

»Der Krieg zwischen Frankreich und England und zwischen England und Amerika ist vorbei«, sagte Roberts. »Aber irgendwo herrscht immer Krieg, und dort werden auch kampffähige Männer gebraucht. Die spanischen Kolonien auf der westlichen Halbkugel haben die Freiheit gerochen und möchten sich vom Mutterland befreien. Sie brauchen Gold, und ein Freibeuter, der es ihnen besorgen kann, ist ihnen immer willkommen.«

»Das war meine Geschichte«, sagte Lopez. »Ein verlorener Sohn, der es geschafft hat, auf den Füßen zu landen.«

»Und der bald heiraten wird«, fügte Roberts betont hinzu.

Lopez hob sein Glas – entweder als Geste des Beifalls, weil ihn der Kapitän so geschickt als möglichen Rivalen ausgeschaltet hatte, oder eben als Prosit auf die Freuden des Ehelebens.

»Das stimmt in der Tat, Mrs. Stephenson. Selbst ein Schuft wie ich kann eine Dame finden, die ihn der Erlösung für würdig hält.« Auf seinen Wangen erschienen Grübchen. »Möchten Sie nicht auch gern einen Mann finden, den Sie bekehren können?«

»Nein«, sagte sie bestimmt. »Es heiraten viel zu viele Frauen in dem Glauben, sie könnten ihre Männer bekehren. Aber das bleibt immer ohne Erfolg. Man kann für sie waschen und sie verpflegen, aber man darf nicht erwarten, dass sich der ganze Mann verändert. Das wäre vergebene Liebesmüh.«

»Ooh, ein Volltreffer«, rief Lopez aus und fasste sich ans Herz. »Ich glaube, ich verblute.«

Amanda musste über seine Albernheit lachen.

»Ich *bin* beeindruckt, dass jemand einen hoffnungslosen Fall wie Sie, Mr. Lopez, für einen guten Fang hält. Würden Sie mir von Ihrer Verlobten erzählen?«

Lopez gluckste.

»Ich war immer davon ausgegangen, dass meine Mutter eine Ehe für mich arrangieren würde, wahrscheinlich mit einer entfernten Verwandten. Zu meiner großen Überraschung fiel ihre Wahl auf eine junge Deutsche, Miss Judith Kahn aus Savannah. Ihr Vater ist Juwelier; wir waren uns zwar zuvor nie begegnet, doch unsere Eltern sind alte Freunde. Anscheinend stand Miss Kahn der Vorstellung einer arrangierten Ehe nicht so gleichmütig gegenüber wie ich. Als ihre Eltern ihr von ihren Plänen erzählten, hat sie mir als Erstes einen bitterbösen Brief geschrieben und mir mitgeteilt, dies sei ein neues Jahrhundert und sie lebe nicht in irgendeinem europäischen Ghetto, sondern in einem Land, das sich auf das Prinzip der Freiheit gründe. Sie hat hinzugefügt, sie hätte keinerlei Absicht – wie hat sie es formuliert? –, ›einen verdreckten spanischen Piraten mit schlechten Manieren und noch schlechteren Zukunftsaussichten‹ zu heiraten.«

Er lächelte gewinnend.

»Natürlich habe ich dann angefangen, ihr ernsthaft den Hof zu machen. Irgendetwas Gutes muss sie schließlich doch an mir gefunden haben, Mrs. Stephenson. Wir werden in einigen Monaten heiraten, und dann werde ich kein Freibeuter mehr sein, sondern ein respektabler Ehemann und Diamantenhändler, genau, wie es mein Vater immer gehofft hat.«

»Ende gut, alles gut«, sagte Amanda. Sie warf einen Blick auf den schweigenden Seemann ihr gegenüber.

»Und Sie, Kapitän Roberts? Sie haben doch sicher auch eine interessante Geschichte zu erzählen.«

Er schüttelte seinen Zottelkopf.

»Nein, Mrs. Stephenson. Ich fürchte, meine Geschichten sind furchtbar langweilig.« Er betrachtete seine Hände und sagte beiläufig: »Obwohl ich darüber nachdenke, die Freibeuterei an den Nagel zu hängen und mich an Land niederzulassen. Ich besitze ein Grundstück in Florida, und es ist ein herrliches Fleckchen.«

»Ich habe schon gehört, dass Florida sehr schön sein soll«, sagte sie ein wenig sehnsüchtig. »Das Land der Blumen.«

»Sie werden morgen ein Stückchen Florida zu Gesicht bekommen, Mrs. Stephenson, wenn wir in Key Marquez vor Anker gehen, um unsere Wasservorräte aufzufüllen.«

»Key Marquez? Liegt das auf dem Weg nach Charleston, Kapitän?«

Er rutschte auf seinem Stuhl hin und her und spielte mit seinem Besteck.

»Mehr oder weniger. Wir werden Charleston bald ansteuern, oder zumindest einen Ort, von dem aus Sie die Reise fortsetzen können. Dies ist eine der Zwischenstationen, von denen ich Ihnen erzählt habe.«

Amanda gähnte plötzlich hinter vorgehaltener Hand und entschuldigte sich dann für ihre Unhöflichkeit.

»Sie brauchen sich nicht zu entschuldigen, Mrs. Stephenson«, sagte Lopez ernst. »Ihr Körper muss sich immer noch von Ihrem Sturz erholen. Ich rate Ihnen, sich zur Ruhe zu begeben, damit Sie weiter genesen können. Brauchen Sie ein Schlafmittel?«

»Nein danke, Mr. Lopez.« Die Männer standen auf, und auch Amanda erhob sich, verblüfft über ihre wackeligen Beine. Sich schlafen zu legen, schien eine hervorragende Idee zu sein. Sie blinzelte zur Koje des Kapitäns hinüber und lächelte, denn dort lag Cesar zusammengerollt und schlief tief und fest.

»Der arme Junge«, lachte Roberts. »Sich so gut zu benehmen, hat ihn völlig erschöpft.«

»Lassen Sie ihn schlafen, Kapitän. Ich helfe Ihnen, das Geschirr in die Kombüse zu tragen«, sagte Amanda.

Roberts schüttelte den Kopf.

»*Sie* brauchen Ihren Schlaf, Ma'am. Lopez wird mir helfen. Aber ich kann Cesar wecken, wenn Sie auf dem Weg zu Ihrer Kajüte Hilfe brauchen«, sagte er, und Lachfältchen umringten seine grauen Augen.

»Oh, ich glaube, ich finde den Weg allein«, erwiderte Amanda lächelnd. »Meine Herren, danke für den schönen Abend.«

Auch als sie längst wieder in ihrem Quartier war, lächelte Amanda immer noch. Es *war* ein schöner Abend gewesen. Vielleicht war etwas mehr Aufregung in ihrem Leben ja doch eine gute Sache.

***

Nachdem sich die Luke hinter Mrs. Stephenson geschlossen hatte, beschäftigten sich die beiden Männer damit, den Tisch abzuräumen. Fast wäre Lopez gegen Roberts' Rücken geprallt, als dieser plötzlich mit den Tellern in der Hand mitten in der Kajüte stehen blieb. Er fuhr auf dem Absatz herum.

»Gabe, ich habe eine Idee.«

»Gerate ich dabei in Gefahr?«

»Pass einfach nur auf. Wenn wir morgen in Key Marquez ankern, um Vorräte und Wasser an Bord zu nehmen, wird die *Zephyr* verschwinden und uns zurücklassen. Damit wären Mrs. Stephenson und ich gezwungen, eine Weile allein auf der Insel zu bleiben.«

»Und wie soll die *Zephyr* verschwinden?«

»Du wirst mit ihr nach Havanna fahren, dich ums Geschäftliche kümmern und dann zurückkommen, um uns abzuholen.«

»Morgan, die Moskitos und Sandfliegen werden euch bei lebendigem Leib verspeisen«, sagte Lopez warnend. »Du wirst viel zu sehr damit beschäftigt sein, um dich zu schlagen und dich zu kratzen, als dass du ihr den Hof machen könntest.«

»Dann wird Mrs. Stephenson jemanden brauchen, der ihr Salbe auf die Stiche reibt, nicht wahr?«, grinste Roberts.

»Ist das nicht ein wenig voreilig? Mrs. Stephenson scheint mir eine nette Person zu sein, und sie sieht hübsch aus, auch wenn sie einen fürchterlichen Geschmack hat, was Dichter betrifft, aber du hast vor, sie widrigen Umständen auszusetzen. Es ist schon schlimm genug, dass sie auf unserem Schiff ist, denn ihr Ruf wird dadurch leiden. Mit dir auf Key Marquez zu stranden, wird ihre letzten Chancen zerstören, ihren Platz in der Gesellschaft wieder einzunehmen.«

»Ihren Platz in der Gesellschaft? Was für einen Platz hat sie denn, eine arme Witwe, die auf die Freundlichkeit der Verwandten ihres Mannes angewiesen ist? Ich kann ihr so viel mehr bieten, Gabe.«

Lopez schüttelte den Kopf.

»Du hast wieder diese Romane gelesen, die du Judith immer aus London mitbringst.«

»Miss Kahn hat gesagt, wenn ich mir schon die Mühe mache, sie ihr mitzubringen, könnte ich sie auch vorher lesen. Außerdem kann ich dabei lernen. Ich verbessere meine Rechtschreibung und meine Redegewandtheit.«

»Diese Romane sind voller unwahrscheinlicher Geschichten und törichter Menschen! Hast du schon einen der Piratenromane gelesen? So redet doch niemand. Und dies ist keine Abenteuergeschichte, Morgan, es ist das richtige Leben!«

»Ich kenne den Unterschied zwischen Schein und Sein, Gabe. Aber ich weiß auch, ich kann ihr nur zeigen, dass ich ihr ein besseres Leben zu bieten vermag als das, was sie in Charleston erwartet, wenn ich eine Weile mit ihr allein bin. Ich werde sogar Cesar mitnehmen, damit sie sich keine Sorgen machen muss. Und wenn wir uns nicht verstehen, werde ich eine Möglichkeit finden, ihr zu helfen, wenn sie sich niederlässt, das verspreche ich dir. Also, wir müssen folgende Vorbereitungen treffen …«

KAPITEL 4

Amanda erwachte von den Rufen der Möwen und einem sanften Klopfen an der Luke. Sonnenlicht fiel durch die Bullaugen, und sie bewunderte einmal mehr die Stickerei auf Mr. Lopez' Nachthemd, während sie sich räkelte.

»Wer ist da?«

»Cesar, Ma'am. Ich bringe Ihnen Ihr Waschwasser und Ihr Frühstück.«

»Bist du allein, Cesar?«

»Ja, Ma'am«, sagte der Junge verwundert.

Amanda, der kein Morgenrock zur Verfügung stand, verspürte nicht den Wunsch, nur mit einem Nachthemd bekleidet vor irgendeinem erwachsenen Mitglied der Mannschaft zu stehen. Sie wickelte sich in die Bettdecke und öffnete die Luke gerade weit genug, um den Jungen hereinzulassen. Er stellte ihr das Essen und das Wasser hin, entschuldigte sich und sagte, er werde später zurückkommen, um die Kajüte aufzuräumen.

Wieder zog sie ihre Männerkleidung an und setzte sich hin, um zu frühstücken. Angebrannte Brötchen wurden durch ein Töpfchen mit Honig und Orangenschnitzen gerettet, und dazu gab es Kaffee, der so schwarz war wie Kapitän Sinisters Bart. Bei dem Gedanken an den Kapitän und seine Mähne musste sie lächeln. Sie hatte zwar keinerlei Interesse daran, jemanden zu bekehren, doch sie war fest davon überzeugt, dass sie in der Lage sein würde, ihm zu einem zivilisierteren Aussehen zu verhelfen. Amanda hatte ihrem Vater und Geoffrey regelmäßig die Haare geschnitten und sie auch rasiert, als sie krank waren. Sie fragte sich, ob der raue Seebär sie mit einem Rasiermesser an seine Kehle lassen würde.

Nach dem Frühstück steckte Amanda den Kopf aus der Luke, und da der Flur leer war, huschte sie hinüber in die Kapitänskajüte, um den Abort zu benutzen. Gerade wollte sie in ihre Kajüte zurückkehren, als sie eine Notiz mit ihrem Namen erspähte, die an einem Strohhut lehnte.

Mrs. Stephenson

Sie können gern an Deck kommen, wenn Sie möchten. Die Sonne scheint ziemlich (dieses Wort war durchgestrichen, weil es zunächst »zihmlich« buchstabiert war) *grell, und ich rate Ihnen, diesen Hut zu Ihrem Schutz zu tragen.*

M. *Roberts*

An Londoner Maßstäben gemessen, war der Hut ein recht primitiver Chapeau, der aus Palmblättergeflecht bestand und eine leichte, schattige Kopfbedeckung abgab. Und er war so groß, dass er gut über den Verband passte.

Amanda schaute in den Spiegel und rückte sich den Hut zurecht, dann lächelte sie. Welch einen Anblick sie vom Kopf bis zu den Füßen bot! Ihre Mutter wäre in Ohnmacht gefallen, wenn sie ihre Tochter in einer solchen Aufmachung gesehen hätte, und nur der Himmel wusste, was die Stephensons in Charleston sagen würden, wenn sie ihr so begegneten.

Letzterer Gedanke ließ das Lächeln in ihrem Gesicht erlöschen. Wenn dieses Abenteuer endete, würde ihr Ruf endgültig ruiniert sein, und niemand würde den Stephensons in Charleston einen Vorwurf machen, wenn sie sie des Hauses verwiesen.

Immer der Reihe nach, dachte Amanda, als sie nun die Kajüte verließ und sich auf die Suche nach der Leiter zum Oberdeck machte. Wenn sie in Florida vor Anker gingen, konnte sie sich vielleicht von den Piraten trennen und ihre Reise fortsetzen, bevor der Schaden allzu groß wurde.

So still es unter Deck war, so geschäftig ging es oben zu. Segelleinen knatterten im Wind, und die Matrosen gingen ihrer Arbeit nach.

Bis sie Amanda in Hemd und Hosen sahen.

»Wenn ich sie nicht beachte, werden sie mich auch nicht beachten«, sagte sich Amanda standhaft. Hinter ihr bellte eine tiefe Stimme der glotzenden Mannschaft ein »An die Arbeit!« zu. Sofort wandten sich die Blicke von ihr ab, und das geschäftige Treiben an Bord ging weiter.

Amanda trat an die Reling und blickte auf das Wasser hinaus, während sie darauf wartete, dass sich ihre Gesichtsfarbe wieder normalisierte.

»Mrs. Stephenson«, sagte dieselbe Stimme. »Schön zu sehen, dass Sie wieder auf den Beinen sind. Und der Hut sieht …« Er hielt inne und suchte nach dem richtigen Wort, »… passend aus.«

Amanda lächelte. Es war nicht zu überhören, dass der Kapitän nicht über Mr. Lopez' Wortgewandtheit verfügte.

Sie wandte sich ihrem Gastgeber zu und hielt den Hut fest, der ihr vom Kopf zu rutschen drohte, als sie aufblickte.

»Er ist auch passend, Kapitän, und ich danke Ihnen. Ich muss aber ein Band daran befestigen, damit er mir nicht vom Kopf geweht wird. Stört Sie das?«

»Der Hut gehört Ihnen, Mrs. Stephenson.«

»Nochmals Danke, Kapitän. Werden wir heute auf dieser Insel landen, von der Sie gesprochen haben? Und gibt es dort eine Ortschaft, in der ich mir etwas Anständiges zum Anziehen kaufen kann?«

Roberts zupfte an seinem Bart. Dann zog er seinen Hut ab, fuhr sich mit der Hand durch die verfilzten Haare, seufzte und setzte den Hut wieder auf. Er verschränkte die Hände hinter dem Rücken und lehnte sich zurück. Amanda beobachtete diese Darbietung hochinteressiert. Eigentlich war ihr die Frage ganz simpel erschienen.

»Nein, Mrs. Stephenson. Auf Key Marquez gibt es leider keine Ortschaft.«

»Oje. Nun, werden wir denn in Key West anlegen? Sie hatten doch von den vielen Kostbarkeiten gesprochen, die dort an Land gespült werden.«

Diesmal reagierte Roberts schneller.

»Nein, in Key West legen wir nicht an. Aber in Kürze erreichen wir Havanna.«

Amanda starrte ihn an.

»Havanna? Havanna auf Kuba? Havanna liegt in entgegengesetzter Richtung von Charleston, Kapitän, das weiß sogar ich!«

»Bitte schreien Sie nicht so, Mrs. Stephenson; Sie machen sonst die Mannschaft nervös.«

»Ich schreie gar nicht, Kapitän Roberts. Obwohl ich *versucht* bin, es zu tun.« Sie funkelte ihn an. »Zumindest kann ich mich in Havanna um meine Weiterreise kümmern.«

»Ich werde sehen, was sich dort machen lässt«, pflichtete Roberts ihr bei. »Allerdings herrschen in Havanna raue Sitten …«

»Rauere Sitten als auf einem Schiff voller Piraten?«

»Ein Schiff voller Freibeuter, Mrs. Stephenson. Wir sind keine Gesetzlosen.«

Er trat dichter an sie heran, doch sie sah ihn unbeirrt weiter an. Er beugte sich über sie und sprach so leise, dass nur sie es hören konnte.

»Die Männer würden es nicht sehr freundlich aufnehmen, wenn Sie ihren Ruf in den Schmutz zögen, Mrs. Stephenson. Einige von ihnen haben Familien und legen großen Wert auf ihren guten Namen.« Er wies mit der Hand auf seine geschäftige Mannschaft. »Viele von ihnen haben gegen Kriegsende Zivilisten verteidigt, wie Sie es sind, Mrs. Stephenson.«

»Wie denn? Haben sie etwa Yorkshire gegen die nahende amerikanische Marine verteidigt?«

»Darum geht es nicht.«

Er blickte stirnrunzelnd auf sie nieder, und sie gestattete sich das Lächeln, das sie bei dem Gedanken, wie diese Piraten England verteidigten, noch unterdrückt hatte.

»Sie haben absolut recht, Kapitän. Es ist nicht sehr christlich von mir, diese Männer zu verurteilen, vor allem wenn sie, wie Sie sagen, ihr Leben für mich riskiert haben und für die, die ich liebe. Und bevor Sie noch etwas sagen – ich weiß natürlich, dass die Vereinigten Staaten niemals vorhatten, in England einzufallen, aber es war auch so ein schrecklicher Konflikt, und ich bin froh, dass er vorüber ist. Es sind viel zu viele junge Männer aus unserem Ort in den Krieg gezogen und nie zurückgekehrt.«

»Ich bitte Sie nur, der *Zephyr* und ihrer Mannschaft ohne Vorurteile zu begegnen, Mrs. Stephenson.« Er räusperte sich und strich sich das vom Meereswind zerzauste Haar aus dem

Gesicht. »Was auch immer geschieht, ich hoffe, Sie wissen, dass wir Ihnen gegenüber keine bösen Absichten hegen.«

»Ach nein?«

Sie blickte mit hochgezogenen Augenbrauen zu ihm auf. Begriff er denn nicht, dass ihr Ruf am Ende dieser Reise völlig ruiniert sein würde? Vielleicht würden ihr die Stephensons ja helfen, sich anderswo niederzulassen – irgendwo weit weg im Landesinneren, wo sie nicht mit Seeleuten, Piraten oder überwältigenden Schiffskapitänen in Kontakt kommen würde.

»Wir werden Key Marquez heute Nachmittag erreichen, Ma'am.« Roberts lenkte das Gespräch auf weniger verfängliches Terrain zurück. »Die Insel mag nicht den Luxus von Key West bieten, aber sie hat auch ihre guten Seiten. Möchten Sie sich heute Morgen vielleicht ein wenig mit mir auf dem Schiff umsehen? Es ist ein schöner Tag, und ich habe nicht oft die Gelegenheit, einen Gast auf der *Zephyr* herumzuführen.«

Die letzten Worte wurden von einem wahrhaft charmanten Lächeln begleitet, das seine weißen Zähne aufblitzen und ihn viel jünger aussehen ließ, als die Fältchen rings um seine Augen und das Silber in seinem Bart es eigentlich taten. Voller Neugier über diesen seltsamen Mann ergriff Amanda den Arm, der ihr angeboten wurde, obwohl es sich höchst ungewöhnlich anfühlte, in Hosen umherzuschlendern.

»Die *Zephyr* ist ein zweimastiger Schoner, Mrs. Stephenson. Die *Penelope* ist – war – eine Brigantine, die auch sehr gut ausgestattet war. Ich weiß, dass McGuire sie vermissen wird.«

»Anscheinend kennen Sie Kapitän McGuire gut, Kapitän Roberts.«

»McGuire hat mir nie verziehen, dass ich die *Penelope* damals im Krieg um ihre Ladung erleichtert habe. Er meint, ich hätte mich auf die Seite der Amerikaner schlagen sollen, anstatt für die Briten zu arbeiten.«

»Und warum haben Sie die Vereinigten Staaten nicht unterstützt, Kapitän?«, fragte sie neugierig. »Ich kann es kaum erwarten, mich in Amerika niederzulassen, wo die Möglichkeiten selbst für eine Witwe grenzenlos sind.«

»Möglichkeiten einer erneuten Heirat, Ma'am?« Es glitzerte in seinen schiefergrauen Augen.

»Vielleicht auch das. Ich hatte aber mehr an das Geschäft gedacht.«

»Sie hatten den Verlust Ihrer ›Pressen‹ schon erwähnt. Wozu brauchen Sie denn Pressen?«

»Zur Seifenherstellung, Kapitän Roberts. Ich stelle feine Kosmetikseife her und hatte gehofft, mich damit in Amerika selbstständig zu machen. Viele Frauen kochen zwar die Seife für den täglichen Gebrauch selbst, aber ich bin fest davon überzeugt, dass es hier genau wie in England einen Markt für Qualitätsseife gibt, die man im Laden kaufen kann. Meine Spezialität ist Mandelseife, die ich nach einem alten Familienrezept herstelle«, sagte sie nicht ohne Stolz.

Roberts lächelte.

»Darum duften Sie nach Plätzchen! Es ist die Seife, die Sie benutzen. Ein verlockendes Aroma, Mrs. Stephenson.«

Amanda errötete bei dem Gedanken, dass dieser Pirat bemerkt hatte, wie sie roch. Zum Kuckuck!

»Was Sie nicht sagen, Kapitän Roberts. Diese Seife stammt aus meiner eigenen Fertigung. Außerdem stelle ich Cremes und Lotionen her, die ich in England in einer Apotheke verkaufen konnte. Ich hatte vor, mich in Charleston niederzulassen, weil man mir gesagt hat, es sei eine hinreichend große Stadt.«

»Was ist sonst noch an Bord der *Penelope* verloren gegangen außer Ihren Pressen?«

»Ach, herrje«, seufzte sie. »Die Pressen sind der schwerste Verlust, weil sie jedes Seifenstück gleichzeitig mit einer Mandelblüte geprägt haben und es damit als Brooke-Produkt kennzeichneten. Brooke war der Familienname meiner Mutter, und die Rezepte stammen von ihr beziehungsweise meiner Urahnin Amanda Brooke. Brooke-Seifen und -Cremes genießen einen ausgezeichneten Ruf«, sagte sie ohne jede falsche Bescheidenheit. »Außerdem hatte ich einen Kessel und Rührwerkzeuge, dazu Lederhandschuhe und Schürzen, um mich vor der Lauge zu schützen. Nichts davon ist unersetzbar, aber es bedeutet, dass ich viel mehr Kapital und Zeit benötigen werde, um mein Arbeitsmaterial zusammenzubekommen und anfangen zu können.«

»Wenn Sie auf der Suche nach Investoren sind, Mrs. Stephenson, würden Sie Ihre Pläne dann vielleicht mit mir besprechen? Vielleicht könnte ich Ihnen finanziell den Rücken stärken?«

Sie stolperte und ließ seinen Arm los.

»Sie, Kapitän Sin… Kapitän Roberts? Sie wollen in eine Seifenmanufaktur investieren?«

»Ich benutze durchaus manchmal Seife«, sagte er trocken. »Zeigen Sie mir Ihre Planung für die Manufaktur und den Vertrieb, und ich werde darüber nachdenken. Ich bin immer auf der Suche nach sicheren Investitionsmöglichkeiten.«

Sie starrte ihn immer noch an, und er fügte hinzu: »Nun kommen Sie schon, Mrs. Stephenson, was dachten Sie denn, was ein Freibeuter mit seiner Prise anfängt? Sie versaufen und verspielen?«

Da sie genau davon ausgegangen war, sagte Amanda nichts.

Roberts verschränkte die Hände hinter dem Rücken und blickte auf sie hinunter.

»Ich bin vor allem Geschäftsmann, Mrs. Stephenson. Ich habe nicht vor, den gesamten Rest meines Lebens an Bord eines Schoners zu verbringen und anderen Schiffen nachzujagen. Irgendwann möchte ich den Profit meiner Arbeit genießen.«

»Ich kenne Sie doch kaum, Kapitän. Es wäre unziemlich, wenn ich Geld von einem Mann annehmen würde, der nicht mit mir verwandt ist.«

»Ich gehe doch davon aus, dass Sie mein Geld nicht *annehmen* würden, Mrs. Stephenson, sondern klug damit umgehen würden. Glauben Sie mir, ich betreibe kein Hilfswerk für Witwen in Not. Wenn mich Ihre Pläne nicht überzeugen, werde ich auf eine Investition verzichten.«

»Nun, Sie halten aber gar nichts von Schönfärberei, nicht wahr, Kapitän?«

So offen hatte seit dem Tod ihrer Mutter niemand mehr mit ihr gesprochen.

»Wäre es Ihnen lieber, wenn ich meine Worte hübsch verbräme, Mrs. Stephenson?«

Sie blickte auf das Wasser hinaus, wo die Sonne auf den blauen Wellen glitzerte, und dachte nach. Dann hob sie den Blick und sah dem Freibeuter direkt in die grauen Augen.

»Nein«, sagte sie langsam. »Nein, Kapitän Roberts, ich möchte lieber, dass Sie offen und ehrlich mit mir sprechen.«

»Aber Sie mussten darüber nachdenken. Warum?«

»Weil dieser direkte Umgang zwischen Männern und Frauen nicht üblich ist. Außer vielleicht in der Ehe. Und selbst dann …«, sie runzelte die Stirn, »… selbst dann hält man sich oft zurück und sagt nicht immer das, was man wirklich sagen will.«

»Und ist es das, was Sie sich wünschen: sagen zu können, was Sie denken?«

»Es klingt merkwürdig, nicht wahr? Ich möchte natürlich mit meinen Worten niemanden verletzen, aber die Vorstellung, sagen zu können, was ich möchte, ohne eine Verurteilung fürchten zu müssen …«

Es war bizarr, auf diesem Schiff zu sein, dachte sie. Eine Blase außerhalb der Zeit, in der sie für die Dauer ihrer Reise sie selbst sein konnte, Amanda, bevor ihr gesetztes, streng geregeltes Dasein bei der Familie ihres verstorbenen Mannes begann.

Roberts lehnte sich mit verschränkten Armen an die Reling und sah sie an.

»Von mir aus, Mrs. Stephenson, können Sie immer genau das zu mir sagen, was Sie denken. Ich verspreche Ihnen, dass ich Sie nicht den Haien vorwerfen werde.«

»*Señora* Stephenson, ich bin mit meiner Arbeit fertig!«

Cesar kam barfuß angelaufen.

»Du unterbrichst uns, junger Mann«, sagte der Kapitän streng.

»Entschuldigung, Sir, Se… Mrs. Stephenson«, sagte der Junge kleinlaut. Er zog seine Mütze und verbeugte sich. »Ich hatte gehofft, wir könnten uns ein Buch anschauen, bevor ich das Mittagessen auftischen muss.«

»Ich habe Cesar versprochen, dass ich mir etwas Zeit für ihn nehme, wenn er mit seiner Arbeit fertig ist«, erklärte Amanda.

»Nun denn, du Lausejunge, dann wollen wir diesmal darauf

verzichten, dich auszupeitschen, weil du uns unterbrochen hast – das ist ein Scherz, Mrs. Stephenson, bitte fallen Sie nicht in Ohnmacht –, aber du darfst deine Manieren nicht vergessen.«

»*Si*, ich meine, ja, Sir«, sagte der Junge, und Roberts entließ sie mit einer Handbewegung. Cesar plapperte ohne Unterlass, während Amanda das Buch aus ihrer Kajüte holte, und sie erfuhr mehr, als sie je erwartet hätte, über Swansons Zahnschmerzen, Silvestres Spielschulden, über das Fischen in der Brandung und darüber, wie man eine Mango aß.

Cesar führte Amanda zu einer Stelle an Deck, wo er ihr aus einem Stück Segelleinen, das geflickt werden musste, einen Sitz bereitet und darüber ein Sonnensegel gehängt hatte. Er hatte sogar eine Karaffe mit Wasser und einen Becher für sie bereitgestellt. Amanda betrachtete sein Werk, dann ließ sie sich vorsichtig im Schneidersitz nieder und zog sich die Hose bequem zurecht.

»Ist es gut so, Mrs. Stephenson? Können Sie hier sitzen und lesen?«

»Wunderbar, Cesar. Du hast mir mein persönliches Schattenplätzchen gebaut, und in einem Rosengarten könnte es nicht schöner sein. Danke, dass du dir solche Mühe gemacht hast. Wie wäre es, wenn du deine Lesekünste zuerst ausprobierst und ich dir hinterher etwas vorlese?«

»O ja, Mrs. Stephenson, bitte!«

Amanda griff nach dem Buch mit den deutschen Märchen und blätterte es durch, bis sie eines fand, von dem sie glaubte, dass es einen Jungen ansprechen würde, der von Menschen umgeben war, die viel größer waren als er selbst. Er begann stockend und sprach die Worte, die er nicht kannte, besonders vorsichtig aus.

»Es war einmal ein Schneider… Schneiderlein, das sich gern Marmelade aufs Brot strich, doch dann ärgerten ihn die vor… vorwitzigen Fliegen …«

Bald war Cesar ganz gefangen von der Geschichte des tapferen Schneiderleins, das sieben auf einen Streich getötet hatte.

»… und so wurde der Schneider zum König. Und wenn er nicht gestorben ist, dann lebt er noch heute.«

»Gut gemacht, junger Mann!«, sagte Amanda beeindruckt vom Können des Jungen. »Was hast du aus dieser Geschichte gelernt?«

Cesar dachte stirnrunzelnd nach.

»Schlauheit kann Größe besiegen. Und man darf keiner Frau vertrauen.«

Amanda fuhr herum, weil hinter ihr jemand hustete, und sah Mr. Lopez dort stehen.

»Nun, Cesar, die Frau des Schneiders hat aber sicher gelernt, ihn nicht wegen seiner niederen Herkunft zu verachten und seine Schlauheit zu schätzen«, sagte sie.

»Das kann man nur hoffen«, murmelte der spanische Freibeuter und sagte dann lauter: »Cesar, es ist Zeit, dass du beim Essen hilfst. Und vielleicht möchte sich Mrs. Stephenson ja noch etwas hinlegen, bevor wir an Land gehen.«

»Ist das Ihr ärztlicher Rat, Mr. Lopez?«

»Ja, Ma'am. Sie sollten sich so kurz nach Ihrem Sturz nicht überschätzen. Außerdem würde ich gern noch einen Blick auf Ihren Verband werfen.«

Er streckte die Hand aus und half ihr auf. Im ersten Moment schwankte sie, dann blieb sie aufrecht stehen.

»Vielleicht haben Sie ja recht, Mr. Lopez«, sagte sie und ließ sich von ihm zurück in die Kajüte führen. Lopez ließ die

Luke offen stehen, um »frische Luft hereinzulassen«, doch es schien ihn nicht im Mindesten zu überraschen, als Kapitän Roberts wenige Augenblicke später im Eingang auftauchte.

»Stimmt etwas nicht?«, fragte Roberts.

»Nein, Käpt'n, ich wollte nur den Verband noch einmal überprüfen.«

Lopez reinigte die Wunde erneut, dann verband er sie wieder.

»Ich glaube, mein Onkel Isaac, der Arzt, wäre mit meiner Arbeit zufrieden«, sagte er voller Genugtuung, als er sich dann die Hände wusch. »Die Wunde heilt gut, und wenn alles normal verläuft, können wir den Verband in ein oder zwei Tagen abnehmen.«

»Nochmals danke, Mr. Lopez.« Amanda schenkte ihm ein schwaches Lächeln. »Sie haben recht, ein Nickerchen klingt jetzt gut.«

»Wir heben Ihnen etwas vom Mittagessen auf, Mrs. Stephenson«, sagte Roberts. »Brauchen Sie sonst noch etwas?«

»Nein danke, Kapitän.«

Sie wollte sich jetzt nur noch in die Koje legen, aber das konnte sie ja nicht, während der Kapitän sich dort herumdrückte.

»Nun denn, ruhen Sie sich aus.«

Er blieb noch einen Augenblick stehen und betrachtete sie, dann schloss er die Luke.

Welch ein merkwürdiger Pirat, dachte Amanda nicht zum ersten Mal und legte sich dann zum Schlafen hin, eingelullt vom Ächzen der Segel und Taue im Wind.

***

Amanda erwachte erfrischt, gerade noch rechtzeitig, um die »Land in Sicht«-Rufe aus dem Ausguck zu hören. Sie zog sich rasch an, aß das Obst, den Käse und das Gebäck, das man ihr in die Kajüte gestellt hatte, und hastete die Leiter hinauf. Die Mannschaft war dabei, die Segel zu reffen, um die *Zephyr* zum Ankern bereitzumachen, und Kapitän Roberts stand am Steuerrad. Amanda wandte sich automatisch in seine Richtung und trat zu ihm.

Auf der Steuerbordseite leuchtete ein grünes Inseljuwel vor dem blauen Himmel auf. Dahinter war das Festland zu sehen, eine dunkle, bewaldete Landmasse, die einen unbewohnten Eindruck machte. Ein Chor von Möwen lieferte die akustische Untermalung, und am Strand wimmelte es von Seeschwalben und anderen Vögeln, die in den Wellen umherliefen.

Sie betrachtete den Kapitän, dessen Hände auf dem Rad ruhten, während er jedes Ächzen und jede Schwankung seines Schiffes registrierte. Er ist in seinem Element, dachte sie, eins mit dem Meer und dem Wind.

»Mrs. Stephenson, fehlt Ihnen etwas?«

»Nein, Kapitän, danke. Die Ruhe hat mir gutgetan. Ist das die Insel, von der Sie mir erzählt haben?«

»Aye, Ma'am. Key Marquez. Sie ist nicht groß, nur etwa fünf Meilen lang und bis zu zwei Meilen breit. Sie hat einen guten Hafen und Süßwasserquellen, eine Seltenheit auf den Riffinseln. Wir füllen hier unsere Wasservorräte nach, und da wir ein paar Tage auf der Insel bleiben werden, sollten Sie alles Notwendige zusammenpacken, das Sie mitnehmen wollen.«

»Wir bleiben auf der Insel?«

Er blickte auf sie hinunter.

»Sie finden es doch gewiss an Land angenehmer als auf der *Zephyr*? Ich weiß, dass die Mannschaft es genießt, sich frei bewegen und frische Lebensmittel essen zu können.«

Sie seufzte. Das war ein weiterer Schlag für ihren Ruf, doch auch daran ließ sich nichts ändern.

»Zu Befehl, Kapitän. Ich bin gleich wieder da.«

Morgan sah sie niedergeschlagen davongehen. Und jetzt? Er hatte sie an einen herrlichen Ort gebracht, wo er sie mit Köstlichkeiten verwöhnen und ihr die Gelegenheit geben würde, ihn besser kennenzulernen, und sie führte sich auf, als hätte sie auf eine Made in ihrem Zwieback gebissen.

Er schüttelte den Kopf. Gabe hatte recht. Er hatte keine Ahnung von anständigen Frauen.

KAPITEL 5

Als Amanda wieder an Deck kam, lag das Boot bereit, um sie ans Ufer zu bringen. Ein Teil der Mannschaft würde an Bord bleiben und im Schichtdienst weiterarbeiten; die anderen würden an Land gehen und die Vorräte der *Zephyr* auffüllen.

Die Seeleute ruderten zielsicher durch die Brandung, bis zwei Mann in das seichte Wasser sprangen, um das Boot an den Strand zu ziehen, wo es vertäut wurde. Auch Roberts sprang aus dem Boot. Dann nahm er Amanda in die Arme und trug sie durch die flachen Wellen zum Strand.

Der Tag war warm, doch obwohl vom Meer her ein erfrischender Wind wehte, brannte die Sonne gnadenlos, und Amanda war froh, dass sie ihren Hut hatte. Sie waren an einem endlosen weißen Strand gelandet, der in der hellen Sonne leuchtete, und als Roberts sie abstellte, grub sie ihre Zehen in den warmen Sand. Sie legte den Kopf zurück und holte tief Luft. Der Schiffsgeruch nach Schimmel und Schweiß war verschwunden und neuen Düften gewichen – nach Blumen und frischem Grün mit einem Hauch von Salz.

Amanda trat zwei Schritte auf das Landesinnere zu und wäre hingefallen, hätte eine kräftige Hand um ihre Taille sie nicht hochgezogen.

Roberts stieß ein tiefes Lachen aus.

»Sie sind ein richtiger Matrose geworden, Mrs. Stephenson. Es wird eine Weile dauern, bis Sie an Land wieder richtig stehen können.«

Amanda errötete, nicht nur, weil sie sich sonst nie so ungeschickt anstellte, sondern auch, weil Roberts seine Hand immer noch auf ihrer Hüfte liegen hatte. Sie konnte seine Körperwärme durch ihre dünne Kleidung spüren und war froh, dass sie ihm den Rücken zugedreht hatte und er nicht sehen konnte, dass ihr die Hitze ins Gesicht gestiegen war.

»Ich glaube, ich kann jetzt selbst stehen. Danke, Kapitän«, sagte sie so würdevoll, wie sie nur konnte.

»Natürlich, Ma'am. Wenn Sie Hilfe brauchen, fragen Sie nur.«

In seiner Stimme klang immer noch ein Lächeln mit, und er trat zurück. Er selbst bewegte sich so sicher, als klettere er in der Takelage umher.

Cesar kam mit Amandas Koffer, dann rannte er zurück, um Roberts' Seesack und seine eigene Tasche zu holen. Am Strand gab Gabriel Lopez den Männern Anweisungen, die das Wasser holen und das Abendessen jagen sollten. Als die Männer auf den Wald zuhielten, zog sich Amanda den Hut etwas tiefer ins Gesicht, um ihre Augen zu schützen.

»Was werden sie jagen, Kapitän?«

»Im Wald können sie Rotwild, Tauben oder Truthähne finden. Selbst wenn sie mit leeren Händen zurückkommen, was unwahrscheinlich ist, gibt es hier massenweise Austern und Fisch.«

»Es ist so schön hier, und es herrscht ein solcher Überfluss! Es ist wie der Garten Eden.«

»Aye, das stimmt, aber genau wie in Eden kann hier auch die eine oder andere Schlange lauern.« Seine Stimme wurde ernst. »Eine Insel mit Süßwasser ist immer ein begehrter Anlegeplatz. Gegen manche der Männer, die hier vor Anker gehen, sieht die Mannschaft der *Zephyr* wie ein Haufen Chorknaben aus. Es ist wichtig, dass Sie in meiner Nähe bleiben, Mrs. Stephenson, und nicht allein davonspazieren. Außerdem gibt es hier auch noch andere Gefahren: Schlangen, Alligatoren, giftige Insekten und Pflanzen. Aber Sie können mir glauben, wenn ich Ihnen sage, dass das gefährlichste Tier in dieser Gegend das mit zwei Beinen ist. Das gilt auch für dich, Cesar«, fügte er mit einem Blick auf den Jungen hinzu. »Sklavenhändler wären mit dir über alle Berge, bevor du um Hilfe schreien könntest. Bleib immer dicht bei mir oder der Mannschaft oder Mrs. Stephenson.«

Der Junge nickte mit großen, ernsten Augen, dann rannte er noch einmal zum Boot.

»Kommen Sie, Mrs. Stephenson. Wir müssen unseren Unterschlupf erreichen. Wir lassen das Gepäck hier und holen es später.«

Roberts griff nach Gewehr und Entermesser – ein ernüchternder Anblick, der seinen Warnungen vor den Gefahren in Eden Nachdruck verlieh. Amanda strich sich den Sand von den Füßen und zog ihre Schuhe wieder an.

Nachdem er sich Gewehr und Munition über die Schulter geschlungen hatte, hackte sich Roberts mit dem Entermesser durch das Unterholz und führte sie auf höheres Gelände. Cesar und Amanda folgten ihm, doch schon bald fiel sie zurück. Roberts versuchte, seine Schritte zu verkürzen, doch dann blieb er stehen und drehte sich um, und seine Miene wurde sanft, als er die Bestürzung in ihrem Gesicht sah.

»Es tut mir leid, dass ich Ihnen so zur Last falle, Kapitän.«

»Machen Sie sich keine Gedanken, Mrs. Stephenson. Es

wird alles gut, und Sie fallen mir nicht zur Last, glauben Sie mir.«

Er legte das Entermesser beiseite und streckte die Hand nach den Bändern aus, die sie an ihrem Strohhut befestigt hatte. Als sie zum Protest ansetzte, sagte er nur: »So ist es einfacher.«

Er reichte ihr den Hut, bückte sich und hob sie auf, um sie zu tragen.

»Cesar, bring das Schwert mit.«

»Aye, Kapitän«, sagte der Junge, der große Augen bekam, weil man ihm erlaubte, das Schwert zu tragen, das schon unzählige Seeschlachten erlebt hatte. Es war eine scharfe, schwere Waffe, und der Junge ging sehr vorsichtig damit um, schien aber gleichzeitig angesichts seiner neuen Verantwortung ein Stückchen zu wachsen.

Amanda äußerte keine Einwände mehr und schlang Roberts den Arm um den Hals, um sich festzuhalten. Irgendwann würde der Kapitän damit aufhören müssen, sie wie ein Gepäckstück zu behandeln, doch vorerst beschloss sie, ihrem Gewissen Urlaub zu geben und es einfach nur zu genießen, dass man sie festhielt. Roberts roch nach Tabak und Mann. Ihre Lippen zuckten. Das Einzige, wonach er nicht roch, war Rasierseife, ganz anders als Geoffrey. Hin und wieder wehte ihr der Wind die wilden Locken des Kapitäns ins Gesicht, und sie strich sie vorsichtig beiseite.

Sie sah sich neugierig um. Die Luft war zwar feucht, doch es war nicht unerträglich, und wieder atmete sie den Duft nach frischem Grün tief ein. Das hatte ihr an Bord der *Penelope* gefehlt, der Duft lebender Pflanzen, denn Pflanzen und ihre Essenzen waren ein wichtiger Bestandteil ihres Handwerks, und sie hatte eine gute Nase. Hier roch es anders als in England mit seinen alten Gewächsen, wilder, ungezähmt, üppig wie das Land, das sie umgab. Über ihnen huschten Vögel durch die Bäume, aufgestört von den Schritten der Menschen. Das Blau des Himmels war so tief, dass es beinahe schmerzte hinzusehen, und sie war froh über jeden schattigen Fleck.

»Da sind wir.«

Sie blickte in das Gesicht des Piraten auf. Oberhalb seines Bartes war es von einem Schweißfilm überzogen, doch ansonsten schien es ihm nichts ausgemacht zu haben, sie durch den Wald zu schleppen.

»Sie können mich wieder hinstellen, Kapitän. Ich kann jetzt ohne Hilfe stehen.«

Roberts setzte sie ab und wies mit der Hand auf eine Lichtung.

»Unser Unterschlupf, Ma'am.«

Der »Unterschlupf« bestand aus einer Reihe verfallener Bauten. Die Palmblattdächer waren an mehreren Stellen vom Wind durchlöchert, und die Holzwände der Nebengebäude schienen sich wie betrunkene Seeleute gegenseitig zu stützen. Kletterpflanzen rankten sich um die Holzbalken, und ein Tier huschte durch eines der Löcher im Dach und verschwand im Inneren der Hütte.

»Das ist es?«

»Aye, ein paar kleine Reparaturen, und schon ist es wieder gemütlich und dicht.«

Amanda war sich da zwar nicht so sicher, folgte Kapitän Roberts und Cesar aber tapfer zu der kleinen Siedlungsstelle.

»Was ist aus den Menschen geworden, die hier gelebt haben?«

»Die Familie Marquez hat hier sechs Monate gelebt, um der spanischen Regierung gegenüber ihr Besitzrecht zu beanspruchen, dann sind sie nach St. Augustine zurückgekehrt. Die ganze Familie wurde von einer Tropenkrankheit dahingerafft, und bis jetzt hat niemand Anspruch auf die Insel erhoben. Doch das wird sich ändern. Es heißt, die Vereinigten Staaten wollen in der Gegend einen Leuchtturm bauen, und da es hier Süßwasser gibt, wäre es eine geeignete Stelle. Hier ist einer der Brunnen.«

Roberts schob den Deckel beiseite und blickte hinein.

»Scheint sauber zu sein. Als wir vor ein paar Monaten hier waren, war es noch Süßwasser.«

Er senkte den Eimer in den Brunnen, zog genug Wasser hoch, um ihn zu säubern und senkte ihn wieder.

»Ich habe leider keinen Becher zur Hand, aber wenn Sie mit den Händen eine Schale formen, können Sie etwas trinken, Mrs. Stephenson.«

Amanda lächelte ihm dankbar zu und tauchte ihre Hände in das Wasser. Beim ersten Schluck schmeckte sie noch das Salz auf ihrer Haut, doch der zweite Schluck war frisch und klar. Nachdem sie sich erfrischt hatte, fuhr sie sich mit den nassen Händen über Gesicht und Hals, ohne sich an den Wassertropfen zu stören, die ihr ins Hemd liefen, sodass sich der Stoff feucht an ihre Haut legte.

Als sie aufblickte, starrte Roberts auf ein Rinnsal an ihrem Hals.

»Kapitän Roberts?«

Er räusperte sich.

»Jetzt du, Cesar.«

Auch der Junge lächelte dankbar. Dann senkte er den Kopf und trank direkt aus dem Einer. Schließlich trank auch Roberts, der zum Schluss seinen ganzen Kopf in das Wasser steckte. Als er wieder auftauchte, schüttelte er sich wie ein

Spaniel und versprühte Wasser in alle Richtungen. Er lachte über ihre gespielten Schreie der Bestürzung.

Amanda war hingerissen von seinem Lachen. Es war voller Leben und genoss einfach nur die Freuden des Augenblicks – etwas, das sie selbst viel zu selten tat, seit sie erwachsen war.

»Sie sehen so nachdenklich aus, Mrs. Stephenson.«

»Ich grübele nur über die Vergangenheit nach, Kapitän. Und denke an die Zukunft.«

»Die Zukunft sieht erst einmal so aus, dass wir dafür sorgen müssen, für die Nacht ein Dach über dem Kopf zu bekommen. Die Hütte scheint ja ganz brauchbar zu sein.«

Amanda trat dichter an das Gebäude heran, um es sich aus der Nähe anzusehen.

»Die Wände sind ja voller Muschelschalen!«

»Das Haus besteht aus Muschelkalk, wie viele Häuser in Florida. Er ist weich, wenn man ihn gewinnt, und mit der Zeit wird er hart. Steinhart.« Er versetzte der Wand einen Hieb. »Diese Wand würde sogar den Treffer eines Vierpfünders schlucken.«

»Rechnen Sie denn damit, dass jemand das Haus mit Kanonenkugeln beschießt?«

»Man weiß nie, Mrs. Stephenson. Jetzt setzen Sie sich irgendwo hin und ruhen Sie sich aus – ich weiß, dass Sie immer noch Kopfschmerzen haben. Ich mache mich an das Dach, Cesar kann innen sauber machen, dann haben wir es schnell in Ordnung.«

»Kapitän, ich kann doch nicht untätig herumsitzen, wenn es etwas zu tun gibt! Wenn ich Kopfschmerzen bekomme, setze ich mich, das verspreche ich. Reparieren Sie mit Cesar das Dach, und ich mache mich innen ans Werk.«

»Ja, Ma'am«, sagte Roberts und salutierte ironisch. »Du hast unsere Order gehört, Cesar, an die Arbeit.«

Amanda hustete und wedelte mit der Hand, als sie in die Hütte trat, weil die Luft so stickig war. Das Innere war ein einziger quadratischer Raum, dessen Türen und Fenster so angeordnet waren, dass die Luft gut zirkulieren konnte. An der Rückseite des Hauses befanden sich die überwucherten Überreste eines Gartens, doch sie fand nur wenige Pflanzen, die ihr vertraut vorkamen.

»Kapitän Roberts?«

»Aye, Ma'am?«, hörte sie seine Stimme vom Dach.

»Wenn Sie einen Augenblick Zeit haben, können Sie mir sagen, welche der Gewächse Sie hier kennen, damit ich eine Vorstellung davon bekomme, was ich zum Abendessen ernten kann? Werden wir hier essen?«

Auf dem Dach raschelte es, und die alte Leiter knarrte, als Roberts neben dem rückwärtigen Fenster zu ihr hinunterstieg.

»Wollen wir einmal sehen«, sagte er, wischte sich über die Stirn und blickte in den Garten. »Da haben wir Kohlpalmen, Mangos, Tomaten, und wenn ich mich nicht irre, wachsen hier auch verwilderte Süßkartoffeln und Paprika.«

Amanda war beeindruckt.

»Für einen Seemann wissen Sie aber eine Menge über Pflanzen.«

»Wenn ich an Land bin, Mrs. Stephenson, halte ich mich normalerweise auf meiner Farm auf.«

»Sie sind Farmer?«

Seine Augen funkelten silbrig.

»Schockiert Sie das etwa? Ich habe Freude daran, Pflanzen anzubauen, und habe mir vor ein paar Jahren ein Stück Land am St. Johns River gekauft, um es zu bebauen. Auf dem Ozean wächst ja nun einmal nichts«, sagte er leise und ließ den Blick über den Garten schweifen. »Ein paar der Matrosen auf der *Zephyr* sind Bauernjungs, die davongelaufen sind. Ich dagegen wünsche mir nichts sehnlicher, als der See davonzulaufen, meine Tage auf meiner Farm zu verbringen und frisches Obst und Gemüse zu essen, das ich selbst angebaut habe.«

Roberts verstummte und betrachtete die Ruinen, die alles waren, was von der Hoffnung der Familie Marquez übrig geblieben waren.

»Und leben Sie ganz allein auf Ihrer Farm?«

Die Worte waren heraus, bevor sie es verhindern konnte. Wieder einmal war ihr Mundwerk schneller gewesen als ihre guten Manieren.

»Aye, ich wohne allein im Haus, bis auf Cesar. Ich habe Pächter, zum Großteil Spanier aus Menorca, und ein Ehepaar, welches das Haus in Ordnung hält. Wir heuern Arbeiter an, wenn wir sie brauchen.«

»Keine Sklaven?«

Sie sah keine Bewegung, spürte aber, wie er erstarrte.

»Nein, keine Sklaven.«

»Bis auf Cesar.«

Der Blick, den er ihr zuwarf, war nicht zu deuten.

»Das ist richtig, bis auf Cesar.«

Er wartete, als rechne er damit, dass sie noch etwas sagte, doch diesmal hielt Amanda ihre Zunge im Zaum.

»Sie haben meine Frage noch nicht beantwortet, ob wir hier essen, Kapitän.«

Er lehnte sich an die Wand und verschränkte die Arme, ohne den Blick von ihr abzuwenden. Amanda beugte sich etwas weiter über die Fensterbank, um ihn besser zu sehen – ein idyllisches Bild, dachte sie, beinahe wie zwei alte Freunde, die sich über das Gartentörchen hinweg unterhalten.

»Wir gehen zum Strand und essen mit der Mannschaft. Werfen Sie doch einen Blick auf das Gemüse im Garten, und wenn etwas Brauchbares dabei ist, nehmen wir es mit.«

»Und hinterher kommen wir wieder hierher?«

»Aye. Ich hänge Ihnen ein Netz gegen die Moskitos auf.«

»Soll ich etwa allein hierbleiben?«, fragte sie bestürzt.

»Nein. Das wäre unklug. Cesar und ich werden draußen vor der Hütte übernachten. Und wenn wir heute noch alles fertig bekommen wollen, mache ich mich besser wieder an die Arbeit.«

Er lächelte grüßend, dann huschte er wieder die Leiter hinauf, und bald wurde es dunkler im Inneren der Hütte, weil sich die Löcher im Dach mit Palmwedeln schlossen, die er und Cesar zuvor abgeschlagen hatten.

Amanda wusste zwar, dass es nahezu hoffnungslos war, die Bodendielen zu fegen, solange immer wieder Staub vom Dach rieselte, aber alles war besser als das Durcheinander, das hier herrschte. Sie holte sich einen Besen und ein paar Tücher aus dem Schuppen, aus dem die Männer ihre Werkzeuge genommen hatten, und ganz allmählich machte sie Fortschritte, vor allem, nachdem die Dacharbeiten beendet waren und sich die Männer daran machten, die Tür wieder einzuhängen.

Der schlichte Innenraum der Hütte enthielt einen Küchenbereich, einen Kamin mit einem Kessel und ein Bett mit einer Seilmatratze. Amanda stocherte mit dem Besenstiel in dem Brennholzstapel herum, der neben der Hintertür lag, und als sie sich vergewissert hatte, dass dort keine Gefahren lauerten, machte sie Feuer. Kessel, Feuerstein, Brennholz und

Talgkerzen zeugten davon, dass die Hütte auch nach dem Verschwinden ihrer Besitzer gelegentlich benutzt wurde. Sie fragte sich, wer außer Roberts wohl sonst noch von diesem verlassenen Außenposten im Paradies wusste.

Nachdem der Boden ordentlich gefegt und der Küchentisch kräftig geschrubbt war, sah die Hütte schon besser aus. Es gab sogar ein Stück einfache Seife – hausgemacht und deutlich schlechter als ihre eigene, aber Seife war schließlich Seife – solange man damit Wände und keine Menschen wusch. Amanda fand eine hübsch glasierte blaue Schüssel, die einen kleinen Sprung hatte, und stellte sie für das Obst und Gemüse aus dem Garten auf den Tisch.

Dann schob sie sich das feuchte Haar aus der Stirn, vorsichtig, damit der Verband nicht verrutschte. Es war zwar nicht unerträglich heiß, aber die hohe Luftfeuchtigkeit brachte sie zum Schwitzen, und sie sehnte sich nach einem schönen Bad – oder sogar nach dem kühlen Wetter ihrer Heimat. Eines war jedoch unvergleichlich besser, dachte sie lächelnd und stützte die Hände auf ihre Hüften, um den schmerzenden Rücken durchzustrecken. In Hemd und Hosen putzte es sich viel leichter als mit Korsett und hundert Unterröcken.

Ein diskretes Husten in der Tür ließ sie herumfahren. Kapitän Roberts stand dort und lehnte sich mit einer Hand gegen den Türsturz. Er hatte sich das Hemd ausgezogen, und sie starrte ihn an, völlig überrumpelt vom Anblick seiner breiten, sonnengebräunten Brust und der Schultern. Seine schweißglänzende Haut war mit einem schwarzen Haarpelz überzogen, der sich in Richtung seines Nabels verjüngte und dann in seiner Hose verschwand, die eng an den schlanken Hüften anlag.

»Sie … Sie sind ja nackt!«, keuchte sie.

»Was?« Er runzelte die Stirn und senkte den Blick. »Ach was, ich habe doch meine Hose an.«

Mit glühendem Gesicht wandte sie sich ab.

»Kapitän Roberts, bitte seien Sie so freundlich und ziehen Sie Ihr Hemd wieder an.«

»Teufel noch mal, ich dachte, Sie wären Witwe.«

»Das bin ich auch, und bitte fluchen Sie nicht«, sagte sie, den Blick fest auf die Wand gerichtet, doch sie fürchtete, dass sich das Bild seines gebräunten Körpers längst in ihre Augen eingebrannt hatte und sie es nie wieder vergessen würde.

»Das ist doch nicht das erste Mal, dass Sie einen Mann sehen, der kein Hemd anhat, oder?«, brummte er.

»Ich bin es nicht gewohnt, dass Leute unbekleidet herumlaufen, Kapitän Roberts! So etwas gibt es in England einfach nicht! Wie fänden Sie es denn, wenn ich mir das Hemd vom Leib reißen würde?«

Ihre Hände flogen an ihren Mund, und die Sekunden verstrichen lautlos, während sie darauf wartete, dass ihr das Blut wieder aus dem Gesicht wich. Langsam verdrehte sie den Kopf und blickte hinter sich.

Es war niemand mehr da.

Sie zog verwundert die Augenbrauen hoch; im nächsten Moment erschien Kapitän Roberts in der Tür, das Hemd am Körper, das Gesicht ausdruckslos.

»Hatten Sie etwas gesagt, Mrs. Stephenson? Ich bin mein Hemd holen gegangen, ganz wie Sie wünschten.«

Sie sah ihn argwöhnisch an, beschloss aber um ihres Seelenfriedens willen, ihm zu glauben.

»Wie geht es Ihrem Kopf?«

»Bis jetzt macht er mir keine Schwierigkeiten, Kapitän.«

Er trat wieder ins Freie und kehrte mit Bettzeug von der *Zephyr* zurück, darunter sogar eine Strohmatratze für das Bett.

»Bis jetzt spüren Sie ihn vielleicht nicht, aber ich möchte, dass Sie sich heute Nachmittag hinlegen. Der Kapitän will keine Widerrede hören«, sagte er, als sie den Mund aufmachte. »Sie werden ja zum Abendessen an den Strand und wieder zurück laufen müssen, und ich möchte nicht, dass Sie es übertreiben. Während Sie sich ausruhen, gehe ich mit Cesar schwimmen, und wir nehmen das Gemüse aus dem Garten mit. Damit haben wir beide Seiten der Insel unter Beobachtung und können auf Sie aufpassen, ohne Sie zu stören.«

»Wenn das ein Befehl des Kapitäns ist, ruhe ich mich natürlich aus. Ich will schließlich die Disziplin auf dem Schiff nicht stören. Ich habe nur eine Bitte. Könnten Sie den Kessel mit frischem Wasser füllen, damit ich mich vor dem Essen waschen kann?«

Sie hatte ihre Bitte kaum ausgesprochen, als sie auch schon erfüllt wurde. Fröhlich winkend brach Cesar mit dem Kapitän zum Meer auf. Amanda genoss die Stille und Zurückgezogenheit, die es an Bord nur selten gegeben hatte und im Haus der Stephensons in Charleston wahrscheinlich noch seltener geben würde. Der Wind raschelte in den Palmblättern auf dem Dach, und draußen zwitscherten die Vögel, während sie sich mit ihrer eigenen Seife wusch, dann ihre Kleider durchspülte und sie zum Trocknen über den Bettrahmen legte. Rasch zog sie Ersatzhemd und -hose an.

Im Stillen dankte sie den Seeleuten, die ihr die Kleidungsstücke zur Verfügung gestellt hatten. Dann streckte sie sich auf der Matratze aus und schloss die Augen, völlig erschöpft von den Ereignissen des Tages.

KAPITEL 6

Nach dem Schwimmen gingen Morgan und Cesar zu der Stelle, an der sich die Mannschaft der *Zephyr* gesammelt hatte, und überzeugten sich, dass alles für den Abend vorbereitet war. Morgan kehrte allein zur Hütte zurück. Er trat leise ein und setzte sich der Schlafenden gegenüber auf den Boden, um sie einfach nur zu beobachten und das sanfte Heben und Senken ihrer Brust zu bewundern.

Bis jetzt war er mit seinen Plänen zufrieden. Mrs. Stephenson, oder Mandy, wie er sie im Stillen nannte, besaß ein gesundes Selbstbewusstsein. Für eine erwachsene Frau hatte sie zwar etwas merkwürdige Vorstellungen von Sitte und Anstand, doch ansonsten schien sie ganz vernünftig zu sein. Und wie heftig sie erröten konnte! Er grinste bei dem Gedanken daran, wie peinlich berührt sie vorhin bei ihrem Versprecher gewesen war und wie sehr er in Versuchung gewesen war, sie um eine kleine Demonstration zu bitten. Sie war so ein hübsches kleines Ding. Gabe würden sicher poetischere Worte einfallen, um sie zu beschreiben, aber Morgan war ganz zufrieden damit, das Blau ihrer Augen mit der Matanzas-Bucht an einem kühlen Wintermorgen zu vergleichen, das Gold ihrer Haare mit reifem Getreide und ihren Körper mit einem gut gebauten Segelschiff.

Bei diesem Gedanken runzelte er die Stirn. Wenn es eines gab, das ihm immer klarer wurde, so war es, dass sie eine *richtige* Dame war, die keine großen Sympathien für Freibeuter hegte, ganz gleich, wie viel Beute sie horten mochten. Einerseits war das auch gut, nicht wahr? Es zeugte von einem starken Charakter – er wollte ja schließlich kein Flittchen heiraten. Andererseits – würde sie imstande sein, ihre Skrupel zu überwinden und einen Mann zu wählen, der dadurch reich geworden war, dass er auf hoher See Schiffe enterte? Das war natürlich ein Dilemma, aber so weit waren sie ja noch gar nicht. Sie war schließlich noch nicht lange an Bord der *Zephyr*, und er würde noch genug Zeit haben, ihr den Hof zu machen, bevor er sie nach Charleston brachte.

Wenn er sie nach Charleston brachte.

***

Das Erste, was Amanda sah, als sie die Augen aufschlug, war Kapitän Sinister, der im Schneidersitz auf dem Fußboden saß. Eigentlich hätte sie erschrecken sollen, doch merkwürdigerweise fühlte sie sich in der Gegenwart des kräftigen Mannes, der im Schlaf über sie gewacht hatte, getröstet. Bis auf die Glut im Kamin war es jetzt völlig dunkel in der Hütte, und der Himmel vor dem Fenster war beinahe schwarz.

»Habe ich etwa das Abendessen verschlafen?«

Roberts blickte zur Tür hinaus.

»Nein, es ist nur ein Nachmittagsgewitter. Es wird vorbeiwehen, und dann bleibt uns immer noch eine gute Stunde bis zum Sonnenuntergang.«

Wie um seine Worte zu unterstreichen, blitzte es draußen, gefolgt von einem Donnerschlag, der so laut war, dass das Gemüse im Garten bebte. Im nächsten Moment öffnete der

Himmel seine Schleusen, und es regnete in Strömen. Roberts schien die Gewalt des Sturms nicht zu beeindrucken.

»Keine Sorge, Mrs. Stephenson. Diese Gewitter sehen schrecklich aus, aber Sie werden sich bald daran gewöhnen. Wir sind hier drinnen völlig geborgen.«

Und so war es auch. Es wehte zwar ein wenig Wasser zur Tür und über die Fensterbank herein, doch die Ecke, in der das Bett stand, war trocken, und das geflickte Dach hielt dicht. Amanda lehnte sich mit angezogenen Knien an die Wand. Roberts schien nicht von ihr zu erwarten, dass sie höfliche Konversation betrieb, und so genoss sie einfach nur den Augenblick.

Nach etwa einer Viertelstunde hörte der Regen auf. Innerhalb von Sekunden lösten sich die Wolken auf, und die Sonne kam wieder zum Vorschein.

Roberts blickte zur Tür hinaus und lächelte.

»Sehen Sie sich das an.«

Amanda erhob sich vom Bett und tapste barfuß zur Tür.

Ein prächtiger, doppelter Regenbogen spannte sich über die Bäume. Vor dem Hintergrund der schwarzen Wolken im Osten leuchtete er in der frisch gewaschenen Luft noch kräftiger. Überall ringsum tropfte Wasser von den Bäumen, und die Vögel sangen jetzt noch lauter als vor dem Gewitter. Amanda blickte zu dem Freibeuter auf.

»Danke.«

»Willkommen in Florida, Mrs. Stephenson.«

Sie genossen den Anblick noch ein Weilchen, dann sagte Roberts: »Wenn wir am Strand sein wollen, bevor es dunkel wird, sollten wir besser aufbrechen.«

Er runzelte die Stirn, als sie in die Sonne trat, und betrachtete das Strickhemd, das sie angezogen hatte.

»Sie haben sich ja umgezogen.«

Es war doch wirklich nicht ihre Schuld, dachte sie etwas enerviert, dass das Hemd an der Brust so eng saß, und solange ihre anderen Kleider trockneten, konnte sie nichts daran ändern. Also hob sie das Kinn und sagte: »Meine Garderobe ist derzeit ein wenig eingeschränkt, Kapitän Roberts. Ich muss mit dem zurechtkommen, was ich habe, und ich werde keine schmutzigen Kleider zum Essen tragen, wenn es saubere gibt.«

Amanda ließ den Sonnenhut zurück, zog aber ihre Schuhe an. Roberts ließ sie vorgehen mit den Worten, dass er problemlos über sie hinwegsehen und so auf sie achten könne.

»Ganz zu schweigen davon, dass Sie nicht viel sehen könnten, wenn ich Ihnen den Blick versperre.«

Doch als sie an einer Stelle stolperte und fast gestürzt wäre, wurde sie am Arm gepackt und fast umgeworfen, bevor sie mit einem undamenhaften »Umpf!« hoch an eine harte Männerbrust gezogen wurde.

Verdattert blieb sie stehen, dann stellte Kapitän Roberts sie wieder auf ihre eigenen Füße und legte ihr eine stützende Hand unter den Arm.

»Fast wären Sie vor diesen Manzanillo-Baum gelaufen, Mrs. Stephenson.«

»Wovon reden Sie?«, fragte sie, immer noch verblüfft, weil man sie wie ein Spielzeug behandelt hatte.

»Der Baum dort drüben ist ein Manzanillo.« Er zeigte mit dem Finger nach vorn. »Hochgiftig. Wenn Sie seine Rinde berühren oder Regenwasser von seinen Blättern auf Sie tropft, wäre das sehr schmerzhaft.«

Sie strich sich die Kleider glatt und betrachtete den Baum. Er sah ganz gewöhnlich aus, nicht zu groß, mit einem dünnen

Stamm und langen, herabhängenden Ästen. Seine Rinde war glatt und dunkelbraun, das Laub glänzend; apfelähnliche Früchte lugten zwischen dem Geäst hervor.

»Sehen Sie ihn sich genau an, Ma'am. Wie gesagt, Florida ist von der Natur gesegnet, aber wie im Garten Eden gibt es hier auch die eine oder andere Schlange.«

»Vielleicht sollten Sie doch vorgehen, Kapitän.«

»Das ist nicht nötig, Ma'am, denn wenn Sie da vorne durch die Bäume gehen, sehen Sie unser Ziel.«

So war es auch – sie sah den Strand, wo ein Feuer angezündet worden war. Der Wind brachte den Duft von gebratenem Fleisch mit.

Die Seeleute begrüßten die Neuankömmlinge mit lautem Johlen und verlangten, dass der Schmaus begann. Was ihnen an Manieren fehlte, machten sie durch ihre Begeisterung wieder wett. Amanda folgte ihrem Beispiel mit großem Appetit, denn das Essen war köstlich und mit den Mahlzeiten auf dem Schiff nicht zu vergleichen. Die Mannschaft hatte ein Wildschwein und zwei Truthähne erlegt, sie in Grillgruben gelegt und mit einer herben Melassetunke gebraten, bis das Fleisch von den Knochen fiel. Es wurde mit Schiffszwieback und Süßkartoffeln aus dem Garten aufgetischt, dazu gab es frische Orangen, Wein und Rum aus den Vorratskammern der *Zephyr*.

Amanda saß neben Roberts im Sand; das Feuer tauchte sie in ein warmes Licht. Sie hockten beide im Schneidersitz da und hatten ihre Teller auf dem Schoß. Als Amanda nach Besteck fragte, grinste Roberts sie an.

»Das isst man mit den Fingern, Mrs. Stephenson. Ich verspreche, niemandem zu erzählen, dass Sie gegessen haben wie die Inder und die Seefahrer.«

»Mein Vater hat immer gesagt, wenn ich je auf Reisen gehe, sollte ich den Sitten des Landes folgen, das ich besuche«, sagte Amanda lächelnd. »Das hier wird sicherlich auch eine der Geschichten, mit denen ich die Leute in Charleston langweilen kann, wenn ich alt und grau bin. Ein solches Picknick habe ich jedenfalls noch nie erlebt, Kapitän Roberts.«

Amanda griff nach einem Stück Fleisch, das wie ein Schweinerippchen aussah und von dem die Sauce triefte. Sie versuchte, vorsichtig hineinzubeißen, doch es gelang ihr nicht, und so nahm sie den Knochen fester in die Hand und biss noch einmal zu. Nach ein paar Anläufen gab sie den Versuch auf, Hände und Gesicht sauber zu behalten, und langte genüsslich zu.

»Jetzt sehen Sie aus wie einer von uns, Mrs. Stephenson«, sagte Roberts.

»Mmpf?«, fragte Amanda mit vollem Mund.

»Wenn man Wildschweine auf kleiner Flamme räuchert, bekommt man *boucan*, und die Männer, die sie essen, nennt man Bukaniere.«

Er hatte eindeutig mehr Erfahrung mit dieser Art zu essen als sie, dachte Amanda, die ihn im Schein des Feuers betrachtete. Sie hatte das ganze Gesicht voller Sauce, während sein Bart so sauber und seidig aussah wie eh und je und sich kein einziger Tropfen Melasse darin fand.

»Gestatten Sie«, sagte er. Roberts griff nach einer Schale mit Wasser und tauchte ein Tuch hinein. Er wrang es aus, beugte sich vor und nahm ihr Kinn sacht in die Hand. Die Berührung seiner langen Finger war warm, und Amandas Mund wurde trocken. Sie fragte sich, ob er den Pulsschlag in ihrem Hals sehen konnte, denn sie spürte, wie ihr Herz schneller schlug.

Roberts tupfte ihr konzentriert mit kaum spürbaren Bewegungen die Sauce aus dem Gesicht. Er saß so dicht bei ihr, dass sie trotz des Feuers in ihrem Rücken seine Körperwärme fühlen konnte. Er wischte ihr die Wangen und den Mund ab, dann runzelte er die Stirn.

»Eine Stelle habe ich noch übersehen.«

Er streckte den Finger aus und betupfte ihren Mundwinkel. Eine verrückte Sekunde lang dachte Amanda daran, die Zunge herauszustrecken und ihm die Sauce von der Fingerspitze zu lecken, doch sie hielt sich gerade noch zurück. Als er anbot, ihr noch Wein nachzuschenken, lehnte sie ab. Das Letzte, was sie jetzt brauchte, war, sich den Kopf noch weiter vernebeln zu lassen.

Amanda fiel auf, dass alle Männer herzhaft zulangten, bis auf Lopez, der an einem Stück Truthahn herumpickte und traurige Blicke auf das Wildschwein warf.

»Mögen Sie kein *boucan*, Mr. Lopez?«

Er seufzte aus tiefstem Herzen.

»Ich liebe gebratenes Schweinefleisch, Mrs. Stephenson. Bei meinem letzten Abschied von Judith habe ich sie gefragt, was ich ihr von dieser Reise mitbringen soll, und ich dachte, sie würde nach einem Fächer oder einem Fläschchen Parfum fragen. *El Dio*, ich hätte nie gedacht, dass sie mich um ein solches Opfer bitten würde.«

Roberts lachte in sich hinein.

»Miss Kahn hat Gabe das Versprechen abgenommen, dass er höchstens dann Schweinefleisch isst, wenn er Schiffbruch erleidet und ihm der Hungertod droht. Ihre Leute essen so etwas nicht, und sie hat gesagt, der Verzicht wäre gut für sein Seelenheil.«

»Keine Schweine, keine Frauen, und fluchen darf ich auch

nicht. Ich habe jetzt schon das Gefühl, das Los eines verheirateten Mannes zu tragen, allerdings ohne die Freuden.«

»Aber, aber, Gabriel, so schlimm ist es doch auch wieder nicht«, sagte Roberts frömmelnd. »Wenn sich so viele Menschen um dein Seelenheil sorgen, kann es dir am Jüngsten Tag doch nur bestens ergehen.«

»Sie haben mein ganzes Mitgefühl, Mr. Lopez, denn dieses Schwein ist wirklich köstlich.« Amanda lächelte. »Meine Mutter hat mir erzählt, dass mein Vater vor ihrer Heirat und bevor er in North Wetherby Vikar wurde, ein großer Raufbold und Spieler war, der sich in schlechter Gesellschaft und in zwielichtigen Gegenden herumtrieb. Vater hat gesagt, es hätte ihm nach der Hochzeit nicht gefehlt, aber es wäre eine gute Vorbereitung auf sein Hirtenamt gewesen, weil er mehr Verständnis für die Fehltritte seiner Schäfchen hatte.«

»Dann glauben Sie also tatsächlich, dass ich noch nicht rettungslos verloren bin, Mrs. Stephenson, und dass ich vielleicht sogar noch bekehrt werden kann?«

Sie lächelte über die Art, wie er ihr das Wort im Mund verdrehte.

»Nun, was das angeht, Mr. Lopez, so würde ich sagen, die meisten Menschen können sich zum Besseren ändern, wenn sie es nur genügend wollen.«

Sie blickte zur Seite und sah, dass Roberts sie beobachtete.

»Schön, dass Sie das glauben, Mrs. Stephenson«, meinte er. »Man weiß ja nie, wann die eigenen Überzeugungen auf die Probe gestellt werden.«

Der Wein, das Essen und die ungezwungene Stimmung versetzten die Seeleute in Feierlaune. Flöten, Geigen und Trommeln kamen zum Vorschein, und die Männer sangen fröhlich und tanzten. Amanda verstand kaum ein Wort von den Liedtexten, doch das, was sie verstand, ließ sie erröten.

»Singen Sie für uns, Kapitän Sinister!«, rief einer der Seeleute. »Ein Lied, ein Lied!«

»Aber, Jungs, ihr wollt doch nicht, dass Mrs. Stephenson schreiend in den Ozean flüchtet, oder?«, sagte Lopez warnend. Sie ignorierten ihn und verlangten weiter lauthals nach einem Lied.

Roberts zuckte mit den Schultern, erhob sich und strich sich den Sand von der Hose. Amanda sah mit gerecktem Hals zu ihm auf, während er dastand und sich sammelte. Dann blickte er auf sie hinunter, begann zu singen, und sie vergaß zu atmen.

»Fare thee well, my dear,
I must be gone, and leave you for a while.
But though I go, I'll come back again
Though I roam ten thousand miles, my dear,
Though I roam ten thousand miles.

Morgan Roberts sang mit einem klaren, majestätischen Bass, der tief in den Wald getragen wurde, in dem alles zu verstummen schien, um seiner Ballade zu lauschen.

Als er fertig war, verharrten alle schweigend, bis die Seeleute in fröhliche Beifallsrufe ausbrachen, allen voran Lopez. Roberts setzte sich wieder neben Amanda und betrachtete die Überreste seines Abendessens.

»Kapitän Roberts, das war absolut … mir fehlen die Worte. Ich habe noch nie jemanden so singen hören. Wer hat Ihnen das beigebracht?«

Erst sagte er nichts. Dann wandte er ihr den Kopf zu.

»Patrick O'Reilly, der frühere Kapitän der *Zephyr*, hat gesagt, mit einer solchen Stimme könnte ich nur aus Wales stammen. Er hat mir ein paar Balladen beigebracht, die er im Theater gelernt hatte, denn er war Schauspieler, bevor er zur See fuhr.«

»Sie sagen das so, als wüssten Sie nicht, ob Sie in Wales geboren sind oder nicht?«

Er zuckte mit den Schultern.

»Ich habe keine Ahnung. Meine frühesten Erinnerungen sind die an das St.-Lukas-Waisenhaus in London. Die Oberin hat mir gesagt, jemand hätte mich dort vor die Tür gelegt und mir einen Zettel angeheftet, auf dem ›Morgan‹ stand. So haben sie mich genannt, einfach nur Morgan.«

»Und der Nachname Roberts?«

»Das war der Name der Oberin, der einzigen freundlichen Person, an die ich mich dort erinnern konnte. Als Patrick mir sagte, ich brauchte einen Nachnamen, dachte ich mir, ich könnte genauso gut ihren nehmen, und immerhin war ich in der Lage, ihn zu buchstabieren.«

»Kapitän?«

Lopez trat aus der Dunkelheit, und der Kapitän entschuldigte sich, um mit seinem Maat zu sprechen. Amanda sah ihnen nach; wieder war ihr der Pirat ein Rätsel. Jetzt wusste sie zwar, woher der Name »Morgan Roberts« stammte, aber warum selbst seine eigenen Männer ihn »Kapitän Sinister« nannten, wusste sie immer noch nicht.

Amanda beschäftigte sich damit, den Seeleuten beim Aufräumen zu helfen, während die Musiker weiterspielten. Der Kapitän hatte recht, dachte sie mit einem heimlichen Lächeln. Sie würde am Ende dieser Reise keinen Mangel an guten Geschichten haben.

Roberts kam mit einer Kiefernfackel zurück.

»Zeit, uns wieder auf den Weg zum Haus zu machen, Mrs. Stephenson. Cesar, bring unsere Decken mit und sag gute Nacht.«

Cesar folgte seiner Anordnung, und sie machten sich zu dritt auf den Weg. Diesmal ging Roberts mit seiner Fackel voran. Als sie die Hütte erreichten, hängten der Mann und der Junge ein Netz über Amandas Bett. Dabei achteten sie sorgfältig darauf, dass es vollständig verhüllt wurde.

»Ist das Netz wirklich notwendig, Kapitän?«

»Das werden Sie in Kürze wissen, Ma'am, sobald das Licht die Insekten anlockt. Die Seeleute schwören, dass es zwei Banden von Mücken gibt – die einen, die das Netz hochhalten, und die anderen, die hineinschlüpfen, um sich satt zu trinken.«

Er zeigte Amanda, wie sie das Netz betreten und wieder verlassen konnte, ohne es zu Boden zu reißen, dann schickte er Cesar aus der Hütte, damit er seine eigene Hängematte bereitmachte.

Roberts dagegen blieb und beobachtete sie aufmerksam. Einmal mehr hatte Amanda das Gefühl, dass der Kapitän mehr Luft verbrauchte, als ihm zustand. Im Schein der Laterne war sie sich seiner Nähe nur zu sehr bewusst. Sie schluckte, denn wieder war ihr Mund trocken.

»Ist noch etwas, Kapitän?«

»Nein, Mrs. Stephenson. Ich wollte nur gute Na...« Er hielt inne und runzelte die Stirn. Sie erstarrte, als er auf sie zutrat, bis sich der Stoff seiner Hose flüsternd an der ihren rieb. Dann legte er ihr einen Finger unter das Kinn und hob ihr Gesicht in den schwachen Schein der Laterne.

»Sie haben immer noch Sauce im Gesicht, Ma'am.«

Er strich ihr vorsichtig mit dem Daumen über die Wange, runzelte aber immer noch die Stirn. Er bewegte den Daumen auf ihren Mund zu und legte ihn auf ihre Unterlippe.

»Ablecken.«

»Wa… was haben Sie gesagt?«, flüsterte sie.

»Ich brauche etwas Feuchtigkeit, um Ihnen die Sauce aus dem Gesicht zu wischen, Mrs. Stephenson. Tun Sie es einfach.«

Ohne zu überlegen, streckte Amanda die Zunge heraus und leckte ihm über den Daumen. Sie glaubte, dass er ein leises Geräusch ausstieß, war sich aber nicht sicher, weil ihr das Blut in den Ohren rauschte. Ohne den Rest seines Körpers zu bewegen, strich er ihr mit der Daumenspitze über den Mundwinkel. Sein Kopf kam noch näher, so dicht, dass sie ihn bei der geringsten Bewegung mit den Lippen gestreift hätte.

In diesem Augenblick hätte sie sich nicht bewegen können, und wenn ihr Leben davon abgehangen hätte.

»So«, sagte er heiser. »Jetzt ist alles fort.«

Sein Bart streifte sanft an ihrer Wange entlang. Sie hob das Gesicht, und einen Moment lang standen sie reglos in der warmen Dunkelheit. Dann trat Roberts zurück, und sie schwankte verloren.

»Gute Nacht, Mrs. Stephenson. Schlafen Sie gut.«

Roberts schritt in sicherem Abstand von ihr zur Tür. Dort blieb er noch kurz stehen und betrachtete sie, dann wandte er sich in die Nacht.

KAPITEL 7

»Señora Stephenson! Señora Stephenson!«

Amanda zerrte das Netz beiseite und blinzelte in die Morgensonne, als der Junge hereinplatzte. Er redete Spanisch und zeigte auf den Strand.

»Cesar! Du musst Englisch sprechen!«

Der Junge hielt inne, holte tief Luft und begann von vorn.

»Die *Zephyr*, sie ist fort!«

»Fort? Was meinst du damit, fort?«

»Die *Zephyr* ist abgefahren, *Se*… Mrs. Stephenson. Kapitän Roberts sagt, Sie müssen sich anziehen und zum Strand kommen.«

Ohne eine Antwort abzuwarten, machte Cesar auf dem Absatz kehrt und lief wieder hinaus. Dann hörte sie ihn rufen: »Ich warte hier auf Sie, Mrs. Stephenson.«

Amandas Kleider waren immer noch feucht, also zog sie das Hemd und die Hose vom vergangenen Abend wieder an, schlüpfte in ihre Schuhe und folgte dem Jungen auf dem Pfad zum Wasser. Sobald sie aus dem Wald trat, konnte Amanda sehen, dass es so war, wie Cesar sagte. Der Strand war mit den Überresten ihres fröhlichen Abendessens übersät, aber außer dem Mann, der am Strand stand und auf das Meer hinausblickte, war kein Mensch in Sicht.

Er drehte sich um und sah, wie sie mit Cesar über den

Strand lief. »Sie tragen kein Korsett, und auch wenn ich kein Wort sage, sehe ich trotzdem hin«, schien sein Blick zu sagen.

»Wo ist die *Zephyr?*«, rief sie.

»Vermutlich auf halbem Wege nach Havanna«, sagte Roberts.

»Wollen Sie denn gar nichts tun?«

Er blickte auf sie hinunter und kratzte sich das bärtige Kinn.

»Was schlagen Sie denn vor? Ich kann ihr schließlich nicht hinterherschwimmen, oder?«

»Aber … wir sitzen hier fest. Gestrandet.«

»Aber, aber, Mrs. Stephenson, so schlimm ist es doch auch wieder nicht. Gabe hat uns einen Brief dagelassen, in dem er alles erklärt.«

Er schwenkte ein Stück Papier, das ihm Amanda sofort aus der Hand riss.

Kapitän Roberts,

wir haben die Lichter eines anderen Schiffs erspäht, und ich dachte, es wäre besser, wenn ich mit der Zephyr *davonsegle. Wir werden die Angelegenheiten in Havanna erledigen und Sie so bald wie möglich holen kommen.*

Ihr ergebener Diener
Gabriel Lopez, Maat

P. S. Grüßen Sie Mrs. Stephenson und sagen Sie ihr, sie soll auf ihren Kopf achtgeben.

»Warum hat er Sie nicht geholt?«

Amanda drehte den Brief verwundert in der Hand.

»Keine Zeit. Lopez hat sich klug verhalten; wenn es Anzeichen von Ärger gibt, ist das Schiff auf hoher See besser aufgehoben. Außerdem ist er davon ausgegangen, dass es sicherer für uns wäre, mögliche Eindringlinge von der Insel fortzulocken.«

Amanda schluckte.

»Und vertrauen Sie darauf, dass Lopez die *Zephyr* zurückbringt?«

»Aye, ich vertraue ihm«, sagte Roberts überzeugt. »Er kommt uns holen, keine Angst. Erst einmal ist er aber nach Havanna unterwegs, und es dürfte ein paar Tage dauern, bis wir ihn wiedersehen. Bis dahin kommen wir hier gut zurecht. Wir haben genug zu essen; die Mannschaft hat Vorräte vom Schiff zurückgelassen, und wir haben ja noch einiges in der Hütte. Betrachten Sie dies als weiteres Abenteuer für Ihre späteren Erzählungen, Mrs. Stephenson.«

Amanda bekam langsam den Eindruck, schon genug Abenteuer für zwei Leben erlebt zu haben, vielen Dank! Aber Roberts war schon dabei, Cesar Anweisungen für den Transport der Lebensmittel zur Hütte zu geben, und sie machte sich daran zu helfen.

»Hier, Mrs. Stephenson, etwas kaltes Fleisch und Zwieback. Kein sehr luxuriöses Frühstück, aber wir sollten so viel von dem Fleisch essen wie möglich, bevor es verdirbt.«

Amanda aß hier und da einen Bissen, während sie beide weiterarbeiteten. Er bastelte aus ein paar Kisten und Seilen einen improvisierten Schlitten, den er mit Gewehren und Munition, Wein und zurückgelassenen Ausrüstungsgegenständen belud und hinter sich herzog.

»Oben in der Hütte werden wir sehr viel sicherer sein«, sagte Roberts, als er den Schlitten anzog. »In der Nähe des Strandes gibt es noch eine Quelle, und falls Gabes nächtliche Besucher zurückkehren, werden sie vielleicht nur dort haltmachen, um ihre Fässer nachzufüllen. Ich gehe gleich mit Cesar angeln, Mrs. Stephenson, und mit etwas Glück bringen wir etwas zum Abendessen mit. Können Sie sich ein paar Stunden beschäftigen?«

»Machen Sie sich um mich keine Sorgen, Kapitän. Der Garten kann noch etwas Arbeit gebrauchen, und ich werde mich daranmachen, solange es draußen noch kühl ist.«

Roberts brummte zustimmend.

Amanda, die hinter ihm ging, konnte das Spiel seiner Muskeln sehen, während er den Schlitten zog. Sein Hemd war durchgeschwitzt und klebte beinahe durchsichtig an seiner Haut.

»Kapitän Roberts …«, sagte Amanda.

Er blieb stehen, atmete schnaufend aus und drehte sich um.

»Ma'am?«

Amanda räusperte sich.

»Ähm, es ist dumm von mir, mich so prüde anzustellen, vor allem unter diesen Umständen, Kapitän. Falls es ohne Hemd für Sie einfacher wäre«, sie schluckte, »dann ziehen Sie es ruhig aus.«

Sie glaubte, ein Funkeln in den silbernen Augen zu sehen, war sich aber nicht sicher. Alles, was er sagte, war: »Danke für Ihre Rücksichtnahme, Mrs. Stephenson.« Dann knöpfte er ohne weitere Umschweife sein Hemd auf und warf es hinter sich auf den Schlitten, bevor er wieder nach dem Seil griff und erneut anzog.

Amanda hatte gedacht, durch das nasse Hemd schon alles

gesehen zu haben. Sie irrte sich. Ohne das Hemd konnte sie jeden Quadratzentimeter von Roberts' breitem, braunem Rücken sehen; jeder Muskel zeichnete sich ab wie geölt, wenn er sich bewegte, und seine sehnigen Schultern spannten sich an, wenn er an dem Seil zog. Sein Rücken verjüngte sich zu den Hüften hin, und seine Beine bewegten sich in der engen Hose im Rhythmus seines Körpers, eine Sinfonie aus Muskeln, Schweiß und Knochen.

Sie wollte nicht an Geoffrey denken, doch da ihr verstorbener Mann der einzige andere Mann war, den sie je halb nackt gesehen hatte, war es nur natürlich. Er schnitt bei diesem Vergleich nicht übermäßig gut ab, und sie tadelte sich innerlich für ihre Treulosigkeit. Doch das hielt sie nicht davon ab, weiter hinzuschauen – das konnte ja schließlich nicht schaden, oder?

Als sie die Lichtung mit der Hütte erreichten, luden sie zu dritt den Schlitten ab.

»Ich weiß, dass Sie eine Pistole abfeuern können, Mrs. Stephenson«, sagte Roberts. »Wie sieht es mit anderen Schusswaffen aus?«

Amanda richtete sich auf und schob stolz die Schultern zurück, eine Bewegung, die sie im nächsten Moment bedauerte, als Roberts den Blick senkte.

»Ja, Kapitän, ich kann mit Schusswaffen umgehen. Mein Vater war ein begeisterter Jäger, und ich habe ihn oft begleitet.«

»Mrs. Stephenson, Sie erstaunen mich«, sagte Roberts und lächelte. »Jedes Mal, wenn ich glaube, ich kenne Sie jetzt, sagen Sie etwas, das mich verblüfft. Bei meinem Wort, ich fühle mich augenblicklich sicherer, jetzt, da ich weiß, dass ich diese Insel mit Diana, der Jägerin, teile.«

»Wer ist denn diese Diana?«, fragte Cesar.

Roberts antwortete, ohne den Blick von Amanda abzuwenden.

»Eine höchst Ehrfurcht einflößende Dame, mein Junge, noch dazu so schön, dass sie den Männern die Seele raubt. Eine Göttin.«

Amanda zog sich die Hutkrempe tiefer ins Gesicht und bedauerte, dass man ihrer hellen Haut jedes Erröten sofort ansah. Kokettierende Piraten waren das Letzte, was sie jetzt brauchen konnte!

»Kapitän Roberts übertreibt, Cesar«, sagte sie schnippisch. »Ich kann schießen, ohne mir selbst den Fuß wegzupusten. Ich hoffe aber, dass wir etwaigen Feuergefechten und Auseinandersetzungen aus dem Weg gehen werden.«

Diese Vorstellung schien Cesar eher zu enttäuschen.

Als die Vorräte sicher verstaut waren, verabschiedeten sich die Männer fröhlich winkend und machten sich mit ihren Angelruten zum Strand auf. Amanda fand einige Werkzeuge, die sich für den Garten brauchen ließen, setzte den Strohhut auf und machte sich gnadenlos über das Unkraut her.

Nach einer Stunde war sie so weit, sich geschlagen zu geben und die Natur zum Sieger in diesem Kampf zu erklären. Sandfliegen und nahezu unsichtbare Stechmücken vereinten sich mit der Sonne und der Luftfeuchtigkeit zu einer feindlichen Macht, die ihr die Gartenarbeit zur Hölle machte. Sie hielt die Stellung, solange sie konnte, bis sie sich etwa zum hundertsten Mal das Hemd vom schweißnassen Körper zupfte. Kapitän Roberts hatte wirklich recht – ohne Kleider herumzulaufen war auf den Inseln Floridas entschieden von Vorteil. Amanda richtete ihren schmerzenden Rücken auf und wischte sich mit dem Handgelenk über die Stirn. Durch diese Bewegung verrutschte ihr Verband.

»Verdammt!«

Amanda schlug sich die Hand vor den Mund und sah sich um. Glücklicherweise waren die einzigen menschlichen Wesen auf der Insel zu weit entfernt, um ihren Ausrutscher gehört zu haben, und das Eichhörnchen, das zwischen den Süßkartoffeln umherlief, schien sich nicht daran zu stören.

Amanda fasste sich an die Stirn. Das Haar unter dem Verband juckte fürchterlich, und sie beschloss, dass es Zeit war, die Bandage zu entfernen, bevor sie sich aus Versehen noch weiter verletzte. Also sammelte sie die Gartenwerkzeuge ein und ging in die Hütte zurück. Nachdem sie sich die Hände gewaschen hatte, stellte sie ihren Spiegel auf den Tisch, um dann Mr. Lopez' sorgsam angelegtes Werk zu entfernen und den Kopf hin und her zu drehen.

Ihr Haar war mit Salbe verklebt, und sie rümpfte angewidert die Nase. Es war unmöglich zu sagen, wie viel Schaden ihr Haar genommen hatte, doch zumindest hatte sie keine Schmerzen mehr. Als sie sich wieder aufrichtete, fiel ihr Blick durch das offene Fenster auf etwas Türkises. Ihre Mutter hatte immer auf die heilenden Kräfte des Meerwassers geschworen, und das Wasser sah wirklich einladend aus. Amanda schrieb ein paar Zeilen auf ein Stück Papier aus ihrer Tasche und machte sich auf den Weg zum Wasser.

Die Wellen schlugen sanft ans Ufer, und Seeschwalben liefen im Sand hin und her und pickten nach Nahrung. Die Sonne stand jetzt hoch am Himmel. Amanda setzte sich auf einen angeschwemmten Baumstamm und genoss den Wind, der vom Meer herkam. Doch der Ozean lockte sie immer noch, und bald standen ihre Schuhe neben dem Baumstamm, während sie durch den warmen Sand zum Saum des Wassers spurtete.

Amanda rollte die Beine ihrer Hose auf und seufzte genussvoll. Der nasse Sand, der unter ihren Füßen nachgab, war herrlich kühl und erfrischte sie von den Zehen an aufwärts. Einen Augenblick lang biss sie sich unentschlossen auf die Lippen, dann sah sie sich gründlich auf dem verlassenen Sandstreifen um. Draußen auf dem Wasser herrschte gähnende Leere, am Strand gab es nur Vögel und Krebse.

Ihr Hemd, die Hose und der Hut leisteten den Schuhen Gesellschaft.

Nur noch im Unterhemd, watete Amanda ins Wasser. Die Wellen rollten sanft heran, und als die erste größere Woge vor ihr brach, holte sie tief Luft und tauchte darunter hindurch.

Es war himmlisch.

Amanda schwamm noch ein wenig weiter hinaus und dankte dabei ihrem Vater, der darauf bestanden hatte, dass sie schwimmen lernte. Allerdings hatten die kalten Seen und Flüsse ihrer Heimat keine Ähnlichkeit mit der tropischen See. Das Wasser roch nach Salz und schillerte in tausend Farben, im einen Moment war es ein blasses Jadegrün, im nächsten Aquamarin. Zu ihrem Entzücken schwammen silberne Fische um sie herum und huschten nahe ihren ausgestreckten Armen umher. Ein Stückchen weiter draußen konnte sie sogar auf dem sandigen Grund stehen und sich vom Meer tragen lassen. Diese nasse Abkühlung war einfach herrlich.

Sie fasste sich vorsichtig an den feuchten Kopf, um sich zu vergewissern, dass er nicht wieder zu bluten begonnen hatte. Mit den Fingern fuhr sie sich durch das Haar, um die Knoten zu lösen und den Schmutz auszuspülen, der sich dort festgesetzt hatte.

Sie drehte sich auf den Rücken und entspannte sich mit geschlossenen Augen. Tiefe Zufriedenheit durchströmte sie. Das hier, so dachte sie, ist schon fast eine Sünde …

»Was, zum Teufel, tun Sie hier?«

Amanda verlor das Gleichgewicht, schlug um sich und versank in den Wellen. Bevor sie wieder ganz auftauchen konnte, umklammerte eine eiserne Faust ihren Oberarm und zog sie so schnell hoch, dass sie wie ein Korken auftauchte – und sich einem Paar sturmgrauer Augen und einem Gesicht gegenübersah, in dem sich ein Unwetter zusammenbraute.

Roberts hielt sie mühelos aufrecht, denn auch wenn das Wasser Amanda hier bis zum Scheitel reichte, konnte er auf der Sandbank stehen.

»Wollen Sie mich ersäufen?«, prustete sie, und das nasse Haar hing ihr in die Augen wie Seetang.

»Sie ersäufen? Teufel, nein, Sie waren ja selbst schon auf dem besten Weg dahin!«, dröhnte er.

Ehe sie Protest einlegen konnte, begann er, einarmig auf den Strand zuzuschwimmen, ohne sie loszulassen.

»Lassen Sie mich los, sonst ertrinke ich wirklich«, sagte sie.

»Dann schwimmen Sie, und ich bleibe direkt hinter Ihnen.«

Sobald sie wieder in der Brandung stehen konnte, umklammerte seine Hand sie erneut und zerrte sie an den Strand. Bevor sie zu Atem kommen konnte, fuhr er herum, packte ihren anderen Arm und zog sie hoch.

»Sie dürfen nie, niemals allein schwimmen gehen! Verstehen Sie mich?«

Ob sie ihn verstand? Wahrscheinlich konnte man ihn noch in Brighton verstehen.

Sie funkelte zu ihm auf, doch bevor sie ein Wort sagen konnte, fuhr er fort.

»Sie törichtes Weibsbild, Sie haben ja keine Ahnung, wie gefährlich es dort draußen ist!«

»Ich kann schwimmen!«

»Ach ja?«, sagte er. »Und wenn Sie in England geschwimmt sind, sind Ihnen da Quallen begegnet? Oder Haie? Oder waren da Strömungen?«

»Geschwommen«, murmelte sie.

»Was?«

»Es heißt nicht ›geschwimmt‹, es heißt ›geschwommen‹. ›Ich schwimme ans Ufer. Ich bin vom Ufer weggeschwommen.‹«

Er starrte sie an; das Wasser rann an ihnen hinunter und tropfte auf den Strand. Wieder trug er nur seine Hose, und sie sah, wie das Salzwasser ihm in kleinen Bächen durch die Haare auf der Brust lief.

Sie leckte sich nervös die salzigen Lippen.

»Sie können nicht ›geschwimmt‹ sagen, Kapitän …«

Ihre Grammatiklektion wurde abrupt unterbrochen, denn Roberts zog ihren nassen Körper an sich und legte seinen Mund auf den ihren.

Jetzt ertrank sie tatsächlich. Seine unerwartete Bewegung raubte ihrem Gehirn jeden Sauerstoff. Zumindest war das die einzige Erklärung, die Amanda einfiel, als ihre Wahrnehmung von der ersten Verblüffung in Entrüstung und dann in die Erkenntnis überging, dass sie sich nicht gegen seine Umarmung wehrte. Im Gegenteil, der Teil ihres Gehirns, der noch denken konnte, nahm zur Kenntnis, dass sie sich an seinen Schultern festhielt und ihre Finger hineinbohrte, als umklammere sie ein Rettungsseil.

Die Sonne in ihrem Rücken war heiß, aber nicht so heiß wie sein Mund, der sich jetzt bewegte, denn seine Zunge begehrte Einlass. Sie ergab sich mit einem Seufzer und öffnete sich ihm wie ein Seestern, der die Arme entfaltet. Er nahm sich, was sie ihm anbot, und strich ihr mit den kräftigen Händen über den Rücken, während auch sie ihn sich mit allen Sinnen ins Gedächtnis prägte.

Sie stieß einen tiefen Kehllaut aus, und Roberts legte die Arme um sie, bis ihre ganze nasse Gestalt fest an ihn geschmiegt war. Ganz gleich, was er sonst noch für sie empfand, er wollte sie, und es war das Pulsieren an ihrem Bauch, das sie schließlich wieder zu sich brachte und ihr in Erinnerung rief, wer sie da im Arm hatte – und wer sie war.

Sie ließ seine Schultern los und stieß sich von ihm ab, während sich ihr Kopf von ihm löste. Seine Augen verfinsterten sich zu flüssigem Schwarz, und sein Blick senkte sich auf ihre feuchten Lippen, bevor er sie auf die Füße stellte.

Er drehte ihr den Rücken zu und blickte aufs Meer hinaus.

»Ziehen Sie sich an, Mrs. Stephenson. Bitte.«

Jede Faser seines Körpers war angespannt, doch dann verschränkte er die Hände im Rücken und hielt den Blick weiter auf das Meer gerichtet, während er sacht vor und zurück wippte.

Amandas Füße dagegen schienen nicht so recht funktionieren zu wollen, als sie auf den Baumstamm zustolperte, wo ihre Kleider lagen. Sie zog sich gerade die Schuhe an, als sie Füße im Sand rascheln hörte. Kurz blickte sie auf und sah Kapitän Roberts neben sich stehen, der immer noch nichts als seine nasse Hose trug. Sie überzeugte sich mit einem raschen Blick davon, dass er sich im Griff hatte, beobachtete ihn aber weiterhin argwöhnisch. Sie würde dem Vokabular, das sie zur Beschreibung des Piraten gebrauchte, das Wort »unberechenbar« hinzufügen.

Er blieb in sicherem Abstand von ihr stehen und betrachtete sie nüchtern, bevor er etwas sagte.

»Zunächst einmal bedauere ich mein Verhalten, Mrs. Stephenson.« Er zögerte. »Ich kann Ihnen keine Erklärung anbieten, nur eine Entschuldigung.«

Amanda hatte keine Ahnung, was sie darauf erwidern sollte, also sagte sie ausnahmsweise gar nichts.

Er wartete ab, ob sie antworten würde, dann fuhr er sich mit der Hand durch das feuchte Haar und seufzte.

»Zweitens weiß ich, dass es ›geschwommen‹ heißt, nicht ›geschwimmt‹. Manchmal leidet mein Sprachvermögen unter meiner Wut.«

Amanda rümpfte die Nase.

»Das würde dann auch Ihre Flüche und Ihre groben Worte erklären, Kapitän Roberts.«

»Nun, ich wurde schließlich provoziert, Ma'am«, konterte er und zeigte mit dem Finger auf sie, um seinen Worten Nachdruck zu verleihen. Er trat auf sie zu und hielt ihr die Hand entgegen, um ihr von dem Baumstamm aufzuhelfen.

»Mrs. Stephenson, bitte glauben Sie mir, dass meine Sorge nicht gespielt war. Die hiesigen Gewässer bergen viele Gefahren, mit denen Sie nicht vertraut sind. Selbst der beste Schwimmer kann von der Strömung mitgerissen werden, und ihre weiße Gestalt im Wasser« – er schluckte – »sah für jeden Hai wie eine Einladung zum Essen aus.«

Seine Aufrichtigkeit erfüllte Amanda mit Scham. Roberts *hatte* sie vor den Gefahren im Paradies gewarnt, und sie war einfach so allein drauflosspaziert.

»Ich muss mich bei *Ihnen* entschuldigen, Kapitän Roberts.

Sie sorgen sich um mein Wohlergehen, und ich mache Ihnen das Leben schwer. Ich verspreche Ihnen, dass ich nicht mehr allein umherwandern werde.«

»Nun, Sie machen es mir nicht unbedingt schwer, aber auf jeden Fall ist es interessanter geworden.« Er grinste. »Friede?«

Roberts hielt ihr die Hand entgegen, und sie lächelte ihrerseits zu ihm auf und schüttelte die Hand.

»Friede, Kapitän.«

Er hielt ihre Hand einen Augenblick länger fest als unbedingt notwendig, ein wenig fester, als es sich schickte, und wieder leckte sich Amanda die trockenen Lippen.

Roberts' Blick folgte ihrer Bewegung, und sie spürte eine Bewegung in der Luft, als hätte sich sein Kopf kaum merklich genähert.

»Kapitän, haben Sie *Señora* Stephenson gefunden?«

Cesar rief vom Pfad aus nach ihnen, und Roberts wich zurück. Einen Augenblick später ließ er ihre Hand los.

»Ich glaube, es ist Zeit zum Mittagessen, Mrs. Stephenson. Gestatten Sie mir, Sie zurück zur Hütte zu geleiten.«

Er bot ihr den Arm an, und wortlos gingen sie dem wartenden Jungen entgegen.

***

Bei der Hütte angelangt, spülte sich Amanda das Salzwasser aus den Haaren, bevor sie gemeinsam mit Cesar und dem – trockenen und angekleideten – Kapitän zu Mittag aß. Sie bewahrten die Fische für das Abendessen auf, und so wurde kaltes Fleisch vom Abend zuvor mit weiteren Orangen, Beeren und sogar einer Kokosnuss von einer Palme hinter dem

Garten aufgetischt. Dazu hatten die Männer Pfannkuchen gebacken, die mit Zuckerrohrsirup bestrichen waren.

Amanda lief das Wasser im Mund zusammen, denn nach dem Schwimmen hatte sie noch mehr Appetit als sonst. Als sie alle drei saßen, senkte Amanda automatisch den Kopf zu einem kurzen Tischgebet, wie sie es gewohnt war, doch dann bemerkte sie, dass die anderen nichts dergleichen taten.

»Cesar, sprichst du etwa vor dem Essen kein Tischgebet?«, fragte sie den Jungen freundlich.

Er richtete einen fragenden Blick auf den Kapitän.

»Als du noch klein warst, Cesar, hast du mit deinen Eltern vor dem Essen gebetet, aber an Bord haben wir diese Sitte vernachlässigt«, erklärte dieser. »Mrs. Stephenson hat recht, du solltest dem Herrn für dein Essen danken. Man vergisst das so leicht, wenn man genug zu essen hat, und wenn man nichts hat, denkt man wieder daran.«

»Was ist denn mit Ihnen, Kapitän Roberts?«, fragte Amanda entschlossen. »Haben Sie keinen Grund zur Dankbarkeit?«

»Doch, den habe ich, Mrs. Stephenson«, sagte er und betrachtete sie mit dem Hauch eines Lächelns. »Der Herr hat es in letzter Zeit sehr gut mit mir gemeint, und ich bin außerordentlich dankbar.«

Irgendwann im Lauf des Essens begann Amanda, sich auf ihrer Sitzbank zu winden. Sie sah, dass Roberts sie beobachtete, und hielt inne.

Er sagte nur: »Das ist die Strafe dafür, dass sie sich der Sonne ungeschützt ausgesetzt haben, Mrs. Stephenson. Kommen Sie nach dem Essen in den Garten.«

Amanda folgte ihm in die pralle Sonne, und er führte sie von der Hütte zur äußersten Grenze des Grundstücks. Dort wuchsen an einer sandigen Stelle einige Pflanzen mit langen, schmalen, sternförmig angeordneten Stachelblättern. Die Blätter hatten gezackte Kanten und weiße Flecken, und sie besaßen nicht die geringste Ähnlichkeit mit irgendeiner Pflanze daheim in England.

»Das, Mrs. Stephenson, sind Aloegewächse.«

Roberts hockte sich auf den Boden und forderte sie mit einer Geste auf, dasselbe zu tun. Er brach eines der äußeren Blätter ab, fuhr mit dem Daumennagel der Länge nach daran entlang und trennte die beiden Hälften, in deren Innerem ein feuchter Brei sichtbar wurde. Aus dem Blatt quoll ein klarer Saft, der an Amandas Fingern kleben blieb, als sie ihn berührte.

»Oh, wie kühl sich das anfühlt, Kapitän.«

»Und das ist der Grund, warum Sie jetzt ein paar von diesen Blättern abbrechen und die geröteten Stellen mit dem Saft einreiben werden, Mrs. Stephenson. Wenn Sie nichts gegen Ihren Sonnenbrand tun, werden Sie sich die ganze Nacht hin und her wälzen.«

Amanda richtete sich ein wenig auf.

»Kapitän, würden Sie eine der kleineren Pflanzen ausgraben und sie für mich in einen Topf setzen?«

Wenn die Aloe ihren Sonnenbrand linderte, kam sie vielleicht als Zutat für ihre Cremes und Lotionen infrage.

»Mit Vergnügen«, sagte Roberts.

Amanda sprang auf und holte die blaue Schüssel aus der Hütte. Sie war froh, dass sich die mitgenommene Schüssel als nützlich erweisen konnte, noch so ein Außenseiter im Paradies.

Während Roberts eine kleinere Aloe einpflanzte, schnitt Amanda einige der größeren Blätter ab und nahm sie mit in die Hütte. Sie zog ihr Hemd aus und schnappte nach Luft, als sie sah, wie rot ihre Arme und Schultern waren. Ihren Rücken konnte sie nicht sehen, doch so heiß, wie er sich anfühlte, war er mit Sicherheit auch verbrannt.

Amanda schlitzte die Blätter auf und rieb sich alle Stellen, die sie erreichen konnte, mit dem Saft ein. Vor Erleichterung seufzte sie auf, als die kühle Aloe in ihre Haut eindrang. Sie legte die restlichen Blätter für später beiseite, zog sich an und trat wieder ins Freie. Cesar und Roberts unterhielten sich im Garten, und als sie sich näherte, blickte der Junge auf.

»Mrs. Stephenson, ich habe all meine Aufgaben erledigt, und ich habe mitgeholfen, für unser Abendessen zu angeln. Lesen Sie mir etwas aus Ihrem Märchenbuch vor?«

»Ja, Cesar, und vielleicht liest du ja auch etwas, um es zu üben.«

Roberts folgte ihnen und stellte den Blumentopf auf den Tisch, während Amanda und der Junge das Buch aus der Hütte holten und diese durch den Vordereingang verließen. Roberts und Cesar hatten ihre Hängematten an Ort und Stelle gelassen, und sie ließen sich im Schatten der Palmen und Meertraubengewächse nieder.

Cesar plapperte vor sich hin, und Amanda hörte ihm mit halbem Ohr zu, während sich Roberts in einer der Hängematten niederließ. Die Matte sackte unter seinem Gewicht bis fast auf den Sandboden hinunter, und sie beobachtete durch die Wimpern, wie er die langen Beine in dem Seilgeflecht ausstreckte. Roberts zog sich den Hut über die Augen und machte es sich in der sanft schwankenden Hängematte gemütlich.

»Señora?«

»Hmm? Oh, entschuldige, Cesar. Ich war abgelenkt. Wo waren wir?«

»Sie wollten mir eine Geschichte vorlesen, und dann lese ich Ihnen eine vor.«

»Ach ja. Hier ist eine, die ich noch nicht gelesen habe. Sie heißt *Rapunzel*. Da wir vorhin im Garten gearbeitet haben, passt sie gut. Weißt du, was eine ›Rapunzel‹ ist, Cesar?«

Der Junge schüttelte den Kopf.

»Es ist eine Salatpflanze. Dann wollen wir einmal sehen, was das für eine Geschichte ist.«

Sie glaubte, einen Stöhnlaut aus der Hängematte zu hören, achtete aber nicht darauf. Cesar grinste und nickte heftig mit dem Kopf.

Amanda las ihm die Geschichte von dem Mädchen mit den langen Haaren vor, das in einem Turm gefangen gehalten wurde, wo es jeden Abend von einem Prinzen besucht wurde, und von der bösen Hexe, die versuchte, die beiden zu trennen.

»… schließlich kam er in eine trostlose Gegend, wo Rapunzel mit dem Zwillingspärchen lebte, das sie geboren hatte.« Amandas Stimme schwankte, doch sie las weiter bis: »Und wenn sie nicht gestorben sind, leben sie noch heute.«

»Nun«, sagte sie fröhlich, »wie hat dir die Geschichte gefallen, Cesar?«

»Ich finde es interessant, dass Sie einem kleinen Jungen Geschichten über fremde Männer vorlesen, die durch Fenster klettern, über Nacht bleiben und Zwillinge zurücklassen.«

»Ich habe Sie nicht nach Ihrer Meinung gefragt, Kapitän!«, gab Amanda zurück. Sie wusste, dass er unter seinem Hut grinste, aber dies war nicht das erste Mal, dass sie es mit frechen Jungen zu tun hatte, und sie ließ sich nicht ködern.

Cesar überlegte.

»Ich finde, Rapunzel ist ein alberner Name für ein Mädchen. Ich hoffe, sie hat ihren eigenen Kindern bessere Namen gegeben.«

Diesmal drang eindeutig Gelächter unter dem Hut hervor. Sie lächelte ebenfalls.

»Du hast recht, Cesar. Es ist ein alberner Name.«

»Warum haben Sie denn keine Kinder, Mrs. Stephenson?«

Sie erstarrte, und Roberts setzte sich in der Hängematte auf und sah sie an. Dann sagte er: »Das war eine unhöfliche Frage, Cesar. Entschuldige dich auf der Stelle.«

Das Gesicht des Jungen hörte auf zu leuchten.

»Tut mir leid, Ma'am. Es war nicht böse gemeint.«

»Das weiß ich, Cesar. Es ist schon gut. Mein Mann und ich haben keine Kinder bekommen, weil Mr. Stephenson krank geworden ist, als wir gerade erst verheiratet waren. Dann ist er gestorben, und ich habe England verlassen. Aber mit *dir* habe ich ja auch viel Freude. Liest du mir jetzt etwas vor?«

Zu ihrer eigenen Überraschung wurde ihr klar, dass sie die Wahrheit gesagt hatte. Nachdem sie den ersten Schock überwunden hatte, genoss sie ihren Aufenthalt auf der Insel. Die Umstände – und Kapitän Sinister – hatten ihr diese Unterbrechung ihres Lebens aufgezwungen, und es tat gut, nicht fortwährend planen und sich um morgen sorgen zu müssen.

Key Marquez war ein tropisches Paradies, ein Land, von dem andere nur träumten. Das üppige Grün, die Hitze und der leuchtend blaue Himmel machten die Insel zu ihrem ganz persönlichen Abenteuerland, das für ein Mädchen aus Yorkshire genauso fremd und ungewöhnlich war wie die Fabelwesen aus dem deutschen Märchenbuch. Und nach allem, was sie bis jetzt von der hiesigen Flora und Fauna gesehen hatte, gab es hier genug Merkwürdigkeiten für ganze Bände von Geschichten. Vor ihrem inneren Auge sah sie das Bild, das

Roberts ihr in den Kopf gesetzt hatte und in dem sie als alte Frau Geschichten aus ihrer Jugend erzählte, und sie lächelte. Sie malte sich aus, wie ihre Abenteuergeschichten wohl bei den Damen in der Pfarre in England ankommen würden.

Ein weiterer verstohlener Blick verriet ihr, was die Damen an diesem Paradies wohl am meisten fasziniert hätte, und es waren weder Flora noch Fauna. Vielmehr wäre es ein gefährliches Pelztier gewesen, ein Exemplar einer Spezies, die es in North Wetherby nicht gab. Der Pirat döste völlig entspannt in seiner Hängematte, deren Seile seine Gestalt umhüllten wie ein eng anliegender Kokon.

»*Señora?* Mrs. Stephenson?«

Aus ihren Gedanken gerissen, wandte sie sich wieder dem Jungen zu.

»Ich möchte eine Geschichte vorlesen. Sie heißt …«, er sprach den Titel sorgfältig aus, »… die Bre-Bremer? Die Bremer Stadtmusikanten.«

Cesar las die Geschichte von den alten Tieren vor, die sich zusammentaten, um eine Räuberhöhle auszuheben, und dieses Märchen schien ihm weitaus besser zu gefallen als das letzte.

»Wenigstens kamen keine albernen, langhaarigen Mädchen darin vor«, sagte er zufrieden.

»Genau, denn es kamen gar keine Mädchen darin vor.« Amanda lächelte. »Und was hast du aus dieser Geschichte gelernt, Cesar?«

»Hat denn jedes Märchen eine Moral, Mrs. Stephenson?«

»Ich weiß es nicht genau, aber aus den meisten kann man sehr wohl etwas lernen«, meinte Amanda.

»Zum Beispiel, woher Zwillinge kommen?«, ertönte die Stimme aus der Hängematte.

»Ich hatte eher an moralische Lehren gedacht«, sagte sie überlegen. »Hat das Märchen von den Musikanten eine, Cesar?«

Der Junge nagte an seiner Lippe und überlegte.

»Die Tiere konnten die Räuber besiegen, obwohl jedes Einzelne von ihnen viel zu schwach gewesen wäre, weil sie gemeinsam stark waren. Vielleicht ist das die Moral?«

»Ich würde sagen, das ist eine gute Moral, Cesar. Es ist wichtig, dass man Hand in Hand arbeitet, ganz gleich, ob auf einem Schiff oder in einer Familie.«

Sie verbrachten den Rest des Nachmittags damit, gemeinsam einen weiteren Erkundungsgang zu unternehmen, und Amanda half den Männern, die Fische für das Abendessen zuzubereiten. Als sie fertig waren, holte Roberts eine Flasche Wein, die vom gestrigen Abend übrig geblieben war und die er im Brunnen kühl gehalten hatte. Der Wein, das Essen und die Nachwirkungen der Sonne führten bald dazu, dass sich Amanda das Gähnen verkneifen musste und ihr im gedämpften Schein des Feuers die Augen zufielen. Als sie den Tisch abgeräumt und die Teller gespült hatten, nahm Roberts Cesar mit, um sich zum Schlafen fertig zu machen, und sobald sie sich gewaschen hatte, legte sich Amanda mit einem Seufzer unter dem Moskitonetz auf dem schmalen Bett nieder.

Keine halbe Stunde später war sie wieder auf den Beinen und durchwanderte die Hütte. Roberts hatte recht, dachte sie.

Amanda zündete eine Kerze an und trat an die Tür.

»Kapitän?«, rief sie.

»Ich bin wach«, kam die tiefe Stimme aus der Dunkelheit. Sie sah, wie er sich aus der Hängematte schwang und zu ihr herüberkam. Er lehnte sich an den Türpfosten und beugte sein Gesicht so dicht über das ihre, dass sie die dunklen Pünktchen in seinen silbernen Augen sehen konnte.

»Leise, damit Sie den Jungen nicht wecken.«

»Natürlich.«

Sie schluckte. Lopez' Nachthemd reichte ihr bis über die Knie, aber ihr war nur zu bewusst, dass darunter nichts als nackte Haut war. Roberts dagegen schien das genauso wenig zu bemerken, wie ihm bewusst zu sein schien, was er für einen Anblick in der Dunkelheit bot, denn wieder trug er nur seine Hose.

»Mrs. Stephenson?«

Amanda kniff die Augen zu und schüttelte sich.

»Es ist der Sonnenbrand, Kapitän. Ich habe die Aloe überall aufgetragen, wo ich konnte, aber ein paar Stellen auf meinem Rücken konnte ich nicht erreichen. Ich brauche Ihre Hilfe.«

Roberts sah sie an. Seine Augen waren ganz dunkel geworden.

»Es wäre mir …«, sie sah die Bewegung seines Adamsapfels, als er schluckte, »… ein Vergnügen, Ihnen zu helfen, Mrs. Stephenson.«

Er wies sie mit einer Geste an vorauszugehen. In der Mitte der Hütte blieben sie beide stehen, und sie kaute unentschlossen auf ihrer Lippe, weil sie nicht wusste, was sie als Nächstes tun sollte.

»Vielleicht lösen Sie am besten die Schleifen des Nachthemds und legen sich auf den … Bauch. Dann kann ich das Hemd herunterziehen und Ihnen die Aloe auf den Rücken reiben.«

»Ja, das klingt vernünftig, Kapitän.«

Sie trat an das Bett und zog das Netz beiseite. Dann wandte sie sich von ihm ab und löste die Schleife an ihrem Hals. Sie konnte ihn zwar nicht sehen, bezweifelte aber nicht, dass er sie genau beobachtete. Sie hielt das Hemd an der Schulter zusammen und sah sich um. Tatsächlich, er beobachtete sie unverwandt. Sie legte sich wortlos auf den Bauch und zog sich mit einer Handbewegung die Bettdecke bis zur Hüfte hoch.

Dann schloss sie die Augen, legte den Kopf auf die Arme und hörte den Kapitän umhergehen. Im nächsten Moment sank das Bett gefährlich ein. Sie öffnete die Augen einen Spalt. Roberts saß neben ihrer Hüfte auf der Bettkante und schlitzte mit konzentrierter Miene die spitzen Aloeblätter auf, um das Fleisch freizulegen.

Er beugte sich über sie und zupfte am Ausschnitt ihres Nachthemds. Um ihm behilflich zu sein, bewegte sich Amanda, sodass das Nachthemd an der Vorderseite hochrutschte. Sie glaubte, ihn fluchen zu hören, war sich aber nicht sicher.

»Das reicht, Mrs. Stephenson«, sagte Roberts mit belegter Stimme. »Ich trage jetzt den Saft auf. Sagen Sie mir, wenn ich Ihnen wehtue.«

Als sich der Saft auf ihrer verbrannten Haut verteilte, stöhnte Amanda auf.

»Tut das weh?«

»Nein, es ist herrlich. Bitte nicht aufhören.«

Jetzt glaubte Amanda, *ihn* aufstöhnen zu hören, doch sie schloss die Augen und überließ sich der lindernden Wirkung der Aloe. Roberts fuhr ihr mit den rauen Spitzen seiner kräftigen Finger federleicht über den Rücken; kühlende Erleichterung folgte seiner Berührung auf dem Fuße.

»Ooooh«, sagte sie, »Sie ahnen ja nicht, wie gut sich das anfühlt.«

Er hielt kurz inne, dann nahm er die Bewegung seiner Finger wieder auf.

»Ich glaube, doch«, murmelte er.

Allmählich fühlte sich Amanda gewichtslos. Das ist so herrlich, dachte sie schläfrig, wie ein schönes Bad.

Sie musste die letzten Worte laut ausgesprochen haben.

»Ein Bad?«

»Ja, Kapitän. Mit meiner Seife kann man herrlich baden. Man packt ein frisches Stück aus und lässt den Duft aufsteigen. Dann füllt man eine Badewanne mit heißem Wasser und lässt sich hineinsinken. Stück für Stück. Vorsichtig. Langsam. Zentimeterweise, bis man ganz von feuchter Hitze umgeben ist«, sagte sie verträumt. »Man darf nicht zu schnell hineinsteigen, sonst verbrennt man sich. Dann nimmt man die Seife in die Hände und schäumt sich am ganzen Körper damit ein. Dann reibt man sich den Schaum in die Haut … und während man den herrlichen Duft in sich aufnimmt, entspannt sich jeder Muskel, bis man sich fühlt wie eine Qualle.«

Roberts erstarrte.

Sie öffnete krampfhaft die Augen und verdrehte den Kopf, um ihn anzusehen. Der arme Mann, sein Gesicht war schweißüberströmt, und er sah aus, als fühle er sich unwohl. Vielleicht hatte sie wieder einmal zu viel geredet.

»Kapitän? Langweile ich Sie mit meinen Seifengeschichten?«

Er starrte sie an und stieß ein heiseres Geräusch aus. Er räusperte sich und versuchte es erneut.

»Nein. Ganz und gar nicht, Mrs. Stephenson.«

»Dann danke ich Ihnen für Ihre Hilfe, Kapitän«, sagte sie und gähnte. »Entschuldigen Sie mich. Gute Nacht, und schlafen Sie gut, Sir.«

»Das ist verdammt unwahrscheinlich«, brummte er.

KAPITEL 8

Das Erste, woran sich Amanda beim Aufwachen erinnerte, war das, was sie am vorigen Abend gesagt hatte.

Sie wälzte sich auf den Bauch, vergrub das Gesicht im Bett und stöhnte.

Amanda Brooke Winthrop Stephenson, du bist eine Idiotin! Das leise Pochen in ihrem Kopf, das vom Wein, von der Sonne und den Nachwirkungen ihrer Verletzung herrührte, war genau das, was sie verdiente. Sie fragte sich, ob sie sich wohl für den Rest ihres Lebens in der Hütte verstecken konnte, raffte sich aber schließlich dazu auf, sich anzukleiden.

Wenig später trat sie in die gleißende Sonne hinaus und hielt sich die Hand über die Augen. Roberts und Cesar saßen unter dem Meertraubengewächs und flickten ihre Angeln. Als sie sich näherte, blickten sie beide auf. Cesar grinste breit; Roberts sah sie an, als wäre sie eine Pistole, die jeden Augenblick eine Fehlzündung haben könnte.

»Guten Morgen, Mrs. Stephenson«, sagte Cesar. »Wir haben mit dem Frühstück gewartet, weil Sie noch geschlafen haben. Das Geschirr ist in der Hütte.«

»Das stimmt natürlich.«

Amanda packte die Gelegenheit beim Schopf und machte auf dem Absatz kehrt, um Roberts nicht länger ins Gesicht sehen zu müssen, zumindest nicht, bevor sie nicht eine schöne, starke Tasse Tee getrunken hatte. Während sie das

Essen vorbereiteten, plauderte Cesar darüber, wie sie gestern geangelt hatten, darüber, wie er heute angeln würde, und darüber, wie er angeln würde, wenn die *Zephyr* zurückkehrte. Sein unbefangenes Geplapper war Balsam für ihre zerfransten Nerven, und als Amanda ihr Dankgebet sprach und zu essen begann, fühlte sie sich schon wieder mehr wie sie selbst.

Der Kapitän unterhielt sich mit Cesar.

»Ich dachte, wir suchen vielleicht einen Bienenstock, Cesar. Ich habe gestern Bienen gesehen, und wenn wir uns an sie heranschleichen und ihnen den Honig stehlen können, haben wir eine herrliche Leckerei. Vielleicht können wir ja auch eine Schildkröte zum Abendessen fangen.«

Amanda, die gerade eine Orange schälte, hielt inne.

»Haben Sie ›Schildkröte‹ gesagt?«

»Aye. Hier gibt es Karettschildkröten und diverse andere Arten.«

Roberts betrachtete den Pfannkuchen vor ihm auf dem Tisch.

»Suppenschildkröten sind köstlich. Man kann sie leicht fangen, außer in der Paarungszeit. Dann bekämpfen und paaren sie sich leidenschaftlich. Das Männchen packt das Weibchen mit den Klauen unter seinen flossenartigen Vorderbeinen am Hals und klammert sich fest. Manchmal bleiben sie zwei Wochen miteinander vereint, bevor das Männchen loslässt.«

Die Orange knallte auf den Tisch. Amanda nahm sie wieder an sich, bevor sie hinunterrollte, und räusperte sich.

»Ich habe noch nie eine Schildkröte gekocht, Kapitän. Wenn Sie also eine finden, werden Sie mir bei der Zubereitung helfen müssen.«

Roberts lehnte sich zurück und lächelte.

»Ihr Wunsch ist mir Befehl, Madam. Es wäre mir ein Vergnügen, neue Erfahrungen mit Ihnen zu teilen.«

Cesar beobachtete dieses Geplänkel mit Verwunderung, aß dann aber weiter.

»Gauben Sie, *Señor* Lopez und die *Zephyr* kommen heute, Kapitän?«

»Vielleicht, Cesar, aber wahrscheinlicher kommen sie morgen oder übermorgen. Bis dahin dürfen wir jedoch nicht unvorsichtig werden, denn wir wissen ja nicht, ob das Schiff, das Mr. Lopez erspäht hat, nicht immer noch dort draußen ist. Ich schlage vor, dass wir heute Austern sammeln, statt zu angeln. Der Schatten wird besser für Mrs. Stephenson sein«, sagte er und warf einen Blick auf ihr Gesicht. »Es ist immer noch ein wenig … rot.«

Nach dem Frühstück nahm sich jeder von ihnen ein Tragegefäß, und sie gingen zu einer Stelle am Strand, an der Mangroven wuchsen. Die verdrehten Stämme wuchsen halb im Wasser, halb außerhalb. Die Äste waren miteinander verschlungen und bildeten ein schattiges Dickicht.

Sie rollten ihre Hosenbeine auf und wateten alle drei in das dunkle Wasser hinein, wo sie sich vorsichtig über den Sand und zwischen den Wurzeln hindurch bewegten.

»Bei den Indern heißen die Mangroven ›Wanderbäume‹, wegen ihrer Wurzeln«, sagte Roberts. »Sie beherbergen Fische und Schalentiere und sind ein beliebter Futterplatz für Tiere. Uns eingeschlossen«, sagte er und sah Cesar mit hochgezogenen Augenbrauen an.

Amanda stocherte zwischen den Wurzeln umher, wo sie Schätze aller Art fand. Die Austern waren so zahlreich, dass sie an den Bäumen zu wachsen schienen, und es wimmelte von Krebsen. Bald waren ihre Eimer hinreichend gefüllt, und sie machten sich auf den Rückweg zur Hütte.

»Wenn wir in der Morgendämmerung gekommen wären, hätten Sie vielleicht den Waschbären beim Frühstück zusehen können«, sagte Roberts. »Sie sind wahre Genies darin, Austern zu packen, sie aufzubrechen und zu schlürfen.«

»Ist ein Waschbär das Tier, das aussieht wie ein kleiner Bär mit einem gestreiften Schwanz?«

»Haben Sie schon welche gesehen? Sie sind diebische kleine Schurken, die alles mitgehen lassen, was sie in die Pfoten bekommen.«

»Ich habe gestern Abend einen im Garten gesehen«, sagte Amanda. »Er hatte aber Angst und lief davon, als ich näher kam.«

Roberts brummte zustimmend.

»Sie halten sich von Menschen fern, können aber trotzdem lästig werden. Man kann sie fangen und essen, aber sie schmecken etwas streng. Ich esse lieber Rind oder Schwein.«

Auch auf dem restlichen Weg zur Hütte fuhr er mit seiner Unterweisung in Naturkunde fort.

»Sie sollten die Aloe weiter benutzen, sonst sehen Sie demnächst aus wie dieser Balsambaum.«

Er wies auf einen hohen, rotbraunen Baum, dessen ledrige Rinde sich in breiten Streifen löste.

Amanda blieb stehen und sah sich um.

»Hier ist alles so *anders*, von der Luft, die wir atmen, bis hin zu unserem Essen. Ich darf gar nicht daran denken, dass ich um ein Haar mein ganzes Leben in Yorkshire verbracht und nichts davon zu sehen bekommen hätte!«

»Ich habe mich sehr an das Leben in Florida gewöhnt«, sagte Roberts. »Zu meinen Erinnerungen an London gehört, dass mir immer kalt war, außer an ein paar warmen Sommertagen. Ich liebe das Klima hier. Glauben Sie, dass Ihnen England fehlen wird, Mrs. Stephenson?«

»Das kann ich noch nicht sagen, Kapitän. Ich habe das Gefühl, dass ich sehr froh sein werde, in den Südstaaten zu sein, wenn der Winter kommt. Aber im Augenblick ist alles noch wunderbar, weil es so neu ist, vor allem dieser Sonnenschein.« Sie lächelte über die Richtung, die ihr Gespräch nahm. »Wenn sich zwei Engländer begegnen, unterhalten sie sich immer zuerst über das Wetter.«

»Samuel Johnson«, sagte Roberts geistesabwesend.

»Genau, das hat Johnson gesagt«, sagte Amanda. »Sie sind sehr gebildet, Kapitän ...« Sie hielt inne.

»›Für einen Freibeuter‹, wollten Sie sagen.«

Eigentlich hätte sie beinahe »für einen Piraten« gesagt.

»Nachdem es mich an Bord der *Zephyr* verschlagen hatte, war es Kapitän O'Reilly ein besonderes Anliegen, etwas für meine Bildung zu tun«, erinnerte sich Roberts lächelnd. »Ich glaube, er hat sich jemanden gewünscht, mit dem er sich auf See unterhalten konnte. Außerdem war er ja Schauspieler und liebte es immer noch, wenn er Publikum hatte.«

»Das haben Sie vorgestern Abend am Strand schon erwähnt. Wie ist aus einem Schauspieler ein Schiffskapitän geworden?«

»O'Reilly hat mir erzählt, dass er sich als junger Mann mit jemandem um eine Schauspielerin gestritten habe. Sein Rivale war ein Adliger, der am Ende tot war, sodass Patrick aus England floh. Schließlich hat er auf der *Zephyr* sein Auskommen gefunden und ich bei ihm. Es gibt nur wenige Menschen, die ihren Lebensweg selbst wählen, Mrs. Stephenson.

Meistens sind es die Umstände, die einen Mann von zu Hause vertreiben und ihn zur See fahren lassen.«

Sie hatten die Lichtung erreicht und machten sich daran, die Krebse zu zerlegen, während Cesar das Feuer für das Mittagessen machte. Schnell waren die Austern, Krabben und etwas Gemüse aus dem Garten zu einem herzhaften Eintopf vermischt, dessen Duft die Hütte durchzog.

»Das war köstlich.«

Nach dem Essen lehnte sich Amanda zurück und zupfte unauffällig an ihrer Hose, um sie etwas zu lockern.

»Zeit für unsere Lesestunde, Ma'am«, sagte Cesar.

»Wenn wir aufgeräumt haben«, erwiderte Amanda, und kurz darauf hatten sie ihre Lieblingsplätze unter den Bäumen eingenommen und lasen das Märchen von einem Mädchen, dessen Haut so weiß war wie Schnee, das Haar so schwarz wie Ebenholz und die Lippen so rot wie Blut.

Am Ende des Märchens schloss Amanda bestürzt das Buch.

»Das war großartig, Mrs. Stephenson!«, begeisterte sich Cesar. »Am besten hat mir die Stelle gefallen, an der sie der bösen Königin glühende Eisenschuhe angezogen haben und sie tanzen musste, bis sie tot umfiel.«

»Nur, damit ich sicher sein kann, ob ich die Geschichte auch verstanden habe«, erklang die Stimme aus der Hängematte. »Eine hübsche junge Frau flüchtet in den Wald, wo sie von sieben Fremden aufgenommen wird und ganz allein bei ihnen lebt. Gibt es in dem Buch auch Illustrationen?«

Cesar wedelte mit der Hand.

»Das ist doch genau wie damals, als Lola Hernandez Rosies Bordell verlassen hat, um zu den Garciabrüdern zu ziehen, oder? Mr. Lopez hat gesagt, Rosie hat sich gut um sie gekümmert. So hat es Schneewittchen auch gemacht.«

Amanda erhob sich.

»Wenn mich die Herren entschuldigen würden, ich würde gern einen Mittagsschlaf machen.«

»Nach dieser Geschichte könnte ich, glaube ich, eine Abkühlung im Meer vertragen«, sagte Roberts. »Möchtest du mitkommen, Cesar?«

Der Junge rappelte sich auf, und Amanda sah ihnen von der Tür der Hütte aus nach. Dann zog sie sich kopfschüttelnd und mit einem Lächeln ins Halbdunkel zurück. Ihre Eltern hatten einmal einen Gast aus Spanien zu Besuch gehabt, der ihnen von der »Siesta« erzählt hatte, einer Sitte, für die die Briten nur Verachtung übrig hatten, die Amanda im tropischen Klima nun aber zu schätzen wusste.

Doch sie wurde in ihrer Ruhe gestört, als die Tür der Hütte mit einem Knall aufflog. Roberts schleuderte Cesar mehr oder minder hinein und knallte die Tür wieder zu. Aus seinen Haaren tropfte Meerwasser auf den Boden.

»Ihr beide bleibt in der Hütte. Kommt nicht heraus, ganz gleich, was ihr seht oder hört, und macht kein Geräusch. Wir haben Besuch.«

Cesar war bereits dabei, Pulverflaschen und Munition zusammenzutragen, und Roberts griff nach den Schusswaffen.

»Laden Sie die«, sagte er ohne Umschweife und drückte Amanda eine Muskete in die Hand. Er selbst lud seine Pistolen und schob sie sich in den Gürtel.

Amandas Hände zitterten, als sie unter Roberts' wachsamem Blick ihre Waffe bereitmachte. Sie verschüttete ein wenig Pulver, doch als sie fertig war, lächelte er ihr zu.

»Gut gemacht, Madam Jägerin.«

Amanda öffnete den Mund, um eine Frage zu stellen, doch er legte ihr den Finger auf die Lippen.

»Bitte keine Fragen jetzt. Dazu ist keine Zeit. Vertrauen Sie mir, und alles wird gut, Mrs. Stephenson.«

Sie nickte, und er drückte ihr beruhigend die Schulter. Dann positionierte er Cesar und Amanda je an einem Fenster und schloss die Fensterläden, bis nur noch ein Spalt übrig war, der für einen Gewehrlauf reichte. Amanda beobachtete Cesar, der sein Gewehr mit Leichtigkeit lud und dann auf einer Munitionskiste Stellung bezog, um etwas größer zu sein.

Roberts ging wieder ins Freie, lehnte sich an das Meertraubengewächs und schnitzte mit einem gefährlich langen Dolch an einem Stück Zypressenholz herum, als hätte er keine andere Sorge auf der ganzen Welt, als genau die richtige Stelle des Holzstücks zu treffen.

Amanda wischte sich die verschwitzten Handflächen an der Hose ab und warf noch einen prüfenden Blick auf die Muskete. Bis auf die Papageien war alles still, und plötzlich verstummten diese auch.

Ein halbes Dutzend verwegen aussehender Seeleute kamen den Pfad entlang, angeführt von einem rundlichen Mann in den mittleren Jahren, der in Amandas Augen so aussah, als sei er direkt aus dem Hyde Park in den Sand Floridas getreten. Seine Kleider entsprachen der neuesten Mode und waren maßgeschneidert. Für einen Geschäftsmann in Yorkshire wären sie vielleicht ein wenig zu elegant gewesen, aber für einen Londoner waren sie genau richtig.

Als er Roberts sah, wies er seine Hintermänner mit einer Geste an, stehenzubleiben.

»Trügen mich meine Augen? Kann das tatsächlich der berüchtigte Kapitän Sinister auf unserer kleinen Insel sein?«

»Hoskins«, sagte Roberts mit einem kaum merklichen

Nicken. Amanda konnte zwar sein Gesicht nicht sehen, aber sein Rücken und seine Schultern sahen ganz entspannt aus.

Hoskins grinste den Piraten an. Er hatte ein fröhliches, offenes Gesicht, und Amanda konnte ihn sich ohne Schwierigkeiten in jedem englischen Salon vorstellen, genau die Art von Gast, mit dem eine Gastgeberin gern ihre Dinnergesellschaften vervollständigt, damit die Herren noch einen Mitspieler beim Billard haben.

»Ich habe interessante Dinge über Sie gehört, Sinister. Es heißt, Sie machen Ihrem Namen alle Ehre – dass Sie vor ein paar Tagen die *Penelope* geentert, den Großteil der Mannschaft abgeschlachtet und eine Engländerin vergewaltigt und dann umgebracht haben. Erst ermorden Sie Ihren Kapitän, dann fallen Sie über wehrlose Frauen her ... Wenn Sie so weitermachen, werden Sie in Florida nicht mehr lange willkommen sein.«

»Sehe ich so aus, als würde es mich kümmern, was Sie über mich hören oder was Sie von mir denken?«

Hoskins lachte.

»Zu dumm, dass ein paar Männer von der *Penelope* entwischt sind. Demnächst bringen Sie die Dinge, die Sie anfangen, besser auch zu Ende. Es ist einfach besser fürs Geschäft, wenn man die Zukunft immer im Blick hat, Sinister. Sie müssten doch am besten wissen, dass Tote nicht mehr plaudern. Kein Zeuge bedeutet, dass auch niemand gegen Sie aussagen kann, wenn die Autoritäten gegen Sie ermitteln.«

Roberts brummte, ohne von seiner Schnitzarbeit abzulassen.

»Was wollen Sie, Dandy?«

»Oh, wir wollen uns nur ein wenig ausruhen und unsere Vorräte auffüllen, Sinister. Sie haben doch nichts dagegen, Marquez' Hütte mit uns zu teilen, oder?«

»Ich teile nicht«, sagte Roberts, der unverwandt weiterschnitzte. »Holen Sie sich Ihr Wasser unten am Strand.«

Hoskins zog eine verletzte Miene.

»Sinister, Sinister, wie ungastlich von Ihnen. Hier gibt es doch genug für alle. Übrigens, wo ist eigentlich Ihr Schiff? Ich habe es gar nicht gesehen, als wir gekommen sind.«

»Wenn ich wollte, dass Sie die *Zephyr* sehen, hätte sie Sie im Vorbeifahren mit einem Salut begrüßt.«

»Himmel, wie mysteriös.« Hoskins' Augen verengten sich zu Schlitzen. »Vielleicht ist die *Zephyr* ja gar nicht hier, Sinister. Vielleicht hat Ihre Mannschaft ja gemeutert, so wie sie gemeutert haben, als Sie O'Reilly umgebracht haben.«

»Es sind genau so viele Männer von meiner Mannschaft hier, wie ich brauche«, sagte Roberts. »Bitte winkt unserem Besuch.«

Zwei Gewehrläufe schoben sich durch die Fensterläden und zielten auf die Männer, die Roberts gegenüberstanden.

»Zwei Mann?«, höhnte Hoskins. »Damit werden wir doch fertig, und mit Ihnen auch.«

»Vielleicht«, sagte Roberts. »Aber wir sind hier nicht auf der *Esperanza*, und diesmal stehen Ihnen keine Frauen und Kinder gegenüber, Dandy. Und ich versichere Ihnen, dass Sie als Erster am Boden liegen, wenn es zu einer Schießerei kommt.«

Roberts legte seine Schnitzarbeit beiseite, legte die Hände auf die Pistolen in seinem Gürtel und beobachtete den anderen Mann.

Hoskins hob die Hände zu einer friedlichen Geste.

»Ich will keinen Ärger, Sinister, ich brauche wirklich nur Wasser.«

»Dann gehen Sie am besten zurück zum Strand und holen es sich.«

Hoskins starrte Roberts noch einen Moment lang an, dann huschte sein Blick zur Hütte. Er zuckte mit den Achseln.

»Schön, Sinister, behalten Sie Ihre Hütte und Ihren Brunnen. Wir kommen ein anderes Mal zurück.«

Er winkte seinen Männern, die sich hinter ihm in Bewegung setzten und auf das Wasser zuhielten. Roberts sah ihnen nach und wartete, bis sie den Strand erreichten. Dann trat er wieder in die Hütte.

»Gut gemacht«, sagte er. Cesar grinste ihn an, doch Roberts ging zu Amanda hinüber und nahm ihr vorsichtig die Muskete aus den zitternden Händen. Das Zittern breitete sich auf ihren ganzen Körper aus, und es schien ganz natürlich, dass er sie in die Arme nahm und sie festhielt, bis es aufhörte.

»Sie haben Ihre Sache gut gemacht, Mrs. Stephenson«, sagte er leise in ihr Haar.

»Oje«, flüsterte Amanda. »Ich hatte …«

»Angst?«

Sie nickte und schluckte.

»Todesangst, Kapitän.«

Er hob ihr Kinn und sah ihr in die Augen.

»Und doch haben Sie getan, was notwendig war. Mut ohne Tatkraft ist wie ein gutes Schiff mit schlampiger Takelage, Mrs. Stephenson. Ihre Tatkraft war genau das, was wir gebraucht haben, und wenn ich so offen sein darf, Sie haben während dieser Nervenprobe genug Mut *und* Tatkraft bewiesen, um jeden Kommandeur zufriedenzustellen.«

Diese Worte erwärmten sie mehr als alle Komplimente, die man ihr je bei einem gesellschaftlichen Anlass gemacht hatte. Es kam oft vor, dass ein Mann ihre Augen, ihr Haar oder ihr Aussehen lobte, aber noch nie hatte man ihren Charakter gelobt. Sie lächelte ihn an, und sein Blick senkte sich auf ihre Lippen.

»Werden sie zurückkommen, Kapitän?«

Hätte Cesar nichts gesagt, so wusste Amanda, dass Roberts die Lücke zwischen ihnen geschlossen hätte, indem er seine Lippen auf die ihren gelegt hätte. Stattdessen ließ er sie los und trat einen Schritt zurück.

»Ich weiß es nicht, Cesar, aber wir werden wachsam sein. Auf jeden Fall müssen wir in der Hütte bleiben.«

Er öffnete einen Fensterladen einen Spalt breit und blickte hinaus.

»Es zieht ein Sturm herauf. Wenn er vorüber ist, könnte Hoskins zurückkommen. Ich hole Wasser. Wir wissen ja nicht, wie lange er in der Nähe bleibt.«

Er sah sich in der Hütte um.

»Das heißt leider auch, dass heute Nacht niemand zur Latrine geht. Das wird zwar unangenehm, aber wir müssen uns mit dem Topf behelfen.«

Amanda räusperte sich leise.

»Wenn ich diese Geschichte als alte Frau erzähle, Kapitän, muss ich einiges weglassen.«

Er grinste. Der erste Donner grollte, und Roberts eilte ins Freie, um Wasser zu holen.

»Kapitän Roberts ist wirklich ein kräftiger Mann«, sagte sie, ohne sich bewusst zu sein, dass sie es laut aussprach, während sie zusah, wie mühelos er den mit Wasser gefüllten Kessel hochhob.

»Was Sie nicht sagen, Ma'am«, sagte Cesar. »Die Huren sagen auch, dass er …«

»Bis hierhin und nicht weiter, Cesar«, sagte sie und hob die Hand. »Ich glaube, du brauchst mir nicht zu erzählen, was die … was andere Frauen über Kapitän Roberts sagen.«

»Habe ich schon wieder etwas Falsches gesagt?« Er sah betroffen aus.

»Nein, Cesar. Ich glaube nur, dass es den Damen nicht recht wäre, wenn sie herausfänden, dass du über sie und Kapitän Roberts getratscht hast.« Ganz zu schweigen davon, was der gute Kapitän dem Jungen womöglich antun würde, dachte sie.

»Oh. Nun gut, Ma'am.«

Roberts schloss die Tür, um den heftigen Wind auszusperren, und betrachtete die Vorräte in der Hütte mit zufriedener Miene, während sich der Himmel verdunkelte.

»Die gute Nachricht ist, dass der Regen das Dach so durchnässen wird, dass man es nicht in Brand setzen kann. Wir brauchen also nicht zu befürchten, dass Hoskins versucht, uns auszuräuchern.«

Cesar ließ sich auf einer Matte auf dem Fußboden nieder und schlief bald tief und fest, erschöpft vom Schwimmen und der Gefahr, und Amanda deckte den Jungen mit einem Quilt zu. Das nachmittägliche Gewitter tobte jetzt genau über ihnen. Sie setzte sich Roberts gegenüber im Schneidersitz auf den Boden. Der Regen wusch die Bäume sauber, und die Luft war voller Feuchtigkeit und grüner Düfte. Sie war immer noch verblüfft über die Heftigkeit des Windes und über die Wassermassen, die vom Himmel fielen, als hätte dort jemand einen Sack aufgerissen und ausgeleert – die Plötzlichkeit, mit der sich der Himmel in dunkles Zinn verwandelte. *Wie Si-*

nisters Augen, dachte sie unwillkürlich. Wieder hatte sie das Gefühl, dass diese Insel, diese Hütte eine Blase außerhalb der Wirklichkeit waren. Dass dieser Mann kein berüchtigter Pirat war, sondern jemand, mit dem sie offen sprechen durfte. Dem sie jede Frage stellen konnte.

»Warum sollte Hoskins die Hütte zerstören, die er doch haben möchte? Und warum sollte er versuchen, Sie umzubringen?«

Roberts zuckte mit den Achseln, eine Bewegung, die sie im Zwielicht eher spürte als sah.

»Ich habe etwas, das er haben möchte. Das ist für ihn ein hinreichender Grund.«

»Was ist die *Esperanza*?«

»Ein Schiff, das von Piraten überfallen wurde. Es gab keine Überlebenden.«

Sie beobachtete, wie der Regen über das Fenster strömte.

»Haben Sie Kapitän O'Reilly umgebracht?«

»Ja.«

Sonst sagte er nichts, sondern saß einfach nur schweigend da. Als er weitersprach, konnte sie ihn im Tosen des Regens kaum hören.

»O'Reilly war schon lange krank, und es wurde immer schlimmer. Er hatte Syphilis. Sie haben noch nie einen Menschen gesehen, der Syphilis hat, oder, Mrs. Stephenson?«

»Nein, ich glaube nicht, Kapitän«, sagte sie schwach.

»Es ist eine Krankheit, die einen verzehrt wie ein tollwütiges Tier. Man bekommt schreckliche offene Wunden im Gesicht und wird schließlich blind. Man verliert den Verstand. Das war das Schlimmste für O'Reilly, das Bewusstsein, dass er wahnsinnig wurde. Eines schönen Morgens ist er mit seinen Pistolen an Deck gegangen und hat angefangen, auf die

Männer in der Takelage zu schießen. Einfach so. Man hat nur diese Schüsse gehört und sein Gelächter beim Nachladen. Die Männer hatten Angst davor, sich auf ihn zu stürzen, und als sein Maat war ich der Einzige, der Zugang zu den Gewehren hatte. Ich habe mir meine Pistolen geschnappt und ihn aufgefordert aufzuhören. Er hat weitergelacht und auf mich gezielt. Ich habe zuerst geschossen.«

Er blickte ins Feuer, während er in diesem gleichmütigen Ton vom Tod seines Freundes erzählte.

»Hinterher. Hinterher ist mir klar geworden, dass O'Reilly die Matrosen in der Takelage trotz seines Wahnsinns getroffen hätte, wenn er gewollt hätte. Er war ein exzellenter Schütze. Was er wirklich wollte, war, dass jemand seinen Qualen ein Ende setzte.«

Wieder herrschte Stille bis auf das Trommeln des Regens und das sanfte Atmen des schlafenden Jungen.

»Sind Sie glücklich, dass Sie nach Charleston ziehen, Mrs. Stephenson?«

Die Frage überraschte Amanda.

»›Glück‹ war nicht unter den Gründen für meine Entscheidung, Kapitän.«

Obwohl sein Gesicht im Schatten war, konnte sie seine Augen glitzern sehen und wusste, dass er sie beobachtete.

»Und sind Sie jetzt, da Ihre Entscheidung gefallen ist, glücklich darüber?«

»Das kann ich noch nicht mit Sicherheit sagen, da ich ja noch nicht in Charleston bin und derzeit jeden Augenblick von Piraten attackiert werden könnte«, sagte sie trocken. »Ich kann aber so viel sagen, dass es mir seit dieser Entscheidung leichter fällt, mein Tagewerk zu tun, als es der Fall war, als ich noch keine Zukunftspläne hatte.«

Ein verirrter Windstoß blies einen kalten, feuchten Hauch durch das einzige Fenster, dessen Läden nicht geschlossen waren.

»Wenn Sie nicht *gezwungen* wären, zu Ihren Verwandten nach Charleston zu ziehen, was würden Sie dann anfangen?«

»Ich habe Ihnen doch erzählt, dass ich Seife herstelle, Kapitän. Wenn ich nicht auf meine Verwandten angewiesen wäre, würde ich mich selbstständig machen, und ich hoffe immer noch, dass ich das eines Tages tun kann. Ich würde gern das Vermögen der Brookes wiederaufbauen«, sagte sie lächelnd. »Meine Ahnherrin Amanda war die beste Geschäftsfrau in unserer Familie, und ich hoffe, dass ich es ihr gleichtun kann.«

»Was, wenn sich Ihnen …« – eine Pause – »… andere Gelegenheiten bieten würden als die, ein Geschäft zu gründen?«

Amanda kniff die Augen zusammen.

»Was für andere Gelegenheiten meinen Sie, Kapitän?«

Roberts lehnte sich an die Wand. Sie konnte seinen dunklen Umriss erkennen, aber nicht viel mehr.

»Sie sind doch noch jung, Mrs. Stephenson. Vielleicht bekommen Sie ja die Gelegenheit, wieder zu heiraten?«

»Darf ich offen sprechen, Kapitän?«

»Immer, Mrs. Stephenson.«

Amanda holte tief Luft.

»Wenn ich nach Charleston komme, Kapitän, wird es schwierig werden zu erklären, was ich seit dem Untergang der *Penelope* getan habe. Die Leute werden erstaunt sein, dass ich überlebt habe, aber wenn sie ihr Erstaunen erst verwunden haben, werden sie wohl kaum vergessen, dass ich mit dem berüchtigten ›Kapitän Sinister‹ und seiner Mannschaft zur See gefahren bin. Es ist nicht sehr wahrscheinlich, dass sich jemand finden wird, der mich zur Frau nehmen möchte, obwohl es möglich ist, dass man mir ›andere Gelegenheiten‹ offeriert.«

»Das ist doch gewiss übertrieben, Madam. Ich kann nicht glauben, dass es so schlimm wird.«

Amanda schüttelte den Kopf.

»Kapitän, nach allem, was ich höre, sind Sie nur selten an Land, und wenn Sie an Land sind, verbringen Sie diese Zeit dann vielleicht in der sogenannten ›guten Gesellschaft‹?« Sie wartete nicht ab, ob er antwortete. »Ich habe mein ganzes Leben in einem Dorf verbracht, Kapitän, und ich versichere Ihnen, dass in einer solchen Umgebung Gerüchte und Getuschel die beste Währung sind. Jeder will jemanden sehen, dem es schlechter geht als ihm selbst, und über nichts lässt es sich besser reden als über eine Frau mit ungewöhnlichen Lebensumständen. Sogar an Bord der *Penelope* hat man mich trotz der Anwesenheit Kapitän McGuires und meines unauffälligen Verhaltens beleidigt, weil ich gegen die Konventionen verstoße und weil ich nun einmal so aussehe, wie ich aussehe.« Sie wies auf ihren Körper. »Das hat nichts mit Eitelkeit zu tun; es ist einfach eine Tatsache, mit der ich leben muss. Und ich war schließlich allein unterwegs, ohne einen Mann oder eine andere Frau, die mir Respektabilität hätten verleihen können.«

Sie sah, wie Roberts eine kleine Bewegung machte.

»Auf der *Penelope* war ein Mann, der sich unangebracht über Sie geäußert hat, Mrs. Stephenson. Ich hatte den Eindruck, dass es nicht das erste Mal war.«

»Das war wohl Mr. Wright, der Anwalt«, sagte Amanda.

»Auf den Kopf zu fallen und auf dieser Insel zu stranden ist besser, als auch nur eine Minute in seiner Gesellschaft zu verbringen.«

Roberts streckte ein Bein aus und stützte sich mit dem Ellbogen auf das andere. Selbst wenn er auf dem Boden saß, schien er immer noch den Großteil der Hütte einzunehmen.

»Sagen wir einmal, nur um ein Gesprächsthema zu haben, dass Sie die Gelegenheit bekämen, noch einmal zu heiraten, Mrs. Stephenson. Was für einen Mann würden Sie sich wünschen? Einen, wie Sie ihn schon hatten?«

Amanda zögerte und blickte aus dem Fenster. Der Regen ließ jetzt nach. Die ersten, besonders hartnäckigen Vögel erzählten einander schon erwartungsvoll zwitschernd von den Würmern und Insekten, die das Gewitter ihnen zum Abendessen an die Erdoberfläche holen würde.

»Das, was ich mit Geoffrey hatte, war etwas Besonderes, weil unser beider Leben miteinander verwoben war. Wir waren zusammen groß geworden, und er ging bei meinem Vater in die Kirche. Geoffrey war genauso ein Teil meines Lebens wie die Moore von Yorkshire. Wir hatten eine wunderbare Freundschaft, Kapitän, und wir waren glücklich miteinander. Man kann eine Familie auf Freundschaft gründen. Ich glaube sogar, dass sie die Grundlage für viele gute Ehen ist.«

Sie wandte sich vom Fenster ab, um ihn anzusehen. Immer noch erkannte sie nur seinen Umriss im Halbdunkel.

»Gemeinsam mit den Mooren habe ich auch diese Vorstellung von einer guten Ehe hinter mir gelassen, Kapitän, und ich habe mir geschworen, dass ich nie wieder eine Ehe eingehen werde, der das fehlt, was mir und Geoffrey gefehlt hat. Etwas, das stärker ist als Freundschaft und Kameradschaft.

Immer, wenn meine Mutter ins Zimmer gekommen ist, hat mein Vater ihr das Gesicht zugewendet wie eine Blüte, die sich nach der Sonne richtet. Er hat sie geliebt, auf jede Weise, wie ein Mann eine Frau lieben kann. Er hat die Missbilligung seiner Familie und seiner Gemeinde riskiert, um eine Frau zu heiraten, über die man redete, weil sie ›eine dieser Brookes‹ war. Das war ihm gleichgültig. Für ihn hat nur gezählt, dass sein Leben ohne diese Frau nicht vollständig war. Und meine Mutter hat dasselbe für ihn empfunden.«

Sie hielt den Blick auf ihn gerichtet, und er schwieg so lange, dass sie sich fragte, ob er sie im Regen überhaupt gehört hatte. Dann stand er auf, reichte ihr die Hand und half ihr auf. Doch er ließ ihre Hand nicht los. Roberts schaute zum Fenster hinaus, dann richtete er den Blick wieder auf die Witwe.

»Es hat aufgehört zu regnen.« Er legte den Kopf schräg und betrachtete sie, als wäre sie ein neuer, exotischer Vogel auf der Insel. »Sie sind eine romantische Frau, Mrs. Stephenson.« Er hob die Hand, um sie an einer Antwort zu hindern. »Das ist keine Kritik, nur eine Feststellung. Es überrascht mich.«

Er schien im Begriff zu sein, ihre Hand loszulassen, drückte sie dann aber fester und senkte den Blick auf ihre Hände, die sich berührten. Seine Hand war warm, und die ihre schien ganz darin zu verschwinden. Als er ihr in die Augen sah, war sein Blick beunruhigt.

»Ich habe Sie nicht gut behandelt, Mrs. Stephenson. Ich bedauere alles, was Ihnen zugestoßen ist, und ich verspreche Ihnen, dass ich mein Bestes tun werde, um Ihnen zu helfen, wenn das hier vorüber ist.«

»Kapitän Roberts, Sie konnten doch nicht wissen, dass Mr. Lopez das Schiff entführen und Sie diesen anderen Pira…

diesen Piraten ausliefern würde. Es gibt Dinge, die nicht einmal ›Kapitän Sinister‹ kontrollieren kann.«

Sie sah ihm lächelnd in die Augen, doch ihre beschwichtigenden Worte schienen ihn nur noch mehr zu bestürzen.

Er ließ ihre Hand los und trat beiseite, um seine Pistolen und das Entermesser an sich zu nehmen.

»Ich sehe mich draußen nach Hoskins um. Keine Sorge, ich bin bald zurück.«

Amanda blickte Morgan Roberts nach und dachte an die Geschichten, die sie für sich behalten würde, wenn sie alt und grau war.

Als Roberts zurückkam, schüttelte er nur den Kopf auf ihre Frage, ob es irgendwelche Anzeichen für Ärger gebe. Sie verbarrikadierten die Türen mit Möbelstücken und Kisten und verriegelten die rückwärtigen Fensterläden. Während Amanda und Cesar das Abendessen zubereiteten, saß Roberts am Fenster und beobachtete den Pfad. Das Dickicht an der Rückseite des Gartens verstellte dort den Weg, sodass ein Haufen rauflustiger Piraten im Dunklen diesen Weg wohl kaum wählen würde. Im Innern der verrammelten Hütte wurde es langsam stickig, doch niemand beklagte sich.

»Bring mir einen Teller, Cesar«, sagte Roberts, als die Sonne hinter dem Horizont versank.

Wortlos brachte ihm der Junge sein Abendessen. An diesem Abend war sein übliches Geplapper verstummt, und Amanda beobachtete ihn. Wenn Cesar Angst hatte, versteckte er es gut, und sie ging davon aus, dass dies nichts Neues für einen Jungen war, der unter Freibeutern lebte.

Sie aßen schweigend, und wenn jemand etwas sagte, so geschah es flüsternd. Amanda tauchte Tücher in eine Schüssel mit Wasser und reichte sie herum, damit sie sich die fettigen, verschwitzten Gesichter abwischen konnten. Dann überprüften sie noch einmal ihre Waffen. Roberts nahm eine der Pistolen und legte sie zu Amandas Muskete. Dann sah er sie an.

»Die ist für Sie, Mrs. Stephenson.« Sein Gesicht war ausdruckslos – zumindest dachte sie das, bis sie die Angst in seinen Augen sah. »Wenn es zum Schlimmsten kommt, ist es … ist es vielleicht besser, wenn Sie sich …«

Amanda legte ihre Hand auf die seine.

»Ich weiß, was Sie sagen wollen. Ich verstehe.«

»Oh, Ma'am. Ich habe Ihnen etwas so Schlimmes angetan, dass ich gar nicht sagen kann …«

»Genug, Kapitän. Wir unterhalten uns, wenn das hier vorbei ist.«

»Ja. Wenn es vorbei ist, reden wir.«

Amanda und Cesar setzten sich an den Tisch, während Roberts Wache hielt. Sie steckten die Köpfe über der Talgkerze zusammen, und sie las dem Jungen leise aus dem Märchenbuch vor.

»*… der Bär begann zu sprechen und sagte zu Schneeweißchen und Rosenrot: ›Habt keine Angst. Ich friere und möchte mich nur an eurem Feuer aufwärmen.‹ Als es Zeit zum Schlafen war, sagte ihre Mutter dem Bären, er könne an ihrem Feuer schlafen, um nicht zu erfrieren, doch am Morgen war der Bär …*«

»Pssst!«, sagte Roberts. »Licht aus und still jetzt.«

Sie saßen geräuschlos da, bis ein Ruf Amanda zusammenfahren ließ.

»Sinister«, rief Hoskins in der Dunkelheit. »Wie wäre es, wenn Sie herauskommen und wir uns unterhalten?«

»Kommt nicht infrage«, rief Roberts zurück. »Scheren Sie sich wieder zum Strand, Hoskins.«

»Ich hatte eigentlich vor, die Nacht in dieser schönen Hütte zu verbringen, Sinister. Jetzt kommen Sie heraus. Wir sind in der Überzahl und haben viel mehr Waffen.«

»Ihre Männer sollten sich fragen, warum sie ihr Leben vergeuden sollen, nur damit ihr Kapitän in einer Hütte schlafen kann.«

»Meine Männer sind keine Feiglinge«, rief Hoskins.

»Nein, und ich wette, dass sie auch keine Dummköpfe sind. Was haben sie davon, wenn sie dafür sterben, in dieser Absteige zu übernachten?«

Amanda beobachtete den Freibeuter, der ihnen jetzt signalisierte, ihre Positionen zu beziehen. Cesar stellte sich wieder auf die Kiste am anderen Fenster, und Amanda stellte sich neben ihn. Sie wusste, dass Roberts derjenige von ihnen war, der am schnellsten nachladen konnte, und dass es am besten wäre, wenn sie ihm nicht im Weg stand und Cesar half. Roberts salutierte ihr mit einem Lächeln.

»Mut und Tatkraft, Mrs. Stephenson.« Er sah den Jungen an und sagte sanft: »Cesar, sollte mir etwas zustoßen, weißt du ja, wo deine Papiere sind. Du kannst dich darauf verlassen, dass Mr. Lopez dir hilft.«

»*Si*, Kapitän«, sagte Cesar.

»Guter Junge.« Der Freibeuter richtete den Blick wieder auf Amanda. Sie konnte seine Miene in der Dunkelheit nicht erkennen. »Mandy, ich …«

Eine Salve von Geschossen traf die Hütte, sodass sich ein Splitterhagel von den Fensterläden löste und seine Worte untergingen. Roberts warf sich gegen die Wand, doch sobald der Beschuss aufhörte, feuerte er durch das Fenster zurück.

Amanda trat zu Cesar hinüber, und gemeinsam zielten sie auf die schemenhaften Bewegungen in der Dunkelheit. Wie

Roberts sie angewiesen hatte, feuerte Amanda, dann ließ sie sich unter das Fenster gleiten und lud im Licht der Talgkerze nach. Sie weigerte sich, darüber nachzudenken, dass sie eine Muskete auf einen Mitmenschen abfeuerte. Sie durfte nicht daran denken. Amanda sprang auf, um aus dem Fenster auf die nächste sich bewegende Gestalt zu zielen, und kniff die Augen zusammen, die vom Pulverrauch brannten.

Hin und wieder schrie draußen jemand auf, wenn ein Geschoss traf. Noch machten Hoskins' Männer keinerlei Anstalten, die Hütte zu stürmen, da sie damit den Insassen praktisch vor die Gewehre gelaufen wären.

Sie schienen eine ganze Ewigkeit zu laden, zu feuern und nachzuladen, obwohl Cesar hinterher sagte, das Gefecht habe nur ein paar Minuten gedauert. Das Aufblitzen der Gewehre erhellte die Nacht, ihr Lärmen ließ Amandas Ohren klingeln, der Rauch nahm ihr den Atem, und sie stellte sich ungeschickt an, als sie versuchte, mit Cesar Schritt zu halten. Der Junge beachtete sie nicht. Er ging mit der Leichtigkeit jahrelanger Übung mit seinen Waffen um.

In einem hatte Roberts recht. Die Muschelkalkwände der Hütte fingen die Geschosse ab, als wären sie aus Stahl – besser sogar, weil es keine Querschläger gab. Roberts blutete aus einem Riss am Hals, weil ihn ein Holzsplitter getroffen hatte, doch die Verletzung schien nicht schwer zu sein.

»Sinister!«

Als keine Antwort aus der Hütte kam, erscholl Dandy Hoskins' Stimme erneut aus der Dunkelheit.

»Sinister, sind Sie tot?«

»Noch nicht, Hoskins.«

»Geben Sie auf, Sinister, und kommen Sie heraus. Ich gebe Ihnen mein Wort, dass Ihnen nichts zustoßen wird.«

»Hoskins, du bist ein alter Lügner und Mörder, und du hast einen Affen umgebracht und ihm das Gesicht geklaut.«

Cesar kicherte, und Amanda grinste. Sie hatte im Leben noch nie solche Angst gehabt, und doch fühlte sie sich seltsam *lebendig*. Sie sah Roberts' Zähne aufblitzen, als er das Lächeln erwiderte, und dann bereiteten sie sich auf den zweiten Angriff vor.

»Das ist mein letztes Angeb…«

Ein »Whumpf!« vom offenen Meer schnitt Hoskins das Wort ab. Augenblicklich folgten weitere Explosionen. Roberts hob die Hand, um sie zum Schweigen zu bringen, und lauschte dem Geräusch der Kanonen – und den Schreien der Männer im Freien, die jetzt jedes Interesse an der Hütte und ihren Bewohnern verloren hatten.

Cesar sah seinen Kapitän an.

»Sind das …?«

»Aye, Junge. Die Kanonen der *Zephyr*. Mr. Lopez ist aus Havanna zurück.«

KAPITEL 9

Amanda kauerte auf dem Boden und hatte die geladene Muskete auf dem Schoß liegen. Roberts blickte zum Fenster hinaus. Draußen erklangen keine Schüsse mehr, und der Teil ihres Gehirns, der noch funktionierte, nahm die Geräusche der abziehenden Piraten wahr.

»Was für eine Schlappe. Die *Zephyr* hat Dandy und seine Männer verjagt wie Ratten.«

Amanda blickte zu Roberts auf.

»Sie können die Kanonen der *Zephyr* an ihrem Klang erkennen?«

Roberts grinste.

»Natürlich. Ich lebe schließlich schon länger mit dieser Dame zusammen als mancher Ehemann mit seiner Frau.«

»Denen haben wir es gezeigt, nicht wahr, Kapitän?«

Roberts sah den Jungen an, der immer noch auf seiner Kiste stand.

»Das haben wir, Cesar, das haben wir. Und ich hätte mir keine bessere Hilfe wünschen können als euch beide an meiner Seite.«

Der Junge richtete sich auf, der Stolz in Person. Er hatte auch auf der *Zephyr* schon Schlachten erlebt, in denen er den Männern Schießpulver und Wasser gebracht hatte, aber er hatte heute zum ersten Mal selbst geschossen.

»Du bist noch nicht fertig, junger Mann. Du bleibst hier

bei Mrs. Stephenson, sammelst die Waffen wieder ein und hältst nach Mr. Lopez und den Männern Ausschau. Ich werde mich draußen umsehen, um sicherzugehen, dass niemand zurückgeblieben ist.«

Cesar fragte, ob er kurz hinter das Haus gehen könne, und Roberts überprüfte den Garten und das Aborthäuschen, bevor er dem Jungen signalisierte zu gehen.

Er trat wieder ein, als Cesar aus der Tür kam, und sah Amanda immer noch an der Wand hocken.

Roberts hielt ihr die Hand entgegen. Sie ergriff sie mit ihren eiskalten Fingern und umklammerte sie so fest, dass sich ihre Nägel in seine Haut bohrten. Er sagte nichts, sondern zog sie hoch und nahm sie in die Arme.

Amanda legte den Kopf an seine breite Brust und ließ sich von dem Schrecken, den sie bis jetzt unterdrückt hatte, überwältigen. Schauer durchliefen ihren Körper, ihre Zähne klapperten, als wäre es tiefster Winter in England. Es dauerte ein Weilchen, bis sie begriff, dass er mit ihr sprach.

»Schsch, schsch. Es ist ja vorbei.«

Sie schmiegte sich dichter an ihn, und durch sein dünnes Hemd spürte sie jeden Schlag seines Herzens. Am liebsten wäre sie ewig so stehen geblieben.

Sie runzelte die Stirn. Sanft, aber bestimmt, löste sie sich von seiner Brust und widerstand mit einem Seufzer der Verlockung, ihre Finger unter sein Hemd zu schieben.

»Irgendetwas geht hier vor.«

Auch Roberts sah ein wenig benommen aus, als er jetzt im gedämpften Licht auf sie hinunterblickte. Doch ihre Worte schien er genau zu verstehen.

»Wir müssen uns unterhalten, Mandy. Sobald wir wieder auf dem Schiff sind.«

Amanda nickte und registrierte gleichzeitig, wie er sie genannt hatte. Zum zweiten Mal. Sie äußerte keinen Einwand gegen diese Vertraulichkeit, die ihr eigentlich nach allem, was sie gemeinsam durchgemacht hatten, durchaus angebracht erschien.

»Wenn Mr. Lopez zurück ist, können wir dann von der Insel aufbrechen, Kapitän?«

»Wir kehren auf die *Zephyr* zurück. Ich weiß, dass Sie nicht mit einem solchen Abenteuer gerechnet hatten, und ich werde es wiedergutmachen, das verspreche ich.«

Sie traten beide zurück, als Cesar in die Hütte kam, und Roberts ging wieder hinaus. Amanda und der Junge beschäftigten sich damit, die Hütte für ihre nächsten Benutzer aufzuräumen. Roberts kehrte mit einer grimmigen Miene, die nicht zu Fragen einlud, aus der Dunkelheit zurück, und er und Cesar rollten die Bettwäsche zusammen und säuberten die Pistolen, während Amanda ihren Koffer packte. Sie waren fast fertig, als sie Stimmen hörten, die den Pfad heraufkamen. Roberts blickte hinaus, und dann zerteilte ein gewaltiges Grinsen seinen struppigen Bart.

»Es wird aber auch Zeit, dass du kommst, Lopez.«

»Wir wären ja eher hier gewesen, Käpt'n, aber wir mussten erst ein paar streunende Hunde verjagen. Mrs. Stephenson! Schön, Sie wiederzusehen. Wie geht es Ihrem Kopf?«

Gabriel Lopez stand im Eingang der Hütte, und hinter ihm sammelten sich die Männer der *Zephyr* mit ihren Fackeln in der Dunkelheit. Amanda konnte es kaum glauben, wie sehr sie sich über den Anblick dieses zusammengewürfelten Haufens freute.

»Meinem Kopf geht es gut, Mr. Lopez. Ich danke Ihnen und dem Rest Ihrer Männer für die rechtzeitige Hilfe.«

»Wo ist Dandy?«, fragte Roberts.

»Auf halbem Weg nach England, hoffe ich«, sagte Lopez. »Wir wollten, dass er verschwindet, also haben wir seine Segel verschont und ihm nur ein paar Schüsse zur Ermunterung verpasst. Es sah so aus, als wären einige seiner Männer hier auf der Insel gelandet. Hattet ihr Ärger?«

»Nichts, womit wir nicht fertig geworden wären«, sagte Roberts. »Wenn du einmal in der Patsche sitzt, Gabe, solltest du diese beiden hier an deiner Seite haben.«

Lopez richtete einen strahlenden Blick auf Cesar und Amanda.

»Ich bin wirklich beeindruckt. Cesar, wenn wir wieder auf der *Zephyr* sind, musst du mir alles über deine Abenteuer erzählen.«

Wer die kleine Plaudertasche kannte, wusste, dass Cesar genau darauf brannte, und ergab sich jetzt schon in das Schicksal, die Geschichte wieder und wieder zu hören zu bekommen. Vielleicht sogar jahrelang.

»Männer, schnappt euch das Gepäck, dann brechen wir auf«, sagte Roberts. »Kommen Sie, Mrs. Stephenson, es ist Zeit zu gehen.«

»Halt. Fast hätte ich etwas vergessen.«

Amanda nahm die blaue Schüssel mit der Aloepflanze und vertraute sie Cesar an. Im Eingang blieb sie stehen, um einen letzten Blick auf die Hütte zu werfen. In der Dunkelheit sah sie verloren und schäbig aus, aber während der letzten Tage war sie ein kleines Stück Paradies gewesen.

Lopez schob die Männer ins Freie und wartete mit einer Fackel auf dem Pfad. Roberts blieb schweigend neben Amanda stehen, und sie blickte in sein Gesicht auf, das von der flackernden Fackel halb in den Schatten getaucht wurde.

»Womöglich halten Sie mich jetzt für albern, Kapitän, aber diese Insel wird mir fehlen. Danke, dass Sie Ihr Bestes getan haben, um es mir hier so angenehm wie möglich zu machen.«

Roberts verschränkte die Hände hinter dem Rücken. Der Nachtwind fuhr durch die Palmwedel, ein Geräusch, das sie von nun an immer mit Key Marquez in Verbindung bringen würde.

»Hmmm. Mrs. Stephenson, ich hoffe, dass Sie immer gut von mir denken werden. Ganz gleich, was geschieht, bitte denken Sie wohlwollend an diese Tage zurück. Ich weiß, dass ich es auch tun werde.«

Jetzt sind wir also wieder bei Mrs. *Stephenson, wie?*, dachte Amanda, doch als Roberts ihr den Arm anbot, nahm sie an, neigte den Kopf und ließ sich von dem Freibeuter von der Insel zurück in die Zivilisation führen.

An Bord der *Zephyr* begleitete man Amanda zu Lopez' Kajüte, während die Männer die Pistolen und Musketen wieder verstauten und die Spuren ihrer Auseinandersetzung mit Hoskins' Schiff beseitigten.

Amanda betrachtete sich im Spiegel. Ihre Nase war rot, und die Haut löste sich ab. Sommersprossen tanzten auf ihren gebräunten Wangen.

»Kapitän Sinister muss wirklich schon *lange* zur See fahren, wenn er das hier anziehend findet«, murmelte Amanda. Sie wusch sich und rieb sich mit ihrer Creme ein, um vielleicht einen Teil des Schadens wiedergutzumachen, den die Sonne ihr zugefügt hatte. Beim Anblick der mitgenommenen blauen Schüssel, die im Schein der Laterne leuchtete, musste sie lächeln. Die Aloepflanze sah ganz zufrieden aus, eine zähe Umsiedlerin, die sich gut an ihre neue Umgebung anpasste.

Ihr Vater hätte ihr gesagt, dass sie daraus etwas für ihr eigenes Leben lernen konnte.

Eigentlich hätte Amanda nach den Ereignissen des Tages erschöpft sein sollen, doch stattdessen war sie hellwach und ruhelos. Sie zog sich die frisch gewaschenen Kleider an und ging an Deck, weil sie hoffte, dass ihr die Seeluft vielleicht guttun würde.

Die *Zephyr* würde noch bis zum Morgen vor Anker liegen bleiben. Amandas Schritte führten sie zum Bug, wo eine dunkle Gestalt in der stillen Nacht stand und auf das Wasser blickte. Ein fast voller Mond warf einen silbernen Pfad auf die Meeresoberfläche.

»Schlaflos? Er kommt nicht zurück, Mrs. Stephenson«, sagte Roberts. »Dandy Hoskins sucht sich lieber leichtere Beute als uns.«

»Nein, das ist nicht der Grund, warum ich wach bin, Kapitän.«

Amanda trat an die Reling und schloss die Augen, als die salzige Luft über sie hinwegwehte. Ein leiser Schauer durchlief sie, und Roberts brummte.

»Hier«, sagte er und zog seinen Rock aus. Amanda setzte zum Widerspruch an, doch Roberts ignorierte sie und legte ihr den Rock um die Schultern, von wo er ihr bis über die Knie hing. Der Rock hielt den Wind ab und roch angenehm nach seinem Besitzer. Amanda ergriff die Vorderseite, um sie zu schließen, und innerhalb von Sekunden war ihr gemütlich warm.

»Danke, Kapitän. Was haben Sie jetzt vor?«

»Morgen früh segeln wir nach Savannah.«

»Savannah? Was ist mit Charleston?«

»Savannah liegt südlich von Charleston, Mrs. Stephenson. Ich weiß, dass Sie Ihre Reise gern so schnell wie möglich beenden möchten, aber so ist es besser für Sie. Sie werden dort Gelegenheit haben, sich einzukleiden und sich für Charleston vorzubereiten. Außerdem«, sagte er mit einem Lächeln in seinen grauen Augen, »möchte Mr. Lopez gern seine Liebste wiedersehen, und ich weiß, dass eine Romantikerin wie Sie ihm diese Gelegenheit nicht verweigern würde.«

»Nein, Kapitän, Mr. Lopez sollte seine Liebste besuchen. Ein paar Tage mehr oder weniger bedeuten für mich jetzt keinen Unterschied mehr.«

Amanda seufzte und bewegte sich unbewusst ein wenig näher auf Roberts zu. Er legte ihr die Hand auf die Schulter und drehte sie so, dass sie in sein Gesicht aufblicken konnte.

»Wir müssen uns unterhalten, Mandy.«

»So haben Sie mich vorhin auch schon genannt.«

»Mandy? Der Name scheint mir zu so einer lebendigen Person viel besser zu passen. Amanda ist zu formell und affektiert, und es fällt mir immer schwerer, Sie mit ›Mrs. Stephenson‹ anzusprechen.«

»Es mag Ihnen schwerfallen, Kapitän, aber es wäre dennoch angebracht.«

»Darüber wollte ich ja mit Ihnen sprechen.«

Er hielt inne und blickte auf das Deck hinunter. Kurz setzte er dazu an, die Hände hinter dem Rücken zu verschränken, griff aber stattdessen nach den ihren, die in seinen großen Fingern verschwanden.

»Sie haben Cesar eine Geschichte über einen Bären vorgelesen, der bei einer Familie gelebt hat, aber Sie haben sie nicht zu Ende gelesen«, sagte er leise. »Was ist schlussendlich aus Schneeweißchen und ihrem Bären geworden?«

Sie blickte auf ihrer beider Hände hinunter und holte tief Luft.

»Schneeweißchen wusste genau, dass dieser Bär kein gewöhnlicher Bär war. Nachdem der böse Zwerg besiegt und der Bann gebrochen war, verschwand der Bär. An seiner Stelle stand … ein Prinz.«

»Ah. Und dann?«

»Sie hat ihn geheiratet. Und wahrscheinlich sind sie glücklich geworden. Obwohl ich mich immer gefragt habe …«

»Ja?«

»Hat sie den Bären je vermisst?«

Der Mond glitt hinter eine Wolke, und sie konnte in der Dunkelheit nicht sehen, ob er lächelte, aber er schien sich ein wenig zu entspannen.

»Mrs. Stephenson … Mandy …« Er holte tief Luft. »Mir ist klar, dass ich mir einiges anmaße, aber ich muss Sie etwas fragen, bevor wir Charleston erreichen. Wollen Sie mich heiraten?«

Amanda war so erschrocken, dass sie versuchte, ihre Hände zurückzuziehen, doch er ließ sie nicht los. Er sagte nichts mehr, sondern sah ihr nur unverwandt ins Gesicht.

»Himmel«, flüsterte sie. »Kapitän Roberts, das ist … Himmel. Was sagen Sie da nur! Warum wollen Sie mich denn heiraten?«

Selbst in der Dunkelheit konnte sie sehen, wie sich seine Kehle bewegte, als er schluckte, und das Bewusstsein, dass auch er nervös war, linderte ihre Anspannung ein wenig.

»Es gibt viele Gründe, Mrs. Stephenson, warum ich glaube, dass wir ein gutes Paar abgeben würden. Sie sind eine sehr tapfere Frau. Außerdem sind Sie ein kluger Kopf und eine praktische Natur, und ich bewundere Sie, und ich … empfinde große Zuneigung für Sie. Auf der Insel bin ich zu der Überzeugung gelangt, dass wir uns miteinander wohlfühlen könnten. Ich werde die *Zephyr* verlassen, um auf meiner Farm zu leben, und ich kann Ihnen Sicherheit, ein Zuhause und Kameradschaft bieten. Allesamt gute Gründe für eine Heirat.«

Er senkte den Kopf, bis seine Lippen dicht an ihrem Ohr waren, und seine weichen Barthaare sandten ihr einen Schauer über den ganzen Körper.

»Außerdem glaube ich, dass zwischen uns ein Funke existiert, Mandy, der sich zu einem großen Feuer anfachen ließe. Ich weiß nicht, ob es die Art von Ehe würde, wie Ihre Eltern sie geführt haben, aber es gibt etwas zwischen uns, worauf wir aufbauen können.«

Er richtete sich wieder auf und stand wortlos da. Amanda blickte auf das Deck hinunter, dann wieder in sein konzentriertes Gesicht. Der Mondschein teilte es in helle und dunkle Flächen, aber sie konnte seine Augen nicht erkennen. Sie betrachtete ihn noch einen Moment länger und prägte sich das Bild ins Gedächtnis, dann entzog sie ihm ihre Hände. Kurz spürte sie Widerstand, doch dann ließ er sie los.

»Ihr Antrag ehrt mich sehr. Aber ich kann Ihnen keine Antwort geben, Kapitän Roberts«, sagte sie. »Es ist nicht so, dass ich nichts für Sie empfinde, denn das tue ich. Die Zeit, die ich auf Ihrem Schiff und auf der Insel verbracht habe, war magisch und unwirklich. Und das ist ein Teil meines Problems.«

Sie holte tief Luft.

»Ich bin nur eine ganz gewöhnliche Frau, Kapitän, die es gewohnt ist, die Dinge auf gewöhnliche Weise zu tun. Ich brauche mehr Zeit. Ein solcher Antrag jetzt und hier – ich bin nicht vorbereitet, darauf zu reagieren.«

Er legte ihr die Hände auf die Schultern, vorsichtig, als erwarte er, dass sie flüchten oder zumindest zurückweichen könnte. Sie tat keines von beidem.

»In dem Märchen, das Sie dem Jungen vorgelesen haben, hat sich der Bär in einen Prinzen verwandelt. Wenn Sie mich heiraten würden, wäre ich am nächsten Morgen immer noch ein Bär. Aber der Bär ist Schneeweißchen treu gewesen, er hat sie beschützt und sich danach gesehnt, an ihrer Seite zu sein. Werden Sie wenigstens über meinen Antrag nachdenken?«

Amanda hatte einen Kloß im Hals, und sie schluckte, bevor sie sprach.

»Ja, Kapitän, ich werde über Ihren Antrag nachdenken. Und was den Bären angeht, könnte es sein, dass Sie sich irren. Wir kennen ja das Ende dieser Geschichte noch nicht.«

Eine Bewegung seiner Lippen lenkte ihren Blick auf seinen Mund, und schon zog er sie so dicht an sich, dass ihre Hände sein Hemd streiften und dann zu seinem Hinterkopf wanderten. Als sich ihre Lippen trafen, atmete sie seufzend aus, denn es fühlte sich so vollkommen richtig an. Er legte den Arm um sie, um sie noch dichter an sich zu pressen und den Kuss zu vertiefen, und sie klammerte sich an ihn, um ihm noch näher zu sein. In seinen Armen fühlte sie sich sicher, und dieses Gefühl war der Grund dafür, dass sie sich schließlich von ihm löste, obwohl alles in ihr nach mehr verlangte.

»Zeit, Kapitän. Ich brauche Zeit«, flüsterte sie dicht an seinen Lippen.

Ein Schauer durchlief seinen kräftigen Körper, dann ließ er sie los. Sie glitt auf das Deck zurück und spürte seine Wärme und sein Verlangen. Am liebsten hätte sie sich wieder in seine Arme geworfen, um diesem Ruf zu folgen.

»Und Sie sollen Zeit bekommen, Mandy. Aber denken Sie ernsthaft über meine Worte nach.«

Sie warf ihm noch einen Blick zu, dann machte sie kehrt und ging unter Deck.

KAPITEL 10

Als sie am nächsten Morgen erwachte, waren sie nach Savannah unterwegs, und der Wind stand günstig. Amanda fand ihre alten Witwenkleider gewaschen in der Kajüte vor, doch als sie sie anzog, fühlten sie sich nicht mehr richtig an. Das lag zum Teil daran, dass sie kein Korsett hatte, zum Teil aber auch daran, dass sie sich rasch an die bequeme Seemannskluft gewöhnt hatte.

Sie würde sich noch ihr ganzes Leben lang anständig kleiden können, sagte sie sich und zog fröhlich Hemd und Hose wieder an. Als Cesar ihr das Frühstück brachte, packte sie es ein, um es mit an Deck zu nehmen, denn sie wollte keine weitere Minute des herrlichen Tages in der stickigen Kajüte verschwenden. Als sie aus der Luke trat, ging Roberts vor ihr her, um die Leiter hinaufzusteigen.

Sie runzelte die Stirn. Seine Hüften waren gewiss schmal genug, um durch den Ausstieg zu passen, aber diese Schultern!

»Sind Sie nicht viel zu groß gebaut, um sich in so beengtem Raum wohlzufühlen?«

Sobald die Worte heraus waren, fuhr sie zusammen. Er blieb stehen und drehte sich zu ihr um, ein diabolisches Funkeln in seinen rauchigen Augen. Selbst sie war nicht so unschuldig, dass ihr nicht klar gewesen wäre, welche Andeutung ihre Worte beinhaltet hatten.

Kapitän Roberts kam zu ihr zurück und blieb erst stehen,

als er ihr so nah war, dass sie seine Körperwärme spüren konnte. Sie widerstand dem Bedürfnis, einen Schritt zurückzuweichen. Er berührte sie nicht, sondern stützte sich mit einem Arm über ihrem Kopf ab und beugte sich dicht über sie – sehr dicht. Sein trügerisch schläfriger Blick hielt sie gefangen.

»Meine liebe Mrs. Stephenson«, schnurrte er. »Mir ist klar, dass ich größer bin als die meisten anderen Männer. Aber ich weiß auch, dass mein Alter und meine Erfahrung es mir ermöglichen, auf engem Raum zu manövrieren, wo ein weniger kundiger Mann nur anecken und sich blaue Flecken holen würde.«

Sie wusste auch ohne einen Spiegel, dass ihr Gesicht so rot glühte wie die Morgensonne.

Tatsächlich wurde sein lässiges Grinsen noch ein Stück breiter, und er beugte sich noch dichter über sie.

»Für einen Mann meiner Größe bin ich außerordentlich geschickt und vorsichtig. Ich garantiere Ihnen, dass ich bei der richtigen Gelegenheit meine ganze Masse in die engste Koje zwängen kann.«

Sie schrie leise auf und starrte eine Stelle oberhalb seiner breiten Schulter an.

»Manchmal wünschte ich, ich könnte mir meine Zunge an der Wurzel ausreißen, wenn sie derart auf Abwege gerät«, flüsterte sie.

»Das wäre aber eine große Schande«, sagte er. »Ich könnte mir viel nützlichere Beschäftigungen für Ihre vorwitzige Zunge vorstellen.«

Sie sah ihn verwirt an, und er lächelte einfach erneut und tätschelte ihre Schulter.

»Das ist ein Thema für die Zukunft, Mandy. Möchten Sie gern an Deck?«

Er bedeutete ihr mit einer Geste, an ihm vorbeizugehen, doch da der Korridor nur einer Person Platz bot, passte sie nicht an ihm vorbei – zumindest nicht, ohne sich tödlich zu blamieren.

»Gehen Sie nur, Kapitän. Ich glaube ... ich glaube, ich habe noch etwas vergessen.«

Sie machte so rasch kehrt, um wieder in ihrer Kajüte zu verschwinden, dass sie das leise »Feigling!« fast nicht gehört hätte.

***

Nach seinem unerwarteten Antrag und diesen Anspielungen war es kein Wunder, dass ihr Herz schneller schlug, als sie an Deck kam und sah, dass er an der Reling stand und nach ihr Ausschau hielt.

»Guten Morgen, Mrs. Stephenson«, sagte er in aller gebotenen Förmlichkeit.

»Guten Morgen, Kapitän Roberts«, erwiderte sie nicht minder steif. »Wie lange dauert es noch, bis wir Savannah erreichen?«

Er trat von einem Fuß auf den anderen und verschränkte die Hände hinter dem Rücken. Sie kniff die Augen zusammen. Sie wusste, was er sagen würde, noch bevor er ein einziges Wort ausgesprochen hatte.

»Das ist schwer zu sagen, Mrs. Ste...«

»Sagen Sie nichts«, fuhr sie ihn an. »Lassen Sie mich raten. Es kommt auf den Wind an, es kommt auf das Wetter an, es kommt darauf an, ob wir von Seeungeheuern angegriffen werden.«

Seine Augenbrauen fuhren in die Höhe.

»Seeungeheuer?«

»Sie wissen, was ich meine, Kapitän.«

»Nun, wir sind auf See, die Geschwindigkeit dieses Schiffs hängt vom Wind ab, und ich gehe zwar nicht davon aus, dass uns ein Leviathan angreift, aber man muss auf alles vorbereitet sein. Hurrikane zum Beispiel.«

Sie runzelte die Stirn.

»Ich dachte, Hurrikane gibt es erst später im Jahr.«

»Man kann nie wissen, Mrs. Stephenson. Sehr wahrscheinlich werden wir in wenigen Tagen in Savannah sein. Haben Sie es denn so eilig, dieses Schiff zu verlassen?«

»Ja – nein – ich weiß es nicht.« Sie seufzte. »Ich weiß es nicht.«

»Alles zu seiner Zeit, Mandy.«

»Gewiss. Nun ja. Wenn Cesar seine Aufgaben erledigt hat, würden Sie ihn dann zu mir schicken, Kapitän? Wir haben noch eine Geschichte zu beenden, bevor wir an Land gehen.«

Er neigte den Kopf und überließ sie ihren Gedanken, um sich seinem Schiff zu widmen.

Nachdem er den Maat aufgesucht hatte, um die Geschwindigkeit zu überprüfen, sagte Roberts: »Lopez, ich würde dich gern in meiner Kajüte sehen, um unsere Vorbereitungen für Savannah zu besprechen.«

Licht strömte durch die Bullaugen, als die Männer die Kapitänskajüte betraten und die Luke hinter sich schlossen.

»Ich kann das Ende dieser Reise gar nicht abwarten, Käpt'n«, sagte Lopez. »Es ist schon viel zu lange her, dass ich Judith zuletzt gesehen habe. Ich gehe davon aus, dass sie mir mitteilen wird, dass das Datum für unsere Hochzeit festgesetzt worden ist.«

»Ich beneide dich um dieses Bewusstsein, Gabe, dass eine

solche Dame darauf wartet, ihr Leben mit dem deinen zu vereinen.«

»Ah. Und was macht denn dein Werben um die hübsche Witwe?«

»Gabe, manchmal staune ich über meine eigene Klugheit. Key Marquez hatte zwar auch seine Schattenseiten, vor allem am Ende, aber ich habe wirklich Fortschritte mit Mandy gemacht.«

»Mandy, wie? Ich hätte nie damit gerechnet, dass jemand mit einem solch exquisiten Geschmack wie Mrs. Stephenson auf deine groben Methoden hereinfällt. Und sie hat nichts davon gemerkt, dass die ganze Sache mit der Insel nur ein Trick war? Nun ja, bis auf Dandys Besuch, der war echt. Hat sie denn deine Erwartungen erfüllt?«

Roberts betrachtete seinen Freund mit heftig gerunzelter Stirn.

»Schluss damit, Gabriel! Mrs. Stephenson ist eine *Dame*, keine von den Hafendirnen, an die du gewöhnt bist!«

»Was bedeutet, dass du nicht einmal annähernd dazu gekommen bist, die Witwe aus ihrer nächtlichen Einsamkeit zu erlösen«, sagte Lopez grinsend.

Roberts zog eine Grimasse.

»Ich bin mit einem Ständer herumgelaufen, den man als Bugspriet hätte hernehmen können. Sie treibt mich zum Wahnsinn mit ihren Hosen und den engen Hemden. Und du würdest nicht glauben, was für Dinge sie sagt! Ich hoffe, dass meine restlichen Pläne nach unserer ›Rettung‹ auch aufgehen werden.«

»Nun denn, trinken wir auf unseren Erfolg, Käpt'n. Hast du vor, die Reise an der Küste entlang noch weiter zu verzögern?«

»Die Hurrikansaison steht wirklich vor der Tür, Gabe.«

»Bis zum ersten Hurrikan dauert es noch mindestens einen … Ah, ich verstehe. Meinen Respekt, Käpt'n Sinister! Du bist wirklich der durchtriebenste aller Freibeuter!«

Lopez war gerade im Begriff, die Hand nach Roberts' Dekanter auszustrecken, als er den Kopf schief legte.

»Hörst du etwas?«

Die Luke zum Abort explodierte.

Amanda stand mit geballten Fäusten da, und Roberts wusste in dieser Sekunde, dass er tot gewesen wäre, wenn sie ihre Muskete noch gehabt hätte. Und Lopez hätte sie gleich mit niedergeknüppelt.

»Ähm, ich glaube, Swanson ruft nach mir«, sagte Lopez und hielt auf die Luke der Kajüte zu.

»Keine Bewegung, Sie Schuft«, zischte Amanda.

Lopez erstarrte.

Sie wandte den Blick nicht eine Sekunde von Roberts ab, und ihre Augen brannten wie blaues Feuer in ihrem blassen Gesicht, als sie jetzt die Hand hob, um mit dem Finger auf ihn zu zeigen.

»Sie! Sie … Pirat! Sie haben mich angelogen!«

Er streckte die Hand nach ihr aus, doch sie fuhr zurück. Er erstarrte und ließ die Hand sinken.

»Lassen Sie mich das erklären.«

»Erklären? Oh, ich glaube, ich habe genug von Ihren Lügenmärchen und Finten gehört, *Kapitän Sinister*!«

Er holte tief Luft.

»Ich habe es getan, weil ich mehr Zeit mit Ihnen verbringen wollte. Ich wollte Sie kennenlernen, und ich wollte, dass Sie mich kennenlernen können. In Charleston wäre das unmöglich gewesen.«

Roberts warf aus dem Augenwinkel einen Blick zu Lopez. Gabriel starrte mit verkrampftem Mund aus dem Bullauge, und auf seiner Stirn bildeten sich Schweißperlen. Roberts hatten schon Männer unter dem Galgen stehen sehen, die weniger verschreckt ausgesehen hatten.

Amanda stieß ein bitteres Lachen aus und lenkte seine Aufmerksamkeit wieder auf ihre erschütterte Miene.

»Sie kennenlernen? Ich kenne Sie doch, Kapitän! Sie sind ein Lügner und Dieb, ein Pirat und Sklavenhalter! Sie haben mich angelogen«, flüsterte sie noch einmal. Sie schlang die Arme um sich selbst und beugte sich vor, als hätte sie einen Boxhieb eingesteckt.

»Alles, was geschehen ist … Lüge.«

»Gabriel, geh.«

Lopez fuhr auf dem Absatz herum und duckte sich zur Luke hinaus, die er hinter sich schloss.

Roberts blickte auf die Witwe hinunter. Er fuhr sich ratlos durch die Haare.

»Ich wollte Ihnen nur den Hof machen, Mandy. Ich hatte gehofft, Sie würden mit der Zeit sehen, dass ich kein schlechter Kerl bin.«

»Also ruinieren Sie meinen Ruf und setzen mein Leben aufs Spiel, weil Ihnen jede Methode recht ist, um ans Ziel zu gelangen? Ganz gleich, wer dabei Schaden nimmt?«

»Nein, so war es nicht – ich brauchte eine Gelegenheit, Mandy. Wenn ich Sie nach Charleston gebracht hätte, hätte ich Sie womöglich nie wiedergesehen. Ich weiß, dass ich Mr. Stephensons Platz in Ihrem Herzen nicht einnehmen kann, aber ich habe mir eine Chance gewünscht, Ihnen zu zeigen, was für ein Ehemann ich sein könnte.«

»Ich sehe sehr gut, was für ein Ehemann Sie sein könnten.

Einer, dem ich nicht vertrauen kann. Sie verstehen es nicht, oder?«

Sie schüttelte den Kopf, und in ihren Augen schimmerten unvergossene Tränen.

»Geoffrey hatte etwas, das Ihnen fehlt, Kapitän. Vielleicht hat er mein Herz nicht entflammt, aber er hatte seine Moral. Er konnte Recht und Unrecht unterscheiden. Menschen zu entführen ist unrecht. Diebstahl ist unrecht. Sklaven zu halten ist unrecht. So handelt kein Mann, den ich heiraten würde. Glauben Sie, ich würde einen Piraten heiraten? Dass ein solcher Mann der Vater meiner Kinder werden dürfte?«

»Ich bin kein Pirat«, sagte er, und allmählich versetzten ihn ihre Verallgemeinerungen in Rage. »Ich bin Freibeuter! Und was Ihre Beschuldigung angeht, dass ich Sklaven halte, so haben Sie keine Ahnung, wovon Sie sprechen.«

»Aber Sie können es auch nicht leugnen, oder, ›Kapitän Sinister‹? Vielleicht sind Sie ja vor dem Gesetz kein Pirat, aber ich weiß, was ich gesehen habe. Sie halten Sklaven, und Sie rauben andere aus. Damit sind Sie nicht anders als … als Dandy Hoskins.«

Sie schob sich an ihm vorbei, um zu gehen, doch er packte ihren Oberarm und wirbelte sie herum.

»Ich bin nicht wie Hoskins. Setzen Sie sich!«, sagte er zähneknirschend und zeigte mit dem Finger auf sie.

Amanda funkelte ihn an und verschränkte die Arme vor dem Bauch. Roberts schenkte einen Fingerbreit Rum in einen Becher, überlegte kurz und goss dann einen zweiten Becher ein. Diesen stellte er vor Amanda hin, die durch die Locken, die ihr in die Stirn fielen, zu ihm aufsah.

»Bevor Sie meine Kajüte verlassen, bringen wir dieses Gespräch zu Ende.«

Sie schob den Rum beiseite.

»Schön. Ich kenne die freien Schwarzen auf Ihrem Schiff, Rodriguez und Olivera. Aber es schockiert mich, dass Sie den armen Cesar als Sklaven halten. Dies sind die Vereinigten Staaten von Amerika, Kapitän, ein Land, das auf den Prinzipien der Freiheit und der unbegrenzten Möglichkeiten gründet!«

»Sie sind schockiert? Ihre Naivität schockiert *mich*, Madam. Ich will Ihnen etwas über Ihre Vereinigten Staaten erzählen, das Land der ›Freiheit und der unbegrenzten Möglichkeiten‹. Cesars Vater Ramon war Silberschmied, und er war mein guter Freund. Unter der spanischen Regierung hatte Ramon Geld verdient und sich freigekauft. Er war Mitglied der Miliz und kämpfte gegen Invasoren aus dem Norden, darunter auch Sklavenhändler, die gekommen waren, um Floridas Afrikaner zu stehlen. Ramon sparte für die Freiheit von Cesar und seiner Mutter, als er bei einem Raubzug von Sklavenhändlern aus Georgia ums Leben kam.«

Er blickte mit eisigen Silberaugen auf sie hinunter.

»Unter spanischem Gesetz hatte Cesar Rechte. Er konnte heiraten, wen er wollte, jeden Beruf ausüben und sich seine Freiheit erwerben. Nach dem amerikanischem Gesetz ist er nur lebendes Inventar, mit dem ich tun kann, was ich will. Wenn ich ihn freilassen würde, was unter der Herrschaft der freiheitsliebenden Amerikaner mit ihren Sklavereigesetzen und -restriktionen sehr schwierig geworden ist, würde man ihn auf offener Straße einfangen und ihn nach Georgia, Carolina oder in den Westen verkaufen. Als mein Eigentum steht er unter meinem Schutz«, sagte Roberts bitter. »Die Gesetzeshüter der Vereinigten Staaten sehen es nicht gern, wenn jemand mein Eigentum stiehlt, weil ihnen das auch passieren könnte. Wenn Cesar alt genug ist, um für sich selbst zu sorgen, bringe ich ihn nach Kuba. Dort gibt es eine Ansiedlung von Schwarzen aus Florida, die so klug waren, den Spaniern zu folgen und sich anderswo niederzulassen. Da werde ich ihn freilassen, und er wird seinen Platz in der Gesellschaft mit Würde einnehmen können.«

Er trank seinen Rum und stellte den Becher mit Nachdruck auf den Tisch.

»Etwas, das ihm in Ihren segensreichen Vereinigten Staaten von Amerika verwehrt ist.«

Amanda sprang auf.

»Das behaupten Sie. Das Wort eines …«

»Sagen Sie es nicht!«

Sie presste die Lippen aufeinander und versuchte erneut, sich an ihm vorbeizuschieben, doch bevor sie die Luke öffnen konnte, krachten zwei große Hände rechts und links von ihr gegen die Wand, und sie war gefangen. Sie konnte das Blut in ihrem Kopf pochen hören, als er sie so bedrängte, konnte spüren, wie sein Bart ihren Nacken streifte. Die Hitze, die von seiner Haut ausging, brannte sich durch ihre Kleider.

»Sie haben recht«, sagte er leise und rau. »Ich bin alles, als was Sie mich brandmarken. Ich bin alles, wovor Sie im Dunkeln Angst haben, Sie kleines Mädchen. Ein Dieb, ein Pirat, ein Sklavenhalter und Mörder. Aber Sie, Amanda Stephenson, sind eine Heuchlerin.«

Sie drehte sich um und sah nicht Morgan Roberts, sondern einen Mann, der ganz und gar Kapitän Sinister war. Die Haut seines Gesichtes spannte sich fest über die breiten Wangenknochen, und jeder Anflug eines Lächelns war aus seinen Augen verschwunden.

Den Augen eines Fremden.

Sie schluckte ihre Angst herunter.

»Wie können Sie es wagen, mich noch weiter zu beleidigen!«

»Oh, ganz einfach. Ich bin schließlich ein Brigant. Und Sie, Madam, sind eine Lügnerin. Und ein Feigling. Jedes Mal, wenn Sie mich von sich stoßen, belügen Sie sich selbst. Sie sind ein Feigling, weil Sie sich nicht nehmen wollen, was Sie sich so sehnsüchtig wünschen und wovon Sie in der Nacht träumen.«

Er senkte die Stimme zu einem nach Rum duftenden Flüstern und legte ihr die Hand auf die Kehle. Sie wusste, dass er ihr mit einer Bewegung den Hals brechen könnte. Sein Daumen rieb sanft über ihren rasenden Puls, und ein Schauer raste ihr über den Rücken.

»Sie hören nicht auf, sich einzureden, was für ein schlechter Mensch ich bin. So gefällt es Ihnen besser, weil Ihre Selbstgerechtigkeit so leichter zu ertragen ist.«

»Das stimmt nicht!« Sie wandte den Kopf ab, doch seine Hand glitt zu ihrem Kinn und drehte es so, dass sich ihr Blick wieder auf ihn richtete. An ein Entrinnen war nicht zu denken.

»Ach ja?« Es lag kein Humor in seinem leisen Lachen. »Dann sagen Sie es. Sagen Sie: ›Ich will Sie nicht, Kapitän Sinister.‹«

Sie leckte sich die trockenen Lippen und blickte in seine dunklen, brennenden Augen auf.

»Ich w-will Sie nicht, Kapitän Sinister.«

»Lügnerin.«

In diesem Augenblick hätte sie gehen sollen. Als er die eine Hand von der Luke und die andere von ihrem Hals nahm und auf ihre Schultern legte. Und als er sie an seine Brust riss, hätte sie sich wehren können.

Doch sie tat es nicht. Sie machte sich auf einen Angriff gefasst, darauf, das Ziel der ganzen Wut und Frustration eines brutalen Mannes zu werden. Was sie zu spüren bekam, als sich ihre Augenlider flatternd senkten, war keine Brutalität. Dennoch war es ein Angriff. Ein Angriff auf ihre Sinne, ihre Standhaftigkeit, auf den winzigen, harten Kern in ihrem Innern, der diesen Mann weiter abweisen wollte.

Wieder drehte sie den Kopf zur Seite, als er sich ihren Lippen näherte, und spürte seinen Mund stattdessen auf der weichen Haut unter ihrem Kinn, wo seine Hand gelegen hatte. Sein Bart streifte ihren Hals, und sie stieß einen leisen Kehllaut aus.

»Weise mich ab, Mandy, wenn du es willst, aber du kannst dich nicht selbst verleugnen.«

Sie hätte ihm gern gesagt, dass er sich irrte, doch die Reaktion ihres Körpers sprach für sich. Ganz gleich, was sie sonst für Morgan Roberts empfand, sie hungerte nach seiner Berührung.

Seine Hand glitt von ihrer Schulter auf ihre Brust. Sie passte perfekt in seine große Hand, und er streifte mit dem Daumen über die Spitze, die sofort hart wurde. Sein Mund fuhr an ihrem Kinn entlang, bis er den ihren fand. Sie stöhnte gegen seine Lippen, während sie auf seine lockenden Finger reagierte und unter seiner kundigen Berührung erblühte. Er drängte ihr seine Zunge nicht auf, sondern sie ertappte sich dabei, dass sie ihn selbst willkommen hieß. Sanft legte sie die Hände auf seine eisenharten Arme, ohne sich im Klaren zu sein, ob sie ihn dichter an sich zog oder ihn von sich stieß, weil sie ihn brauchte, auch wenn es das letzte Mal war. Feuer flammte in ihr auf und züngelte von ihrem Bauch über jeden Zentimeter ihrer Haut.

Als sie sich viel, viel später von ihm löste, zitterten ihre geschwollenen Lippen, und silberne Tränen liefen ihr über die Wangen. Er nahm ihr Gesicht in die Hände und wischte ihr mit den Daumen die Tränen fort. Nun, da die Wut aus seinem Gesicht gewichen war, blieb dort nur unaussprechliche Traurigkeit.

Während jeder Instinkt ihres Körpers sie weiter in seine Arme drängte, griff sie stattdessen hinter sich, öffnete die Luke und glitt hinaus, um sich in ihrer eigenen Kajüte auf die Koje zu werfen und zu weinen, bis das Kissen durchtränkt war.

KAPITEL 11

Amanda sass auf ihrer Koje und versuchte, in ihrer Bibel zu lesen. Erst als es zum zweiten Mal an ihrer Luke klopfte, begriff sie, dass sie seit zwei Stunden auf dieselbe Seite der Korintherbriefe starrte. Ein durchnässtes Taschentuch half zwar ihren verweinten Augen und ihrer roten Nase, doch für ihren Seelenfrieden konnte es nichts ausrichten.

»Herein.«

Ein weißes Tüchlein flatterte am Ende einer schlanken braunen Hand durch die Öffnung.

»Das ist nicht lustig, Mr. Lopez.«

Gabriel trat in die Kajüte.

»Sie haben recht, Mrs. Stephenson. Ich werde Sie nicht weiter mit meinen dummen Witzen beleidigen.«

Er öffnete die Luke und stand vor ihr wie ein Schuljunge, den man beim Apfelklau erwischt hat.

»Ich weiß es zu schätzen, dass Sie sich Zeit für mich nehmen, obwohl Sie mich doch zum Teufel wünschen müssen, Ma'am.«

»Ich muss in diesen Tagen feststellen, dass das, was ich mir wünsche, nicht viel mit dem zu tun hat, was ich bekomme, Sir«, sagte Amanda trocken. Sie legte ihre Bibel beiseite, setzte sich auf die Kante der Koje und legte die Hände in den Schoß.

Er besaß den Anstand, rot zu werden, und sah sogar so aus, als sei ihm beklommen zumute.

»Zuallererst bin ich hier, um mich zu entschuldigen. Ich hätte Sie nie in die Irre führen dürfen, und ich hoffe, dass Sie mir verzeihen können.« Er sah sie mit gesenkten Lidern an und fügte »eines Tages« hinzu, als er ihre verschlossene Miene bemerkte.

Lopez fuhr tapfer fort.

»Außerdem bin ich hier, um mich für Morgan einzusetzen. Er ist … er ist anders als die Männer, die Sie aus England kennen. Nehmen Sie ihn von seinem Schiff und versetzen ihn in feine Gesellschaft, so ist das …« Er überlegte einen Moment, dann grinste er. »Wie wenn man einen Bären in Kleider steckt und ihn in den Salon führt.«

Amandas Puls setzte einen Schlag aus.

»Hat er Ihnen aufgetragen, dass Sie das sagen sollen?«

»Nein. Morgan weiß nicht, dass ich hier bin.«

Er fuhr sich mit der Hand durch die Haare, eine Geste, die sie an Roberts erinnerte.

»Er ist mein bester Freund«, sagte Lopez leise. »Ein Meister seines Handwerks, ein erfahrener, tapferer Mann, der weder Schrapnell noch Feuer fürchtet. Aber Sie machen ihm Angst, Mrs. Stephenson. Mehr als Dandy Hoskins, mehr als die Marine der Vereinigten Staaten, mehr als ein Hurrikan.«

»Wie könnte ich Kapitän Sinister Angst machen?«

»Das ist die falsche Frage, Mrs. Stephenson. Sie sollten eher fragen, wie es sein kann, dass Sie Morgan Roberts Angst machen. Vergessen Sie diesen Unsinn mit ›Kapitän Sinister‹. Es ist ein Scherz, der zu weit gegangen ist. Wissen Sie überhaupt, warum man ihn so nennt?«

Amandas Lippen zuckten.

»Nach ein paar Tagen in seiner Gesellschaft habe ich

durchaus eine Vorstellung davon, wie er an seinen Spitznamen gekommen ist.«

»Dann wissen Sie, dass Morgan Roberts nicht ›Kapitän Sinister‹ ist. Er ist ein Mann wie jeder andere und hat dieselben Wünsche wie jeder andere. Morgen kommen wir nach Savannah, Mrs. Stephenson. Es ist eine hübsche Stadt, die viel zu bieten hat. Wenn Sie dort ein wenig zur Ruhe gekommen sind, werden Sie dann Morgan Roberts und die *Zephyr* noch einmal wohlwollend betrachten?«

»Das dürfte schwierig werden, Mr. Lopez. Sie werden bald heiraten.« Sie blickte ihm direkt in die Augen. »Was würden Sie empfinden, wenn Sie herausfänden, dass Ihre Verlobte nicht die Frau ist, von der Sie dachten, sie wäre es? Dass Sie stattdessen jemand ist, der es sich in den Kopf gesetzt hat, Sie in die Irre zu führen? Dass sie Sie für ihre eigenen Zwecke angelogen hat?«

»Ich würde mich betrogen und bitter fühlen«, räumte Lopez ein. »Aber ich rede mir ein, dass meine Gefühle für Miss Kahn stark und aufrichtig sind und ich bereit wäre, sie anzuhören und die Dinge auch aus ihrem Blickwinkel zu betrachten.«

Amanda zog skeptisch die Augenbraue hoch, und Lopez zuckte mit den Achseln und öffnete die Hände.

»Ich weiß nicht mit Gewissheit, ob ich so reagieren würde, Mrs. Stephenson, aber ich *hoffe*, dass ich es tun würde. Bitte denken Sie darüber nach, Morgan eine zweite Chance zu geben. Was haben Sie zu verlieren?«

»Meine Selbstachtung, meinen Ruf und möglicherweise mein Leben! Ihr Freund Morgan Roberts hat merkwürdige Vorstellungen davon, wie man einer Frau den Hof macht, Mr. Lopez.«

Lopez blickte zu Boden, dann sah er wieder zu ihr auf und grinste schelmisch.

»Wie Morgan selbst zu mir gesagt hat, sind Sie die erste Frau, der er je den Hof gemacht hat. Er hat keine Ahnung, wie man dieses Spiel spielt.«

Als sie hörte, dass sie die erste Frau war, die der berüchtigte Kapitän Sinister aus anderen Gründen umwarb, als nur ein körperliches Bedürfnis zu stillen, konnte sich Amanda einen Hauch weiblicher Genugtuung nicht verkneifen.

»Das ganze Leben ist ein Risiko, Mrs. Stephenson«, fuhr Lopez fort. »Wer auf See lebt, dem ist das in jeder Sekunde bewusst. Ein paar Bretter sind alles, was zwischen uns und dem Tod steht.«

»Das ist nicht sehr beruhigend.«

»Das mag sein, aber es ist die Wahrheit. Bitte. Wenn Sie jemandem Vorwürfe machen müssen, nehmen Sie mich. Ich habe nicht ernsthaft genug versucht, Morgan von diesem verrückten Plan abzubringen, als er damit ankam.«

»Sie sind aber nicht für Morgan Roberts verantwortlich, Mr. Lopez. Letztlich war es seine Entscheidung. Dennoch«, sagte sie langsam, »werde ich über das nachdenken, was Sie sagen.«

Lopez warf einen Blick auf ihre Bibel.

»Wäre es nicht außerdem Ihre Christenpflicht, ihm zu vergeben?«

»Machen Sie die Sache nicht noch schlimmer, als sie schon ist, Mr. Lopez.«

»Nein, Ma'am. Ich werde mich jetzt zurückziehen.«

Wieder klopfte es an der Luke, und als er sah, dass sie offen stand, steckte Cesar den Kopf hindurch.

»Mrs. Stephenson?«

»Komm herein, Cesar.«

Der Junge nickte dem Maat zu, der sich jetzt entfernte, und stellte gesenkten Blickes ein zugedecktes Tablett auf den Koffer. Auf einem Schiff wie der *Zephyr* gab es nicht viele Geheimnisse.

»Du weißt, dass ich dir nicht böse bin, nicht wahr, Cesar?«

»Ja, Mrs. Stephenson, ich weiß. Ich dachte, dass Sie Kapitän Roberts mögen und dass wir zusammen auf seiner Farm leben würden, bis mich der Kapitän freilässt.«

Ein bitteres Lächeln umspielte ihre Lippen.

»Bist du dir denn so sicher, dass er dich freilassen wird?«

Cesar sah verblüfft auf.

»Ja, Ma'am. Er hat mir die Papiere gezeigt. Sie sind alle schon unterzeichnet und versiegelt. Mr. Lopez sagt zwar, er könnte mir bessere Papiere fälschen, aber Kapitän Roberts hat gemeint, es müsse alles seine Richtigkeit haben, damit es keine Schwierigkeiten gibt, wenn ich nach Havanna ziehe.« Er seufzte. »Eigentlich möchte ich gar nicht nach Havanna, weil ich dann die *Zephyr* und vor allem den Kapitän verlassen muss, aber er sagt, meine Eltern würden es so wollen, und wir müssten diesen Wunsch respektieren.«

Der Junge richtete das Tablett für sie her.

»Der Koch schickt Ihnen das, Mrs. Stephenson. Er meint, vielleicht geht es Ihnen nach einem englischen Tee besser.«

Die Vorstellung, die der Koch von »englischem Tee« hatte, war schwarzer Tee, der stark genug war, um Wäsche damit einzufärben, und kleine Steine, die in ihrem vorigen Leben vielleicht einmal Plätzchen gewesen waren. Doch dazu gab es einen silbernen Honigtopf und gutes Porzellan.

Cesar trat von einem Fuß auf den anderen.

»Mrs. Stephenson?«

Sie sah den Jungen an.

»Die Leute in den Geschichten, die Sie mir vorgelesen haben, waren manchmal nicht das, was sie zu sein schienen. Es gab Bettler oder Bösewichte, die aussahen wie gute Menschen. Vielleicht gibt es ja manchmal auch gute Menschen, die wie Bösewichte aussehen.«

»Wie unterscheiden wir denn gute und böse Menschen? Wir können sie doch nur an ihren Taten messen.«

»Vielleicht.« Der Junge schob hartnäckig die Unterlippe vor. »Aber wenn das so ist, dann zählt Kapitän Roberts tatsächlich zu den guten Menschen, Mrs. Stephenson. Ich weiß es, weil ich es daran erkenne, wie er mich behandelt.«

Damit überließ er sie ihren Gedanken.

Nach einer Weile hörte Amanda auf, das Tablett anzustarren. Sie hatte einfach keinen Appetit. Auch den Versuch zu lesen gab sie auf und packte stattdessen ihre Taschen für die Ankunft in Savannah. Sie stellte eine Liste der Dinge auf, die sie brauchen würde, und zählte ihr Geld, dann zählte sie es noch einmal. Sie hoffte, dass es in Savannah ein Geschäft gab, in dem man gebrauchte Kleider kaufen konnte.

Als es erneut an der Luke klopfte, blickte sie auf und verstaute ihr Geld, bevor sie antwortete.

Kapitän Roberts stand im Eingang. Sein Gesicht war eine Maske. Sie konnte nichts darin lesen, trat aber beiseite, um ihn eintreten zu lassen.

Diesmal war sie jedoch diejenige, die die Luke offen stehen ließ.

Roberts war in Hemdsärmeln, und sein Hemd stand am Hals offen, sodass man ein Stück schwarzen … *Pelz* sehen konnte, flüsterte ihr Verstand ihr ein. Schwarzes Haar. Sie wusste nicht, warum er hier war, aber sie wusste, dass *sie* ihm etwas zu sagen hatte, bevor ihr der Mut versagte. Amanda holte tief Luft und verschränkte die Hände vor dem Bauch.

»Ich muss mich bei Ihnen entschuldigen, Kapitän Roberts. Ich habe mich mit Cesar unterhalten. Ich glaube Ihnen, was seine Zukunft angeht, und es war falsch von mir, Sie so zu verurteilen. Und unchristlich, findet Mr. Lopez«, fügte sie hinzu. »Sie haben gute Freunde und Fürsprecher, Kapitän. Das ist keine Kleinigkeit.«

»Sie sind provoziert worden, Mrs. Stephenson. Sie brauchen sich nicht zu entschuldigen. Ich bin es, der sich noch einmal bei Ihnen entschuldigen sollte. Aber das wären ja nur noch mehr Worte, und Sie haben jeden Grund, an meinen Worten zu zweifeln. Aber ich möchte etwas mit Ihnen besprechen. Bitte setzen Sie sich.«

Er wies auf die Koje, und Amanda folgte seiner Aufforderung. Roberts stand in seiner üblichen Haltung mitten in der Kajüte, die Beine gespreizt und die Hände hinter dem Rücken verschränkt, und betrachtete sie ausdruckslos. Dann begann er zu sprechen.

»Ich möchte Ihnen gern einen Vorschlag machen, Mrs. Stephenson. Rein geschäftlich«, fügte er hinzu. »Würden Sie eventuell darüber nachdenken, sich in St. Augustine anstelle von Charleston niederzulassen und Ihr Geschäft dort zu gründen? Bitte hören Sie mich zu Ende an«, sagte er und hob die Hand, als sie zum Sprechen ansetzte.

Amanda nickte. Trotz allem, was geschehen war, war sie nicht uninteressiert.

»Sie brauchen Kapital, das wissen wir beide. Ich könnte in Ihr Geschäft investieren. St. Augustine hat gegenüber Charleston den Vorteil, dass gegenwärtig jede Art von Kosmetik dorthin eingeführt werden muss. Ich glaube, es könnte in Florida einen Markt geben, weil immer mehr Amerikaner dorthin ziehen. Sie werden sich in der Stadt und der näheren Umgebung ansiedeln, im Fort oder auf Farmen, und der Ort wird wachsen. Außerdem kenne ich dort viele Geschäftsleute. Manche von ihnen benutzen sogar Seife« – er gestattete sich ein kurzes Grinsen –, »und sie haben Ehefrauen und Damenbekanntschaften, die sich für Ihre Produkte interessieren könnten. Ich bin an Schiffen beteiligt, die Pensacola und Havanna anlaufen, die Keys und New Orleans, Savannah oder Charleston und weitere mögliche Vertriebspunkte im Norden.«

Er hielt inne und sah sie an, doch Amanda sagte nichts und wartete darauf, dass er weitersprach. So fuhr er sich mit der Hand durch das Haar und räusperte sich.

»Ihr Geschäft ist ein Risiko für mich, aber ich versuche gerade, meine wirtschaftlichen Interessen auf verschiedene Bereiche auszudehnen. Ich liebe meine Farm, aber reich kann ich damit nur werden, wenn ich Baumwolle anbaue. Und dazu braucht man Sklaven. So ist es einfach, und ich kann nichts daran ändern. Allerdings glaube ich, dass meine Orangenplantage und alles, was ich sonst anbaue, zusammen mit den Transportschiffen und meinen Ländereien weiterhin so viel Profit abwerfen könnten, dass ich in der Lage sein werde, auf die Baumwolle zu verzichten. Außerdem besitze ich in St. Augustine Räumlichkeiten, die Sie für die Seifenherstellung benutzen könnten.«

Amandas Augen wurden immer größer, als Kapitän Roberts ihr seine Besitztümer aufzählte.

»Sie haben doch gesagt, Sie wären Farmer!«

»Das bin ich ja auch. Es ist nur eben nicht das Einzige, was ich bin oder tue.«

»So ist es wohl«, sagte sie, während sie immer noch versuchte, die Neuigkeiten zu verarbeiten. Doch dann dachte sie noch ein wenig länger nach und schüttelte den Kopf.

»Ich weiß nicht, Kapitän Roberts. Ich würde mich nicht wohl dabei fühlen, Geld anzunehmen, das durch Piraterie verdient wurde.«

Er fluchte. Dann schritt er durch die Kabine, um sich mit dem Arm an den Rumpfbalken zu lehnen, und starrte endlos lange durch das Bullauge. Amanda saß wortlos da und klammerte sich an die Koje, während sie ihn beobachtete.

Roberts wandte sich zu ihr um.

»Wie ist es dazu gekommen, dass Ihre Familie zu Seifenmachern wurde?«

»Meine Urahnin, die erste Amanda Brooke, hat ihre Schönheitsmittelchen nach der Restauration am Hofe von König Charles dem Zweiten verkauft.«

»Und damit hat sie genug Geld verdient, um ein Unternehmen zu gründen?«

»Äh, nein. Sie war eine … besondere Freundin des Königs. Er hat eine gute Ehe für sie arrangiert.«

Er lächelte ironisch.

»Mrs. Stephenson, ich bin zwar vielleicht nicht zur Schule gegangen, aber sogar ich weiß über König Charles und seine ›besonderen Freundinnen‹ Bescheid. Und Sie schrecken vor legaler Freibeuterei zurück?«

Er trat wieder in die Mitte der Kajüte und wurde ernst.

»Ich denke Folgendes. Nachdem Sie in Savannah das Nötige bestellt haben und ich meine Angelegenheiten erledigt habe, kann ich Sie nach St. Augustine bringen. Auf *direktem* Wege. Ich werde auf die Farm ziehen, und Sie können im Ort wohnen und dort mit den Vorbereitungen für Ihre Seifenmanufaktur beginnen. Wie lange würden Sie brauchen, bis Sie mit dem Verkauf anfangen könnten?«

»Halt, Kapitän.«

Amanda stand auf.

»Ich weiß, dass ich Kapital brauche, und Ihr Geld ist so gut wie das jedes anderen … mehr oder weniger … aber ich war darauf eingestellt, mich allein selbstständig zu machen, und das bin ich immer noch. Vielleicht wird es länger dauern, und vielleicht ist St. Augustine ja wirklich der bessere Ort als Charleston, aber ich werde mich nicht in finanzielle Abhängigkeit von Ihnen drängen lassen, damit Sie Ihr schlechtes Gewissen beruhigen können.«

»Ihre Antwort ist nein?«

Sie richtete sich auf und sah ihn an.

»Die Antwort ist nein. Auf diesem Schiff ist Kapitän Sinister vielleicht das, was Gott am nächsten kommt, aber wenn wir das Festland erreichen, werden Sie mein Schicksal nicht in der Hand haben.«

Er warf ihr einen reglosen Blick zu, den sie nicht deuten konnte.

»Dann wünsche ich Ihnen viel Erfolg für Ihr Geschäft und Ihre Zukunft, Mrs. Stephenson. Mein Angebot bleibt dennoch bestehen. Wenn Sie irgendwann finanziellen Rückhalt für Ihr Geschäft wünschen oder ich Ihnen anderweitig behilflich sein kann, lassen Sie es mich wissen. Und Sie sollten wirklich darüber nachdenken, nach St. Augustine zu ziehen. Ich glaube, Sie werden feststellen, dass das Klima dort einer ledigen Frau, die ein Geschäft gründen will, besser gesonnen ist.«

Er wandte sich zum Gehen, blieb dann aber in der Luke stehen.

»Werden wir Sie heute beim Abendessen sehen, Mrs. Stephenson?«

»Nein, Kapitän«, sagte sie. Sie konnte ihm nicht in die Augen sehen. »Heute Abend hätte ich lieber ein Tablett in meiner Kajüte.«

Als sie aufblickte, bemerkte sie, dass er sie anstarrte, als wolle er sich ihre Züge einprägen. Ihr fiel das Märchen vom Froschkönig ein, der auf nichts als Ablehnung stieß, obwohl er nicht schuld an dem war, was er war.

Fast hätte sie etwas gesagt, ihn zurückgerufen, doch er war schon gegangen und hatte die Luke leise hinter sich geschlossen.

KAPITEL 12

Es war weit nach Mitternacht, als der Türklopfer am Hause Jacob Kahns in Savannah rappelte. Die Tür wurde von einem Schwarzen in mittleren Jahren geöffnet, der ein Nachthemd und eine Haube trug und eine Lampe in der Hand hielt. Sein Gesicht verzog sich freudig überrascht.

»Mr. Lopez! Und Kapitän Roberts! Was für eine schöne Überraschung!«

»Wer ist da, Benjamin?«

Eine schlanke junge Frau mit einer Brille und silberblondem Haar, das ihr in einem ordentlichen Zopf über die Schulter fiel, kam hinter ihm die Treppe herunter und gürtete ihren Morgenrock um die Taille.

»Mr. Lopez und Kapitän Sinis… Kapitän Roberts, Miss Kahn, und eine …« Der Butler hielt inne, doch das Stirnrunzeln der Seeleute verriet ihm, was er wissen musste. »Eine Dame«, beendete er seinen Satz. Er trat beiseite, um die Besucher einzulassen. Roberts hob sich den großen Koffer von der Schulter, Lopez stellte das kleinere Gepäckstück ab, und dann standen sie da und hielten die Hüte in den Händen, während sie sich fragten, wie man sie aufnehmen würde.

Judith Kahn kam in das Foyer hinunter und betrachtete die Besucher. Ihre Augenbrauen fuhren bis zur Oberkante ihrer goldgeränderten Brille hoch. Das Schweigen wurde noch peinlicher, und keiner der drei regte sich.

»Herzlich willkommen, Kapitän Roberts, Mr. Lopez. Wollen Sie mir Ihre Freundin nicht vorstellen?«

»Das ist Mrs. Geoffrey Stephenson, Miss Kahn«, sagte Gabriel förmlich. »Ein unerwarteter Gast auf der *Zephyr*, nachdem ihr eigenes Schiff vor der Küste Floridas gesunken ist. Mrs. Stephenson, meine Verlobte, Miss Judith Kahn.«

Judith betrachtete die kleinere Frau, die Seemannskleider trug und eine blaue Schüssel mit einer arg mitgenommenen Pflanze umklammerte. Ihr entging nicht, wie dicht sie neben Roberts stand und welch schützende Haltung er gegenüber dem »unerwarteten Gast« einnahm. Sie entspannte sich, und ein plötzliches Lächeln ließ ihre markanten Gesichtszüge sanfter erscheinen.

»Willkommen in Savannah, Mrs. Stephenson. Ich hoffe, dieser nächtliche Besuch bedeutet, dass Sie eine Weile unser Gast sein werden. Ich möchte alles über Ihre Reise auf der *Zephyr* hören.«

Es lag nichts Verurteilendes in Miss Kahns Gesicht, nichts Arrogantes in der Art, wie sie jetzt die zerlumpte Frau betrachtete, die vor ihr stand.

Amanda brach in Tränen aus.

Judith eilte auf sie zu, legte den Arm um die Witwe und funkelte die beiden Männer an, die Amanda beide mit offenem Mund anstarrten.

»*Dios*, warum tut sie das? Sie ist doch jetzt in Sicherheit.«

»Mr. Lopez, wenn Sie bitte so freundlich wären, in meiner Gegenwart nicht zu fluchen«, wies ihn Judith zurecht. »Ich könnte mir denken, dass es das Bewusstsein ist, vor euch feinen Herren in Sicherheit zu sein, das Mrs. Stephenson erleichtert aufschluchzen lässt.«

»Nein, nein«, sagte Amanda. Sie holte tief Luft und

wischte sich mit der Handfläche über die feuchten Wangen. »Ich wusste nur einfach nicht, was für ein Empfang uns hier erwartete. Die Güte, mit der Sie mich so unerwartet in Ihr Haus aufnehmen, überwältigt mich.«

»Hm.« Judith zog ein finsteres Gesicht. »Ich bin sicher, dass diese beiden hier an den Entbehrungen schuld sind, die Sie durchmachen mussten. Aber keine Sorge, Mrs. Stephenson. Wir werden uns gut um Sie kümmern.«

Sie schob Amanda auf die Treppe zu und rief hinter sich: »Benjamin, würdest du Matilda wecken und sie bitten, das Gästezimmer für unseren Besuch zurechtzumachen?«

»Einen Augenblick, bitte«, sagte Amanda. Sie stand auf der Treppe und sah Roberts an. Diesmal war sie mit ihm auf Augenhöhe.

»Danke, Kapitän. Ich werde Ihre Freundlichkeit nie vergessen.«

Roberts trat vor sie hin und sah sie auf eine Weise an, dass sich Judith fragte, ob ihm bewusst war, dass noch andere Menschen im Zimmer waren. Sie räusperte sich.

»Ich hoffe, Sie besuchen uns, solange Sie im Hafen liegen, Kapitän. Wenn Mama weiß, dass Sie kommen, wird sie Sukie aus der Küche verbannen und Ihnen Mandelbrot backen.«

Roberts blickte Judith nicht an, als er antwortete.

»Sie können sich sicher sein, dass ich vorbeikommen werde, Miss Kahn, und das nicht nur des herrlichen Mandelgebäcks Ihrer Mutter wegen. Aber jetzt wünsche ich gute Nacht, oder vielmehr guten Morgen, Miss Kahn. Ihnen auch, Mrs. Stephenson.«

Roberts schenkte der Witwe noch einen Blick, dann zog er sich zur Tür zurück und setzte seinen Hut auf.

»Gute Nacht, Kapitän Roberts, Mr. Lopez«, sagte Judith, und Benjamin öffnete die Tür, um sie hinauszulassen.

»Einen Moment!«, sagte Gabriel. »Ich bin wochenlang auf See gewesen, und ich werde nicht begrüßt?«

»Bitte kommen Sie heute Nachmittag vorbei, Mr. Lopez, denn wir haben vieles zu besprechen.«

»Das ist alles, nicht mal ein Schmatz auf die Wange, bevor ich in die Nacht entschwinde?«

»Mr. Lopez, bitte! Sie befinden sich hier in zivilisierter Gesellschaft!«

Sie kehrte den Männern den Rücken zu und schritt mit ihrem Gast die Treppe hinauf.

Als sie oben ankamen, steckte ihre Mutter den Kopf aus der Schlafzimmertür. Unter ihrer Haube blinzelte sie im Lampenschein wie eine aufgeplusterte Eule.

»Judith?«

»Es waren Kapitän Roberts und Gabriel, Mama. Sie haben uns einen Gast mitgebracht. Keine Sorge, morgen früh erzähle ich dir und Papa alles.«

»Gabriel ist zurück! Wunderbar! Dann können wir ja jetzt Pläne schmieden.«

»Und ich habe Kapitän Roberts versprochen, dass du für ihn backen wirst.«

Sarah Kahn strahlte.

»Ja. Er ist so ein guter Junge, dieser Kapitän.«

»Das ist Mrs. Stephenson, Mama. Ich bringe sie im Gästezimmer unter.«

»Schön, schön. Das ist lieb von dir, Judith. Gute Nacht, Schätzchen, und gute Nacht, Mrs. Stephenson.«

»Gute Nacht, Mrs. Kahn«, sagte Amanda benommen, und Judith schob sie weiter durch den Flur.

»Ich sterbe vor Neugier, Mrs. Stephenson …«

»Oh, bitte nennen Sie mich Amanda!«

»Dann müssen Sie mich Judith nennen! Ich möchte alles über Ihre Abenteuer hören. Aber jetzt wollen wir Sie für die Nacht unterbringen, und wir unterhalten uns später. Kommt Ihr Mann auch nach Savannah?«, fragte sie beiläufig.

»Nein, ich bin verwitwet.«

»Oh, das tut mir leid.«

Unwiderstehlich wie eine Naturgewalt schob Judith Amanda in ihr Zimmer, wo sie sich auf die Suche nach einem Nachthemd für sie machte, ohne das Gespräch zu unterbrechen.

»Benjamin bringt Ihren Koffer in das Gästezimmer. Haben Sie noch mehr Gepäck, Amanda?«

»Meine restlichen Koffer sind beim Untergang der *Penelope* verloren gegangen, und ich fürchte, bis auf ein einziges Kleid ist das alles, was ich zum Anziehen habe.«

Amanda setzte sich auf Judiths Bettkante. Das Zimmer der jungen Frau war luftig und hell, mit einer Rosentapete und ein Satindecke auf dem Bett. Auf einem Samtsessel saß eine große Kalikokatze und leckte sich die Pfoten, ohne die Frauen zu beachten.

»Dann sorgen wir morgen als Erstes dafür, dass wir Sie ausstaffieren. Meine Sachen können Sie ja leider nicht tragen. Ich fürchte, meine Kleider wären Ihnen zu lang, und …« Sie lächelte. »Und die Natur hat es mit Ihnen besser gemeint als mit mir.«

»Oje«, sagte Amanda. »Ich möchte Ihnen nicht zur Last fallen, Judith, aber kann man hier vielleicht irgendwo ein paar gebrauchte Kleider kaufen? Ich muss gestehen, dass ich nur über begrenzte Mittel verfüge. Und ich muss mein restliches Geld für mein Geschäft aufsparen.«

»Geschäft? Was denn für ein Geschäft?«

»Ich stelle Seife und Kosmetik her«, sagte Amanda. »Warten Sie, ich habe noch etwas hier …«

Sie stellte die Aloepflanze auf den Boden, und nachdem sie ihre Tasche durchwühlt hatte, brachte sie ein versiegeltes Gläschen und ein in Papier gewickeltes Seifenstück zum Vorschein.

»Das möchte ich Ihnen schenken. Das Gläschen enthält Hautcreme.«

Judith hielt sich das Papier an die Nase und roch daran.

»Mandeln! Das kann ich sogar durch die Verpackung riechen. Wie herrlich, Amanda, danke!«

Sie gähnte mit offenem Mund und hob verlegen die Hand.

»Oje, ich habe ganz vergessen, wie spät es ist. Hier kommt Matilda, dann ist Ihr Zimmer wohl fertig. Danke, Matilda, du kannst jetzt wieder zu Bett gehen«, sagte Judith lächelnd zu dem Mädchen, das knickste und ging.

»Wir unterhalten uns später, Amanda. Ich möchte alles über Ihre Reise und Ihre Pläne hören.«

»Und Sie werden mir alles über Ihre bevorstehende Hochzeit mit Mr. Lopez erzählen«, sagte Amanda und folgte Judith zum Gästezimmer.

»Die Hochzeit!« Judith schüttelte den Kopf. »Sie hat die Kontrolle über mein Leben übernommen. Wenigstens können wir jetzt, da Mr. Lopez zurück ist, Ernst machen. Beim Frühstück unterhalten wir uns weiter, das verspreche ich.«

Amanda blickte Judith lächelnd nach. Sie waren beide etwa im selben Alter, und nach der Isolation auf der *Penelope* und unter Roberts' Männern war sie froh, sich mit einer Frau unterhalten zu können. Als sich die Tür geschlossen hatte, seufzte sie und sah sich um. Das Zimmer war klein, aber hübsch ausgestattet, und das Bett sah einladend aus. Sie stellte die Aloepflanze auf einen Tisch unter dem Fenster. Am Fußende des Bettes lagen ein Nachthemd und ein Morgenrock. Amanda zog die geborgten Kleider an und legte die Männerkleider von der *Zephyr* über eine Stuhllehne. Bevor sie zu Bett ging, hängte sie ihr verblichenes schwarzes Kleid auf, um es bis zum Morgen lüften zu lassen.

Ihr schwarzes Kleid. Morgen ein Korsett. Der Alltag kehrte zurück.

Als sie einschlief, war ihre Stirn gerunzelt.

***

Die Morgensonne stand schon hoch am Himmel, als Amanda erwachte. Nach einer raschen Katzenwäsche stieg sie in ihr schwarzes Kleid und verschloss es. Sie verzog das Gesicht, weil es so schlecht saß, doch sie wusste, dass das fehlende Korsett die freundlichen Bewohner Savannahs nicht annähernd so schockieren würde wie der Anblick einer Frau, die in Seemannskleidern einkaufen ging.

Jemand war im Lauf der Nacht ins Zimmer gekommen und hatte ihre schmutzigen Kleider mitgenommen.

Ich muss dafür sorgen, dass die Kleider zurückgegeben werden.

Sie war sich nicht sicher, warum es ihr so wichtig war, die Männerkleider zurückzugeben, aber es war so. Vielleicht, weil sie ein Souvenir von der *Zephyr* waren. Ihr Blick wanderte zu der blauen Schüssel hinüber, und sie seufzte.

Rasch kleidete sie sich fertig an, steckte sich das Haar hoch und ging hinunter ins Esszimmer, wo Judith allein bei einer

Tasse Kaffee saß und eine Zeitung las. Sie blickte Amanda über den Rand ihrer Brille hinweg an.

»Schön, Sie zu sehen, Amanda. Ich habe schon gefrühstückt, und Papa und Mama sind im Geschäft, aber Sukie hat für Sie gedeckt. Wir sind ein kleiner Haushalt und legen nicht viel Wert auf Etikette. Darf ich Ihnen einen Kaffee einschenken? Oder hätten Sie lieber Tee?«

Amanda nahm den Platz neben Judith ein, wo das Frühstück für sie bereit stand.

»Kaffee wäre schön. Er duftet herrlich. Ich möchte Sie und Ihre Eltern nicht über Gebühr beanspruchen, Judith. Mor… Kapitän Roberts hat gesagt, ich würde etwas Zeit brauchen, um mich wieder zu sammeln, bevor ich nach Charleston aufbreche, und er meinte, Sie würden nichts dagegen haben, mich bei sich zu haben.«

Judith läutete eine Glocke, und Matilda steckte den Kopf aus der Küche. Als sie Amanda erblickte, brachte sie ihr einen Teller mit herrlich leichtem Rührei und noch leichteren Brötchen. Beides war noch dampfend heiß. Amanda bestrich sich ein Brötchen mit Butter und Erdbeermarmelade und biss herzhaft hinein. Nach der Schiffskost stöhnte sie beinahe vor Entzücken über den Geschmack von warmem Brot und frischer Butter.

»Natürlich haben wir nichts dagegen! Es ist mir eine Freude, eine Freundin von Gabriel und Kapitän Roberts zu beherbergen. Aber sagen Sie mir, warum wollen Sie nach Charleston ziehen, Amanda?«, fragte Judith, während sie ihr Kaffee einschenkte.

Amanda rührte sich Sahne und Zucker in den Kaffee und seufzte.

»Geoffrey, mein verstorbener Mann, hat Verwandte in

Charleston. Sie haben mich eingeladen, bei ihnen zu wohnen, als ich Interesse daran äußerte, in die Vereinigten Staaten umzusiedeln. Deshalb will ich mich dort niederlassen. Ich fürchte nur, dass der Empfang nach meinen Abenteuern auf der *Zephyr* nicht besonders herzlich ausfallen wird. Ich hatte vor, in Charleston eine Seifenmanufaktur zu gründen, aber Kapitän Roberts hat mir vorgeschlagen, stattdessen in Florida zu bleiben und es in St. Augustine zu versuchen. Er hat mir die Vorteile dieser Handlungsweise überzeugend dargelegt, und ich denke immer noch darüber nach.«

»Genau, Sie haben mir versprochen, mir von Ihren Abenteuern auf der *Zephyr* zu erzählen! Also essen Sie auf, und dann berichten Sie mir alles.«

Amanda lächelte und biss noch einmal in ihr Brötchen. Schon war sie dabei, beim Essen von ihren Abenteuern zu erzählen, ganz wie es der Kapitän gesagt hatte. Und wie sie es verabredet hatten, erzählte sie eine leicht zensierte Version.

»Das ist ja herrlich. Wie in einem Abenteuerroman!«, sagte Judith, als Amanda geendet hatte. »Was ist passiert, nachdem Gabriel Sie wieder von der Insel abgeholt hat?«

Amanda legte die Gabel nieder, denn ihr war mit einem Mal der Appetit vergangen. Sie fragte sich, ob sie es wagen konnte, die ganze Geschichte zu erzählen, und fand schließlich, dass ihre Gastgeberin es verdient hatte, die Einzelheiten zu hören.

»... Da habe ich herausgefunden, dass wir absichtlich dort auf der Insel gestrandet waren und Kapitän Roberts die ganze Episode nur arrangiert hatte. Bis auf den Piratenangriff. Ich glaube ihm, wenn er sagt, dass er damit nichts zu tun hatte.«

Judith kniff die blassblauen Augen zusammen.

»Und Mr. Lopez hat die ganze Zeit mit ihm unter einer Decke gesteckt?«

Amanda verdrehte die Serviette auf ihrem Schoß.

»Nein, Sie brauchen nichts zu sagen. Dieser Mann!« Judith trommelte mit den Fingern auf den Tisch. »Das war nicht richtig von den beiden, Amanda, wirklich nicht.«

»Genau das habe ich Kapitän Roberts auch zu erklären versucht.« Amanda richtete sich auf, und ihre Augen leuchteten kriegerisch. »Es war *nicht* richtig von ihm zu glauben, ich sei so schutzbedürftig, dass ich mich dem erstbesten Piraten in die Arme werfe. Die Frauen in meiner Familie stellen seit Generationen Seife her, und eine Brooke kann auf eigenen Füßen stehen. Und das werde ich ihm zeigen! Ich werde mein Geschäft wieder aufbauen. An Bord hatte ich genug Zeit, meine Pläne auszuarbeiten, und ich verfüge über das nötige Können. Ich muss allerdings zugeben, dass ich versucht war, ihn als Investor zu akzeptieren. Ich könnte das Geld gut brauchen, um schneller auf die Füße zu kommen. Aber ich will einfach nicht von seinem Kapital abhängig sein, nachdem er mich so belogen hat.«

»Dann brauchen Sie einen anderen Investor, Amanda. Gestatten Sie, dass ich mich in Ihr Geschäft einkaufe. Ich habe mein restliches Geld so profitabel angelegt, dass ich durchaus etwas Neues wagen kann … Was ist?«

Amanda starrte Judith mit großen Augen an.

»Es ist einfach … Nun, in England ist es ungewöhnlich, einer Frau zu begegnen, die sich in Geschäftsdingen auskennt und über Geld verfügt, das sie selbst investiert. Meine Familie hat wegen ihrer Seifenfabrikation immer schräge Blicke geerntet, aber die Leute wussten, dass es eine alte Tradition war, und deshalb haben sie es als eine Schrulle hingenommen. Aber warum wollen Sie denn in mein Geschäft investieren, Judith? Sie kennen mich doch kaum.«

»Ach, aber ich kenne Kapitän Morgan Roberts. Möglich, dass auch Gefühle im Spiel waren, aber er ist ein guter Geschäftsmann, Amanda. Wenn er der Meinung war, dass Sie es schaffen können, wäre ich eine Närrin, wenn ich zögern würde.«

Judith rührte nachdenklich in ihrem Kaffee.

»Sie sind dabei, Amerikanerin zu werden, Amanda. Hier in den Vereinigten Staaten ist vieles anders, es gibt neue Möglichkeiten. Die Frauen in meiner Familie haben immer an der Seite ihrer Männer mit Diamanten und Gold gehandelt, und ich werde einmal so mit Gabriel zusammenarbeiten, wie es meine Mutter mit meinem Vater tut.«

Sie lächelte.

»Heißt es nicht im Buch der Sprüche, eine Frau von Verstand ›betrachtet ein Feld und erwirbt es … wenn sie glaubt, dass es ein guter Handel ist‹? Zeigen wir diesen beiden Freibeutern, dass Sie eine Frau sind, mit der nicht zu scherzen ist!«

»Es *war* ein gemeiner Streich, den sie mir gespielt haben«, sagte Amanda. »Und ich möchte gern unabhängig sein und in niemandes Schuld stehen. Abgesehen von meinen Kapitalgebern natürlich.«

Sie holte tief Luft und sah Judith an.

»Ich kann Ihnen sagen, dass ich an meine Fähigkeiten und mein Können glaube. Das ist die einzige Sicherheit, die ich Ihnen im Augenblick bieten kann.«

»Ich habe gestern Abend Ihre Creme benutzt, Amanda, und ich weiß, dass sie von exzellenter Qualität ist. Mit Ihrem Können, meinem Geld und meinen Verbindungen werden wir es schaffen. Der ganze Süden wird von Ihren Cremes sprechen! Sie sollten allerdings ernsthaft über Kapitän Roberts' Vorschlag nachdenken, sich in St. Augustine niederzulassen. Ich glaube, dass er recht damit hat, dass das Klima dort besser geeignet ist. Es ist Pioniergebiet, und gleichzeitig ist es weltoffener als Charleston, dessen Bewohner glauben, dass ihre Stadt der *einzige* zivilisierte Fleck in den Südstaaten sei.«

Amanda sah Judith an. Sie bewunderte ihr primelfarbenes Kleid, das exzellent geschneidert war.

»Wenn das so ist, muss ich als feine Dame in St. Augustine eintreffen, damit man mir mit Respekt begegnet. Vergessen Sie meinen Plan mit den gebrauchten Kleidern, Judith. Bringen Sie mich zu *Ihrer* Schneiderin.«

»Das ist die richtige Einstellung!«, lobte Judith. Sie hob ihre Kaffeetasse zum Salut.

»Auf die freie Wirtschaft und den Erfolg!«

Amanda lächelte. So leicht war ihr seit Tagen nicht mehr ums Herz gewesen. Auch sie hob ihre Tasse.

»Auf die freie Wirtschaft, den Erfolg und die Vereinigten Staaten von Amerika!«

KAPITEL 13

Judith hakte sich bei der Witwe ein, als sie über die sonnigen Straßen Savannahs spazierten.

»Nachdem ich jetzt einiges über die Seifenmanufaktur erfahren habe, werden wir den Tag mit einer Tätigkeit verbringen, in der *ich* Expertin bin.«

»Und das wäre?«

»Einkaufen, meine liebe Mrs. Stephenson, einkaufen! Sie brauchen eine vollständig neue Garderobe.«

Amanda zog sich ihr altes Tuch um die Schultern. Sie fühlte sich wie das Mädchen mit den Schwefelhölzern aus dem Märchen, das sie Cesar erzählt hatte. Judith hatte ihr einen Hut geliehen, der sich besser für die Straße eignete als Roberts' Palmettohut, aber als Matilda den Hut des Kapitäns hatte wegwerfen wollen, hatte sich Amanda nicht davon trennen können.

Amanda versuchte, sich ein schlechtes Gewissen einzureden, weil sie ihr Erspartes für neue Kleider ausgab, aber wenn sie ehrlich war, konnte sie es nach einem Jahr in Trauerkleidern nicht abwarten, sich wieder in Farben zu hüllen. Und Judiths Garderobe nach zu schließen, gab es in Savannah genau das Richtige für sie.

Wenn es um Kosmetik ging, wusste sie, dass die Leute mehr für ein hübsch aufgemachtes Produkt bezahlten als für ein schlichtes, auch wenn der Inhalt derselbe war. Schlichte

Dinge konnten sie schließlich selbst herstellen. Außerdem war eine hübsch verpackte Creme immer ein begehrtes Geschenk. Und von einer hübsch verpackten Verkäuferin erwarb man es umso lieber.

»Sie haben wieder einmal vollkommen recht, Judith, obwohl ich immer noch vorsichtig sein muss.«

»Sagte ich nicht, dass ich Expertin bin? Machen Sie sich keine Sorgen, Amanda. Madame Bernard schuldet mir den einen oder anderen Gefallen, und sie wird ihr Bestes geben. Sie versucht gerade, ihren Kundenstamm auszubauen und sich einen Namen zu machen. Sie weiß es zu schätzen, wenn ich ihr Kunden bringe.«

Von Judiths beruhigenden Worten aufgemuntert, genoss Amanda den Spaziergang. Wie versprochen war Savannah eine charmante Stadt mit vielen großen und belebten Plätzen. Das sonnige Wetter mit seiner leichten Brise trug ein Übriges zu Amandas guter Laune bei.

Bei Tageslicht hatte sich Judiths Haus als stabiles dreistöckiges Gebäude aus Ziegeln und Holz entpuppt. Die griechische Renaissance, die solch großen Einfluss auf die englische Architektur hatte, hinterließ ihre Spuren auch in Savannah, und das Haus lag zudem nur einen kurzen Spazierweg vom Markt auf dem Ellis Square entfernt.

Die Werkstatt der Schneiderin befand sich nicht an einem der populären Plätze, sondern in einer ärmeren Seitenstraße. Hinter der schäbigen Fassade verbarg sich jedoch ein Meer von Stoffen in allen Farben.

Madame Bernard eilte nach vorn in den Laden, als die Glocke über der Tür klingelte.

»Miss Kahn! Welch eine Freude, Sie wiederzusehen. Aber Ihr Hochzeitskleid ist noch gar nicht fertig.«

Judith lächelte der kleinen Französin zu.

»Ich habe Ihnen eine Freundin mitgebracht, Madame Bernard. Dies ist Mrs. Geoffrey Stephenson, der auf See ein Unglück zugestoßen ist und die eine neue Ausstattung braucht.«

Die Modistin legte den Kopf schief, um Amanda zu betrachten. Unter dem Schultertuch und dem Trauerkleid war nicht viel zu erkennen, aber auf den ersten Blick schien sie eine recht gute Figur zu haben. Und ihre Haar- und Augenfarbe! Blaue Augen und goldenes Haar waren immer eine vielversprechende Kombination. Außerdem war es ein gutes Zeichen, dass sie mit Miss Kahn befreundet war, ihrer meistgeschätzten Kundin, die ihre Rechnungen stets sofort bezahlte.

»*Bienvenue*, Mrs. Stephenson! Willkommen in unserer Stadt. Zuerst müssen Sie sich entkleiden, damit ich Maß nehmen kann. Collette!«

Eine jüngere Frau kam aus den hinteren Räumen angelaufen. Sie hörte dem französischen Wortschwall ihrer Mutter aufmerksam zu und nickte hin und wieder. Judith schickte Matilda fort, die eine Reihe von Dingen zu erledigen hatte, und machte es sich mit den jüngsten Modezeitschriften aus Frankreich und England bequem, während Madame Bernard Amanda bei der Hand nahm und sie hinter eine spanische Wand führte.

»Nun, Madame, hinaus aus diesem …«, sie erschauerte gekünstelt, »… diesem *Kleid*, und dann können wir anfangen.«

Amanda stieg rasch aus dem verhassten Gewand und legte den geborgten Hut ab. Dann stand sie im Unterhemd und Strümpfen vor der Schneiderin, die große Augen bekam.

»*Sacre bleu*! Madame, Sie könnten auf der Bühne ein Vermögen verdienen!«

Neugierig senkte Judith ihre Zeitschrift und warf einen Blick hinter die spanische Wand.

»Himmel! Kein Wunder, dass Morgan Roberts Sie behalten wollte!«

Eine zarte Röte stieg Amanda über das Dekolleté ins Gesicht.

»Es ist nicht sehr angenehm, hier in meiner Unterwäsche zu stehen, während Sie beide meine Figur analysieren.«

Niemand schenkte ihr Beachtung.

Madame Bernard wandte sich an Judith.

»Roberts? Sie meinen *Capitaine Sinistre*?« Sie betrachtete die Witwe respektvoll. »Das ist wirklich *un homme formidable*. Oh, Madame, wir werden Sie so einkleiden, dass Kapitän Roberts nie wieder zur See fahren wird.«

»Deshalb bin ich nicht hier«, protestierte Amanda. »Ich brauche Kleider, um ein Geschäft zu gründen.«

»Natürlich«, sagte Judith beschwichtigend, »aber Sie haben einige wunderbare Vorzüge, die Sie nutzen sollten.«

»Zuerst das Korsett«, sagte Madame Bernard. »Ich habe ein neues Modell aus Frankreich, so bequem, so elegant, der Kapitän wird es anbeten.«

»Der Kapitän wird mein Korsett nicht zu sehen bekommen.«

»Natürlich nicht, Madame Stephenson. Ich meinte auch nur, dass der Kapitän … und jeder andere … sehen wird, wie das französische Korsett Ihre natürliche Anmut und Form zur Geltung bringt. Vertrauen Sie sich mir an, Madame, und alles wird gut. An diesen Haaren müssen wir auch etwas ändern. Collette kann mit der Schere Wunder vollbringen. Sie wird Sie frisieren, während ich Stoffe und Schnittmuster zusammentrage.«

Es war, als befände sie sich wieder auf stürmischer See, dachte Amanda. Die kleine Französin war eine unaufhaltsame Naturgewalt. Sie zerrte und drückte an ihr herum und tauschte immer wieder den Platz mit dem schweigsamen Mädchen, das Amandas Locken zurechtschnitt. Doch nachdem sie das französische Korsett verschnürt, ihr ein hastig geändertes Kleid von der Stange angezogen und die Locken ausgekämmt hatten, zog Madame Bernard Amanda vor einen Spiegel und sagte triumphierend: »*Voilà*! Die neue Madame Stephenson!«

»Oh«, sagte Amanda.

»In der Tat!«, fügte Judith beifällig hinzu.

Die Taille des Musselinkleides saß tiefer, als Amanda es aus England kannte, und zeigte mehr von ihrer Figur. Es war mit Satinbiesen abgesetzt, hatte drei schmale Volantrüschen am Saum, und die tiefrosa Farbe passte wunderbar zum Ton ihrer Wangen. Und das Haar! Die schweigsame Colette verzog den Mund zu einem Lächeln, als Amanda die Hand hob, um die Löckchen zu berühren, die ihr Gesicht einrahmten. Der Schnitt überspielte den Schaden, den Lopez angerichtet hatte, und er ließ ihre Augen größer wirken als je zuvor.

»Das ist das Gesicht, das wir der Gesellschaft präsentieren werden, Amanda.«

»Madame ist *magnifique*!« Madame Bernard schlug die Hände zusammen. »Dieses Kleid ist wie für Sie gemacht!«

»Sie haben wirklich recht, Judith.« Amanda strich lächelnd die Vorderseite ihres Kleides glatt und befühlte den feinen Stoff. »Kleider machen Leute.«

»Mrs. Stephenson stellt in England feine Hautcremes her, Madame Bernard«, fügte Judith beiläufig hinzu. »Sie wird ihre Produkte auch in den Vereinigten Staaten vertreiben.«

»Ah, verkaufen Sie sie auch hier in Savannah?«, fragte Madame Bernard.

»Noch nicht, aber ich werde bald welche zur Verfügung haben.« Amanda begriff, was Judith vorhatte, und betrachtete Madame Bernards leicht getönte Gesichtshaut. »Ich habe eine Mandelmaske, die das Gesicht besonders schimmern lässt, wenn man sie einmal in der Woche benutzt, Madame. Tragen Sie danach die Gesichtscreme auf, und Sie werden staunen. Wissen Sie … am besten bringe ich Ihnen zwei Gläschen, dann können Sie sie gleich ausprobieren.«

»Und wenn die Produkte Ihnen gefallen, Madame, könnten Sie ja darüber nachdenken, sie hier im Laden zu verkaufen«, sagte Judith.

»Hautcreme? In einer Schneiderei?«, fragte Madame Bernard verwirrt.

Amanda zuckte mit den Schultern.

»Ihre Kundinnen sind Damen von Welt, Madame. Wenn Sie ihnen etwas verkaufen können, welche Rolle spielt es dann, ob es ein Kleid ist oder Creme oder Seife?«

»Seife machen Sie auch?«

»Die allerfeinste Seife«, sagte Amanda. »Es wird noch eine Weile dauern, bis ich mit der Herstellung beginnen kann. Aber Cremeproben werde ich in ein paar Tagen haben, und wenn Sie damit zufrieden sind, spreche ich mit Ihnen über Kosten und Liefermengen.«

Die Französin betrachtete sie scharfsinnig. Sie erkannte den gewieften Verkaufstrick, war aber dennoch neugierig.

»Ich werde Ihre Creme probieren, Mrs. Stephenson, da Sie so großzügig sind, mir eine Probe anzubieten«, sagte sie und verdeutlichte damit, dass sie nicht vorhatte, Geld für ein unbekanntes Produkt auszugeben.

Amanda neigte zustimmend den Kopf.

»Ich lasse sie Ihnen bringen, sobald sie fertig ist, Madame«, sagte sie.

Sie betrachtete noch einige Stoffmuster und Entwürfe und suchte sich noch weitere Kleider für ihre neue Garderobe aus. Als sie die Rechnung sah, zuckte sie zusammen, doch sie wusste, dass man Geld ausgeben muss, wenn man Geld verdienen will. Ohne ein entsprechendes Äußeres konnte sie sich nicht in der feinen Gesellschaft Savannahs bewegen.

Matilda kehrte zurück, und Madame Bernard versprach, die restliche Kleidung zum Haus der Kahns zu liefern, sobald sie fertig geändert war.

»Was soll ich hiermit tun?«, fragte die Schneiderin und hielt das schwarze Kleid an zwei Fingern hoch.

Amanda war eine praktische Seele.

»Bitte packen Sie es ein, Madame Bernard.« Sie konnte es immer noch brauchen, wenn sie Creme und Seife rührte und dazu etwas Abgetragenes zum Anziehen brauchte.

Als sie die Schneiderei verließen, wandte sich Amanda Judith zu.

»Jetzt brauche ich Gläser für die Creme. Ich bin so aufgeregt, dass ich jetzt endlich anfangen kann.«

»Ich finde es auch aufregend«, meinte Judith. »Am Johnson Square bekommen wir, was Sie brauchen.«

Judiths Verbindungen waren von unschätzbarem Wert, und Amanda erkannte sofort, welche Schwierigkeiten sie ohne jemanden gehabt hätte, der die ortsansässigen Kaufleute kannte. Roberts' Angebot, ihr in St. Augustine zu helfen, erschien ihr immer vernünftiger, da ihr gar nicht bewusst gewesen war, wie sehr sie in Yorkshire darauf angewiesen gewesen war, dass die Leute sie und die Qualität ihrer Ware kannten. Hier in Amerika würde sie als Unbekannte beginnen, und gute Verbindungen vor Ort konnten über Gelingen oder Misserfolg entscheiden.

Das sagte sie auch zu Judith und fügte hinzu: »Das lässt Kapitän Roberts' Angebot in einem vorteilhafteren Licht erscheinen.«

»Hmmm«, meinte Judith. »Es ist sehr klug von Ihnen, Amanda, dass Sie Kapitän Roberts' Vorschlag jetzt offener gegenüberstehen.«

Amanda warf ihr einen Blick zu, aber Judiths Miene war vollkommen ausdruckslos.

»Nun denn«, sagte sie und lenkte das Gespräch wieder in weniger gefährliche Gefilde. »Diese blauen Gläser gefallen mir wirklich gut. Sie haben die richtige Größe und den richtigen Preis. Wie wäre es, wenn wir ein Goldbändchen darum wickeln?«

»Ooh, erinnern Sie sich an diese goldenen Rosetten bei Madame Bernard?«

»Halt! Ich hab's! Keine Rosetten, Mandelblüten. Wir verzieren jedes Glas mit einer seidenen Mandelblüte.«

»Perfekt«, sagte Judith zufrieden. »Ihre Cremegläser werden wunderschön.«

Sie machten sich auf den Heimweg, um zu Mittag zu essen, und Amandas neues Kleid zog unterwegs mehr als einen beifälligen Männerblick auf sich.

»Morgen müssen wir Ihnen Handschuhe und ein paar Hüte kaufen«, sagte Judith. »Sie können sich gern meine Sachen borgen, aber Sie wollen sicher so schnell wie möglich eigene haben.«

»Und ich muss morgen mit der Creme anfangen. Ich kann früh zum Markt gehen, und wenn Sukie mich in die Küche lässt, kann ich anfangen.« Amanda blieb abrupt stehen und ergriff Judiths Hände. »Sie sind so gütig zu mir, obwohl wir uns gestern noch gar nicht kannten.«

»Sie sind eine Freundin von Gabriel Lopez … und Kapitän Roberts … und das reicht. Und ich glaube wirklich, dass sich Ihre Kosmetik gut verkaufen wird. Ich habe Geld von meiner Großmutter geerbt, und es macht mir Freude, es geschäftlich zu investieren. Das ist viel interessanter als zuzusehen, wie es Zinsen ansammelt«, sagte sie grinsend.

Judith ist das perfekte Beispiel für die neue amerikanische Frau, dachte Amanda. Sie sagt, was sie denkt, sie gibt sich ganz ungekünstelt, und sie nimmt ihre Zukunft selbst in die Hand.

Amanda atmete die nach Blumen duftende Luft in tiefen Zügen. Nach Amerika zu gehen, war genau das Richtige gewesen, ein neuer Anfang in einem neuen Land.

Ein schwarzer Junge in einer zerlumpten Hose lief mit einem Päckchen über die Straße.

Was Cesar wohl macht?, dachte sie ungewollt.

Das erinnerte sie an Cesars Herrn, doch sie weigerte sich, ihre Gedanken weiter in diese Richtung wandern zu lassen.

KAPITEL 14

Benjamin hielt ihnen die Tür auf, als sie die Eingangstreppe hinaufkamen, und er half ihnen, die Einkäufe ins Haus zu tragen.

»Ihre Eltern haben schon gegessen, Miss Judith. Wir haben Ihnen und Mrs. Stephenson etwas verwahrt.«

»Danke, Benjamin. Wir hatten einen arbeitsreichen, aber erfolgreichen Morgen. Wir bedienen uns selbst, dann kann Matilda auch etwas essen.«

Matilda knickste dankbar und ging in die Küche.

»Wie gesagt, Amanda, wir sind ein kleiner Haushalt und beharren nicht auf der Etikette.«

»So haben wir es im Pfarrhaus auch gehalten. Ihr Zuhause ist reizend. Sind Benjamin, Sukie und Matilda schon lange bei Ihnen?«

Sie betraten gerade das Esszimmer, und Judith warf ihr einen Seitenblick zu.

»Was Sie wirklich wissen wollen, ist, ob sie Sklaven sind.«

»Verzeihen Sie mir«, sagte Amanda und errötete. »Es geht mich nichts an.«

»Nicht-Amerikaner stellen diese Frage oft. Benjamin und Sukie sind freie Schwarze, die schon seit Urzeiten für uns arbeiten, und Matilda ist ihre Tochter. Aber Matilda hat einen Liebsten, der in einem Wirtshaus am Hafen arbeitet. Er *ist*

Sklave, und das ist eine traurige Geschichte. Sie können nicht heiraten, und selbst wenn sie es könnten, besteht immer die Gefahr, dass Alexander verkauft wird. Und Alexanders Besitzer sieht es nicht gern, wenn Matilda ihn besucht, weil er glaubt, dass Alexander rebellisch und unzufrieden werden könnte.«

Sie seufzte.

»Die Pflanzer brauchen die Sklaven als Erntearbeiter, aber es ist ein Skandal, wie manche von ihnen ihre Leute behandeln. Ich bin froh, dass wir in der Stadt leben. Doch wenn Ihre Seifenmanufaktur Erfolg hat, Amanda, werden Sie Hilfe einstellen oder Sklaven kaufen müssen, die die Schwerarbeit leisten, damit Sie sich um das Geschäftliche kümmern können. Manche Leute glauben, dass Sklaven wirtschaftlicher sind als freie Arbeiter, aber ich glaube das nicht. Ein Sklave hat keinen Grund, hart zu arbeiten, während ein Angestellter sich Mühe geben wird, um vielleicht mehr zu verdienen.«

»Man hat mir vorgeworfen, ein naives Bild von Amerika zu haben, und je mehr ich sehe, desto mehr muss ich das bestätigen«, sagte Amanda. »Die Fabriken in Yorkshire profitieren von der Baumwolle, die von Ihren Sklaven angebaut wird, daher ist dort längst nicht jeder gegen die Sklaverei. Aber ich bin fest davon überzeugt, dass ein Mensch seine Würde verliert, wenn man ihn zum Nutzen anderer versklavt, und das ist ein Verbrechen.«

»Diese Meinung ist hier nicht sehr weitverbreitet, Amanda, aber ich kann Ihnen nicht widersprechen, vor allem nicht, wenn ich sehe, was die arme Matilda und ihr Alex durchmachen. Wenn ich meinen eigenen Haushalt gründe, habe ich vor, nur Bedienstete einzustellen. Gabriel wird keine Sklaven besitzen. Falls Sie doch zu den Stephensons nach Charleston ziehen, werden Sie feststellen, dass man dort die Sklaverei noch stärker befürwortet als hier in Savannah. Die Revolte in Vesey hat den Sklavenhaltern Todesangst eingejagt, und sie haben ihren Sklaven und den freien Schwarzen brutale Restriktionen und Strafen auferlegt. Auch das sollten Sie bei Ihren Überlegungen, nach St. Augustine zu ziehen, mit bedenken.«

Judith entschuldigte sich, um sich zu waschen, und Amanda wartete auf sie. Auf der Anrichte standen kalte Speisen, die mit Wachstuch zugedeckt waren, um die Fliegen fernzuhalten. Als Judith zurückkehrte, beluden sie ihre Teller mit Fleisch, Brot und Obst. Eine jede sprach auf ihre Weise ihr Tischgebet, und dann aßen sie. Beim Essen unterhielten sie sich über die neueste Mode aus Europa und über Savannahs Sehenswürdigkeiten. Die Namen »Gabriel Lopez« und »Morgan Roberts« fielen nicht ein einziges Mal, denn so war es für sie beide entspannter. Nachdem der Tisch abgeräumt war, setzten sich Amanda und Judith mit Papier und Stiften nieder.

»Dies ist eine Liste der Zutaten für meine Cremes«, sagte Amanda. »Wenn Ihre Mutter es gestattet, kann ich sie abends hier in der Küche zubereiten, sobald Sukie dort fertig ist.«

Judith warf einen Blick auf Amandas Liste.

»Das sieht ja aus wie ein Kuchenrezept!«

»Pssst …« Amanda hob zwinkernd den Finger an die Lippen. »Verraten Sie mein Betriebsgeheimnis nicht. Gesichtscreme ist nichts anderes als Mayonnaise mit Bindemitteln und Duftstoffen. Was sie so wertvoll macht, ist das Wissen, wie man sie anrührt, was man hinzufügen muss und vor allem, wie man sie am besten verpackt und verkauft.«

Sie zog ein rotes Lederbüchlein aus ihrer Tasche.

»Das ist das Rezeptbuch meiner Urahnin, der ersten Amanda Brooke. Sie wusste, dass man die Kunden anlockt, indem man der Ware einen seltenen, exotischen Anstrich verleiht und ihr Zutaten beifügt, die sonst niemand hat.«

Die Frauen waren immer noch mit ihren Plänen beschäftigt, als die Nachmittagsschatten länger wurden und Benjamin Besuch meldete.

Morgan, dachte Amanda augenblicklich.

Doch es war Gabriel Lopez, der im Salon stand.

»Guten Tag, Miss Kahn, Mrs. Stephenson«, sagte er. »Das ist aber hübsch, was Sie da tragen. Sind die Damen einkaufen gewesen?« Er zerknautschte den Hut, den er in den Händen hielt, und sah furchtbar beklommen aus. Neben ihm stand ein Paket auf dem Boden.

»Wir waren heute Morgen unterwegs. Sind Sie allein, Mr. Lopez?«, fragte Amanda, obwohl sie die Antwort schon kannte.

»Ja. Ich habe etwas für Sie.«

Er reichte ihr das Paket, an dessen Außenseite ein zusammengefaltetes Stück Papier befestigt war, auf dem in kühnen schwarzen Lettern ihr Name stand.

Amanda nahm es ihm ab und betrachtete den Schriftzug. Dann begriff sie, dass es im Zimmer ganz still geworden war. Judith und Gabriel beobachteten sie.

»Äh, wenn Sie mich entschuldigen würden, ich nehme das lieber mit auf mein Zimmer.«

»Natürlich«, sagte Judith. Sie begleitete Amanda zur Tür, die sie hinter ihr zumachte.

Judith lehnte sich gegen die geschlossene Tür, die Hände auf der Klinke in ihrem Rücken, und der Blick in ihren hellen

Augen heftete ihren Verlobten auf der Stelle fest wie einen Schmetterling auf einem Brett.

»Mr. Lopez«, sagte sie mit trügerisch leiser Stimme. »Sie stehen mitten in der Nacht mit einer schönen Frau vor meiner Tür, und dann höre ich von ihr eine Geschichte voller List und Intrigen. Und wer steckt selbstverständlich dahinter, wenn nicht Gabriel Moses Lopez? Was haben Sie zu Ihrer Verteidigung vorzubringen?«

Er senkte den Blick auf den Hut, den er immer noch in der Hand knetete, dann blickte er durch seine unglaublich langen Wimpern zu ihr auf.

»Was kann ich sagen, Miss Kahn? Ich habe keine gute Erklärung für Sie parat, denn das Einzige, was ich im Augenblick im Kopf habe, sind Sie splitternackt mit mir in meiner Koje.«

Jegliche Farbe schwand aus Judiths Gesicht, um dann einem leuchtenden Rot zu weichen, das man in der Stille des Zimmers beinahe *hören* konnte. Sie stieß sich von der Tür ab und sah ihn unverwandt an.

»Zum Glück für Sie, Mr. Lopez, ist das *genau* die richtige Antwort.«

Und dann lag sie in seinen Armen, und zwei Händepaare konnten nach der wochenlangen Trennung vom anderen nicht genug bekommen. Gabriel löste seinen Mund von Judiths Lippen und drückte ihr Küsse auf Kinn und Hals. Er zog ihr die Nadeln aus dem Haar, bis er die Hände in den Locken vergraben konnte.

»Verdammt, du hast mir so gefehlt, *querida*«, murmelte er.

»Nicht flu… oooh«, keuchte sie, als sich sein Mund auf eine empfindliche Stelle an ihrem Ohr legte. Ihre Brille beschlug, und sie zog sie ab und warf sie achtlos auf einen Beistelltisch, bevor sie die Hände unter seinen Rock schob, um ihm über den Rücken zu fahren.

»Komm mit in mein Quartier«, drängte er heiser, während er sie mit den Fingern verzauberte. »Du weißt, wie schön es wird.«

Sie wurde schwach, denn sie wusste sehr wohl, wie schön es werden würde. Doch sie nahm all ihre Entschlossenheit zusammen, obwohl sie inzwischen auf dem Sofa lagen und sich ihr Rock um ihre Taille bauschte.

»Nein, ich kann nicht, Gabriel«, sagte sie, als er einen erneuten Angriff auf diese tödliche Stelle an ihrem Ohr begann.

Judith stöhnte. Sie hatte ein hervorragendes Gedächtnis. Sie wusste noch, wie schön es in der Kutsche gewesen war. Und damals, als er ihr die *Zephyr* gezeigt hatte. Und dieses unglaubliche Mal im Gärtnerschuppen. Die Humusflecken hatte sie nie wieder aus ihrer Unterwäsche herausbekommen.

»Anscheinend habe ich dir ja auch gefehlt.«

Sie verdrehte die Augen und blickte zur Zimmerdecke. Sie konnte seine Miene zwar nicht sehen, weil er den Kopf zwischen ihren Brüsten vergraben hatte, aber sie wusste genau, dass er grinste.

»Arroganter Spanier!«

»Du hast mir genauso gefehlt.«

»Genug!«, sagte Judith energisch und schob ihn von sich. Lopez gab sich geschlagen und setzte sich seufzend hin. Er schloss die Augen und lehnte den Kopf an das Sofa.

»Wann heiraten wir endlich, Judith? Ich bin bereit. Verdammt, ich bin mehr als bereit. Außerdem«, sagte er streng und sah sie an, »geschieht sonst am Ende noch etwas, und du wirst schwanger.«

»Ich weiß, was dieses ›Etwas‹ ist, Gabriel, und da du sehr intim daran beteiligt sein würdest, hast du kein Recht, in diesem Ton mit mir zu sprechen. Allerdings stimme ich dir zu, wir müssen bald heiraten.« Judith durchquerte das Zimmer, um auf sicheren Abstand von ihm zu gehen, und begann, ihre Kleider zu ordnen. »Wir können nicht so weitermachen. Es wird dich freuen zu hören, dass deine Eltern nach Amerika unterwegs sind, und wenn sie kommen, heiraten wir. So Gott will, sind sie Ende des Monats hier.«

Gabriel erhob sich vom Sofa und trat hinter sie, um ihr im Spiegel dabei zuzusehen, wie ihre geschickten Hände die Spitze an ihrem Hals so arrangierten, dass die Spuren seiner Bartstoppeln darunter verschwanden. Er blickte ernst in den Spiegel und seufzte.

»Ich bin so schön, und du bist so klug. Was für wundervolle Kinder wir bekommen werden, *querida.*«

Ein Lächeln verzog ihre kühlen Lippen, als sie die Brille aufsetzte.

»Dann wollen wir hoffen, dass sie meine Bescheidenheit erben, Mr. Lopez. Warum meinst du, dass ich klug bin?«

Er beugte sich vor und drückte die Lippen auf die Stelle unter ihrem Ohr, ein sanfter Kuss, der die Spitze nicht in Unordnung brachte und keine Spuren hinterließ.

»Du bist klug, weil du eingewilligt hast, mich zu heiraten. Womit ich nicht nur ein schöner Mann bin, sondern auch *muy mazoloso*. Ein außerordentlicher Glückspilz.«

***

Amanda saß auf dem Bett und drehte das Päckchen in den Händen hin und her. Warum war er nicht persönlich gekommen? Nun, sie würde nicht klüger werden, wenn sie es nur anstarrte. Sie löste die Schnur, öffnete das braune Papier und schnappte nach Luft.

Das Päckchen enthielt ein Paisleytuch in solch leuchtenden Farben, dass sie im Licht des Zimmers beinahe lebendig zu werden schienen. Sie fuhr mit der Hand darüber; der Wollstoff war so weich wie der Flaum einer Pusteblume. Es war das schönste Schultertuch, das sie je gesehen hatte. Und das teuerste, dachte sie stirnrunzelnd.

Es lag ein Brief dabei.

Meine liebe Mrs. Stephenson,

auch wenn wir keine Geschäftspartner geworden sind, hoffe ich, dass Sie darüber nachdenken werden, meine Transportschiffe zu nutzen, falls Sie sich in Florida niederlassen. Bitte nehmen Sie dieses Tuch als Geschenk an. Es ist kein Versuch, Sie zu beschwichtigen; meinen anderen Geschäftspartnern bringe ich manchmal Tabak oder Jamaika-Rum mit. Ich dachte, das hier gefällt Ihnen vielleicht besser.

Ihr ergebener und bescheidener Diener
Morgan Roberts, Kapitän

Sie schnaubte verächtlich. Wenn Morgan Roberts eines nicht war, dann war es bescheiden. Doch sie konnte der Versuchung nicht widerstehen, sich das Tuch um die Schultern zu legen und sich damit im Spiegel zu bewundern. Es war wunderhübsch, sagte sie sich und strich über den feinen

Stoff. Und praktisch. Schließlich – und sie lächelte bei der Vorstellung, wie Kapitän Roberts sie darauf hinwies – wusste man ja nie, wann ein Sturm hereinbrach, und war es nicht besser, wenn man für den Ernstfall vorbereitet war?

***

Gabriel blieb zum Abendessen, und Amanda ließ sich in das Gespräch über die Hochzeitspläne hineinziehen. Mr. und Mrs. Kahn waren dem Verlobten ihrer Tochter wohlgesonnen, auch wenn Amanda mehrfach bemerkte, wie Mrs. Kahns Blick mit einem leichten Stirnrunzeln auf Gabriels Ohrring ruhte.

»Meine Eltern wollen sich eine Wohnung mieten?«, fragte Gabriel.

»Ja«, sagte Mrs. Kahn. »Wir haben sie zu uns eingeladen, aber Ihre Mama hat gesagt, sie habe lieber ihr eigenes Haus und ihre eigene Küche. Und Judith … Mrs. Lopez wird erwarten, dass du sie besuchst. Sie wird dir beibringen, Gabriels Lieblingsgerichte zu kochen.«

»Ja, Mama«, sagte Judith gehorsam, die gerade ihr Huhn schnitt.

»Ich werde das Beste aus zwei Welten bekommen«, grinste Gabriel. Er lehnte sich zurück und klopfte sich auf den Bauch. »Deutsche und spanische Köstlichkeiten. Ich bin froh, dass ich vor der Hochzeit noch viel zu tun haben werde, sonst müsste ich wohl fürchten, dass mich all diese Kochkünste so mästen würden, dass ich nicht mehr in die Takelage klettern könnte.«

»Wenn das hier eine Kostprobe ist, dann sind Sie wirklich ein Glückspilz, Mr. Lopez«, sagte Amanda lächelnd.

Zu dem Huhn gab es in Gänseschmalz und Zwiebeln gebratene Kartoffeln, Hühnersuppe mit kleinen, mit Fleisch gefüllten Klößchen, Corned Beef, Rübchen und Spargel.

Schließlich räumten Matilda und Benjamin die Teller ab und trugen einen Kirschkuchen und das viel zitierte Mandelbrot auf, das sich zu Amandas Entzücken als knusprige Mandelplätzchen entpuppte, die am Stück gebacken wurden. Dazu gab es Tee und Obst aus der Umgebung und von den Westindischen Inseln.

»Mrs. Stephenson, Sie bleiben doch zur Hochzeit, oder?«, fragte Sarah Kahn.

»Wie freundlich von Ihnen, mich einzuladen, Mrs. Kahn«, sagte Amanda. »Ich hoffe, dass ich da sein werde, aber im Augenblick weiß ich noch nicht, wann ich nach St. Augustine ziehen werde.«

»Sie haben beschlossen, Kapitän Roberts' Angebot anzunehmen?«, fragte Judith.

Amandas Mund zuckte.

»Ja, Judith. Meinen Gesprächen mit Ihnen und Kapitän Roberts nach scheint es das Klügste zu sein. Ich muss mich aber immer noch an die Arbeit machen und meine Cremes hier auf den Markt bringen, bevor ich mit der Seifenherstellung beginne.«

»Judith hat uns von Ihren Plänen erzählt, Mrs. Stephenson«, sagte Jacob Kahn. »Da ich selbst ein Geschäftsmann bin, freue ich mich über jedes Unternehmen, das die hiesige Wirtschaft mit neuen Produkten belebt.« Er schüttelte den Kopf. »Savannah hat in den letzten Jahren sehr gelitten. Der Brand und das Gelbfieber haben uns schlimm zugesetzt, aber langsam kommen wir wieder auf die Beine.«

»Glauben Sie denn als Geschäftsmann, dass ich Schwierigkeiten mit den Kaufleuten vor Ort bekommen werde? Weil ich eine ledige Frau bin?«

»Es wird immer Leute geben, die Vorurteile haben«, sagte Kahn langsam und rührte in seinem Tee. Blassblaue Augen, die denen seiner Tochter glichen, betrachteten Amanda durch eine Brille. »Ich begegne ihnen selbst hin und wieder, obwohl ich in dieser Stadt zur Welt gekommen bin. Aber Savannah ist stolz auf seine erfolgreichen Jungunternehmer und auch auf sein Wachstum. Erst vor ein paar Jahren haben wir die Taufe der *Savannah* bejubelt, des ersten dampfbetriebenen Schiffs, das den Atlantik überquert hat und bis nach Russland gefahren ist. Ihr Geld ist gutes Geld, Mrs. Stephenson, und die meisten Männer in dieser Stadt werden gern mit Ihnen Geschäfte machen. Was den Rest angeht«, er zuckte mit den Achseln, »so ist es ihr Verlust.«

Amanda wünschte, sie könnte die Frage, ob man sie akzeptierte oder nicht, ebenso gelassen betrachten. Mr. Kahn sah die Dinge wie ein Mann, doch sie befürchtete, dass die weniger toleranten Bürger über ihren Aufenthalt auf der *Zephyr* anderer Meinung sein würden.

»Morgen beginnen Sie mit Ihrer Gesichtscreme, nicht wahr, Amanda?«, fragte Mrs. Kahn.

»Ja, Ma'am. Mit Ihrer und Sukies Unterstützung kann ich morgen Abend mit der Zubereitung beginnen.«

»Gut, gut«, sagte die ältere Frau. »Wenn sie fertig ist, werde ich sie benutzen und all meinen Freundinnen davon erzählen.«

»Du brauchst doch keine Gesichtscreme, Sarah«, sagte Mr. Kahn und tätschelte ihr die Hand. »Du hast doch immer noch eine Haut wie ein junges Mädchen.«

Mrs. Kahn errötete, als sei *sie* die zukünftige Braut, und Amanda lächelte. Die beiden erinnerten sie an ihre Eltern.

»Sie werden beim Frühlingsball Gelegenheit haben, den Damen von Ihrer Ware zu erzählen, Amanda«, sagte Judith. »Sie müssen uns begleiten und die feine Gesellschaft Savannahs kennenlernen.«

»Es ist lange her, seit ich das letzte Mal einem solchen gesellschaftlichen Ereignis beigewohnt habe«, erzählte Amanda ein wenig sehnsüchtig. »Jetzt, da mein Trauerjahr vorüber ist, wäre es schön, wieder in der Gesellschaft zu verkehren. Vor allem, wenn es amerikanische Gesellschaft ist«, fügte sie hinzu.

Gemeinsam zogen sie aus dem Esszimmer in den Salon um, wo Judith Klavier spielte, während Gabriel für sie umblätterte. Amanda beobachtete sie, während sie sich mit einer Handarbeit beschäftigte. Trotz seiner Vergangenheit als Taugenichts schien Lopez seiner zukünftigen Braut aufrichtig zugetan zu sein, und sie fragte sich, ob das alte Sprichwort, dass bekehrte Sünder die besten Ehemänner abgaben, in diesem Fall nicht wirklich zutraf. Später holte Judith Gabriels Gitarre, die der bei ihr gelassen hatte, um sie vor der Nässe auf dem Schiff zu schützen, und er stimmte einige Lieder aus einer Zeit an, in der seine Vorfahren noch Teil der spanischen Kultur gewesen waren.

Der Abend war so beruhigend und friedlich, dass Amanda der Plan, von den Almosen ihrer Verwandten zu leben und ihnen zu Diensten zu sein, wenn sie nach ihr riefen, immer weniger erwägenswert erschien.

»Oh!«, sagte sie. »Mir fällt gerade ein, dass ich der Familie meines Mannes in Charleston einen Brief schreiben sollte! Sie fragen sich wahrscheinlich, was aus mir geworden ist, und ich muss sie wissen lassen, dass es mir gut geht.«

»Sie sollen ihre Antwort ruhig an unsere Adresse schicken, Mrs. Stephenson«, sagte Mr. Kahn. »Die Paketboote, die zwischen Savannah und Charleston verkehren, befördern die Post viel schneller als auf dem Landweg, und es ist gut möglich, dass Sie noch von ihnen hören, bevor Sie umziehen.«

»Danke, Mr. Kahn, das werde ich tun.«

Mrs. Kahn brachte ihr Papier und Schreibwerkzeug, und Amanda setzte sich mit einer Lampe an den Sekretär, um ihren Brief zu verfassen. Sie brauchte nicht lange, um den Stephensons zu erklären, dass sie sicher in Savannah gelandet sei und beschlossen habe, eine geschäftliche Gelegenheit zu nutzen, die sich ihr in St. Augustine bot. Sie bedankte sich für das fürsorgliche Angebot einer Zuflucht und drückte ihre Hoffnung aus, eines Tages nach Charleston reisen und sie besuchen zu können.

Als Amanda den Brief unterschrieb, hatte sie das Gefühl, die letzte Verbindung mit ihrem Leben in England und ihrer Ehe mit Geoffrey zu kappen. Das sanfte Gesicht ihres verstorbenen Mannes stieg vor ihrem inneren Auge auf, und ihre Augen wurden feucht, als sie den schlichten Goldring betrachtete, den sie immer noch an der Hand trug. Nach einigen Sekunden zog sie ihn ab, um ihn wegzustecken. Sie waren gute Freunde gewesen und hatten viel Schönes miteinander erlebt, und sie wusste, dass ihr Geoffrey die Gelegenheit, sich ein neues Leben aufzubauen, nicht missgönnen würde.

»Auf Wiedersehen, mein Herz«, flüsterte sie.

Sie faltete den Brief zusammen und versiegelte ihn.

KAPITEL 15

Judith und Amanda saßen am Esszimmertisch und beschrifteten Etiketten für »Brookes Mandel-Schönheitscreme«, als Benjamin einen Besucher meldete und seiner Herrin eine Karte reichte.

Judith zog die Augenbrauen hoch.

»›Lt. Andrew Clayton, US-Marine.‹ Was kann denn ein Marineoffizier von mir wollen?« Sie sah ihre neue Freundin mit sorgenvoll gerunzelter Stirn an. »Willst du mich in den Salon begleiten?«, fragte sie vertraulich.

Sie stellten sich kurz vor den Esszimmerspiegel, um ihre Kleidung zurechtzuzupfen und die Reste der Goldbändchen zu entfernen, die ihnen an den Ärmeln hingen. Dann holten sie tief Luft und gingen in den Salon. Dort erwartete sie ein junger Mann mit sandblondem Haar und einem kräftigen Backenbart. Er trug einen dunkelblauen Uniformrock mit einer einzelnen Schulterepaulette und hatte sich den Hut unter den Arm geklemmt, als er den Damen entgegenblickte.

»Ist eine der Damen vielleicht Miss Judith Kahn?«

»Ich bin Miss Kahn«, sagte Judith und wies auf Amanda. »Das hier ist Mrs. Stephenson.«

Fast wäre ihm der Hut zu Boden gefallen.

»Mrs. Geoffrey Stephenson?«

»Ja, ich bin Mrs. Geoffrey Stephenson«, sagte Amanda. Seine Reaktion hatte ihre Neugier geweckt.

Er starrte sie an.

»Aber Sie sind doch tot!«

»Nein, wie Sie sehen können, Sir, bin ich quicklebendig.«

»Verzeihen Sie.« Der Mann verneigte sich. »Ich bin Leutnant Andrew Clayton von der Marinestation auf Thompson's Island. Sind Sie wirklich Mrs. Geoffrey Stephenson? Aus England?«

»Vielleicht sollten wir uns setzen, Leutnant, dann können Sie uns alles erzählen«, sagte Judith und wies auf das Sofa. »Benjamin, würdest du uns Tee bringen und bitte einen Whisky für den Leutnant? Er sieht aus, als hätte er sich zu Tode erschrocken.«

Leutnant Clayton konnte den Blick nicht von der attraktiven Witwe abwenden, und Amanda gab sich Mühe, sich nicht an seiner Unhöflichkeit zu stören. Schließlich schüttelte er sich wie ein Mann, der aus einem Traum erwacht, und nachdem sie sich gesetzt hatten, ergriff er das Wort. »Bitte entschuldigen Sie, dass ich Sie so angestarrt habe. Sie sind schließlich der Grund, warum ich hier bin.«

Die Frauen sahen neugierig zu, wie er ein Notizbuch und einen Stift aus der Tasche zog.

»Ich muss Ihnen ein paar Fragen stellen, Ma'am, und dann brauche ich Sie hoffentlich nicht mehr zu belästigen.«

»Gewiss«, sagte Amanda.

»Mrs. Stephenson, sind Sie als Passagierin an Bord der Brigantine *Penelope* gereist?«

»Ja, Leutnant. Kapitän McGuires *Penelope*. Was hat das alles zu bedeuten?«

Clayton sah sie an und strich sich über den Backenbart.

»Man hat der Marinestation gemeldet, dass die *Penelope*

von Piraten angegriffen wurde, die die Mannschaft und die Passagiere von Bord gejagt haben. Ein Passagier wurde als ermordet gemeldet. Sie.«

»Hat Kapitän McGuire Ihnen das erzählt?«, fragte Amanda verblüfft.

»Nein, einer der Passagiere hat es zur Anzeige gebracht, ein Mr. Joshua Wright. Er hat bei der Versicherung Schadensersatz für seine Besitztümer gefordert. Gewöhnlich ermittelt die Marine nicht in Versicherungsdingen, wohl aber, wenn es um Piraterie geht. Meine Kollegen sind dabei, McGuire und seine Mannschaft zu befragen.«

»Es ist möglich, dass Mr. Wright versucht, Versicherungsbetrug zu begehen, Leutnant«, sagte Amanda energisch. »Die *Penelope* wurde entweder durch Unvorsichtigkeit oder durch höhere Gewalt beschädigt. Aber sie ist *nicht* von Piraten angegriffen worden. Nachdem das Schiff auf Grund gelaufen war, ist ein anderes Schiff gekommen ...« Sie hielt inne, um ihre Gedanken zu ordnen. »Kapitän McGuire entschloss sich, von Bord zu gehen und mich zu meiner Sicherheit mit dem anderen Schiff weiterfahren zu lassen.«

»Sie waren nicht dabei, als Kapitän McGuire diese Entscheidung fällte?«

»Nein, ich war unter Deck in meiner Kajüte. Ich hatte mich verletzt, und weil ich das Bewusstsein verloren hatte, kam man zu dem Beschluss, dass ich an Bord des zweiten Schiffes besser aufgehoben wäre als bei McGuire.«

»Dann können Sie also nicht mit Gewissheit sagen, was sich an Deck abgespielt hat und ob McGuire von dem anderen Schiff bedroht wurde, nicht wahr, Mrs. Stephenson?«

Clayton senkte den Blick auf das Notizbuch, das auf seiner weißen Hose lag.

Amanda sagte nichts.

Clayton tippte sacht mit dem Stift auf das Buch.

»Das zweite Schiff war die *Zephyr*«, sagte er, »unter dem Kommando eines gewissen Morgan Roberts, eines berüchtigten Piraten, der auch als ›Kapitän Sinister‹ bekannt ist.«

»Freibeuter«, ergänzte Amanda automatisch.

»Ich denke nicht, Madam. Kapitän Sinister ist der Marine der Vereinigten Staaten bestens bekannt. Da Sie hier sind und Sie« – er warf einen Blick auf sie – »wohlauf zu sein scheinen, kann ich Kapitän Sinister nicht beschuldigen, Sie ermordet zu haben. Hat er Sie nach Savannah gebracht?«

»Ja, Kapitän *Roberts* hat mich hierhergebracht, nachdem er sich um meine Verletzungen gekümmert hatte. Wie Sie ja selbst bemerkt haben, Leutnant, geht es mir gut. Ich habe keine Beschwerden über ihn zu Protokoll zu geben«, betonte sie.

»Wirklich? Hat er Sie direkt nach Savannah gebracht oder möglicherweise nach St. Augustine oder auf die Keys, damit Sie Ihre Verletzung behandeln lassen konnten, Ma'am?«

»Nein«, sagte Amanda und verschränkte die Hände im Schoß. »Es gab einige unvermeidliche Verzögerungen, und wir konnten Savannah nicht direkt ansteuern. Ein Mitglied seiner Mannschaft hat Erfahrung mit der Versorgung von Wunden, und er hat mich behandelt.«

»Wissen Sie, wo Roberts jetzt ist, Mrs. Stephenson?«

»Wenn Sie Kapitän Roberts sprechen möchten, schlage ich vor, dass Sie ihn in den Docks suchen, denn ich kann nicht genau sagen, wo er ist.«

»Sie können es nicht genau sagen? Aber eine gewisse Vorstellung haben Sie schon? Bitte, Mrs. Stephenson, ich möchte Kapitän Roberts ein paar Fragen stellen. Ich weiß, dass Sie britische Staatsbürgerin sind und keinerlei Verpflichtung haben, den Vereinigten Staaten zu helfen, aber die Bekämpfung der Piraten ist für beide Nationen von Bedeutung.«

Amanda beugte sich vor.

»Ich glaube, ich weiß, was ich sowohl meinem Geburtsland als auch meiner neuen Heimat, den Vereinigten Staaten, schuldig bin, Leutnant. Darauf brauchen *Sie* mich nicht hinzuweisen.«

Clayton lächelte, ein jungenhaftes Grinsen, das sein gutes Aussehen noch mehr zur Geltung brachte.

»Friede, Ma'am! Ich hatte nicht vor, Sie zu beleidigen oder Ihre Loyalität infrage zu stellen.«

Er wandte sich an seine Gastgeberin.

»Und Sie, Miss Kahn, wissen Sie vielleicht etwas über Kapitän Si… Roberts' Aufenthalt? Ich habe gehört, er besucht Sie hier, wenn er in Savannah vor Anker geht?«

»Ich habe Kapitän Roberts nicht mehr gesehen, seit er uns Mrs. Stephenson gebracht hat, Leutnant«, sagte Judith ruhig.

Clayton machte sich eine Notiz.

»Und wann war das, Miss Kahn?«

»Ich bin vor etwa einer Woche angekommen«, sagte Amanda, um das Gespräch wieder auf sich zu lenken. Es war schon schlimm genug, dass sie die Gastfreundschaft der Kahns in Anspruch nahm; sie brauchte sie nicht noch weiter in Kapitän Roberts' Schwierigkeiten zu verwickeln.

Benjamin erschien mit einem Teetablett in der Tür, und Leutnant Clayton warf einen bedauernden Blick auf das Gebäck, das darauf aufgetürmt war. Er erhob sich.

»Ich wünschte, ich könnte noch etwas bleiben, aber ich bin im Dienst und muss heute noch weiteren Hinweisen in

Bezug auf das Schicksal der *Penelope* nachgehen. Ich danke Ihnen für Ihre Mithilfe.«

Die Frauen standen auf und begleiteten Clayton zur Tür, wo er sich den Hut aufsetzte, bevor er Amanda ansah.

»Sollten Sie Morgan Roberts sehen, Mrs. Stephenson, können Sie ihm etwas ausrichten. Sagen Sie ihm, Piraten und sogenannte ›Freibeuter‹ werden in den hiesigen Gewässern nicht geduldet. Die Marine der Vereinigten Staaten hat den Auftrag, den sicheren Schiffsverkehr zu den Westindischen Inseln zu gewährleisten. Diesen Auftrag werden wir erfüllen, bis diese Bruderschaft bis zum letzten Mann gehängt oder vertrieben ist.«

»Sollte ich Kapitän Roberts sehen, Leutnant, werde ich ihm gern ausrichten, dass Sie ihn suchen«, sagte Amanda steif.

»Dann auf Wiedersehen, Mrs. Stephenson, Miss Kahn«, sagte Clayton. Er nickte Judith zu und ging in Richtung des Hafens davon.

»Nun!« Judith räusperte sich. »Das war unerwartet. Glaubst du, dass er Kapitän Roberts Schwierigkeiten machen kann, Amanda?«

»Ich weiß es nicht.« Amanda runzelte die Stirn. »Ich wünschte, ich könnte ihm eine Nachricht zukommen lassen. Clayton hat Mr. Lopez mit keinem Wort erwähnt. Vielleicht weiß *er* ja, wie wir Mor… Kapitän Roberts eine Mitteilung machen können.«

»Das würde Gabriel ähnlich sehen, sich jetzt verhaften zu lassen, wo die Planung für die Hochzeit in vollem Gange ist«, sagte Judith scherzhaft, doch ihre Miene war besorgt. Sie kaute auf ihrer Lippe.

»Gabe kommt später, um mit mir eine Kutschfahrt zu machen. Ich sage es ihm dann.« Sie sah ihre neue Freundin an. »Bist du sicher, dass du nicht mitkommen möchtest?«

»Das Letzte, was du und dein Verlobter braucht, ist eine Anstandsdame. Außerdem ist meine Creme bestimmt abgekühlt, und ich kann damit anfangen, sie abzufüllen.«

Das ganze Haus roch nach Mandeln, obwohl Sukie über die Eindringlinge in ihrem Reich immer noch nicht begeistert war.

Als die beiden vor einigen Tagen mit ihrer Arbeit begonnen hatten, hatte Sukie sie stirnrunzelnd und mit verschränkten Armen erwartet.

»Bekommen wir jetzt Prügel mit dem Kochlöffel?«, flüsterte Amanda Judith zu.

»Das habe ich genau gehört, Mrs. Stephenson«, knurrte Sukie. Sie war hoch gewachsen und drahtig, und ihre Haut hatte die Farbe von Zimt. Ihr Blick verbat sich jede Art von Scherzen in ihrem Einflussbereich. Ihren Kopf krönte ein Tuch in Rot, Lila und Gold, das sie gebunden hatte wie den Turban eines Potentaten.

»Sie wollen doch in meiner Küche arbeiten, oder?«

Amanda war verblüfft. Sukie war ganz eindeutig schon lange bei den Kahns.

»Äh, ja, Sukie, aber nur, wenn wir Ihnen nicht beim Kochen im Weg sind. Ich hatte an abends gedacht, wenn Sie und Ihre Familie Feierabend haben. Ich könnte dann arbeiten.«

Sukie schnaubte verächtlich.

»Dann werden Sie aber kaum noch zum Schlafen kommen.«

»Nein, aber ich bin auf die Freundlichkeit der Familie

Kahn angewiesen, Sie und Ihre Familie eingeschlossen, bis ich eigene Räumlichkeiten finde. Etwas Schlafmangel ist ein geringer Preis für meinen Erfolg.« Ihr Blick wanderte zu den Händen, die den Kochlöffel umklammert hielten. »Oje, Ihre Hände! Cremen Sie sie abends ein?«

Sukie löste ihre verschränkten Arme voneinander und betrachtete ihre Hände.

»Nein, ich mache gar nichts damit. Was ist denn mit meinen Händen?«

»Bitte, darf ich?«

Amanda ergriff die raue Hand der Köchin und schüttelte den Kopf.

»Das ist wirklich eine Schande, Sukie. Sie haben so eine schöne Haut. Ich habe eine Salbe, die diese Trockenheit lindern wird. Es ist sicher schwer, sich etwas Zeit für sich selbst zu nehmen, wenn Sie den ganzen Tag kochen müssen. Ich sage Ihnen, was Sie tun müssen. Benutzen Sie unbedingt jeden Abend die Salbe, und ich geben Ihnen Baumwollhandschuhe, damit sie wirken kann, während Sie schlafen. In zwei Wochen bemerken Sie den Unterschied, das verspreche ich Ihnen.«

»Hm. Wahrscheinlich riecht sie ranzig.«

»Oh, nein, sie duftet nach Lavendel. Jeder, der in Ihre Nähe kommt, wird Ihnen sagen, wie angenehm sie duftet.«

»Das fehlt mir noch, dass ich wie eine Blume dufte, wenn ich mit diesem alten Mann schlafen gehe«, grollte Sukie mit geröteten Wangen. »Und Sie sagen, ich bekomme davon weiche Hände? Wie eine Dame?«

»Noch weicher«, sagte Amanda sanft, »aber jeder, der Ihre Hände sieht, wird trotzdem wissen, dass Sie nicht zerbrechlich sind, sondern hart arbeiten. Doch auch, wer hart arbeitet, darf sich eine kleine Schwäche leisten.«

»Hm«, wiederholte Sukie und betrachtete ihre Besucherin. »Sie sind eine geschickte Verkäuferin, Mrs. Stephenson. Und ich habe heute Nachmittag frei, um meine kranke Schwester zu besuchen. Wenn Sie wollen, können Sie sofort anfangen.«

»Wirklich?« Amanda lächelte die Köchin an. »Das ist sehr zuvorkommend von Ihnen, Sukie.«

»Zuvorkommend, ja. So bin ich. Aber hinterlassen Sie kein Durcheinander, hören Sie?«

»Nie im Leben!«, sagte Amanda. Sie sah sich neugierig in der geräumigen, makellosen Küche um, und ihre Augen begannen zu leuchten, als sie das Gerät in der Ecke sah.

»Sie haben einen Kochherd! Wie wundervoll!«

Sukie brüstete sich, als hätte sich jemand lobend über ihr Kind geäußert, dann fiel ihr wieder ein, dass sie ja eigentlich gegen dieses Unternehmen war, und sie fügte noch einige unnötige Warnungen über die Sauberkeit hinzu, die sie erwartete. Die beiden jungen Frauen standen wortlos da, bis Sukie die Tür hinter sich schloss, wobei sie sich immer noch über die Fremden in ihrer Küche beklagte.

»Ein ganzer Nachmittag nur für uns! Fangen wir an, Judith.«

Amanda summte vor sich hin, während sie ihre Zutaten aus der Vorratskammer holte. Innerhalb kürzester Zeit war die Küche von Kochgerüchen und Mandelduft erfüllt. Sie machten Pause, um etwas von dem Eintopf zu essen, den Sukie für sie auf der hinteren Herdflamme stehen gelassen hatte, dann gingen sie wieder an die Arbeit.

Spät am Abend, als die Lampen schon klein gedreht waren, sagte Amanda: »Genug!«

»Oh«, sagte Judith und ließ sich ungeniert auf einen Küchenstuhl sinken. »Wenn ich gewusst hätte, wie viel Arbeit das ist, hätte ich dich persönlich auf das nächste Paketboot nach Charleston verfrachtet und dir *bon voyage* gewünscht.«

»Das Schwierigste ist geschafft«, sagte Amanda, »zumindest vorerst. Wenn sich diese Gläser gut verkaufen, werden wir von dem Gewinn jemanden einstellen, damit wir größere Mengen anfertigen können.«

»Sukies Nichten arbeiten als Tagelöhner«, sagte Judith, »und jetzt, da ihre Mutter krank ist, brauchen sie sicher Geld. Du wirst sie morgen sehen, weil sie hier jede Woche zum Putzen und Waschen herkommen.«

Amanda strich sich die Haare aus den Augen und hinterließ dabei eine Mandelcremespur. Die Kochtöpfe mit der Creme mussten jetzt abkühlen und sich setzen, bevor sie in die dekorativen Gläser umgefüllt werden konnten. Sie hatte den Großteil ihrer Mandelessenz aufgebraucht, hatte aber Lieferanten gefunden, die sie mit Nachschub und mit weiteren Duftstoffen versorgen konnten, bis sie ihre eigenen Essenzen extrahieren und destillieren konnte.

»Willst du auch schon mit der Seifenherstellung anfangen, Amanda, oder wartest du damit bis St. Augustine?«

»Ich glaube, mit der Seife warte ich bis St. Augustine, Judith. Vorerst reicht die Creme. Es wird ja kein Problem sein, Seife und Creme von St. Augustine nach hier zu verschiffen, wenn ich so weit bin.«

»Das ist ein guter Plan, denn St. Augustine allein ist nicht so groß, dass es dort genug Kundschaft gäbe. Mit Kapitän Roberts' Hilfe kannst du Pensacola, New Orleans, Havanna und die Hafenstädte weiter im Norden beliefern.«

Judith fächelte sich mit einer alten Zeitung aus der Zunderkiste Luft zu.

»Ich bin froh, dass Mr. Lopez zu viel zu tun hatte, um heute Abend zum Essen zu kommen. Ich würde nicht wollen, dass er mich so sieht, zumindest nicht vor der Hochzeit.«

»Du hast nicht vor, jeden Abend mit einer Mandelcremeschicht im Gesicht vor ihm zu erscheinen?«

Judith prustete undamenhaft.

»Als wenn du dich so vor Morgan Roberts zeigen würdest!«

Amanda wurde rot und betrachtete Judith mit stählernem Blick.

»Das hier hat nichts mit Morgan Roberts zu tun, Judith!«

»Das ist gut zu wissen, denn heute hat sich ein Geschäftsfreund meines Vaters nach dir erkundigt.«

»Wirklich?« Amanda war verblüfft. »Wer könnte denn nach mir fragen?«

Judith betrachtete ihre eingerissenen Fingernägel.

»Mr. Tolbert ist Silberschmied, Witwer, vermögend, zwei Kinder im Alter von dreizehn und fünfzehn. Er hat uns auf dem Heimweg von der Schneiderei gesehen. Papa hat ihm erzählt, dass du eine Witwe bist, die bei uns zu Gast ist.«

»Ich bin nicht darauf aus, einen neuen Mann kennenzulernen, Judith. Ich habe mit meiner Arbeit hier genug zu tun.«

»Natürlich«, sagte Judith. Sie stand auf und reckte sich. »Ich fand es nur interessant, dass Mr. Tolbert solchen Wert darauf gelegt hat, Papa zu sagen, dass er auch auf dem Ball sein wird.«

»Dann werde ich ihn dort wohl kennenlernen«, sagte Amanda forsch. »Jetzt sollten wir unsere Töpfe wegräumen, damit uns Sukie nicht die Hölle heißmacht, und dann gehe ich zu Bett.«

Judith gähnte hinter vorgehaltener Hand.

»Das ist das Vernünftigste, was du heute gesagt hast, Amanda.«

***

Amanda musste immer noch lächeln, als sie Tage später an dieses Gespräch zurückdachte, während sie vorsichtig ihre Gläser füllte und versiegelte, bevor sie sie mit Bändchen und Blumen dekorierte. Mandelmaske, Mandelcreme, Mandellotion … genug für Madame Bernards Geschäft. Für Mrs. Kahn hatte sie ein Körbchen mit allen Sorten zusammengestellt, für Sukie eine Dose Salbe und für Matilda ebenfalls ein Gläschen Creme.

Amanda summte bei der Arbeit vor sich hin. Es bereitete ihr himmlische Genugtuung, ihrer Lieblingsbeschäftigung nachzugehen, und sie war zuversichtlich, dass sich ihre Waren gut verkaufen würden. Judith und Sarah erzählten all ihren Freundinnen von den »herrlichen Cremes, die in England seit Jahren von allen Hofdamen benutzt« würden, und Madame Bernard berichtete, dass sich neugierige Kundinnen nach den Brooke-Cremes erkundigten, auf die sie durch das diskrete Schild im Schaufenster aufmerksam geworden waren.

Die Werkzeuge zur Seifenherstellung waren bestellt, und Amanda hatte erste Kontakte zu den Kaufleuten geknüpft, mit denen sie in Savannah zusammenarbeiten würde. In einer Stadt von der Größe St. Augustines würde es Oliven- und Kokosöl geben und genügend Fett aus dem Schlachthaus. Wenn nötig würde sie genau so anfangen wie die erste Amanda Brooke und die fertige Seife gegen Fett aus den

Haushalten eintauschen. Sie rümpfte die Nase. Die Seifenherstellung war ein geruchsintensives, schmutziges, gefährliches Unterfangen. Die meisten der feinen Damen, die das fertige Produkt benutzten, hatten keine Ahnung, was hinter jedem einzelnen der hübschen Stücke steckte.

Amanda hatte einige ihrer geheimen Rezepte so geändert, dass sie die neue Technik des Franzosen Chevreul anwenden konnte, und das Ergebnis war ermutigend, denn die Seife war besser und billiger herzustellen.

Während sie ihre Töpfchen füllte, träumte sie von großen Fabriken, die in ganz Amerika Brooke-Seife für jedermann produzierten. Sie runzelte die Stirn und stellte sogleich das Träumen ein, als sie begriff, dass Morgan Roberts in dieser Vorstellung an ihrer Seite stand.

KAPITEL 16

Selbst wenn niemand Amanda gesagt hätte, dass der Frühlingsball *das* gesellschaftliche Ereignis der Saison in Savannah war, hätte sie es an der Flut der Vorbereitungen im Haus der Kahns erkannt. Der Ball hatte zwar noch nicht die Bedeutung ähnlicher Veranstaltungen in Charleston erreicht, aber die Frauen der Stadtoberen war fest entschlossen, dass Savannah nach den Katastrophen zu Beginn des Jahrzehnts wieder auferstehen, den Staub abschütteln und dem Staat Georgia zeigen würde, wohin die Zukunft führte.

Und in einer Stadt, in der sich so vieles um das gesellschaftliche Leben drehte und jeder jeden kannte, bedeutete das Auftauchen von Marineschiffen und ihren Offizieren eine willkommene Ergänzung einer jeden Festivität. Die jungen Männer in ihren blauen Paradeuniformen mit den Goldtressen und -knöpfen und den weißen Westen und Hosen brachten die bunten Ballkleider ihrer Partnerinnen wunderbar zur Geltung.

Judith hatte zwar Sorge, dass die Marine Gabriel über die *Zephyr* ausfragen könnte, doch er beruhigte sie.

»Ich habe mit Leutnant Clayton gesprochen und hatte den Eindruck, dass ihn meine Antworten in Bezug auf die *Penelope* zufriedengestellt haben. Wenn er darauf aus wäre, uns der Piraterie zu bezichtigen, wäre ich doch mit Sicherheit auch in seinem Netz verschwunden.«

Gabe tätschelte Judith den Arm. Amanda, die den beiden durch die weit geöffnete Glastür folgte, fand, dass sie ein sehr hübsches Paar abgaben. Judiths helle Haut passte wunderbar zu ihrem blassrosa Kleid aus Gros-de-Naples-Seide, dessen Rock mit Blättern aus rosafarbenem Satin und Perlen verziert war. Am Hals trug sie eine doppelte Perlenkette, und auch an ihren Ohren hingen Perlen. Gabriels sonnengebräunte Haut und sein schwarzer Abendanzug bildeten einen auffallenden Kontrast dazu.

Was Amanda betraf, so hatte Madame Bernard ihre Versprechungen wahr gemacht. Ihr himmelblaues Seidenkleid hatte kurze, schräge Puffärmel und einen tiefen, quadratischen Ausschnitt. Zwei breite Streifen aus goldener Stickerei an der Vorderseite deuteten eine offene Robe an, und der Saum war mit Volants und weiteren Goldbiesen verziert. Lange weiße Ziegenlederhandschuhe umschmeichelten ihre Arme.

Sie hatten Collette für den Abend angeheuert, um sich von ihr frisieren zu lassen, und sobald die junge Frau nicht mehr in der Nähe ihrer Mutter war, entwickelte sie sich zu einer regelrechten Plaudertasche. Für Amandas Drängen, ihr Haar als Witwe unter einer Haube oder einem Turban zu verstecken, hatte sie nichts als Verachtung übrig und steckte es stattdessen in Locken hoch, die sie mit einem breiten Rosenband umschlang. Damit, so insistierte sie, sei dem Anstand Genüge getan. Mr. Kahn bot Amanda an, ihr für den Abend Schmuck zu leihen, doch sie trug nur das Amulett ihrer Mutter und fühlte sich pudelwohl.

Bis sie den Ballsaal am Johnson Square betraten.

Dem Schweigen nach, das sich über die Menge senkte, als Familie Kahn und ihre Begleiter eintrafen, hatten sich die

Gerüchte und Geschichten über Mrs. Stephenson und ihre Reise auf der *Zephyr* bereits herumgesprochen.

Gabe trat an Amandas Seite und flüsterte ihr ins Ohr: »Wenn Morgan hier wäre, würde er sagen: ›Mut und Tatkraft, Mrs. Stephenson.‹«

»Das würde er in der Tat, Mr. Lopez. Danke, dass Sie mich daran erinnern.« Sie blickte ihm in die sorgenvollen schwarzen Augen und sagte: »Ich habe dem Kapitän gesagt, dass er gute Freunde hat und dass das keine Kleinigkeit ist. Ich schätze mich glücklich, dass diese Freunde auch die meinen sind. Sie sind hier, um mit Ihrer Verlobten zu tanzen und sich zu amüsieren. Machen Sie sich meinetwegen keine Gedanken.«

Sie schlug ihren Fächer auf und betrachtete die Ballgäste. Einige der Frauen hatten die Köpfe zusammengesteckt und tuschelten, und die Blicke, die sie in ihre Richtung sandten, bestätigten sie in ihrer Angst, dass ihr Aufenthalt auf der *Zephyr* ihrem Ruf den Rest gegeben hatte. Ein Teil von ihr hätte am liebsten kehrtgemacht und die Flucht ergriffen, doch der Teil, den sie von Amanda Brooke geerbt hatte und der sie auf die lange Reise von Yorkshire nach Florida geschickt hatte, half ihr, sich gerade aufzurichten und die Farbe niederzukämpfen, die ihr ins Gesicht stieg. Mut und Tatkraft, in der Tat. Wenn sie Dandy Hoskins und seinen Männern die Stirn bieten konnte – von Kapitän Sinister ganz zu schweigen –, so konnte sie es auch mit den Klatschweibern von Savannah aufnehmen.

»Mrs. Stephenson?«

Andrew Clayton trat vor sie hin, und in seinem sonnengebräunten Gesicht breitete sich ein Lächeln aus.

»Es freut mich, Sie wiederzusehen, Ma'am. Ich hatte schon

gefürchtet, einen schlechten Eindruck bei Ihnen hinterlassen zu haben, und ich hoffe, dass Sie mir einen Tanz reservieren und mir gestatten werden, die Aufregung, die ich Ihnen verursacht habe, wiedergutzumachen.«

Amanda erwiderte das Lächeln des jungen Leutnants.

»Es freut mich auch, Sie zu sehen, Leutnant Clayton.« Sie brachte ihre Tanzkarte zum Vorschein und gestattete ihm, sich darauf einzutragen.

Dies schien auch für einige andere Herren das Signal zu sein, sich vorzustellen. Ehe sie sich versah, hatte Amanda noch diverse weitere Marineoffiziere auf ihrer Karte stehen, einige Kaufleute aus dem Ort und ein oder zwei Pflanzer, die eigens für den Ball angereist waren. Während sich die Damen hinter gezücktem Fächer das Mundwerk zerrissen, waren die Herren gar nicht abgeneigt, die Bekanntschaft der berüchtigten Witwe zu machen – unter ihnen auch Mr. Tolbert, der Silberschmied, der ein Problem mit den Augen zu haben schien. Sonst, so dachte sie während ihres Tanzes enerviert, hätte er den Blick vielleicht einmal von ihrer Brust losgerissen und festgestellt, dass sie auch ein Gesicht hatte.

Es war ein schöner Abend, und Amanda gab sich alle Mühe, ihn zu genießen, obwohl ihre Gedanken immer wieder in die merkwürdigsten Richtungen wanderten und sie sich beispielsweise fragte, was Kapitän Roberts über die »Takelage« einer übertrieben gekleideten Matrone sagen würde oder welches der Desserts ihm wohl am besten schmecken würde.

Schließlich erbat sie sich eine Pause und ruhte neben Judith ihre Füße aus, während Gabriel ihnen Punsch holen ging. Amanda beobachtete, wie die Blicke der Frauen Gabriel durch den Saal folgten.

»Judith«, sagte Amanda abrupt, »wann hast du in die Heirat mit Gabriel eingewilligt?«

Sie fuhr sich mit der Hand an den Mund, sobald sie die Frage ausgesprochen hatte – wie üblich zu spät, um den verbalen Fehltritt noch zurückzunehmen.

»Entschuldigung – das war unhöflich, und es geht mich nichts an.«

Sie riskierte einen Seitenblick und sah, dass ihre Freundin belustigt war, nicht wütend, also versuchte Amanda, ihre Frage zu erklären – auch wenn diese Methode manchmal alles nur noch schlimmer machte.

»Auf der *Zephyr* hat uns Mr. Lopez erzählt, dass du anfangs nicht damit einverstanden warst, ihn zu heiraten, deine Meinung dann aber geändert hast. Wie ist das gekommen?«

Ein Lächeln stahl sich in Judiths Gesicht.

»Nachdem ich ihn wiederholt abgewiesen hatte, bestanden meine Eltern darauf, dass ich ihm gestattete, mich zu einem letzten Ball zu begleiten. Gabriel hat einen Tanz mit mir getanzt. Dann hat er mit meiner Mutter getanzt. Er ist so stolz wie ein spanischer Grande, und ich wusste, dass er mich nicht noch einmal zum Tanz auffordern würde. Stattdessen …«

»Ja?«

»Stattdessen hat Gabriel mit den gewöhnlichen Mädchen und den Mauerblümchen getanzt. Er hat mit der pockennarbigen Suzy Simpson getanzt und in der Pause mit Miss Jenkins geplaudert, die einen Klumpfuß hat. Er hat sich mit den alten Jungfern unterhalten und mit ihnen gelacht, und sie werden sich noch jahrelang an den gut aussehenden Kerl erinnern, der ausgerechnet sie ausgesucht hat. Jedes Mal, wenn ihm eins der hübschen, beliebten Mädchen schöne

Augen machte, hat Gabriel nur höflich gelächelt und ist weitergegangen. Ich habe zufällig gehört, wie eine von ihnen schnippisch gesagt hat, Gabriel suche sich nur Partnerinnen aus, die ihn nicht in den Schatten stellen, aber ich wusste es besser.«

Sie sah Amanda an.

»An diesem Abend ist mir etwas klar geworden, das ich von Anfang an vermutet haben muss. Unter seinem Engelsgesicht lauert eine gute Seele. Und ich dachte, dass ich Gabriel vielleicht zu hart verurteilt und mir eine Meinung über ihn gebildet hatte, ohne zu sehen, wer er wirklich war. Je mehr ich darüber nachdachte, desto tiefer habe ich unter die Oberfläche mit dem Goldohrring und dem Angebergang geblickt und begriffen, dass er der Richtige für mich ist.«

Judith fächelte sich gemächlich Luft zu und beobachtete, wie ihr Liebster sich mit ihren Punschbechern den Weg durch die Menge bahnte.

»Ist es nicht erstaunlich, Amanda, wie uns der erste Eindruck von einem Menschen manchmal täuschen kann?«

»Ich habe ja immer gedacht, Feinsinnigkeit wäre nicht meine Stärke, Judith, aber ich glaube, du hast mich gerade noch übertroffen.«

Die Frauen lachten immer noch, als ihnen Gabriel den Punsch reichte.

»Was ist denn so lustig?«, fragte er.

»Ach, nur – o mein Gott!«, keuchte Judith.

Gabe und Amanda sahen sie verblüfft an, bis sie begriffen, dass Judith durch den Saal hin zum Eingang starrte. Sie wandten die Köpfe, um zu sehen, was sie so erschreckt hatte.

»Mein Gott!«, wiederholte Amanda.

»Man könnte meinen, die Damen hätten noch nie einen Mann auf einem Ball gesehen.«

Sie ignorierten ihn, denn der Neuankömmling bewegte sich geradewegs auf sie zu, ohne den Blick auch nur eine Sekunde von Amanda zu lösen. Das Getuschel begann von Neuem und schwoll zu einem Summen an.

»Das ist ja Kapitän Sinister!«

»Ganz sicher? Was will er denn hier?«

»*Das* ist Kapitän Sinister?« Eine junge Frau mit einem alten Ehemann beugte sich zu ihrer Freundin hinüber. »Mich darf er jederzeit gern entführen.«

»Oh, Himmel«, erwiderte die Freundin. »Das ist ja wohl eher ›Kapitän Sünder‹.«

Das Märchen stimmte, dachte Amanda benommen. In dem Bären verbarg sich ein Prinz. Der Prinz der Finsternis. Ohne die Maske aus Haaren und Bart war sein Gesicht aus Granit gemeißelt, mit breiten Wangenknochen und einem kühn geschnittenen Kinn. Es war kein »Engelsgesicht« wie Gabriels, doch die Bilder, die es heraufbeschwor, hatten ohnehin mit Dingen zu tun, die in die Dunkelheit gehörten. Die schmale Narbe, die über seine Wange lief, erstreckte sich fast bis zu dem rabenschwarzen Haupthaar, das er zu einem Zopf geflochten hatte. Nur an den Schläfen war es von Silber durchzogen, und oberhalb der Stirn verlief es in einem spitzen Haaransatz. Gemeinsam mit den geschwungenen Augenbrauen verstärkte dies den Eindruck, dass der Teufel höchstselbst zu Besuch gekommen war.

Vor Amandas Stuhl blieb er stehen.

»Guten Abend, Mrs. Stephenson«, sagte Roberts. »Was macht das Seifengeschäft?«

Sein schwarzer Abendanzug saß wie angegossen. Ihr Blick

wanderte von dem frisch frisierten Scheitel zu den breiten Schultern des Wolljacketts, dem strahlend weißen Leinen von Hemd und Krawatte und weiter zu der Weste mit Silberstickerei, der Hose und den glänzenden Schuhen.

»Kapitän Roberts?«

Sie flüsterte, denn sie war sich immer noch nicht sicher, ob Kapitän Sinister nicht gegen ein modebewusstes Wechselbalg eingetauscht worden war.

»Aye.« Er legte den Kopf zur Seite und fasste sich ans Kinn, während er sie betrachtete. »Ich habe mich rasiert.«

»Ich habe es bemerkt.« Sie wandte den Blick nach rechts. »Mund zu, Judith, sonst verschluckst du noch eine Fliege.«

Roberts verbeugte sich vor Lopez' Verlobter.

»Miss Kahn.«

»*Gack!*«, sagte Judith.

Gabriel seufzte und verdrehte die Augen.

»Meine Verlobte scheint vorübergehend den Verstand verloren zu haben, daher werde ich mit ihr einen Spaziergang machen, damit ihr beide euch unterhalten könnt. Komm, Judith.«

Er streckte die Hand aus und zog die Frau widerspruchslos mit sich, um sie in den Garten zu führen.

Roberts setzte sich auf den freien Stuhl und betrachtete Amanda. Im Gegensatz zu Mr. Tolbert *hatte* er ihr ins Gesicht gesehen, und erst jetzt bemerkte er ihr neues Kleid.

»Verdammt, Sie haben ja Ihr halbes Kleid vergessen.«

Amanda holte tief Luft, was sein Stirnrunzeln nur verstärkte, und klappte ihren Fächer auf.

»Welch eine Ausdrucksweise, Kapitän! Ich bin *à la mode* gekleidet, nicht mehr und nicht weniger als die anderen Damen hier.«

»Hah! Die haben aber nicht so großartige Ti… Topsegel wie Sie!«, gab er zurück.

Bevor sie ihrerseits etwas erwidern konnte, trat ein Herr vor sie hin. Nachdem er einen nervösen Blick auf Roberts geworfen hatte, verbeugte er sich vor ihr.

»Mrs. Stephenson«, krächzte er. »Ich glaube, das hier ist unser Tanz.«

Im nächsten Augenblick befand er sich auf halbem Weg zu den Kartenspielern am anderen, sicheren Ende des Ballsaals.

»Sie haben ihn *angefunkelt*, Kapitän Roberts.«

»Dieser kleine Stichling hatte noch Glück, dass ich ihn nicht gleich zerlegt habe«, knurrte Roberts. »Ich habe genau gesehen, wie er Ihr *Kleid* angestarrt hat.«

Roberts hob die Hand, um sich durch die Haare zu fahren, doch dann fiel ihm sein Zopf ein.

»Hören Sie, Mrs. Stephenson«, sagte er, »wenn irgendjemand Sie über die Tanzfläche schleift, werde ich das sein.«

»Ist das eine Einladung, Kapitän?«

»Ja, verdammt!« Er verstummte und blickte auf seine Hände hinunter. »Ich mache alles falsch, nicht wahr? Ich wusste, dass es ein Fehler sein würde, hierherzukommen.«

Ihre Lippen zuckten. Er mochte ja aussehen wie ein Prinz, aber in seinem Innern war er immer noch ein Bär.

»Ich würde gern mit Ihnen tanzen, Kapitän Roberts«, sagte Amanda. Sie hielt ihm die Hand hin, und er erhob sich und zog sie hoch. Gerade begann die Kapelle einen Walzer zu spielen.

»Ich muss Sie warnen, Kapitän. Ich kenne zwar die Schritte, aber ich habe noch nie Walzer getanzt«, stotterte sie, denn es machte sie verlegen, eine solche Unterlassung zugeben zu müssen.

»Ah, Mrs. Stephenson, und ich hatte schon Angst, Ihnen auf den Fuß zu treten und Sie zu verletzen. Ich bin selbst auch ein wenig aus der Übung.« Er senkte den Kopf und flüsterte ihr zu: »Ich habe meine einzigen Abendhandschuhe verlegt, und kein Geschäft konnte mir ein Paar verkaufen, das mir gepasst hätte. Wenn sich die Damen von Savannah zusammenrotten, um mich vor die Tür zu setzen, stehen Sie mir dann bei?«

Er nahm ihre Hand, legte ihr die seine in den Rücken, schwang sie auf die Tanzfläche hinaus, und sie hätte ihn am liebsten für seine Albernheit angeherrscht. Dieser verflixte Kerl! Amanda hielt es eher für wahrscheinlich, dass die Damen von Savannah reihenweise zu seinen Füßen in Ohnmacht sinken würden. Und er tanzte wunderbar. Schließlich verbrachte Kapitän Sinister einen Großteil seines Lebens damit, in der Takelage auf und ab zu klettern und auf engem Raum zu manövrieren. Sie errötete.

»Woran denken Sie gerade?«

»Ich bin froh, dass Sie zurückgekommen sind, Kapitän. Wir haben vieles zu besprechen.«

»Ich das so?«

»Ja. Ich habe beschlossen, Ihrem Rat zu folgen und mich in St. Augustine niederzulassen. Oh, und danke für das Tuch, Kapitän. Es ist wunderschön.«

Die Lachfältchen um seine grauen Augen vertieften sich.

»Ich wünschte, Sie würden mich Morgan nennen«, sagte er. »Schließlich werden wir jetzt doch Geschäftspartner, und ich würde Sie so gern Mandy nennen.«

Darauf erwiderte sie nichts, sondern gebot ihm nur mit einem Blick Einhalt. Sie würde sich gern mit Kapitän Roberts über geschäftliche Dinge unterhalten. Doch über alles, was darüber hinausging, konnte sie zu diesem Zeitpunkt nicht nachdenken.

Als er sie dann jedoch ein wenig dichter an sich zog, als es der Anstand erlaubte, ergab sie sich widerspruchslos. Er roch wundervoll. Rasierseife, ein Hauch von Pomade im Haar und darunter sein Männergeruch. Sie seufzte.

»Gefällt es Ihnen in Savannah, Mandy?«, murmelte er.

»Die Kahns sind zu gütig zu mir. Ich habe meinen Verwandten geschrieben und ihnen mitgeteilt, dass ich nicht nach Charleston kommen werde.«

Seine Hand schloss sich fester um die ihre.

»Und was macht das Geschäft?«

»Ist jetzt der richtige Zeitpunkt, um über so etwas zu reden?«

»Wenn ich jetzt das täte, was ich wirklich gern täte, Mandy, würden wir den rechtschaffenen Einwohnern von Savannah genügend Gesprächsstoff bis zum nächsten Frühlingsball liefern.«

Als das Musikstück endete, wirbelte er sie in einer letzten Drehung herum. Dann verbeugte er sich in aller Förmlichkeit vor ihr und legte ihre Hand auf seinen Arm.

»Sie scheinen ein wenig erhitzt zu sein, Mrs. Stephenson. Darf ich Sie vielleicht an die frische Luft begleiten?«

Die Ankunft der Marine kam jeder Antwort zuvor.

»Guten Abend, Leutnant Clayton«, sagte Amanda. »Sind Sie Kapitän Roberts schon vorgestellt worden?«

Er sah sie nicht an, als er antwortete.

»Ma'am, vielleicht sollten Sie lieber Ihre Freunde bitten, Sie heimzubringen. Wir würden Kapitän Roberts gern ein paar Fragen stellen.«

Clayton befand sich in Begleitung einiger anderer junger

Offiziere. Um sie herum sammelte sich rasch eine Menschenmenge. Roberts blickte über die Köpfe der Anwesenden hinweg, sah Gabe und Judith auf sie zukommen und fixierte Gabe mit seinem Blick. Gabe nickte, sagte etwas zu Judith, und diese ging, wahrscheinlich, um ihre Eltern zu suchen.

»Mrs. Stephenson und ich werden jetzt gehen, Leutnant«, sagte er ungerührt und richtete den Blick wieder auf Clayton. »Wenn Sie mich zu sprechen wünschen, kommen Sie morgen auf dem Schiff vorbei.«

»Wir haben lange genug auf Sie gewartet, Roberts. Wir werden jetzt reden! Wenn Sie uns entschuldigen würden, Ma'am?«, sagte er mit einer kleinen Verbeugung zu Amanda, und zwei seiner Männer schnitten Morgan den Weg ab.

»Dies ist ein Ball, es sind Damen anwesend, und was Sie auch immer von mir wollen, kann warten. Ich springe nicht, nur weil die Marine der Vereinigten Staaten es befiehlt, Leutnant.«

Die Art, wie er »Marine der Vereinigten Staaten« sagte, versetzte die Offiziere in Rage und machte Amanda nervös. Roberts nahm die Hand von ihrem Arm und trat ein Stück beiseite.

»Sie können sich morgen unterhalten«, sagte sie. »Der heutige Abend ist zum Tanzen …«

»Wir lassen uns doch von einer Piratenhure nichts befehlen«, unterbrach sie ein ziemlich angetrunkener Leutnant mit einer kräftigen Gesichtsfarbe.

Es geschah so schnell, dass Amanda es kaum mitbekam. Eine verschwommene Bewegung, und schon baumelte der Mann mehrere Zentimeter über dem Boden, und eine große Faust verdrehte ihm die Krawatte.

Roberts' Gesicht war beängstigend reglos. Er schien die

umgestürzten Punschbecher nicht zu bemerken, aus denen sich rote Flüssigkeit auf dem Boden ausbreitete. Abgesehen von der pulsierenden Ader neben seinem Auge wirkte er seelenruhig.

Amanda packte Morgans Arm und spürte, wie er zitterte. Sie wusste, dass es nicht die Anstrengung war, den Mann hochzuhalten, sondern die Kraft, die es ihn kostete, seine Wut im Zaum zu halten.

»Er hat Sie beleidigt, Mrs. Stephenson. Er ist ein toter Mann.«

»Nein, Morgan, bringen Sie ihn nicht um.« Ihr Verstand arbeitete panisch. »Dadurch bekommen wir nur noch mehr Schwierigkeiten. Bitte.«

Morgan sah sie an und hielt sein Opfer noch eine Sekunde fest. Dann ließ er los, und der Mann fiel keuchend zu Boden.

Clayton hatte sein Schwert schon halb gezogen, als sich eine schlanke Hand um sein Handgelenk klammerte.

»Ich würde das nicht tun, mein Freund«, sagte ihm eine Stimme ins Ohr. »Wenn Sie der Kommandant dieser jungen Schnösel sind, würde ich vorschlagen, dass Sie an ihren Manieren arbeiten. Ganz ruhig jetzt.«

Gabriel Lopez lächelte dem Offizier freundlich zu und ließ dessen Handgelenk los, doch die Pistole, die er mit der anderen Hand gegen Claytons Niere drückte, senkte er nicht.

»Smith, Hume! Zurück!«, herrschte Clayton seine Männer an. »Wir sind nicht hier, um einen Aufruhr zu verursachen. Und Sie, Hume, entschuldigen sich augenblicklich bei Mrs. Stephenson!«

Hume rappelte sich auf und zerrte mit einer Hand an seiner Krawatte. Niemand rührte einen Finger, um ihm zu helfen.

»Bedauere zutiefst, Ma'am«, keuchte er.

Amanda neigte den Kopf. Sie hatte die Hände vor dem Bauch verschränkt, um ihr Zittern zu unterdrücken.

Morgan hatte jene ausdruckslose Maske aufgesetzt, die Amanda viel beängstigender fand, als wenn einfach die Wut mit ihm durchging. Ein oder zwei Sekunden lang sah er Clayton wortlos an, und der junge Mann schluckte, aber man musste anerkennen, dass er nicht von der Stelle wich. Natürlich wäre das mit Lopez' Pistole im Rücken auch schwer gewesen.

»Wir gehen jetzt, Leutnant«, sagte Roberts. »Begleiten Sie mich zur Tür, dann können wir einen Zeitpunkt für unser morgiges Gespräch vereinbaren. Mrs. Stephenson?«

Clayton kniff die Augen zusammen, doch er befahl: »Bleibt hier, Männer.« Dann folgte er Roberts und Amanda zum Haupteingang des Ballsaals, dicht gefolgt von Lopez. Amanda schritt hoch erhobenen Hauptes durch den schweigenden Saal. Sie wusste, dass sie rot geworden war, und sie hasste sich dafür. Wenn sie jetzt verlegen wurde, beging sie Verrat an Morgan.

Draußen wartete die Kutsche der Kahns, und Judith und ihre Eltern warteten schon darin.

Roberts wandte sich Clayton zu und sagte: »Kommen Sie morgen um drei Uhr auf die *Zephyr*, dann können wir uns unterhalten.«

»Ich glaube eher, dass Sie heute Abend noch die Segel setzen werden, um das Weite zu suchen, *Kapitän Sinister*.«

Roberts zeigte ihm die Zähne. Mit viel Fantasie mochte man es ein Lächeln nennen.

»Ich bin noch nie vor der Marine davongelaufen, auch damals nicht, als ihre Schiffe noch von richtigen Soldaten befehligt wurden, Sie junger Spund. Sie finden mich morgen auf meinem Schiff.«

»Ah, ah!«, sagte Lopez. »Beherrschen Sie sich, Leutnant. Sie greifen ständig nach diesem Schwert, und das macht mich noch ganz nervös. Das ist nicht sehr klug.«

Clayton ignorierte ihn.

»Wenn Sie sich eines Tages einmal nicht hinter ihren Freunden verstecken, werden wir das hier zu Ende bringen, Roberts.«

»Wann immer Sie möchten, Clayton, solange keine Damen dabei sind. Gabriel, begleitest du Mrs. Stephenson nach Hause?«

Morgan übernahm Lopez' Pistole, und Gabriel half Amanda in die Kutsche, bevor er selbst einstieg. Amanda lief der kalte Schweiß über den Rücken, doch sie hielt den Kopf weiter hoch erhoben und hoffte, dass die Vernunft Clayton davon abhalten würde, in Gegenwart so vieler Zivilisten eine Dummheit zu begehen.

Morgan trat ans Fenster der Kutsche.

»Es tut mir leid, wenn ich Ihnen den Abend verdorben habe, Miss Kahn.«

»*Sie* haben ja nichts falsch gemacht«, sagte Judith. »Jeder in Savannah weiß, dass Sie ein Ehrenmann sind, Kapitän Roberts, und Sie sind hier *stets* willkommen.«

Morgan lächelte sie an und wandte sich Amanda zu.

»Ich komme ein andermal vorbei, um mit Ihnen zu sprechen, Mrs. Stephenson. Nein, sagen Sie jetzt nichts. Und machen Sie sich keine Sorgen. Es wird alles gut, und wir werden den Wind im Rücken haben.«

Er ergriff ihre Hand und küsste sie sanft auf die Handfläche, bevor er ihre Finger um den Kuss schloss.

Sie saß direkt am Fenster und sah zu, wie er in den Schatten trat und in der schwarzen Nacht verschwand.

Auch Clayton sah ihm nach, dann wandte er sich der Kutsche zu.

»Er wird nicht weit kommen, Ma'am.«

Amanda hob das Kinn.

»Kapitän Roberts wird nicht davonlaufen, Leutnant.«

Sie zog ihre Handschuhe zurecht und strich sich den Rock glatt.

»Fahren wir nach Hause, Papa«, sagte Judith. »Dieser Ball ist ziemlich fade geworden.«

Mr. Kahn gab dem Kutscher ein Klopfzeichen, und dieser schnalzte mit der Zunge und trat den Heimweg an. Amanda starrte aus dem Fenster, ohne etwas zu sehen, denn nach den Ereignissen des Abends wirbelte ihr nur noch ein einziger Gedanke im Rhythmus der Räder durch den Kopf, und Glück mischte sich mit Verzweiflung.

Ich habe mein Herz an Kapitän Sinister verloren.

KAPITEL 17

Die mittlere Wache war schon weit vorangeschritten, doch der Mann, der im aufgeknöpften Kapitänsrock am Schreibtisch saß, störte sich nicht an der späten Stunde. Neben ihm stand eine Lampe, die die Insekten anlockte. Geistesabwesend vertrieb er sie mit der linken Hand, während seine rechte fleißig Notizen machte und Aufgaben für seine Männer niederschrieb.

Ein Geräusch in der Dunkelheit ließ ihn aufhorchen, und er verstellte die Lampenflamme.

»Bitte legen Sie Ihre Hand wieder auf den Tisch. Ich halte eine Pistole auf Sie gerichtet, und wenn Ihre Hand nicht leer ist, sobald sie wieder zum Vorschein kommt, bin ich gezwungen, sie zu gebrauchen.«

Der Mann am Schreibtisch schloss die Schublade, in der er nach seiner eigenen Pistole hatte greifen wollen, und legte beide Hände auf die Tischplatte. Die Gestalt in der Dunkelheit trat vor, und der andere Mann betrachtete ihn eindringlich, bevor er die Augenbrauen weit hochzog.

»Kapitän Morgan Roberts? Oder ziehen Sie ›Kapitän Sinister‹ vor? Welchem Umstand verdanke ich diesen späten Besuch, Sir?«

Roberts trat weiter ins Licht. Er zielte immer noch auf den Mann, der ganz ruhig an seinem Schreibtisch saß.

»Sie haben nach mir suchen lassen. Warum?«

»Wissen Sie, wer ich bin?«

»Natürlich. Sie sind Kapitän, pardon, Kommodore David Porter, zuletzt auf der *Essex*. Ich habe Sie noch gut von Ihren Heldentaten während der unangenehmen Auseinandersetzung zwischen unseren Ländern in Erinnerung. Und Ihr *Tagebuch* über das Leben auf den Marquesas habe ich mit Vergnügen gelesen.«

»Sie haben mein Buch gelesen?«, fragte Porter mit stolzgeschwellter Brust.

»Eine faszinierende Lektüre, vor allem die Beschreibungen und Illustrationen der eingeborenen Mädchen.«

Porter lehnte sich zurück, faltete die Hände auf dem Bauch und blickte zu dem anderen Mann auf.

»Ich bezweifle sehr, dass Sie zu dieser späten Stunde hierhergekommen sind, um mich in eine literarische Diskussion zu verwickeln, Roberts. Ein andermal bin ich gern bereit, Ihnen ein paar Anekdoten von den Marquesas zu erzählen, die keine Aufnahme in das Buch gefunden haben. Jetzt schlage ich erst einmal vor, dass Sie *Ihre* Pistole senken.«

Er blickte an Roberts vorbei und nickte. Morgan lächelte, ohne den Blick von dem Marineoffizier abzuwenden.

»Sie glauben doch wohl nicht, dass ich darauf hereinfalle und mich umdrehe?«

»Sie brauchen sich nicht umzudrehen«, sagte eine Stimme hinter ihm, »aber Sie sollten wissen, dass ich eine Pistole auf Ihren Rücken gerichtet halte.«

Beim Klang dieser Stimme verbreiterte sich Roberts' Grinsen.

»Komm heraus, Gabe, vervollständigen wir das Ensemble.«

Der vierte Mann betrat das Zimmer durch die Balkontür in Porters Rücken.

»*Mierda*, Morgan, musst du denn alles, was du anfasst, in ein Drama verwandeln?«

Porter fuhr auf seinem Stuhl herum, sah, dass Lopez eine Pistole auf ihn gerichtet hatte, und starrte ihn einen Moment lang an, bevor er in Gelächter ausbrach und mit der Hand auf den Tisch schlug.

»Bei Gott, Roberts, es geht nichts über eine anständige Farce.«

Er kicherte immer noch, als er sagte: »Glasgow, bitte lassen Sie und der andere Herr uns allein, damit wir uns unterhalten können. Ich verspreche, dass Kapitän Roberts und ich keine Schießerei anfangen werden.«

»Aber, Sir …«, protestierte der junge Mann.

»Nein, es gibt wirklich keinen Grund zur Sorge. Stecken Sie Ihre Pistolen ein, alle beide, und gehen Sie zu Bett.«

Der barfüßige Leutnant funkelte die beiden Freibeuter an.

»Wenn der andere *Herr* gegangen ist.«

»Morgan?«

»Geh nach Hause, Gabriel.«

Lopez gähnte.

»Mit Vergnügen. Bitte versuch, dich nicht in Eisen legen zu lassen, Morgan, und erzähl mir später, was dabei herausgekommen ist.«

Lopez steckte die Pistole in seine Tasche, deutete eine Verbeugung vor den beiden Marinesoldaten an und wandte sich zum Gehen. Dabei pfiff er ein beliebtes englisches Liedchen aus der Zeit des Krieges.

»Sir …«

»Gute Nacht, Mr. Farragut.«

»Aye, Sir.«

Leutnant David Glasgow Farragut hatte die Stirn immer noch gerunzelt, doch er ging und zog die Tür hinter sich zu.

»Setzen Sie sich, Roberts.« Porter deutete auf den Stuhl auf der anderen Seite des Schreibtischs. »Etwas zu trinken?«

»Aye, Rum, wenn Sie welchen haben.«

»Frisch aus Puerto Rico«, sagte Porter und goss ihnen beiden ein Glas ein. Die angebotene Zigarre lehnte Roberts ab.

Porter nahm sich eine Cherootzigarre vom Schreibtisch und beugte sich vor, um sie an der Lampe anzuzünden, bevor er sich wieder zurücklehnte und den Freibeuter betrachtete.

»Und nun, Sir, was ist der wahre Grund für diesen Besuch? Es kann ja nicht nur Neugier sein, so, wie Sie mir und meinen Männern bis jetzt aus dem Weg gegangen sind.«

»Ich bin gekommen, um Ihnen einen Handel anzubieten, Porter. Sie haben es sich zum Ziel gesetzt, die Karibik von den Piraten zu befreien. Ich besitze zwar durchaus ein gewisses Vertrauen in die Marine der Vereinigten Staaten«, sagte er, ohne eine Miene zu verziehen, »doch es könnte Ihnen dennoch nützlich sein, sich der Hilfe eines Mannes zu bedienen, der sich in der Gegend und unter den Piraten auskennt.«

»Sie wollen den Judas spielen?«

»Mir gefällt die Bezeichnung Lockvogel besser.«

Porter streckte die Hand aus und schob eine dicke Ledermappe zu ihm hinüber. Er tippte mit einem Finger darauf.

»Ihre Akte, Kapitän Morgan Roberts, auch bekannt als ›Kapitän Sinister‹.«

Roberts zog eine Augenbraue hoch.

»Ich wusste gar nicht, dass man mich so interessant findet.«

»Die Marine der Vereinigten Staaten interessiert sich schon seit vielen, vielen Jahren für Ihr Treiben, Roberts.

Ihr Übergriff auf die *Penelope* hat dieses Interesse noch vergrößert.«

»McGuire hat die *Penelope* auf ein Riff gesetzt. Ich hatte nichts damit zu tun. Ich war nur zufällig in der Nähe und habe ihm meine Hilfe angeboten.«

»Das sagen Sie. Was meinen Sie, wem die Geschworenen glauben werden? McGuire, einem Helden des amerikanischen Kampfes gegen die Tyrannei, oder Kapitän Sinister, einem berüchtigten Piraten und offenen Feind der Vereinigten Staaten?«

Porter kniff die Augen zusammen.

»Damit Sie mich nicht falsch verstehen, Sir – wenn ich Sie als Piraten an den Galgen bringen wollte, hätte ich längst genügend Beweise. Zwar würde es mir und der Marine extreme Genugtuung bereiten, Sie loszuwerden, doch ich glaube, dass Sie in Ihrem Leben vielleicht doch noch Gutes vollbringen können. Wie Ihnen bewusst sein dürfte, arbeitet Großbritannien bei der Bekämpfung der Piraterie mit uns zusammen. Sie wurden mir vom ehemaligen Kommandeur der britischen Westindienschwadron empfohlen, Sir Edward Owen. Sir Edward hat die Dienste, die Sie den Briten während des Krieges erwiesen haben, in den höchsten Tönen gelobt. Laut meiner Akte befinden Sie sich momentan im Besitz einer spanischen Freibeuterlizenz, was ich erstaunlich finde, weil Sie außerdem Kaperbriefe aus der Kolumbianischen Republik, aus Mexiko und Venezuela besitzen.«

»Ich stehe mit den Autoritäten in Florida und der Karibik auf gutem Fuße«, sagte Roberts ausdruckslos.

»Übertreiben Sie es nicht, Sir. Der Marinesekretär hat mich angewiesen, bei der Niederwerfung der Piraten ›äußerste Vorsicht walten zu lassen und die Rechte anderer nicht zu verletzen‹.« Porter lächelte kalt. »Es wäre aber doch eine Schande, wenn jemand auf Ihren Rechten herumtrampeln würde und man Sie zufällig als Piraten hängen würde, statt Sie als Freibeuter zu behandeln, Roberts. Aber Ihre Dienste könnten uns nutzen. Ich bin nicht so dumm, an Ihren Patriotismus zu appellieren, auch wenn Florida jetzt zu den Vereinigten Staaten gehört. Was wollen Sie? Geld?«

»Ich verlange, dass mich die Regierung der Vereinigten Staaten von allen Anklagepunkten freispricht, in denen gegen mich ermittelt wird«, sagte Roberts und wies mit einem Nicken auf seine Akte. »Außerdem wünsche ich, dass meine Männer von jedem Vorwurf der Piraterie freigesprochen werden, die sie Ihrer Meinung nach unter meinem Kommando begangen haben.«

»Sie sind ein unverschämter Kerl, Roberts, das muss ich Ihnen lassen. Sonst noch etwas?«

»Ich verlange diese Garantie, *bevor* ich mit der Zusammenarbeit beginne. Sagen wir, vier bis sechs Wochen, damit Sie die Einzelheiten ausarbeiten können. Wann wollen Sie mit Ihrem Feldzug beginnen?«

Porter betrachtete ihn nachdenklich, bevor er antwortete.

»Er hat bereits begonnen. Sie wissen doch, was geschehen ist, seit Biddle das Kommando über die Westindienschwadron übernommen hat.«

Roberts wusste es nicht nur, er hatte zu denen gehört, die sich über die amerikanische Marine totgelacht hatten. Unter Kommodore James Biddle hatten die Vereinigten Staaten etwa dreißig Piratenschiffe erobert, aber der Verlust der *Alligator* hatte die Marine schwer getroffen. Da die schweren Kriegsschiffe den leichter gebauten Piratenschiffen nicht in flache Gewässer zu folgen vermochten, konnten sie sie nur auf hoher See angreifen. Anstatt anzuhalten und sich auf den Kampf einzulassen, hatten die Piraten einfach den nächsten Strand angesteuert und waren im Unterholz und den Mangrovensümpfen Floridas und der Karibik verschwunden.

»Sie müssen sie an Land bekämpfen«, sagte Morgan.

»Dieser Meinung ist Biddle auch. Solange wir die Piraten nicht an Land verfolgen und sie dort angreifen, werden wir sie niemals los.«

»Was ist mit den Inseln unter spanischem Hoheitsrecht?«

»Vergessen Sie die Spanier«, sagte Porter. »Sie sind uns nur im Weg. Mein Plan ist es, die Piraten mit der britischen und der amerikanischen Marine in die Zange zu nehmen. Spanien und die anderen europäischen Länder können der Entwicklung Amerikas nicht weiter im Weg stehen. Sollen sie sich doch um ihre Heimatländer kümmern und uns freie Hand lassen. Und dazu gehört, dass wir die Piraten beseitigen, damit wir ungehindert Handel treiben können.«

Er hielt inne, um seine Zigarre neu anzuzünden.

»Kennen Sie einen Piraten, der sich ›Dandy‹ Hoskins nennt?«

»Aye«, sagte Morgan.

»Wissen Sie, wo er seinen Unterschlupf hat, Roberts?«

Morgan blickte Porter unverwandt an.

»Ich könnte mir denken, wo sich Hoskins versteckt hält. Haben Sie denn genug gegen ihn in der Hand, um ihn offiziell anzuklagen? Jeder, der Zeuge seiner Verbrechen wird, landet vorzeitig unter der Erde.«

»Nicht jeder«, sagte Porter. »Nein, Sir, diesmal entrinnt Hoskins dem Galgen nicht! Bei seinem letzten Raubzug war er nicht gründlich genug. Einige Überlebende der *Esperanza* konnten ihm entkommen, indem sie sich tot stellten. Ein

Ehepaar. Die Frau ist von den Piraten schrecklich misshandelt worden. Wenn ich Hoskins aufspüren könnte, würde ich am liebsten an Ort und Stelle mit ihm abrechnen und mir keine Gedanken über einen Prozess machen. Aber jetzt haben wir Zeugen, deren Aussage sein Todesurteil sein wird, wenn er uns in die Hände fällt.«

Er runzelte die Stirn.

»Ich muss es mit Washington abklären, aber dank der Empfehlungen, die Owens abgegeben hat, und da Präsident Madison Lafitte begnadigt hat, kann ich Ihnen weitgehend versichern, dass Ihre Forderungen wohl kein Problem darstellen werden, wenn Sie den Vereinigten Staaten helfen. Ich bin unterwegs nach Thompson's Island, Roberts. Dies war ein ungeplanter Halt, und ich möchte, dass Sie sofort mit uns kommen.«

»Das kann ich nicht«, sagte Morgan. »Bevor Sie hier aufgekreuzt sind, war ich im Begriff, mich von der Freibeuterei zurückzuziehen, und ich habe noch einiges zu erledigen, bevor ich mich erneut in Gefahr begebe. Ich werde in *Cayo Hueso* zu Ihnen stoßen«, nannte er Key West beim spanischen Namen.

»Was haben Sie denn zu erledigen.«

Morgan warf einen Blick auf den Amerikaner, glaubte aber, dass es nicht schaden konnte, ihm die Wahrheit zu sagen.

»Wenn alles gut geht, hoffe ich, bald verheiratet zu sein.«

»Ah, die reizende Mrs. Stephenson. Dann stimmen die Gerüchte also.«

Morgan erstarrte.

»Es sind Gerüchte über Mrs. Stephenson im Umlauf?«, fragte er leise.

»Nichts, woran Sie Anstoß nehmen müssten. Ich habe von

den Ereignissen des heutigen Abends gehört, und ich kann Ihnen versichern, dass so etwas nicht noch einmal geschehen wird, Sir. Außerdem sagt Leutnant Clayton, er sei der Dame persönlich begegnet, und sie hätte Sie und Ihre Handlungsweise gegenüber der *Penelope* mit Überzeugung verteidigt. Sie sind ein Glückspilz, Roberts.«

»Da würde ich Ihnen zustimmen, Kommodore, vorausgesetzt, Mrs. Stephenson nimmt meinen Antrag an. Wenn alles gut geht, bringe ich sie in meinem Haus in St. Augustine unter, bevor ich mich Ihnen anschließe.«

Porter nickte kaum merklich.

»Es ist wichtig, sich um die Seinen zu kümmern, Roberts. Mein Sohn wird uns auf unserer Reise als Kadett begleiten. Haben Sie Kinder?«

»Nein, aber es gibt dennoch Menschen, die auf mich angewiesen sind, und für den Fall, dass mir etwas zustoßen sollte, muss ich zusehen, dass sie versorgt sind. Angesichts der Verwirrung, die nach dem Regierungswechsel in Florida herrscht, könnte es eine Weile dauern, bis ich alles in die Wege geleitet habe. Dann verpflichte ich mich Ihnen für, sagen wir, sechs Monate?«

»Das ist aber nicht sehr lange, Roberts.«

»Machen wir uns doch nichts vor, Kommodore. Wenn *Sie* das, was die anderen nicht geschafft haben, nicht in weniger als einem Jahr vollbringen, dann sind Sie nicht der Mann, der die Briten über den ganzen Pazifik gejagt hat. Ich würde mich wundern, wenn Sie nicht längst einen neuen Plan hätten, wie Sie die Jagd an Land fortsetzen wollen.«

Porter war ein herausragender Befehlshaber, aber er hatte auch eine ausgesprochene Schwäche für Komplimente und nahm Roberts' Worte ernst.

»Da haben Sie recht, Roberts. Ich habe vor, diesmal vollkommen anders vorzugehen, aber ich werde Ihnen erst verraten, wie, wenn Sie auf den Keys eingetroffen sind. Bitte treffen Sie sich morgen Nachmittag wie geplant mit Leutnant Clayton, um das weitere Vorgehen zu besprechen.«

Er stand auf, und Morgan folgte seinem Beispiel.

»Bis zu unserem Feldzug wünsche ich Ihnen viel Glück bei Ihrer ehelichen Eroberung. Vergessen Sie nicht, wer nicht wagt, der nicht gewinnt. Als ich meiner Evalina den Hof gemacht habe, hat mir ihr Bruder gedroht, mich aus dem Haus zu werfen. Im Gegenzug habe ich vorgeschlagen, ihn aus dem Fenster zu werfen, doch am Ende ist alles gut geworden; wir haben geheiratet und sind mit wundervollen Kindern beschenkt worden.«

Roberts blickte den Marineoffizier an. Wenn dieser alte Kampfhahn sagte, er werde jemanden aus dem Fenster werfen, so zweifelte er nicht daran, dass er das auch tun oder bei dem Versuch umkommen würde. Es würde eine interessante Allianz werden.

»Dann sehen wir uns also in Florida, Kommodore Porter. Gute Nacht.«

***

Amanda konnte lange Zeit nicht einschlafen, bis die Erschöpfung sie nach den Ereignissen des anstrengenden Tages schließlich in einen unruhigen Schlummer fallen ließ. Der Gedanke, dass sie ihr Herz an einen Piraten verloren hatte, ließ sie nicht zur Ruhe kommen. War sie so blind vor Liebe, dass sie bereit war, sich an einen Mann zu binden, dessen Leben das genaue Gegenteil von allem darstellte, was ihr wichtig war?

Du weißt, dass er der Richtige für dich ist, sagte ihr Herz zu ihrem Kopf. Sie empfand mit einem Mal viel mehr Verständnis und Sympathie für ihre berüchtigte Ahnherrin, die erste Amanda Brooke.

Jetzt träumte sie, dass Morgan nach ihr rief, sie aber nicht antworten konnte, ganz gleich, wie sehr sie sich bemühte.

»Verdammt, Mandy, wach auf. Du schläfst ja wie eine Tote.«

Amanda schlug die Augen auf. Ein schwaches Licht kam zum Fenster herein, und im Grau vor der Dämmerung konnte sie die Gesichtszüge des Mannes, der auf ihrem Bett saß, nur mit Mühe erkennen.

»Morgan!«, rief sie und warf sich in seine Arme.

Roberts lachte auf und schlang die Arme um sie. Amanda konnte die Kühle der Nacht an seinen Kleidern riechen. Er trug immer noch seine Abendgarderobe, nur die Krawatte war jetzt lose und zerknittert.

»Wie fest du schläfst, Liebste. Aber so gern ich dir dabei zugesehen habe, wir müssen uns unterhalten«, sagte er und ließ sie los.

»Morgan! Die Marine ist hinter dir her. Wenn du mit Leutnant Clayton gesprochen hast, musst du sofort flüchten.«

»Flüchten?« Er legte den Kopf schief. »Meinst du denn nicht, es ist an der Zeit, dass ein alter Verbrecher wie ich für seine Sünden bezahlt?«

Sie kniete sich hin, warf die Bettdecke beiseite und packte ihn an den Schultern.

»Das ist kein Scherz, Morgan.«

Sie trug ein leichtes Baumwollnachthemd, das bis zum Hals zugeknöpft war und ihr bis über die Handgelenke fiel. Das Haar hing ihr in vom Schlaf zerzausten Locken um die Schultern.

»Hmmm?«, sagte Roberts abgelenkt.

Sie schüttelte ihn oder versuchte es zumindest.

»Wir können von hier weggehen, Morgan, heute noch. Nach Südamerika oder New South Wales oder zurück nach England – irgendwohin, wo dich die Vereinigten Staaten nicht aufspüren können.«

Jetzt war ihr seine volle Aufmerksamkeit gewiss.

»Was ist mit dir, Mandy?«, fragte er sanft und legte ihr die Hände auf die Schultern. »In den Staaten zu leben, ist doch dein Traum.«

»Jetzt nicht mehr.« Sie schenkte ihm ein Lächeln, das mit Traurigkeit versetzt war.

»Es war mein Traum, aber es kann ja nicht immer alles genau so werden, wie wir es wollen, nicht wahr? Wenn ich mich zwischen den Vereinigten Staaten und dir entscheiden muss, dann wähle ich dich.«

Er sah ihr tief in die Augen.

»Meinst du das ernst, Mandy? Bedeute ich dir wirklich so viel?«

Sie nahm sein Gesicht in beide Hände.

»Ich kann überall Seife kochen, Morgan. Aber was nützt mir das ohne dich? Der Erfolg bedeutet mir nichts, wenn ich ihn mit niemandem teilen kann.«

Seine Augen verdunkelten sich, und sein Blick wanderte über ihr Gesicht, als wolle er sich jeden einzelnen ihrer Züge einprägen. Ohne ihre Schultern loszulassen, zog er sie an sich, und ihr entfuhr ein leises Ächzen, als ihre Lippen aufeinandertrafen. Auch er stöhnte auf und schlang die Arme um sie, umhüllte sie mit seiner Wärme und seiner Kraft. Dann senkte er sie auf das Kissen und legte den Kopf schief, um den Kuss zu vertiefen. Ihre willige Antwort spornte ihn zu weiteren Erkundungen an, und als er die Hand um ihre Brust legte, bäumte sie sich auf und verlangte nach mehr.

Er fühlte sich so gut an, hart, wo sie weich war. Sie konnte sein Verlangen nach ihr in jeder Berührung, jeder Bewegung seines Körpers spüren, und sie war erstaunt, wie *richtig* es sich anfühlte, erstaunt, das zu finden, was sie ihr Leben lang gesucht hatte. Seine Lippen streiften die ihren, und dann stützte er sich mit den Armen ab, um sich auf sie zu legen.

Sie konnte ihn pulsieren spüren, und seine Hände wanderten gierig über sie hinweg wie die eines Blinden, der seine Umgebung durch den Tastsinn erobert. Sie packte seine Schultern. Nur ihr Nachthemd und seine Hose trennten sie voneinander, und den raschelnden Geräuschen des Stoffes nach würde auch diese notdürftige Barriere nicht mehr lange halten.

»Morgan, halt!«

»Bitte sag, dass du nicht halt gesagt hast.«

Der Arme klang, als ersticke er. Beinahe hätte sie den Bedürfnissen seines Körpers nachgegeben, die auch die Bedürfnisse ihres Körpers waren, doch dann fiel ihr ein, wo sie waren.

Und wie sehr ihr Bett quietschte.

»Morgan, wir sind im Haus der Kahns. Ich kann ihr Vertrauen und ihre Gastfreundschaft nicht so missbrauchen.«

Er murmelte etwas in ihr Haar, das sich wie »Zum Teufel mit den Kahns!« anhörte, doch dann löste er sich mit einem abrupten Seufzer von ihr und beugte sich stattdessen so über sie, dass seine Stirn die ihre berührte. Er stützte sich rechts und links von ihr mit den Armen ab und hob den Kopf, um sie mit dunklen Augen zu fixieren.

»Heirate mich, Mandy. Das war es, was ich gestern Abend

im Garten zu dir sagen wollte. Heirate mich und lass uns zusammen leben. Ich liebe dich«, raunte er und wäre dann vor Verblüffung fast vom Bett gefallen. Er sah sie an, als hätte er sie noch nie zuvor gesehen, und dann lachte er laut auf.

»Ich *liebe* dich, Mandy. Wer hätte das gedacht?«

»Ja, Morgan, ich werde dich heiraten, denn ich weiß jetzt, dass ich dich auch liebe. Und wir werden uns ein sicheres Fleckchen suchen, und nichts wird uns je trennen.«

Ein Schatten huschte über sein Gesicht, und er stand auf. Er wies sie mit einer Geste an, liegen zu bleiben, doch Amanda fühlte sich nicht wohl dabei, denn sie wollte ihm ins Gesicht sehen. Sie kletterte aus dem Bett und zog sich den Morgenrock an, der am Fußende gelegen hatte, während Morgan aus dem Fenster blickte und den sich lichtenden Himmel betrachtete.

»Was ist es, das du mir nicht erzählst, Morgan?«, fragte Amanda und schnürte den Morgenrock zu.

Er wandte den Kopf und betrachtete sie, bevor er vor sie hintrat. Dann faltete er die Hände hinter dem Rücken und schaukelte auf den Fersen vor und zurück. Sie kniff die Augen zusammen, denn sie sah dieses Gebaren nicht zum ersten Mal.

»Ich muss dir Folgendes sagen. Ich will dich heiraten. Hier und heute. Ich möchte dich nach St. Augustine mitnehmen und dich in meinem Haus unterbringen. Dann muss ich fort, Liebste.«

»Fort?« Amanda runzelte die Stirn. »Wohin denn?«

»Ich habe der Marine der Vereinigten Staaten meine Mithilfe bei ihrem Kampf gegen die Piraten angeboten.«

Sie starrte ihn völlig verdattert an. Genauso gut hätte er sagen können, dass er zum Mond fliegen wolle.

»Der Marine der Vereinigten Staaten? Aber warum denn, Morgan? Du hasst die Marine. Und du könntest verletzt oder gar getötet werden.«

»Ich habe es für dich getan. Nein, ich habe es für *uns* getan und für die Kinder, die wir vielleicht einmal bekommen.«

Seine Miene verhärtete sich, und er beugte sich vor.

»Wir müssen unser gemeinsames Leben völlig neu beginnen, damit man dir nicht ewig hinterhertuschelt: ›Seht nur, da geht Kapitän Sinisters Dirne …‹ Ich werde für meine Mithilfe eine Begnadigungsurkunde bekommen, die Präsident Monroe möglicherweise persönlich unterzeichnen wird.«

»Du tust es für mich? Für mich?« Sie packte ihn mit beiden Händen am Kragen. »Zum Teufel mit den Vereinigten Staaten und ihrer Marine und … und dem Kongress und Präsident Monroe noch dazu. Das interessiert mich alles nicht; mich interessierst nur du, Morgan.«

Jetzt war es an ihm, sprachlos zu sein. Dann vertieften sich seine Lachfältchen.

»›Zum Teufel mit den Vereinigten Staaten und Präsident Monroe‹? Mrs. Stephenson, ich bin schockiert. Was für eine Ausdrucksweise. Und was für eine kleine Konterrevolutionärin Sie doch sind!«

Amanda ließ ihn los und wies zur Tür.

»Hinaus mit dir, du Schuft. Ich habe doch nicht meinen ersten Ehemann beerdigt, nur um einen zweiten zu heiraten und ihn gleich darauf auch noch zu beerdigen.«

Doch Morgan trat auf sie zu und ergriff ihre Handgelenke.

»Ich gehe nicht fort von hier, Mandy. Nicht jetzt, wo endlich alles so ist, wie ich es mir wünsche.«

Als sie zum Sprechen ansetzte, legte er ihr einen Finger auf die zusammengepressten Lippen.

»Sei still und hör mir zu.«

Ohne ihre Handgelenke loszulassen, zog er sie hinter sich her und setzte sich auf den Stuhl am Fenster. Er ächzte alarmierend, brach aber nicht zusammen, als er sie auf seinen Schoß zog.

Amanda saß so steif da, als wäre sie an einen Pfahl gefesselt, doch sie ließ sich von ihrer entwürdigenden Position nicht beeindrucken. Dann verstrichen die Sekunden, ohne dass ein Wort fiel, und schließlich sah sie ihn an.

»Nun?«

Morgan betrachtete sie auf seine schweigsame, abschätzende Weise.

»Ich wollte warten, bis du dich so weit beruhigt hast, dass wir dic Sache vernünftig bereden können.«

»Ich bin ganz ruhig«, sagte sie mit zusammengebissenen Zähnen.

Statt einer Erwiderung erzählte er ihr von seiner mitternächtlichen Unterhaltung mit Kommodore Porter.

»… und darum müssen wir heute noch heiraten und nach St. Augustine aufbrechen. Nein«, sagte er und gebot ihr mit erhobener Hand Einhalt, als sie etwas erwidern wollte. »Ich habe deine Einwände gehört, und mir fallen durchaus auch selbst ein paar ein, Mandy. Aber darum geht es jetzt nicht. Ich muss nur wissen, ob du es ernst gemeint hast, als du gesagt hast, dass du mich liebst.«

Sie schwieg einige Herzschläge lang, dann ergab sie sich mit einem Seufzer in ihr Schicksal und legte den Kopf an seine breite Schulter. Er streichelte ihre Locken und schmiegte sie dichter an sich, sodass sie dem tröstenden Pochen seines Herzens lauschen konnte.

»Ja, ich liebe dich, Morgan. Bitte geh nicht fort.«

Er senkte den Kopf und küsste sie auf den Scheitel.

»Glaube mir, Mandy, dich zu verlassen ist das Letzte, was ich tun möchte. Aber es geht nicht anders. Und mir bleiben noch ein paar Wochen, um meine Angelegenheiten zu ordnen. Lass uns also das Beste daraus machen.«

Er beugte sich vor, legte ihr den Finger unter das Kinn und küsste sie sanft auf die Lippen. Sie erwiderte den Kuss und wurde mit dem Stöhnen belohnt, das aus seiner Brust aufstieg. Diesmal war er derjenige, der die Umarmung löste. Schweißtropfen standen ihm auf der Stirn, als er sie hinstellte, um dann selbst aufzustehen. Er wandte sich ab und zupfte seine Kleidung zurecht.

»Wie du sehen kannst, Liebste, kann ich es einfach nicht mehr ertragen, mich in deiner Gegenwart aufzuhalten, ohne mit dir verheiratet zu sein. Ich würde es nicht über mich bringen, mit dir als meiner Verlobten nach Florida zu fahren, ohne dass ich mich dir nähern darf.«

»Morgan, wie können wir denn hier heiraten, wenn du in St. Augustine lebst?«

Jetzt kam das Lächeln, das in Morgans Mundwinkel lauerte, ganz zum Vorschein.

»Ich höre, der Vikar sammelt Spenden für ein Waisenhaus. Ich habe das Gefühl, dass ich ihn überreden könnte, uns hier zu trauen, auch wenn ich meinen Wohnsitz in Florida habe. Ich verspreche dir, dass wir unsere Hochzeit in St. Augustine feiern und dort alles nachholen werden, aber ich möchte mit der Abendflut auslaufen.«

»Mir geht es nicht um eine Hochzeitsfeier, Morgan.«

Ihre Lippen brannten, und als sie leicht mit dem Finger darüberfuhr, konnte sie ihre eigene Sehnsucht spüren.

»Wenn du alles Nötige in die Wege leiten kannst, werde

ich dich heute heiraten. Lieber Himmel«, sagte sie leise. Heute Abend würde sie Mrs. Morgan Roberts sein. Mrs. Kapitän Sinister, dachte sie mit einem verstohlenen Grinsen.

»Dann sehen wir uns heute Nachmittag, Mandy.«

Er drückte ihr einen kleinen Kuss auf den Mund, der keine Bedrohung für ihre Selbstbeherrschung darstellte. Dann winkte er ihr ein letztes Mal zu, kletterte wieder aus dem Fenster und ließ sich an der Magnolie zu Boden gleiten.

KAPITEL 18

Amanda kleidete sich an und verließ ihr Zimmer. Als sie die Tür hinter sich schloss, standen Mrs. Kahn und Judith Seite an Seite vor ihr.

»Oh!«

Sie fuhr sich mit der Hand an den Hals und spürte, wie ihr die Farbe ins Gesicht stieg.

»Guten Morgen, die Damen. Haben Sie, äh, gut geschlafen?«

»Ja, bis ich die Stimmen in deinem Zimmer gehört habe«, sagte Judith. »Und?«

Amanda errötete noch mehr, doch ein Teil der Wärme, die sich in ihr ausbreitete, war einfach nur ihrer Freude zuzuschreiben.

»Wünscht mir Glück – ich habe Kapitän Roberts' Antrag angenommen.«

Mrs. Kahn strahlte und schlug die Hände zusammen, während Judith loskreischte und ihr um den Hals fiel.

»Sie und Morgan! Welch ein wunderbares Paar!«, sagte Mrs. Kahn.

»Oh, Amanda, wir müssen sofort damit anfangen, deine Hochzeit zu planen. Kapitän Roberts wird sicher nicht lange warten wollen.«

Amanda schüttelte den Kopf.

»Kapitän Roberts hat gesagt, wir sollten heute noch heiraten, Judith. Er muss sofort nach St. Augustine zurück; wir reisen heute Abend ab.«

»Oh, aber Amanda …«

»Still, Judith. Wir werden dafür sorgen, dass Mrs. Stephenson und der Kapitän eine schöne Hochzeit bekommen. Gehen wir in die Küche, um mit Sukie zu sprechen, und dann können wir uns beim Frühstück weiter unterhalten. Kommt mit, ihr beiden.«

Mrs. Kahn übernahm das Kommando und organisierte ihre Truppen. Etwas später begann Amanda mit Benjamins Hilfe, die Materialien einzupacken, die sie in Savannah bereits für ihre Seifenherstellung eingekauft hatte.

»… und Judith, hier ist ein Brief für Madame Bernard. Darin steht, wie sie sich in St. Augustine mit mir in Verbindung setzen kann. Ich werde sie natürlich weiterhin beliefern.« Amanda tippte sich nachdenklich ans Kinn. »Zunächst werde ich die Frachtkosten nach Savannah selbst übernehmen, und wenn das Geschäft gut geht, werde ich sie vielleicht in einem halben Jahr mit berechnen.«

»Zum Kuckuck«, sagte Judith, »heute ist deine Hochzeit, Amanda! Du solltest an deine Ehe denken, nicht ans Geschäft.«

»Ich bin schon einmal verheiratet gewesen, und ich bin mir sicher, dass Kapitän Roberts und ich … schon miteinander auskommen werden. Wir sind schließlich beide keine Kinder mehr.«

Judith schnaubte verächtlich.

»Aber du gehst auch noch nicht am Krückstock. Ich weiß doch, wie er dich ansieht, und ›miteinander auskommen‹ ist nicht die Bezeichnung, die ich für eine solche Ehe wählen würde.«

»Ja, schön, wie auch immer, ich muss mich trotzdem darum kümmern, hier alles einzupacken und in St. Augustine von vorn zu beginnen.«

Dennoch hielt Amanda inne, um ihre Freundin kurz zu umarmen.

»Dich dabeizuhaben, wird die Hochzeit noch schöner machen«, sagte sie. »Und jetzt könnte ich deine Hilfe beim Ankleiden gebrauchen.«

Das Hochzeitskleid war ein elegantes Tageskleid aus hellblauem Musselin mit einer tiefrosafarbenen Pelisse. Ein Spitzenhäubchen, auf dem ein rosa Satinhütchen thronte, komplettierte das Frühlingsensemble. Judith war in Zartrosa gekleidet, eine Farbe, die ihre blasse Haut betonen würde, wenn sie den Platz der Brautjungfer an Amandas Seite einnahm.

Sie aßen in Eile zu Mittag, und obwohl sich Amanda tapfer gab, bekam sie vor lauter Aufregung keinen einzigen Bissen herunter. Judith half Amanda, ihren Brautstrauß aus Rosen und Farnen aus dem Garten der Kahns zu binden.

»Beiß dir auf die Lippen, Amanda, damit sie etwas Farbe bekommen.«

»Glaubst du, Morgan ist vielleicht etwas zugestoßen? Sollte er nicht inzwischen hier sein?«

Jetzt war es an Judith, Amanda kurz zu drücken.

»Er hat seine Fehler, wie alle Männer, aber Morgan Roberts ist zuverlässig, Amanda. Wenn er gesagt hat, er kommt, um dich zu heiraten, dann kommt er auch.«

Männergelächter an der Eingangstür ließ sie beide verstummen, und dann seufzte Amanda erleichtert auf, während Judith lachte.

»Siehst du? Du hast dir umsonst Sorgen gemacht. Aber zumindest weiß ich jetzt, dass du wirklich Gefühle hast, Amanda. Wie kann man nur an seinem Hochzeitstag so ruhig und vernünftig sein? Lass uns deine Blumen holen.« Sie lächelte. »Wir wollen doch nicht, dass Kapitän Sinister ungeduldig wird.«

***

Gabe unterhielt sich mit Mr. Kahn, und die beiden Männer lachten gerade über einen von Gabriels Witzen, als Mr. Kahn die Tür schloss, doch für Morgan hätten sie genauso gut Hindi sprechen können. Er wischte sich die Hände an der Hose ab und zupfte zum wiederholten Mal an seinem Halstuch.

»Morgan, lass das. Am Ende löst es sich noch, und die Sache mit dem Ausziehen kommt erst nach der Zeremonie.«

Jacob Kahn tarnte sein Kichern, indem er hustete, und Morgan funkelte seinen besten Freund und seinen Trauzeugen böse an.

»Es ist so eng, verdammt. Ich bekomme keine Luft.«

»Ha! Ich weiß genau, warum du keine Luft bekommst, mein Freund. Es gibt Ärzte, die empfehlen würden, dich zur Ader zu lassen, um dir die überschüssigen Körpersäfte abzuzapfen.«

»Es ist aber nicht mein Blut, das man mir abzapfen müsste«, brummte Morgan. Er erspähte sich mit seinem ordentlich gekämmten und geflochtenen Haar im Flurspiegel und runzelte die Stirn über den Anblick, der sich ihm bot.

»Sieh nur, wie weiß mein Haar schon wird.«

»Immerhin haben Sie noch Haare, Kapitän«, sagte Kahn und fuhr sich mit der Hand über seine Glatze. »Nun sorgen Sie sich nicht. Glauben Sie mir, wenn uns die Frauen nur unseres Aussehens wegen heiraten würden, gäbe es auf der Welt viel mehr Junggesellen. Gabriel, haben Sie den Ring?«

»Sicher verstaut«, sagte Gabriel und legte die Hand auf seine Westentasche.

Es gab einen Ring. Das war gut, weil es bedeutete, dass es auch eine Hochzeit geben würde, nicht wahr? Bald würde der Ring an Amandas Finger stecken, und sie würde mit ihm verheiratet sein.

Statt ihn noch nervöser zu machen, löste der Gedanke, seine Mandy endlich ganz für sich zu haben, seine Anspannung ein wenig, und er blickte auf, als er ein Geräusch auf der Treppe hörte.

Die Frauen standen oben auf dem Treppenabsatz. Ein Lächeln breitete sich über Morgans Gesicht.

»Meine Braut«, flüsterte er und sah zu, wie sie von Judith gefolgt die Treppe herunterkam.

***

Die kleine Kapelle in der Nähe der Docks hätte dringend eine Renovierung brauchen können, doch sie war sauber und ordentlich, und das freundliche Gesicht des Predigers, der sie an der Tür erwartete, wurde von einem breiten Grinsen erhellt.

»Dies ist also die Dame, die den berüchtigten Kapitän Sinister erobert hat«, sagte er.

»Mandy, das ist Reverend James Macintosh. Dieser alte Schurke war der Fluch der Karibik, bevor er sich einen neuen Hafen gesucht hat.«

»Jetzt aber keine Lügen, Sinister, heute ist Ihr Hochzeitstag!«, sagte Macintosh und zeigte mit dem Finger auf den Bräutigam.

Amanda lächelte dem wettergegerbten Prediger zu, als

dieser sie ins Innere der Kapelle winkte. Es war nicht zu übersehen, dass die Kapelle für die Seeleute gedacht war, denn die unebenen Wände waren mit primitiven Bildern bemalt, die Noahs Arche, Jonas und den Wal sowie Petrus und seine Netze zeigten.

»Diese Hochzeit ist zwar auf die Schnelle zustande gekommen, aber Ihre Bindung wird dennoch volle Gültigkeit haben, Mrs. Stephenson.«

»Solange Sie sich nur beeilen, James, uns läuft die Zeit davon«, brummte Roberts.

»Oh, nun ja, solange es nur die Zeit ist«, sagte Macintosh. Dann öffnete er sein Buch und begann mit dem Gottesdienst.

Es war still in der Kapelle, während der Priester las. Die Kahns, Gabe und Judith fungierten als Zeugen. In der gedämpften Stille eines warmen Nachmittags im Süden, dessen Luft nach Salz und Fischen von den Docks roch, wurde Amanda Brooke Winthrop Stephenson mit Kapitän Morgan Roberts vermählt.

»… mit diesem Ring nehme ich dich zur Frau, mit meinem Körper ehre ich dich …« Morgan schluckte. »Und was mein ist, soll auch dein sein.«

Er steckte ihr den filigranen Goldring an den Finger. Ihre Hand lag verloren in der seinen, und sie zitterte leicht, hielt ihn aber fest, als Reverend Macintosh zum Ende kam: »… indem ihr euch bei den Händen nehmt, erkläre ich euch zu Mann und Frau.«

Morgan legte Amanda einen Finger unter das Kinn und hob ihren Kopf. Ihre blauen Augen waren voller Vertrauen, und er fühlte sich geehrt, dass diese Frau zugestimmt hatte, ihr Leben mit dem seinen zu verbinden. Er neigte den Kopf und verband seine Lippen mit den ihren zu einem Kuss, der nach Liebe und Kameradschaft schmeckte – und einem Hauch kommender Leidenschaft.

Als er den Kopf hob, war seine Braut so rot geworden wie ein junges Mädchen am Hochzeitstag, und er schob ihre Hand durch seinen Arm und zog sie an seine Seite. Nun war sie wirklich *seine* Mandy, die er zu schützen, zu umsorgen und zu lieben hatte.

»Mazeltov und alles Gute«, sagte Jacob Kahn. Er strahlte Amanda an, und Sarah Kahn umarmte sie herzlich. Die Männer drängten sich um Morgan, um ihm auf den Rücken zu klopfen und ihm die Hand zu schütteln.

Macintosh ließ sie unterschreiben und überreichte Amanda ihren Trauschein.

»Damit alles seine Richtigkeit hat«, sagte er augenzwinkernd und wünschte ihnen Glück.

»Ich weiß, dass Sie heute Abend noch die Segel setzen müssen«, sagte Kahn, »aber es wäre uns eine Ehre, wenn Sie mit uns nach Hause kommen würden, damit wir auf Sie anstoßen können. Sukie und Mrs. Kahn haben Ihnen für die Reise etwas zu essen eingepackt.«

»Oh, bitte sag ja, Morgan. Dann kann ich mich noch von Sukie und ihrer Familie verabschieden«, bat Amanda, und Morgan war einverstanden. Er half ihr in die Kutsche und sprang hinterher. Amanda schob sich das Hütchen zurecht, um ihr Gesicht vor der Nachmittagssonne zu schützen, und betrachtete die Schiffe, die im Hafen lagen.

»Kommt Mr. Lopez mit uns nach Florida?«

Bevor Gabe antworten konnte, sagte Morgan: »Der Letzte, den ich auf meiner Hochzeitsreise dabeihaben möchte, ist Gabriel Lopez. Nein, er muss hier in Savannah bleiben, um sich auf seine eigene Hochzeit vorzubereiten. Vorerst kommen wir ohne ihn zurecht.«

Benjamin strahlte, als er der kleinen Hochzeitsgesellschaft die Tür öffnete. Das Foyer war voller Blumen, die er und Matilda im Garten geschnitten hatten, während Sukie in der Küche gearbeitet hatte.

»Willkommen, Kapitän und Mrs. Roberts – und herzlichen Glückwunsch!«

»Danke, Benjamin«, sagte Morgan. Er folgte den Kahns und Gabriel in das Esszimmer, wo Wein und Gebäck bereitstanden. Auf der Anrichte stand ein mit Schleifen verzierter Korb für ihre Abreise bereit.

Jacob schenkte den Wein aus und bestand darauf, dass sich Sukie, Benjamin und Matilda auch zu ihnen gesellten.

»Auf die Braut und den Bräutigam! Möge das Glück ihnen hold sein, mögen sie würdige Kinder aufziehen, und möge es ihnen gegönnt sein, die Kinder ihrer Kinder zu Gesicht zu bekommen. *L'chaim!*«

Amanda trank, und Morgan konnte sehen, wie ein Hauch von Traurigkeit ihr Gesicht überzog. Sorgte sie sich, weil er sie verlassen würde, um sich Porter anzuschließen?

»Mut und Tatkraft«, flüsterte er und drückte ihr die Hand.

Amanda lächelte ihn an, und er hielt ihre Hand weiter fest.

Gabriel wandte sich dem Brautpaar zu und hob seinerseits das Glas.

»Die Weisen sagen, ein großer Mann solle sich nicht zu schade sein, einem Geringeren als Trauzeuge zur Seite zu stehen. Wir wissen das, weil der Allerheiligste bei Adams Hochzeit mit Eva in Eden Trauzeuge war. – Wie hätte ich also die Gelegenheit versäumen können, Trauzeuge des berüchtigten Kapitän Sinister zu sein? Auf die Braut und den Bräutigam!«

»Auf Braut und Bräutigam«, lachten die anderen.

Viel zu bald war es Zeit zum Aufbruch. Amanda bedankte sich bei Sukie und Benjamin, und als sie Sarah und Judith umarmte, bekam sie feuchte Augen.

»Ich kann gar nicht sagen, wie willkommen ich mich hier gefühlt habe. Ich hatte Angst, in diesem neuen Land verlassen und ohne Freunde zu sein, und jetzt fühle ich mich reich beschenkt. Vielen Dank für alles, was Sie für mich getan haben.«

Auch Sarah betupfte sich die Augen.

»Ich weiß, dass Sie Morgan Roberts glücklich machen werden und dass er Ihnen ein guter Ehemann sein wird. Ich wünsche Ihnen genauso viel Freude und Hingabe, wie ich sie mit meinem Jacob erlebe.«

Judith erwiderte ihre Umarmung.

»Ich erwarte regelmäßige Berichte über dein Geschäft, Mrs. Roberts. Und wenn es irgendwie möglich ist, hoffe ich, dich bei meiner Hochzeit zu sehen. Doch ich werde es dir nicht übel nehmen, wenn du unabkömmlich bist. Du wirst in den nächsten Wochen viel zu tun haben und brauchst Zeit, um dich in deinem neuen Zuhause einzurichten.«

»Danke für dein Verständnis, Judith.«

»Es ist Zeit, Mandy«, sagte Morgan. Er hielt den schweren Korb voller Köstlichkeiten in der einen Hand und streckte ihr die andere entgegen.

Benjamin fuhr sie zu den Docks, wo die Mannschaft der *Zephyr* an der Reling stand und den Kapitän und seine Braut mit Jubelrufen an Bord willkommen hieß.

Morgan wandte sich Amanda zu.

»Ich muss mich noch um ein paar Dinge kümmern, wenn wir es heute Abend schön haben wollen, Amanda. Wie wäre es, wenn du nach unten gehst und dich ausruhst, und ich komme später nach?«

Sie errötete, denn seine Worte waren zwar unschuldig, doch der Ausdruck seiner Augen war es nicht. Von plötzlicher Befangenheit ergriffen, nickte sie und raffte ihre Röcke, um die Leiter zur Kapitäns… nein, zu *ihrer* Kajüte hinunterzusteigen.

Amanda packte alles aus, was sie für die Nacht brauchen würde. Sie stellte ein Cremetöpfchen auf ein Wandbord und legte ihre Bürsten neben Morgans, die sie kurz mit dem Finger berührte. Es war eine einfache, schmucklose Bürste, in deren Borsten noch einige Haare hingen. Amanda warf einen Blick auf die Koje, die jetzt durch das Bullauge von der frühen Abendsonne beleuchtet wurde. Das Bett war ordentlich gemacht, und die Decken waren gerade zurechtgezogen. Ein Schauer lief ihr über den Körper. Sie brauchte sich zwar nicht vor dem Unbekannten zu fürchten wie eine Jungfrau, doch das bedeutete nicht, dass es sie nicht nervös machte, ihr Bett wieder mit einem Mann zu teilen. Vor allem mit diesem Mann.

Morgan war so anders als Geoffrey. Wenn sie mit Geoffrey intim gewesen war, hatte sie sich in seiner Nähe geborgen gefühlt. Doch wenn sie Morgan küsste, fühlte es sich anders an als bei Geoffrey. Vollkommen anders.

Zu ihrer eigenen Überraschung gähnte sie, und plötzlich sah die Koje einladend aus. Es *war* ein langer Tag gewesen, der noch lange nicht vorüber war. Sich auszuruhen schien gar nicht so unklug zu sein.

***

Amandas Augen öffneten sich flatternd im Zwielicht der Kajüte. Morgan stand neben der Koje, die Hände hinter dem Rücken verschränkt, und betrachtete sie. Sie fühlte sich so sehr an ihre erste Begegnung erinnert, dass sie bei dem Gedanken daran lächelte. Diesmal jedoch hatte er sein wildes Haar im Nacken gebändigt, und er hatte sich am Morgen für die Hochzeit glatt rasiert. Doch schon zeigte sich auf seinem Kinn ein Schatten, der ihn etwas weniger zivilisiert aussehen ließ.

Und damit etwas vertrauter.

»Ich kann mich nicht entscheiden, ob du mir rasiert oder mit Bart besser gefällst, Kapitän.«

Er lächelte ihr zu.

»Ich dachte, je mehr von dieser zerklüfteten Visage verdeckt ist, je besser müsste sie dir gefallen, Mandy.«

Er setzte sich zu ihr auf die Koje.

Sie streckte die Hand aus, und er hielt den Atem an, als ihr Finger den Verlauf der Narbe nachzog, die sich über seine Wange zog.

»Wer hat dir das angetan?«

Er zuckte mit den Achseln.

»Ein Amerikaner. Ein Spanier. Es ist schon so lange her, dass ich es vergessen habe. Stört dich die Narbe?«

»Nein«, sagte sie und schüttelte den Kopf. »Sie ist ein Teil dessen, was du bist, Kapitän. Mein Kapitän Sinister.«

Er wandte den Kopf und küsste ihre Handfläche, die an seinem Gesicht ruhte. Sie spürte, wie die Wärme seiner Lippen über ihren Arm bis in ihren Bauch ausstrahlte, wo sie ruhte wie ein Funke, der auf das Zunderstückchen wartet.

»Es ist spät geworden«, sagte er leise. »Hast du Hunger?«

Er drehte sich und ergriff ihre Hand, um sein von Bartstoppeln aufgerautes Gesicht an ihrer Handfläche zu reiben. Sie konnte ihn unter ihren Fingerspitzen spüren, die Härchen, die Narben, die Haut, die so ganz anders war als die ihre. Jedes Mal, wenn sie ihn berührte, kam ihr zu Bewusstsein, wie verschieden sie waren und wie ihre Seele dennoch nach der seinen rief.

»Ich habe Hunger, Mandy«, fuhr er fort. »Solchen Hunger habe ich noch nie empfunden. Dieser Hunger gehört schon ewig zu mir, und bis jetzt konnte ihn nichts und niemand stillen.«

Er fuhr mit der Zunge über ihre Handfläche und kostete ihre Finger. Sein Mund bewegte sich über ihre Hand zu ihrem Handgelenk, wo er über dem Puls verharrte, der einen rasenden Trommelwirbel schlug, und sie spürte, wie seine warmen Lippen über dieses Anzeichen ihrer Erregung lächelten.

»Du schmeckst köstlich, Mandy.«

Sie leckte sich die Lippen, die plötzlich ganz trocken waren.

»Vielleicht sollten wir zu Abend essen?«

Sie sah seine Zähne im Schatten der Dämmerung aufglänzen.

»Das Abendessen kann warten. Ich habe schließlich Mandeln und Sahne.«

Sein Mund fuhr über die empfindliche Unterseite ihres Armes, und sie fragte sich, ob es klug gewesen war, sich für ihr Nickerchen bis auf das Unterhemd zu entkleiden.

»Aber was ist mit der Mannschaft?«

»Sollen sie sich doch selbst etwas zu essen besorgen. Oder eine Frau.«

Morgan setzte sich auf und legte ihr die Hände auf die Schultern, um ihr sanft mit den Daumen über die Schlüsselbeine zu streichen und die Bettdecke fortzuziehen. Er gab sich, als hätte er alle Zeit und alle Geduld der Welt, doch auf seiner Stirn glänzte der Schweiß.

»Das wünsche ich mir schon so lange«, murmelte er.

»Seit Key Marquez?«

Er schüttelte langsam den Kopf und streichelte ihren Hals.

»Nein. Mein ganzes Leben lang.«

Die Intensität der Empfindungen, die er bei der leisesten Berührung ihrer Haut auslöste, erschreckte sie. Sie streckte die Hand aus, um die Bettdecke wieder an sich zu ziehen, hielt dann aber inne. Sie war jetzt Morgans Frau. Er konnte sie berühren. Und sie konnte die Berührungen erwidern.

Mutig hob sie die Hände und begann, seine Halsbinde zu lösen.

Er erstarrte, doch dann lächelte er wieder.

»Dann kann das Abendessen also warten?«

»Das Abendessen kann warten.«

Amanda kam ganz unter der Decke hervor und kniete sich neben ihn. Dabei passte sie sich der Bewegung des Schiffes an. Morgan fuhr ihr mit der Hand von den Schultern bis zu den Hüften, wo er innehielt. Der Pulsschlag unter seinem Kinn war das einzige äußere Anzeichen seiner Anspannung. Amanda senkte den Blick. Vielleicht ja doch nicht das *einzige* Anzeichen.

»Halt still, Morgan. Das hier wünsche *ich* mir schon den ganzen Tag.«

Er zog die Augenbrauen hoch, bewegte sich aber nicht, als sie ihm in den Nacken griff und sein Haarband löste. Dann kämmte sie ihm mit den Fingern die Haare aus, bis sie sein Gesicht einrahmten.

»Viel besser«, sagte sie, und seine Mundwinkel kräuselten sich, doch er hielt weiter still.

Sie löste das Halstuch und machte sich dann an die Knöpfe seines Hemdes. Wie immer, wenn er an Bord seines Schiffes war, war Morgan barfuß, und ihr ging durch den Kopf, dass es ohne Schuhe viel einfacher war, ihn auszuziehen.

Jedes Mal, wenn ihre Fingerspitzen seine Brust berührten, wurde sein Atem heftiger. Seine Hände krallten sich in ihre Hüften, als sie ihm zwischen den offenen Hälften des Hemdes von der Kehle bis zum Nabel und wieder zurück fuhr. Schließlich hielt ihre Handfläche an der Stelle inne, an der sie seinen Herzschlag spüren konnte.

Sie beugte sich vor, um ihre Lippen auf seine Brust zu legen, ihn zu schmecken, den Geruch nach Salz und See und Moschus einzuatmen. Jetzt war es an *ihr* zu lächeln. Wenn es ihr gelänge, diesen Duft in Flaschen zu füllen, würden ihr die Frauen die Türen einlaufen, um ihn für ihre Männer zu kaufen.

Er atmete tief, beinahe seufzend ein und legte seinerseits die Hand auf dieselbe Stelle auf ihrer Brust, und sie spürten ihre Herzen wie ein einziges schlagen, vereint in der Stille des Ozeans.

»Meine Frau«, flüsterte er, und ohne die Berührung ihrer Hände zu lösen, neigte er den Kopf, bis sich ihre Lippen berührten. Er vertiefte die Berührung zu einem Kuss, der den Funken in ihr nährte, bis er jede Körperzelle erfasste.

Sie stöhnte auf und presste sich an ihn. Er legte sie auf das Bett, und sie hörte das Geräusch von Knöpfen, die sich lösten. Er legte sich neben sie, nur noch im Hemd, das jetzt ganz geöffnet war, und in der Hose, die tief auf seiner Hüfte saß.

»Lass mich ein, Amanda«, flüsterte er und schob ihr die

Hand zwischen die Beine, um sie auseinanderzuschieben. Sie hob sich seiner Berührung entgegen und hätte fast jede Fassung verloren, als er sie zu streicheln begann und seine rauen Finger gleitend in die Hitze eindrangen, die ihn willkommen hieß. Sie klammerte sich an ihm fest, während die Wärme sie durchwogte.

»Lieber Gott, Mandy, ich kann nicht länger warten.«

Er löste sich von ihr, um die Hose von seiner Hüfte zu zerren und sich das Hemd auszuziehen, dann kniete er sich neben sie und versuchte, die Bänder ihres Unterhemds zu öffnen. Doch seine Hände zitterten, und schließlich sagte er ein Wort, das sie noch nie gehört hatte, und riss das Hemd entzwei.

»Morgan!«

»Keine Sorge, Mandy, ich will ... ich will dich nur ganz sehen.« Er holte tief Luft, um sich wieder etwas zu fangen. »Du bist so schön.«

Er zog ihr die Leinenfetzen von den Schultern und warf sie beiseite. Dann nahm er ihre Brüste in seine großen Hände und drückte ihr einen Kuss auf die eine, dann auf die andere, während seine Finger sie streichelten. Seine Zunge berührte ihre Brustwarze, und dann nahm er sie zwischen die Lippen.

Amanda stieß ein unterdrücktes Wimmern aus.

»Habe ich dir wehgetan?«

Statt einer Antwort grub sie die Hand in seine Haare und zog ihn dichter an sich. Also wiederholte er den Angriff, um dann der zweiten Brust dieselbe Aufmerksamkeit zukommen zu lassen. Jetzt klammerte sich Amanda mit beiden Händen an seine Haare, und er saugte an ihr, wanderte mit der Zunge über sie hinweg und drückte ihre Brüste zusammen, als wollte er all ihre Empfindungen an die Oberfläche holen.

Noch nie hatte sie solches Verlangen verspürt, solche Sehnsucht, wie sie jetzt durch ihren Körper raste. Bis jetzt war das Ehebett für sie ein Ort gewesen, an dem man sich nahe war und sich festhielt, bis am Ende einige ruckartige Bewegung und ein wenig Nässe folgten. Nicht dieses Gefühl, als lägen all ihre Nerven bloß, nicht diese Hilflosigkeit in seinen Händen.

Amandas Hände fuhren drängend über seinen Rücken und fassten krampfhaft nach etwas, das nur er ihr geben konnte. Morgan kniete sich hin, und sie atmete leise keuchend.

Amandas Augen hatten sich an das Zwielicht gewöhnt, und als sie ihn jetzt ansah, weiteten sie sich.

»Himmel! Er ist zu … das geht niemals.«

Morgan lachte leise und heiser.

»Vertrau mir, Mandy. Ich verspreche dir, gewandt und vorsichtig zu sein.«

Amanda sah ihn an.

»Ich vertraue dir, Morgan. Von ganzem Herzen.«

Stöhnend küsste er sie erneut, und seine Lippen umschmeichelten ihren Mund, während er mit den Knien sanft ihre Beine auseinanderdrückte. Das Haar fiel ihm ins Gesicht, als er nun vorsichtig Einlass begehrte, in sie hineinglitt, langsam, sodass sie Zeit hatte, ihn ganz in sich aufzunehmen.

So etwas hatte Morgan noch nie erlebt. Alles in ihm schrie nach Vollendung, alles in ihr flehte um Geduld, und er meinte, dass er sterben würde. Immerhin würde er glücklich sterben. Er stützte sich auf die Unterarme und hielt mit letzter Kraft still.

»Schön?«, flüsterte er.

»Ich … ja«, flüsterte sie und leckte sich die Lippen. »Mein Gott, ich habe noch nie … oh!«

Sie schlang die Beine um seine Hüften, und all seine guten Vorsätze, es langsam und vorsichtig anzugehen, flogen über Bord. Er begann, sich auf ihr, in ihr zu bewegen, tiefer und tiefer, und als sie ihn als Reaktion noch fester umklammerte, küsste er sie, etwas, das er noch nie getan hatte, während er mit einer Frau … Aber sie war nicht irgendeine Frau, sie war *die* Frau. Dieser Gedanke erregte ihn noch mehr, und als sie ihm den Rücken entgegenhob und aufschrie, weil es vollbracht war, stieß er ein letztes Mal zu und ergoss sich in sie.

Zu Hause, dachte er unwillkürlich. *Zu Hause*.

***

Morgan ließ sich auf sie fallen und vergrub das Gesicht in ihrem Haar, während Amanda darauf wartete, dass die Welt gerade rückte und ihr Verstand seine Funktion wieder aufnahm. Morgans Küsse und Liebkosungen hatten sich schon immer schön angefühlt, doch *das*, dieses erschütternde Bersten aller Grenzen, hatte sie niemals erwartet.

Er hob sich und löste sich von ihr, und auch bei diesem unerwarteten Gefühl konnte sie ein plötzliches Aufkeuchen nicht unterdrücken.

»Geht es dir gut?«, fragte er und strich ihr eine verirrte Locke aus der Stirn.

Sie blickte ihm in die grauen Augen, in denen sich alle Farben der Nacht vereinten, und starrte ihn einfach nur an.

Dann brach sie in Tränen aus. Hemmungsloses Schluchzen.

»Ich habe dir wehgetan, nicht wahr?«, fragte er panisch. »Ich bin so rücksichtslos, bitte weine nicht, bitte nicht, Liebste, ich mache alles wieder gut.«

»Schsch«, sagte sie und legte die Hand über seinen Mund, während ihr die Tränen aus den Augen liefen. »Du brauchst nichts wiedergutzumachen. Es war doch wundervoll. Mir war nur nicht klar …«, sie schluckte und holte krampfhaft Luft, »mir war nicht klar, wie sehr mir diese Nähe gefehlt hat.«

Sie wischte sich die Tränen aus den Augen und legte ihm die andere Hand auf die behaarte Brust.

»Die Haut eines anderen Menschen an meiner Haut«, fuhr sie fort. »Ich bin so lange wie erstarrt gewesen, aber jetzt …«

Sie legte beide Arme um ihn und drückte ihn.

»Du bist warm und fassbar und wirklich und wundervoll. Mein Bär. Mein lieber Kapitän, ich liebe jeden pelzigen Zentimeter deines Körpers.«

»Oh. Nun, das ist natürlich etwas anderes.«

Er legte sich wieder neben sie und nahm sie in die Arme.

»War es denn schwierig für dich? Als Witwe, meine ich?« Er stieß ein grobes Geräusch aus. »Natürlich war es schwierig, was für eine dumme Frage.«

»Nein, sie war gar nicht dumm.«

Obwohl es ein merkwürdiges Thema für eine Hochzeitsnacht war, dachte sie und schmiegte sich dichter an ihn.

»Geoffrey ist lange krank gewesen, und als er gestorben ist, hat er mir als Freund gefehlt – jemand, mit dem ich über alles reden oder mit dem ich gemeinsam lachen konnte, Jemand, den ich in der Nacht festhalten konnte.«

Er streichelte ihr Haar, während sie redete.

»Ich bin noch nie verheiratet gewesen, Mandy. Das Leben eines anderen auf diese Weise zu teilen, ist etwas ganz Neues für mich.«

»Aber das Wichtigste weißt du doch schon, Morgan. Du

sorgst für meine Sicherheit und mein Wohlergehen, und du liebst mich.« Sie lächelte. »Judith hat mir ein altes Sprichwort gesagt: ›Liebe ist gut. Liebe mit Nudeln ist besser.‹ Das ist alles, was dazugehört, verheiratet zu sein.«

»Apropos. Ich habe etwas für dich.«

Er löste sich von ihr und ging zu seiner Seemannskiste. Er legte nicht die geringste Befangenheit in Bezug auf seine Nacktheit an den Tag. Amanda stützte sich auf ihren Ellbogen, um die Darbietung zu genießen. Sie hatte noch nie einen Mann gesehen, der so in seinem Körper zu Hause war. Seine Bewegungen besaßen eine natürliche Anmut, die sein Alter und auch die Narben und Verletzungen seines Abenteurerlebens Lügen strafte. Er war von der Sonne gebräunt, seine Muskeln waren geschmeidig, und als er sich jetzt wieder zu ihr umdrehte, spürte sie, wie der Anblick Kapitän Sinisters in seiner vollen Glorie sie erröten ließ.

Morgan kehrte mit einer flachen Schachtel zurück und setzte sich neben sie.

»Ich habe dir etwas mitgebracht, ein Hochzeitsgeschenk. Ich habe es mit meinem eigenen Geld gekauft, in Jacob Kahns Laden.«

Amanda ergriff die Schachtel, die mit weichem Samt überzogen war. Sie öffnete sie und schnappte nach Luft.

»Himmel!«

Ein tropfenförmiger Saphir glitzerte zu ihr auf, und die Diamanten, die ihn umringten, ließen seine Farbe umso tiefer erscheinen. Passende Ohrringe rahmten den Anhänger und die zarte Goldkette ein.

»Gefallen sie dir?«, fragte Morgan besorgt. »Sie passen zu deiner Augenfarbe.«

»Ob sie mir gefallen? Sie sind großartig. Danke, Morgan.«

Er entspannte sich.

»Zieh die Kette doch einmal an. Setz dich hin.«

»Jetzt?«, krächzte sie. »Ich habe doch gar keine Kleider an.«

»Dann können wir sie begutachten, ohne abgelenkt zu werden«, sagte er und nahm die Kette aus der Schachtel, um sie ihr um den Hals zu legen, sie in ihrem Nacken zu verschließen und den Anhänger zwischen ihre Brüste zu legen.

»Wie sieht es aus?«

»Mmmm … Nimm deine Haare, Mandy, und halte sie hoch.«

Sie schob beide Hände in ihre losen Locken und hob die Masse auf ihren Kopf, sodass sich ihre Brüste hoben.

»So?«, fragte sie vollkommen unschuldig.

»O ja, genau so«, murmelte er. Seine Augen waren halb geschlossen, doch sie konnte den Glanz seiner schwarzen Pupillen sehen. Er streckte einen Finger aus und berührte die Haut neben dem Kettenanhänger. Ein Schauer überlief sie, und Amanda setzte an, die Arme wieder zu senken.

»Werden deine Arme müde? Dann leg sie hin, so.«

Wie ein Bildhauer, der eine Fruchtbarkeitsgöttin formt, nahm Morgan ihre Hände und legte sie in ihren Schoß, eine auf jeden Oberschenkel.

»Strecke deine Finger aus und entspann dich. Genau. Setz dich auf deine Fersen. Ist das unbequem?«

»Ja. Nein. Nicht körperlich, aber ich komme mir bloßgestellt vor«, sagte Amanda. Die neu erwachten Regionen ihres Körpers begannen zu pulsieren, und sie verlagerte das Gewicht auf die Knie, um den Druck zu mindern.

»So ist es gut, nein, lass deine Hände hier, so«, sagte er leise. Er setzte sich im Schneidersitz vor sie hin, und Amanda sah, dass er wieder erregt und bereit war. Sie spürte, wie jede Faser ihres Körpers von Hitze durchflutet wurde.

Sie leckte sich die trockenen Lippen.

»Bist du … geht das denn? Zweimal in einer Nacht?«, entfuhr es ihr.

Er zog die Augenbrauen hoch.

»Nun, Mandy, ich glaube, ja. Es sei denn, es ist zu viel für dich?«

Sie schüttelte sacht den Kopf.

»Wenn du errötest, siehst du überall rosig aus«, sagte er leise. »Wie das Innere einer Muschel. Macht es dich verlegen, dass wir so nackt sind?«

»Ich … ich weiß es nicht. Ich fühle mich wie das Urweib, wenn ich hier so sitze – ganz und gar unziemlich«, stammelte sie.

Morgan hob mit den Fingern ihr Kinn an. Seine Augen waren jetzt schwarz, so schwarz wie die ungebändigten Locken, die ihm um den Hals und ins Gesicht fielen. Eine Strähne glitt ihm in die Stirn, und Amanda beugte sich vor und strich sie ihm zurück.

»Nein, es ziemt sich wirklich nicht, Mrs. Roberts«, sagte er. Dann legte er die Hände auf ihre Brüste und umkreiste mit den Daumen langsam die immer noch empfindlichen Brustwarzen. Sie versteiften sich, und das daraus resultierende Ziehen tief in ihrem Bauch ließ sie einen leisen Schrei ausstoßen. Morgan legte Daumen und Zeigefinger um die Knospen, um sanft daran zu ziehen, und sie taumelte auf ihn zu und wollte mehr.

»Nein, es ziemt sich wirklich nicht«, wiederholte er. »Fühlt es sich gut an?«

Ihre Knie rahmten seine Hüften ein, und sie konnte alles

spüren – sein Haar, das sich an ihren Beinen rieb, die schwieligen Fingerspitzen, die ihren Körper verzauberten.

»Fühlt es sich gut an?«

»Es fühlt sich herrlich an«, keuchte sie. Und wenn es sich für sie zum Dahinschmelzen anfühlte, so erschien es ihr nur gerecht, ihm denselben Gefallen zu tun. Amanda legte die Hände auf seine muskulösen Oberschenkel und bewegte sie langsam, langsam aufwärts. Morgan erstarrte und hielt den Atem an, als sie mit beiden Händen an ihm auf und ab strich.

»*Mandy!*«

Lächelnd legte sie den Mund an seinen Hals, ohne mit ihren Bewegungen aufzuhören. Sie fuhr mit der Zunge über die heiße Haut an seinem Hals, roch und schmeckte das Salz und prägte sich seinen Geschmack und seinen Duft ein, unter den sich jetzt der Geruch seines Samens an ihren Körpern mischte. Morgan vergrub die Hand in ihrem Haar, drückte den Mund auf den ihren und drang mit seiner Zunge ein – ein willkommener Eroberer. Er löste den Kuss als Erster und legte den Kopf zurück. Die Sehnen seines Halses zeichneten sich deutlich ab.

»Hör auf«, keuchte er, »sonst ergieße ich mich in deine Hand.«

Er fasste ihre Hüften und hob sie an, während er selbst sitzen blieb. Verblüfft legte Amanda ihm die Hände auf die Schultern, um das Gleichgewicht zu behalten. Er schloss kurz die Augen und schluckte, dann sagte er: »Halt dich fest, Liebste« und setzte sie mit weit gespreizten Beinen auf seinen Schoß. Er küsste sie erneut und schluckte ihren überraschten Ausruf, als er ihre Hüften auf sich senkte und sie auszufüllen begann.

Amanda wurde von Wellen an Gefühlen überspült. In dieser Haltung war er fast zu groß für sie, doch in der Sekunde, bevor sie in Panik geriet, war alles plötzlich genau richtig, und sie wusste nicht mehr, wie sie ohne dies hatte leben können. Sie klammerten sich keuchend aneinander und hielten still.

»Gottverdammt!«, entfuhr es Morgan an ihrem Hals, und diesmal tadelte ihn Amanda nicht. Sie verlagerte ihr Gewicht, um sich besser halten zu können, und er stöhnte auf und umklammerte ihre Hüften. Amanda begann, sich zu bewegen, langsam zunächst, um das Verlangen zu lindern, doch es verschwand nicht. Wenn überhaupt, wurde es durch ihre Bewegungen nur noch stärker, und sie wollte nie mehr aufhören. Ihre schweißnassen Brüste rieben sich an seiner haarigen Brust, und sie spürte den Druck des Saphiranhängers.

Morgan nahm seine Hände, seine großen, kundigen Hände, um sie zu lenken und anzuspornen und schließlich legte er die Hand zwischen sie und fand die Quelle ihres Sehnens. Sie schrie laut auf, als die Klimax ihren ganzen Körper durchfuhr, und niemand dämpfte ihren Schrei, denn Morgan stieß jetzt in sie hinein und bäumte sich auf wie ein vom Sturm gebeuteltes Schiff, bis er selbst aufstöhnte und sich erschauernd an sie klammerte.

»Verdammt«, sagte er noch einmal.

Sie hielt sich an ihm fest, bis sich ihre Atmung wieder verlangsamte, doch sie konnte die Augen nicht mehr öffnen. Sie hätte die ganze Nacht in der Wiege seiner Arme sitzen bleiben können. Das Letzte, was Amanda dachte, als er sie sanft auf die Koje legte und sie zudeckte, war, dass die Ehe mit Kapitän Sinister tatsächlich voller neuer Erfahrungen war … und einige davon waren wunderschön.

KAPITEL 19

Während seine Braut in seinen Armen döste, wurden Morgan zwei Dinge klar. Sie war genau so leidenschaftlich, wie er gehofft hatte, und sie war noch naiver, als er vermutet hatte. Ganz gleich, was sich sonst über den verstorbenen Geoffrey Stephenson sagen ließ, als Liebhaber hatte er weder über großes Geschick noch über viel Fantasie verfügt. Mit großer Genugtuung dachte Morgan darüber nach, wie er die Bildung seiner *Frau* verbessern konnte.

»Warum lächelst du?«

»Ich bin ein glücklicher Mann, Liebste. Das Eheleben macht mir Freude. Hast du geschlafen?«

»Nein.« Sie gähnte. »Ich habe nur meine Kräfte gesammelt.«

Er hörte ein knurrendes Geräusch aus ihrem herrlich weichen Bauch und sagte: »*Jetzt* ist Zeit für das Abendessen.«

Er erhob sich als Erster. Kurz zuckte er zusammen, weil seine Knie knackten, und zog sich Hemd und Hose an.

Morgan hielt inne, weil ihm ein neuer Gedanke über das Eheleben kam.

»Für eine Person ist die Kajüte groß, aber vielleicht ist es dir ja zu beengt hier. Möchtest du, dass ich hinausgehe, während du dir etwas anziehst?«

Ein rosiger Hauch stieg Amanda über die Brust ins Gesicht.

»Nein, wir werden uns daran gewöhnen müssen, einander unbekleidet zu sehen.«

»Was sein muss, muss sein. Ich bin zu diesem Opfer bereit, wenn du es auch bist, Mandy.«

Amanda wurde noch röter. Sie griff nach ihrem Morgenrock, der aus der Koje gefallen war, verknotete die Schärpe und ging zum Abort. Bald darauf kam seine Frau wieder zum Vorschein und ging schwankend zum Tisch, den er bereits mit dem Essen aus dem Korb der Kahns gedeckt hatte.

»Es ist schon eine Weile her, seit du zuletzt auf einem Schiff gewesen bist«, sagte er. »Kein Wunder, dass du das Gleichgewicht verlierst.«

»Das ist nicht das Einzige, was schon eine Weile her ist«, murmelte sie und setzte sich vorsichtig hin.

Morgan kicherte leise.

»Diese Knoten lösen wir auch noch. Bis dahin«, sagte er und verstellte die Lampen, sodass sie mehr Licht spendeten, »wollen wir einmal sehen, was für ein Hochzeitsmahl wir hier haben.«

Angesichts der kurzen Vorbereitungszeit hatten Sukie und Mrs. Kahn ein Wunder vollbracht. Der Korb enthielt kaltes Brathuhn, Gemüsesalat, Fleischpastetchen, Brot, Marmelade, Wein und Bier und zum Nachtisch Pecankuchen und Mandelbrot.

Amanda nahm sich ein Hühnerbein und biss herzhaft hinein.

»Mmmm. Sukies Hühnchen ist köstlich.«

Morgan strahlte sie an.

»Ich mag Frauen mit einem gesunden Appetit, Mandy. Schön, dass du nicht so in deinem Essen herumpickst, wie es andere Frauen tun.«

»Oh.« Amanda ließ das Hühnerbein sinken. »Ich muss darauf achten, dass ich es nicht übertreibe.«

»Warum?«

»Weil ich dazu neige, zu viel zu essen, und dann …« Sie senkte den Blick auf ihren Teller.

»Ja?«

»Findest du nicht, dass ich, nun ja, zu rund bin?«

Er starrte sie an. Dann wischte er sich mit dem Handrücken über den Mund.

»Komm zu mir, Mrs. Roberts. Auf der Stelle.«

Amanda schien verblüfft, stand aber gehorsam auf und trat zum Stuhl ihres Mannes.

Morgan legte ihr die Hände um die Taille und riss sie auf seinen Schoß.

»Morgan? Was tust du da?«

»›Zu rund‹? Irgendjemand hat dir Unsinn in den Kopf gesetzt, Liebste.« Er öffnete den Knoten ihres Morgenrocks.

»Zu rund? Du bist doch genau richtig. Sieh einmal her.« Er legte die Hand auf ihre geschwungenen Hüften. »Hier bist du wie der Kiel einer Brigg. Schön fest und stabil, mit genügend Ballast, um glatt durch die Wellen zu steuern.«

Er ließ die Hände an ihre Taille gleiten.

»Und hier. Hier kann ich dich mit den Händen umfassen. Wie auf Maß geschnitten.«

»Du hast extrem große Hände, Morgan«, sagte sie, doch sie lächelte.

Er legte die Hände auf ihre Brüste, und sie atmete scharf ein. Er wog sie in den Händen, als prüfe er ihr Gewicht und ihre Festigkeit.

»Und hier bist du wie … die Tomaten auf meiner Farm. Nein, nicht Tomaten …« Er runzelte nachdenklich die Stirn.

»Melonen. Im Sommer sind die Melonen reif und saftig, und es gibt nichts Schöneres als eine sonnengewärmte Frucht zu ernten und sich daran zu laben.«

Sie sank lachend an seine Brust.

»Melonen? Ballast?«

»Habe ich schon wieder etwas Falsches gesagt? Alles, was ich sagen will, Mandy …«, seine Stimme senkte sich zu einem heiseren Flüstern, »ist, dass meine Frau für mich die schönste Frau der Welt ist.«

Sie verdrehte sich auf seinem Schoß und drückte ihm immer noch kichernd einen warmen, feuchten Kuss unter das Ohr.

»Nein, Kapitän. Wie immer hast du genau das Richtige gesagt. Byron und Wordsworth können zum Teufel gehen. *Du* bist mein Herzenspoet.«

Er lächelte sie an und sagte: »Dann lass uns zu Ende essen und diesen Unsinn vergessen.«

»Aye, aye, Kapitän.«

Sie machten sich über die Köstlichkeiten aus dem Korb her, und nach dem Aufräumen schlug Amanda einen Spaziergang vor. Eigentlich war das Bett der einzige Ort, zu dem Morgan gern mit ihr spaziert wäre, doch er zog sich an. Amanda flocht sich das Haar und steckte es zu einer schlichten Frisur hoch, zog ein leichtes Wollkleid und ihr Paisleytuch an, und dann gingen sie an Deck.

Der Mond warf einen kühlen Schimmer über die Wasser des Atlantiks und leuchtete mit den Schiffslaternen und den Positionslichtern um die Wette. Wer von den Männern nicht für die erste Wache eingeteilt war, hatte sich auf dem Achterschiff versammelt, wo José Olivera für sie ein Tänzchen fiedelte.

Die Männer erspähten den Kapitän und seine Frau, und wer noch saß, erhob sich, um die Neuankömmlinge zu begrüßen. Sie verkniffen sich jede rüde Bemerkung über die frisch Vermählten, da die Seeleute wussten, dass Kapitän Sinister jeden kielholen würde, der seiner Frau gegenüber den falschen Ton anschlug.

Olivera stimmte einen Reel an, und Morgan verneigte sich vor seiner Frau.

»Dürfte ich um diesen Tanz bitten, Mrs. Roberts?«

»Mit Vergnügen, Kapitän Roberts.« Amanda lächelte zu ihm auf.

Die Mannschaft machte ihnen Platz, und Morgan tanzte geschickt mit ihr zwischen den Fässern und Tauen hindurch. Amanda lachte vor Entzücken.

»Welch ein ungewöhnlicher Ballsaal, Kapitän Roberts.«

Seine weißen Zähne blitzten auf.

»Für meine Braut ist mir nichts zu gut, Mrs. Roberts.«

Er wirbelte sie an ihren Ausgangspunkt zurück, und die Mannschaft jubelte ihnen zu.

»Das Bettwärmlied!«, rief einer der Seeleute. »Sing das Bettwärmlied für sie, Swanson.«

»Das Bettwärmlied?«, fragte Amanda. »Ich habe zwar von dieser amerikanischen Sitte gelesen, aber ich dachte, es wäre nur eine dieser Geschichten, die man gutgläubigen Fremden auftischt, oder ein Brauch, den es nicht mehr gibt.«

»Noch nicht, Ma'am.« Swanson erhob sich. »In Cape Cod, wo ich herkomme, tun es verliebte Pärchen immer noch, und die Prediger regen sich nach wie vor darüber auf. Aber ich singe nicht allein – singt mit, Männer. Sie auch, Kapitän.«

»Also schön«, sagte Morgan. »Fangen Sie an, Swanson.«

Swanson nahm Haltung an, legte sich die Hand auf die Brust und deklamierte:

Adam ist aus Staub gemacht,
in der Bibel steht's geschrieben,
wurd dann mit einer Frau bedacht,
vom Herrn, um sie zu lieben.
Umwerben brauchten sie sich nicht,
denn sie war seine Frau,
stand ihm zur Seite Tag und Nacht,
dem Manne aus dem Staub.

Alle Seeleute sangen fromm: »Dem Manne aus dem Staub.«
»Und jetzt schön den Refrain, Jungs«, sagte Swanson.

Die Natur verlangt nach Ruhe,
unser Körper braucht den Schlaf.
Halten wir einander warm,
darauf steht keine Straf.

Amanda klatschte lachend in die Hände, aber Morgan sagte: »Es kommt noch mehr, und beim nächsten Mal musst du den Refrain mitsingen, Mandy.«
»Meine Kehle ist trocken, Jungs, gebt mir etwas, um sie anzufeuchten«, sagte Swanson. Jemand drückte ihm einen Bierkrug in die Hand; er trank einen großen Schluck und fuhr fort.

Ein Mädchen und ein Mann im Bett,
halten sich ganz keusch und warm.
Verschwendung wär ein Feuer nur,

und macht sie unnütz arm.
Fort mit dem Kleid vom langen Tag,
die Hose brauchst du nicht.
Ein redlich Mann und Frau vermag
still zu liegen ohne Licht.

Diesmal stimmte Amanda in den Refrain ein, den sie mit einem schwungvollen »… Darauf steht keine Straf« beendete.

Als sich Swanson am Ende des Liedes verbeugte, konnte Amanda kaum noch stehen vor Lachen. Sie applaudierte den Sängern, die dem Brautpaar eine gute Nacht wünschten. Amanda kicherte immer noch, als sie unter Deck gingen.

»Es hat mich an die Lieder erinnert, die wir daheim zur Erntezeit singen, Morgan, aber es hatte auch etwas sehr Amerikanisches an sich.«

Morgan folgte Amanda in die Kajüte und schloss die Luke hinter ihnen. Er beobachtete aus dem Augenwinkel, wie sie sich summend für die Nacht zurechtmachte. Er sah ihr gern zu, vor allem, als sie ihr Kleid auszog und sich hastig ein Nachthemd über den Kopf zog und sich unter seiner Fülle ihrer Unterwäsche entledigte. Anscheinend war ihr nicht klar, dass es sowieso bald auf dem Boden landen würde. Vielleicht würde er sie morgen in die Freuden einweihen, sich gegenseitig zu entkleiden – noch etwas, was er sie lehren wollte, bevor er abreiste, um zu Porter zu stoßen.

Stirnrunzelnd knöpfte sich Morgan Hemd und Hose auf. Vor der Hochzeit hatte er sich nichts Besonderes dabei gedacht, sich Porters Feldzug anzuschließen, doch als er jetzt zusah, wie seine hinreißende Frau die Bettdecke zurückschlug, machte er sich Gedanken. Was, wenn andere Männer sie in seiner Abwesenheit behelligten?

»Hast du auch schon einmal einer Frau das Bett gewärmt wie die Yankees, Morgan?«

Amanda, die im Schneidersitz auf der Koje saß und sich die Haare bürstete, riss ihn aus seinen Gedanken. Ihre Locken glänzten im Lampenschein wie ein goldener Sonnenuntergang, und es juckte ihn, seine Finger darin zu vergraben.

»Lass mich das für dich tun.«

Amanda reichte ihm die Bürste. Morgan setzte sich neben sie, und sie drehte sich zur Seite, sodass er ihr die Haare bürsten konnte.

»Nein, nie. Ich hätte auch große Schwierigkeiten bekommen, wenn ich versucht hätte, einen der spanischen Väter davon zu überzeugen, dass es bitterkalt ist und ich unbedingt zu seiner Tochter ins Bett muss.«

Morgan zog ihr die Bürste zielsicher durch die Haare, und Amanda schnurrte geradezu vor Vergnügen. Dann legte er die Bürste beiseite und begann, ihr die Kopfhaut zu massieren. Leise stöhnte sie auf.

»Fühlt sich das gut an?«

»Du ahnst gar nicht, wie gut.«

»Besser als ein Bad mit einem neuen Stück Seife?«

Sie erstarrte bei dem Gedanken an ihren Schnitzer, doch er lachte und sagte: »Leg dich mit dem Bauch auf das Bett, Mandy, dann zeige ich dir noch etwas.«

Das tat Amanda, und als nichts geschah, sah sie sich um. Morgan zog sein Hemd aus und trug nur noch seine Hose, deren Bund er gelockert hatte, sodass seine schwarzen Haare hervorlugten.

»Was machst du denn?«

»Ich suche etwas – hier ist es ja.«

Er kehrte mit einer blauen Flasche zurück, die er auf das Wandbord neben der Koje stellte.

»Hmmm … es wird nicht gehen, wenn du deine Kleider anbehältst, Mandy. Zieh dein Nachthemd aus, dann leg dich wieder hin.« Er lächelte über ihre Miene. »Vertrau mir, es wird dir gefallen.«

Amanda tat, was er sagte, und legte sich wieder hin. Als weiterhin Stille herrschte, sah sie sich noch einmal um. Morgan stand da und starrte sie an.

»Was?«

»Schsch … ich betrachte gerade ein Kunstwerk. Was für ein großartiges Fundament du hast, Mrs. Roberts.«

Amanda stöhnte und vergrub das Gesicht in den Kissen, doch Morgan lachte und setzte sich wieder neben sie. Er entkorkte die blaue Flasche und goss sich eine hellgrüne Flüssigkeit in die Hand.

Wieder sah sich Amanda um.

»Ist das Öl?«

»Olivenöl. Jetzt leg dich wieder hin.«

Er drückte sanft gegen ihren Hals, und im nächsten Augenblick begann er, ihr mit seinen extrem großen Händen die Schultern zu massieren.

»Ich tue dir doch nicht weh, oder?«

»Nein, es ist herrlich.«

Schweigend lag sie unter seinen Händen und seufzte nur hin und wieder auf.

»Gefällt es dir?«

Sie war so entspannt, dass sie nur nicken konnte.

»Gabe hat mir das vor Jahren beigebracht. Du hast auch kräftige Hände, Mandy. Wenn wir zu Hause sind, zeige ich es dir auch.«

»Das Olivenöl ist schön, Morgan. Vielleicht wäre es noch wirkungsvoller, wenn man es mit Essenzen versetzen würde, zum Beispiel Menthol oder Zitrone. Wir könnten es ›Kapitän Roberts' Ruheöl‹ nennen. Mit lobenden Zitaten in Bezug auf seine Wirksamkeit.«

»Das Produkt für den wählerischen Freibeuter?«

»Immerhin habe ich es nicht ›Kapitän Sinisters Sanfte Salbe‹ genannt.«

Er lachte und widmete sich wieder seiner Aufgabe.

»Wenn du es dir in den Kopf setzt, Mandy, wird es bestimmt ein Erfolg.«

Als er mit ihren Schultern und ihrem Hals fertig war, machte er mit ihrem Rücken weiter. In der Kajüte brannte noch eine Lampe, die gerade genug Licht spendete. Er ließ sich Zeit, bewunderte den Rücken seiner Frau, ihre weißen Schultern, die sanft geschwungene Wirbelsäule, die schlanke Taille und natürlich diesen unglaublichen Hintern. Dann widmete er sich ihren Beinen, und die zarte Haut ihrer Kniekehlen brachte ihn auf neue Ideen. Wenn sie sich auf besagte Knie aufrichtete, vielleicht mit einem Kissen unterm Bauch … Seine Bewegungen verlangsamten sich zu einem langsamen Streicheln. Er betrachtete das Festmahl und überlegte, wo er zuerst kosten sollte. Am Hals? Am Oberschenkel?

Am Hals. Er stützte die Arme zu beiden Seiten ihrer Schultern auf und liebkoste sie unter dem Ohr.

»Mandy?«

Ihre einzige Antwort war ein leises Schnarchen.

Morgan hielt inne.

Was für ein Trottel ich doch bin, dachte er. Er war noch keinen Tag verheiratet, und schon hatten seine Liebkosungen seine Frau so gelangweilt, dass sie eingeschlafen war.

Aber immerhin hatte er dafür gesorgt, dass sie ihr Nachthemd auszog. Mit diesem ermunternden Gedanken entledigte er sich seiner Hose, löschte die Lampe und stieg neben Amanda in die Koje. Sie drehte sich auf die Seite, und er zog die Bettdecke über sie beide und schmiegte sich von hinten an sie.

Das ist schön, dachte er schläfrig, als er sie in den Arm nahm, und genoss das Gefühl, sie einfach nur festzuhalten. Vielleicht nicht der Gipfel der Leidenschaft, aber es war trotzdem schön, neben der Frau zu schlafen, die er liebte, und im Dunkeln ihrem leisen Atem zu lauschen.

Er brauchte seine Farm nicht, um zu Hause zu sein. Er war dort zu Hause, wo Amanda war, und heute Abend lag sie geborgen in seinen Armen.

KAPITEL 20

Für britische Verhältnisse war St. Augustine ein kleines Städtchen, das etwa eine Meile lang und eine Viertelmeile breit war. Es lag am Hafen und wurde durch einen Fluss namens Matanzas begrenzt. Im Zentrum befand sich die Plaza, die von den amerikanischen Neuankömmlingen nun Parade genannt wurde. Um diese freie Fläche, die als Marktplatz diente, gruppierten sich die wichtigsten Gebäude, aus denen das Castillo de San Marcos herausragte.

Amanda stieg aus dem Boot der *Zephyr*, während ihr Mann die blaue Schüssel mit ihrer Aloepflanze trug. Sie gingen zu Fuß durch die engen, sandigen Straßen, gefolgt von einem Eselskarren mit ihrem Gepäck. Morgan hatte ihr angeboten, eine Kutsche zu mieten, doch Amanda ging gern zu Fuß, nachdem er ihr erzählt hatte, dass es nicht weit war bis zu seinem Haus.

Das von einer Mauer umgebene Gebäude an der St. George Street war einem englischen Landhaus so ähnlich, dass sie sich einen Augenblick lang fehl am Platz fühlte. Mit seinen zwei Stockwerken war es größer als die benachbarten Häuser. Der untere Teil der Wand war weiß verputzt, der zweite Stock aus Holz gebaut. Ein Balkon blickte zur Straße hinaus und lief um die Ecke, wo sich eine Terrasse hinter der hohen Mauer verbarg.

An einer Stelle war der Putz abgeplatzt, und Amanda

warf einen genaueren Blick darauf – wieder war es Muschelkalk.

»Es tröstet mich zu wissen, Kapitän, dass dieses Haus ›den Treffer eines Vierpfünders schlucken könnte‹.«

»Man weiß nie. Es ist immer gut, auf alles vorbereitet zu sein, Mrs. Roberts«, sagte er grinsend.

Morgan öffnete die Tür, stellte die Pflanze ab und hob Amanda auf. Sie war nicht darauf vorbereitet und legte den Kopf zurück, um ihn unter der Krempe ihres Hütchens hinweg anzusehen. Er trug ein breites Grinsen im Gesicht und gab ihr einen raschen Kuss auf die Lippen, bevor er sie über die Schwelle trug.

»Willkommen daheim, Mrs. Roberts.«

Er stellte sie auf die Füße, sodass sie sich im Eingangsbereich ihres neuen Zuhauses umsehen konnte. Bunte Teppiche lagen auf dem Dielenfußboden, und auf einem Tisch an der Haustür stand eine Vase mit frischen Blumen. Amanda löste die Schleife ihres Hütchens und sagte: »Sieh nur, Morgan, Blumen. Hat uns jemand erwartet?«

»Oh, ich denke schon«, meinte Roberts, und seine grauen Augen lächelten.

Amanda hörte das Getrampel rennender Füße und blickte eben zur Treppe auf, als auch schon ein brauner Fleck vor ihr zum Stehen kam.

»Sie sind hier! Sie sind hier!«, jubelte Cesar, der vor Aufregung jetzt von einem Fuß auf den anderen hüpfte.

»Cesar!«, rief Amanda und schloss den Schiffsjungen in die Arme. »Ich glaube, du musst einen Fuß gewachsen sein, seit wir uns das letzte Mal gesehen haben. Wie schön, dich wiederzusehen!«

»Und Sie auch, *Sen*… Mrs. Steph… Mrs. Roberts! Es ist

so schön, dass Sie geheiratet haben, und Mr. Olivera hat mit mir Rechnen geübt und gesagt, die Mädchen bei Rosie hätten geweint, als sie hörten, dass der Kapitän eine Frau hat«, sagte er, denn endlich ging ihm der Atem aus.

»Danke, Cesar, für diesen ausführlichen Bericht«, meinte Roberts trocken. »Jetzt mach dich nützlich und trag Mrs. Roberts' Taschen nach oben, während ich ihr das Haus zeige.«

»Ja, Kapitän«, sagte Cesar und lief los, um die Taschen zu holen.

»Komm, Mandy, ich will dir alles zeigen.«

Er nahm ihre Hand und zog sie hinter sich her.

»… und hier ist der Brunnen. Er ist auch mit Muschelkalk verputzt und enthält Trinkwasser.«

Der Brunnen befand sich auf der Terrasse zwischen dem Haus und dem Küchenanbau. Ein Spalier war mit Weinranken bewachsen, und die Innentüren standen offen, um jeden Lufthauch einzulassen.

»Wir haben unsere eigenen Obstbäume. Neben der Küche stehen Zitronen, Orangen, Birnen, Feigen und Pfirsiche.«

Er zählte die Sorten an den Fingern ab.

»Dort drüben ist der Küchengarten. Du musste Luisa fragen, was genau dort wächst, aber ich weiß, dass wir normalerweise Kohl, Zwiebeln und Tomaten haben, manchmal auch Salat, Süßkartoffeln und Mais.«

Amanda pickte sich das wichtigste Wort aus diesem Satz heraus.

»Luisa?«, fragte sie.

»Fahren Sie nicht gleich die Kanonen aus, Mrs. Roberts. Luisa Alvarez ist meine Haushälterin. Sie *und* ihr Mann Pedro halten hier alles in Ordnung, wenn ich auf See bin. Sie wohnen nicht hier. Luisa kommt hin und wieder putzen und lässt mir etwas zu essen da, wenn ich da bin. Pedro beschneidet die Bäume und kümmert sich um das Haus. Sie wohnen ein paar Straßen weiter und haben einen Marktstand auf der Plaza. Luisa kann dir sicherlich ein Mädchen empfehlen, das hier regelmäßig arbeiten möchte, und Cesar wird dir natürlich auch helfen.«

»Oh.« Sie errötete. »Das ist natürlich etwas anderes.«

Sie wandte den Blick von ihm ab, um sich wieder zu sammeln und die Terrasse zu bewundern. Es war ein herrliches Fleckchen, und Amanda glaubte, dass es noch schöner aussehen würde, wenn sie einige der rosa Blumen, die über das Balkongeländer hingen, eintopfte und auf die Terrasse stellte. Doch sie wusste auch, wie sie diese sofort ein wenig verschönern konnte. Sie holte ihre Schüssel und stellte sie neben einer Kletterpflanze auf den Boden. Dabei störte sie eine Smaragdeidechse, die sich auf den Bodenfliesen sonnte und davonhuschte, um Amanda von einem Ast aus zu betrachten.

Amanda seufzte zufrieden auf. Endlich wieder ein Zuhause. Kein Leben in Abhängigkeit von der Gutmütigkeit ihrer Verwandten oder als Gast, sondern in ihrem eigenen Reich. Sie tippte sich mit dem Finger an die Lippen und betrachtete die Aloepflanze.

»Ich bin nicht begeistert von der Vorstellung, hier Seife zu kochen, Morgan. Es ist eine furchtbare Drecksarbeit, bis man die fertige Seife erhält. Vielleicht kann ich mir am Hafen eine Werkstatt suchen.«

»Nur über meine Leiche«, grollte Morgan. »Du ahnst ja nicht, was für Gesindel sich am Hafen herumtreibt.«

»Seeleute und Freibeuter?«

»Sehr witzig, Madam. Ich habe einen anderen Vorschlag.

Werfen wir einen Blick in die Küche und besprechen es dann. Cesar! Komm und iss mit uns zu Mittag.«

Dem Aussehen des Hauses nach, in dem kein Staubkörnchen zu sehen war, musste Luisa am Morgen noch sauber gemacht haben. In der Küche nahm Amanda beeindruckt die aufwändige Einrichtung zur Kenntnis, die Spüle unter einem großen Fenster, dessen Läden geschlossen waren, und den beige gefleckten Fußboden.

An der Stelle, an der sich einmal eine offene Feuerstelle befunden hatte, stand ein nagelneuer Kochherd.

»Morgan! Was für eine wundervolle Überraschung! Ich wusste ja nicht, dass du hier einen Herd hast. Das macht alles viel einfacher.«

»Ich habe ihn erst letzte Woche einbauen lassen.«

»So sicher bist du dir gewesen?«

»Sicher nicht, aber hoffnungsvoll«, gestand er.

An den Deckenbalken hingen Kräuter und Knoblauchzöpfe und eine merkwürdige Glaskugel.

»Ist das eine Lampe?«

»Nein, Ma'am«, sagte Cesar, der gerade aus dem Haus zu ihnen stieß. »Es ist eine Fliegenfalle. Sie fliegen in das Glas, weil es Honig enthält, und stören Sie nicht bei der Arbeit.«

»Das ist wirklich praktisch«, sagte Amanda.

Sie öffnete die Fensterläden und überflutete die Küche mit warmem Sonnenschein und einem Lufthauch, der nach Orangenblüten duftete. Auf dem Tisch drängten sich einige zugedeckte Schüsseln um eine Schale mit Zitrusfrüchten und frischen Erdbeeren. Da der Herd kalt und der Tag so schön war, waren sie sich einig, lieber in der Küche zu essen, anstatt das Essen ins Haus zu tragen. Morgan ging zum Brunnen hinaus und holte einen Krug mit Wasser, und Cesar brachte zwei verschlossene Flaschen mit. Amanda hob die Deckel von den Schüsseln und entdeckte frisches Brot, Butter, eingelegtes Gemüse und Käse. Ein Tongefäß, das zur Kühlung in feuchte Tücher gewickelt war, enthielt würzigen kalten Schweinebraten.

»In dieser Hitze muss es schwierig sein, Fleisch aufzubewahren«, sagte sie zu Morgan, der jetzt die Flaschen aufschraubte, um daran zu riechen.

»Buttermilch«, sagte er und stellte die erste Flasche beiseite. Die andere enthielt Traubensaft. »Jetzt ist es noch nicht schlimm, aber im Sommer verdirbt das Fleisch so schnell, dass man beinahe glauben könnte, es sei wieder Fastenzeit, weil die Leute fast nur Fisch oder Krabben essen oder frisches Wild vom Markt.«

Er holte drei einfache Steingutteller und -becher und Besteck, deckte den Küchentisch, und sie bedienten sich selbst.

Amanda sah ihren Mann über den Tisch hinweg an und bat: »Würdest du ein Tischgebet sprechen, Morgan? Das ist unsere erste gemeinsame Mahlzeit in diesem Haus.«

»Du willst, dass ich das Tischgebet spreche? Ich weiß nicht, was ich sagen soll.«

»Sag einfach, was du fühlst. Der Herr wird dich schon hören.«

Morgan rutschte beklommen auf dem Stuhl hin und her.

»Ich bin mir gar nicht so sicher, ob ich den Herrn auf mich aufmerksam machen möchte«, murmelte er, doch dann senkte er stirnrunzelnd den Kopf und sagte kurz darauf: »Herr, segne dieses Mahl, das ich mit Mandy und Cesar in unserem Haus verspeise. Wir danken dir für deine Gaben, ganz besonders dafür, dass wir einander haben.«

Er lächelte seiner Frau und dem Jungen zu, den er in seine Obhut genommen hatte.

»Darum bitten wir in deinem Namen, Amen.«

»Amen.«

Amanda lächelte. »Gut gemacht, Kapitän.«

Einige Minuten lang aßen sie schweigend und genussvoll.

»Also«, sagte Morgan schließlich, nachdem er sich den Mund an einer Serviette abgewischt hatte, wie Amanda erfreut feststellte. »Was deine Seifenmanufaktur betrifft, so schlage ich vor, dass du sie auf der Farm einrichtest statt hier im Ort. Dadurch erhöhen sich zwar die Transportkosten ein wenig, aber es ist besser, als wenn du zur Arbeit in den Hafen musst. Nach meiner Rückkehr richten wir alles ein.«

Eine Wolke schien vor die Sonne zu ziehen, und Amanda senkte den Blick auf ihren Teller.

»Du weißt, dass ich gehen muss, Mandy«, sagte Morgan sanft. »Es ist ja nur für ein paar Monate, und dann wird uns nichts mehr auseinanderbringen, das verspreche ich.«

»Vielleicht könnte ich mitkommen?«

»Auf keinen Fall«, sagte er und griff nach einem großen Messer, um sich ein Stück Käse abzuhacken. »Darüber brauchst du gar nicht nachzudenken. Die Fiebersaison steht kurz bevor, und hier in St. Augustine bist du besser aufgehoben als auf den Keys.«

Er nahm einen Bissen in den Mund und kaute nachdenklich, bevor er fortfuhr.

»Es wird dort nicht einfach werden, nicht nur, weil es Gefechte geben wird, sondern auch, weil die Anwesenheit der Marine für Unmut sorgen wird. Die *Conchs* sind es nicht gewöhnt, dass ihnen Regierungsvertreter Vorschriften machen, und es wird ihnen gewiss nicht gefallen. Wenn die Marine erst dort ist, kann eine Zollstation nicht mehr weit sein, und das wird sie ärgern, das kann ich dir versichern.«

Amanda zuckte mit den Achseln.

»Vielleicht wären sie ja dankbar, eine zivile Instanz in ihrer Mitte zu haben, Kapitän.«

»Das kannst du nur sagen, weil du die Menschen nicht kennst, die auf den Keys leben, Mandy. Nein, bleib hier und kümmere dich um deine Vorbereitungen, und wenn du willst, bereite deine Cremes zu. Das kannst du doch hier im Haus, aye?«

»Ja, das würde gehen«, sagte sie mit einem Seufzer.

»Sei vernünftig, Mandy, und warte hier auf mich. Das alles ist bald vorbei.«

Amanda kniff die Augen zusammen; da sie aber die erste Mahlzeit in ihrem Haus nicht ruinieren wollte, behielt sie ihre Gedanken für sich.

»Was hast du für heute Nachmittag geplant, Morgan?«

»Ich muss auf die *Zephyr* zurück, um mich um die Fracht zu kümmern und einige Schreibarbeiten zu erledigen. Cesar wird dir hier zur Hand gehen, und wir können uns später weiter unterhalten. Ich empfehle dir, der spanischen Sitte zu folgen und dich in der Nachmittagshitze auszuruhen. Noch ist es nicht so schlimm, aber wenn der Sommer kommt, wirst du feststellen, dass es klug ist, sich innen aufzuhalten, wo es kühl ist, und sich nicht anzustrengen.«

»Und vielleicht könnten wir etwas lesen, Mrs. Roberts?«, fragte Cesar hoffnungsvoll.

»Das klingt nach einer guten Idee, Cesar. Hast du denn geübt, während ich fort war?«

»Ja, Ma'am«, sagte Cesar. »Danke, dass Sie mir das Buch dagelassen haben. Ich kann Ihnen heute eine Geschichte vorlesen; es geht viel besser als vorher. Und ich kann rechnen, aber das finde ich schwieriger.«

»Du hast vorher schon so gut gelesen, Cesar, dass ich es gar nicht erwarten kann, mehr zu hören.« Amanda lächelte den Jungen an. »Und ich glaube, bei den verflixten Zahlen kann ich dir auch helfen.«

»Ich muss gehen«, sagte Morgan und stand auf. »Wir sehen uns später, Mandy.«

Amanda stand ebenfalls auf und lächelte zu ihm auf, als er jetzt den Tisch umrundete. Sie rückte ihm die Halsbinde zurecht und strich ihm etwas Pollenstaub von der Schulter.

Morgan sah die augenzwinkernd an.

»Wie ein altes Ehepaar, nicht wahr?«

»So ist es, Kapitän Roberts. Geh jetzt; wir sehen uns dann beim Abendessen.«

»Aye, Mrs. Roberts, zum Abendessen bin ich wieder da.«

Amanda hatte vor, ihm einen züchtigen Kuss auf die Lippen zu drücken, doch er zog sie an sich, und mit einem leisen Keuchlaut fand sie sich an seiner breiten Brust wieder, wo er sie innig küsste.

»*Das* war wirklich wie bei einem Ehepaar, Mrs. Roberts«, sagte er, als er seine atemlose Frau wieder losließ. »Pass gut auf, Cesar, denn eines Tages wirst du auch eine Frau haben.«

Cesar schlug sich die Hand vor den Mund, und Amanda war sich sicher, dass er nicht nur kicherte, sondern dass die Mannschaft der *Zephyr* alles über ihr Eheleben wissen würde, bevor es Abend wurde.

»Fort mit dir«, zischte sie ihren Mann an. »Alter Schuft!«

»Das heißt ›Sinister‹, Liebste«, sagte Morgan ohne jedes Zeichen von Reue, während er sich den Hut aufsetzte. Er winkte, und dann war er zur Tür hinaus.

Amanda baute sich vor dem verbleibenden männlichen Wesen auf und legte die Hände auf die Hüften.

»Wenn du dich fertig amüsiert hast, junger Mann, schlage ich vor, dass du den Tisch abräumst.«

»Ja, Ma'am«, sagte Cesar, aber sie hörte ihn eindeutig lachen, als sie mit wehenden Röcken aus der Küche ging, um oben ihre Koffer auszupacken.

Amanda war gerade dabei, ihr letztes Kleid in den Schrank zu hängen, als sie unten Stimmen hörte, die sich auf Spanisch unterhielten. Sie warf im Spiegel einen kurzen Blick auf ihr Haar und folgte den Stimmen in den Eingangsflur, wo sich Cesar mit einer untersetzten Frau in mittleren Jahren unterhielt. Als Amanda die Treppe hinunterkam, hielten die beiden inne und blickten zu ihr auf.

»Mrs. Roberts, das ist *Señora* Alvarez, die Haushälterin«, sagte Cesar.

Die Frau zeigte eine Zahnlücke, als sie lächelte, und knickste vor der Frau des Kapitäns. Amanda fiel sofort auf, wie wohl sie sich in ihrem roten Rock und der Baumwollbluse zu fühlen schien, und sie schwor, sich Kleidung zu kaufen, die besser zum hiesigen Klima passte.

»Willkommen in Florida, Mrs. Roberts«, sagte Luisa Alvarez. Ich hoffe, Sie haben hier alles zu Ihrer Zufriedenheit angetroffen.«

»Ja, *Señora*«, sagte Amanda. »Es ist alles bestens, und ich danke Ihnen für den herzlichen Empfang. Ich weiß gar nicht, was wir getan hätten, wenn Sie uns nichts zu essen dagelassen hätten.«

»Es war doch nur eine Kleinigkeit«, meinte Luisa und neigte den Kopf. »Pedro und ich sind froh, dass Kapitän Roberts endlich verheiratet ist, und dann auch noch mit so einer feinen Dame. Ich wollte nur nachsehen, ob Sie sonst noch etwas brauchen. Ich habe Ihnen Paella und Brot zum Abendessen mitgebracht. Möchten Sie vielleicht morgen zum Markt gehen?«

»Sehr gern, *Señora* Alvarez«, sagte Amanda mit einem herzlichen Lächeln. »Ich möchte unbedingt meine neue Heimat kennenlernen, und Kapitän Roberts hat mir versichert, dass Sie und Cesar sich hier hervorragend auskennen.«

»*Bueno*, und morgen schicke ich Ihnen eine junge Frau ins Haus, die Ihnen zur Hand gehen kann. Es ist meine Nichte Rosa. Sie ist sehr fleißig, aber sie spricht kein Englisch.«

»Ich bin sicher, dass ich mich mit Cesars und Kapitän Roberts' Hilfe schon verständlich machen werde«, beruhigte Amanda sie. Die beiden Frauen unterhielten sich noch eine Weile und verabredeten sich dann für den nächsten Morgen.

***

Morgan blieb in der Tür stehen und genoss den Anblick, der sich ihm bot. Amanda und Cesar hatten die Köpfe zusammengesteckt, und sie zeigte auf ein Wort auf der Seite. Die Sonne stand tief im Westen, und auf der Terrasse säuselte der Abendwind in den Blättern. Ein Krug Limonade und Gläser standen schwitzend vor ihnen auf dem Tisch, und das warme Licht vergoldete die Szene.

In ein paar Jahren würde Cesar nach Havanna auswandern, doch es war nicht schwer, sich dieselbe Szene mit einem kleinen Mädchen vorzustellen, das Haare wie Dublonen hatte und auf dem Schoß seiner Mutter lesen lernte.

Amanda hob den Kopf, als sie seine Schritte auf dem

Steinboden hörte. Sie lächelte, und Morgan spürte, wie die Anstrengung der Vorbereitungen für seine Reise nach Key West von ihm abfiel.

»Cesar, Ramon, der Nachbarsjunge, hat mich gesehen und gefragt, ob du nicht bei ihm übernachten möchtest. Ich habe ihm gesagt, dass du gern kommen darfst, wenn Mrs. Roberts dich nicht braucht. Du musst nur morgen früh wieder hier sein.«

Amanda nickte zustimmend, und nach einer kleinen Verbeugung schoss Cesar davon, um seinen Freund zu besuchen.

»Komm zu mir ins Freie«, sagte Amanda. Sie wies auf einen Stuhl und schenkte Morgan ein Glas Limonade ein. »Wie ist es dir ergangen?«

»Gut«, sagte Morgan und zog sich ein Tüchlein aus der Tasche, um sich die feuchte Stirn abzuwischen. »Aber es war auch gut zurückzukommen. Es sind so viele Papiere aufzuarbeiten. So viel Korrespondenz«, sagte er und verzog das Gesicht. »Lieber segle ich durch einen Hurrikan.«

»Ich kann dir dabei helfen, Morgan. Ich habe die Bücher unserer Schreinerei geführt, und meine eigene Buchhaltung werde ich natürlich auch erledigen.«

»Wirklich?«

Morgan betrachtete seine Frau voll freudiger Neugier.

»Das wäre mir eine große Hilfe. Macht es dir auch wirklich nichts aus, Mandy?«

»Ganz und gar nicht. *Señora* Alvarez schickt mir ein Mädchen, das hier putzen und kochen wird; die Wäsche geben wir aus dem Haus, und bis ich auf der Farm mit der Seifenherstellung anfange, habe ich Zeit, dir zu helfen. Ich kann schließlich nur eine begrenzte Menge Creme zubereiten.

Außerdem wird es gut sein, wenn ich einen Überblick über deine Geschäfte bekomme.«

Sie unterhielten sich eine Weile über Morgans Pläne, weniger zur See zu fahren und sich mehr auf seine Farm zu konzentrieren, und darüber, was Amanda tun würde, während er fort war. Das Thema dämpfte ihre Stimmung, weil die Vorstellung von Kampf und Krieg stets unausgesprochen im Hintergrund lauerte. Das Bewusstsein des nahen Abschieds drängte die beiden dazu, sich immer wieder an den Händen zu fassen oder sich im Vorübergehen zu berühren; Gesten, an die sie sich später erinnern konnten.

Als das Sonnenlicht verblasste, räumte Amanda Cesars Platz am Esstisch ab. Leichter Musselinstoff verdeckte die offenen Fenster, um die Insekten fernzuhalten, die vom Schein der Lampen angelockt wurden. Amanda konnte die Geräusche der Stadt hören, die allmählich zur Ruhe kam, während ihre Bewohner heimkehrten.

Die dunklen, mit Zitronenwachs polierten spanischen Möbel glänzten sanft, und genau wie auf dem Schiff waren auch hier Porzellan und Gläser von guter Qualität, aber die Stücke passten nicht zueinander. Amanda nahm ihren Teller vom anderen Ende des Tisches und setzte sich neben Morgan, der das Essen aus der Küche geholt hatte. Er schenkte ihr ein Glas Burgunder ein, füllte das seine nach, und sie füllten ihre Teller mit Paella und den anderen Dingen, die Luisa für sie dagelassen hatte.

Dann räumte Morgan ab, und Amanda holte Obst und Käse für den letzten Gang. Es würde gut sein, Dienstboten zu haben, aber es lag auch eine besondere Intimität darin, sich die Arbeit zu teilen und sich selbst zu bedienen.

»Wir brauchen noch eine Schlafzimmerkommode, Mor…«

Sie wurde von einer solchen Kakophonie aus Metall, Gekreische und musikalischem Durcheinander unterbrochen, dass sie die Gabel auf den Teller fallen ließ. Morgan fluchte und warf seine Serviette auf den Tisch.

»Das habe ich befürchtet«, sagte er. »Komm mit, wir können genauso gut nach oben gehen und uns blicken lassen.«

Mit diesen Worten nahm er seine verwunderte Frau bei der Hand, blies die Kerzen aus und zog sie hinter sich her. Er nahm eine Lampe mit, um den Weg zum Schlafzimmer zu beleuchten. Das Lärmen ging unentwegt weiter. Es klang, als häute jemand Katzen oder als sei ein Kesselflickerkarren durchgegangen, oder vielleicht auch, als säße eine Katze unter dem Karren fest, während der Kesselflicker gehäutet wurde.

»Es ist ein *Chivaree*, Mandy«, sagte Morgan unterwegs. »Hier ist es Sitte, einem Ehepaar, dessen eine Hälfte schon einmal verheiratet gewesen ist, ein Ständchen zu bringen.«

»Ich dachte, Mr. Lopez hätte gesagt, die Männer singen, wenn sie einer Frau den Hof machen.«

»Aye. Dann singen sie tatsächlich *Lieder*. Die Melodien – wenn man es so nennen kann –, die wir heute Abend zu hören bekommen, werden etwas rüder sein.«

Er blieb auf der oberen Stufe stehen und drehte sich nach ihr um. Die Lampe beleuchtete sein Gesicht nur zur Hälfte.

»Hier herrschen rauere Sitten, als du es gewoh…«

»Morgan …« Amanda hob die Hand und schnitt ihm das Wort ab. »Ich bin auf dem Land groß geworden. Hochzeiten scheinen immer die besten und die schlimmsten Seiten der Leute zum Vorschein zu bringen. Geh nur voraus«, sagte sie, und sie betraten das Schlafzimmer.

Hier war es noch lauter. Roberts ließ ihre Hand los und trat zum Balkon, dessen Tür er weit öffnete. Amanda folgte ihm dicht auf dem Fuße.

Es war jetzt vollkommen dunkel, und Jasmin parfümierte die Luft. Unten auf der Straße trieb sich die Mannschaft der *Zephyr* herum. Einige der Ortsbewohner hatten sich ihnen angeschlossen, und keiner von ihnen war nüchtern. Einige hatten Kochtöpfe dabei, auf denen sie herumhämmerten, Olivera spielte auf seiner Geige, die anderen waren nur mit ihren Singstimmen bewaffnet. Beim Anblick des Hochzeitspaars grölten sie drauflos.

»Oje.« Amanda legte sich die Hand auf die Wange. »Wie lange werden sie das durchhalten?«

»Bis sie heiser werden oder in Ohnmacht fallen. Es wird helfen, wenn wir ein Weilchen hier auf dem Balkon bleiben und uns von ihren schlechten Scherzen unterhalten lassen. Und vielleicht kann ich sie ja sogar loswerden.«

Er beugte sich über den Balkon und bat mit erhobenen Händen um Schweigen. Die einsame Fackel auf der Straße und die Lampe im Schafzimmer tauchten Roberts in den Schatten, und er erhob die Stimme, um zumindest gehört zu werden.

»Meine Frau und ich danken den Herren für den herzlichen Empfang. So sehr wir es genießen, eurer Serenade zu lauschen …«

Diese Worte wurden von der Menge johlend begrüßt.

»… so glauben wir doch, dass ihr schon mehr als genug getan habt..«

Roberts langte in seine Tasche und zog einen Geldbeutel hervor, den er in der Hand wog.

»Olivera!«

»*Si*, Kapitän?«

»Hier ist ein Geschenk für euch. Geht damit ins Wirtshaus und feiert eure Sangeskunst.«

Er warf den Geldbeutel über das Geländer. Selbst im Dunkeln fing Olivera das Geld mühelos auf. Doch als die Krachschläger grölend Anstalten machten, Roberts' Anweisungen Folge zu leisten, bat sich Olivera Schweigen aus.

»*Mis compadres*«, sagte er ernst. In der Dunkelheit war nur sein schwarzer Bart schwach zu erkennen. »Unser Kapitän Sinister ist ein großzügiger Mann. Und wir salutieren ihm.«

»Auf den Kapitän!«, gellte die Stimme eines Trunkenboldes aus der letzten Reihe. »Mögen ihm sein Geldbeutel und sein Schwanz nie den Dienst versagen!«

Diese Worte wurden von ohrenbetäubendem Gejohle kommentiert, und Amanda musste Morgan am Arm packen, um zu verhindern, dass er vom Balkon sprang und jemanden umbrachte. Dann sprach Olivera weiter.

»Das ist ein rührender Wunsch. Doch Mr. Lopez hat uns die Order gegeben, dafür zu sorgen, dass Sie diese Sitte ganz auskosten können, Kapitän.«

Olivera hielt inne und wog den Beutel in seiner Hand.

»Und er hat mir einen größeren Geldbeutel gegeben.«

Mehr Gejohle.

»Machen Sie es sich nur bequem, Kapitän Sinister und *Señora* Sinister, denn wir haben eine lange Nacht vor uns.«

Und mit einer ausladenden Bewegung seines Bogens begann Olivera unter dem Stampfen und Pfeifen der Männer eine muntere Jig.

Roberts schüttelte den Kopf und ging ins Schlafzimmer, aus dem er mit einem massiven Sessel zurückkehrte. Er stellte ihn an die Rückwand des Balkons, winkte den Sängern ein letztes Mal zu und legte Amanda den Arm um die Taille, um sie auf seinen Schoß zu ziehen.

»Kapitän Roberts!«

Morgan zuckte mit den Achseln.

»Es war nur ein Sessel da. Es geht schon. Da«, sagte er und verlagerte ihr Gewicht ein wenig, »so ist es doch ganz gemütlich.«

Amanda atmete aus. Sie lehnte sich zurück und legte den Kopf an seine Schulter. Die Männer sangen auf Spanisch, ein fröhliches Lied mit einem gegrölten Refrain.

»Was singen sie, Morgan?«

»Glaube mir, das willst du gar nicht wissen.«

Sie kicherte und schmiegte sich enger an ihn. Er roch nach Schweiß, nach Sonne und Meer und einem schwachen Mandelhauch von ihrer Seife.

»Sind Sie noch da, Kapitän?«, rief Oliveras Stimme aus der Dunkelheit.

»Wir sind noch hier, Olivera. Seid ihr fertig?«

»Fertig? Die Nacht ist jung, der Wein fließt in Strömen, und der Mond geht auf. Wir haben gerade erst angefangen, Kapitän.«

»Verdammt«, murmelte Roberts.

Amanda tätschelte seinen Arm.

»Nicht fluchen, Morgan. Ich finde es reizend, wie viel deinen Männern an dir liegt. Diese Zuneigung und Freundschaft musst du hüten wie einen Schatz.«

»Apropos Zuneigung, da ist etwas, woran ich schon den ganzen Tag denke.«

»Was denn?«

»Das hier«, sagte er und drehte den Kopf, um ihre Lippen einzufangen.

Die Glut, die in ihr zu schwelen schien, seit sie Morgan geheiratet hatte, flammte wieder auf. Sie fragte sich, ob dieses scheinbar konstante Verlangen, mit ihr zu schlafen, seine Piratenseele widerspiegelte.

Im nächsten Moment beschloss sie, dass es ihr gleichgültig war.

»Meinst du«, sagte sie heiser, »wir könnten uns vielleicht wieder ins Haus schleichen, ohne dass Olivera und seine Männer merken, dass wir fort sind?

»Es ist sogar dringend nötig, dass wir das tun«, erwiderte er leise. »Mein Geldbeutel hat mir heute Abend schon den Dienst versagt, Mandy, also musst du jetzt dafür sorgen, dass es mein Schw…«

Sie legte ihm die Hand auf den Mund.

»Du bist ein Schuft!«

Sie spürte, wie seine Lippen hinter ihrer Hand lächelten, und unter dem unmelodischen Lärm des *Chivarees* schlichen sie in ihr Schlafzimmer zurück, um die Nacht mit ihrer eigenen Musik zu erfüllen.

KAPITEL 21

»MORGEN HABE ICH FÜR UNS etwas ganz Besonderes geplant, Mandy. Einen kurzen Ausflug. Du brauchst nicht viel Gepäck, wir bleiben nicht länger als einen oder zwei Tage. Und wir reisen zu zweit; Cesar bleibt bei Luisa.«

Mehr verriet er ihr nicht, sondern lächelte nur geheimnisvoll und sagte ihr, er müsse ein paar Freunden etwas mit dem Wagen liefern und hätte gedacht, der Ausflug würde ihr Freude bereiten.

Sie brachen an einem kühlen, verhangenen Tag auf. Die Sonne versteckte sich bis zum späten Vormittag hinter einer Wolkendecke, dann öffneten auch die roten und goldenen Wildblumen am Straßenrand ihre Kelche. Ein Specht hämmerte auf eine abgestorbene Zypresse ein; sein rascher Trommelwirbel störte die ländliche Stille. Bis auf die Vögel waren sie genau so allein wie damals auf Key Marquez, und sie plauderten über dies und jenes.

Die Sonne stand hoch am Himmel, als Morgan die Maultiere von der Straße lenkte, und während des restlichen Nachmittags wurden sie kräftig durchgerüttelt. Als sie das flache Holzgebäude an einem Fluss erreichten, hatte Amanda jede Hoffnung aufgegeben, jemals wieder sauber zu werden. Schweiß und Staub saßen in jeder Falte und Pore ihrer Haut fest. Als Morgan sie vom Kutschbock hob, stöhnte sie auf und hielt sich an ihm fest, um nicht umzufallen.

»Anstrengende Fahrt?«, fragte er mitfühlend.

»Ich wollte mich ja nicht beklagen, Morgan, aber ich habe mich wirklich nach dem Komfort einer Schiffsreise zurückgesehnt.«

Sie blickte zu ihm auf. Sie konnte ja nicht wissen, dass er lächelte, weil sie mit dem Schmutz in ihrem Gesicht wie ein Waschbär aussah.

»Bitte, bitte, sag mir, dass wir heute nicht mehr auf diesen Wagen steigen müssen.«

Er nahm sie rasch in den Arm.

»Keine Sorge, Liebste. Für heute haben wir lange genug Kutscher gespielt, und ich habe eine ganz besondere Überraschung für dich, nach der es dir gewiss besser gehen wird.«

»Eine Überraschung, Morgan? Was denn?«

»Wenn ich es dir sage, ist es doch keine Überraschung mehr, oder? Kannst du laufen, oder möchtest du, dass ich dich trage?«

»Ich kann selbst laufen«, sagte sie und nahm all ihre Würde zusammen. »Ich bin doch keine empfindliche Blume, Kapitän Roberts!«

Dennoch äußerte sie keinen Einwand, als er ihr den Arm anbot.

»Sagst du mir denn wenigstens, wo wir sind?«

»Gemach, Mrs. Roberts. Alles zu seiner Zeit.«

Das Gebäude sah nach nichts Besonderem aus – unlackiertes, verwittertes Holz. Die Fensterläden waren geschlossen und lagen zum Teil im Schatten von Eichen, an deren Ästen spanisches Moos wuchs. Auf der Rückseite befand sich eine Veranda, die jüngeren Datums zu sein schien. Irgendjemand hatte ein paar Blumentöpfe daraufgestellt. Amanda strich ihre Röcke glatt, denn sie wollte wenigstens einen ansatzweise guten Eindruck auf die Dame des Hauses machen. Im Näherkommen bemerkte sie, dass ein verblasstes, aber immer noch lesbares Schild über der Tür hing. Darauf befand sich eine unbeholfene Zeichnung einer Person, die ein Unterhemd zu tragen schien, und mit Mühe und Not konnte sie die Buchstaben lesen.

»Ganymeds Kelch?«

Die Tür öffnete sich mit Schwung, und ein junger Mann, der sich die Hände an einer weißen Schürze abwischte, eilte heraus. Ein breites Grinsen zauberte ihm mehrere Grübchen ins Gesicht.

»Kapitän Sin… ich meine, Morgan«, sagte er mit einem raschen Blick auf Amanda. »Und das muss deine reizende Braut sein. Willkommen, willkommen in *Ganymeds Kelch.*«

Unwillkürlich erwiderte Amanda sein Lächeln. Sie kannte Bilder von italienischen Putten, und dieser Mann sah haargenau so aus, wie einer dieser kleinen Scherzbolde als Erwachsener aussehen musste. Er hatte einen goldenen Lockenschopf, und sein Gesicht strahlte, als er sie begrüßte.

»Danke, Robin«, sagte Morgan. »Amanda, das ist Robin, unser Gastgeber. Und Cooper?«

»Oh, er ist drinnen«, sagte Robin und wies zur Tür. Er pfiff, und ein Junge kam heraus, um sich um die Maultiere und die Ladung zu kümmern.

»Freut mich, Sie kennenzulernen, Mr. …?« Amanda verstummte.

»Einfach nur Robin, Ma'am. Richard Cooper und ich sind die Eigentümer des Kleinen Griechen, aber heute Abend haben wir geschlossen, und Sie sind unsere einzigen Gäste.«

Robin verschränkte seufzend die Hände vor dem Bauch.

»Es ist so romantisch, Mrs. Roberts. Ich kann Ihnen gar

nicht sagen, wie sehr es mich freut, dass Sie Ihre Hochzeitsreise bei uns verbringen. Ich könnte bersten vor Glück. Ich verspreche Ihnen, dass alles perfekt sein wird, einfach perfekt.«

»Der Kleine Grieche?«

Amanda warf einen Seitenblick auf Morgan, der entweder zu lange in der Sonne gewesen war oder *rot wurde*.

»Es ist ein Spitzname für *Ganymeds Kelch*.«

Sie betraten das Wirtshaus, und Amanda seufzte vor Erleichterung auf, weil es im Inneren so kühl war. An der Decke hingen Ventilatoren, die sich nicht regten, weil niemand sie aufzog, und hinter einer Eichentheke brütete ein Mann über seinen Geschäftsbüchern. Richard Cooper war ein hakennasiger Mann unbestimmbaren Alters, der das schüttere dunkle Haar zu einem Seemannszopf zusammengebunden trug. Er nickte den Neuankömmlingen zu, sagte aber nichts.

»Gibt es auch eine Mrs. Cooper oder eine Mrs. Robin?«, fragte Amanda. »Mir sind die schönen Blumentöpfe aufgefallen.«

Morgan betrachtete die beiden Wirte mit ausdrucksloser Miene, und Robin schüttelte heftig den Kopf.

»Ich erkläre ihr das nicht. Sie ist *deine* Frau.«

Amanda glaubte, Coopers Lippen zucken zu sehen, doch wenn er lächelte, verflog es schnell.

»Nein, meine Liebe«, sagte Morgan und tätschelte ihr die Hand. »Richard und Robin waren früher Schiffskameraden, und jetzt leben sie hier und betreiben das Wirtshaus. Apropos, habt ihr etwas von Kapitän Christopher Daniels gehört?«

»Tot«, beschied Cooper, während Robins gleichzeitig »Oh, er ist in England« sagte.

Richard sah seinen Partner stirnrunzelnd an, und Robin wurde blass.

»Ich meine, Daniels ist nach England gefahren und gestorben. Der arme Kerl, es kam ganz plötzlich, verdorbene Austern oder so ähnlich«, stammelte er, während er die Hände in seiner Schürze vergrub.

»Irgendetwas brennt hier an«, brummte Cooper.

»Oh. Mein Kuchen! Ich, äh, gehe in die Kombüse und kümmere mich darum«, sagte Robin, als er auch schon durch die Küchentür hastete.

Morgan wandte sich an Cooper, der gerade seine Bücher beiseiteschob.

»Wenn du uns zeigen würdest, wo wir die Nacht verbringen, Cooper, können wir auspacken.« Er wandte sich an Amanda. »Meinst du, du hast noch genug Kraft für einen kurzen Spaziergang zum Fluss? Das würde dir guttun.«

Während ein Teil von ihr am liebsten auf der Stelle in sich zusammengesunken wäre, sah Amanda ein, dass ein Spaziergang nach dem langen Sitzen eine gute Idee war, und sie erklärte sich einverstanden, wenn sie sich vorher frisch machen konnte.

Das Zimmer, das für sie reserviert war, war gemütlich und luftig. Seine Türen führten auf die Veranda hinaus, und das große Himmelbett war mit dem unvermeidlichen Moskitonetz versehen. Ein Bediensteter brachte ihren Koffer ins Zimmer, und Amanda wusch sich das Gesicht. Fast hätte sie laut aufgekreischt, als sie in den Spiegel blickte und den Schmutz sah. Was für einen Eindruck sie bei Morgans Freunden hinterlassen haben musste! Allerdings schien ihr Anblick die beiden nicht überrascht zu haben, und ein Wirtshaus im Hinterland bekam wahrscheinlich alle möglichen Gäste zu sehen.

Sie ging zurück zu Morgan, der an der Theke stand und ein Glas von Coopers ausgezeichnetem Bier trank. Er lächelte, als er ihr glänzendes Gesicht sah.

»Ich wusste doch, dass du irgendwo unter dieser Maske gesteckt hast, Mandy. Cooper hat dir ein Glas Limonade hingestellt.«

Amanda ergriff das Glas mit einem »Danke«, das aus tiefstem Herzen kam, und stürzte das kühle, süße Getränk herunter.

Sie blickte sich im leeren Schankraum um, der rustikal eingerichtet war. Überall standen Bänke und Stühle verstreut, und die Fenster hinter den geschlossenen Läden waren offen.

»Kommst du oft hierher, Morgan?«

»Aye, es ist ein praktischer Haltepunkt auf dem Weg zur Farm«, sagte er. »Der *Kelch* existiert schon lange, und er ist an der ganzen Küste bekannt. Hier schauen viele Seeleute vorbei, und inzwischen kommen auch immer häufiger Pflanzer und Leute aus der Stadt.«

»Wieso können wir hier übernachten, obwohl das Wirtshaus geschlossen ist?«

»Ich kenne Cooper schon sehr lange, und er war mir einen Gefallen schuldig.«

Er ergriff ihre Hand und führte sie zur Tür.

»Weißt du noch, dass ich dir ein Fest versprochen habe, als wir in St. Augustine angekommen sind? Dieser Abend wird etwas ganz Besonderes, Amanda.«

»Wenn das so ist, begebe ich mich ganz in deine Hände, Morgan. Geh voraus.«

Sie spazierten zum Ufer, wo die Sonnenstrahlen durch das spanische Moos an den Bäumen fielen. Von Westen her wehte ein sanfter Wind, der kühlere Luft mitbrachte, die Geräusche der Tiere auf Futtersuche und den Duft von Jasmin. Amanda hob ihr Gesicht in den Wind und seufzte vor Vergnügen.

Sie spazierten plaudernd am Ufer entlang, mit dessen Bewohnern Morgan sie vertraut machte. Waschbären kannte Amanda schon, doch dies war das erste Mal, dass sie Seekühe zu Gesicht bekamen.

»Kaum zu glauben, dass man sie einmal für Meerjungfrauen gehalten hat«, sagte Amanda.

»Wenn man lange genug zur See fährt, ist es schon erstaunlich, was einem mit der Zeit attraktiv erscheint«, sagte Morgan. »Aber wir sollten zurückgehen, um zu sehen, wie weit unsere Gastgeber sind.«

Sie spazierten zum Wirtshaus zurück, während die Sonne hinter dem Fluss versank und alles in einen letzten goldenen Schimmer tauchte. Im *Kelch* wurden jetzt die Lampen entzündet, und als Morgan mit geducktem Kopf eintrat, wartete Cooper an ihrer Zimmertür.

»Es ist alles bereit«, sagte er und nickte Amanda zu. »Ma'am.«

»Gleich siehst du einen der Gründe, warum ich immer wieder hierherkomme, Amanda.«

Sie verließen den Schankraum durch die Hintertür und gingen auf ein kleineres Gebäude in der Nähe des Ufers zu. Es hatte runde Fenster hoch oben in den Wänden, und durch den Musselin, mit dem die Fensteröffnungen bespannt waren, konnte sie Kerzenschein sehen.

Beim Eintreten blieb Amanda stehen. Dann seufzte sie tief auf und verschränkte die Hände.

»Oh, Morgan, ich glaube, so etwas Schönes habe ich noch nie gesehen.«

Das Gebäude war ein Badehaus, in dem sich die größte

Holzwanne befand, die Amanda je gesehen hatte. Sie war mit Wasser gefüllt, von dessen Oberfläche Dampf aufstieg, der die feuchte Luft mit Rosenduft erfüllte. Die Wärme und der Duft umhüllten sie wie eine Liebkosung. Eine Reihe von Stufen führte in die Wanne hinein. Diese war von einem Sims umgeben, auf dem verschiedene Seifen, Öle und Cremes lagen, ein Stapel ordentlich gefalteter, großer Handtücher und obenauf ihr Morgenrock. Die Kerzen erfüllten den Raum mit einem sanften goldenen Schimmer.

Auf einem Tisch standen eine Flasche Wein, zwei Gläser, eine Platte mit kleinen Pastetchen und Häppchen und eine Schale mit Obst.

»Oh, Morgan«, sagte sie noch einmal und blickte zu ihm auf. »Das hast du für mich getan?«

»Eigentlich«, sagte er und kratzte die Bartstoppeln an seinem Kinn, »dachte ich, wir könnten es gemeinsam tun.«

»Zusammen? In die Wanne? Wir beide?« Sie warf noch einen Blick darauf. Es *war* eine große Wanne. »Himmel. Ich meine …«

»Fang nicht an zu überlegen, Mandy, genieße es einfach nur.«

Er war schon dabei, sich das Hemd aufzuknöpfen. Dann setzte er sich auf eine Bank, um sich die Schuhe auszuziehen, und einen Augenblick später folgte Amanda seinem Beispiel und schlüpfte aus ihren schmutzigen Schuhen. Morgan schlang sich ein Handtuch um die Hüften und sammelte ihre Kleider ein, die er außen vor die Tür legte, sodass das Personal sie reinigen konnte, während sie beide badeten.

»Ich habe Richard gesagt, sie sollen die Kleider nur abbürsten, denn wenn sie sie waschen, werden sie bis morgen niemals trocken, und wir müssen früh aufbrechen.«

Er stand an die Wanne gelehnt und beobachtete sie. Sein Blick wich keine Sekunde von ihr, während sie die Schnüre der kurzen spanischen Weste über ihrer Bluse löste, ein Häkchen nach dem anderen, bis die Weste offen stand.

Dann hielt sie inne und betrachtete Morgan mit gesenkten Wimpern.

Seine Lippen verzogen sich zu einem lässigen, trägen Lächeln, das sein ganzes Gesicht erfasste. Das Handtuch konnte sein Interesse an ihr nicht verbergen, und er verlagerte das Gewicht, um eine bequemere Haltung einzunehmen.

»Mach weiter«, sagte er leise.

Himmel, dachte sie. Morgan Roberts hatte etwas so Natürliches an sich. Nie versuchte er zu verheimlichen, was er wollte; er offenbarte seine Wünsche und nahm, was man ihm anbot. Ihre erotischen Erfahrungen mit Geoffrey hatten mehr oder weniger darin bestanden, still zu liegen und ihn tun zu lassen, was er wollte. Sie fragte sich, wie es wohl sein würde, die Führung zu übernehmen.

Sie lächelte Morgan an, ein Lächeln, so alt wie der Garten Eden, und zog die Weste aus. Dann war die Bluse an der Reihe. Langsam und bewusst, Knopf um Knopf. Als sie den Taillenbund ihres Rockes erreichte, öffnete sie die Ärmelbündchen und ließ das Kleidungsstück von ihren Schultern gleiten. Es hing an ihrer Taille hinunter und bauschte sich über dem roten Rock wie Sahne, die sich über reife Erdbeeren ergießt.

Sie sah zu, wie sein Blick in aller Seelenruhe der niedergleitenden Bluse folgte und dann an ihrem Oberkörper emporwanderte, über ihren Bauch, dessen verborgene Muskeln sich erwartungsvoll anspannten, hinauf zu ihren vollen Brüsten, die die Naht ihres Unterhemdes zu sprengen drohten.

Hitze und Wasserdampf überzogen ihre Haut mit einem dünnen Schweißfilm, und vorwitzige Löckchen klebten in ihrem feuchten Gesicht.

Die Luft war vom Duft der Rosen und des Verlangens erfüllt, und all ihre Sinne waren geschärft. Sie empfand eine neue Macht, ihre Stärke als Frau, der Frau, die Kapitän Sinister erobert hatte. Sie wandte den Blick von seinen brennenden schwarzen Augen ab und löste die Bänder ihres Rockes. Er schwebte mitsamt der Bluse zu Boden.

Amanda schloss die Augen und strich sich genüsslich mit den Händen über Unterhemd und Unterrock, über Hüften und Oberschenkel und wieder hinauf an den Taillenbund. Sie ließ sich von dem heiseren Geräusch aus der anderen Ecke des Zimmers nicht ablenken. Die weiche Baumwolle kühlte ihre erhitzte Haut.

Sie hob die Arme, eine Bewegung, die ihre Brüste so weit hob, dass sie aus dem Ausschnitt ihres Hemdes zu rutschen drohten, und zog sich die Nadeln aus dem Haar. Dann schüttelte sie die goldene Masse aus, und sie ergoss sich über ihren Rücken wie ein Fluss in der Sonne.

Sie blickte nicht zu Morgan auf. Das kühne Schauspiel fiel ihr leichter, wenn sie nicht darüber nachdachte, dass er dort stand und sie mit seinen Blicken verzehrte, sich an den üppigen Rundungen weidete, die sie stets zu verbergen getrachtet hatte, um keine Aufmerksamkeit auf sich zu lenken. Stattdessen stützte sie den Fuß auf die Bank auf und zog sich Zentimeter für Zentimeter den Unterrock hoch. Als sie beinahe die Stelle erreicht hatte, an der sich ihre Oberschenkel trafen, beugte sie sich vor und betrachtete ihr Strumpfband. Es war aus rotem Satin, ein Geschenk von Morgan, und es zu tragen, gab ihr ein Gefühl der Verruchtheit. Allerdings nicht so verrucht, wie sie sich in dem Moment fühlte, als sie das Band losriss. Mit den Zähnen.

Langsam streichelnd rollte sie den Strumpf an ihrem Bein hinunter, wiederholte den Vorgang dann mit dem anderen Bein und richtete sich schließlich auf, um auch den Unterrock zu öffnen und zuzusehen, wie er als Spitzenwölkchen zu Boden glitt.

Als Amanda aufblickte, um zu sehen, wie Morgan reagierte, erstarrte sie. Er hatte sein Handtuch fallen gelassen und streichelte sich langsam, während er sie beobachtete. Sein Glied stand senkrecht vor seinem Bauch, und während seine Hand daran auf und ab glitt, traten die Adern daran hervor wie Kletterranken an einer Eiche. Seine Bewegungen zogen die Vorhaut über die Eichel und wieder zurück, sodass die dunkle Spitze wie eine Pflaume im Kerzenschein glänzte.

Sie stand reglos und fasziniert da. Noch nie hatte sie etwas so Sinnliches gesehen.

Noch nie hatte sie etwas so Erregendes gesehen.

»Brauchst du Hilfe?«, fragte er mit belegter Stimme.

Seine Worte brachen ihre Lähmung, und sie schüttelte den Kopf, sodass ihr das Haar wie ein Schleier ins Gesicht fiel. Der Anblick seiner deutlichen Erregung, die er selbst stimulierte, verfehlte seine Wirkung auf sie nicht. Sie leckte sich die trockenen Lippen und hörte, wie er einen tiefen Kehllaut ausstieß. Statt mit seinen Streichelbewegungen aufzuhören, fasste er immer fester zu und pumpte von der Wurzel zur Spitze und wieder zurück.

Auch Amanda wandte den Blick nicht von ihm ab, während sie mit zitternder Hand ihr Unterhemd öffnete und die beiden Hälften auseinanderschob, sodass sich die Spitzenkanten an ihren Brustwarzen verfingen. So empfindlich war sie jetzt, dass sie schon bei dieser leichten Berührung aufkeuchte.

»Bring es zu Ende.«

Seine Stimme hatte einen rauen Unterton, und sein Blick brannte. Doch Amanda lächelte nur. Sie fasste den Saum des letzten Kleidungsstücks, zog es über ihren Kopf und ließ es auf ihre anderen Kleider fallen. Ohne jede Hast fuhr sie sich mit den Händen über die Brüste bis zum Bauch hinunter. Sie blickte an sich hinunter. Am Scheitelpunkt ihrer Oberschenkel glänzte Feuchtigkeit auf, und ihre geschwollene Haut spiegelte wider, was Morgan erduldete. Sie ließ einen Finger in sich hineingleiten und stöhnte vor Vergnügen.

Für einen solch kräftigen Mann bewegte sich Morgan schnell. Er packte ihre Oberarme, riss sie an sich und verzehrte ihren Mund mit dem seinen, während seine Hände über ihren Körper fuhren. Dann fiel er vor ihr auf die Knie. In ihrer Verwirrung konnte sie sich nicht vorstellen, was er vorhatte, bis er ihre Oberschenkel auseinanderdrückte und mit der Zunge in sie eindrang.

Sie stieß einen Protestlaut aus, doch er beachtete es nicht, sondern klammerte sich an ihre Hüften, um mehr Platz für seinen hungrigen Mund zu finden, ein Jünger am Altar seiner Göttin.

Sie hatte gedacht, nicht einmal ein Pirat würde so etwas tun.

Dann konnte sie gar nicht mehr denken, denn seine Bartstoppeln rieben über ihre empfindsame Haut, und seine Zunge zuckte vor und zurück. Hitze durchflammte ihren Körper, und sie klammerte sich an seinen Kopf. Jeder Nerv war zum Zerreißen gespannt, und als es zu viel wurde, gaben ihre Knie nach. Er hielt sie an den Hüften fest, als sie sich den Gefühlen ergab, und ihre Schreie ermunterten ihn, sie weiter zu bedrängen, bis sie auch ihre letzte Hemmung aufgab.

Er hielt gerade lange genug inne, um sie aufzuheben und mit ihr in die Wanne zu steigen.

»Morgan …«

Amandas Ausruf ging im Platschen des Wassers unter, das zum Teil auf den Boden schwappte. Ihr blieb keine Zeit, um zu Atem zu kommen, denn im nächsten Moment war Morgan in sie eingedrungen und stieß mit den Hüften auf sie ein, so fest er konnte. Sie schlang ihre Arme und Beine um ihn und ließ sich von den flammenden Wogen in ihrem Körper davontragen.

»Ich lasse dich nie mehr los«, flüsterte sie ihm leidenschaftlich ins Ohr. »Niemals! Ich liebe dich, Morgan Roberts.«

Dann kam die Erlösung, und sie schrie auf, als das Feuer jede Zelle ihres Körpers erfüllte. Sie bekam kaum noch mit, wie sich auch Morgan mit einem lauten Ausruf gegen sie bäumte und sie fest gegen die Wand drückte. Seine stürmische Hitze trug sie auf einen noch höheren Gipfel, und dann schwebte sie geborgen in seinen Armen.

***

Morgan lehnte den Kopf in der Wanne zurück und zog erneut an einer von Coopers Zigarren. Das muss der Himmel sein, dachte er – eine schöne Zigarre, guter Wein und heiße, hemmungslose Liebe mit einer willigen Frau.

Er warf durch den Zigarrenrauch einen blinzelnden Blick auf besagte Frau. Sie hatte den Kopf gegen den Wannenrand gelehnt und sich ein zusammengerolltes Handtuch als Kissen daruntergeschoben. Ihr nasses Haar schwamm auf der Oberfläche, und ihre Brüste bewegten sich wie besonders hübsche Bojen im Wasser auf und ab. Er strich sich das eigene Haar aus dem Gesicht. Er hatte ihr vorhin die Haare gewaschen und erinnerte sich noch an das Gefühl der seidigen Strähnen, die durch seine Finger glitten, während sich ihr samtener Hintern an ihn kuschelte. Sie hatten sehr lange gebraucht, bis sie schließlich fertig waren. Dann hatte sie dasselbe für ihn getan, und ihre herrlichen Brüste waren sein Kopfkissen gewesen, während sie ihm die Kopfhaut massiert hatte.

Er trank einen Schluck Wein. Diese Hochzeitsreise war eine gute Idee gewesen. Zumindest übertraf sie jedes *Chivaree* daheim um Längen.

»Wir sollten aus dem Wasser steigen«, sagte sie.

»Mmm. Ist das etwa kein schönes Bad? Und nimm bitte zur Kenntnis, dass du ein frisches Stück Seife benutzt hast.«

Sie gluckste und spritzte ihn mit dem Fuß nass.

»Habe ich dir nicht gesagt, dass es kaum etwas Schöneres gibt als ein ordentliches Bad mit einem frischen Stück Seife? Ich fühle mich, als wären meine Beine aus Gummi. Können wir nicht hier schlafen?« Sie öffnete mühsam die Augen und sah sich um. »Und wie bleibt das Wasser warm?«

»Um deine erste Frage zu beantworten, nein, wir werden die Nacht nicht hier verbringen. Dann wären wir morgen verschrumpelt wie Backpflaumen. Und zu deiner zweiten Frage, Cooper hat das Badehaus gebaut. Er ist sehr talentiert. Einmal hat er es mir gezeigt; unter der Wanne befinden sich eine Zisterne und eine Heizung, die mit heißen Kohlen betrieben wird, und die Wanne hat einen Kupfermantel.«

»Das muss ja ein Vermögen gekostet haben.«

»Aye, aber es ist auch sehr beliebt. Die Leute zahlen Geld dafür, hier zu baden.«

»Und Robin, hat er auch ein Talent?«

»Das wirst du gleich sehen«, sagte er geheimnisvoll, und im selben Moment klopfte es an der Tür.

»Seid ihr ertrunken?«, tönte Coopers Stimme durch das Holz.

»Nein, wir verlassen jetzt die Wanne und sehen uns dann in unserem Zimmer.«

Morgan stieg wie Poseidon aus den Wogen. Das Wasser lief ihm über den sonnengebräunten Körper, und das schwarze Haar hing ihm über den Rücken.

»Komm mit«, sagte er und hielt Amanda die Hand hin.

Morgan half ihr aus der Wanne, und sie trockneten sich gegenseitig ab, was viel länger dauerte, als wenn es jeder selbst getan hätte. Morgan schlang ein Badetuch wie eine Toga um sich und hob Amanda auf.

»Morgan, ich kann doch so nicht ins Freie gehen!«

»Aber, Liebste«, sagte er beschwichtigend, »es sind nur ein paar Schritte bis zum Haus, und niemand wird dich sehen. Du hast deinen Morgenrock an, draußen ist es dunkel, und ich möchte nicht, dass du barfuß herumläufst.«

»Du scheinst sehr viel Zeit dazu zu haben, mich aufzuheben und durch die Gegend zu schleppen.«

»Es macht mir Spaß«, sagte er schlicht.

Morgan trug sie mühelos über den Weg, und die kühle Nachtluft weckte ihre Lebensgeister aufs Neue. Wieder in ihrem Zimmer, sah Amanda, dass sich einiges verändert hatte. Überall standen kleine Lampen, frische Blumen in Vasen parfümierten die Luft, und ein Tisch war mit feinem Leinen und Silber gedeckt, mit einem Kerzenleuchter in der Mitte.

Morgan ließ sie auf einem der beiden Stühle Platz nehmen und schob ihr einen Schemel unter die Füße.

»Wir sind gar nicht für ein Abendessen angezogen«, stellte sie überflüssigerweise fest.

Er legte den Kopf schief und sah sie an, als mache es ihm nicht das Geringste aus, dass er nichts als ein Tuch um die Lenden und über die Schulter geschlungen trug.

»Es wäre doch Verschwendung, uns komplett anzukleiden, wenn ich dich nachher ohnehin nur wieder ausziehe. Und glaube mir, unsere Gastgeber stört es nicht, wenn sie dich im Morgenrock sehen.«

Amanda errötete, doch als Morgan barfuß zur Tür ging, gab sie zu, dass er eine Augenweide war. Sie konnte sich ohne Schwierigkeiten vorstellen, wie er für einen Bildhauer im alten Rom oder Griechenland Modell stand – der Herr der Meere, der an Land gegangen war, um sich eine Braut zu holen.

Sie machte es sich auf ihrem Stuhl gemütlich und überzeugte sich, dass ihr wollener Morgenrock ordentlich verschlossen war.

»Und nun, Mrs. Roberts«, sagte Morgan, »halten Sie sich für ein Erlebnis bereit, das Reisende aus aller Welt hierherführt.«

Morgan trat wieder an den Tisch, setzte sich und sagte: »Wir sind so weit.«

Robin, der jetzt Abendkleidung trug, betrat das Zimmer. Beim Anblick seines halb nackten Gastes zog er die Augenbrauen hoch, dann klatschte er dreimal in die Hände.

Drei Dienstboten in Perücken und Livree traten ein. Der Erste brachte ein großes, zugedecktes Tablett mit, das er auf einem niedrigen Tisch abstellte. Er hob den Deckel an, und zwei dampfende Schüsseln kamen zum Vorschein.

»Zu Beginn des Abends«, sagte Robin ernst, »Krabbenschaum.«

Die cremige Suppe wurde vor die Speisenden hingestellt, und Amanda tauchte den Löffel ein.

»Oooh«, stöhnte sie im nächsten Moment, »das ist Ambrosia, Morgan.«

»Die Speise der Götter, Liebste«, sagte er und langte ebenfalls zu.

Es folgte Gang um Gang himmlischer Freuden: Austern, zarte Wachteln mit Safranreis, Hirschkeule mit einer Glasur aus wilden Beeren, Süßkartoffeln, frischer Salat mit einem scharfen Senfdressing, Konfitüre und Obstkuchen, dazu Madeira, Champagner und Burgunder.

Als Robin mit dem letzten Gang eintrat, Mangopudding mit Rumsauce, bezweifelte Amanda, dass sie je wieder etwas essen würde, und das sagte sie ihm auch.

»Jedes gewöhnliche Essen käme mir nach diesem Festmahl wie Gotteslästerung vor, Sir.«

Robin lächelte und verneigte sich vor ihr.

»Es ist ein Vergnügen, Sie und den Kapitän zu bedienen, Ma'am. Manche der Gäste, die hier einkehren, sind *Barbaren*« – er erschauerte geziert –, »die auch Eintopf aus Holzschüsseln futtern würden.«

»Du hast dich selbst übertroffen, Robin«, sagte Morgan. »An diesen Abend werden wir uns noch lange erinnern.«

Robin verneigte sich auch vor seinem anderen Gast.

»Du und deine Braut, ihr seid hier stets willkommen. Wir haben vor, einige Separées anzubauen, und ich hoffe, euch dann wiederzusehen.«

»Ich glaube gar nicht, dass ich gehen werde«, sagte Amanda.

»Oh, die Gesellschaft von St. Augustine wird Ihnen bald fehlen, Ma'am. Es kann hier draußen ziemlich einsam werden.«

»In der Stadt kann es auch einsam werden«, sagte Morgan mit einem Blick auf seine Frau, »wenn man keinen Gefährten hat.«

»Wie wahr, wie wahr, Kapitän«, seufzte Robin. »Es ist etwas Wunderbares, wenn man die Liebe seines Lebens findet.«

»Vielleicht finden Sie und Mr. Cooper ja auch eines Tages Ihre Herzensdamen«, sagte Amanda fröhlich.

»Äh, vielleicht«, sagte Robin errötend und sah Roberts an.

»Ich werde Mrs. Roberts morgen aufklären«, versprach Morgan.

»Ah, morgen. Nun, wir sind hier fertig«, sagte Robin, als die Bediensteten die letzten Teller abräumten. »Den Rest nehmen wir morgen mit. Morgen früh servieren wir euch noch ein herzhaftes Frühstück, damit ihr den Heimweg gestärkt antreten könnt«, sagte Robin. »Und ich glaube, ich kann auch noch einen Korb für ein Picknick zusammenstellen. Gute Nacht zusammen.«

Fröhlich winkend verließ er das Zimmer und schloss hinter sich die Tür.

Amanda stöhnte.

»Ich werde tagelang brauchen, um mich von dieser Orgie zu erholen, Morgan. Vielleicht grabe ich mich auch einfach schon für den Winter ein.«

»Keine Sorge, Liebste.« Morgan stand auf und räkelte sich. »Sicher fällt uns etwas ein, wie wir deinen Appetit bis zum Frühstück wieder wecken können.«

Er schritt durch das Zimmer, um die Lampen und Kerzen

auszupusten, bis nur noch ein einziges kleines Licht auf dem Nachttisch brannte.

»Und sieh nur, Robin hat noch etwas Rumsauce dagelassen. Bist du sicher, dass du nichts mehr essen kannst?«

Amanda öffnete ein Auge und sah ihren Mann an, dessen Statuenkörper im Licht glänzte. Er stand an den Bettpfosten gelehnt und hielt in aller Unschuld die Sauciere in der Hand. Sein Tuch hatte sich gelockert und glitt ihm von den Hüften, und es war nicht zu übersehen, dass *sein* Appetit nicht gelitten hatte.

Amanda stöhnte erneut, trat aber tapfer zum Bett und löste den Knoten ihres Morgenrocks. Es war schließlich eine Sünde, etwas Essbares zu verschwenden.

***

Die Tage wurden länger und nahmen einen geregelten Ablauf an. Jeden Morgen ging Morgan in den Hafen, um sich seinem Geschäft zu widmen, und er kehrte zum Mittagessen und zur Siesta zurück. Nachdem er die Vorstellung zurechtgerückt hatte, die seine Frau von der richtigen Zeit für die Liebe hatte, genoss auch sie ihre Siestas. Dann kehrte er bis zum Einbruch der Dunkelheit in den Hafen zurück, und abends entspannte er sich mit seiner Frau, indem er mit ihr an seiner Buchführung arbeitete, gemeinsam mit ihr las oder sich mit Freunden amüsierte. Inzwischen sprachen die meisten der Kaufleute und der alten Familien in St. Augustine zwei Sprachen, sodass Amanda nicht mehr im Hintertreffen war, und sie schnappte mit jedem Tag mehr Spanisch auf.

Was Morgan ganz besonders genoss, war, ihr abends bei ihren Vorbereitungen für die Nacht zuzusehen. Ihre Rituale faszinierten ihn, wie sie sich wusch und eincremte und ihr Haar flocht. Es war eine vollkommen neue Welt für jemanden, der noch nie mit einer dieser fremden Kreaturen zusammengelebt hatte, die sich Frau nannten, eine Welt der zerbrechlichen Fläschchen und blumigen Düfte. Er liebte es, sie zu entkleiden, Schicht um Schicht, ein jedes Kleidungsstück ein neues Rätsel aus Bändern, Spitze und Stoff, das aussah, als werde es bei der geringsten Berührung zerfallen. Und die Haut, die darunter zum Vorschein kam! Glatt und seidig, weich und gerundet, süß und nach Moschus duftend und so völlig anders als die seine.

Die Männer auf der *Zephyr* hätten sich vor Lachen auf dem Boden gewälzt, wenn sie gewusst hätten, wie sehr ihr Kapitän in den Bann eines blonden Lockenkopfes, einer hohen Stimme und einer hübschen Figur geraten war, doch das kümmerte ihn nicht. Morgan fand es perfekt – genau so hatte er sich das Eheleben vorgestellt. Wäre da nur nicht seine drohende Verpflichtung gegenüber der Marine gewesen.

Amanda verbrachte die Tage damit, ihre neue Heimat kennenzulernen und sich an das Leben in Florida zu gewöhnen. Sie schlenderte mit Luisa über den Markt auf der Plaza, gefolgt von Cesar, der ihre Körbe trug, während Amanda das Angebot in Augenschein nahm und Luisa auf Spanisch mit den Verkäufern plauderte.

Obwohl sie jetzt neue Hüte besaß, fand sie, dass Morgans Palmstrohhut immer noch den besten Schutz vor der heißen Sonne bot, und Luisa hatte ihr gern dabei geholfen, sich mit den knöchellangen Baumwollröcken und den Blusen auszustaffieren, welche die Spanierinnen trugen. Amanda wackelte in ihren weichen Ledersandalen mit den Zehen und war dankbar für das bequeme, kühle Schuhwerk.

Darin unterschied sie sich von den neu eingetroffenen Amerikanerinnen, die keinen Hehl aus ihrer Entrüstung über den unkomplizierten Lebensstil der Spanier machten. Es gab zwar einige Spannungen zwischen den Papisten und den Protestanten, wie Morgan es formulierte, doch Amanda fand die weltoffene Atmosphäre erfrischend. Jeden Tag sah man alles, von französischen Matrosen über uniformierte amerikanische Soldaten bis hin zu Franziskanermönchen in ihren blauen Roben und den breitkrempigen, flachen Hüten.

Auch Morgan gefiel ihr neuer Stil, sich zu kleiden.

»Ihr Frauen staffiert euch mit so viel Segeltuch und Tauwerk aus, dass es ein Wunder ist, wenn ihr nicht kentert«, sagte er. »Hah! Warte nur bis August, dann wirst du schon sehen, wie die Amerikanerinnen mittags auf der Straße umfallen.«

Wenn sie nicht auf dem Markt war, benutzte Amanda ihren schönen neuen Herd, um Gesichtscreme zuzubereiten, die sie dann mit nach Savannah nahm, als die *Zephyr* die Segel setzte, um zu Judith Kahns und Gabriel Lopez' Hochzeit zu fahren. Diesmal waren die Rollen vertauscht, und Morgan und Amanda standen als Trauzeugen unter dem bestickten Stoffhimmel. Obwohl sie die Gesänge des Kantors nicht verstand, spürte Amanda den gemeinsamen Kern der beiden Zeremonien, Liebe und Hingabe und die Verbindung von zwei Hälften zu einem Ganzen. Sie sah Morgan ins Gesicht, und sie lächelten, weil sie wussten, dass sie beide dasselbe dachten.

Gabriels Hand zitterte, als er den Wein an seine Lippen und an die seiner Braut hob, doch er zielte genau, als er am Ende der Zeremonie das Glas mit einem Knall zertrat, der die Mannschaft der *Zephyr* in lauten Beifall ausbrechen ließ. Sie tanzten und feierten bis in die Nacht, und dann verabschiedete sich das Brautpaar. Gabriel verzichtete klugerweise darauf, irgendjemandem von der *Zephyr* oder ihrem Kapitän zu erzählen, wo er und Judith die Nacht verbringen würden.

Bevor Amanda Savannah wieder verließ, besuchte sie Madame Bernard und stellte erfreut fest, dass sich ihre Cremes gut verkauften und beide Partner kurz davor standen, Gewinn zu machen.

Wieder daheim, schleppte sie Morgan eines Tages im Sonntagsstaat mit in die Kirche. Morgan blieb zögernd im Eingang stehen, doch Amanda hakte sich bei ihm ein und drückte ihn ermunternd.

»Das Dach wird schon nicht einstürzen, wenn du hineingehst. Mut und Tatkraft, Kapitän«, sagte sie.

Das Dach stürzte tatsächlich nicht ein, wenn auch der Prediger und seine Gemeinde verblüfft verstummten, als sich Kapitän Roberts und seine Gattin in der Mitte der protestantischen Kapelle niederließen. Diese war fast ausschließlich mit Amerikanern gefüllt, darunter viele Soldaten aus dem Fort, und Amanda wusste, dass sich Morgan nicht nur deshalb unwohl fühlte, weil er sich in einem Gotteshaus befand. Doch nach einer Weile spürte sie, wie die Anspannung von ihm abfiel, und nach dem Gottesdienst sprach der Prediger sie auf Morgans schöne Singstimme an.

Amanda fand es perfekt – genau so hatte sie sich das Eheleben vorgestellt. Wäre da nur nicht Morgans drohende Verpflichtung gegenüber der Marine gewesen.

An diese Verpflichtung wurden sie nun erinnert, als Morgan eines Tages mit einer Ledermappe unter dem Arm nach Hause kam.

»Kommodore Porter hat einen Kurier geschickt«, sagte er

und öffnete die Mappe. Er zog ein großes Stück Pergament hervor, und ein Lächeln breitete sich gemächlich über sein Gesicht.

»Sieh nur, Mandy, von Präsident Monroe persönlich unterzeichnet.«

Das Dokument tat aller Welt »kund, dass Morgan Roberts von jeder Anklage freigesprochen wird, sich gegen die Vereinigten Staaten von Amerika, ihre Ländereien oder Besitztümer vergangen zu haben«.

»Das musst du aufbewahren, während ich fort bin.« Er tippte mit dem Finger auf die Urkunde. »Das hier ist unsere Zukunft, Mandy, unsere und die unserer Kinder. Wenn ich zurückkehre, können wir unser Leben neu beginnen.«

In dieser Nacht hielt Morgan Amanda dicht an seiner Seite und streichelte ihr sanft über den Arm, während sich ihre verschwitzten Körper abkühlten. Er blickte zu dem Moskitonetz auf, das über ihnen hing und ihr Bett schützte. Die Abende wurden kürzer; der Sommer stand vor der Tür und mit ihm Insekten, Stürme und Krankheiten.

»Es wird Zeit, dass du gehst, nicht wahr, Morgan?«

»Aye, Liebste. Ich habe mein Wort gegeben, und nun, da ich die Urkunde habe, kann ich es nicht mehr länger aufschieben. Porter erwartet mich.«

Er spürte ihren Seufzer genauso, wie er ihn in der Dunkelheit hörte, und sie streichelte seine Brust und glättete die Löckchen.

»Es ist einfach nicht gerecht, Morgan. Wir haben unser Leben hier doch gerade erst begonnen.«

Morgan lächelte und küsste ihr Haar. Sie roch nach Mandeln und Zitronen und nach Frau, und er atmete ihren Duft tief ein, um ihn sich für die Zeit der Trennung einzuprägen.

»Wenn wir alle bekämen, was gerecht ist, Mandy … Es gibt Leute, die der Meinung sind, ich sollte am Galgen baumeln, anstatt mit einer gemütlichen Koje, einer schönen Frau und einer Begnadigung durch die Vereinigten Staaten zu enden.«

»Nun, noch bist du ja nicht in dieser Koje, Kapitän«, murmelte Amanda.

»Vor ein paar Minuten war ich es noch.«

»Ich meinte die Tatsache, dass du gehen musst.« Sie stieß ihn in die Seite, und er lachte wieder. Ein paar Minuten später schlief er ein.

Doch Amanda lag im Dunkeln wach. Morgan spielte die Gefahren herunter, die ihm in den Keys drohten, hatte aber keine Hemmungen zu sagen, dass es für *sie* zu gefährlich war.

Einen kurzen, rebellischen Moment lang dachte Amanda sehnsuchtsvoll an ihre Freiheit auf der *Penelope* zurück, als es noch so ausgesehen hatte, als hätte sie die Zukunft in der Hand und als könnte ihr niemand Vorschriften machen. Sie war in ihrem Leben nicht so weit gekommen, indem sie stets auf Sicherheit setzte und ihr Vorgehen von anderen bestimmen ließ. Morgan schien zu glauben, dass sie jetzt, da sie mit ihm verheiratet war, nicht mehr selbst zu denken brauchte, sondern dass er das für sie übernehmen konnte. Er meinte es zwar gut, doch das Ergebnis war alles andere als zufriedenstellend.

Stirnrunzelnd lag sie neben ihrem Mann in der Dunkelheit und dachte über ihre Ehe nach und daran, was die Zukunft bringen mochte.

KAPITEL 22

Morgan lehnte an der Reling des Paketboots *Susannah* und sah die Küste Floridas an sich vorüberziehen. Mit jedem Windstoß, der die Segel füllte, fiel die Zivilisation weiter zurück. Der Abschied von St. Augustine war so gewesen, als hätte er sich das Herz aus der Brust gerissen und es zurückgelassen. Mandy in das tränenüberströmte Gesicht zu blicken, war beinahe genug gewesen, um ihn sein Versprechen vergessen und das Wort brechen zu lassen, das er Porter gegeben hatte. Den ganzen Tag gingen ihm ungebetene Gedanken durch den Kopf, und er verspürte Ängste, die ihm bis jetzt fremd gewesen waren.

Was, wenn er verletzt würde und seine Farm nicht bestellen konnte? Was, wenn er stürbe? Würde Mandy den Männern in St. Augustine ausgeliefert sein? Kaufleute und Pflanzer würden ihr nachstellen und die Offiziere aus dem Fort. Sein Gesicht verzerrte sich bei der Vorstellung, wie ihr irgendein aalglatter junger Marinesoldat Lügen in das zarte Ohr flüsterte. Dank ihres Aussehens und seines Geldes würden sie in Scharen über sie herfallen.

Er wurde durch eine Auseinandersetzung unter Deck abgelenkt, und kurz darauf trat Kapitän Hendricks zu ihm an die Reling. Er trug eine höchst seltsame Miene in seinem wettergegerbten Gesicht.

»Ich wusste gar nicht, dass Sie verheiratet sind, Roberts.«

»Aye«, sagte Morgan stolz. »Ich habe eine wundervolle Frau, Hendricks. Haben Sie in St. Augustine davon gehört?«

»Nein, ich habe es von der Frau gehört, die sich im Frachtraum verbarrikadiert hat und behauptet, Ihre Frau zu sein.«

Morgan starrte den Kapitän an.

»Sie scherzen wohl«, krächzte er.

»So etwas könnte ich im Leben nicht erfinden, Roberts.«

Morgan schob sich an ihm vorbei und stieg die Leiter hinunter. Unten standen die Seeleute und tauschten auf Spanisch Witze aus. Die klügeren unter ihnen hörten auf zu grinsen, als sie Roberts' Gesicht sahen.

Morgan blieb am Eingang zum Frachtraum stehen und sah Hendricks an, der ihn mit einer Geste anwies, sein Glück mit der Luke zu versuchen.

Er holte tief Luft.

»Mrs. Roberts, bist du das? Öffne sofort diese Luke!«

Im Inneren des Frachtraums nieste jemand, und eine gedämpfte Stimme sagte: »Sie klemmt.«

»Gottverdammt!«, sagte Morgan und öffnete die Luke mit einem Tritt.

Amanda saß auf einem Stapel mit Maismehlsäcken und blinzelte zu ihm auf.

»Was für eine Ausdrucksweise, Kapitän«, sagte sie schwach.

Er sagte dieses Wort, das sie immer noch nicht kannte, und klammerte die Finger um ihren Arm, um sie aus dem dunklen Frachtraum zu zerren.

»Mrs. Roberts, Kapitän Hendricks«, bellte er, als er sie am Kapitän des Paketboots vorbeizog, um mit ihr auf seine Kajüte zuzuhalten.

»Erfreut, Sie kennenzulernen«, rief Amanda im Vorübergehen, und der verblüffte Yankee sagte »Ma'am« und tippte sich an die Mütze.

Morgan schob sie vor sich in die Kajüte, knallte die Luke zu und sah sie mit zusammengekniffenen Augen an, während er die Arme vor der Brust verschränkte.

»Nun?«

Amanda leckte sich die trockenen Lippen und wäre beinahe vor ihm zurückgewichen. Doch stattdessen richtete sie sich auf und hob das Kinn.

»Ich wollte nicht allein in St. Augustine bleiben. Das ist wohl kaum ein vielversprechender Anfang für eine Ehe.«

»Dann hoffe ich, dass du darauf vorbereitet bist, in einem Pestloch Höllenqualen zu leiden und von Moskitos gefressen zu werden, denn das steht dir in Key West bevor.«

Seine Stimme war ein Brüllen, welches das Glas in den Bullaugen erzittern ließ, und diesmal war Amanda so klug, tatsächlich einen Schritt zurückzutreten. Morgan raufte sich die Haare und versuchte, in der Kajüte auf und ab zu gehen, doch da diese noch beengter war als sein Quartier an Bord der *Zephyr*, gab er auf und stützte sich mit ausgestreckten Händen an die Wand. Er holte tief Luft und kämpfte um seine Beherrschung. Dann wandte er den Kopf und sah sie an. Sie stand vollkommen reglos mit verschränkten Händen vor ihm.

»Ich sollte dich übers Knie legen, Amanda Roberts, und dich verprügeln, bis du nicht mehr sitzen kannst.«

Er senkte den Blick wieder auf seine weißen Fingerknöchel, holte noch einmal tief Luft und sah ihr dann wieder ins Gesicht. In seiner Miene spiegelten sich Frustration und Verwirrung.

»Verdammt, ich dachte, eine Frau tut, was ihr Mann ihr sagt.«

Im ersten Moment starrte sie ihn einfach nur an, dann konnte sie sich nicht mehr zusammenreißen. Sie wusste genau, dass es nicht richtig war, aber es war unmöglich zu unterdrücken.

»Verdammt, Amanda, hör auf zu lachen! Das ist nicht komisch.«

Natürlich musste sie nun noch heftiger lachen. Teilweise lag es an ihrer Nervosität, aber gleichzeitig …

»Oh, Morgan«, sagte sie und rieb sich die Augen. »Denk doch einen Augenblick darüber nach. Ich weiß, dass du nicht viele verheiratete Paare kennst, aber kannst du dir wirklich vorstellen, dass Judith einfach so tut, was Gabriel ihr sagt? Oder dass *Señora* Alvarez mit dem Kopf nickt und ihrem Mann folgt wie ein Esel?«

Sie trat auf ihn zu, um ihm die Hand auf den verkrampften Arm zu legen, und blickte in sein Gesicht auf.

»Ich bin deine Weggefährtin.« Ihre Lippen zuckten. »Nicht der Schiffsjunge auf der *Zephyr*. Natürlich ist es möglich, dass sich in Key West schlimme Dinge ereignen«, sagte sie, und jetzt war jede Leichtfertigkeit aus ihrer Miene gewichen. »Aber es können sich überall schlimme Dinge ereignen. Judith hat mir erzählt, dass vor ein paar Jahren in Savannah so viele Menschen an Gelbfieber gestorben sind, dass die Friedhöfe überquollen. Ganz gleich, was geschieht, ich würde vor allem an der Seite meines Mannes sein wollen. An deiner Seite«, sagte sie leise und trat zurück.

»Außerdem«, fuhr sie fort, und in ihren Augen funkelte es wieder, »bist du derjenige gewesen, der mir geraten hat, Abenteuer zu erleben, die ich beim Essen erzählen kann.«

»Damals warst du auch noch nicht meine Frau, Amanda. Wie bist du überhaupt an Bord gekommen? Als ich aufgebrochen bin, warst du brav zu Hause. Und wo ist Cesar?« Er stieß sich von der Kajütenwand ab und verschränkte die Arme wieder.

Amanda trat beklommen von einem Fuß auf den anderen.

»Cesar ist bei Luisa und Pedro. Sie hat gemeint, sie könne ein zusätzliches Paar Hände im Haus gut gebrauchen. Ich dachte, es wäre besser für ihn, wenn er in St. Augustine bliebe, wo ihn jeder kennt. Ihn in die Keys mitzunehmen, wo ein solches Kommen und Gehen herrscht, hätte nur ein Risiko für ihn bedeutet. Und nachdem ich ihn untergebracht hatte, äh, bin ich dir in den Hafen gefolgt.«

»Das erklärt immer noch nicht, wie du in den Frachtraum von Hendricks' Boot gelangt bist, Amanda.«

»Nun …«

Sie starrte zum Bullauge hinaus, und in ihrem Rücken sammelte sich der Schweiß.

»Auf dem Kai saßen ein paar Männer herum. Ich habe sie gefragt, ob sie sich etwas dazuverdienen wollten, indem sie vorgäben, einen Streit anzufangen. An der Stelle, wo die *Susannah* vor Anker lag.« Sie biss sich auf die Lippe. »Als die Mannschaft dann abgelenkt war, habe ich mich an Bord geschlichen und mich im Frachtraum versteckt«, brachte sie ihre Erzählung hastig zu Ende.

Sie blickte ihn mit gesenkten Wimpern an. Er stand einfach nur da und starrte sie mit schmalen Lippen und stählernem Blick an.

»Gibt es sonst noch etwas, das du mir zu sagen hast, Amanda, jetzt, da ich weiß, wie du ohne Begleitung in den Hafen gegangen bist und vor den Augen von Männern, die dich mit Freuden ausrauben oder deine Röcke heben würden, mit Geld um dich geworfen hast?«

Amanda verzog angewidert das Gesicht.

»Du nennst mich wieder ›Amanda‹ in diesem Kapitän-Sinister-Ton! Was ist aus Mandy geworden?«

»Mandy ist meine treu sorgende Frau«, sagte er streng. »Die vernünftige junge Dame, die ich in St. Augustine zurückgelassen habe. Versuche nicht, vom Thema abzulenken.«

»Tja, nun, ich bin es müde, die vernünftige junge Dame zu geben.« Ihre Röcke umwirbelten die nackten Knöchel, als sie in der Kajüte umherzuschreiten begann. »Meine Mutter hat mir mein Leben lang gesagt, ich soll vernünftig sein. Nur so würden mich die Männer in Ruhe lassen und mich nicht angaffen. Nur so würden die Leute nicht über mich reden.«

Sie unterbrach sich und stemmte die Hände in die Hüften.

»Was glaubst du, was geschehen ist, Morgan? Ich bin trotzdem von Männern behelligt worden. Die Leute haben trotzdem über mich geredet. Und ich musste an die erste Amanda Brooke denken. Sie hat es nicht zu etwas gebracht, weil sie ›vernünftig‹ war und zu Hause blieb. Sie hat ihr Glück gemacht, weil sie ihren Verstand gebraucht und die Gelegenheit beim Schopf gepackt hat.«

»Amanda Brooke hat ihr Glück gemacht, indem sie sich auf den Rücken gelegt und den König am Schwanz gepackt hat. Das ist wirklich zu schön«, sagte er und schüttelte den Kopf. »Du beschließt, jede Vorsicht in den Wind zu schießen und dir eine Edelkonkubine zum Vorbild zu nehmen, und du tust es unter meinen Augen. Ich bin noch nie einer Frau begegnet, die ein solches Talent dafür besaß, das Schicksal herauszufordern, wie du, Amanda Roberts!«

»Wirklich?«

»Das war kein Kompliment.«

Er sah sie funkelnd an, und sie trat auf ihn zu. Mit seinem bärtigen Gesicht und der Seemannskleidung erinnerte er sie an die herrliche Zeit auf Key Marquez, und sie erlag der Versuchung, ihm eine verirrte Haarsträhne aus der Stirn zu streichen.

»Dann denk einmal über Folgendes nach, Kapitän. ›Vernünftige junge Damen‹ heiraten keine Pir... Freibeuter. Wenn ich Amanda Brooke nicht so ähnlich wäre, hätte ich vielleicht auf meinen Kopf gehört statt auf mein Herz, und wir wären heute nicht hier.«

Die Worte waren kaum heraus, als sie auch schon zusammenzuckte.

»Ich meine, wir wären nicht verheiratet. Du und ich. Ich wäre in Charleston. Oder in Yorkshire.«

Sie wusste, dass sie vor sich hin stammelte, doch konnte anscheinend nicht damit aufhören. Er nahm den dicken goldenen Zopf in die Hand, der an ihrem Hals hing, und betastete ihn geistesabwesend. Zwar machte er einen ruhigen Eindruck, aber an seinem Auge zuckte ein Muskel, und sie hielt es für klüger zurückzuweichen – ein etwas schwieriges Manöver, da er ihre Haare immer noch in der Faust hatte. Jetzt war es an ihm zu lächeln, und dieses Lächeln hatte nichts Liebevolles an sich. Er zog sie sacht an ihrem Zopf hinter sich her, bis ihre Kniekehlen gegen die Bettkante stießen. Dann ließ er ihr Haar los und starrte auf sie hinunter. Amanda setzte sich abrupt auf die Koje. Sie rutschte zur Seite, bis sie den Rumpfbalken erreichte und nicht mehr weiterkonnte. Morgan setzte sich neben sie.

Sie konnte hören, wie sich die Seeleute bei der Arbeit auf Spanisch unterhielten. Sie erwog kurz, aus der Kajüte zu flüchten, doch das Boot war nicht groß, und sie wusste, dass sie nicht weit kommen würde. Und sie glaubte nicht, dass Kapitän Hendricks mehr von blinden Passagieren hielt als ihr Mann.

Amanda leckte sich die trockenen Lippen. Die Atmosphäre in der Kajüte hatte sich verändert. Die Gefahr lag immer noch in der Luft, doch jetzt war sie noch mit etwas anderem versetzt. Etwas anderem, das nicht minder gefährlich war, und auf einmal kamen ihr doch Zweifel daran, ob es klug gewesen war, von zu Hause fortzulaufen.

Morgan sah sie an. Seine Augen waren kohlrabenschwarz geworden. Er legte die Hand auf den Puls in ihrem Hals, bevor er sie abwärts bewegte und stattdessen eine Faustvoll Stoff packte. Er zog sie so dicht an sich, dass sie jede einzelne Bartstoppel erkennen konnte. Amanda schloss die Augen und wartete auf das Geräusch, mit dem er ihr die Bluse vom Leib riss, doch stattdessen fuhr er ihr ganz sanft mit dem Finger am Kinn entlang.

»Ich kann mich im Moment nicht entscheiden, ob du eine Tracht Prügel oder eine ordentliche Lektion im Bett brauchst.«

»Darf ich aussuchen?«, flüsterte Amanda und öffnete ein Auge einen Spaltbreit.

»Ich sollte dich verprügeln. So würde ich es mit jedem Mitglied meiner Mannschaft machen, das die Dummheit besitzt, mir nicht zu gehorchen.« Er fuhr ihr weiter mit dem Finger über die Linien ihres Gesichts.

»Aber ich bin fasziniert von der Feststellung, dass dein Vorbild eine Kurtisane ist«, sagte er seidenglatt, und sein Finger zeichnete ihre Lippen nach. »Vielleicht fragst du dich ja, was deine berühmte Urahnin tun würde, wenn sie einem wütenden Freibeuter ausgeliefert wäre.«

Sie sog seinen Finger in ihren Mund.

Er atmete keuchend ein.

»Ah.«

Mit einer plötzlichen Bewegung, die Amanda völlig überrumpelte, warf Morgan sie auf den Rücken, schob ihre bauschigen Röcke hoch und heftete ihre Hände neben ihrem Kopf fest. Er stürzte sich auf ihren Mund und ließ erst von ihr ab, als sie atemlos aufkeuchte und sich gegen ihn stemmte, nicht, um sich ihm zu entwinden, sondern, weil sie mehr wollte.

»Ich hebe mir die Prügel für ein anderes Mal auf«, sagte er mit einem grimmigen Lächeln und senkte den Mund auf den ihren.

***

Später fand Morgan Amandas Koffer vor der Kajütentür und holte ihn herein. Zu zweit war es eng, doch wenn es keine Verzögerungen gab, würde die Fahrt nur ein paar Tage dauern.

»Ich habe keine Angst vor Piraten«, sagte er und streckte sich in der Koje aus, während er ihr beim Waschen zusah. »Die Piraten, die die hiesigen Gewässer heimsuchen, wissen, dass Hendricks nur leichte Fracht und Lebensmittel an der Küste entlangtransportiert. Und sie wissen, dass er eher seine Mutter den Haien vorwerfen würde, als einen Penny davon aufzugeben.«

Später am Tag gingen sie am Strand vor Anker. Die Männer angelten und tauschten gern einen Teil ihres Fangs gegen das frische Brot ein, das Amanda mitgebracht hatte. Sie wusste, dass Morgan sein eigenes Essen hatte mitbringen müssen und hatte daher auch für sich Vorräte eingepackt. Sie und Morgan legten zusammen, aßen anständig zu Abend und spielten sogar eine Runde Picquet am Feuer, bevor sie wieder an Bord der *Susannah* gingen. Hier nahm sich Morgan eine Decke, um an Deck zu schlafen.

»Nein«, sagte er unerbittlich, als sie darum bat mitzukommen. »Hier unten ist es besser für dich, hinter einer Tür, die man verriegeln kann. Diese Männer sind nicht die Mannschaft der *Zephyr*, und ich werde nicht darüber diskutieren.«

»Aber, Morgan, ich möchte auch oben an der frischen Luft schlafen. Hier unten ist es so stickig, dass ich kaum atmen kann.«

»Das hättest du dir überlegen sollen, bevor du an Bord gegangen bist, Amanda.«

Dann wurde seine Miene sanfter, und er beugte sich über sie, um ihr einen Gutenachtkuss zu geben.

»Wir sind ja bald in Key West, dann hast du wieder ein Dach über dem Kopf. Hendricks hat dort ein Haus, nichts Besonderes, aber ganz brauchbar, und er sagt, wir können dort wohnen.«

Er grinste.

»Du hast in letzter Zeit an so vielen verschiedenen Orten gelebt, dass du darüber nachdenken solltest, dein Haus auf dem Rücken zu tragen wie ein Einsiedlerkrebs. Jetzt ruh dich aus, und wir sehen uns morgen früh. Und vergiss nicht, die Luke zu verriegeln.«

Die Tage verstrichen ohne Zwischenfälle. Eines Morgens frühstückte Amanda gemeinsam mit Morgan an Deck. Um der Mannschaft nicht im Weg zu sein, hatten sie sich dicht an die Reling gedrängt und knabberten Obst und die letzten Reste von Amandas Brot.

»Hatte ich dir eigentlich erzählt, dass Judith geschrieben hat?«, fragte Amanda, während sie eine Orange schälte. »Sie hat davon berichtet, dass sie ihre Hochzeitsreise in Boston verbracht hätten. Ich könnte schwören, sie hätte mir gesagt, sie würden mit der *Zephyr* nach Barbados fahren, um Verwandte von Gabriel zu besuchen.«

»Barbados, Boston, ich hatte Gabriel ja gewarnt, dass Swanson leicht durcheinanderkommt«, sagte Morgan kopfschüttelnd und strich sich Zuckerrohrsirup auf sein Brot. Amanda warf ihm einen argwöhnischen Blick zu, doch sein Gesicht blieb ausdruckslos.

»Und du errätst nie, was noch, Morgan. Am Tag ihrer Abreise gab es großes Geschrei um einen entlaufenen Sklaven – Alexander –, der im Wirtshaus bedient hatte. Und während sie in Boston waren, lief dann Judiths Dienstmädchen Matilda davon. Judith schrieb, es sei ein Glück gewesen, dass sie Gabriel dabeihatte, um ihr beim An- und Auskleiden zu helfen.«

Morgan bekam einen Hustenanfall, und Amanda verspürte einen Hauch von Genugtuung. »Barbados, Boston«, soso.

»Das Ende der Geschichte ist, dass Sukie einen Brief aus Kanada bekommen hat. Judith hat ihn ihr vorgelesen, und darin stand, dass Matilda in Sicherheit sei und dort oben eine Anstellung bei einer guten Familie gefunden habe.«

»Den MacDonalds.«

»Ja, so heißen sie. Woher weißt du das?«

»Geraten.«

»Und«, fuhr Amanda fort, »zum Schluss stand dort, dass Matilda jetzt mit einem Schwarzen verheiratet sei, der der neue Stallknecht der MacDonalds sei, und dass sie ein Kind erwartet. Den Namen des Mannes hat Judith nicht erwähnt.«

»Hm«, sagte Morgan und zerteilte ebenfalls eine Orange. »Ich kann mir gar nicht vorstellen, warum Judith Lopez das alles ausgerechnet dir erzählt hat. Es geht uns doch gar nichts an, Mrs. Roberts.«

Sie beugte sich zu ihm hinüber, um ihn auf die Wange zu küssen, und wieder sagte er »hm«, setzte aber dennoch eine zufriedene Miene auf.

»Schau, Mandy«, sagte er und zeigte mit der Orange in der Hand nach Steuerbord. »Da ist unser Ziel.«

Amanda richtete sich auf und strich sich das vom Wind gepeitschte Haar aus den Augen. Es sah aus, als schwebe das Land am Horizont in der schimmernden Luft. Zuerst wurden die Palmwipfel sichtbar, dann, deutlicher jetzt, die Mangrovenhaine. Doch als Key West schließlich klar zu sehen war, erkannte Amanda, dass der Ort so war, wie Morgan ihn beschrieben hatte. Wenn überhaupt, hatte er ihn noch beschönigt.

Die Marine hatte Key West als Ausgangspunkt gewählt, weil es einen hervorragenden Hafen hatte, der tief genug für Kriegsschiffe und vom Wind begünstigt war. Amanda stand am Bug der *Susannah* und roch die Gerüche, die allen Häfen in Florida gemein waren: Fisch, Salz, Abfall und Pflanzen. Mehrere Fischerboote und andere Schiffe lagen auf einer Sandbank, und ihre Mannschaften befreiten die Bordwand von Algen und Seepocken. Ein ganzer Berg von Schwämmen lag zum Trocknen am Ufer und trug das seine zur Vielfalt der Aromen bei.

Morgan arrangierte, dass Hendricks ihr Gepäck in den Ort schicken ließ, und als sie an Land waren, fragte er einen *Conch*, der im Hafen Netze flickte, wo sich Kommodore Porters Hauptquartier befand.

Der braungebrannte Fischer spuckte aus und knurrte ein paar beleidigende Worte über die Marine. Dann schickte er sie gestikulierend und mit einem beinahe unverständlichen Akzent in die Ortsmitte.

Amanda klammerte sich im Gehen an Morgans Arm, weil sie ständig den Kopf in alle Richtungen drehte, um alles mitzubekommen. Der Ort war eine bizarre Kombination von Opulenz und Zerfall, eingerahmt von der brennenden Sonne und den flammenden Farben der tropischen Pflanzen.

Sie kamen an vielen Frauen vorbei, die grob geschneiderte Kleider aus Seide und feiner Baumwolle trugen, manchmal sogar Samt und Satin. Die Häuser waren zum Großteil Palmhütten, die mit Schiffsbrettern verstärkt waren. Davor waren wunderschöne Stoffe zum Trocknen über die Büsche gehängt. Als sie Morgan darauf ansprach, erinnerte er sie daran, wie Key West überlebte.

»Sie schlachten Wracks aus, Mandy. Die Keys in Florida sind eine der reichsten, gleichzeitig aber auch eine der ärmlichsten Gegenden hier.«

Er wies mit der Hand zum Straßenrand.

»Diese Behausungen sind mit den Überbleibseln tausender Schiffe angefüllt, die sie aus dem Ozean gerettet haben. Manche von ihnen werden reich, wenn es ihnen gelingt, die Güter aus den Wracks nach auswärts zu verkaufen, aber für die meisten ist es einfach nur Abfall, den man noch brauchen kann, Treibholz von besonderer Qualität, wenn man so will.«

Amanda fand, dass Morgan in seinem tabaksbraunen Rock und der rehbraunen Hose eine ausgezeichnete Figur machte. Er hatte sich eine schlichte Krawatte umgebunden und sah mit seinem Pflanzerhut aus Stroh ganz wie ein respektabler Geschäftsmann aus. Auch sie selbst hatte ihre bequemen spanischen Kleider gegen ein hübsches Musselinkleid eingetauscht, und ein Hütchen, das in ihrem Koffer ein wenig gelitten hatte, ersetzte den Palmwedelhut.

Sie fanden Porters Hauptquartier, ein neu errichtetes Holzgebäude, vor dem zwei Marinesoldaten Wache standen, während die amerikanische Flagge im Wind knatterte. Ein Seekadett verkündete ihre Ankunft, und Porter rief sie aus dem hinteren Zimmer herein. Er erhob sich, um Amanda zu begrüßen.

»Mrs. Roberts, willkommen auf Thompson's Island. Mir war gar nicht bewusst, dass Sie Ihren Mann begleiten würden, aber ich werde Ihnen sofort ein Quartier besorgen.«

Der Kommodore wandte sich mit seinem ganzen beträchtlichen Charme an sie.

»Es ist nicht zu übersehen, Kapitän Roberts, warum Ihnen so sehr daran gelegen war, vor dem Antritt Ihrer Dienste zu heiraten. Ich beglückwünsche Sie, Roberts, und wünsche Ihnen alles Gute, Ma'am.«

Amanda lächelte dem galanten Offizier zu. Ihr Empfang hätte auch ganz anders aussehen können, vor allem, da ja niemand gewusst hatte, dass sie ihren Mann begleiten würde – Morgan eingeschlossen.

Morgan räusperte sich.

»Es war auch für mich ein unerwartetes Vergnügen, von meiner Frau begleitet zu werden, Kommodore. Ich habe mich bereits um unsere Unterbringung gekümmert. Kapitän Hendricks hat hier ein Haus, das er uns angeboten hat.«

»Exzellent!«, sagte Porter. »Ich fürchte nur, dass Sie viel Zeit allein verbringen werden, Ma'am. Wir haben hier seit Neuestem viel zu tun, und Ihr Mann ist keinen Augenblick zu früh gekommen. Roberts, können Sie meinem Kadetten sagen, wo sich Hendricks' Haus befindet? Ripley soll Mrs. Roberts dorthin begleiten, und wir beide können uns derweil unterhalten.«

Er richtete sein Lächeln noch einmal auf Amanda.

»Ich hoffe, Sie leisten mir und meinen Offizieren heute beim Abendessen Gesellschaft, Ma'am.«

Auf Porters Ruf hin steckte der Kadett den Kopf wieder zur Tür herein.

»Bringen Sie Mrs. Roberts in ihr Quartier, Ripley, und gehen Sie ihr ein wenig zur Hand.«

Amanda verabschiedete sich von den Männern und folgte dem jungen Mann, der in der tropischen Hitze errötete.

»Mr. Ripley, warum hat eigentlich jeder einen anderen Namen für diese Ansiedlung?«, fragte Amanda. »Kapitän Roberts nennt sie manchmal *Cayo Hueso*, Kapitän Hendricks nennt sie Key West, und Kommodore Porter hat von Thompson's Island gesprochen?«

»Ich weiß es nicht, Ma'am«, sagte Ripley. »Ich weiß nur, dass wir den Ort auch ›Schildkrötensuppe‹ nennen würden, wenn die Marine uns das befiehlt, und zurzeit sagt uns die Marine, dass wir uns nicht in Key West befinden, sondern in der Ortschaft Allenton auf Thompson's Island.«

In der Mitte der Ansiedlung befand sich ein großer Salzwasserteich, und den Pflanzen und dem Abstand der Häuser nach änderte sich seine Größe mit den Gezeiten und dem Regen.

Außerdem fiel Amanda auf, dass sämtliche Inselbewohner, die keine Marineuniformen trugen, sie unfreundlich ansahen. Als sie Ripley darauf ansprach, errötete er und stammelte, dass sie den Kommodore nach dem Verhältnis der Marine zu den Inselbewohnern fragen musste.

Hendricks' Haus war grob, aber stabil aus Holz zusammengezimmert. Es bestand nur aus zwei Zimmern, hatte aber einen eigenen Garten, an dessen rückwärtigem Ende ein großer Schuppen stand. Sie öffnete die Fensterläden und rollte die Wachstücher herunter, um das Ungeziefer fernzuhalten, dann sah sie sich um. Das Haus erinnerte sie an das Häuschen der Familie Marquez, obwohl sie reumütig dachte, dass es niemals einem Vierpfünder standhalten würde.

Hendricks hatte diesmal keinen Aufenthalt auf den Keys eingeplant. Er hatte ihr gesagt, dass er sich so weit wie möglich von der Marine fernhielt. Allerdings würde er in Savannah anlegen, und er nahm einen Brief für Judith mit und versprach ihr, ihre Cremes für sie zu verschiffen, wenn sie sich hier auf den Keys an die Herstellung machte.

Amanda klopfte das Grundstück darauf ab, ob sich hier vielleicht Seife kochen ließ. Der Abstand zu den Nachbarn war so groß, dass sie glaubte, im Schuppen Seifenkessel in Betrieb nehmen zu können, ohne jemanden zu stören. Angesichts des heruntergekommenen Zustands der Gemeinde war es allerdings ohnehin zweifelhaft, dass jemandem der Gestank auffallen würde. Die trocknenden Schwämme, der stehende Teich im Herzen der Ortschaft und das vernachlässigte Aussehen der Ortsbewohner gaben ihr das Gefühl, dass niemand zweimal hinsehen oder die Nase rümpfen würde, wenn sie hier Fett und Lauge für ihre Seife kochte.

Der Küchenschuppen war überraschend groß, und Hendricks' Angelzeug war ordentlich darin verstaut. Offensichtlich diente er ihm auch als Werkstatt, und für ihre Zwecke war er ideal geeignet.

Der Garten war zwar vernachlässigt, trug aber dennoch Früchte, und ihr inzwischen erfahrenes Auge erkannte

Guaven, Mangos, Sapodillas und die allgegenwärtigen Zitrusbäume. An der Hintertür wuchsen wilde Aloepflanzen mit riesigen Blättern, die ihrem armseligen blauen Topf die Schamröte ins Gesicht getrieben hätte.

Sie nahm sich vor, vielleicht jemanden einzustellen, der ihr half, den Garten und das Haus in Ordnung zu bringen, und als sie zum Haus zurückkehrte, summte sie. So schlicht es hier im Vergleich zu ihrem Haus in St. Augustine war, war es doch ihr Zuhause, weil sie mit Morgan hier war.

Ob es ihm gefiel oder nicht.

Das Abendessen mit den Offizieren verlief reibungslos. Die Älteren tauschten zwar einige argwöhnische Blicke mit Kapitän Roberts aus, doch Amandas Gegenwart half, die Anspannung zu zerstreuen. Vor allem die jungen Kadetten waren von Morgans Erzählungen über sein Leben als Freibeuter in Diensten der Briten fasziniert, zumal sie jede von Porters Geschichten schon gehört hatten. Und zwar mehrfach.

Amanda saß zur Rechten des Kommodores, Leutnant Clayton war da, und man stellte sie auch den anderen Offizieren – Farragut, Dallas und Gardner – vor. Porter übernahm den Vorsitz und genoss es, mit seinen tapferen jungen Männern angeben zu können.

»Wie schon gesagt, Mrs. Roberts, ist es ein unerwartetes Vergnügen, Sie auf unserem Außenposten zu Gast zu haben«, sagte Porter. »So, wie es hier derzeit aussieht, fürchte ich, dass Sie vergeblich nach den gewohnten Annehmlichkeiten Ausschau halten. Unsere Lebensumstände auf diesem Feldzug sind nicht so komfortabel wie auf einem Schiff.«

Amanda tauchte den Löffel in ihre Schildkrötensuppe und lächelte unschuldig.

»Oh, man hat mich vorgewarnt, dass ich hier primitive Bedingungen antreffen würde, aber ich möchte so viel wie möglich von meiner neuen Heimat Florida sehen, Kommodore, und Kapitän Roberts konnte nicht nein sagen.«

»Meiner Frau ist nicht immer nach Reisen zumute; sie wohnt in Meridian Hill, während ich hier meinen Dienst versehe«, sagte Porter. »Ich vermisse meine Evalina, und ich kann gut verstehen, warum sich Ihr Mann so kurz nach der Hochzeit nicht von Ihnen trennen wollte.«

Amanda sah ihren Mann an und zog die Augenbrauen hoch, als wolle sie betonen, dass selbst die Marine in dieser Sache hinter ihr stand.

Morgan öffnete den Mund, schien es sich dann aber anders zu überlegen und wandte sich wieder seinem Essen zu.

»Sie werden hier wenig Ablenkung finden, Mrs. Roberts«, sagte Clayton. Er lächelte sie an und wandte den Blick nicht von ihrem Gesicht ab, während er dem Dienstboten signalisierte, ihr Weinglas nachzufüllen.

»Sollten Sie irgendetwas brauchen, während Ihr Mann auf Patrouille ist, so hoffe ich, dass Sie nicht zögern werden, mich oder einen der anderen Offiziere zu rufen. Natürlich nur mit Erlaubnis des Kapitäns.«

»Danke, Leutnant«, sagte Amanda und lächelte.

»Das ist nicht fair, Clayton«, sagte Farragut. »Immer bist du der Erste, wenn es darum geht, eine hübsche Dame zu umsorgen, und aus irgendeinem Grund finden sie dich alle erträglich. Ich bestehe darauf, dass Sie uns auch die Chance geben werden, Ihre Begleiter zu sein, Mrs. Roberts.«

Amanda lachte über das Geplänkel des jungen Offiziers, doch als sie ihren Mann ansah, lächelte dieser nicht. Stattdessen beobachtete er sie mit vollkommen ausdrucksloser Miene.

»Sie werden auf der Hut sein müssen, Kapitän Roberts, wenn Sie eine so hübsche Frau mitbringen, damit sie uns die Tage versüßt«, fügte Porter hinzu.

»Meine Frau besitzt mein ganzes Vertrauen, Kommodore.«

Morgans Ton war unbekümmert, doch er beobachtete sie immer noch, und Amanda spürte einen Hauch von Beklommenheit. Doch Doktor Harris brachte sie mit seiner Frage auf andere Gedanken.

»Habe ich es richtig verstanden, dass Sie Seife herstellen, Madam?«

»Ja, Doktor. Meine Familie hat in England Seife der Marke Brooke hergestellt, und ich bin überhaupt nur in die Vereinigten Staaten gekommen, um hier eine Seifenmanufaktur aufzubauen.«

»Unsere Vorräte im Marinelazarett gehen zur Neige«, sagte Harris. »Wenn Sie etwas Seife übrig hätten, könnten wir sie gut gebrauchen.«

»Ich werde morgen damit anfangen, Doktor, und ich schicke Ihnen Seife, sobald man sie benutzen kann.«

»Ich habe für morgen früh eine Besprechung anberaumt, Kapitän Roberts, und ich bitte um Ihre Anwesenheit«, lenkte Kommodore Porter das Gespräch wieder auf Marineangelegenheiten zurück. »Bis jetzt hat Temple Pent die Schwadron angeführt, aber wir können gut einen zweiten Mann gebrauchen, der die hiesigen Gewässer kennt. Und die Ortsbewohner haben kein Interesse daran, sich von uns anheuern zu lassen.«

Da Morgan wusste, dass das Schwein, das sie gerade verspeisten, ohne Bezahlung konfisziert worden war, bezweifelte er keine Sekunde lang, dass Porter Schwierigkeiten hatte,

Conchs anzuheuern. Sein Spaziergang heute Nachmittag hatte ihm die Augen geöffnet. Porter errichtete Marineposten, wo immer es ihm in den Sinn kam. Seine Männer beschlagnahmten Brennholz, das die Ortsbewohner für sich selbst geschlagen hatten, und sie erschossen ihr Vieh. Die paar hundert Menschen, die auf den Keys zu Hause waren, versorgten mit Sicherheit sämtliche Piraten in Rufweite mit Informationen über jede Bewegung der Marine.

Doch Porter redete immer noch.

»Der Schiffsverkehr in diesen Gewässern nimmt rapide zu. Allein in Havanna gehen jede Woche ungefähr dreißig amerikanische Schiffe vor Anker, und etwa zwanzig in Matanzas. Jeden Tag fahren zahlreiche amerikanische Schiffe hier vorbei. Doch das scheint den Wagemut der Freibeuter nur anzuspornen.«

»Sie wissen, dass Ihre Patrouillen nach ihnen suchen, Kommodore, und das treibt sie zur Verzweiflung. Wenn Sie mit ihrem Feldzug Erfolg haben, müssen sie sich andere Jagdgründe suchen, und sie greifen ein letztes Mal nach Floridas Reichtum«, sagte Morgan und tippte sacht gegen das Kristallglas, das vor ihm stand. »Ich hege keine großen Sympathien für die Piraten. Seit Ende des Krieges hat sich die Situation stetig verändert, und wer klug ist, weiß, wann man sich besser zurückzieht.« Er verzog lässig die Mundwinkel, um seiner Frau zuzulächeln.

»Wir werden ihnen mit Pulver und Blei allen Grund geben, sich zurückzuziehen«, schwor Porter.

Amanda erstarrte, als der jüngste der Offiziere aufstand und dem Präsidenten der Vereinigten Staaten zuprostete. Doch auch Morgan stieß ohne zu zögern auf den Präsidenten an. Er schien tatsächlich Sympathien für Mr. Monroe entwickelt zu haben, seit er seine Begnadigung erhalten hatte, dachte Amanda trocken.

Als sie in ihr geborgtes Haus zurückkehrten, ging Morgan mit einer Kerze durch alle Zimmer, um sich zu vergewissern, dass die Fenster ordentlich mit Wachstuch oder Musselin verhängt waren. Amanda sah ihm zu.

»Die Insekten sind hier wirklich ein Problem, nicht wahr, Morgan? Du hast nicht übertrieben.«

»Nein, Mandy, ich habe nicht übertrieben. Man lebt hier wie mitten im Sumpf, und ich habe schon mit angesehen, wie Männer hier beinahe wahnsinnig geworden sind, weil sie sich nicht vor den nächtlichen Schwärmen schützen konnten. Am schlimmsten ist es in der Morgen- und Abenddämmerung; wenn du also aus dem Haus gehen musst, tu es, wenn die Sonne hoch steht.«

»Oh, da fällt mir etwas ein, Morgan. Ich habe etwas gekauft, das helfen könnte. Insektenschutz von Billy Panther, dem Indianer auf dem Markt.«

Sie kramte in ihrem Koffer herum und brachte ein mit Wachs versiegeltes Töpfchen zum Vorschein, das sie Morgan zeigte.

Er stöhnte auf.

»Hast du einmal daran gerochen?«

»Nein«, sagte sie verwirrt. »Mr. Panther hat gesagt, ich soll es fest verschlossen halten, damit die Wirkung nicht nachlässt. Aber er hat gesagt, es würde die Insekten fernhalten.«

»Aye, die Insekten, die Waschbären, die Vögel und jedes menschliche Wesen im Umkreis von zehn Meilen. Vom Gestank dieser Salbe würde sogar einem Alligator übel.«

»Du übertreibst schon wieder.«

Sie brach das Wachssiegel auf und öffnete das Töpfchen.

»Was *ist* das?«, keuchte sie tränenüberströmt, als sie wieder Luft bekam.

»Bärenschmalz und Pantherpisse, sagt Billy«, sagte Morgan. Er kratzte sich über die Bartstoppeln an seinem Kinn. »Allerdings hat Billy nie verraten, wie er den Panther dazu bewogen hat, so lange stillzuhalten, dass er sie gewinnen konnte. Es ist zwar widerlich, aber es wirkt.«

»Dann nimm es mit auf Patrouille«, sagte sie und reichte ihm die stinkende Salbe. »Ich verlasse mich unterdessen auf meine Kleider und die Netze als Schutz vor den Stichen, und werde versuchen, selbst etwas zu erfinden.«

Nachdem sie sich für die Nacht zurechtgemacht hatte, stieg Amanda zu ihrem Mann in das schmale Bett und fand sich mit der Nase an seiner haarigen Brust wieder.

»Ich bekomme keine Luft«, murmelte sie.

Morgan drehte sich auf den Rücken und zog sie auf sich.

»Besser?«

»Hmmm.« Sie stützte das Kinn auf ihre Hände und blickte auf ihn hinunter. »Wenn du etwas weicher wärst, könnte ich auf dir schlafen, Morgan, aber …« – sie bewegte sich versuchsweise – »du bist mir zu unbequem. Irgendetwas piekst da auf mich ein.«

»Wie kannst du den armen König Neptun da unten als ›irgendetwas‹ bezeichnen?«

»König Neptun?« Sie kicherte. »Kennst du denn gar keine Bescheidenheit?«

»Absolut nicht.« Er grinste.

»Dann wollen wir einmal sehen, ob wir uns und Seine Majestät mit diesen beengten Umständen arrangieren können. Und morgen kannst du uns ein größeres Bett besorgen.«

»Morgen«, sagte er ernst, »fahre ich mit Porter auf Patrouille. Du wirst hier ziemlich einsam sein, Mandy. Die Leute aus dem Ort wollen nichts mit der Marine zu tun haben, und dich werden sie wahrscheinlich auch dazuzählen.«

»Es macht mir nichts aus, einsam zu sein, Morgan, und du solltest dir deshalb keine Sorgen machen. Ich kann mich mit meinen Cremes und Seifen beschäftigen und die Gelegenheit nutzen, neue Rezepte mit tropischen Pflanzen auszuprobieren.«

Er wollte sie noch ermahnen, sich von den Offizieren fernzuhalten, biss sich aber auf die Zunge. Wozu den Ärger heraufbeschwören?

Stattdessen legte er ihr die Hand in den Nacken und zog sie an sich, um sie sanft zu küssen. Er spürte ihr Lächeln an seinen Lippen, bevor sie ihn einließ.

König Neptun drängte auf seinen Tauchgang, und Morgan konzentrierte sich ganz darauf, seine hübsche, junge Frau mit dem König der Meere vertraut zu machen.

KAPITEL 23

Obadiah McCoy war der geborene Pirat. Schon sein Vater war Pirat gewesen, das schwor zumindest seine Mutter. Aber sie war meistens betrunken, und er wusste nie, wann er ihr glauben sollte. Als Heranwachsender hatte er Jamaika verlassen, um an Bord ständig wechselnder Schiffe zu plündern und zu rauben.

McCoy war ein fauler Mann, der es vorzog, andere für sich arbeiten zu lassen. Sein Lieblingstrick war es, des Nachts in der Nähe seines Lagers am Ufer ein Feuer anzuzünden und Schiffe auf das Riff zu locken. Deren ahnungslose Kapitäne fuhren dicht heran, um die vermeintlichen Schiffbrüchigen zu retten, genau wie sie es auch selbst von jedem anderen erwartet hätten. McCoy attackierte dann die Bemannung des Rettungsbootes, während er seine eigenen Boote zu dem Handelsschiff schickte, das inzwischen meistens auf dem Riff festsaß.

Heute jedoch hatte er sich mit seinem Schiff auf das offene Wasser vorgewagt, weil der Schiffsverkehr an der Küste immer mehr zunahm und sich problemlos leichte Beute machen ließ.

»Ein Segel, Käpt'n, und die amerikanische Flagge«, rief sein Steuermann.

»Handelsschiff?«

»Diesmal nicht. Sieht so aus, als würde uns die Marine einen Besuch abstatten. Die *John Adams.*«

»Das ist eins von Porters Schiffen aus Key West.« McCoy kratzte sich den Bauch unter dem eng sitzenden Hemd. »Da gibt es für uns nichts zu holen, Reynolds. Zeigen wir ihnen unsere Rückseite und gehen an Land.«

Die Piratenmannschaft wendete ihr Schiff, da sie darauf baute, dass die Marine nicht in der Lage sein würde, ihrem Schiff, das nur geringen Tiefgang hatte, in die Buchten und die Sümpfe zu folgen. Die erste Salve aus den Mangroven traf sie völlig unvorbereitet, und innerhalb kürzester Zeit hatten die Barkassen *Musquito*, *Gnat* und *Gallinipper* die Piraten in ein tödliches Kreuzfeuer genommen.

Porter und Roberts sahen von der *Wild Cat* aus zu, die sich für den Fall bereithielt, dass die Barkassen die Unterstützung ihrer Kanonen benötigten. In diesem Fall war es jedoch nicht notwendig. Die Seeleute und Soldaten auf den Barkassen hatten das Geschehen unter Kontrolle, und wer von den Piraten nicht im Lauf des Gefechts umgekommen war, wurde gefangen genommen.

»Ihre Informationen waren richtig, Roberts«, sagte Porter. »Und ich hatte natürlich recht. Wir werden diese Banditen dort vernichten, wo sie es am wenigsten erwarten, in ihren Nestern an Land. Wenn wir diese Kerle hängen, wird es den Piraten auf den Westindischen Inseln eine Warnung sein, dass ich hier bin und nicht ruhen werde, bis ich sie ausgerottet habe.«

Morgan beobachtete die Vorgänge mit geschultem Blick. Porters Männer waren diszipliniert und gut ausgebildet, und es befanden sich viele alte Hasen unter ihnen, die schon im Krieg unter dem Kommodore gedient hatten.

Einmal mehr dankte er dem Schicksal, dass es ihm Amanda gesandt hatte. Wie er schon zu Gabe gesagt hatte, änderte sich durch die Präsenz der Marine alles in diesen Gewässern, und er war froh, das ganze Spiel hinter sich zu haben.

»Das war erst der Anfang«, sagte Porter voller Genugtuung.

In den folgenden Wochen stellte sich heraus, dass der intelligente, agile Kommandeur recht hatte. Seine »Moskitoflotte« forderte ihren Zoll unter den Piraten, und man ließ den Festgenommenen unverzüglich Gerechtigkeit angedeihen. Die Regierung in Havanna legte Protest ein, da sich unter den Gehängten auch spanische Bürger befanden, die nicht unter die Rechtsprechung der Vereinigten Staaten fielen, doch Porter zitierte nur die Worte des Marineministers Thompson, dass »Piraten nach dem Gesetz der Nationen als Feinde des Menschengeschlechts« zu betrachten seien, und fügte hinzu, dass man entsprechend mit ihnen verfahren würde, ganz gleich, unter welcher Flagge sie zu segeln behaupteten.

Manchmal reichte der bloße Anblick der Marineschiffe, die durch die Buchten und Sümpfe fuhren, um die Piraten in die Flucht zu schlagen. Manchmal schlug die Marine die Piraten mit ganz eigenen Mitteln …

»Das ist das Dümmste, was ich je gehört habe!«

»Oh, hör mit dem Theater auf, Clayton, und zieh schon dein Kleid an. Es ist doch nicht unsere Schuld, dass du der hübscheste Offizier in der ganzen Marine bist«, sagte Leutnant Gardner.

Murrend zog sich Leutnant Clayton das Frauenkleid über den Kopf und befestigte mit finsterem Blick das Hütchen unter seinem Kinn. Auch Gardner schlang sich ein Schultertuch um den Kopf, um seinen roten Backenbart zu verbergen.

Morgan lehnte an der Reling der *Decoy* und beobachtete die Seeleute und Offiziere, die sich als harmlose Passagiere ausgaben. Wenn das funktionierte, um die Opfer in die Falle der Piraten zu locken, so war davon auszugehen, dass es auch funktionieren würde, um die Piraten in die Falle der Marine zu locken.

»Wir haben das doch durchgesprochen, Clayton. Roberts muss sich im Hintergrund halten, weil er so leicht zu erkennen ist, und Farragut würde so eine hässliche Frau abgeben, dass selbst die Piraten nicht darauf hereinfallen würden«, sagte Gardner.

»Nett, Gardner«, sagte Farragut. »Warte nur ab, ob ich *dich* beim nächsten Ball um einen Tanz bitte.«

»Hart Steuerbord«, rief der Ausguck. »Er dreht bei, Mr. Farragut.«

»Also dann, meine Damen und Herren«, sagte Farragut. »Zeit für unser kleines Schauspiel.«

Morgan löste sich von der Reling und hockte sich zu den Matrosen und den Soldaten, die sich so versteckten, dass sie von dem herannahenden Schiff nicht zu sehen waren, und er beobachtete Leutnant Farragut. Trotz seiner Jugend zollten ihm seine Männer großen Respekt, und er hatte sich auch Morgans Respekt verdient. Farragut besaß Porters Ehrgeiz und seine taktischen Fähigkeiten, dazu aber auch eine Kaltblütigkeit, die der ältere Mann nicht mehr entwickeln würde. Er hatte darum gebeten, unter Porter zu segeln, als der Kommodore in die Karibik zurückkehrte, und nun erlebten sie ihre ersten gemeinsamen Kampfhandlungen, seit Farragut als Junge im Krieg die Feuertaufe erlebt hatte. Er stand in Zivilkleidung neben Morgan und gab den Handelskapitän, der das nahende Schiff konzentriert beobachtete.

»Heute ist unser Glückstag, Kameraden. Er hisst die schwarze Flagge. Ein dreister Kerl, der sich nicht einmal verstellt.«

»Oh, da«, kreischte Gardners Falsett auf. »Piraten! Was sollen wir nur tun?«

Farragut grinste.

»Keine Sorge, John, du bist zu hässlich, um in ihre Räuberhöhle verschleppt zu werden. Nur bei Clayton wäre ich mir da nicht so sicher.«

»Sehr witzig«, murmelte Clayton und verdrehte den Sonnenschirm, sodass er sein Gesicht verbarg.

»Ist ein Symbol auf der Flagge zu sehen?«, fragte Morgan.

»Nein, es ist einfach nur schwarzer Stoff. Wie fantasielos. Näher, näher«, murmelte Farragut, der das Schiff nicht aus den Augen ließ. »Es ist eine Schaluppe, die *Henrietta*. War das nicht eins der Schiffe aus Barbados, die Anfang des Jahres als vermisst gemeldet wurden?«

»Ja, es hieß, sie sei in einem Sturm gesunken.«

Die Segel der *Decoy* waren nachlässig gehisst und hingen schlaff in der Brise, um der Kriegslist einen noch überzeugenderen Anstrich zu verleihen. Sie sah aus wie fette Beute, die nur darauf wartete, geraubt zu werden.

Die Piraten waren jetzt so dicht herangekommen, dass man sehen konnte, wie sie ihre Messer schwenkten und zur *Decoy* hinüberbrüllten. Sie hatten eine Carronade, doch andere Kanonen waren nicht zu sehen.

»Zeit für den nächsten Akt«, sagte Farragut. Er nickte dem Kanonier zu, der auf sein Signal wartete, und die *Decoy* fuhr ihre versteckten Kanonen aus. Das Lärmen auf dem anderen Schiff änderte den Ton, als die Piraten die Falle erkannten und sich bemühten, die Schaluppe zu wenden.

»Feuer.«

Die *Decoy* verpasste der *Henrietta* eine Breitseite, und während die Piraten in Deckung rannten, lud die eingespielte amerikanische Mannschaft die Kanonen nach und feuerte erneut. Rauch und Geschrei drifteten über das Wasser hinweg. Gardner wand sich fluchend aus seinen Frauenkleidern, und Clayton riss sich das Hütchen vom Kopf, um den Piraten den Rest zu geben.

»Ich fahre mit Ihnen, Gardner«, sagte Morgan und stieg in das Boot. Die Soldaten stellten das Feuer ein, als die Boote auf die *Henrietta* zuhielten, und die Piraten wehrten sich aus Leibeskräften, denn sie wussten genau, dass sie bestenfalls der Galgen erwartete. Je weiter der Kampf fortschritt, desto mehr Blut floss über die Deckplanken der *Henrietta*, und die Piraten flehten den Himmel auf Spanisch um Beistand an.

Morgan setzte unter dem Schweiß, der ihm über das Gesicht lief, ein diabolisches Grinsen auf. Inmitten des Feuers und der allgemeinen Verwirrung war er ganz in seinem Element. Dies war ein Handwerk, von dem er etwas verstand, und den Lohn, der hier zu zahlen war, hatte er selbst in der Vergangenheit schon oft eingefordert. Möglich, dass er morgen mit Muskelschmerzen dafür bezahlen würde, doch im Augenblick fühlte er sich so lebendig, wie es nur ein Mann mit dem Schwert in der Hand und Rauch in den Augen kann, der sich darauf verlässt, dass er diesen Todestanz mit Hilfe seines Könnens und viel Glück überstehen wird.

Die meisten Piraten ergriffen die Flucht, anstatt sich mit dem hünenhaften Teufel einzulassen, der für die Amerikaner kämpfte, doch einer bot ihm die Stirn und zielte mit einer Pistole auf ihn. Morgan duckte sich nach Steuerbord, und die Kugel sauste an der Stelle durch die Luft, wo sich gerade noch sein Kopf befunden hatte. Dann stürzte er sich auf den Schützen, der der Kapitän der Piraten zu sein schien.

»Ergib dich, *cabrón*«, rief Morgan. »Die Amerikaner haben dein Schiff.«

Der Kapitän verfluchte Morgans Mutter und zog sein Schwert, doch Morgan lachte nur und ging auf ihn los.

»Du hättest lieber in Havanna bei deinen Rumfässern bleiben sollen«, rief er im selben Moment, als der Kapitän nach seinem Angreifer schlug. Morgan parierte den Hieb und nutzte seine Körpergröße aus, um der Laufbahn des Freibeuters ein Ende zu setzen.

Sie brauchten die Piratenflagge nicht einzuholen, da die erste Salve sie losgerissen hatte, und innerhalb kürzester Zeit waren die verbliebenen Piraten zusammengetrieben.

»Was ist mit dem hier?«, fragte Gardner und stieß den bewusstlosen Piratenkapitän mit dem Fuß an.

»Wenn wir ihn zusammenflicken, kommt er durch«, sagte Morgan.

»Dann nehmen wir ihn mit. Kommodore Porter will an allen gefangenen Piraten ein Exempel statuieren, um die anderen zu warnen. Wir können sie auf die *Sea Gull* umschiffen und auf dem schnellsten Weg zurückkehren. Sie brauchen nicht zusammenzuzucken, Kapitän Roberts. Ich weiß, dass Ihnen die *Sea Gull* ein Gräuel ist, aber Sie müssen zugeben, dass sie auch ihre Vorzüge hat.«

Morgan erinnerte sich daran, wie er vor ein paar Tagen mit Amanda über die Docks von Key West spazierte, um den farbenfrohen Sonnenuntergang zu bewundern und frische Luft zu schnappen, weil der Wind die Moskitos fernhielt. Ein Lärmen auf See hatte ihre Aufmerksamkeit erregt, und sie gesellten sich zu den Ortsbewohnern und den Seeleuten, die gaffend am Kai standen und auf ein Schiff zeigten, das während der Fahrt zu brennen schien und aus einem Schornstein an Deck schwarzen Rauch spuckte …

»Was, in Gottes Namen, ist das?«, fragte Morgan.

»Das, Kapitän Roberts, ist die Zukunft.«

Porter trat zu ihnen. Beim Anblick der *Sea Gull* grinste er so breit, dass ihm die Zigarre aus dem Gesicht zu fallen drohte. Er nahm die Cheroot aus dem Mund und zeigte damit auf das Schiff.

»Es ist ein dampfgetriebenes Schiff, Roberts, das nicht länger den Launen der See unterworfen ist. Mit solchen Schiffen können wir fahren, wohin wir wollen und wann wir wollen, und die Wellen beherrschen wie kein Mensch zuvor.«

Morgan beobachtete, wie sich das entstellte Schiff unter den gaffenden Blicken der Menge seinen Weg in den Hafen bahnte. Die *Sea Gull* spuckte große Wolken von Funken und Qualm und ließ Ruß auf das Deck regnen. Wie jeder Seemann fürchtete Morgan Feuer an Bord eines Schiffes mehr als alles andere. Er erschauerte bei der Vorstellung, Feuer, Segeltuch und Tauwerk so dicht zusammenzubringen.

»Wenn das die Zukunft ist, Kommodore, bin ich froh, dass ich unter die Farmer gehe.«

Amanda tätschelte seinen Arm.

»Mir sind Farmer immer schon lieber gewesen als Pi… Seeleute«, sagte sie und warf dem Kommodore einen entschuldigenden Blick zu. »Ich werde mit Freuden an Land bleiben, wenn all das vorüber ist.«

»Nun, ich sage ja nicht, dass ich nicht hin und wieder gern eine Bootsfahrt machen würde, aber das hat etwas mit Seemannshandwerk zu tun, anders als diese lärmende, qualmende Travestie …«

Jetzt runzelte Morgan erneut die Stirn, als das Dampfschiff in Sicht kam.

»Die Kadetten sind begeistert davon«, sagte Gardner. »Sie reden über nichts anderes mehr.«

»Wie Sie sagen, Leutnant, ein lautes Spielzeug für kleine Jungen.«

Er räkelte sich.

»Fehlt Ihnen etwas, Kapitän?«

»Nein, ich muss nur auf der *Henrietta* eine falsche Bewegung gemacht haben. Ich bin froh, wenn ich wieder in Key West bin. Abenteuerreisen mit der Marine sind nicht meine Lieblingsbeschäftigung.«

»Ich verstehe«, sagte Gardner und seufzte. »Sie können sich glücklich schätzen, Mrs. Roberts dabeizuhaben, Sir. Ich zähle schon die Tage, bis ich mir Urlaub nehmen kann, um meine Frau zu besuchen.«

Morgan klopfte dem jüngeren Mann auf die Schulter. Es war eine neue Erfahrung für ihn, dieser Bruderschaft der Ehemänner anzugehören, und er genoss es. Sie beklagten sich zwar oft genug gegenseitig über ihre Frauen, doch es herrschte im Grunde eine zufriedene Stimmung, die sie miteinander verband.

Er grinste vor sich hin. Vielleicht hatten sie ja auch einen gemeinsamen Gegner. Wie auch immer, er freute sich auf das Wiedersehen mit seiner Mandy. Immer wieder hatte er sich Sorgen gemacht, wenn er sich während der vergangenen Wochen von ihr trennen musste, um zu patrouillieren, doch jedes Mal bereitete sie ihm einen herzlichen Empfang, und seine Stimmung hob sich, als der Hafen in Sicht kam. Sobald die Schiffe vertäut und die Gefangenen sicher untergebracht waren, begab er sich im Laufschritt nach Hause.

Als er dort ankam, war das Haus dunkel und verschlossen, und die Luft im Innern war stickig. Er ging in den Garten hinaus, aber dort war seine Frau auch nicht. Er warf einen Blick in den Küchenschuppen und sah, dass die Seife verschwunden war. Mit einem herzhaften Fluchen kehrte er in den Ort und zum Marineposten zurück.

Er nahm all seinen Mut zusammen, bevor er einen Fuß in das Gebäude an der Bucht setzte. Wenn man das Marinelazarett betrat, so betrat man den Vorraum zur Hölle. Es war ein Gebeinhaus, das von Gelbfieber, Malaria und eiternden Wunden erfüllt war und in dem die Schreie und das Stöhnen der Verdammten widerhallten, die verzweifelt um Erlösung flehten.

Porter hatte sich nachdrücklich in Washington beschwert: *»Hätte man uns in diesem Jahr die notwendige Anzahl an Medizinern zur Verfügung gestellt, wäre der Schwadron zweifellos ein Großteil der beklagenswerten Konsequenzen erspart geblieben, die nun entstanden sind.«*

Seine Hilferufe hatten kaum Wirkung gezeigt. Die wenigen Ärzte taten ihr Bestes, doch der Mangel an Material und Personal legte ihnen immer wieder Steine in den Weg.

Morgan wedelte mit der Hand vor seinem Gesicht umher. Wenn es in dem Krankenhaus eines in Hülle und Fülle gab, waren es Wolken von Moskitos und Fliegen. Die Männer, die sich selbst ins Freie schleppen konnten, schliefen nachts am Strand und hofften, dass der Wind die beißenden Schwärme fernhalten würde. Manche schliefen sogar in Booten auf dem Wasser und erwachten zitternd und von Nebel und Gischt durchnässt, sodass selbst die Gesunden dem ungünstigen Klima erlagen.

Mit ihrem roten Kopftuch und dem spanischen Rock war

Mandy leicht zu erspähen. Sie wanderte zwischen den Reihen der Männer hindurch und hatte Wasser und Tücher dabei, um sie zu waschen und zu kühlen.

»Bitte sagen Sie ihr nicht, sie soll nicht wiederkommen, Kapitän«, erklang eine müde Stimme zu seiner Rechten.

Morgans Blick fiel auf Dr. Harris, den Marinearzt. Harris' Blick war trostlos, doch er sah Morgan unbeirrt an.

»Wir brauchen Mrs. Roberts' Seife, und wie versprochen, hat sie uns welche gebracht«, sagte Harris. »Genau so verzweifelt brauchen wir ihre Erfahrung als Krankenschwester. Das Fieber rafft mehr Seeleute dahin als alle Piraten der Geschichte, und Ihre Frau schickt uns der Himmel.«

Donner rollte über den Nachmittagshimmel, der so finster war wie Morgans Stimmung.

»Ich habe Amanda nicht geheiratet, damit sie in diesem Pestloch arbeitet, Doktor«, sagte er zähneknirschend.

»Natürlich nicht, Kapitän, aber genau jetzt braucht ihr Land Mrs. Roberts genau so sehr wie Sie. Wir sind alle Kämpfer«, sagte er und wies mit der Hand auf den Raum, in dem die Kakerlaken zwischen den Betten umherhuschten. »Wir kämpfen nur an verschiedenen Fronten.«

Morgan biss die Zähne aufeinander, und seine Hände ballten sich zu Fäusten. In diesem Moment blickte Amanda auf, und die Wiedersehensfreude in ihrem Gesicht wich schnell einer argwöhnischen Miene.

»Sie ist schon den ganzen Tag hier«, sagte Harris, als Amanda jetzt auf sie zukam und ihre Schürzenbänder löste. »Am besten bringen Sie sie heim, bevor der Regen losbricht.«

Morgan schwieg, als Amanda vor ihm stehen blieb und unter ihren langen Wimpern hindurch zu ihm aufblickte. Sie seufzte und wandte sich an Dr. Harris.

»Ich bringe Ihnen neue Seife, Doktor, sobald ich sie fertig habe.«

»Ich verstehe, Mrs. Roberts, und ich würde mich auch freuen, wenn Sie uns wieder einmal helfen würden«, sagte Harris unverblümt.

Amanda fuhr zusammen, als sie den zuckenden Muskel am Auge ihres schweigenden Mannes sah, doch sie nickte Dr. Harris zu und ging dann voran.

Auf dem Weg zu Kapitän Hendricks' Haus herrschte verkrampftes Schweigen zwischen ihnen. Als sie eintraten, baute sich Amanda vor Morgan auf, doch er hob die Hand.

»Nein. Wir unterhalten uns jetzt lieber nicht darüber. Es wäre unangenehm, das versichere ich dir. Ich gehe in den Garten, um Kaminholz zu spalten.«

Amanda schritt im Zimmer auf und ab und passte ihre Schritte unbewusst dem Rhythmus seiner Axthiebe an. Als es endlich zu regnen begann, kam Morgan wieder ins Haus und schüttelte den regennassen Kopf.

Das Holzhacken mochte ihm ja geholfen haben, sich zu beruhigen, doch ihr hatte es nur Zeit gegeben, sich weiter aufzuregen. Jetzt trat sie ihm entgegen und stützte sich vornübergebeugt mit den Handflächen auf den Tisch.

»Du wirst mich nicht in Watte packen, Morgan, und mich auf einem Podest aufbewahren.« Der Regen prasselte auf die Dachschindeln, und sie hob die Stimme, um dennoch gehört zu werden. »Ich werde im Krankenhaus gebraucht. Wie kann ich hier sitzen und nichts tun?«

»Du bist meine Frau, Amanda, nicht die Küchenmagd. Als ich dich geheiratet habe, wollte ich dich von der Plackerei erlösen. Stattdessen hältst du Ausschau danach.«

»Oh, Morgan«, seufzte sie und ließ sich auf einen Stuhl

fallen. Der Rest der Energie, der ihr nach dem anstrengenden Tag im Krankenhaus geblieben war, schien von ihr abzufallen. »Ich bin keine feine Dame, die sich mit einer Stickarbeit hinsetzt. Wenn du das willst, hast du die falsche Frau geheiratet. Ich bin nur ein Mädchen aus Yorkshire, sonst nichts.«

Sie beugte sich vor, ließ den Kopf hängen, legte die Hände kraftlos auf die Knie und blickte zu Boden.

Das Licht vor ihr verdunkelte sich, und im nächsten Moment hatte er ihre Hände umfasst.

»Sieh mich an«, sagte er leise.

Sie hob den Kopf. Ihr Mann kniete vor ihr, und seine Quecksilberaugen suchten die ihren.

»Ich will keine andere. Du bist alles, was ich mir je gewünscht habe. Du bist mein Leben. Sollte dir etwas zustoßen, wie soll ich dann weiterleben?«

Der Druck seiner Hände nahm schmerzhaft zu, doch sie versuchte nicht, ihm ihre Finger zu entziehen. Er legte den Kopf auf ihr Knie, und jetzt entzog sie ihm die Hand, um sein glattes Haar zu streicheln. Es schien von mehr Silber durchzogen zu sein als bei ihrer Hochzeit. Auch das war wahrscheinlich ihre Schuld, dachte sie reumütig.

»Ich möchte, dass du an meiner Seite glücklich bist«, sagte sie. »Ich liebe dich, Morgan. Aber mich selbst könnte ich nicht mehr lieben, wenn ich untätig herumsäße, während andere leiden. So hat man mich nicht erzogen.« Sie seufzte. »Erwartet uns der Kommodore heute Abend nicht zum Essen?«

»Wir brauchen nicht hinzugehen«, sagte er.

»Doch, das müssen wir.« Sie lächelte schwach. »Ich habe nichts zum Essen vorbereitet, und wenn wir nicht mit dem Kommodore essen, müssen wir hungern. Nach einem kurzen Nickerchen müsste ich wieder bei Kräften sein.«

»Dann komm mit ins Bett«, sagte er. Er hob sie mühelos auf und trug sie ins Nebenzimmer. Dort legte er sie auf das Bett und war noch dabei, ihr die Schuhe auszuziehen, als sie schon mit einem verschlafenen Lächeln eindöste.

»Das ist schön«, murmelte sie. »Vielleicht denke ich ja noch einmal darüber nach, im Freudenhaus zu arbeiten.«

Er stieg zu ihr ins Bett, und die Seile ächzten, doch sie war schon eingeschlafen, sodass er den Plan aufgeben musste, den er für Mandy und das Bett gehabt hatte, und sie einfach nur in den Armen hielt.

Amanda erwachte erfrischt, und auf dem Weg zu Porters Quartier war sie wieder ganz sie selbst. Der ganze Abend schien von einer geradezu fieberhaften Lebhaftigkeit erfüllt zu sein.

Wenn so viele Männer von Krankheiten dahingerafft wurden, stürzten sich die Überlebenden ins Vergnügen, denn sie wussten ja nie, ob sie nicht die Nächsten sein würden, die erkrankten und starben. Morgan hatte von Pokerpartien im Ort gehört, bei denen Männer ihr gesamtes Vermögen verspielt hatten. Die Huren hatten gut zu tun, wenn die Marine von einer Patrouille zurückkehrte, und wann immer Amanda das Zimmer verließ, fing sie Gesprächsfetzen auf, aus denen hervorging, dass die jüngeren Männer nach dem Abendessen noch ausgehen würden, um ihre Siege zu feiern und sich zu freuen, dass sie nicht bei ihren Kameraden im Krankenhaus lagen.

Solange Amanda im Zimmer war, verhielten sie sich jedoch galant und heiter, erzählten Geschichten und schilderten ihre Abenteuer. Nach dem Essen spielten sie Scharaden. Morgan lehnte sich zurück und sah zu. Im Gegensatz zu den Offizieren und feinen Herren hatte seine Erziehung ihn nicht mit Gesellschaftsspielen vertraut gemacht.

Wieder daheim, machte sich Amanda summend für das Bett zurecht, und Morgan lehnte sich nur mit seiner Hose bekleidet in die Tür. Als sie sich auf das Bett setzte und ihr Haar zu bürsten begann, stieß er sich von der Wand ab.

»Lass mich das machen.«

Amanda überließ ihm mit einem dankbaren Lächeln ihre Bürste. Ihr üppiges Haar war ihr ganzer Stolz, doch es war viel Arbeit zu verhindern, dass es in der hohen Luftfeuchtigkeit außer Rand und Band geriet. Eines Abends in St. Augustine hatte sie schon kurz davor gestanden, es abzuschneiden.

»Auf keinen Fall«, hatte Morgan gesagt. »Ich lasse doch meine Frau nicht geschoren wie ein Schaf herumlaufen.«

»Dann bürste du es doch«, hatte sie ihn angeherrscht, und zu ihrer Überraschung war er nicht nur einverstanden gewesen, sondern hatte seine allabendliche Aufgabe auch genossen.

Jetzt saß er hinter ihr auf dem Bett und zog sie an seine nackte Brust, während seine kräftigen Finger ihr durch das Haar fuhren und als Vorbereitung für das eigentliche Durchbürsten die Knoten lösten und ihr die Kopfhaut massierten. Amanda lehnte sich an ihn und schnurrte zufrieden, als er sie mit zielsicheren Bewegungen zu bürsten begann.

»Ich fand den Abend sehr schön, Morgan. Waren die Offiziere nicht nett?«

Die Bürste hielt unmerklich inne, dann setzte sie sich wieder in Bewegung.

»Du schienst dich gut mit ihnen zu verstehen.«

»Oh, ich fand sie reizend«, sagte Amanda. »Und diese Kadetten waren noch so jung. Wie kann eine Familie einen so kleinen Jungen nur zur See schicken?«

»So ist es nun einmal, Mandy. Seeoffiziere kann man nur an Bord eines Schiffes schulen, und je jünger sie sind, desto mehr kann man ihnen beibringen. Farragut fährt schon mit Porter zur See, seit er noch ein Lümmel war, und jetzt nimmt Porter seinen eigenen Sohn mit auf See.«

»Vielleicht«, sagte Amanda. »Aber es muss ein einsames Leben sein. Gardner spricht ständig von seiner Frau, sie scheint ihm sehr zu fehlen.«

»Es ist einsam, aye, aber für viele ist es besser als das Leben, das sie hinter sich lassen.« Er kicherte leise. »Wenn du zehn Seeleute in einen Raum steckst, so garantiere ich dir, dass acht von ihnen wegen einer Frauengeschichte davongelaufen sind.«

Sie sah ihn mit zusammengekniffenen Augen an.

»Ich natürlich nicht«, fügte er hinzu. »Ich liebe Frauengeschichten!«

Er hielt stirnrunzelnd mit der Bürste inne.

»Das habe ich falsch ausgedrückt. Ich glaube, deine Angewohnheit färbt langsam auf mich ab, Mandy. Jetzt dreh dich um, damit ich dich zu Ende bürsten kann.«

Während er fortfuhr, sagte er: »Ich freue mich, dass du einen schönen Abend hattest. Porter schickt mich bald wieder in den Sumpf zurück.«

Amanda seufzte.

»Dann ist es ja gut, dass ich so viele Möglichkeiten habe, mich zu beschäftigen, Morgan. Wie du heute Abend gehört hast, haben mir Porters Männer noch einmal ihre Unterstützung angeboten. Du brauchst dir also keine Sorgen zu machen, dass sich niemand um mich kümmert.«

»Diese jungen Spunde sind ja kaum alt genug, um sich zu rasieren.«

»Das stimmt nicht«, sagte Amanda. »Die meisten von ihnen sind ungefähr in meinem Alter.«

Die Bürste hielt inne, und nach einigen Augenblicken drehte sich Amanda zu ihm um. Morgan saß da und betrachtete die Bürste.

»Morgan?«

»Dein Haar ist fertig gebürstet, Mandy«, sagte er und erhob sich, um die Kerze auszublasen. Das Mondlicht strömte zum Fenster herein und erfüllte das Zimmer mit seinem Perlmuttschimmer, und nun war es an ihr, ihm zuzusehen. Er ergriff die Bürste, zog seine Hose aus und starrte zum Fenster hinaus, die Arme rechts und links der Öffnung aufgestützt. Draußen sangen die Heimchen, und die Frösche antworteten ihnen, gefolgt vom Ruf einer Eule in den Sümpfen.

Morgan kam ins Bett, ließ das Netz herab und befestigte es. Er sagte nichts, sondern wandte sich ihr zu, um sie fest an sich zu drücken und in der Dunkelheit ihr Haar zu streicheln.

»Du fehlst mir, wenn du auf Patrouille bist«, flüsterte sie.

Diesmal liebte er sie anders, drängend und fordernd, wie sie es auch schon in der Atmosphäre beim Abendessen gespürt hatte. Sie war nicht blind gegenüber der Anspannung, die die Männer ausstrahlten, und sie wusste, dass auch ihr Mann diese Verzweiflung teilte. Nicht, weil er um sich selbst Angst hatte, sondern um sie.

Jetzt fuhren Morgans Hände über ihren Körper, packten sie, formten sie, als wollten sich seine Finger ihre Gestalt einprägen.

Er drückte ihre Brüste zusammen und saugte durch das dünne Nachthemd daran, zupfte mit den Zähnen durch den feuchten Stoff an ihrer empfindlichen Haut. Sie hatte immer das Gefühl, dass Morgan sich zurückhielt, weil er Angst hatte, ihr wehzutun. In dieser Nacht existierten solche Hemmungen nicht mehr, und sie badete sich in dem Gefühl, dass er ihr alles schenkte, dass er die Kontrolle aufgab. Verstand er denn nicht, dass diese Wildheit einer der Gründe war, warum sie ihn liebte? Dass es sie genau so nach dem Piraten verlangte, wie sie den Prinzen liebte?

Er küsste ihren Hals, und als seine Zähne eine empfindliche Stelle trafen, bäumte sie sich auf und legte ihm die Hände fest auf den Rücken, um ihn an sich zu pressen.

»Mehr«, keuchte sie auf. »Mehr!«

Als er den Kopf hob, konnte sie sein Raubtierlächeln aufglänzen sehen. Er spielte mit ihr wie mit einem Fisch an der Angel, und das versetzte sie in solche Wut und Erregung, dass sie seine Haare packte und ihn wieder an sich zog, um seine Unterlippe zwischen die Zähne zu nehmen. Unersättlich presste sie sich an ihn, schmeckte sein Verlangen, roch seine Erregung, saugte in sich auf, was sie konnte.

Sie fuhr mit den Nägeln über seinen Körper, und er stöhnte fluchend auf. Er schob ihr das Nachthemd bis zur Taille hoch, und dann war er in ihr. Im ersten Moment verspürte sie Panik über sein plötzliches Eindringen. Doch als er innehielt, um wieder zu Atem zu kommen, ließ sie ihm keine Zeit, die Beherrschung wiederzufinden, sondern begann, sich unter ihm zu bewegen, ihn noch tiefer in sich aufzunehmen.

»Nicht«, keuchte er. »Ich kann nicht …«

»Doch, du kannst. Gib mir mehr!«

Sie entblößte ihre Zähne, umfing ihn mit den Hüften, und er ergab sich und stieß tief in sie hinein. Sie lachte leise, ein verruchtes Lachen, das ihn anspornte, sie leidenschaftlicher zu nehmen als je zuvor. Er redete auf sie ein, flüsterte ihr ins

Ohr, finstere Worte, die sie kannte, und einige, die sie nicht kannte.

Doch eines, was er sagte, war klar und deutlich, auch noch, als die Gefühle sie überwältigten und hinter ihren geschlossenen Augen ein Feuerwerk explodierte.

»Du bist mein«, keuchte er in ihren Mund. »Mein.«

***

Als Amanda erwachte, war es immer noch dunkel, und alles war still. Das, so begriff sie, war es, was sie geweckt hatte, das Fehlen von Morgans kräftigem Atem und seine Körperwärme an ihrer Seite.

Er war nicht im Zimmer. Sie zog ihren Morgenrock vom Fußende, schlüpfte in die Sandalen und trat hinaus in die kühlere Nachtluft.

Vom Wasser stiegen Nebelschleier auf, und selbst die Nachtjäger waren zur Ruhe gegangen. Und dort in der Dunkelheit sah sie ihn, ein Schatten auf der Gartenbank. Zunächst konnte sie nicht sehen, was er dort tat, doch dann hörte sie ihn leise vor sich hin singen.

Westwind, wann wehst du nur
den Regen übers Land.
Gott, wär ich doch in meinem Bett,
meine Liebste an der Hand.

»Morgan? Warum sitzt du hier draußen?«

Er hielt inne und sah sie an. Das Licht des schwindenden Mondes fing sich in seinen Augen und tauchte sie in Silber.

»Ich konnte nicht schlafen.«

Sie trat zu ihm und setzte sich auf die Bank. Ihre Augen hatten sich jetzt an die Dunkelheit gewöhnt, und sie sah, dass er ein Messer und einen hölzernen Gegenstand in der Hand hielt.

»Ich habe geschnitzt«, sagte er und krümmte seine Finger. »Das habe ich nachts oft an Bord der *Zephyr* getan.«

Sie legte den Kopf zur Seite, während er ihr den Gegenstand hinhielt, damit sie ihn betrachten konnte.

»Im Dunkeln ist es schwer zu sagen«, sagte sie, »aber es sieht wie ein Vogel aus.«

»Aye. Wenn es fertig ist, wird es eine Taube.«

»Hast du keine Angst, dass du dich ohne Licht schneiden könntest?«

Er lachte und schüttelte den Kopf.

»Nein, Liebste, ich hatte oft nachts Wache und habe gelernt, nach dem Gefühl zu schnitzen. Ich kenne auch Seeleute, die während der Wache stricken, weil es ihnen hilft, sich zu konzentrieren.« Er drehte das Holzstück in der Hand. »Ich habe auf Key Marquez damit angefangen.«

»Als Hoskins gekommen ist und du draußen vor der Hütte gesessen hast. Jetzt erinnere ich mich.« Sie legte ihm die Hand auf das Knie. »Was plagt dich, Morgan? Fehlt dir die *Zephyr*?«

Er schüttelte den Kopf.

»Nichts, worüber du dir den Kopf zerbrechen solltest, Liebste. Ich denke nur über die Zukunft nach. Und über die Vergangenheit. Die *Zephyr* fehlt mir zwar nicht, aber es waren …« Er hielt inne. »… einfachere Zeiten für mich. Ich bin froh, dass sich mein Leben weiterentwickelt hat und dass ich dich habe.«

»Nun denn«, sagte sie energisch. »Ich würde dich lieber

weniger griesgrämig sehen, Kapitän, sonst bekomme ich Angst, dass du allmählich mit deiner neuen Rolle unzufrieden wirst.«

Er sah sie an.

»Es ist aber nicht *meine* Unzufriedenheit, die mir Sorgen macht.«

Doch als sie weitersprechen wollte, stand er auf und steckte das Messer und die Schnitzarbeit ein. Dann hob er sie mit einer raschen Bewegung von der Bank auf. Sie legte ihm den Arm um den Hals und strich ihm mit der anderen Hand die nachtschwarzen Haarsträhnen aus der Stirn.

Er beugte den Kopf vor und streifte ihre Lippen.

»Gehen wir. Wir haben noch Zeit bis zum Sonnenaufgang, und ich würde sie lieber im Bett verbringen und meine Liebste wieder in den Armen halten.«

KAPITEL 24

Amanda summte vor sich hin, während sie an einer neuen Partie Seife arbeitete. Es würde noch Wochen dauern, bis das Rohprodukt fertig war, und bis jetzt war sie mit ihren Experimenten sehr zufrieden.

Ein verirrter Windstoß fuhr durch das Fenster, und Amanda hielt inne, um ihn auszukosten, eine kleine, geschätzte Freude im Sommer Floridas. Der Schuppen war gut durchlüftet; die Fensterläden waren zwar geschlossen, doch die untere Hälfte der Fenster stand auf, sodass die Luft durch den ganzen Raum zirkulieren konnte.

Dennoch war es dank des Feuers in der Gluthitze des Sommers ein unangenehmer Prozess. Ihr einziger Trost war, dass die Dämpfe die Insekten fernhielten und die Hitze verhinderte, dass die Seife zu schnell abkühlte und sich nicht richtig setzte.

Heute arbeitete sie mit Olivenöl, das von einem spanischen Schiffswrack stammte. Sie behielt die kastilische Seife genau im Auge, während sie den Kessel umrührte. Inzwischen wusste sie, wie sie erkennen konnte, wann eine Partie zum Umfüllen bereit war. Als sie noch jünger gewesen war und ihrer Mutter geholfen hatte, hatte ihre Familie immer die Seifenklümpchen aufbrauchen müssen, bis sie es herausgehabt hatte, den genauen Zeitpunkt abzupassen. Das Olivenöl war eine gute Idee gewesen, dachte Amanda und rührte erneut im Kessel, auch wenn sie besonders achtgeben musste, um zu verhindern, dass sich das Öl in der Form absetzte.

Vielleicht noch etwas Zitronenöl, dachte sie, während sie rührte und sich reihenweise hübsch verpackte, nach Zitronen duftende Seifenstücke vorstellte, die mit dem Namen Brooke versehen waren.

Dann goss sie die Seife in die Form und stellte sie beiseite, um sie abkühlen zu lassen. Sie nahm sich ein Ei, um die Lauge für die nächste Partie zu überprüfen, und sah zu, wie es langsam zu Boden sank – für den Seifenmacher das Zeichen, dass die Lauge bereit war. Zufrieden stützte sie die Hände in die Hüften und streckte sich, um die Rückenschmerzen zu vertreiben, die das lange Stehen und Rühren mit sich brachte.

An diesem Nachmittag war das Wetter beinahe angenehm und längst nicht mehr so unerträglich heiß wie an den vergangenen Tagen. Es war zwar ein wenig drückend, zur Arbeit die schweren Handschuhe und die Schürze aus Leder zu tragen, doch sie hätte es nie riskiert, ohne diesen Schutz Seife zu rühren.

Sie war gerade dabei, ihre Schutzkleidung abzulegen, als sie hörte, wie sich jemand im Laufschritt näherte. Kurz darauf klopfte Seekadett Ripley fest an die offene Tür des Schuppens.

»Mrs. Roberts, ich habe schlechte Nachrichten«, sagte der junge Mann und errötete. »Die *Sea Gull* hat gerade angelegt, und Kapitän Roberts ist an Bord. Er ist verletzt, Ma'am, und der Leutnant würde ihn gern ins Lazarett bringen, aber Kapitän Roberts besteht darauf, dass man ihn hierherschafft.«

»Bringen Sie mich zu ihm«, sagte Amanda und raffte ihren Rock, um zusammen mit dem Jungen zum Hafen hinunterzulaufen.

Man trug ihren Mann gerade von Bord, als sie eintraf, und Erleichterung durchfuhr sie, als sie hörte, wie er sich mit jemandem stritt.

»Gottverdammt, Farragut, ich bin doch keine alte Frau, die man so behandeln kann. Ich werde das Schiff auf meinen eigenen Beinen verlassen.«

»Sie bleiben auf dieser Trage liegen, Kapitän Roberts, sonst lasse ich Sie hier, und Sie können nach Hause kriechen«, gab Farragut zurück. Seine Miene erhellte sich, als er Amanda auf sie zulaufen sah.

»Mrs. Roberts«, sagte er, »würden Sie bitte Ihren Mann davon überzeugen, dass er sich ins Lazarett bringen lässt? Er hat eine Kugel in der Schulter stecken und muss unverzüglich behandelt werden. Wir haben ihn verbunden, aber er hat sehr viel Blut verloren, und wenn er versucht aufzustehen, wird alles nur noch schlimmer.«

Amanda ging neben der Trage in die Knie.

»Morgan?«, sagte sie und strich ihm das Haar aus den Augen.

»Lass es nicht zu, Mandy. Lass nicht zu, dass diese Metzger an mir herumhacken. Es ist möglich, dass sie mich noch aus dem Krieg in Erinnerung haben«, jammerte Morgan kraftlos.

Er war so blass wie das Leintuch, auf dem er lag, und drückte sich mit der linken Hand einen Stoffbausch gegen die Schulter. Schweiß lief ihm über das Gesicht, und er sah sie flehend an. Ihr Blick huschte zu seinem rechten Arm hinüber, der reglos an seiner Seite lag, und seine Kleidung war mit Blut durchtränkt. Alles verschwamm ihr vor den Augen, bis sie nur noch rot sah, doch sie schüttelte den Kopf und holte tief Luft.

Morgan brauchte sie jetzt. Sie konnte später in Ohnmacht fallen.

»Die Kugel muss entfernt werden, Morgan. Das weißt du auch«, sagte sie zu ihm und legte ihm die Hand auf die unverletzte Schulter.

»Dann bring mich nach Hause«, sagte er heiser. »Nicht ins Lazarett.«

Amanda sah Farragut an.

»Bitte tun Sie, was mein Mann sagt, Leutnant, und bringen Sie ihn nach Hause. Wenn Sie dann so freundlich wären, schicken Sie uns doch Doktor Harris aus dem Lazarett. Richten Sie ihm aus, ich fange schon damit an, die Wunde zu säubern und vorzubereiten.«

Morgan sagte nichts mehr. Sein Atem kam jetzt in flachen Stößen, und sie beugte sich über ihn, um seine Hand beiseitezuschieben und wieder Druck auf den Verband auszuüben. Als seine gesunde Hand schlaff zur Seite fiel, atmete sie abrupt ein, doch er war nur ohnmächtig geworden. Sie schloss erleichtert die Augen. So würde es einfacher sein.

»Bitte, Mr. Farragut«, sagte sie erneut. »Lassen Sie mich ihn mitnehmen, solange er nichts spüren kann. Sie wissen, dass ich ihn zu Hause besser pflegen kann als im Lazarett, und die Ärzte dort haben genug Patienten, um die sie sich kümmern müssen.«

»Also gut, Mrs. Roberts. Tun Sie, was Sie für richtig halten.«

Er gab seine Order, und zwei Seeleute hoben Morgans Tragbahre hoch. Amanda ging neben ihm her und drückte mit der Hand auf den Wundverband.

Als sie im Haus waren, verfrachteten die Seeleute Morgan ins Bett.

»Möchten Sie, dass wir hierbleiben und Ihnen helfen, Ma'am?«, fragte der ältere der beiden. »Er ist viel zu schwer, als dass Sie das allein schaffen könnten.«

»Ja, danke, Mr. Kingsbury. Setzen Sie doch bitte den kleinen Kessel in der Außenküche auf.«

Amanda wusste aus ihrer Erfahrung mit Geoffrey und im Lazarett, dass saubere Wunden schneller heilten als verschmutzte, und mit Hilfe des zweiten Seemanns zog sie Morgan den Rock und das Hemd aus. Die Blutung ließ allmählich nach, und als Kingsbury mit einem Krug, einer Schüssel und sauberen Tüchern aus dem Schuppen zurückkehrte, sickerten nur noch wenige Tropfen unter dem Verband hervor.

Amanda lächelte ihm dankbar zu, und Kingsbury, der im letzten Krieg schreckliche Narben davongetragen hatte, erwiderte das Lächeln mit seinem entstellten Mund.

»Ich habe schon öfter mit Verletzten zu tun gehabt, Ma'am, und ich dachte, das können Sie vielleicht brauchen.«

»Ich danke Ihnen nochmals. Können … können Sie mir sagen, wie es zu der Verletzung gekommen ist?«

Sie machte sich daran, Morgan zu waschen, während die beiden ihm von einem Vorstoß in die Sümpfe erzählten.

»Kapitän Landers von der *Washington* hatte uns um Hilfe angerufen. Seine Brigg war von Spaniern überfallen worden …«

»Wir wissen nicht genau, ob es Spanier waren«, unterbrach der zweite Mann. Amandas abgelenkter Verstand brauchte einen Moment, um sich an seinen Namen zu erinnern. Lynne, so hieß er.

»Es spielt keine Rolle, Junge, außerdem haben sie Spanisch gesprochen«, sagte Kingsbury ungeduldig. »Jedenfalls haben wir von Kapitän Landers gehört, dass er von diesen Spaniern überfallen worden war …«

»Sie haben sechzehn Dollar und einen Kompass erbeutet«, kicherte Lynne.

»Und ein paar Kleider«, fügte Kingsbury hinzu. »Also, jedenfalls haben wir die Überreste eines Feuers am Strand gesehen und sind an Land gegangen, um uns die Sache näher anzusehen. Kapitän Roberts ist vorausgegangen, und es war einfach nur Pech, dass einer der Spanier einen Schuss abgefeuert hat.«

Amanda musste erbleicht sein, weil sich die beiden Seeleute beeilten, ihr zu versichern, dass die spanischen Piraten vollkommen unfähig waren und der Schütze eine winzig kleine Pistole benutzt hatte.

»Wie eine Dame sie benutzen würde«, sagte Lynne indigniert. »Wenn man jemandem den Arm abschießen will, sind die guten alten Musketen das einzig Wahre.«

Kingsbury sah seinen jüngeren Kameraden finster an, doch dieser merkte es nicht.

»Es war ein einmaliger Anblick«, sagte Lynne. »Kapitän Roberts hat diesen Spanier mit der unverletzten Hand am Hals gepackt, ihn geschüttelt und einen pockennarbigen Hurensohn aus Cartagena genannt, und dann – uff!«

Als er sich einigermaßen von Kingsburys Ellbogenhieb in den Bauch erholt hatte, krächzte Lynne: »Entschuldigung, Ma'am.«

Ohne ihn zu beachten, fuhr Kingsbury fort: »Keine Sorge, Ma'am. Es sieht zwar schlimm aus, aber wenn es behandelt ist, sollte der Kapitän schnell wieder ganz der Alte sein.«

Amanda lächelte schwach, und als sie Doktor Harris' Stimme vor dem Haus hörte, dankte sie ihnen für die Hilfe.

Sie tippten sich an die Stirn und gingen, sobald der Arzt eintrat.

»Guten Tag, Mrs. Roberts. Dann wollen wir einmal sehen, was wir hier haben.«

Er war ein schmächtiger Mann, dessen flatternde Hände und leuchtende Augen Amanda an einen neugierigen Vogel erinnerten. Doch sie hatte ihn im Lazarett beobachtet und wusste, dass er ein fähiger Arzt war. Jetzt hob er ihren vorläufigen Verband an.

»Mmm … sieht das etwa so aus, als hätten Sie neue Seife für uns, Mrs. Roberts? Sie haben hier gute Arbeit geleistet. Sind Sie bereit, mir noch weiter zu assistieren?« Er wandte ihr den Kopf zu, und sie musste sich ein Kichern über diese Bewegung verkneifen, die so sehr an eine Seeschwalbe erinnerte.

»Ja, Doktor, zeigen Sie mir, was ich tun soll.«

»Gut, gut. Der Kapitän ist ein kräftiger Mann, und Sie können mir helfen, ihn still zu halten. Ich habe die Erfahrung gemacht«, sagte er lächelnd, »dass eine hübsche Frau einen Mann zum Stillhalten bewegen kann, während er um sich schlagen würde, um zu zeigen, wie stark er ist, wenn ihn ein anderer Mann festhält.«

»Ich werde keinen Mucks tun«, sagte eine heisere Stimme. Amanda sah, dass Morgan die Augen geöffnet hatte, doch er hatte den Blick auf sie gerichtet, nicht auf den Arzt.

»Schade, dass Sie wach geworden sind, bevor wir fertig sind, Kapitän«, seufzte der Arzt. »Aber daran ist jetzt nichts zu ändern. Ich muss nun die Kugel entfernen. Sorgen Sie dafür, dass Ihre Frau mir assistieren kann, sonst werde ich Sie an das Bett fesseln, damit Sie still halten, während ich arbeite.«

Er kramte in seiner Tasche und brachte ein dickes, narbiges Stück Leder zum Vorschein, das er Morgan vor den Mund hielt.

»Sie kennen das ja schon und wissen, was Sie zu tun haben.«

Morgan funkelte den Arzt an, nahm jedoch das Lederstück zwischen die Zähne. Mit der gesunden Hand packte er Amandas Unterarm, und sie beugte sich über ihn und stützte sich auf das Bett. Sie blickte zu Doktor Harris auf und nickte.

»Wir sind so weit, Doktor.«

Harris lächelte ihr zu und machte sich an die Arbeit.

Die Minuten verstrichen wie schweißdurchtränkte Stunden, und jedes Mal, wenn Morgan zuckte, schnellte Amandas Puls in die Höhe. Getreu seinem Wort schlug Morgan zwar nicht um sich, aber er klammerte sich an Amanda, als wäre sie sein Anker auf sturmgepeitschter See, und seine Finger gruben sich so tief in ihren Arm, dass sie sich sicher war, dass ihre blauen Flecken bis auf den Knochen reichen würden.

Es schien ewig zu dauern, bis sie das leise metallische Klicken hörte, mit dem die Pinzette auf die Kugel stieß. Dann ging alles sehr schnell. Harris zog die Kugel heraus, untersuchte sie auf Vollständigkeit, dann suchte er noch einmal nach Stoffresten und Verschmutzungen in der Wunde.

»Denn das ist es, was die Männer umbringt, Mrs. Roberts«, sagte er beiläufig. »Wenn die Kugel sie nicht auf Anhieb erledigt, müssen wir die Wunde von allen Überresten säubern. Alles, was darin zurückbleibt, kann dazu führen, dass die Wunde vereitert. Vor allem in diesem Klima.«

Zufriedengestellt verband er schließlich die Wunde und wusch sich, bevor er Amanda genaue Anweisungen für Morgans Versorgung gab.

»Ich kann kein Laudanum entbehren, aber wenn mit dem

nächsten Paketboot welches kommt, lasse ich Ihnen etwas davon schicken. Unterdessen sorgen Sie dafür, dass er es so angenehm wie möglich hat und den Arm in einer Schlinge trägt. Sie haben sehr viel Blut verloren, also lassen Sie den Arm in Ruhe heilen, Kapitän Roberts, umso größer sind Ihre Chancen, ihn wieder normal benutzen zu können. Versuchen Sie, ihm etwas Rinderbrühe einzuflößen, Ma'am, und wenn er es zulässt, eine Krankendiät mit Porridge und Ähnlichem. Sie wissen ja, was zu tun ist.«

»Ich esse keinen Brei«, knirschte Morgan. Er war immer noch so weiß wie ein Leintuch, und Amanda hielt ihm einen Becher an die Lippen, damit er ein paar Schlucke Wasser trinken konnte. »Jetzt reicht es. Hilf mir, mich hinzusetzen, Mandy.«

Amanda senkte das Gesicht, bis sich ihre Nasen fast berührten und er sie anschielte.

»Eine Bewegung, und ich *werde* dich an das Bett fesseln, Morgan Roberts. Vorerst muss jemand anders auf Piratenjagd gehen!«

Dr. Harris kicherte und krempelte die Ärmel herunter.

»Da hören Sie es, Kapitän. Sie haben Ihre Order erhalten, und wir werden keine Meuterei auf Thompson's Island dulden.«

Amanda funkelte Morgan immer noch böse an, und er verblüffte sie, indem er lächelte.

»Aye, also gut. Ich werde die Befehle des kleinen Admirals befolgen.«

»Ein kluger Mann«, sagte Harris und zwinkerte Amanda zu. »Gibt es jemanden, der Ihnen hier helfen kann, Mrs. Roberts?«

»Sylvie, unsere Waschfrau, hat gesagt, sie könnte sich um

den Haushalt kümmern, wenn ich sie brauche. Wenn Sie sie im Ort sehen, würden Sie sie bitte zu mir schicken?«

»Ja. Und danke für die Seife«, sagte er, als sie ihm ein Bündel in die Hand drückte. »Ich weiß sie sehr zu schätzen.«

Sie winkte ihm nach und kehrte dann zu Morgan zurück, der sich friedlich auszuruhen schien. Doch bei ihrem Eintreten öffnete er die Augen und wandte den Kopf.

»Setz dich bitte, Mandy. Du siehst völlig erschöpft aus.«

Bis zu diesem Moment war es ihr eigentlich gut gegangen, doch bei seinen Worten gaben ihre Knie nach, und sie schaffte es nur mit Mühe und Not bis zum Bett, wo sie neben ihm zusammenbrach. Ein Schauer nach dem anderen schüttelte sie.

Ihr war gar nicht bewusst, dass sie weinte, bis sie spürte, wie er ihr Haar streichelte und leise, beschwichtigende Laute ausstieß.

»Nicht weinen, Mandy, bitte. Es wird alles gut.«

Sie wischte sich mit den Händen über die Augen und holte tief Luft. Dann blickte sie in sein verhärmtes Gesicht.

»Hör mir gut zu.« Sie beugte sich dicht über ihn, um leise sprechen zu können. »Ich habe schon einen Ehemann begraben. Ich bin nicht über den Ozean gefahren, von Piraten angegriffen worden, auf einer Insel gestrandet und mit Dieben und Schurken und der Marine unter eine Decke geraten, nur damit du dich durch deine eigene Sturköpfigkeit umbringst. Du wirst tun, was der Arzt gesagt hat, und du wirst wieder gesund!«

Seine blassen Lippen zuckten.

»Was für ein Oberfeldwebel du doch bist, Mandy«, flüsterte er. »Komm, leg dich neben mich und hilf mir, gesund zu werden. Ich wette, dass du erschöpft bist, und wir können es uns nicht leisten, beide krank zu werden.«

Sie seufzte, zog ihre Sandalen aus und kroch neben ihm in das Bett. Er legte seinen guten Arm um sie und zog sie dicht an sich heran, so dicht, dass sie kaum atmen konnte, doch das störte sie nicht. Sie streichelte das Haar, das unterhalb des Verbandes seine Brust bedeckte.

»Mein Bär«, flüsterte sie, und er drückte sie als Erwiderung. Dann löste sich der Arm, der sie festhielt, und er schlief ein.

***

Morgan Roberts' Lebensgeister sanken, je länger er brauchte, um wieder auf die Beine zu kommen. Es half auch nicht gerade, als Dr. Harris ihm ins Gedächtnis rief, dass er nicht mehr der Jüngste war und nicht erwarten konnte, sein angeschlagener Körper würde über Nacht heilen. Auch änderte es nichts, dass sie von einem weiteren Piratenüberfall erfuhren, bei dem ein brennendes Schiff voller Leichen am Strand zurückgeblieben war. Vor allem aber war es alles andere als hilfreich, dass die jungen Offiziere dem verwundeten Freibeuter und seiner hübschen Frau Höflichkeitsbesuche abstatteten.

Morgan saß am Tisch und sonnte sich in dem Gefühl, heute schon viel erreicht zu haben, weil er einen Spaziergang durch den Garten gemacht hatte. Während die Herren Farragut, Gardner und Clayton nun mit Amanda plauderten, wuchs seine Frustration über die eigene Schwäche. Immerhin erzählte ihr Farragut von seiner Verlobten und den Heiratsplänen, die er für die Zeit nach seiner Rückkehr hegte. Gardner war schon verheiratet und liebte seine Frau sehnsüchtig. Doch Clayton mit seinem gemeißelten Kinn war Junggeselle und plauderte über Tanzveranstaltungen in seiner Heimatstadt Boston.

»Sie sollten Boston einmal besuchen, Mrs. Roberts. Es ist eine schöne Stadt voller Amüsements für Körper und Seele. Wenn Sie kämen, wäre es mir ein Vergnügen, Ihnen die Sehenswürdigkeiten zu zeigen. Und Kapitän Roberts natürlich auch. Meine Mutter hat Freunde, die im Krieg gekämpft haben. Sie würden sicher gern mit Ihnen Erinnerungen über die Vergangenheit austauschen, Kapitän …«

Plötzlich schien ihm einzufallen, auf welcher Seite Roberts während des Krieges gekämpft hatte, und er schloss mit: »Oder darüber, was Sie seitdem getan haben. Oder so ähnlich.«

Amanda lächelte den Leutnant an. Sie schenkte ihm Tee nach, und Clayton griff mit einer eleganten Bewegung nach der Tasse.

»Möchtest du auch Tee, Morgan?«, fragte Amanda. Morgan verneinte mit einem Grunzlaut.

»Ich glaube, wir sind schon lange genug hier«, sagte Clayton und erhob sich. »Wir wollen Kapitän Roberts ja nicht überstrapazieren.«

Amanda legte Morgan die Hand auf den verkrampften Arm, und er verkniff es sich, Clayton zu sagen, dass er kräftig genug war, seinen gut gekleideten Bostoner Hintern zur Tür hinauszubefördern. Er wusste, dass Mandy es bedauern würde, das zu hören, auch wenn er es nicht bedauern würde, es zu sagen.

»Danke für Ihren Besuch. Bitte grüßen Sie Kommodore Porter von uns.«

»Der Kommodore sagt, er freut sich darauf, Sie heute beim Abendessen zu sehen, Ma'am«, sagte Farragut, und damit verbeugten sich die jungen Männer und gingen.

»Morgan, was ist mit dir los?«, fragte Amanda, während sie

das Teegeschirr abräumte. »Du stampfst mit düsterer Miene durch das Haus und benimmst dich unhöflich, wenn wir Besuch haben. Und was dein finsteres Gesicht angeht, möchtest du, dass ich dir beim Rasieren helfe? Ich habe meinem Vater und Geoffrey auch dabei geholfen, als es ihnen schlecht ging.«

»Nein, ich brauche keine Hilfe beim Rasieren. Wenn ich mich rasieren möchte, rasiere ich mich selbst. Ich liege doch nicht im Sterben, verdammt. Und ich bin auch kein alter Mann, dem man Brei einflößen und den Hintern abwischen muss.«

Er stieß sich vom Tisch ab. Sein Stuhl landete krachend hinter ihm, doch er achtete nicht darauf und funkelte sie an. Er fühlte sich wie Porters Dampfschiff, und die Frustration und der Druck in ihm stiegen und stiegen, bis er kurz davor stand zu explodieren und es Flammen regnen zu lassen. Und jetzt sah Mandy ihn auch noch an, als hätte er den Verstand verloren.

»Himmel, Morgan, das sagt doch auch niemand, aber du musst dir Zeit für deine Genesung lassen. Wenn du es übertreibst, könnte sich die Wunde wieder öffnen. Du bist schließlich nicht mehr der Jüngste.«

Das war der Tropfen, der das Fass zum Überlaufen brachte.

»Und wenn ich verblute, musst du dir eben einen anderen Mann suchen. Diesmal wirst du ja genug Geld haben, um dir einen Jüngeren zu kaufen.«

Seine verletzenden Worte ließen die Luft zwischen ihnen vibrieren, und er starrte ihr in die Augen, die ihm wie zwei zerdrückte Veilchen aus ihrem weißen Gesicht entgegensahen.

»Ist es das, was ich deiner Meinung nach tun würde?«, flüsterte sie.

»Mandy, ich …«

Doch sie fuhr herum und rannte zur Hintertür hinaus, die sie hinter sich zuschlug.

Verdammt, dachte Morgan und starrte seine rechte Hand in ihrer Schlinge an. Verdammt. In seinen Augen sah sie verschrumpft und verwelkt aus, die Finger krumm, und die Adern malten sich deutlich ab. Er nahm den Arm aus der Schlinge und hob ihn, so hoch er konnte. Während er sich bemühte, höher zu kommen als gestern, trat ihm der Schweiß auf die Stirn. Er ließ den Arm wieder sinken, streckte die Finger und ballte sie dann zur Faust. Er wurde mit jedem Tag beweglicher. Aber der alte Quacksalber hatte recht. Selbst wenn er täglich daran arbeitete, würde er Zeit zur Genesung brauchen, viel mehr Zeit als früher.

Und Zeit war etwas, was ihm gerade auszugehen schien.

***

Es gehörte zu ihren festen Angewohnheiten auf Thompson's Island, mindestens einmal in der Woche mit dem Kommodore zu Abend zu essen, denn Porter liebte es, sich mit Gästen zu umgeben.

Normalerweise blieb er auf dem Stützpunkt zurück und überließ es seinen Untergebenen, Roberts' Empfehlungen in die Tat umzusetzen, doch hin und wieder begleitete er sie auch und hisste seine Kommandeursflagge auf der *Peacock*. Morgan fand, dass »Peacock«, also »Pfau«, genau der richtige Name für sein Schiff war, behielt diese Gedanken aber für sich, wenn sich der eitle Kommandeur wieder einmal vor Stolz brüstete.

Morgan entwickelte allmählich ein merkwürdiges Vertrauensverhältnis zu Porter, der zwar gern mit seinen Erfolgen angab, aber stets eine gewisse Distanz zu Untergebenen wahrte. Er benutzte Morgan als Informanten, der nicht nur in Florida lebte, sondern auch ein ehemaliger Freibeuter und Kriegsteilnehmer war, wenngleich auf der falschen Seite. Außerdem war auch Porter ein begeisterter Farmer, und die beiden Seemänner konnten sich bis spät in die Nacht über Fruchtwechsel und die beste Bodenbearbeitung unterhalten.

Heute Abend war die Unterhaltung beim Essen gezwungen, und Porter war lange genug verheiratet, um den Misston zwischen den beiden frisch Verheirateten zu erkennen. Doch er musste Roberts sprechen und bot an, Amanda mit einem Begleiter heimzuschicken.

»Vielleicht Mr. Kingsbury, wenn es geht, Kommodore«, sagte Amanda, während sie ihr Weinglas betrachtete und den Stiel zwischen den Fingern hin und her drehte. »Falls mein Mann nichts dagegen hat.«

Morgan rutschte auf seinem Stuhl hin und her.

»Ich habe keine Einwände, ganz gleich, wen Mr. Porter zu deinem Begleitschutz auswählt.«

Porter zog die Augenbrauen hoch, sagte aber ungerührt: »Ich glaube, Mr. Kingsbury ist hier, Ma'am« und ließ den Seemann von einem Bediensteten holen.

Amanda verabschiedete sich, und Morgan begleitete sie zur Tür, wo Kingsbury sie mit einer Laterne erwartete.

»Ich glaube, bei mir wird es spät werden. Besser, wenn du nicht auf mich wartest, Mandy.« Er zog ihr das Tuch fester um die Schultern, um sie vor der Nachtluft zu schützen.

Sie nickte mit aufeinandergepressten Lippen, und Morgan blickte ihr nach, bis er die Laterne in der Dunkelheit nicht mehr sehen konnte. Er rieb sich geistesabwesend den verletzten Arm, bevor er zu Porter zurückkehrte, der ihnen beiden ein Glas Rum einschenkte.

»Wie geht es Ihnen denn, Kapitän Roberts?«

Morgan spülte den Rum hinunter, der den dumpfen Schmerz in seiner Schulter linderte, und reichte Porter das Glas, um sich nachschenken zu lassen.

»Es dauert so verdammt lange, diesen Arm wieder einsatzfähig zu bekommen. Eine frustrierende Erfahrung.«

»In unserem Alter …«, begann Porter.

»Halt. Bitte nicht.«

»Nun denn. Dann will ich Ihnen von einer anderen frustrierenden Erfahrung erzählen.«

Er wies Roberts einen Sessel vor dem leeren Kamin an.

»Der Kapitän der *Emmaline* hat mir berichtet, dass er Wrackteile der *Creole* gefunden habe, einer Brigg aus Boston. Ich habe Kapitän Reynolds von der *Creole* vor ein paar Monaten kennengelernt, doch die Schiffsbesitzer waren nicht bereit, für den Begleitschutz durch die Marine zu bezahlen. Wir durchkreuzen diese Gewässer so gründlich wie möglich, aber es war töricht von ihnen, darauf zu bauen, dass wir jedes Fleckchen unter Kontrolle hätten. Der Zustand der Leichen, die wir bergen konnten, hat keinen Zweifel daran gelassen, dass die *Creole* Piraten zum Opfer gefallen ist. Ich bin mir zwar nicht vollkommen sicher, aber ich habe Grund zu der Annahme, dass das angreifende Schiff die *Santa Ana* war«, sagte Porter.

»Dandy Hoskins' Schiff.«

»Genau. Gegen ihn sehen die restlichen Piraten wie aufrechte Bürger aus. Wenn ich ihn erwische, wäre das ein Zeichen für alle Freibeuter, dass niemand den Netzen der Marine entschlüpft. Und wenn ich ihn nicht vor Gericht bringen kann, schicke ich ihn genauso gern zur Hölle.«

Morgan blickte in den Kamin und strich sich mit der gesunden Hand über die Bartstoppeln.

»Hatte die *Creole* irgendetwas an Bord, das von besonderem Interesse für Hoskins gewesen sein könnte? Er würde durchaus einem Sklavenhändler seine Fracht abjagen.«

»Nein, keine Sklaven. Die *Creole* war von Veracruz nach New York unterwegs. Deshalb hätte sie auch Begleitschutz anfordern sollen.«

Morgan zog die Augenbrauen hoch. Vor der Formierung der Westindienschwadron waren Schiffe, die Gold und Silber aus den Mienen Lateinamerikas in die Staaten transportierten, bevorzugte Ziele der Piraten gewesen, und die Marine war nicht offiziell damit beauftragt, solche Schiffe auf ihrem Weg entlang der Küste zu schützen. Das verhinderte aber nicht, dass die Marineoffiziere diesen Dienst inoffiziell ausübten, da ihnen ein gewisser Prozentsatz vom Wert der Ladung zustand, wenn diese ihr Ziel sicher erreichte.

Morgan schwenkte den Rum in seinem Glas. Jetzt wusste er, warum Porter dieses Gespräch unter vier Augen führen wollte.

»Wie viel haben sie erbeutet?«

»Etwa zwanzigtausend Dollar.«

Morgan sah Porter sprachlos an.

»Was für ein Narr verschifft denn so viel Silber ohne Eskorte?«

»Ein toter Narr.«

»Wenn die *Santa Ana* beschädigt wurde, hat sich Hoskins wahrscheinlich verkrochen, um sie zu reparieren, damit sie zum Transport der Beute voll einsatzbereit ist. Dann wäre da noch die Frage, woher Hoskins wusste, dass sich der Überfall auf die *Creole* lohnen würde. Er greift nur bestimmte Schiffe an, statt ziellos drauflloszusegeln. Wenn Sie ihn jagen, wird Ihnen möglicherweise nicht nur Hoskins ins Netz gehen.«

»Ich weiß«, sagte Porter. »Natürlich hatte ich zunächst Sie im Verdacht.«

»Natürlich«, sagte Morgan trocken. Er sah seinem Gegenüber in die Augen. »Sie haben mich beobachten lassen, weil Ihnen klar geworden ist, dass jemand für Hoskins spioniert.«

»Sie wussten zwar nicht, dass die *Creole* Gold an Bord hatte, Roberts, aber irgendjemand hat es gewusst. Hoskins scheint uns immer einen Schritt voraus zu sein. Aber vielleicht geht ihm ja jetzt das Glück allmählich aus«, sagte Porter. »Wenn Sie zu wissen glauben, wo sich Hoskins in den Sümpfen versteckt, werde ich eine Expedition entsenden.«

Morgan senkte den Blick wieder auf sein Glas.

»Halten Sie es für klug, Ihre Offiziere wissen zu lassen, dass Sie es auf Hoskins abgesehen haben?«

»Meine Offiziere sind keine Verräter, Sir!«, sagte Porter entrüstet. »Sie würden ihr Land nicht verraten, indem sie einem Piraten Informationen zuspielen. Würden Sie etwa einen Offizier wie Farragut verdächtigen? Er hat das Gemetzel auf der *Essex* überlebt, mit dem Blut und den Eingeweiden seiner Kameraden bespritzt. Er hat seine erste Meuterei niedergeschlagen, bevor er alt genug war, um sich zu rasieren. Ich bin entsetzt, dass Sie so etwas auch nur in Erwägung ziehen!«

Morgan sagte nichts. Es hatte keinen Zweck, mit Porter zu diskutieren, und er wusste, dass der Kommodore blind gegenüber der Vorstellung war, einer seiner handverlesenen jungen Männer könnte ein Verräter sein, ganz gleich, um wie viel Geld es dabei ging.

»Es ist Ihr Feldzug, Kommodore«, sagte Morgan und erhob sich. »Aber irgendwoher bekommt Hoskins seine Informationen. Vielleicht ist es einem Ihrer Männer zufällig herausgerutscht, in Gegenwart einer Frau aus dem Ort, oder ein Fischer, der sich etwas dazuverdienen wollte, hat irgendetwas mit angehört. Ich werde mitfahren, und wenn Hoskins da ist, werden wir ihn aus seinem Nest zerren.«

Porter sah ihn scharf an.

»Sind Sie denn kräftig genug, um mitzufahren?«

»Aye, ich komme schon zurecht. Und ich muss mitkommen. Allein finden Sie ihn in den Sümpfen nie.«

»Also dann, wie Sie wünschen.«

Porter erhob sich und begann, die Lampen zu löschen.

»Ein kleiner Rat, wenn ich darf, Kapitän Roberts?«

Morgan, der die Hand schon an der Türklinke hatte, sah sich um.

»Lassen Sie sich das von einem Mann sagen, der seit vielen Jahren verheiratet ist. Was es auch immer gewesen ist, gehen Sie heim, geben Sie zu, dass Sie Unrecht hatten, entschuldigen Sie sich und versprechen Sie, es nie wieder zu tun.«

Morgan zog die Augenbrauen hoch.

»Was, wenn ich gar nichts falsch gemacht habe?«

Porter kicherte leise und schüttelte den Kopf.

»Das tut nichts zur Sache, Kapitän. Nein, es ist besser, wenn Sie ein Friedensangebot machen. Es sei denn, Sie möchten sich bei den Junggesellen einquartieren.«

Morgans Lippen zuckten.

»Das habe ich auf der *Zephyr* so lange getan, dass es für mein ganzes Leben reicht. Danke für Ihren guten Rat, Kommodore. Gute Nacht.«

Als Morgan zum Haus zurückkehrte, brannte im vorderen Zimmer eine Lampe, doch das Schlafzimmer war dunkel. Und leer. Panik stieg in ihm auf und raubte ihm den Atem, doch eine Bewegung im Freien lenkte seinen Blick auf den Garten.

Amanda saß im Morgenrock auf der Bank und hatte seine geschnitzte Taube in der Hand.

Er trat hinaus und setzte sich schweigend neben sie.

»Ich habe sie auf meinem Kopfkissen gefunden«, sagte sie. »Ich habe sie erst jetzt gesehen, also kann sie erst seit kurz vor unserem Aufbruch dort liegen.« Sie fuhr mit dem Finger über einen der ausgestreckten Flügel. »Ein Friedenszeichen.«

Er überlegte krampfhaft, was er sagen konnte, um sich mit ihr zu versöhnen. Aber sie sprach weiter und traf ihn mit jedem Wort mitten ins Herz.

»Du hast mich heute Nachmittag tief verletzt, Morgan. Seit ich erwachsen bin, muss ich mit Männern fertig werden, die ihre eigenen Schlüsse über mich ziehen. Ich dachte, du wärst anders. Hältst du mich wirklich für so charakterschwach, dass ich mich von einem hübschen Gesicht und ein paar netten Worten über einen Ball beeindrucken lasse? Wenn das mein Lebensziel wäre, wenn ich dich geheiratet hätte, um an dein Geld zu kommen, dann wäre ich tatsächlich nicht besser« – sie holte tief Luft – »... als eine Piratendirne.«

»Nein, das tue ich nicht«, sagte er leise und legte die Hände in den Schoß. Er konnte ihr nicht in die Augen sehen. Noch nicht.

»Was ich heute Nachmittag gesagt habe, tut mir leid. Du bist meine Frau, und ich habe Angst, es dir nicht recht machen zu können. Vor allem jetzt«, sagte er und hob seinen verletzten Arm.

Sie legte die Taube in ihren Schoß, nahm seinen Kopf zwischen die Hände und zog ihn zu sich herunter, bis sie sich fast Nase an Nase befanden. Es war kein sanfter Griff.

»Du hast eine feste Vorstellung von einer Ehefrau. Es ist wie in Cesars Märchenbuch mit all den Prinzessinnen und den Mädchen, die in Türmen eingesperrt sind. Diese Frauen sind nicht echt. Ich schon. Ich bin eine Frau, Morgan, nicht mehr. Eine Frau aus Fleisch und Blut. Ich werde wütend, ich lache viel, und wenn ich Kohl esse, bekomme ich Blähungen. Und du, du bist nur ein Mann. Ich gehe weiß Gott nicht davon aus, dass du perfekt bist, Kapitän Sinister. Glücklicherweise sind wir genau der Mann und die Frau, die der andere sich wünscht. Ich will *dich*, Morgan Roberts, mit deinem Bärentemperament und deinem verletzten Arm, in guten wie in schlechten Zeiten.«

Sie runzelte die Stirn, als sie ihn losließ und den verletzten Arm sah.

»Wo ist deine Schlinge?«

»Sie liegt im Haus auf dem Tisch.« Er schluckte, denn das, was jetzt kam, fiel ihm fast genauso schwer wie eine Entschuldigung. »Ich muss fort, Mandy. Porter braucht mich, um ihnen zu zeigen, wo sich Dandy Hoskins versteckt.«

Sie erstarrte und senkte den Blick auf die Taube.

»Bitte tu das nicht, Morgan. Du bist noch nicht gesund. Kommodore Porter wird dich entschuldigen.«

Er fuhr mit den Fingern der verletzten Hand über ihren Zopf, der sich herrlich seidig anfühlte, und sie hob den Blick, um ihn anzusehen.

»Ich muss es tun, Mandy. Das ist schließlich der Grund, warum ich hier bin. Um die Piraten aus den Sümpfen zu vertreiben. Ich muss es zu Ende bringen, und wenn wir mit

Hoskins fertig sind, können wir heimfahren. Das werde ich Porter sagen.«

»Hoskins ist kein gewöhnlicher Räuber, der ein Schiff überfällt, um sechzehn Dollar und einen Kompass zu erbeuten, Morgan. Er ist gefährlich. Geh nicht!«, flehte sie und umklammerte seinen gesunden Arm.

Ein Klopfen an der Tür kam seiner Antwort zuvor.

»Kapitän Roberts?«, sagte William Kingsbury.

Amanda riss die Augen auf.

»Du gehst jetzt? Mitten in der Nacht?«

»Aye. Ich bin nur gekommen, um mein Gepäck zu holen. Und um dich zu sehen.« Er erhob die Stimme. »Ich komme sofort, Kingsbury.«

Er ging ins Schlafzimmer, um seinen Seesack und das Entermesser zu holen. Vorsichtig ballte er die verletzte Hand zur Faust, dann öffnete er sie wieder und ergriff das Schwert.

Amanda stand mit verschränkten Händen neben dem Tisch im vorderen Zimmer und sah ihm zu, ohne ihm Hilfe anzubieten. Er sah die Schatten in ihren Augen und wünschte, er wüsste die richtigen Worte, um sie zu vertreiben. Doch sie fielen ihm nicht ein, und so legte er sein Gepäck auf den Tisch. Er umschlang sie mit den Armen und legte den Mund auf den ihren. Er schenkte ihr die ganze Liebe, die er in sich trug, und bekam dafür etwas von ihrer Stärke.

Als er den Kuss beenden wollte, zog sie seinen Kopf mit einem Laut der Verzweiflung noch einmal zu sich herunter und grub die Hände in seine Haare. Noch einmal küsste sie ihn, um ihn ihrer Seele einzuprägen.

Als sie sich schließlich voneinander lösten, sah er sie voller Zärtlichkeit an und zeichnete mit dem Finger ihre Lippen nach.

»Viel Glück, Amanda. Pass auf dich auf.«

»Du auch, Morgan. Und komm schnell wieder. Ich werde nach dir Ausschau halten.

***

Die Ruder der Marineboote glitten leise durch das dunkle Wasser auf die *Santa Ana* zu, die in einer versteckten Bucht vor Anker lag und auf die nötigen Reparaturen an Bordwand und Steuerruder wartete. Im gedämpften Licht vor der Morgendämmerung kamen kaum Geräusche von Bord des Piratenschiffs, und unter den Seeleuten und Soldaten, die unten in den Booten warteten, während die ersten Männer über die Taue an Deck kletterten, herrschte absolute Stille.

Andere glitten geräuschlos ins Wasser und schwammen ans Ufer, wo die Piraten unter einem Durcheinander aus Leinendächern und Palmhütten Schutz gesucht hatten. Wenn die Piraten eines im Überfluss besaßen, war es Alkohol von der *Creole*, und so war die Mannschaft der *Santa Ana* zu betrunken, um mehr zu tun, als verblüffte Gesichter zu ziehen, als die Eindringlinge mit rußgeschwärzten Gesichtern aus der Dunkelheit stiegen.

Leutnant Gardner stieß ein angewidertes Geräusch aus, als er den Zustand der Piraten sah.

»Sie haben uns doch einen Kampf versprochen, Roberts. Das ist ja wie ein Überfall auf eine Teegesellschaft meiner Tante. Aber immerhin haben wir das Silber wiedergefunden.«

Er stieß einen bewusstlosen Piraten mit der Stiefelspitze an. Aus dem Lager an Land stiegen jetzt Schreie auf, als die Piraten dort geweckt und unter Bewachung gestellt wurden.

Morgan ließ den Blick über die Decks schweifen.

»Sie wären nicht in diesem Zustand, wenn Hoskins hier wäre. Er hätte dafür gesorgt, dass die Wachen ihre Arbeit tun, sonst hätte er sie den Haien vorgeworfen. Finden Sie heraus, wer hier den Befehl hat, Gardner, sonst schlüpft uns Hoskins wieder durch die Finger.«

Sie gingen an Land, wo es eine Weile dauerte, bis sie sich einen Überblick verschafft hatten, doch schließlich wurde der Steuermann der *Santa Ana* vor die Angreifer gezerrt. Seine Hände waren hinter dem Rücken gefesselt.

»Sie werden Dandy Hoskins nicht erwischen, ›Kapitän Sinister‹. Er hat noch viel vor. Mit Ihnen und Ihrer hübschen Frau.«

Morgan erstarrte und sah den Steuermann an.

»Erzählen Sie mir, was Hoskins mit mir und meiner Frau vorhat, Grayson, und wo er sich jetzt aufhält«, sagte Morgan mit viel zu ruhiger Stimme.

»Gar nichts sage ich Ihnen.« Grayson spuckte ihm vor die Füße. »Sie trauen sich ja sowieso nicht, mich umzubringen, weil ich dann alles, was ich weiß, mit ins Grab nehme.«

Morgan blickte an Grayson vorbei in den Wald, der jetzt von der aufgehenden Sonne erhellt wurde. Dann richtete er den Blick wieder auf Grayson und lächelte. Grayson versuchte, vor diesem Lächeln zurückzuweichen, doch die Seeleute hielten ihn fest.

»Ich brauche Sie gar nicht umzubringen, Grayson. Noch nicht. Ich glaube, dass Sie mir alles erzählen werden, was ich wissen will, und noch viel mehr.«

Ohne den Blick von dem Piraten abzuwenden, sagte Morgan: »Leutnant, bitte lassen Sie mir ein Seil bringen. Und ein Paar Handschuhe«, fügte er hinzu und beugte den verletzten Arm.

Gardner gab den entsprechenden Befehl, und kurz darauf kehrte ein Seemann mit einem Seil und Lederhandschuhen zurück, die Morgan nur mit Mühe und Not über seine kräftigen Hände streifen konnte. Gardner beugte sich zu ihm hinüber.

»Was haben Sie mit ihm vor, Kapitän Roberts?«

»Nichts Besorgniserregendes, Leutnant. Ich werde Grayson an den Baum dort drüben fesseln.«

»Und dann?«

»Und dann warten wir.«

Morgan fesselte Grayson an den Manzanillo-Baum und machte es sich in der Nähe unter einer Eiche bequem, wo er an einem Stück Holz herumschnitzte, das er aus seiner Tasche zog. Gerade begann man die Umrisse eines Tiers zu erkennen, als die Schreie einsetzten. Minute um Minute verstrich, und Morgan fuhr in aller Seelenruhe mit dem Messer über das Holzstück, das allmählich Ähnlichkeit mit einem Bären bekam.

Grayson brüllte sich inzwischen alles von der Seele, wovon er glaubte, dass es Morgan Roberts oder der Marine von Nutzen sein könnte, während er sich gegen die Seile bäumte und versuchte, der ätzenden Flüssigkeit zu entrinnen, die von Blättern und Rinde auf seinen Kopf und seine nackten Arme tropfte.

Morgan steckte sein Messer ein, ließ die Schnitzarbeit in die Tasche gleiten und trat zu dem Baum hinüber. Grayson hing jetzt stöhnend in den Seilen. Gesicht und Hände des Piraten waren mit nässenden Blasen überzogen, und auf seinen Armen und Füßen bildeten sich feuerrote Flecken.

Vorsichtig, um ihm nicht zu nahe zu kommen, zog Morgan sein Schwert und durchtrennte das Seil. Grayson fiel zu

Boden und entfernte sich kriechend von dem Manzanillo-Baum. Als ihn einer der Seeleute hochziehen wollte, gebot ihm Morgan Einhalt.

»Berühren Sie ihn ja nicht, sonst verbrennen Sie sich auch. Führen Sie ihn ans Wasser und lassen Sie ihn das Harz abwaschen, dann heilen die Wunden wieder. Oder auch nicht«, sagte er gleichgültig, während er bereits auf Leutnant Gardner zuhielt.

»Ich muss nach Key West zurück. Ich nehme die *Sea Gull.*«

Selbst wenn Gardner ihm hätte widersprechen wollen, hätte er beim Ausdruck in Morgans Augen zustimmend genickt.

»Ja, berichten Sie Porter, dass Hoskins noch auf freiem Fuß ist. Wir bringen hier alles zu Ende und folgen Ihnen mit der *Grampus*. Viel Glück, Kapitän.«

***

Amanda saß im Innern des Schuppens und füllte Zitronenessenz in eine Flasche ab. Die Arbeit war eine lebensnotwendige Ablenkung von ihren Gedanken an die Sicherheit ihres Mannes.

»Leise, verdammt, sie kann jeden Moment zurückkommen.«

Amanda erstarrte. Sie kannte diese Stimme. Sie würde diese furchtbare Nacht auf Key Marquez nie vergessen. Dandy Hoskins begann erneut zu reden, und Amanda versuchte zu verstehen, was er sagte. Anscheinend glaubten die Männer, dass sie im Lazarett war, denn im Haus brannte an diesem Sommernachmittag kein Feuer, sodass es verlassen aussah. Der zweite Mann sagte etwas Unverständliches, und Amanda erhob sich von ihrer Bank und schlich vorsichtig zu ihrem Arbeitstisch hinüber.

»Mut und Tatkraft«, flüsterte sie sich selber zu. Sie griff nach einem Krug und schlich sich wieder so dicht wie möglich an die Tür, um die Männer zu hören. Aber sie hatten aufgehört zu reden. Sie bewegte sich noch einen Bruchteil eines Zentimeters weiter, um zur Tür hinauszublicken.

»Suchst du uns, Schätzchen?«

Amanda fuhr herum und sah Dandy Hoskins im Fenster stehen und auf sie hinuntergrinsen.

»Schnapp sie dir«, sagte er.

Ohne zu überlegen drehte sie sich um und schleuderte den Inhalt ihres Kruges nach dem zweiten Piraten. Die Lauge traf ihn mitten ins Gesicht, und nach einem Moment der Verblüffung fing er an zu schreien und um sich zu schlagen, während er sich auf dem Boden wand.

Hoskins sprang fluchend über die Fensterbank, um Amandas Haar zu packen, bevor sie zur Tür laufen konnte. Schmerz explodierte in ihrem Kopf, als er sie rückwärts zerrte und gegen die Wand schleuderte. Als sie nach ihm trat, zog er ein Messer und hielt es ihr an die Kehle, gerade so fest, dass darunter Blut aufquoll. Sie erstarrte, als sie das Beißen der Klinge spürte und die Wärme über ihren Hals rinnen spürte.

»Das reicht jetzt«, sagte Hoskins.

Ohne das Messer von ihrer Kehle zu entfernen, warf er einen flüchtigen Blick auf den Boden, zog eine Pistole und erschoss den verletzten Piraten, um seine grauenhaften Schreie zum Schweigen zu bringen. Dann schob er sich die abgefeuerte Pistole in die Rocktasche.

»Bei diesem Lärm konnte man ja nicht denken«, sagte er. Dann verdrehte er ihr den Arm hinter dem Rücken und drängte sie an die Wand. Er lehnte sich dicht an sie und steckte sein Messer ein. Der Geruch seines ungewaschenen Körpers war so stark, dass ihr beinahe übel wurde, und sie gab sich Mühe, nicht auf den Toten am Boden zu blicken, unter dem sich das Blut in einer wachsenden Lache ausbreitete. Hoskins zog ein Tuch aus seiner Tasche und zerrte auch ihren anderen Arm hinter ihren Rücken, um ihre Hände zu fesseln.

»Damit kommen Sie nicht durch, Dandy Hoskins«, keuchte sie. Dann verfluchte sie sich und ihre voreilige Zunge und erstarrte.

»Oh, Mrs. Roberts, ich wusste gar nicht, dass wir einander schon vorgestellt worden sind.«

Er drehte sie wieder zu sich um, und jede Freundlichkeit war aus seiner Miene gewichen. Seine Kleidung war schmutzig und zerschlissen, ganz anders als bei ihrer Begegnung auf Key Marquez, und sein rosiges Gesicht war mit Bartstoppeln gescheckt.

»Woher kennen Sie meinen Namen, Mrs. Roberts?«

Amanda wimmerte auf, sagte aber nichts. Hoskins lächelte erneut und zog sein Messer wieder hervor.

»So ein hübsches Gesicht«, sagte er. »Es wäre doch eine Schande, wenn eins dieser hübschen Augen verloren ginge.«

Er drückte die Klinge an den Rand ihres Auges und schob sie langsam in ihr Gesichtsfeld. Dabei lächelte er unverwandt.

Durch den roten Nebel ihrer wachsenden Angst hörte Amanda im Freien Schritte. Hoskins schob sie vor sich hin und legte ihr das Messer wieder an die Kehle. Im nächsten Moment stand Leutnant Clayton in der Tür, die Pistole in der Hand.

Gott sei Dank, dachte Amanda und sackte vor Erleichterung ein wenig zusammen. Hoskins stieß sie von sich, sodass sie an der Kante ihres Arbeitstisches landete und fast gefallen wäre. Doch es gelang ihr, auf den Beinen zu bleiben.

»Das wurde aber auch Zeit«, sagte Hoskins, und Amanda spürte, wie ihr das Blut aus dem Kopf wich. »Ich habe die Beute im Lager gelassen, Clayton, und wir müssen sie beiseiteschaffen, bevor Porter sie findet. Und sieh dir an, was diese Hexe mit Garcia angestellt hat. Wir gehen jetzt und nehmen Sie zu unserer Sicherheit mit.«

Clayton sah sie an und seufzte.

»Warum sind Sie hier, Mrs. Roberts?«

»Oho«, sagte Hoskins kichernd, als er sein Messer wieder wegsteckte. »Jetzt dämmert es mir. Er hat Sie auf der *Penelope* gefunden. Wenn Sie Sinisters Schlampe sind, dann waren Sie das in der Hütte auf der Insel, nicht wahr, Schätzchen? Daher kennen Sie meinen Namen. Dafür bin ich Roberts etwas schuldig. Wir nehmen sie mit, Clayton, und amüsieren uns ein bisschen, bevor …«

Eine Pistole explodierte, und Hoskins' Kopf verteilte sich im ganzen Schuppen. Amanda starrte auf den toten Piraten hinunter. Sie hörte ein Tosen in ihren Ohren und lehnte sich gegen den Tisch. Langsam wandte sie dem tadellos uniformierten Leutnant den Kopf zu. Er trat neben Hoskins, durchwühlte seine Rocktaschen und nahm die geladene Pistole des Piraten an sich. Seine eigene Schusswaffe steckte er ein.

»Sie haben die Piraten auf dem Laufenden gehalten.«

»Ich dachte, Sie wären heute im Lazarett, Mrs. Roberts, nicht hier«, sagte er und überprüfte Hoskins' Pistole. Er sah Amanda stirnrunzelnd an.

»Sie sind jetzt der einzige Mensch, der mit Gewissheit

weiß, dass ich mit Hoskins zusammengearbeitet habe. Dandy war besessen von dem Gedanken, sich an Kapitän Roberts zu rächen, und er hoffte, Ihren Mann hier in die Falle zu locken, aber ich wollte ihn dazu bewegen, mit mir zu kommen und die Beute an uns zu bringen. Ich wollte nicht, dass Ihnen etwas zustößt.«

Clayton schüttelte den Kopf.

»Dann habe ich von dem Angriff erfahren, der für heute geplant war – zu spät –, und habe mir gedacht, ich erledige Hoskins und Garcia und rette, was noch zu retten ist.«

»Warum? Warum haben Sie das getan, Leutnant?«, flüsterte sie, während sie versuchte, ihre Handfesseln zu lösen.

»Weil ich musste, Mrs. Roberts. Geld. Spielschulden, um genau zu sein.« Er schluckte. »Verstehen Sie? Ich bin bettelarm. Ich hatte keine andere Wahl.«

»Und jetzt machen Sie alles noch schlimmer, indem Sie mich kaltblütig umbringen?«

Er zuckte zusammen, sah sie aber gefasst an, als er die Pistole hob.

»Immerhin, Mrs. Roberts, gewähre ich Ihnen einen schnellen Tod. Das ist mehr, als Ihnen bei Hoskins vergönnt gewesen wäre.«

»Clayton!«

Clayton fuhr herum und feuerte dabei, doch Morgan duckte sich, und die Kugel verfehlte ihn.

Clayton fluchte und warf die nutzlose Pistole beiseite, um sein Schwert zu ziehen. Er versuchte, Amanda zu packen, doch sie war zu schnell und lief um den Tisch herum. Neben Hoskins' Leiche rutschte sie auf irgendetwas aus, verkniff sich aber jeden Aufschrei, als sie hinfiel und sich den Knöchel verdrehte. Sie wollte Morgan nicht ablenken.

»Geben Sie auf, Leutnant. Porter weiß alles, und er ist bereits hierher unterwegs. Mandy, bist du verletzt?«

»Nein, Morgan«, sagte sie und versuchte, wieder aufzustehen.

Claytons Blick huschte durch den Schuppen, doch der einzige Ausweg führte an dem Freibeuter vorbei. Er bewegte sich auf Amanda zu, aber sie warf sich beiseite, dichter zu Morgan hin. Fieberhaft bearbeitete sie den Knoten, der ihre Hände fesselte, und spürte, wie er ein wenig nachgab.

»Es braucht nicht so zu enden, Roberts«, sagte Clayton. »Ich werde gehen. Ich kann in Südamerika verschwinden, und ich … ich schicke Ihnen Geld, sobald ich mich dort niedergelassen habe. Sie sind doch auch ein Pirat. Lassen Sie uns handeln.«

Morgan schüttelte den Kopf, und seine Miene war beinahe bedauernd.

»Sie werden hier auf Porter warten, Clayton. Wenn Sie versuchen zu fliehen, muss ich Sie aufhalten, bei meiner Ehre.«

»Ehre? Was weiß denn jemand wie Sie von Ehre?«, rief Clayton. »Wenn Sie tot sind, steht mein Wort gegen Porters, und er hat keine Beweise. Es wird ganz einfach sein zu sagen, dass Kapitän Roberts beim Anblick seiner toten Frau den Verstand verloren hat und über mich hergefallen ist, sodass ich ihn aus Notwehr töten musste. Sie sind ein Krüppel, Roberts«, sagte er und wies auf den verletzten Arm, »und es gibt nichts, womit Sie mich aufhalten könnten.«

Amanda konnte nicht verhindern, dass ihr ein nervöses Kichern entfuhr, und Clayton baute sich vor ihr auf.

»Finden Sie das etwa komisch, Madam?«, sagte er, und seine Stimme wurde laut.

Sie beachtete ihn nicht und sah Morgan an.

»Er weiß nicht, warum man dich Kapitän Sinister nennt. Aber ich weiß es.«

»Ah. Dann schulde ich dir einen Gefallen, Mandy. Vergiss nicht, ihn später einzufordern.«

Er nickte ihr zu, dann sah er den jungen Offizier an.

»Clayton, haben Sie sich je gefragt, warum ich als Kapitän Sinister bekannt bin?«

»Wahrscheinlich ein Name, den Sie sich selbst gegeben haben, um Ihren Ruf aufzublasen.«

»Oh, ich verdiene den Namen«, erwiderte Roberts, »und Sie werden gleich herausfinden, warum.«

Er zog ebenfalls sein Schwert.

Mit der unverletzten linken Hand.

»Sie hätten im Lateinunterricht besser aufpassen sollen, Sie kleiner Verräter«, sagte er grimmig.

Clayton war ein geschickter Schwertkämpfer, der seine Fähigkeiten in langen Übungskämpfen mit seinen Kameraden und während der jüngsten Angriffe gegen die Piraten zur Perfektion gebracht hatte.

Morgan Roberts war der geborene Metzger.

Sein Alter, seine Erfahrung und die Tatsache, dass er sein halbes Leben auf blutüberströmten Decksplanken verbracht hatte, sorgten dafür, dass Clayton bei diesem Kampf auf engstem Raum keine Chance hatte. Clayton stolperte gegen ein Regal, und ein Brett mit Duftflaschen fiel zu Boden. Zitronenduft vermischte sich in der heißen Luft mit dem Gestank von Blut und Eingeweiden.

»Geben Sie auf, Clayton. Porter wird dafür sorgen, dass Sie einen fairen Prozess bekommen.«

»Nein!«, keuchte Clayton und stieß sich von der Wand

ab. »Ich kann nicht …« Seine Lippen verzogen sich zu einer grinsenden Fratze. »Nur keine Hemmungen, Kapitän Sinister. Bringen wir es hier zu Ende.«

Clayton holte zu einem Hieb aus, den Morgan parierte, doch Claytons erwarteter Gegenschlag blieb aus. Stattdessen spreizte er die Arme, und Morgan hatte zu viel Schwung, um sich noch zu bremsen. Er spürte, wie die Erschütterung seinen ganzen Arm durchlief, als seine Klinge auf einen Knochen prallte, dann abrutschte und Clayton ganz durchfuhr. Clayton stand einen Moment mit verblüffter Miene da. Dann zog Morgan mit einer Drehung des Handgelenks seine Klinge heraus, und Clayton sank vor ihm zu einem blutigen Häuflein zusammen.

Amanda hatte während des Kampfes ihre Hände befreit und sank jetzt neben dem Leutnant auf die Knie. Doch sie sah sofort, dass man nichts mehr für ihn tun konnte, und ihre Röcke saugten das Blut vom Boden auf.

Claytons Augen öffneten sich flatternd, und er blickte zu ihr auf.

»Vergebung … Porter … bedaure«, sagte er, bevor ihm ein Blutstrom aus dem Mund lief und ihn zum Schweigen brachte.

Morgan ließ sein Schwert fallen und betrachtete seine blutigen Hände. Der Schuppen stank wie ein Schlachthaus, und die ersten Fliegen sammelten sich bereits. Eine Woge der Erschöpfung durchlief ihn, und plötzlich empfand er jedes einzelne Lebensjahr wie eine schwere Last. Mandy zuliebe hatte er versucht vorzugeben, dass er nicht Kapitän Sinister war.

Heute hatte sie ihn in seiner ganzen brutalen Glorie erlebt.

»Morgan?«

Es war kaum ein Flüstern, doch er blickte gerade rechtzeitig auf, um seine Frau aufzufangen, die sich erhob und sich in seine roten Arme warf.

»Ich hatte solche Angst«, sagte sie und klammerte sich fest an ihn. »Dass ich dich verlieren würde.«

»Oh, Liebste«, sagte er und drückte sie an sein Herz. »Das mit Clayton tut mir leid. Aber ich musste ihn aufhalten.«

»Er hat mit Dandy Hoskins unter einer Decke gesteckt«, sagte Amanda heftig und löste sich von ihm, um ihm in die Augen zu blicken. »Er hat so viele Menschen auf dem Gewissen, genau wie Hoskins. Du hast das Richtige getan. Ich bin stolz darauf, Kapitän Sinisters Braut zu sein.«

Wieder drückte er sie an seine Brust, dann sagte er: »Komm mit ins Freie. Du brauchst frische Luft.«

Sie blickte zu Boden und sah, dass ihre Sandalen im Blut festklebten. Plötzlich wurde sie weiß und rannte ins Freie, wo er hören konnte, wie sie sich hinter dem Haus übergab. Er seufzte und folgte ihr – und erspähte Porter, der mit einem Soldatenkontingent des Weges kam. Porter sah ihn und blieb stehen. Morgans blutige Kleider sprachen Bände.

»Was ist geschehen?«, sagte Porter.

»Leutnant Clayton ist dort drinnen. Mit Hoskins«, sagte Morgan mit einem Ruck seines Kopfes. Porter wies die Soldaten an, draußen zu bleiben, und betrat den Schuppen.

Morgan fand Amanda auf der Gartenbank.

»Kommst du zurecht, während ich mit Porter spreche?«

Amanda nickte und lächelte schwach.

Morgan bat einen der Soldaten, Amanda etwas Wasser zu bringen, dann trat er zu Porter.

Das Gesicht des Kommodores war angespannt und müde.

»Ich kenne seine Mutter«, sagte Porter. »Sie wird am Boden zerstört sein.«

Roberts blickte auf die Leiche des jungen Mannes hinunter, dann auf Dandy Hoskins, der in seinem Blut lag. Es war klar, dass einer durch einen Schuss und einer durch ein Schwert gestorben war, doch er glaubte nicht, dass dies eine Rolle spielen würde.

»Sagen Sie ihr, er sei tapfer gestorben. Sagen Sie ihr, er sei im Kampf gegen Piraten gestorben.« Er blickte Porter an. »Ich bringe meine Frau nach Hause zurück, Kommodore. Sie brauchen mich nicht mehr. Auf diesem Feldzug sind Sie auf Männer wie Farragut und Dallas angewiesen.«

Porter sah ihn unverwandt an, dann richtete er den Blick zur Tür hinaus auf das Wasser. In der Ferne war ein Segel zu sehen, wieder ein Handelsschiff auf dem Weg nach Norden.

»Die Marine muss am Ende dieses Feldzugs den Respekt der Nation genießen, Roberts. Wir haben bewiesen, dass eine starke Marine auch in Friedenszeiten vonnöten ist.«

Er richtete den Blick auf den ehemaligen Freibeuter und auf Amanda, die jetzt wortlos an Morgans Seite trat und seinen Arm ergriff.

»Piraten wird es immer geben, und wir müssen bereitstehen, damit andere Bürger Seifenmacherinnen« – Porters Lächeln war mit einem Hauch von Traurigkeit versetzt – »und Farmer sein können. Bringen Sie Ihre Frau nach Hause, Kapitän Roberts. Danke für alles, was Sie getan haben. Sie haben Ihre Pflicht gegenüber der Marine und Ihrem Land erfüllt.«

Morgan zuckte nicht zusammen, als man ihn als Amerikaner bezeichnete. Wenn überhaupt, richtete er sich ein wenig gerader auf, bevor er Porters Hand ergriff.

»Danke, Kommodore, für alles, was Sie für uns getan haben.«

Morgan brachte Amanda ins Haus und wusch sich die Hände, während er seine schweigende Frau betrachtete.

»Du hast herausgefunden, warum ich Kapitän Sinister bin, Mandy. Ich bin beeindruckt.«

»Das brauchst du nicht zu sein. Ich müsste ja ein absoluter Dummkopf sein, wenn ich mit dir zusammenleben würde, ohne es zu merken.«

»Du bist alles andere als ein Dummkopf. Und was wünschst du dir von mir?«

»Ich möchte die *Zephyr* behalten«, sagte sie, ohne zu zögern, und lächelte über seine verblüffte Reaktion. Sie ergriff seine Hand.

»Selbst ein respektabler Farmer möchte ja vielleicht hin und wieder eine Seereise machen, und Kapitän Sinister hat ein Schiff verdient, das seiner und seines Namens würdig ist.«

Morgan drückte sie an sich und küsste sie, und Amanda wusste, dass sie richtig gewählt hatte. In jeder Hinsicht.

EPILOG

Amanda sass auf der Terrasse in St. Augustine. Hin und wieder schaukelte sie die Wiege zu ihren Füßen. Laute Schritte, die die Treppe herunterkamen, zauberten ihr ein Lächeln ins Gesicht, und sie hatte heute noch nicht viel gelächelt.

»Mama, Mama, es ist Zeit!«

Winthrop kam lärmend wie immer auf die Terrasse gestürzt. Er war von Kopf bis Fuß ein kleiner Bär, der jetzt an die Wiege lief und hineinblickte. Dabei fiel ihm das von der Sonne gesträhnte, honigfarbene Haar ins Gesicht. Das Baby regte sich beim Klang der Stimme seines großen Bruders, und als die Kleine die blauen Augen öffnete und sah, wer sich über sie beugte, grinste sie zahnlos, steckte sich das Fäustchen in den Mund und strampelte mit den Füßen.

»Sie nur, Mama, sogar Maggie möchte Cesar sehen! Kann ich sie auf den Arm nehmen?«

»Darf ich«, verbesserte Amanda geistesabwesend und blickte zur Tür. »Ja, Schatz. Wenn sie zu schwer wird, gib sie deinem Vater.«

»Pah! Sie wiegt doch nicht mehr als ein Wels, Mama. Komm mit, kleines Fischchen«, sagte er und hob das Baby aus der Wiege. Amanda strich ihm mit der Hand über das weiche Haar, während er das Baby vorsichtig in seinen Armen zurechtrückte. Maggie gluckste vor Freude, die Leute sehen zu können. Oder zumindest ihren kleinen Bruder.

Amanda verschränkte die Hände vor dem Bauch und richtete sich auf, um ihm zu folgen. Sie wollte nicht, dass Winthrop sie an Cesars großem Tag traurig sah, denn das hätte ihn nur auch traurig gemacht.

Im Eingangsflur unterhielten sich zwei Männer, einer mit silbrigem Ebenholzhaar, der andere ein braunhäutiger junger Mann, der aufrecht dastand, aber von einem Fuß auf den anderen trat, weil er sich noch an seine neue Kleidung gewöhnen musste.

Morgan blickte an Cesar vorbei und grinste, sodass sich seine Augen in Fältchen legten.

»Alle Mann an Deck, Cesar.«

»Das sehe ich, Kapitän.« Cesar beugte sich zu Winthrop hinunter und sagte: »Darf ich mir das Baby ansehen, Win?«

»Du nimmst sie aber nicht mit, oder?«, fragte Winthrop plötzlich verunsichert.

»Nein«, sagte Cesar und schüttelte lächelnd den Kopf. »Ich glaube nicht, dass es ihr ohne dich in Havanna gefallen würde.«

Winthrop nickte und reichte Cesar das Baby. Er wiegte Maggies Köpfchen in seiner langgliedrigen Hand. Sie lächelte zu ihm auf und blies eine Speichelblase.

»Für diese Kleine würde jeder Prinz durch eine Dornenhecke reiten. Auf Wiedersehen, Prinzessin Margaret Brooke Roberts.« Er beugte sich über sie und küsste sie auf die Stirn, wobei sie ihm fast ihre kleine Faust ins Auge gerammt hätte. Er reichte sie an ihren Vater weiter und bückte sich wieder zu dem ernsten kleinen Jungen hinunter.

»Und du, mein Freund, bist wie der Froschkönig. Ein freundlicher, zuverlässiger Kamerad.«

Winthrop verzog das Gesicht.

»Mich wirft keine Prinzessin an die Wand. Ich würde ihr an den Haaren ziehen, wenn sie es versuchte.«

Cesar krümmte einen Finger und winkte Winthrop näher heran.

»Mädchen sind nicht so schlimm, wie du denkst. Wenn du ihnen etwas Zeit zum Wachsen lässt, sind sie ganz interessant.«

Aber Winthrop schüttelte den Kopf, denn das konnte er nicht glauben. Dann hielt er inne, und ihm kamen die Tränen.

»Du wirst mir fehlen, Cesar. Ich wünschte, du müsstest nicht fort.«

Cesar zog den Jungen an sich und drückte ihn fest.

»Das wünschte ich auch, *hermanito*. Aber in Havanna ist es besser für mich.«

Amanda wurde von Traurigkeit durchspült, denn sie wusste, dass Cesar die Wahrheit sprach. Mit jedem Jahr schränkte Florida die Rechte der Schwarzen weiter ein und nahm ihnen die Freiheiten, die sie unter spanischer Verwaltung genossen hatten. Morgan hatte recht gehabt, und es war Zeit, dass Cesar ein Leben als freier Mann in Kuba begann. Er würde bei den Hernandez' wohnen – *Señor* Hernandez war selbst ein freier Schwarzer und ein Silberschmied wie Cesars Vater. Cesar hatte in den letzten Jahren jeden Sommer einige Wochen dort verbracht, um dieses Handwerk zu erlernen, und es war Zeit für seinen endgültigen Umzug.

»Wir werden Cesar doch in Havanna besuchen«, sagte Morgan und legte seinem Sohn die Hand auf die Schulter. »Und wenn ich mich nicht irre, wird *Señorita* Maria Teresa Hernandez schon dafür sorgen, dass er sich nicht einsam fühlt. Eine sehr ›interessante‹ junge Dame.«

Cesars Wangen verdunkelten sich bei der Erwähnung der hübschen Tochter des Silberschmieds, und um keine weiteren Fragen des kleinen Jungen beantworten zu müssen, wandte er sich an den Menschen, der ihm im Lauf der Jahre so sehr ans Herz gewachsen war.

Amanda sah ihn blinzelnd an und streckte die Hand aus, um ihm eine imaginäre Fluse vom Kragen zu streichen. Sie versuchte, ihre Tränen zurückzudrängen. Doch es war hoffnungslos, und als Morgan ihr ein weißes Tüchlein in die Hand drückte, nahm sie es dankbar an.

»Himmel«, sagte sie und betupfte ihre Augen. »Wie großartig du aussiehst. Wie das tapfere Schneiderlein, das in die Welt aufbricht, um Abenteuer zu erleben.«

Außer der Familie war niemand im Haus, also tat Cesar etwas, das er auf offener Straße nie gewagt hätte. Er schlang die Arme um Amanda und drückte sie an sich. Auch seine Augen waren verdächtig feucht.

»Danke«, sagte er. »Danke, dass ich in Ihre Bücher schauen und die Welt entdecken durfte.« Er löste sich von ihr und lächelte. »Habe ich nicht recht gehabt, Mrs. Stephenson? Kapitän Sinister war gar kein so schlechter Kerl.«

Morgan räusperte sich.

»Zeit, an Bord zu gehen, Junge. Die *Zephyr* wartet nicht.«

Amanda drückte Cesar noch einmal an sich und atmete tief ein. Der junge Mann duftete nach frischer Luft und den Pfefferminzbonbons, die er immer in der Tasche hatte, um sie mit Winthrop zu teilen.

»Du wirst deine Sache bestens machen, Cesar. Bitte schreib uns oft.«

»Das werde ich«, versprach er und beugte sich vor, um Amanda auf die Stirn zu küssen. »Auf Wiedersehen«, sagte er.

Cesar nahm seine Tasche, hievte sie mühelos auf die Schulter, sah sich noch einmal um und ging.

Morgan reichte Winthrop das Baby, nahm seine Frau kurz in die Arme und folgte Cesar ins Freie.

»Ich bin bald zurück, Mandy.«

Amanda blickte ihnen nach, bis sie nicht mehr zu sehen waren, dann schloss sie die Tür.

»Mama, wer ist Mrs. Stephenson?«, fragte Winthrop. Das Baby wurde allmählich unruhig, also nahm Amanda es an sich, um es zu füttern, und reichte ihrem Sohn die freie Hand.

»Komm mit mir auf die Terrasse, Winthrop, dann erzähle ich dir eine Geschichte von Piraten und einsamen Inseln und einer Dame, die ein Abenteuer erleben wollte.«

Und sie traten zusammen in den Sonnenschein.

DANKSAGUNG

Das Material für dieses Buch stammt aus einer ganzen Reihe von Quellen, von US-Militär-Websites über Biographien von Schiffsoffizieren bis hin zu Volksmärchen aus Florida. Einige der Figuren in diesem Roman, darunter David Porter, David Dixon Porter, David Glasgow Farragut, Dr. Harris, William Kingsbury und Alexander Dallas, haben wirklich gelebt, und sie sind Helden der amerikanischen Seefahrtsgeschichte. Es war wahrhaftig das Zeitalter der Männer aus Stahl auf Schiffen aus Holz. Und Kommodore Porter hat tatsächlich ein Schiff als Lockvogel benutzt, dessen Namen in den Archiven als *Decoy* (Lockvogel) aufgelistet steht.

Was den Feldzug gegen die Piraterie in den Westindischen Gewässern angeht, so habe ich mich bei der Verschmelzung von Fakt und Fiktion zwar um größtmögliche Korrektheit bemüht, mir aber vor allem in Bezug auf die Chronologie die eine oder andere Freiheit herausgenommen. Die Geschichte mit der gestohlenen Miniatur von Leutnant Gardners Frau hat sich wirklich ereignet, doch Gardner taucht in den Musterrollen der Westindienschwadron nicht auf. Dieses Buch ist ein Roman und sollte auch so betrachtet werden.

Wie immer bin ich den Bibliotheken von Alachua County (Florida) und der *Research and Craft Section* der »Books and

Writers Community« bei CompuServe zu Dank verpflichtet. Mein besonderer Dank gilt Steve Lopata für seine Hilfe bei meinen Recherchen über die richtigen Waffen, Connie und Bob Stern für ihr Wissen über die Gewässer vor der Küste Floridas, Karon Adams für Auskünfte über die Seifenherstellung, Raphi für die französischen Ausdrücke und dem »Florida Forum« für die ermunternden Worte und die botanischen Einzelheiten. Besonderer Dank geht auch an Janice Gelb, die mir immer bereitwillig sagte, was ich hören musste, und an Howard, Raphael und Micah, die Männer in meinem Leben.

Angesichts all dieser Hilfsbereitschaft möchte ich betonen, dass etwaige Fehler auf mein eigenes Konto gehen. Ich freue mich immer, von meinen Lesern zu hören. Bitte besuchen Sie www.darlenemarshall.com und schreiben Sie mir.

Darlene Marshall

RACHE UND ROSEN

Roman

LESEPROBE

HEYNE

Das Buch

Florida, im Jahre 1820. Aus reiner Geldnot heiratet Justin Delerue, Besitzer der bekannten Delerue-Schifffahrtslinie, die reiche Christine Sanders. Als sie durch Zufall davon erfährt, schwört sie enttäuscht Rache und flieht nach der Hochzeitsnacht zu ihrem Patenonkel Julius. Dieser hat eine geniale Idee: als Pirat verkleidet soll sie sich ihr Geld von Justin zurückholen. Julius unterzieht Christine einer ganz besonderen Ausbildung und macht aus ihr eine gestählte, attraktive Schönheit, die in sämtlichen Kampfarten bewandert ist und sich bestens auf einem Schiff auskennt. Er stellt ihr eine Mannschaft zusammen, mit der sie bald als Kapitän Daniels verkleidet einer der bekanntesten Piraten des Karibischen Meeres wird. Bei einem ihrer Beutezüge trifft sie endlich auf ihren Gemahl, Justin.

Die Autorin

Darlene Marshall hat jahrelang als Reporterin gearbeitet, bevor sie sich dem Schreiben historischer Liebesromane widmete. Seit dreißig Jahren ist sie glücklich verheiratet und lebt mit ihrem Mann und ihren zwei Kindern in Florida.

PROLOG

Die Tür der Kajüte schloss sich fest hinter dem Piratenkapitän. Justin gab es auf, die Haltbarkeit der Stricke auf die Probe zu stellen, und funkelte die hochgewachsene, maskierte Gestalt an, die jetzt mit der Schulter an der Tür lehnte. Das rote Halstuch des Piraten sah zerknittert aus, das schwarze Satinhemd und der Rock hatten Risse und dunkle Blutflecken. Justin nahm den Schaden mit Genugtuung zur Kenntnis, auch wenn ihm gleichzeitig ein Angstschauer über den Rücken lief. Er konnte die Dinge, die er an Deck gesehen hatte, und die anzüglichen Bemerkungen der Männer, die ihn an das Bett gefesselt hatten, nicht vergessen. Doch er war nicht so dumm, sich seine Nervosität anmerken zu lassen.

»Wenn Sie mich auch nur mit einer Hand anrühren, Sie perverser Mistkerl, werde ich Sie bis ans Ende der Welt verfolgen«, knurrte er.

Die Augenwinkel des Kapitäns kräuselten sich. Der Schurke lächelte unter seiner Maske! Kapitän Daniels ließ den Blick genüsslich über den schlanken Körper des Grafen schweifen, der an Händen und Füßen an die Koje gefesselt war. Sein Blick verweilte auf Justins breiten Schultern und glitt dann über seinen flachen Bauch bis hin zu seinen kräftigen Oberschenkeln. Dann sah er dem Grafen wieder in die Augen, und seine schlanke Hand löste den roten Seidenschal, ohne dass er den Blick abgewendet hätte.

Justin schnappte nach Luft.

»Du!«

Kapitän Daniels lächelte, doch das Lächeln reichte nicht bis zu den glänzenden braunen Augen.

»Sparen Sie sich die Theatralik, Mylord. Alles, was ich von Ihnen will, ist die Scheidung.«

KAPITEL 1

Ost-Florida, Territorium der Vereinigten Staaten, 1820

»Nein, Marlowe, kein Wort mehr über meine ›reizende Braut‹, solange ich nichts zu trinken in der Hand habe.«

Die Tür prallte krachend gegen die Wand der Bibliothek, und Justin Stephen Charles Delerue, der Fünfte Graf Smithton, steuerte auf den Schrank zu, in dem, wie er gesehen hatte, der Gastgeber seinen zweitklassigen Brandy aufbewahrte. Mit einem kleinen Lächeln folgte Peter Marlowe seinem besten Freund. Es kam nicht oft vor, dass er Justin derart aus der Fassung gebracht erlebte, und sie waren immerhin schon befreundet, seit Smithton in der Schule einmal daran Anstoß genommen hatte, dass drei ältere Jungen Marlowe herumgeschubst hatten, und spontan für Chancengleichheit gesorgt hatte.

Smithton goss sich einen großzügigen Schluck Brandy ein.

»Gieß weiter«, sagte Marlowe trocken. »Du wirst ihn brauchen.«

Mit finsterer Miene drückte Smithton seinem Freund ein Glas in die Hand, und Marlowes Grinsen wurde noch breiter, als er sah, wie sich die grünen Augen unter den schwarzen Locken, die Smithton in die Stirn fielen, verengten.

Justin fluchte leise. Mit fünfundzwanzig war er einfach zu jung, um in den Stand der Ehe zu treten. Dank seines Aussehens, seines Titels und seines Geldes mangelte es ihm nie an Frauen, und er hatte keinerlei Bedürfnis, sich gerade jetzt an jemanden zu binden. Doch die Umstände hatten ihn genötigt, um die halbe Welt in diesen feuchten Höllensumpf zu reisen, der sich St. Augustine nannte. Er wandelte auf den Spuren seines Vaters, der oft geschäftlich hierher gereist war, als Florida noch britisches Hoheitsgebiet gewesen war.

Dies war Justins erste Reise nach Florida, und wenn ihm auch auf Anhieb hundert Orte einfielen, an denen er lieber gewesen wäre – die meisten davon um einiges kühler –, trat er dieser Unvermeidbarkeit doch genauso gegenüber wie den meisten anderen Problemen auch: indem er die Situation darauf abklopfte, ob er sie zu seinem Vorteil wenden und Profit daraus ziehen konnte.

Seine Kumpane verhöhnten ihn als Krämerseele, doch für gewöhnlich ignorierte er, was andere dachten. Dank ihrer Besitztümer – darunter vor allem die Schifffahrtslinie – konnten es sich die Mitglieder der Familie Delerue leisten, derartige Kommentare zu überhören, ganz gleich, wer sie vortrug – ein Moralapostel oder jemand, der seinen Reichtum tatsächlich durch Arbeit vermehrte. Was Justin betraf, war auch sein jetziges Vorhaben ein Geschäft wie jedes andere.

Marlowe ließ sich tief in einen Sessel sinken, während sich Smithton mit der Hüfte gegen die Anrichte lehnte und seinen Brandy schwenkte.

»Du musst dich ausruhen, Justin. Du bist immer noch erschöpft von der Reise.«

»Es ist diese Hitze, Peter.« Smithon verzog das Gesicht. Er zog sein Taschentuch hervor und wischte sich über das

Gesicht. Die feuchte Luft schnürte ihm die Kehle zu und weckte die Sehnsucht nach der beißenden Trockenheit eines Wintertages. »Meistens werfe ich mich die ganze Nacht hin und her, um Erleichterung zu finden.«

Marlowe hustete hinter vorgehaltener Hand.

»Du musst aber zugeben, dass unsere Reise entlang der Küste auch ihre Vorzüge hatte. Erinnerst du dich noch an die Damen in Savannah?«

»Ah ja, Mrs. Fitzpatrick. Sie hatte diese erstaunliche … Indigoplantage. Es war mir eine Freude, eine unserer besten Kundinnen persönlich kennenzulernen.« Ein Lächeln überflog das Gesicht bei der Erinnerung an die liebenswürdige Witwe. »Aber du hast Recht, Peter, es ist wirklich erschöpfend, wenn man so verwöhnt wird. Nun, in ein paar Tagen werden wir ja hier alles erledigt haben, und dann geht es wieder nach Hause.«

Marlowe zuckte zusammen, als Smithton von seiner bevorstehenden Hochzeit wie von einem Geschäftsabschluss sprach, doch er wusste auch, was sich hinter der kühlen Fassade abspielte. Er räusperte sich.

»Während du mit deinem künftigen Schwiegeronkel beschäftigt warst, habe ich mich als Kundschafter betätigt.«

»Du meinst, du hast die Trunkenbolde im Ort dazu gebracht, über meine Zukünftige zu plaudern«, brummte Smithton in sein Glas.

Marlowe legte den Kopf schief.

»So ist es. Die Berichte über Miss Christine Sanders waren sehr erhellend. Es sieht so aus, als würde deine Verlobte eine gute Tanzpartnerin abgeben, denn sie wurde mir als ›übergroß‹ beschrieben – um es genauer zu sagen, ist sie knapp einsachtzig groß.«

Smithton, der in Schuhen etwas über einen Meter neunzig maß, zog nur die schwarzen Augenbrauen hoch.

»Dann ist meine Braut also hochgewachsen und schlank. Na und?«

»Habe ich gesagt, sie ist schlank?«

»Verdammt.« Der Brandypegel in Justins Glas sank beträchtlich.

»Eigentlich hat man mir eher versichert, dass Miss Sanders' Umfang ausreicht, um dich in Winternächten warm zu halten.«

Wieder wurde der Brandy weniger.

»Weiteres Nachfragen förderte zutage, dass ihr Haar eine Farbe hat, die man nur als … braun beschreiben kann.«

Justin stellte sein Glas vorsichtig ab und trat an die hohen Fenster, die auf den ummauerten, üppig blühenden Garten hinausblickten.

»Sonst noch etwas?«, knirschte er und starrte blicklos in den Garten.

»Sommersprossen.«

»Was?«

»Sie hat Sommersprossen.«

»Grundgütiger«, murmelte er und fuhr sich mit der Hand über die Augen. »Hatte denn überhaupt jemand etwas Positives über sie zu sagen?«

»Ja. Mehr als eine Person haben eingeräumt, dass Miss Sanders erstaunlich schöne Augen hat – groß, braun und mit langen Wimpern. Und es heißt, sie ist gescheit und liebenswürdig.«

Smithton trat wieder an den Tisch und rückte erneut dem Brandydekanter zuleibe. Griesgrämig betrachtete er den Inhalt seines Glases.

»Groß und fleckig mit braunen Augen. Ist dir klar, Peter, dass du gerade eine Kuh beschrieben hast?«

Marlowe hörte auf zu lächeln und richtete einen sorgenvollen Blick auf seinen Freund.

»Justin, es muss doch eine andere Möglichkeit geben. In London würdest du dieses Mädchen keines Blickes würdigen, und jetzt bist du um die halbe Welt gereist, um sie dir hier in Florida ans Bein ketten zu lassen. Kannst du nicht eins von den anderen Weibsbildern heiraten, die dir ständig schöne Augen machen?«

Justin hörte auf, mit seinem Brandy zu spielen, und sah seinen Freund scharf an. Es war Peter zwar bewusst, dass das Frachtunternehmen in Schwierigkeiten war, aber niemand in London wusste, wie schlimm die Situation wirklich war, und Justin hatte auch nicht vor, es jemandem mitzuteilen. Sie warteten auf einige Schiffe, von denen man schon länger nichts mehr gehört hatte, und das Unternehmen hatte gefährlich viele Schulden. Er vertraute Peter zwar, doch jedes Gerücht eines möglichen Zusammenbruchs konnte dazu führen, dass sich wichtige Investoren zurückzogen, und das war ein Risiko, das er nicht eingehen konnte.

»Darüber haben wir doch schon gesprochen. Ich brauche Miss Sanders' Mitgift, und zwar schnell. Und was die ›anderen‹ angeht, von denen du sprichst – du kannst ja nicht wissen, dass uns unsere Väter einander versprochen haben, als sie noch ein Kleinkind war. Anscheinend hat mein Vater Daniel Sanders als junger Mann sehr nahe gestanden, und weil ich der Zweitgeborene war, hielten sie es für eine gute Idee, die beiden Familien aneinander zu binden. Da mein Vater nie viel von mir gehalten hat, denke ich, er war darauf aus, dass ich mich in Florida niederlasse, weit weg von England. Dazu kommt es jetzt zwar nicht, aber ich habe ganz im Stil meiner Vorfahren beschlossen, mein Vermögen eben zu heiraten, wenn ich es schon nicht stehlen kann.«

»Aber Justin, jetzt, da du den Titel von deinem Bruder geerbt hast, ist diese Abmachung doch nicht mehr bindend.«

Justin zuckte mit den Achseln.

»Das ändert aber nichts an der Situation. Ich brauche eine Frau, die Geld hat, und diese hier ist zu haben, auch wenn sie vielleicht *un peu grosse* für meinen Geschmack ist. Sieh es doch einmal positiv, Peter – ich kann sie auf meinem Landgut unterbringen, und wir können gemeinsam einen Stamm von Riesen züchten.«

Marlowe lächelte über diesen Scherz und erhob sich.

»Dann komm. Nachdem du dir jetzt Mut angetrunken hast, ist es Zeit, dass du dich in dein hinreißend rustikales Gästezimmer zurückziehst, um dich auf die Begegnung mit deiner Verlobten vorzubereiten. Außerdem *kann* das Gerede nur übertrieben gewesen sein. In diesem provinziellen Teil der Welt muss es doch sehr unterhaltsam sein, wenn ein englischer ›Mylord‹ ein hiesiges Mädchen erobert.«

Das Gelächter der Männer, die die Bibliothek verließen, übertönte das leise Aufkeuchen auf der Galerie.

Christines zitternde Finger krallten sich in den Einband ihres Buches. Sie sah sich blind auf der kleinen Galerie um, auf die sie sich vor der Welt flüchtete, seit sie alt genug war, die Leiter hinauf zu klettern. Von hier aus konnte man durch die großen Fenster über die Gartenmauer hinweg zum Hafen blicken, und es wehte ein Luftzug, der das Leben in Florida erträglich machte.

Mit einem undamenhaften Wort knallte Christine ihr

Sonettbändchen zu Boden. Wie konnte er es wagen? Wie konnte dieser arrogante Schuft glauben, dass er die lange Reise nach Florida unternehmen und sie mit in seine Heimat schleifen konnte wie eine Kuh an einem Strick? Sie konnte sich im Leben nicht vorstellen, Florida zu verlassen. Ihre Familie war gemeinsam mit anderen Loyalisten während des Unabhängigkeitskrieges hierher geflüchtet, und das tropische Klima war den Sanders' gut bekommen. Die Früchte aus ihren Orangenhainen waren für ihre Qualität berühmt, und die Zahl der Menorquiner, die sie beschäftigten, um die Ernte einzubringen und die Bäume zu pflegen, wuchs auch heute noch.

Florida war ihre Heimat. Christine hatte mit ihrem Vater die gesamte Küste bereist und viele Jagdausflüge ins Landesinnere unternommen, doch immer war sie nach St. Augustine zurückgekehrt. Sie liebte die vielsprachige Geschäftigkeit dieser betagten Stadt, die schon viele Flaggen gesehen hatte, es jedoch immer wieder schaffte, alle Nationalitäten willkommen zu heißen und sie in ihren Alltag einzubinden. Daniel Sanders war mit Leib und Seele Teil dieser Gemeinschaft gewesen. Der Tod seiner jungen Frau hatte ein Loch in seinem Herzen hinterlassen, das er mit der Hingabe an zwei Dinge gefüllt hatte: an das Erbe seiner Familie und an seine Tochter Christine.

Was sich Christine vom Leben wünschte, war kein Schönling, sondern Freiheit – die Freiheit, auf ihrem Schiff zu fahren, ihre eigenen Entscheidungen zu treffen und ihr Erbe so zu verwalten, wie ihr Vater es sie gelehrt hatte. Gräfin Smithton zu werden und auf einem Anwesen in Devonshire festzusitzen, gehörte *nicht* zu ihren Plänen.

Die Schiffe draußen auf dem Wasser verschwammen hinter ihren Tränen. Eine Unterredung, die sie vor einem Monat genau hier in diesem Raum mit ihrem Vormund geführt hatte, hatte ihr ihre Zukunft klar vor Augen geführt.

»Du dummes Mädchen, eigentlich solltest du mir auf Knien für diese Heirat danken!«, brüllte Cliburn Beachum. Der Ekel, mit dem seine kleinen Augen seine einzige Nichte betrachteten, war nicht zu übersehen. Sie hatte ihn schon zu seinen Freunden sagen hören, dass sie ihr Glück gar nicht verdiente. Sie würde eine vielversprechende Ehe schließen, und Beachum würde endlich seinen Teil des Vermögens erhalten, das sein verstorbener Schwager angehäuft hatte. Bis jetzt hielt sich Beachum mit seiner eigenen bescheidenen Pension über Wasser, und durch die Gerüchteküche des kleinen Örtchens war Chris zu Ohren gekommen, dass seine unklugen Geldanlagen dahinschwanden, während er sich mit seinen Saufkumpanen beim Glücksspiel versuchte.

Er war unverheiratet und hatte seine Schwester nur selten besucht. Daher war alle Welt überrascht gewesen, als man ihn als ihren engsten männlichen Verwandten nach dem Tod ihres Vaters zum Vormund seiner jungen Nichte ernannte.

Der Vormundschaftsvertrag überließ nichts dem Zufall. Beachum konnte im Haus wohnen und auf das nötige Geld zum Erhalt des Anwesens und für seinen und Christines Lebensunterhalt zugreifen, doch das eigentliche Vermögen durfte er nicht anrühren. Auch Christine selbst konnte es erst erben, wenn sie einundzwanzig war.

Oder wenn sie heiratete.

»Man kann ja nun nicht gerade sagen, dass Smithton das große Los gezogen hätte! Also wirklich, eigentlich bemitleide ich ihn eher. Sieh dich doch nur an! Zwanzig Jahre alt, groß wie ein Haus und beinahe genauso breit! Mach dir keine Illusionen, Schätzchen, diese Ehe wird geschlossen, und wenn ich Smithton am Altar die Augen verbinden muss.«

Er wedelte mit dem Brief des Grafen, in dem von einer Verlobung im Kindesalter die Rede war.

»Ich warte schon mein ganzes Leben darauf, dass mein Schiff in den Hafen einläuft, und jetzt ist es hier. Ein Schiff mit Namen Delerue. Ich freue mich auf einen angenehmen Lebensabend, und dabei wird mir kein unförmiges, jammerndes Weibsbild im Weg stehen!«

Christine starrte ihren Onkel an.

»Ich kann doch keinen Mann heiraten, den ich gar nicht kenne, und dieser Lord Smithton ist ein Fremder! Du kannst mich nicht zwingen, ihn zu heiraten!«

Beachum lachte und griff nach seinem Brandyglas.

»Fang nicht an, mich zu langweilen, Schätzchen. Du kannst ihn heiraten, und du wirst ihn heiraten. Ich kann dir das Leben hier sehr unangenehm machen. Du kannst sonst nirgendwo hin, und niemand wird glauben können, dass du dieses ausgesprochen verlockende Angebot ernsthaft ausschlägst!«

»Ich kann zu Onkel Julius gehen. Er würde mich aufnehmen.«

Beachum schnaubte verächtlich.

»Diese Jammergestalt? Er hat dich doch schon länger nicht mehr besucht, nicht wahr? Ich habe dafür gesorgt, dass er St. Augustine nach dem Tod deines Vaters verlassen musste, weil man sich sonst für sein Privatleben interessiert hätte. Auf seine weithin bekannten Vorlieben steht schließlich die Todesstrafe.«

Beachum grinste böse.

»Es ist nicht schwierig, die Gerüchte, dass dein Vater mit einem Perversen befreundet war, wieder in Umlauf zu bringen. Wollen wir doch einmal sehen, was dann noch vom guten Ruf deines Vaters übrig bleibt.«

Christine saß still da, die Hände zu Fäusten geballt.

»Julius ist einer der ehrenwertesten Menschen, die ich kenne. Er war ein Freund meines Vaters und mein Freund ist er auch. Er würde niemals zulassen, dass mir etwas zustößt.«

Die dünnen Lippen ihres Onkels verzogen sich verächtlich.

»Oh, ich weiß, als du noch klein warst, war Davies praktisch dein Kindermädchen – aber diese Zeiten sind vorbei, und ich bestimme jetzt, welche Musik hier gespielt wird. Du wirst tun, was ich sage, und Smithton heiraten, denn wenn nicht, werde ich den Verwalter des Irrenhauses überreden, Platz für einen weiteren Insassen zu schaffen – eine junge Dame, deren ungebührliches Benehmen und deren verquere Gedanken nicht zu bändigen sind und einer Behandlung bedürfen.«

Christine schob das Kinn vor.

»Du kannst mein Geld nicht antasten, wenn man mich wegsperrt.«

Er schüttelte mit gespielter Traurigkeit den Kopf.

»Da hast du recht, Schätzchen. Es wird mir das Herz brechen, dass mir mein Anteil an deiner Mitgift verwehrt bleibt, aber ich werde in dem Bewusstsein ruhen, es mir im Haus deines Vaters gut gehen zu lasse, während dir die Kakerlaken über das Essen spazieren.«

Beachum erhob sich von Daniels Schreibtisch. Er wirkte deplatziert in der Ordnung der Bibliothek. Sein Halstuch trug Spuren seines Frühstücks, und schon jetzt umwehte ihn

Alkoholgeruch. Er blickte mit zusammengekniffenen Augen auf seine Nichte hinunter.

»Unser Gespräch ist beendet. In ein paar Tagen trifft dein Verlobter hier ein; du wirst ihn heiraten, und dann kann *er* sich dein Gezeter anhören. Oder weißt du nicht mehr, was passiert ist, als du mir das letzte Mal widersprochen hast?«

Er lächelte kalt.

»Wie ich sehe, weißt du es noch. Der Magistrat war nicht besonders hilfsbereit, als du mit deinen Lügen zu ihm gelaufen bist, oder?«

Christine senkte die Wimpern, um sich nichts anmerken zu lassen, auch wenn sie wusste, dass ihre Blässe ihre Gedanken verriet. Sie hatte sich eines Nachmittags aus dem Haus geschlichen, um den Magistrat aufzusuchen und sich zu beschweren, weil ihr Onkel all ihre Bediensteten entlassen und sie ihn im Verdacht hatte, ihr Erbe zu vergeuden. Statt sie anzuhören, hatte man ihren Vormund gerufen. Christine erinnerte sich nur zu gut an das Gefühl der ohnmächtigen Wut, als sie mit Gewalt in Beachums Kutsche gezerrt und nach Hause geschleift worden war.

Und an die Tracht Prügel, die auf ihre Rückkehr in ein Haus voller Fremder gefolgt war, die ihre Hilferufe ignorierten.

»Gut, dass du es nicht vergessen hast, Schätzchen. Unternimm auch nur das Geringste, was Smithton dazu bringt, die Verlobung zu lösen, und deine letzte Sitzung in diesem Zimmer wird dir im Vergleich zu dem, was dich dann erwartet, wie ein Spaziergang erscheinen.«

Christine seufzte, während Beachums Worte in ihrem Gedächtnis nachhallten. Jetzt *war* ihr Verlobter hier, und alles war noch schlimmer, als sie befürchtet hatte.

Sie stieg die Leiter hinunter und steckte den Kopf zur Tür hinaus. Dabei betete sie, dass es ihr möglich sein würde, dem Grafen und seinem Freund bis zum Abend aus dem Weg zu gehen. Sie musste einen Weg finden, dieser Ehe zu entgehen, auch wenn sie fürchtete, dass Davonlaufen nicht in Frage kam. Nach der Züchtigung hatte ihr Onkel ihr Schiff verkauft, und Christine ging davon aus, dass er sie bis zur Hochzeit, die für morgen vorgesehen war, nicht aus den Augen lassen würde.

Sie lief in ihr Zimmer hinauf, um nachzudenken. Im Moment war kein Dienstbote zu sehen, doch mit Ausnahme der Köchin begegneten ihr alle Dienstboten unfreundlich. Sie waren neu eingestellt worden, nachdem Cliburn Beachum eingezogen war und das alte Personal entlassen hatte. Sie konnte nicht darauf zählen, dass ihr einer von ihnen bei der Flucht helfen würde.

Sie schloss ihre Zimmertür und lehnte sich einen Moment an das Eichenholz. Das Zimmer hatte sich seit ihrer Kindheit kaum verändert. Ihre Bettdecke war mit verblassten Rosen verziert, und auf ihrer Kommode lagen ein paar Haifischzähne. Ihr Blick überflog eine bunte Mischung aus spanischen Münzen, ihrer Angelausrüstung, einem zerrissenen Fächer und einem Teller Bonbons.

Sie schritt auf den staubigen Dielen vor ihrem Bett hin und her und vermied es, in den Spiegel an der Wand zu blicken. Sie verabscheute die gesellschaftlichen Anlässe, die sie zu besuchen gezwungen war, seit ihre Trauerzeit vorüber war. Während die anderen jungen Frauen gelernt hatten, den Männern schöne Augen zu machen und Konversation zu betreiben, saß sie alleine da – »wie ein großer Pudding«, so hatte eine ältere Frau sie einmal beschrieben.

Printed in Poland
by Amazon Fulfillment
Poland Sp. z o.o., Wrocław

85354764R00106

Webinare für Einsteiger professionell gestalten

Das 1 x 1 zum erfolgreichen Onlineseminar

ERIC SIMON

1. Auflage

2021

INHALT

Einleitung

Wissen zu vermitteln geht heutzutage nicht nur im Präsenzunterricht, sondern auch wunderbar online. Im digitalen Zeitalter ist derjenige weit vorn mit dabei, der all seine Ressourcen einzusetzen weiß und es schafft, sich in den Wirren und Konkurrenzen des Internets eine allgegenwärtige Präsenz aufzubauen und dadurch in den Köpfen seiner Kunden verankert zu bleiben.

Dieses Buch soll eine Anleitung dazu sein, wie Sie es schaffen, ein wirkungsvolles Webinar zu erstellen. Dabei wird auf die Vorbereitung Ihres Webinars eingegangen. Zu dieser zählt einerseits die richtige Technik, andererseits aber auch das Finden einer Idee und das Erstellen eines konkreten Plans zur Umsetzung. Weiter wird auf die Technik und die verschiedenen Webinar-Plattformen eingegangen, um Ihnen einen Überblick über die ver-

schiedenen Anbieter und deren Vor- und Nachteile zu geben. Auch auf die Erstellung des Webinars an sich sowie auf dessen technische Umsetzung und das Würzen des eigenen Webinars mit Gadgets und anderen technischen Spielereien wird eingegangen.

Letztendlich ist ein Webinar nur so gut wie sein Inhalt. Und natürlich spielt auch derjenige, der es präsentiert, eine bedeutsame Rolle. Aus diesem Grund wird auch auf den Vortragenden gesondert eingegangen und Sie erfahren, welche Fähigkeiten dieser mitbringen sollte und worin der Unterschied zwischen dem Webinar-Moderator und dem Webinar-Redner besteht. Zudem wird auch auf die Nachbereitung des Webinars eingegangen. Hier kommt es darauf an, dass Sie das durchs Webinar geweckte Interesse bei Ihren Kunden zu einer konkreten Handlung umsetzen.

Dieses Buch bietet Ihnen konkrete Handlungsanweisungen, Checklisten und Beispiele, wie Sie Ihr Webinar von A bis Z planen, erstellen und umsetzen. Sie bekommen Tipps und Tricks an die Hand, die Ihnen aufzeigen sollen, wie Sie Ihr Webinar interessant und packend gestalten können, worauf Sie als Moderator und/oder Redner achten sollten und wie es Ihnen gelingt, souverän mit schwierigen Teilnehmern umzugehen. Dies und vieles mehr erwartet Sie in diesem Buch. Als kleines Extra finden Sie im letzten Kapitel einen Exkurs mit dem Thema: „Online-Kurs planen, erstellen und verkaufen."

Viel Spaß mit der Lektüre dieses Buches.

Definition Webinar

Zu Beginn ist es wichtig, dass Sie eine Vorstellung davon bekommen, was ein Webinar überhaupt ist. Vielleicht denken Sie, ein Webinar ist ein Online-Vortrag, bei dem die Zuhörer und Zuschauer vor ihrem eigenen Computer sitzen und einen Live-Vortrag von jemandem anhören und anschauen, der irgendwo auf der Welt sitzt und die Übertragung streamt. Das ist gar nicht ganz verkehrt.

„WEB-SEMINAR"

Ein anderes Wort für „Webinar" ist auch „Webcast". Früher bezeichnet man diese Form auch als „Online Seminar". Die Rede oder der Vortrag wird mithilfe einer Kamera aufgezeichnet und an die Zuschauer am anderen Ende der Internetleitung weitergegeben. Somit können

Redner und Zuschauer/ Zuhörer kilometerweit voneinander entfernt sein, beispielsweise über Dutzende Städte oder mehrere Kontinente verteilt und dennoch gleichzeitig dem Webinar lauschen.

Dieses Webinar kann live stattfinden, also in Echtzeit erfolgen oder anhand einer Aufzeichnung im Web gespeichert werden, sodass Ihre Kunden und Interessenten es nicht nur zu einem festgesetzten Zeitpunkt exklusiv ansehen können, sondern sich jederzeit damit beschäftigen können und es beispielsweise bei Zeitmangel auch in zwei Parts teilen und an verschiedenen Tagen ansehen können.

ONLINE PRÄSENZ

Webinare sind heutzutage nicht mehr beschränkt auf die klassische Art des Online-Vortrags. Stattdessen beinhaltet dieses Wort mehrere Formen der Präsenz im Internet, mit denen Sie mit Ihren Kunden und Interessenten kommunizieren können. Webinare können beispielsweise Fort- und Weiterbildungsveranstaltungen sein, die beispielsweise firmenintern stattfinden und Mitarbeiter schulen. Oder Sie launchen ein Produkt und bewerben dies mit einer Live-Online-Veranstaltung, auf der Sie das Produkt oder eine von Ihnen durchgeführte Dienstleistung ansprechen, vorstellen, es erklären und anpreisen. Somit wird das Webinar auch zu einem wirksamen Marketing-Instrument.

Webinare können also unterschiedlich aufgebaut sein,

was sie zu so einem wirkungsvollen und attraktiven Instrument für Ihre Marketing-Strategie macht, da sich ein Webinar individuell an Ihre Bedürfnisse und die Bedürfnisse Ihrer Kunden anpassen und individuell ausrichten lässt. Es gibt mehrere verschiedene Formen des Webinars, je nachdem, worauf Sie Ihren Schwerpunkt setzen.

LIVE ONLINE-SEMINAR

Unter dieser Form des Webinars versteht sich eine Live-Veranstaltung. Diese wird also an einem bestimmten Tag zu einer bestimmten Uhrzeit abgehalten. Natürlich können Sie das Webinar dennoch speichern und somit nachträglich für die Teilnehmer oder neue Teilnehmer freischalten.

Es ist ratsam, eine Live-Veranstaltung im Vorfeld lange genug zu bewerben und intensiv genug anzupreisen, sodass Sie viele Interessenten sammeln und somit eine möglichst große Zuhörerschaft generieren. Je mehr Teilnehmer Sie haben, desto mehr potenzielle Kunden können Sie überzeugen, Ihr Produkt oder Ihre Dienstleistung in Anspruch zu nehmen.

Live Online-Seminare können Fortbildungsveranstaltungen in der Medizin sein, Do-it-yourself-Kurse mit Schritt-für-Schritt-Anleitungen, Produktlaunches oder Fragerunden, die Sie mit Ihren Interessenten abhalten, um diese besser kennenzulernen und mehr Daten für Ihren Vertrieb zu sammeln.

Gerade bei Live-Veranstaltungen ist die Interaktion

besonders ausgeprägt und Sie können direkt auf Fragen eingehen, Unklarheiten aufklären oder Ihrerseits Ihren Teilnehmern Fragen stellen oder eine Umfrage nutzen, um in den direkten Dialog zu treten. So können Sie zeigen, dass Sie Ihre Kunden und deren Bedürfnisse und Wünsche ernst nehmen und ihnen mit einem offenen Ohr begegnen.

Live Online-Seminare können im kleinen Kreis mit wenigen Teilnehmern stattfinden, sodass all diese mit Bild und bei Bedarf mit Ton zugeschaltet werden können. Dies eignet sich beispielsweise für eine firmeninterne Konferenz oder eine Fortbildungsveranstaltung. Aber auch Webinare mit mehreren Dutzenden bis zu Hunderten Teilnehmern sind möglich. Hier wird dann zumeist per Chat kommuniziert und die einzelnen Teilnehmer werden nicht per Video und Audio zugeschaltet.

WEBINAR

Der Begriff „Webinar" fasst alles ein, was online von Teilnehmern gebucht und angesehen werden kann. Darunter fallen sowohl Live-Veranstaltungen als auch „On Demand"-Webinare, die auf Abruf bereitstehen und gegen Bezahlung oder kostenfrei im Internet durch Interessierte angesehen werden können. Dies umfasst nicht nur Fort- und Weiterbildungsveranstaltungen, sondern jegliche Art von Content. Somit sind Ihrer Fantasie bei der Planung und Gestaltung Ihres eigenen Webinars keine

Grenzen gesetzt und Sie können ganz auf die Kundenwünsche und Interessen Ihrer Zielgruppe eingehen.

Webinare können somit von Produktlaunches bis hin zu reinen Unterhaltungs-Livestreams, wie sie in Social Media inzwischen sehr häufig zu finden sind, alles umfassen. Somit wird das Webinar zu einem beliebten und sehr erfolgreichen Vertriebskonzept, das Ihnen ermöglicht, verschiedene, individuelle Ziele zu erreichen:

- Leads erzeugen: Sie werben mit Ihrem Webinar potenzielle Kunden an, überzeugen diese im Webinar von Ihren Produkten, sodass die Kunden im letzten Schritt bei Ihnen einkaufen.

- Latente Kaufbereitschaft konkretisieren: Auch Kunden, die Sie und Ihre Produkte schon kennen, profitieren von einem guten Webinar, da sie hiermit den letzten Anreiz bekommen, doch bei Ihnen einzukaufen.

- Vertriebseffizienz steigern: Webinare leisten konkrete Vertriebsarbeit und wie gut letztendlich Ihr Webinar gepunktet hat, sollte sich immer auch in einer konkreten Steigerung der Zahlen ablesen lassen.

- Kundenpflege: Webinare können auch erklärend den Kauf eines Produktes unterstützen, beispielsweise bei Therapiegeräten zur Eigenanwendung durch den Kunden. Hierbei ist es nützlich, in Form eines Webinars für mehrere Kunden gleichzeitig eine Einweisung anzubieten.

- Und viele weitere Gründe mehr.

VIDEOTRAINING

Videotrainings sind streng genommen ebenfalls Webinare, die allerdings niemals Live stattfinden, sondern immer in Form einer Aufzeichnung dem Kunden zur Verfügung gestellt werden. Hierbei können Sie gestalterisch frei tätig werden, Passagen schneiden, löschen oder im Nachhinein hinzufügen. Videotrainings haben den Vorteil, dass Sie nicht live dabei sein müssen, um Ihre Kunden fortzubilden oder ihnen ein Produkt zu präsentieren.

Warum ein Webinar erstellen?

Die Gründe für die Erstellung eines eigenen Webinars sind vielfältig und sehr individuell an Sie und Ihr Unternehmen geknüpft. Dies macht das Webinar zu so einem perfekten Tool für nahezu jedermann. Egal, ob Sie eine Nahrungsergänzungsmittel-Firma besitzen oder Tierbedarf herstellen, in der Automobilbranche tätig sind oder Massagegeräte für den Heimgebrauch entwerfen. Webinare können – aufgrund der vollkommen freien Gestaltungsmöglichkeiten – in jeder Branche und zu nahezu jedem Zweck eingesetzt werden.

Als Anbieter von Dienstleistungen und Produkten sind Sie auf die Gewinnung und Bindung von Kunden angewiesen. Denn nur, wenn Sie Kunden haben, die regel-

mäßig bei Ihnen kaufen und sie weiterempfehlen, können Sie Umsatz generieren und Ihr Produkt bekannt machen. Mit der Erstellung eines Webinars gelingt Ihnen das im Handumdrehen und dazu noch vergleichsweise einfach. Sie sind nicht mehr nur auf Mundpropaganda angewiesen oder auf die Präsentation Ihrer Firma auf Messen und Märkten beschränkt, sondern können dies schnell, effizient und tagtäglich im World Wide Web tun. Und das sogar Kontinent-übergreifend!

Webinare können einmal von Ihnen erstellt werden und regelmäßig über Wochen, Monate oder sogar Jahre hinweg mit kleineren und größeren Aktualisierungen ständig neu verkauft werden.

Webinare eignen sich auch zur Pflege bereits bestehender Kunden, indem Sie diesen immer wieder neue Produkte und Leistungen anbieten oder auch auf deren Fragen und Anliegen reagieren. Bekommen Sie beispielsweise im Kundensupport immer wieder dieselben Fragen, so lohnt es sich, zu dieser Thematik ein kleines Erklär Video oder sogar mehrere große Live-Online-Events zu gestalten, um den Support zu entlasten und Ihren Kunden zu signalisieren: Sie nehmen sie ernst und wollen ihnen helfen.

Noch dazu ist die Gestaltungsmöglichkeit des Webinars nahezu grenzenlos und so können Sie durch das Webinar auch das Image Ihres Unternehmens vorantreiben, aufbessern und allgemein bekannter machen, wofür Sie stehen und welchen Werten Sie folgen. Kunden kaufen heutzutage nicht mehr nur weil Produkte benötigt

werden, sondern vor allem dann, wenn sie sich mit der jeweiligen Firma identifizieren können, wenn ihnen das gefällt, was hinter dem Produkt steht.

Ein Webinar zu erstellen, wird sich also in jedem Falle für Sie und Ihre Statistiken lohnen und wird sich im Handumdrehen selbst finanziert haben.

Strategie für das eigene Webinar finden

Es gibt viele verschiedene Arten und Möglichkeiten, wie Sie Ihr Webinar aufbauen können. Angefangen von der Art des Vortrags, der Kleidung, die Sie dabei tragen, Ihrem Redestil und natürlich auch der gewählten Sprache und Ausdrucksweise, also ob Sie Ihre Teilnehmer duzen, mit ihnen in Umgangssprache kommunizieren, in gehobenerer Fachausdrucksweise sprechen oder sogar in einer Fremdsprache.

Dies hängt ganz davon ab, welche Teilnehmer Sie in Ihrem Webinar erwarten und welches Thema Ihr Webinar behandelt. Hier ist es also von enormem Vorteil, wenn Sie Ihre Zielgruppe sehr genau kennen und sich darauf einlassen. Bauen Sie das Webinar anhand der Vorlieben und Erwartungen Ihrer Teilnehmer auf und er-

zeugen Sie, indem Sie mit diesen Erwartungen jonglieren, einen gewissen Spannungsbogen. Denn nur, wenn Ihre Teilnehmer interessiert bleiben, verfolgen Sie das gesamte Webinar aufmerksam und erfassen letztendlich auch den Sinn und Zweck, den Sie mit diesem Webinar erreichen wollten. Über dieses positive Feedback erreichen Sie Ihre Ziele, wie beispielsweise: Kundenbindung und Kundenvertrauen stärken, Neukunden gewinnen, den Umsatz steigern, ein Problem lösen oder bekannter werden.

Zweck des Webinars

Es ist besonders wichtig für Sie und Ihre Teilnehmer, klar zu kommunizieren, was der Sinn und Zweck des von Ihnen angebotenen Webinars ist. Um zufriedene Webinar-Teilnehmer zu erhalten, ist es essenziell, dass Sie deren Erwartungen und die Versprechen, die Sie Ihren Kunden mit dem Webinar geben, auch einhalten können. Nur so steigern Sie auch das Kundenvertrauen und die Beliebtheit Ihres Produktes und damit letztendlich auch die Verkaufszahlen.

Mögliche Webinar-Zwecke könnten sein:

- Online Lehrveranstaltungen abhalten
- Weiterbildungen und Kurse online anbieten
- Interne Besprechungen mit Mitarbeitern und Kollegen abhalten
- Produkte vorstellen und verkaufen, eventuell sogar in Form von Live-Teleshopping

- Informations-Webinare rund um Produkte, Dienstleistungen oder das gesamte Unternehmen
- Bewerben und Verkaufen von Produkten
- Beantworten von Kundenfragen und Problemen
- Handling und Einsatzgebiet von Produkten erklären
- Auf bestimmte Krankheitsbilder und deren Behandlung eingehen
- Bestimmte Kochrezepte live präsentieren
- Und vieles weiteres

Ganz individuell ist hierbei auch die Interaktion mit Ihren Zuschauern und Teilnehmern. Bei einem firmeninternen Meeting oder einer Projektpräsentation wird natürlich mehr zwischen den einzelnen Parteien kommuniziert als beispielsweise bei einem Onlinekurs in Form eines Webinars, bei dem oft nur in Schriftform in einem Chat Fragen gestellt werden können. Vergessen Sie nicht, dass gerade Live-Veranstaltungen davon leben, dass Sie mit Ihren Teilnehmern kommunizieren und deren Fragen auch beantworten. So fühlen sich Ihre Kunden von Ihnen wahrgenommen und das Vertrauen in Sie und Ihre Firma wächst und vertieft sich.

Branding

Wenn Sie mehr als ein Webinar planen, vielleicht sogar eine ganze Reihe an Fortbildungsveranstaltungen oder Informationsveranstaltungen rund um eines oder mehrere Ihrer Produkte, ist es sinnvoll, diese entsprechend zu kennzeichnen. Dies wird als Branding bezeichnet.

„Branding“ beschreibt die ganz spezifische Darstellung Ihres Webinars und/ oder Ihrer Marke. Hierzu können Sie die Webinar-Reihe beispielsweise mit einem Logo versehen. Es muss Ihren Teilnehmern am besten schon im Titel oder spätestens in einer kurzen Beschreibung klar ersichtlich sein, welchen Inhalt sie von Ihrem Webinar erwarten können, welche Vorteile ihnen eine Teilnahme bringt und welche Probleme Sie für Ihre Kunden durch das Webinar lösen können. Sie beschreiben mit dem Branding den Daseinszweck Ihres Webinars, seinen inneren Kern, den Grund für seine Existenz.

Dahingehend können Sie durch geschicktes Branding einerseits Webinar-Reihen inhaltlich, andererseits aber auch optisch als einander zugehörig darstellen. Andererseits sehen Ihre zukünftigen Teilnehmer und Kunden direkt, beispielsweise an einem anderen Logo oder Titelbild und natürlich am Titel des Webinars selbst, ob dieses zu einer bestimmten Reihe gehört oder beispielsweise von einem anderen Produkt Ihres Unternehmens handelt.

Außerdem erkennen Ihre Teilnehmer und Kunden Ihre Webinar-Präsentationen auf diese Weise besser wieder. Ohne zu lesen, von wem das Webinar ausgerichtet oder abgehalten wird, sehen sie die Antwort bereits an einem Logo oder an einem bestimmten, für Sie und Ihre Produkte typischen Aufbau. Dies steigert Ihren Wiedererkennungswert, stärkt die Kundenbindung und Sie und Ihre Webinare werden in der Fülle der angebotenen Online-Veranstaltungen schneller erkannt.

Add-ons

Bevor Sie mit Ihrem Webinar online gehen, können Sie über nützliche Zusatzangebote nachdenken, die Sie Ihren Kunden und Teilnehmern im Rahmen des Webinars anbieten können.

Dies könnte beispielsweise ein Buch sein, welches den Inhalt des Webinars ergänzt und weiter in die Tiefe eindringt, aber in bestimmten, inhaltlich passenden Bereichen auch wieder auf das Webinar verweist, sodass Ihre Kunden beide Angebote nutzen wollen, um voll von Ihrem Angebot profitieren zu können.

Auch ein Arbeitsbuch, bei dem Ihre Webinar-Teilnehmer direkt während des Webinars Arbeitsschritte ausführen und/ oder sich Notizen dazu machen können, bietet sich an. Dieses eignet sich auch hervorragend als interaktive Mitschrift und kann von Ihnen mit Aufgaben bestückt werden, die während des Webinars zu lösen sind. Dies fördert die Interaktion mit Ihren Zuschauern und Sie können während des Webinars immer wieder auf eine Grafik oder Aufgabe verweisen, die Ihre Teilnehmer im Arbeitsbuch finden.

In diesem Falle sollten Sie von vornherein klar darstellen, dass es sinnvoll – oder sogar eine Voraussetzung – ist, sich das Arbeitsbuch vor dem Ansehen des Webinars zuzulegen, sodass das volle Angebot ausgeschöpft werden kann.

Ein weiterführender Podcast ist ebenfalls ein beliebtes Mittel, um Kunden zu binden und gleichzeitig Informationen weiterzugeben, die in diesem Falle auf den Inhalten

des Webinars aufbauen können, sodass Ihr Kunde von diesem Mehrwissen profitiert.

Damit Ihre Kunden und Teilnehmer diese Add-ons auch finden, können Sie natürlich am Ende des Webinars auf diese hinweisen. Auch ideal ist eine Landing-Page, auf der ausschließlich das Webinar und seine Add-ons beworben werden. Hier können Sie auch klar darstellen, welche Add-ons vor und welche erst nach dem Webinar sinnvoll zu nutzen sind. Mehr zur Landing-Page finden Sie im Kapitel über das Marketing rund um Ihr Webinar.

Kongruent bleiben

Kongruent bedeutet „in allen Punkten übereinstimmend“, in der Mathematik ist es ein Synonym für „deckungsgleich“. Dies bedeutet, dass Sie in allem was Sie tun, immer übereinstimmend handeln und sich präsentieren sollten. Achten Sie darauf, dass Sie sich selbst treu bleiben, authentisch handeln und sich so darstellen, wie Sie sind und/ oder gesehen werden wollen.

Denn schnell lässt es Ihre Teilnehmer an Ihrer Kompetenz zweifeln, wenn Sie in Ihren Webinaren gegensätzliche Meinungen vertreten und quasi „einmal so und beim nächsten Mal wieder anders“ handeln und darstellen. Dies lässt Sie unglaubwürdig wirken und die Teilnehmer werden sich gegen Ihr Produkt oder einen Folgekurs entscheiden und sich stattdessen nach Alternativen umsehen.

Auch eine persönliche Note ist im Webinar immer

von Vorteil. Sprechen Sie mit Ihren Teilnehmern auf einer Ebene. Auch ab und an eine Anekdote oder eine lustige kurze Geschichte ist nicht verboten oder verpönt, wenn dies zum Thema passt und eine gewisse Quintessenz, einen Mehrwert, beinhaltet.

Versuchen Sie, sich nicht zu verstellen. Dies wird Ihnen die Erstellung von Webinar-Reihen deutlich erleichtern, da Sie sich so geben können, wie Sie sind und sich voll auf Ihr Thema anstatt auf Ihre Schauspielkünste konzentrieren können. Zumeist entscheiden Kunden auch aufgrund von Sympathie oder Antipathie darüber, ob sie ein Produkt bei Ihnen kaufen oder bei der Konkurrenz. Hier müssen Sie ehrlich zu sich selbst und Ihren Kunden sein.

Es ist nicht wichtig, dass Sie alle Menschen zum Kauf bei Ihnen bewegen, sondern dass Sie diejenigen Menschen finden, die Sie und Ihr Produkt mögen und sympathisch finden und dann auch bereit sind, vielleicht sogar einen etwas höheren Preis zu bezahlen, weil sie lieber Produkte von Ihnen kaufen, als von der Konkurrenz. Diese Art der Kundenbindung ist das, was Sie erreichen wollen.

VORTEILE DES WEBINARS

In diesem Kapitel finden Sie noch mal eine Liste von Vorteilen des Webinars stichpunktartig aufgelistet. Die Liste ist längst nicht vollständig und Sie können sie nach Belieben fortsetzen und ergänzen.

- Online Kommunikation mit Kunden und Neukunden
- Kundenbindung durch Präsenz, auch unabhängig von Ort und Zeit
- Einmaliges Erstellen des Webinars, danach online selbstständig abrufbar
- Live-Webinare mit Interaktionsmöglichkeiten mit Kunden
- Vorstellung des Unternehmens/ der Produkte/ einer Dienstleistung
- Einmalig Erklärtes muss durch Verweis auf das Webinar nicht wiederholt erklärt werden
- Erstellung von Online-Kursen als Fortbildungsangebot
- Erreichen von vielen Personen gleichzeitig und sogar oftmals mehr, als bei einem Präsenzvortrag möglich wären
- Breite Gestaltungsmöglichkeiten
- Verpacken und Transportieren von Botschaften

NACHTEILE DES WEBINARS

Denkt man über Webinare und deren Nutzen nach, so gibt es kaum Nachteile. Dennoch sollen Sie in diesem Buch umfassend über die Vorteile, aber eben auch die Nachteile und den Aufwand der Webinar-Erstellung und Präsentation aufgeklärt werden.

- Hoher technischer Aufwand bei der Erstellung
- Kenntnisse oder Expertise im Umgang mit Webinar-Plattformen und Technik sind von Vorteil
- Live-Webinare sind zeitintensiv und arbeitsintensiv
- Live-Webinare benötigen oft mehr als eine Person zur Durchführung

WELCHEN MEHRWERT BRINGT DAS WEBINAR SCHWARZ AUF WEISS?

Die ungeschönte Wahrheit auf diese Frage lautet: So viel, wie Sie in die Erstellung und Durchführung investieren.

Ein Webinar kann Ihnen bei der Bewerbung Ihrer Produkte und bei der Kundenbindung sehr von Vorteil sein. Dazu sollten Sie stets dafür sorgen, dass Ihr Webinar qualitativ hochwertig aussieht, mit reibungsloser Technik läuft und die Inhalte interessant und informativ sind und Ihren Teilnehmern einen Mehrwert an Wissen oder Fähigkeiten bieten.

Natürlich ist auch gerade die Online-Kommunikation im eigenen Unternehmen, mit Mitarbeitern im Homeoffice oder mit Außenstellen anhand von Webinaren oder Videokonferenzen, die quasi identisch aufgebaut sein können, praktisch und erleichtert die Präsentation von firmeninternen Projekten erheblich.

Es ist also wichtig, dass Sie sich Zeit nehmen für die Erstellung eines Webinars. Machen Sie sich intensiv mit

der Technik und den Möglichkeiten vertraut, die die Software und Hardware Ihnen bietet und erstellen Sie mehrere Testversionen verschiedener Thematiken. Natürlich können Sie sich bei bestimmten Themen auch Hilfe von Fachmännern holen oder sich Berater zur Seite nehmen.

Letztendlich ist das erste Webinar immer das Schwerste. Die nachfolgend erstellten Webinare werden immer leichter, da Sie sich mit der Technik schon auseinandergesetzt und einige Tricks und Kniffe bereits erlernt haben. Auch dieses Buch soll Ihnen dabei eine große Hilfe sein.

So erstellen Sie ein Webinar, das Ihre Interessenten lieben

In diesem Kapitel werden Sie einen ersten Eindruck von der Erstellung eines Webinars bekommen. Sie werden von A bis Z durch die Erstellung Ihres Webinars geleitet und mit den Grundlagen der Webinar-Planung vertraut gemacht.

PLANUNG UND VORÜBERLEGUNGEN FÜR IHR WEBINAR

Bevor Sie damit starten, Ihr Webinar zu erstellen, sollten Sie sich zu Beginn Zeit für die Planung nehmen. Hier geht es vor allem um die Frage: Was wollen Sie mit Ihrem Webinar sagen? Welche Fragen wollen Sie beantworten, welche Inhalte Ihren Teilnehmern bieten und bei welchen Problemen können Sie Ihrer Zielgruppe helfen. Auch die Frage nach dem geeigneten Redner sowie die Bestimmung der Länge und der Aufteilung des Webinars gehört in Ihre Vorüberlegung. Hierzu können Sie sich eine Checkliste anfertigen oder den Vorschlag einer Checkliste, den Sie nachfolgend finden, nutzen. Alle Checklisten und Schritt-für-Schritt-Anleitungen finden Sie am Ende des Buches im Anhang I.

Checkliste: Webinar-Planung

1. Wer ist Ihre Zielgruppe?
2. Was ist der Zweck Ihres Webinars?
3. Wer ist als Moderator geeignet? Eignet sich eine Einzel- oder eine Doppelmoderation?
4. Wie lange soll das Webinar dauern?
5. Lohnt sich die Gliederung in mehrere, einzelne Teile/ Webinare?

Zielgruppe definieren

Der erste Punkt Ihrer Checkliste handelt von Ihrer Zielgruppe. Je nachdem, welche Menschen Sie mit Ihrem Webinar ansprechen wollen, müssen Sie es anders gestalten. Hierzu zählt zuerst die Frage, ob Sie Ihr Webinar firmenintern durchführen, beispielsweise als Besprechung oder Projektpräsentation, oder ob Sie damit als Unternehmen oder Dienstleister an die Öffentlichkeit treten und mit potenziellen Kunden kommunizieren.

Wenn Sie Ihre Zielgruppe grob definiert haben, geht es an die Feinabstimmung. Welche Menschen wollen Sie erreichen? Handwerker oder Banker? Eher Männer oder Frauen? Welches Alter, welches Einkommen, welchen demografischen Hintergrund haben Ihre zukünftigen Teilnehmer? Und welcher sozialen Schicht gehören Sie an?

Dies gilt für alle Webinar-Formen, egal ob Produktpräsentation oder Online-Workshop. Nur, wenn Sie Ihre Zielgruppe genau kennen, können Sie das Webinar nach deren Wünschen gestalten. Die Zielgruppe hängt natürlich sehr stark vom Thema ab, das Sie in Ihrem Webinar behandeln. Präsentieren Sie beispielsweise neue Videospiele, wird Ihre Zielgruppe eine andere sein, als wenn Sie Schmink-Tutorials produzieren wollen. Je nachdem legen Sie die ganze Gestaltung auf die Wünsche, Bedürfnisse und Vorlieben Ihrer Zielgruppe aus.

Richten Sie das Webinar nicht nach Ihrem Wissenstand aus, sondern orientieren Sie sich an dem Wissen, was

Ihre Zielgruppe mitbringt. Sie sind der Experte oder haben einen Experten an Ihrer Seite, der den Teilnehmern Wissen vermitteln will. Dazu müssen Sie zuerst evaluieren, auf welchem Wissensstand Ihre zukünftigen Teilnehmer sind und welche Dinge, die Ihnen vielleicht selbstverständlich erscheinen, Sie Ihren Teilnehmern im Rahmen des Webinars erklären und aufzeigen müssen.

Zeigen Sie Ihren Teilnehmern und Kunden direkt im Titel, welches Problem Sie in diesem Webinar für Sie lösen möchten. Dabei ist der Begriff Problem sehr weit zu fassen und kann von Ihnen voll ausgereizt werden.

Ziel Ihres Webinars

Im nächsten Punkt beschäftigen Sie sich mit dem Ziel und dem Zweck Ihres Webinars. Warum machen Sie genau dieses Webinar? Oder was wollen Sie generell mit der Erstellung eines Webinars erreichen?

Hier sind Sie in Ihrer Zielsetzung vollkommen frei. Sie können mit Ihrem Webinar die Bindung zu bereits bestehenden Kunden vertiefen. Sie können versuchen, neue Kunden zu gewinnen oder den Launch eines neuen Produkts mit einem Webinar feiern und das Produkt direkt bekannter machen. Sie können aber auch ein Online-Lehrprogramm aufbauen, bei dem Sie Ihren Teilnehmern etwas vermitteln und beibringen, was Sie besonders gut können.

Im letzten Fall wäre das Ziel Ihres Webinars: das Wissen und/oder die Fähigkeiten Ihrer Webinar-Teilnehmer zu vergrößern.

Eine generelle Regel gibt es: Definieren Sie Ihr Ziel so genau wie möglich und idealerweise mit konkreten Zahlen bestückt. Gerade zu Anfang demotiviert ein schwammig verfasstes Ziel, bei dem Sie nie wirklich sicher sind, ob Sie es erreicht haben. Beispielsweise könnte Ihr Ziel lauten:

Sie wollen mit Ihrem Webinar den Verkauf eines Produkts ankurbeln und allgemein bekannter werden.

Hier ist fraglich, wann das Ziel als erreicht zu kennzeichnen ist. Reicht es, wenn Sie zwei neue Kunden gewonnen haben, sind Sie dann schon „bekannter geworden"? Oder wenn Sie Ihr angepriesenes Produkt fünfmal öfter verkauft haben als im Vormonat?

Diese Ziele sind höchst individuell und müssen in jedem Fall und auch von Webinar-Termin zu Webinar-Termin neu definiert werden. Besser ist es, Sie formulieren Ihr Ziel wie folgt:

Sie wollen mit Ihrem Webinar von Produkt x im nächsten Monat um 5 % höhere Verkaufszahlen erzielen und Ihre Bekanntheit soll durch 25 % mehr Newsletter-Abonnenten gesteigert werden.

Diese Ziele können Sie mit Zahlen darlegen und ganz objektiv bewerten.

Wichtig ist auch, dass Sie sich eventuelle Zwischenziele stecken und notieren, wie Sie diese erreichen wollen. Dazu können Kleinigkeiten gezählt werden, wie die nötige Recherche erledigen, Experten auftreiben und für Ihr Webinar gewinnen oder das Equipment kaufen und

Probeaufnahmen von Bild und Ton durchführen.

So stecken Sie sich gleichzeitig einen Plan beziehungsweise eine To-do-Liste ab, die Sie auf dem Weg von der ersten Idee bis hin zu Ihrem fertigen Webinar führen kann.

Interesse wecken

Machen Sie sich im Vorfeld Gedanken, wie Sie Ihre Teilnehmer anwerben können. Sie müssen es schaffen, das Interesse und die Neugierde Ihrer potenziellen Kunden zu wecken, sodass diese sich Ihr Webinar ansehen möchten. Hier kommt es auch darauf an, ob Sie ein kostenloses Webinar anbieten oder ein kostenpflichtiges Webinar verkaufen.

Bei kostenlosen Webinaren werden Sie mehr potenzielle Teilnehmer haben. Diese können aber ganz leicht abspringen, wenn Sie sie am Anfang nicht mit einem Aufhänger neugierig machen konnten und es werden nur noch wenige Zuschauer bis zum Ende dableiben.

Bei kostenpflichtigen Webinaren geht es noch stärker um das Marketing und das Wecken der Neugierde Ihrer Kunden, da Sie diese insoweit überzeugen müssen, dass es sich lohnt, Ihr Webinar zu kaufen.

Am besten platzieren Sie schon im Titel oder in der Kurzbeschreibung, mit der Sie Ihr Webinar überall bewerben, prägnante oder durchaus auch provokative Aussagen, die Ihre Teilnehmer einfangen und deren Interesse wecken, sodass sie bereit sind, für das Wissen, das Sie ihnen in Ihrem Webinar liefern wollen, zu bezahlen.

Mehr zu diesem Thema finden Sie im Kapitel Marketing.

Redner auswählen

Auch über den Dozenten und eventuelle Moderatoren lohnt es sich einmal nachzudenken. Möchten Sie selbst das Webinar halten? Oder möglicherweise gemeinsam mit einem Kollegen/ einem Gastdozenten, der auf das Thema spezialisiert ist? In diesem Fall treten Sie vielleicht nur als Moderator auf, der die Teilnehmer managen kann, für Fragen im Chat zuständig ist und für den reibungslosen Ablauf und funktionierende Technik sorgt.

Vor allem dann, wenn Sie planen, einen externen Dozenten zu engagieren oder einen Spezialisten zu sich zu holen, den Sie im Webinar beispielsweise live interviewen können, sollten Sie sich notieren, wer diesbezüglich infrage kommt. Auch wenn Sie gerade nicht aktiv in der Vorbereitung zu einem Webinar stecken, lohnen sich solche Notizen. Wenn Ihnen dann wieder einfällt, dass Sie vor einigen Wochen oder sogar noch länger zurückliegend einen passenden Experten gesehen oder von ihm gelesen haben, können Sie in Ihren Notizen alles Wesentliche heraussuchen, um diesen Spezialisten zu kontaktieren.

Natürlich muss Ihr Redner einige Fähigkeiten mitbringen, die einen guten Dozenten ausmachen. Detailliertere Informationen dazu, welche Fähigkeiten Sie als

Redner mitbringen müssen und worauf Sie noch als Moderator achten sollten, finden Sie in einem späteren Kapitel.

Zeitpunkt und Länge festlegen

Ein Webinar ist zuallererst einmal ein Online-Live-Event. Das bedeutet, es findet an einem festgelegten Datum statt und die Teilnehmer können sich in Echtzeit einwählen, Ihre Präsentation ansehen und auch – sofern dies gewünscht ist – in Echtzeit Fragen stellen.

Deshalb ist es wichtig, dass Sie einen Zeitpunkt für Ihr Webinar festlegen, an dem dieses zum ersten oder auch zum wiederholten Mal live stattfindet. Dabei ist es egal, ob Sie intern im eigenen Unternehmen ein Webinar oder ein Online-Meeting planen, ob Sie ein Webinar für Ihre Kunden erstellen oder einen Online-Kurs abhalten wollen.

Der Vorteil des Webinars ist, dass es danach unbegrenzt online gelassen werden kann, sodass sich immer neue Kunden Ihr Webinar kaufen bzw. es aufrufen können, um sich dieses anzusehen. Sie haben also quasi einmal den Aufwand des Aufzeichnens und Bearbeitens und können danach Kunden und Teilnehmer ansprechen, ohne aktiv noch viel dafür tun zu müssen.

Auch die Länge des Webinars ist wichtig. Ganz nach dem Satz: In der Kürze liegt die Würze! Je kürzer, desto besser, da Sie sich dann der Aufmerksamkeitsspanne Ihres Publikums gewiss sein können. Natürlich gibt es auch Themen, die etwas mehr Zeit brauchen, um sie wirklich

zu verstehen. Und gerade bei Kursen oder Weiterbildungen ist eine gewisse Zeit von Nöten und auch von den Teilnehmern gewünscht. Seien Sie sich hier bewusst, dass auch dies ein Punkt ist, der individuell je nach Zielgruppe, Zielsetzung und Zweck des Webinars variieren kann.

Orientieren Sie sich grob an der nun folgenden Zeitvorgabe und planen Sie maximal 1,5 Stunden für Ihr Webinar ein. Gerne gesehen ist es auch, wenn Sie – vor allem bei längeren Webinaren – Ihre Inhalte in kürzeren Häppchen servieren, also mehrere kleinere Videos machen, ähnlich aufgebaut wie die Kapitel eines Buches, sodass sich Ihr Teilnehmer diese Videos einteilen kann und dazwischen auch mal eine Pause einlegen kann. Dies gilt natürlich nur für Webinare, die Ihre Teilnehmer sich nicht live, sondern in Nachhinein als Aufzeichnung ansehen können.

Doch auch bei einer längeren Live-Veranstaltung kann eine Pause eingeplant werden. Dies sollte immer im Vorfeld bekannt sein, sodass die Teilnehmer sich darauf einstellen können und nicht damit überrascht werden. Auch Veranstaltungen, die in Reihen ausgelegt sind, sind hier sinnvoll. So können Sie beispielsweise eine Webinar-Reihe planen, die jeden ersten Samstag im Monat fortführend über beliebig viele Teile aufeinander aufbaut.

Dies bietet sich vor allem für Kurse oder Online-Ausbildungen an.

Format des Webinars

Unter dem Format Ihres Webinars versteht sich alles, was Sie Ihrem Teilnehmer präsentieren. Sie können beispielsweise ein rein gesprochenes Webinar machen, bei dem Sie vor einem neutralen Hintergrund stehen oder sitzen und Ihre Informationen sprechend wiedergeben. Oder Sie binden eine Präsentation mit Informationsfolien und Bildern ein. Auch ein Webinar in Bewegung ist möglich, also beispielsweise in einem Produktionsraum oder einer Werkstatt, durch die Sie mit der Kamera durchgehen, die Produktion bildlich zeigen und gleichzeitig dazu erklärend sprechen können.

Auch Live-Events mit verschiedenen Gästen sind möglich, die dann zugeschaltet werden können. Wenn es gewünscht ist, können Sie auch verschiedene Teilnehmer per Video- oder Audio-Feed zuschalten, die dann Fragen stellen oder auch einen Beitrag zum Webinar leisten können. Hier sind Ihrer Fantasie keine Grenzen gesetzt.

Zum Format gehört auch die Frage der nutzbaren Endgeräte. Auf welchem Gerät sollen Ihre Teilnehmer sich Ihr Webinar anschauen können? Heutzutage wird auch das Smartphone vielfach zum Ansehen eines Webinars genutzt. Hier müssen Sie vor allem die kleinere Bildschirmgröße bedenken. Texte sollten deshalb groß und mit einer gut lesbaren Schrift dargestellt werden. Schaubilder sowie Diagramme und Tabellen, die Sie präsentieren

wollen, sollten möglichst einfach und unkompliziert gehalten werden, sodass sie auch vom Smartphone oder Tablet aus noch gut nachvollziehbar und erkennbar sind.

Auch die Darstellung der Dozenten sollte auf den verschiedenen Endgeräten bedacht werden und gehört zur Kategorie „Format“ dazu. Wenn Sie viele Totalen wählen, also Aufnahmen, auf denen Sie den oder die Dozenten weit entfernt abgebildet haben, machen Sie es den Zuschauern auf Smartphone und Tablet schwerer, die Mimik und Gestik nachzuvollziehen. Wählen Sie hier auch zur Abwechslung mehrere Nahaufnahmen. Generell wirkt es dynamischer, wenn Sie Ihren Teilnehmern eine gute Mischung aus verschiedenen Ansichten bieten. Dies hält das Webinar belebt und beugt dem Aufkommen von Langeweile und der Suche nach Ablenkung vor.

Ihre Botschaft

Bleiben Sie bis zu einem gewissen Grad linear an Ihrem vorher ausgearbeiteten Konzept. Hier kann es helfen, sich ein kleines Drehbuch zu erstellen oder auch nur einen handschriftlichen Notizzettel, an dem Sie die verschiedenen Punkte notieren, über die Sie sprechen möchten.

Ansonsten besteht die Gefahr, dass Sie abschweifen und letztendlich über viele Themen gesprochen haben, aber am Ende der zur Verfügung stehenden Zeit nicht Ihre Kernaussage rüberbringen konnten und die Problemlösung, die Sie Ihrem Teilnehmer zu Beginn des Webinars versprochen haben, ausgeblieben ist.

Damit dies nach Möglichkeit nicht passiert, sollten Sie grob einem roten Faden folgen, der Sie durch die Thematik führt. So stellen Sie sicher, dass Ihre Teilnehmer genau das bekommen, was sie erwartet haben und was Sie ihnen versprochen haben. Sonst kommt schnell Unmut auf, wenn Sie Ihre Teilnehmer für etwas bezahlen lassen, was Sie ihnen nicht liefern konnten.

Natürlich ist in vielen Situationen auch Intuition und Spontaneität gefragt und Abweichungen von Ihrem Plan können – wenn es die Situation erlaubt – durchaus angebracht sein. Hierzu gehören Fragen oder Anmerkungen, wenn beispielsweise etwas nicht verstanden wurde. So kann es sein, dass Sie eine Thematik zweimal erklären müssen oder bei einer Produktpräsentation auf einen Einwand oder Bedenken von Teilnehmern eingehen sollten, um diese aus der Welt zu räumen und Ihre Teilnehmer von Ihrem Produkt zu überzeugen.
Hier profitieren Sie, wie bei so vielen anderen Dingen auch, von der Erfahrung, die Sie mit jedem Webinar sammeln und mit jeder Präsentation dazugewinnen. Seien Sie offen dafür, in Ihren eigenen Webinaren auch gewisse Dinge zu erlernen.

Call-to-Action

Denken Sie an Ihren Call-to-Action und planen Sie diesen direkt in Ihr Webinar ein.

Schließlich folgen Sie mit Ihrem Webinar einem bestimmten Zweck und um diesen zu erreichen, ist es nötig, Ihre Teilnehmer am Ende des Webinars zu einer Aktion/

einer Handlung aufzufordern. Ihr Zuhörer ist nun gefüttert mit den Informationen und der Botschaft, die Sie ihm vermittelt haben und ist noch voll konzentriert mit seiner Aufmerksamkeit bei Ihnen.

Durch Ihren Call-to-Action fordern Sie ihn nun beispielsweise dazu auf, Ihren Newsletter zu abonnieren, um keine Angebote mehr zu verpassen. Oder Sie stellen ihm das nächste Webinar Ihrer Reihe vor, welches er – vielleicht sogar mit einem kleinen Rabatt – direkt über einen Link buchen kann.

Webinar-Vorbereitung von A-Z

Nun haben Sie die grobe Planung Ihres Webinars hinter sich und wissen, woran Sie bei der Planung und Erstellung des Webinars denken müssen. In diesem Kapitel sind nochmals kurz und knapp alle Vorbereitungen aufgelistet, die Sie vor der Erstellung bedenken sollten. Die Liste ist jederzeit individuell erweiterbar und sollte von Ihnen je nach gewählter Thematik und Webinar-Art ergänzt werden.

1. **Zielsetzung**: Was wollen Sie mit Ihrem Webinar kommunizieren? Welches Thema wählen Sie?

2. **Zielgruppe**: Welche Menschen wollen Sie mit Ihrem Webinar erreichen?

3. **Moderator und Dozent**: Wer soll Ihr Webinar moderieren? Erfolgt die Moderation einzeln, zu zweit oder eventuell sogar mit externen Experten als Fachdozenten?

4. **Format**: Welches Format soll Ihr Webinar haben? Auf welchen Endgeräten soll es anzusehen sein?

5. **Skript**: Erstellen Sie sich einen Plan, welche Themen Sie abhandeln wollen und in welcher Reihenfolge Sie dies tun. Folgen Sie dem „roten Faden".

6. **Dokumentation**: Erfassen Sie alle Quellen von Informationen, Produkten und Einfällen, um diese später schneller wiederzufinden und zuordnen zu können.

7. **Üben**: Wiederholen Sie Ihr Webinar mehrfach als Trockenübung. Dabei können Sie zuerst die Präsentation durchsprechen, um sich den Inhalt einzuprägen. Auch Testaufnahmen, um die Technik kennenzulernen, sind sinnvoll.

ZIELSETZUNG

Wie bereits mehrfach angesprochen, sollten Sie sich über die Ziele Ihres Webinars vollkommen klar sein. Nur wenn Sie ein handfestes Ziel definiert haben, können Sie in der Nachbereitung des Webinars auch feststellen, ob Sie durch Ihren Einsatz und das Webinar die Ziele auch erreichen konnten. Im besten Falle lautet die Antwort: Ja!

Wenn die Antwort allerdings „Nein“ lautet, dann nutzen Sie dies für Verbesserungen. Analysieren Sie Ihr Webinar, Ihre Teilnehmer und den Inhalt genau und fragen Sie sich, warum Sie Ihr definiertes Ziel nicht erreichen konnten. Was muss verbessert werden, was muss verändert werden, um das angestrebte Ziel zu erreichen?

Auch für die generelle Planung und Erstellung Ihres Webinars ist es wichtig, die genaue Zielsetzung zu kennen. Ist es Ihr Ziel, ein vollkommen neues Produkt vorzustellen, so bauen Sie das Webinar komplett anders auf, als wenn Sie zu einem bereits bestehenden Produkt erklärend agieren oder ein Problem Ihres Kunden damit lösen wollen. Zurückgreifend auf das Beispiel des Massagegeräts für den Heimgebrauch könnten Sie Webinare auf verschiedene Probleme ausrichten. Ein Webinar könnte sich mit der Massage der Oberschenkelmuskulatur beschäftigen, ein anderes mit der Schmerzlinderung bei Rückenproblemen.

Diese Webinare haben gemein, dass es sich in beiden Fällen um dasselbe Massagegerät handelt, es aber je nach bestehender Problematik anders eingesetzt wird. Menschen mit Rückenproblemen werden sich die Massage der Oberschenkelmuskulatur eher nicht ansehen, dafür aber sehr zufrieden sein, wenn Sie im Webinar zur Schmerzlinderung bei Rückenschmerzen auch nur diese Thematik ausführlich behandeln und Ihren Kunden damit weiterhelfen können!

ZIELGRUPPE

Die Zielgruppe sollten Sie vor Beginn des Webinars klar definiert haben. Im besten Falle gibt es in Ihrem Unternehmen bereits eine Zielgruppen-Definition, vielleicht haben Sie auch schon Personas erstellt, die sie dann für die Vorbereitung und Planung des Webinars nutzen können.

Nach der Zielgruppe richtet sich die gesamte Gestaltung des Webinars hinsichtlich der verwendeten Technik, der eingesetzten Mittel, der Gestaltung und der Moderation sowie der gesamten Ausdrucksweise des Webinars.

Handelt es sich – um noch einmal das Beispiel des Massagegeräts aufzugreifen – um Menschen, die besagtes Gerät gerne bei ihren Tieren verwenden, um beispielsweise Verspannungen zu lösen, muss das Webinar natürlich vollkommen anders aufgebaut und gestaltet werden, als wenn Sie Ihre Teilnehmer über die Möglichkeit einer Investition am Aktienmarkt aufklären würden.

MODERATOR UND DOZENT

Die nächste Frage, die Sie sich bei der Vorbereitung Ihres Webinars stellen sollten, ist die Frage nach der Moderation. Bei verschiedenen Themen ist es angebracht, sich über eine Doppelmoderation Gedanken zu machen und dabei die Rollen des Moderators und des Dozenten zu vergeben.

Dabei ist es die Aufgabe des Moderators, die Teilnehmer durch das Webinar zu führen, organisatorische Fragen zu beantworten und für einen reibungslosen Ablauf zu sorgen. Der Dozent übernimmt die Aufgabe des Fachmannes, der fachspezifisch über die angebotene Thematik referiert.

Im Beispiel des Massagegeräts könnte der Moderator eine beliebige Person des herstellenden Unternehmens sein, während die Rolle des Dozenten von einem Mediziner oder einem Sportmediziner ausgefüllt wird, der über die wissenschaftliche belegte Wirkung des Massagegeräts referiert. Technische Fragen, die das Gerät und seine Funktion betreffen, können dann vom Moderator beantwortet werden und dem Dozenten werden all die Fragen gestellt, die sich mit der Wirkungsweise und dem Benefit des Geräts auf verschiedene Problematiken beschäftigen.

FORMAT

Die Wahl des richtigen Formates ist gar nicht so einfach und sollte sorgfältig getroffen werden. Unter den Begriff Format fällt die gesamte technische und gestalterische Aufmachung des Webinars: Mit welcher Software arbeiten Sie, auf welchen Endgeräten soll das Webinar angezeigt werden und natürlich mit welchen Gadgets und Zusatzinhalten können Sie punkten. Auch die gesamte Gestaltung des Webinars, also ob Sie eine Präsentation ab-

laufen lassen oder ein Vlog drehen, bei dem Sie die Kamera mit durch den Tag nehmen und quasi „mitten aus dem Leben“ filmen, fällt unter das Format des Webinars.

Je nachdem, für welches Format Sie sich entscheiden, brauchen Sie andere Technik und Software, mit der Sie das Webinar erstellen. Auch verschiebt sich der Fokus der Präsentationsart natürlich je nach Zielgruppe, aber auch je nach gewähltem Format. Ein Vlog wird vollkommen anders dargestellt als eine PowerPoint-Präsentation und bei beiden Formaten gibt es unterschiedliche Punkte, auf die Sie achten sollten.

SKRIPT

Erstellen Sie sich einen Plan der Themen, die Sie abhandeln wollen und in welcher Reihenfolge diese im Webinar thematisiert werden. Dieser rote Faden wird Ihnen helfen, den Fokus zu behalten und sich nicht ablenken zu lassen.

Gerade bei einer Live-Veranstaltung ist es Sinn und Zweck, auf Kommentare und Fragen der Teilnehmer direkt eingehen zu können. Die Gefahr dabei ist, dass Sie sich recht leicht von Ihrem Skript und Konzept ablenken lassen. Es hilft, wenn Sie sich stichpunktartig den Fortlauf des Webinars skizzieren und diesen immer zur Hand haben. Auch kann der Moderator dafür sorgen, die Fragen erst einmal zu sammeln und beispielsweise am Ende eines Kapitels oder Themenblocks diese Fragen an den

Dozenten weiterzugeben, damit diese beantwortet werden können.

Deshalb ist es von Vorteil, bei Live-Events immer Zeit für Fragen und Kommentare von vornherein mit einzuplanen. So bleiben Sie allgemein besser in Ihrem Konzept und im Zeitplan und lassen sich nicht so leicht ablenken.

DOKUMENTATION

Die Dokumentation eines gelungenen Webinars ist A und O der Organisation. Aber auch schon im Vorfeld ist eine gute Dokumentation sehr viel wert und kann Ihnen dabei helfen, einmal aufgetane Quellen schneller wiederzufinden.

Es empfiehlt sich, bei jeder Recherche zu dem gewählten Thema, einer anderen Thematik oder auch wenn Sie zufällig über eine gute Internetseite, ein aufschlussreiches Buch oder einen kompetenten Fachmann stolpern, sich all dies zu notieren und in einer Datenbank (Excel, händisch, etc.) niederzuschreiben.

Auf dieselbe Weise können Sie Ihre eigenen Einfälle, Produkte und Ideen sammeln und in Clustern ordnen. So fällt es Ihnen leichter, Webinar-Themen einander zuzuordnen und herauszufinden, ob es sich lohnt, eine mehrteilige Reihe zu erstellen oder ob das Thema beispielsweise nicht mehr Stoff als für ein einzelnes Webinar hergibt.

ÜBEN

Zu guter Letzt bleibt Ihnen als abschließende Vorbereitung vor der Aufnahme oder der Live-Präsentation des Webinars das Üben. Gehen Sie das Webinar mehrfach als Trockenübung durch, ähnlich als wenn Sie sich auf eine Präsentation vorbereiten, die nicht online stattfindet.

Auch Testaufnahmen, um sich selbst mit dem Equipment vertraut zu machen und die Qualität von Bild und Ton auf Herz und Nieren zu testen, sind in jedem Falle vor der Live-Präsentation des Webinars notwendig und sollten mehrfach und in verschiedenen Varianten durchexerziert werden, um Fehler möglichst vor Beginn auszumerzen und den Teilnehmern ein ruckelfreies und qualitativ hochwertiges Webinar bieten zu können.

In dem Moment, wenn Ihre Teilnehmer es sich ansehen, ist das Webinar das Aushängeschild Ihres Unternehmens. Ruckelnde Bildqualität und stockender, hallender Ton führen zu vermehrtem Abbruch des Webinars und zu unzufriedenen Kunden, die sich mit großer Wahrscheinlichkeit anderweitig nach besseren Webinaren umsehen werden.

Webinar-Technik

In diesem Kapitel wird darauf eingegangen, welche Art der Technik Sie für die Erstellung und Durchführung eines Webinars benötigen. Hierzu zählt die Hardware, also Mikrofon und Kamera, aber ebenso die Software wie beispielsweise Tonaufnahme- und Schnittprogramme oder Plattformen, über die Sie Ihr fertiges Webinar zum Kauf anbieten können.

Die Bandbreite des verfügbaren Equipments geht von niedrigpreisigen Mindestanforderungen bis zu den teuren High-End-Lösungen. Welche Art der Technik für Sie passend ist, hängt natürlich davon ab, wie viel Geld Sie ausgeben wollen, aber auch davon, welches Format des Webinars Sie gewählt haben und was Sie in diesem Webinar alles zeigen und präsentieren wollen.

NOTWENDIGE TECHNIK BESORGEN UND TESTEN

Im Hinblick auf Kamera und Ton gibt es eine Vielzahl an unterschiedlichster Technik auf dem Markt. Welche davon für Sie speziell notwendig und ausreichend ist, müssen Sie selbst entscheiden. Kaufen Sie nicht leichtfertig, sondern lassen Sie sich von einem Fachmann beraten, denn sonst handeln Sie schnell nach dem „Try-and-Error"-Prinzip und haben schlussendlich mehrere Varianten an Technik gekauft, die jedoch nicht für den von Ihnen geplanten Einsatz geeignet sind.

Wichtig ist, dass Sie die Technik auf Herz und Nieren testen. Kann sie das, für das Sie sie eingekauft haben? Leistet sie das Notwendige und liefert hervorragende Bild- und Tonqualität? Auch die Anschaffung eines leistungsstarken Rechners kann notwendig sein, damit die Software reibungslos und ohne Ton- und Bildaussetzer bei Ihren Teilnehmern ankommt. In diesem Zusammenhang sind auch die Schnelligkeit und Stabilität der eigenen Internetverbindung zu bedenken.

Lassen Sie sich im Zweifelsfall gut beraten, welche Software zu welcher Hardware passt und welche Komponenten mit Ihrem System kompatibel sind. Diesbezüglich können Sie sich in Fachmärkten informieren oder sich von Spezialisten die nötigen Komponenten einrichten lassen, wenn Sie wenig technik-affin sind.

Bevor Sie diese neu erworbene oder neu entdeckte Tech-

nik dann im Webinar einsetzen, machen Sie sich mit dieser vertraut. Spielen Sie mehrere Szenarien durch und informieren Sie sich, wie Sie eventuelle Fehler beheben können.

Natürlich können in einem Live-Event immer Probleme auftauchen, die Sie vorher nicht bedacht haben und die eine spontane Lösung erfordern. Viele technische Kleinigkeiten können Sie jedoch bereits im Vorfeld austesten und sich bei Bedarf die Lösung eines kleinen Problems notieren, sodass Sie im Live-Event schnell die Qualität wiederherstellen können.

DIE KAMERA

Grundsätzlich können Sie Ihre Handykamera oder auch die eingebaute Kamera in Ihrem Laptop oder MacBook etc. nutzen. Auch die Tablet-Kamera kann Ihnen gute Dienste leisten. Zuerst kommt es darauf an, für welches Format Sie sich entschieden haben. Stehen Sie vielleicht vor einer Präsentation, die auch mit abgefilmt wird oder machen Sie einen Rundgang durch Ihr Labor? Für Letzteres eignet sich eine mobile Kamera, im zuerst genannten Beispiel können Sie die Kamera auf ein Stativ montieren oder die eingebaute Kamera Ihres Computers nutzen.

Achten Sie darauf, dass Sie möglichst frontal in die Kamera blicken, um mit Ihren Teilnehmern zu interagieren. Es kann sehr irritierend wirken, wenn Ihr Teilnehmer ständig das Gefühl hat, Sie sprechen mit ihm, Ihr

Blick jedoch auf einen vom Teilnehmer entfernten Punkt gerichtet ist. Machen Sie also ruhig zuerst einige Testaufnahmen, um sich die Wirkung in Ruhe anzusehen.

Gerade bei einem Technikaufbau, bei dem Sie Tablet, Handy oder Computer nutzen, sollten Sie darauf achten, nicht auf den Bildschirm zu blicken, sondern direkt in die kleine Kameralinse. Auch die Höhe der Kamera sollte gut bedacht werden, damit Sie weder von zu weit oben – also quasi aus einer Art Vogelperspektive – gefilmt werden, jedoch das Bild auch nicht von unten eingefangen wird. So verführen Sie Ihre Teilnehmer dazu, durch den freien Blick in Ihre Nasenlöcher abgelenkt zu werden.

Natürlich ist das Kamera-Setup auch individuell davon abhängig, wie Sie Ihr Webinar gestalten. Zeigen Sie Ihren Teilnehmern beispielsweise die Arbeitsschritte einer Handarbeitstätigkeit (Nähen o.ä.), so eignet sich die Perspektive von oben auf Ihre Hände oder einen Tisch sehr gut, sodass nachvollzogen werden kann, welchen Arbeitsschritt Sie gerade erklärt haben. Präsentieren Sie andererseits Ergebnisse, zum Beispiel mithilfe einer PowerPoint-Präsentation, könnte ein mögliches Setup folgendermaßen aussehen: Sie stehen oder sitzen neben einer weißen Leinwand, auf der Ihre Präsentation abläuft. Ein Wechsel aus mehreren Perspektiven wirkt aktiver und kann Ihre Teilnehmer wachhalten und Ihr Webinar interessanter und lebendiger gestalten. Wenn Sie also Redepassagen haben, wählen Sie beispielsweise eine Nahaufnahme Ihres Oberkörpers und gehen, wenn Sie etwas zeigen wollen, zurück auf eine Totale, wo dann

Gadgets oder eben die Präsentation oder bestimmte Arbeitsschritte besser dargestellt werden können.

Natürlich können Sie auch eine externe Videokamera für die Aufnahme Ihres Webinars nutzen. Um diese anzuschließen ist oftmals zusätzliche Software notwendig, die Sie sich anschaffen müssen, meist auch gegen einen gewissen Kaufpreis. Ein Anbieter von externen Kameras wäre beispielsweise Logitech. Hier bekommen Sie Webcams für verschiedene Einsatzgebiete wie Business-Meetings oder Livestreams.

In diesem Zusammenhang kommt es ganz darauf an, was Sie bereit sind, zu investieren und welches Format Sie für Ihre Webinare gewählt haben. Gerade als Host, also als Ausrichter eines Webinars sollte die Kameraqualität so gut sein, dass Ihre Teilnehmer Ihnen gerne zusehen. Ein verpixeltes, qualitativ schlechtes Bild ist für den Zuschauer als anstrengend einzuordnen und wird die positive Resonanz auf Ihr Webinar schmälern und Ihre Teilnehmerzahlen sinken lassen.

DER TON

Der Ton bildet das Herzstück Ihres Webinars. Durch diesen kommunizieren Sie mit Ihren Teilnehmern und vermitteln Ihnen darüber Wissen und Informationen. Legen Sie deshalb viel Wert auf eine gute Tonqualität, die auch nicht während des Webinars ruckelt oder Aussetzer aufweist. Ihre Teilnehmer werden es eher tolerieren, wenn das Bild ab und an hakt, als wenn der Ton stockt und Sie

und Ihre Erklärungen – wofür Ihre Webinar-Teilnehmer wahrscheinlich sogar bezahlt haben – nicht mehr zu hören sind.

Zur Aufnahme des Tons eignet sich verschiedenstes Equipment. Sie können – ähnlich wie beim Bild – mit dem Mikrofon arbeiten, welches in Ihrem Laptop, in Ihrem Handy oder Tablet bereits integriert ist. Dies bietet oftmals eine ausreichend gute Tonqualität. Ist Ihr Aufnahmeraum jedoch sehr groß, kann die Tonqualität leiden und Raumklänge oder der Hall Ihrer Stimme in dem großen Raum können störend einwirken.

In diesem Fall können Sie sich entweder mit einem Anstecker-Mikrofon behelfen, welches Sie sehr nahe am Mund tragen, ein Head-Set nutzen oder auch ein Podcast-Mikrofon als Mittel der Wahl aufstellen. Auch andere Arten von Mikrofonen eignen sich für die Webinar-Aufnahme. Zum Beispiel können Sie ein Moderatoren-Mikrofon nutzen, wie es oftmals im Fernsehen oder auf Bühnen genutzt wird oder Sie halten ein klassisches Mikrofon, mit oder ohne Kabel, in der Hand, während Sie sprechen.

Auch die Apple AirPods können Sie für die Aufnahme nutzen, sowohl mit als auch ohne Kopfhörerkabel. Die Charakteristik der menschlichen Stimme wird durch diese sehr gut aufgenommen und wiedergegeben.

Für Aufnahmen mit mehreren Moderatoren können Sie verschiedene Tonspuren aufzeichnen und über ein Mischpult schneiden oder Sie nutzen für alle Moderato-

ren ein zentral zwischen den Parteien platziertes Mikrofon. In diesem Fall wird dann nur eine einzelne Tonspur aufgezeichnet. Achten Sie darauf, dass die Moderatoren nicht gleichzeitig reden, dies führt sofort zu einer verminderten Tonqualität. Außerdem sind sich überlagernde Stimmen für die Teilnehmer auch sehr schwer zu verstehen.

Verringern Sie Nebengeräusche so gut wie möglich. Schließen Sie dazu Türen und Fenster, schalten Handys und dergleichen auf lautlos oder ganz aus und sorgen Sie dafür, dass beispielsweise auch das Haustier in einem anderen Bereich des Hauses untergebracht ist, damit Ihnen durch dieses keine ungewünschten Töne mit in die Aufnahme geraten. Gerade bei einem Live-Webinar ist dies von Vorteil, da diese natürlich nicht wie bei online verfügbaren Webinar-Aufzeichnungen im Nachgang herausgeschnitten werden können.

Oftmals ist es tatsächlich so, dass Moderatoren und Redner von den Teilnehmern gleich als kompetenter wahrgenommen werden, wenn eine gute Tonqualität vorliegt. Investieren Sie also gegebenenfalls lieber in eine gute Tontechnik und sparen Sie an der Kamera.

Da beim Webinar auch die verbale Kommunikation sehr wichtig ist, kommt es auf den Klang der Stimme, sowie der Art und Weise was gesagt wird an. Hier hilft ein Stimmtrainer gezielt die Stimme zu kräftigen.

Gezielte Tipps von einem Experten erhalten Sie auf folgenden Blog:

- https://www.erfolgsfaktor-stimme.com/blog/

DAS LICHT

Sorgen Sie dafür, dass der gesamte Bereich, den Sie später Ihren Webinar-Teilnehmern präsentieren, gut ausgeleuchtet ist. Hier eignet sich vor allem indirekte Beleuchtung. Als zusätzliche Lichtquellen sind einige Videoleuchten ideal. Diese können Sie beliebig platzieren und so für eine schattenfreie Ausleuchtung der gewünschten Szene sorgen. Um das von den Videoleuchten abgestrahlte Licht etwas abzumildern und weicher zu machen, können Sie Frostfolien oder andere Abdeckungen wie zum Beispiel Butterbrotpapier nutzen. Durch passende Abdeckungen könnten Sie auch farbiges Licht erzeugen, wenn dies Ihr Wunsch ist und zu Ihrem Webinar-Thema passt.

Achten Sie hier darauf, die Lichtquellen etwas seitlich zur Kamera anzuordnen und dies möglichst auf beiden Seiten. Licht, das ausschließlich von oben kommt, beispielsweise das oftmals festmontierte Deckenlicht, taucht das gesamte Gesicht in Schatten und liefert keine idealen Ergebnisse. Auch sollte Ihre Lichtquelle keinesfalls ausschließlich von hinten kommen, da die Kamera dann oftmals Probleme hat, einen Fokuspunkt festzusetzen und die Lichtqualität an diesen anzupassen. Dies hat

zur Folge, dass Ihr Moderator meist sehr dunkel erscheint, Gesichtszüge und Mimik sind dann kaum bis gar nicht zu erkennen.

Ein Tipp ist es, Baustrahler zu verwenden. Diese sind oftmals preisgünstiger als Fotoleuchten, strahlen aber dafür extrem hell und mit sehr hartem Licht, was eine sehr schlechte Bildqualität zur Folge hat, da die angestrahlten Bereiche viel zu hell sind und in der Kamera-Aufnahme stark überbelichtet wiedergegeben werden. Decken Sie Ihre Baustrahler daher unbedingt mit Folien ab oder nutzen Sie sie als indirekte Lichtquelle, indem Sie beispielsweise die Wände anstrahlen und das zurückgeworfene, weichere Licht für Ihre Aufnahme nutzen.

WELCHE TECHNIK BRAUCHEN SIE WIRKLICH?

Welche Art von Technik sich für Sie lohnt, kommt auf die Professionalität an, mit der Sie Ihr Webinar erarbeiten und halten wollen. Machen Sie nur ein einmaliges Meeting mit einem Mitarbeiter, der im Homeoffice arbeitet, so ist es zu verschmerzen, wenn Ton- und Bildqualität manchmal nicht ganz fehlerfrei arbeiten.

Bieten Sie jedoch Webinare für Kunden an, in denen Sie als Problemlöser auftreten, eine andere Dienstleistung anbieten oder Online-Fortbildungen halten, sollten Sie Wert auf eine gute Qualität der eingesetzten Technik legen. Schließlich bezahlen Ihre Teilnehmer für das von

Ihnen angebotene Webinar oftmals Geld, sodass sie erwarten können, ein technisch zumindest größtenteils fehlerfreies Webinar zu bekommen, bei dem alles zu verstehen und alles zu sehen ist, was zu verstehen und zu sehen sein soll. Dabei muss es nicht immer die High-End Kamera oder das teuerste Mikrofon sein. Oftmals bieten auch schon die Utensilien, die Sie sowieso zu Hause oder im Büro haben, eine ausreichende Qualität.

Bei der Aufnahme des Tons bieten die verschiedenen Varianten Vor- und Nachteile, die Sie kennen sollten. Headsets oder Mikrofone, die nah am Mund getragen werden, haben oftmals eine deutlich bessere Qualität, als wenn Sie direkt über das Mikrofon Ihres Computers einsprechen. Hier werden Ihre Teilnehmer allerdings das Headset sehen können und Sie müssen vor dem Webinar entscheiden, ob Sie dies möchten oder lieber eine Variante nutzen wollen, die weniger auffällig ist, beispielsweise ein Tischmikrofon.

Auch auf die Kamera sollten Sie nicht verzichten. Schließlich wird der Teilnehmer alle Sinne nutzen, um bei Ihrem Webinar dabei zu sein. Deshalb machen Sie ihn nicht nur zum Zuhörer, sondern auch zum Zuschauer und nutzen Sie die bildliche Darstellung Ihrer Inhalte. Selbst wenn Sie nichts zeigen oder keinen Arbeitsschritt per Video darbieten möchten, ist die reine Aufnahme Ihres Moderators ebenfalls von Vorteil, da sich Ihr Teilnehmer besser auf den Vortrag konzentrieren wird, wenn Sie alle seine Sinne einbinden. Beispielsweise ist es leichter, sich ablenken zu lassen, wenn Sie nur einer Stimme

aus dem Computer folgen, vor Ihnen aber die gesamte Technik Ihres Laptops ungenutzt darauf wartet, bedient zu werden. Dies sind dann Teilnehmer, die sich mit dem Surfen im Netz oder dem Checken Ihrer Mails ablenken und Ihnen nicht mehr zu hundert Prozent folgen. Außerdem gibt es den sogenannten McGurk-Effekt, der besagt, dass Sie Menschen besser verstehen, wenn Sie ihnen beim Sprechen zusehen können. Unser Gehirn ist darauf ausgelegt, unwillkürlich die Lippenbewegungen aufzufangen und zu analysieren.

Nutzen Sie diesen Effekt also in Ihrem Webinar, um die Konzentration Ihrer Teilnehmer hochzuhalten und für Dynamik zu sorgen. Bedenken Sie, dass Sie Ihre Geräte stets mithilfe von Kabeln mit dem Computer verbinden. Bluetooth-Verbindungen sind störanfälliger und können teils erhebliche Qualitätseinbußen verursachen.

Auch der Anschluss über Adapter und USB-Hubs sollte vermieden werden. Wenn möglich, schließen Sie die Geräte immer ohne Zwischenschaltung direkt an den Computer an. Dabei handelt es sich um die am wenigsten störanfällige Variante. Um zu bestimmen, ob Ihr Equipment ausreicht oder in welchen Bereichen Sie eine Neuinvestition tätigen sollten, können Sie Probeaufnahmen machen und diese von Mitarbeitern, Freunden oder Kollegen beurteilen lassen.

Webinar-Plattformen im Überblick

Um ein Webinar zu erstellen, das überzeugen kann, sollten Sie bei der Wahl der richtigen Webinar-Plattform nicht sparen. Die Software bietet Ihnen viele Möglichkeiten und vereinfacht das Erstellen und Präsentieren eines Webinars enorm.

WELCHE PLATTFORM PASST ZU IHNEN UND IHREM WEBINAR?

Diese Frage steht an aller Anfang. Hierzu berufen Sie sich auf die Vorüberlegungen, die Sie bereits getroffen haben:

- Das Ziel des Webinars: Problemlösung, Kundenbindung, Produktpräsentation, etc.
- Funktionen der Webinar-Software: Chat, Videofunktion für Teilnehmer, etc.

- Teilnehmerzahl des Webinars?
- Kosten der Plattform

Die Plattformen bieten verschiedenste Funktionen an, die für Sie nützlich oder überflüssig sein können. Eine Auswahl ist beispielsweise:

- Aufzeichnung von Live-Webinaren
- Screen-Sharing
- Facebook-Zugang
- Zapier-Anbindung
- Branding mit eigenem Logo
- Feedback- und Analyse-Funktionen
- etc.

Einen ersten Überblick zu Anbietern und Produktbeschreibungen finden unter anderem bei folgenden Links

- https://www.vergleich.org/webinar-software/
- https://www.digital-affin.de/blog/webinar-software/

ZOOM

Zoom soll der erste Anbieter sein, der hier vorgestellt wird. Als Anbieter für Videokonferenzen ist Zoom in seiner Basisfunktion kostenfrei. Diese umfasst folgende Features:

- Bis zu 100 Teilnehmer

- Zwei-Personen-Besprechungen in unbegrenzter Dauer
- Unbegrenzte Anzahl an Meetings
- Live-Konferenzen und aufgezeichnete Konferenzen möglich
- Chat-Funktion

Auch Webinare können mit Zoom abgehalten werden, dazu ist das kostenpflichtige Add-on „Webinar" nötig. Dieses ermöglicht Konferenzen mit bis zu 10.000 Teilnehmern. Die Preise erhöhen sich mit steigender Teilnehmerzahl:

- 100 Teilnehmer: 37€ monatlich pro Moderator
- 1.000 Teilnehmer: 316€ monatlich pro Moderator
- 10.000 Teilnehmer: 6.036€ monatlich pro Moderator

Zoom bietet zudem andere Add-ons an, die für unterschiedliche Einsatzgebiete konzipiert wurden.

SOFTWARE BIS MAXIMAL 250 TEILNEHMER

Mikogo

Diese Software funktioniert ganz ohne Download über den Browser und kann von Windows, Mac, Linux und Apple- sowie Android-Geräten abgerufen werden. Teilnehmen an den Meetings und Webinaren können bis zu 25 Teilnehmer, der Maximalpreis dieser Software liegt

bei 45€ monatlich. Die Dauer und die Anzahl der Besprechungen sind unbegrenzt und auch die Aufzeichnung des Live-Webinars wird in dieser Software made in Germany angeboten. Es gibt außerdem die Chat-Funktion, sodass die Teilnehmer Fragen stellen können. Ein interaktives Whiteboard ist vorhanden und der Transfer von Dateien ist ebenfalls möglich.

spreed

Auch spreed ist geeignet für Webinare im kleineren Umfang von bis zu 20 Teilnehmern. Die Kosten belaufen sich in der umfangreichsten Version auf 49€ monatlich. Auch diese Software kann ohne vorherigen Download direkt aus dem Browser genutzt werden. Die Dauer und Anzahl der Besprechungen ist ebenfalls unbegrenzt und auch mit spreed ist das Aufzeichnen von Live-Webinaren problemlos möglich. Die Software besitzt neben vielen anderen Funktionen eine Chatfunktion, Screen-Sharing, Datei-Transfer und eine Whiteboard-Funktion.

Skype

Skype sollte in der Auflistung nicht fehlen. Auch mit Skype sind Webinare im kleinen Kreis von bis zu 50 Teilnehmern möglich. Die Software ist dabei vollkommen kostenfrei. In der Webinarfunktion ist es auch bei Skype möglich, die Live-Veranstaltung aufzuzeichnen, allerdings sind die sonstigen Funktionen von Skype eher basic gehalten. Wem diese einfache Version genügt, der ist mit Skype sicherlich gut bedient und besitzt eine zuverlässige Webinar-Plattform.

FastViewer

Diese Software bietet ein All-In-One-Paket an und liefert damit nicht nur die Software für Webinare, sondern gleichzeitig auch für Online-Meetings, Präsentationen und Support. Hier können bis zu 100 Teilnehmer in einem Webinar-Raum am Webinar teilhaben. Wenn Sie die Software kaufen wollen, können Sie einen Raum für 979,- Euro erwerben. Die Miete des einen Raumes beträgt, wenn Sie nicht kaufen wollen, 38,- Euro monatlich. Die Anzahl der Besprechungen ist begrenzt, kann sich aber ab einem bestimmten Preis im Monat auf unbegrenzt erhöhen lassen. Auch hier ist die Aufzeichnung des Live-Webinars natürlich möglich, es gibt eine Chatfunktion und weitere Funktionen wie: Screen Sharing, Teilen von Dokumenten, PowerPoint-Präsentationen und das Whiteboard.

GoMeetNow

Mit GoMeetNow bekommen Sie einen 3-in-1-Service mit Zugriff auf Tools für Videokonferenzen, Web-Konferenzen und Webinare. Die Teilnehmeranzahl liegt bei bis zu 100 Personen und der monatliche Preis für 100 Teilnehmer liegt bei 12,95€. In der Free-Version sind die Besprechungen auf 40 Minuten begrenzt, in der kostenpflichtigen Version gibt es hingegen keine Begrenzung der Dauer. Allerdings ist eine unbegrenzte Anzahl an Besprechungen nur gegen Aufpreis möglich. Es gibt auch keine Funktion, die das Aufzeichnen der Live-Webinare ermöglicht. Die Chatfunktion ist natürlich vorhanden,

ebenso Desktop Sharing und Whiteboard. Außerdem können Outlook, Gmail und Yahoo ins Webinar integriert werden.

Cisco WebEx

Diese Webinarsoftware eignet sich für bis zu 200 Teilnehmer. Es sind allerdings auch individuelle Lösungen mit bis zu 40.000 Teilnehmern möglich, dazu muss der Anbieter allerdings direkt kontaktiert werden. Der Preis liegt bei 25,65€ monatlich pro Gastgeber bei 200 Teilnehmern. Die Dauer der Besprechungen ist unbegrenzt und die Aufzeichnung von Live-Webinaren ist möglich. Die Chatfunktion sowie Branding- und Anpassungsmöglichkeiten sind neben vielen anderen Funktionen vorhanden.

GoToMeeting

GoToMeeting eignet sich besonders für Webinare, die den Fokus auf bildliche Darstellung und auf eine rege Interaktion mit den Teilnehmern legen. Der Preis liegt bei 11,75€ bis 14,33€ monatlich bei bis zu 250 Teilnehmern. Die Dauer und Anzahl der Besprechungen sind unbegrenzt, die Aufzeichnung des Webinars möglich. Neben der Chatfunktion gibt es noch weitere Funktionen, wie beispielsweise die Übertragbarkeit der Steuerung an Teilnehmer, das virtuelle Whiteboard, ein Zeichenwerkzeug und ein persönlicher Meetingraum.

SOFTWARE BIS MAXIMAL 1.000 TEILNEHMER

Livestorm

Diese Software ist vor allem bei Lehrern und Professoren beliebt und auf das E-Learning ausgelegt. Teilnehmen können 4 bis maximal 1.000 Personen, der Preis rangiert von kostenfrei bis 99€ monatlich pro Host. Die Dauer der Besprechungen ist auf maximal vier Stunden begrenzt, die Anzahl der Besprechungen ist unbegrenzt. Neben der Chatfunktion ist auch das Aufzeichnen der Live-Webinare möglich und die Software bietet eine Verbindung mit über 1.500 Apps. Auch automatische Webinare sind möglich.

Go Conference

Ohne Download kann diese Software über den Webbrowser genutzt werden. Hierbei wird der Bildschirm des Hosts an die Teilnehmer übertragen, die dann Live-Zuschauer bei der Tätigkeit des Hosts sind. Eine Aufzeichnung des Live-Webinars ist nicht möglich, es gibt keine Chatfunktion.

demio

Die Software demio wirbt mit dem Slogan: „Run more effective webinars with less work." Der Preis liegt monatlich bei 34€ bis 163€ und die Dauer der Besprechungen ist auf maximal 8 Stunden begrenzt. Die Anzahl an Besprechungen liegt bei maximal vier. Die Aufzeichnung des Live-Webinars ist möglich, es gibt außerdem eine

Chatfunktion und viele Marketing-Tools sowie eine 14-Tage-Demoversion, die kostenlos ausprobiert werden kann.

Remo Conference

Diese Software ermöglicht eine flexible Anpassung an Ihre Bedürfnisse und liefert Features sowohl für Einzelpersonen als auch größere Firmen, die ein Webinar abhalten wollen. Der Preis liegt bei 50€ bis 950€ pro Monat, die Teilnehmerzahl bei maximal 800. Die Dauer und Anzahl der Besprechungen sind ab einem gewissen Abo unbegrenzt, die Aufzeichnung des Live-Webinars ist immer möglich. Neben der Chatfunktion gibt es das Whiteboard, personalisiertes Branding, eine Q&A-Funktion und viele weitere Extras.

Click Meeting

Als Allrounder ist diese Software speziell für Produktdemonstrationen, Schulungen, Online-Kurse, Geschäftsmeetings und Videokonferenzen geeignet. Teilnehmen können 25 bis 1.000 Personen, der Preis liegt bei 22€ bis 35€ pro Monat. Die Dauer und Anzahl der Besprechungen sind unbegrenzt, die Aufzeichnung des Webinars möglich. Neben der Chatfunktion bietet Click Meeting automatisierte Webinare, Custom Branding, Adressbuch, einen Warteraum mit Webinar-Planung, Streaming auf Facebook und YouTube und viele andere Extras an.

edudip

Die browserbasierte Software edudip sorgt dank

WebRTC und HTML5 für qualitativ hochwertiges Bild- und Tonmaterial. Die Teilnehmerzahl liegt bei maximal 1.000 und der Preis variiert von 34€ bis 244€ monatlich. Die Dauer der Besprechungen ist unbegrenzt, die Anzahl allerdings nicht. Eine Aufzeichnung des Live-Webinars ist möglich und neben der Chatfunktion bietet edudip weitere Extras wie die Kompatibilität mit allen Endgeräten, automatisierte E-Mails, individuelle Landing-Pages, englische Webinare, YouTube-Videos und vieles mehr.

LiveWebinar

Dieser Anbieter ermöglicht Webinare mit bis zu 1.000 Teilnehmern bei einem Preis von 14€ bis 105€ monatlich. Die Dauer der Besprechungen ist begrenzt, die Aufzeichnung des Webinars ist möglich. Die Chatfunktion sowie verschiedene Extras sind vorhanden. Zu diesen zählen beispielsweise ein HD-Recorder, Marketing Automation, Whiteboard sowie Live Streaming auf Social Media.

SOFTWARE BIS MAXIMAL 50.000 TEILNEHMER

EasyWebinar

In EasyWebinar werden verschiedene Kurse angeboten, die zur Weiterentwicklung der eigenen Fähigkeiten genutzt werden können. Teilnehmen können an den veranstalteten Webinaren bis zu 2.000 Menschen, der Preis liegt bei 78$ bis 499$ monatlich. Die Anzahl und Dauer

der Besprechungen sind unbegrenzt, das Aufzeichnen der Live-Veranstaltung ist möglich. Neben der Chatfunktion kann EasyWebinar automatisierte Webinare veranstalten und unterstützt Concierge-Support-Service, Livestreaming auf Facebook und YouTube und weitere Extras.

WebinarJam

Bei dieser Software können bis zu 6 Hosts gleichzeitig einem Meeting beiwohnen. Der Preis liegt bei 499$ bis 999$ pro Jahr, die Teilnehmeranzahl bei maximal 5.000. Die Dauer der Besprechungen ist auf maximal 4 Stunden begrenzt, die Aufzeichnung des Webinars ist möglich. Extras der Plattform sind neben der Chatfunktion die Q&A-Funktion, ein privater Chat, ein individueller Page-Builder, E-Mail und SMS-System, etc.

StealthSeminar

Diese Software ist darauf spezialisiert, Ihnen möglichst viel Arbeit abzunehmen und Prozesse zu automatisieren. Vorher aufgenommene Webinare können beispielsweise an einem von Ihnen festgelegten Termin automatisch veröffentlicht werden. Die Teilnehmerzahl liegt bei maximal 50.000, der Preis variiert von 69,95€ bis 135€ monatlich. Die Dauer und Anzahl der Besprechungen sind unbegrenzt, die Aufzeichnung von Live-Webinaren ist möglich. Die Chatfunktion wird ergänzt durch weitere Extras wie Analyse-Tools, SMS-Erinnerungen, Tools zur Lead-Generierung und viele andere.

SOFTWARE MIT UNBEGRENZTER TEILNEHMERZAHL

Webinaris
Diese Software ist die am besten automatisierteste Software, Ihnen bleibt also nicht mehr viel Arbeit. Der Preis variiert von 41,30€ bis 014,30€ monatlich, die Dauer und Anzahl der Besprechungen ist unbegrenzt. Live-Webinare können aufgezeichnet werden, es gibt eine Chatfunktion. Daneben punktet Webinaris mit E-Mail-Marketing-Funktionen, Vertriebs- und Marketing-Tools, individuellem Design, Umfragefunktionen und vielem mehr.

WebinarIgnition
Diese Software ist auf die Verbreitung Ihres Webinars ausgelegt und macht es einfach, das Webinar in eine E-Mail zu integrieren oder auf der eigenen WordPress-Seite einzubetten. Der Preis liegt zwischen 97€ und 297€ und die Dauer und Anzahl der Besprechungen sind unbegrenzt. Die Aufzeichnung des Webinars ist möglich. Eine Chatfunktion gibt es, allerdings nur im Live-Fragen-Format. Die Software ist außerdem kompatibel mit Y-ouTube und Facebook und ermöglicht ein individuelles Branding.

Webinargeek
Bei Webinargeek zahlen Sie 12€ bis 39€ monatlich für eine unbegrenzte Teilnehmeranzahl. Die Dauer der Besprechungen ist unbegrenzt, die Anzahl allerdings nur gegen Aufpreis unbegrenzt erhältlich. Auch hier kann

das Live-Webinar aufgezeichnet werden. Es gibt eine Chatfunktion und Sie können von den folgenden Extras profitieren: Screen- und Video-Sharing, Live Chat, Umfragen, etc.

eWebinar

Die Software eWebinar wählt einen etwas anderen Weg der Bezahlung. Hier zahlen Sie nicht je nach Anzahl Ihrer Teilnehmer, sondern dafür, wie viele Webinare Sie im Monat veröffentlichen wollen. Der Preis rangiert dabei von 49$ bis 250$. Hier ist außerdem kein Live-Webinar möglich, sondern nur das Ansehen von Aufzeichnungen. Es gibt eine Chatfunktion und Sie können die Software 30 Tage kostenlos testen.

WEBINARE ANBIETEN

Sie können folgende Plattformen nutzen um Ihre Webinare und Online Seminare anzubieten.

- www.seminarmarkt.de (Themen: Coachings, Berater und Moderatoren)
- www.onlineuniversity24.net (Themen: für kleine und mittlere Unternehmen von Marketing bis hin zu Persönlichkeitsentwicklung)
- www.webinarguide.com (Themen: Trading und Business)
- www.onlineuniversity24.net (Themen: für kleine und mittlere Unternehmen von Marketing bis hin

zu Persönlichkeitsentwicklung)

- www.webinar-planer.de (Themen: B2C und B2B)
- www.xing-events.com (Themen: Bewerbung sämtlicher Events)
- www.seminarboerse.de (Themen: Fort- und Weiterbildung)
- www.seminarmarkt.de (Themen: Coachings, Berater und Moderatoren)
- www.questico.de (Themen: Esoterik und lebensbereiche)
- www.smile2.de (Themen: Business Leadership, und Sales)

Webinar-Marketing

Dieses Kapitel steht ganz im Zeichen der Bekanntmachung Ihres Webinars und der Akquirierung von Teilnehmern. Wie schaffen Sie es, in kurzer Zeit Ihr Webinar bekannt zu machen und Interessenten dafür zu gewinnen?

WIE BEWERBEN SIE IHR WEBINAR?

Nutzen Sie für Ihr Marketing alles, was das World Wide Web hergibt.

Social Media beispielsweise und in diesem Zusammenhang vor allem LinkedIn, YouTube, Facebook und Instagram. Diese Kanäle werden von vielen Menschen aller Altersschichten genutzt. Wenn Sie eher die jüngere Generation ansprechend wollen, ist Instagram inzwischen besser geeignet als Facebook, mit dem Sie eher ältere Kunden gewinnen. Auch YouTube bietet eine Fülle an

Möglichkeiten. Hier können Sie beispielsweise kleine Ausschnitte Ihres Webinars bewerben, quasi anteasern.

Natürlich darf Ihre eigene Website nicht fehlen. Haben Sie bereits eine Website, beispielsweise die Seite Ihres Unternehmens oder einen Online Shop, so können Sie dort Ihr Webinar groß bewerben und bekannt machen. Auch eingebaut in einen Newsletter, den Sie an Ihren Kundenstamm schicken, kann das Webinar bekannt gemacht werden.

Neben Social Media können Sie altmodischere Werbemaßnahmen ergreifen. Eine gute alte Annonce in der Zeitung oder im Dorfblättchen sprechen wieder einen ganz anderen Kreis an potenziellen Kunden an, die Sie nicht erreichen würden, wenn Sie rein über Social Media werben würden.

Auch Radiowerbung, vielleicht sogar ein kleiner Clip fürs örtliche Kino oder Plakate an der Tankstelle? Seien Sie kreativ und nutzen Sie alle Ihnen zur Verfügung stehenden Mittel.

Konzentrieren Sie sich also nicht auf eine Quelle und versuchen Sie, über diese täglich hundert oder mehr Klicks zu generieren, sondern stellen Sie sich breiter auf, sodass Sie hundert (und mehr) Quellen haben, die täglich einen Klick liefern. So ist die Wahrscheinlichkeit höher, dass Sie mehr Teilnehmer generieren können, da Ihnen viele Quellen mehr als nur einen Teilnehmer liefern können. Lernen Sie, den Traffic zu denken. Hierfür müssen Sie sich in die Köpfe Ihrer Kunden und Teilnehmer hereinversetzen. Welcher sozialen Schicht gehören sie an,

welche Musik, welche Literatur mögen Sie? Wann sind die meisten Ihrer potenziellen Teilnehmer online und können von Ihnen gepostete Beiträge auch sehen? Wann und wo macht es Sinn, für Ihr Webinar zu werben? Möchten Sie ein neues Produkt verkaufen, welches sich zur Lackpflege von Autos eignet, macht es zum Beispiel wenig Sinn, in einer Zeitschrift für Anglerbedarf zu werben.

DIE LANDING-PAGE

Unter einer Landing-Page versteht man die Seite, auf die Ihre potenziellen Teilnehmer weitergeleitet werden, wenn Sie Ihrer Werbung folgen. Dies ist also eine Internetseite, die sich allein mit Ihrem Webinar beschäftigt.

Hier sollten Sie noch mal alle Vorzüge Ihres Webinars aufzeigen. Für wen eignet sich Ihr Webinar? Wer profiticrt davon? Welches Problem lösen Sie für Ihre Kunden? Was sind die Inhalte und was dürfen sich Ihre Teilnehmer davon versprechen? Auch kleinere Teaser-Videos können hier untergebracht werden.

Natürlich sollte es möglich sein, Ihr Webinar über die Landing-Page direkt zu kaufen und im Idealfall auch direkt abzurufen, sofern es sich um ein aufgezeichnetes Webinar handelt. Machen Sie es Ihren Kunden einfach, eventuelle Add-ons zu finden, also Inhalte, die Ihr Webinar ergänzen und erweitern können. Hierzu zählen Bücher, Folge-Webinare, Podcasts, PDF-Dateien und noch viele andere Möglichkeiten.

Die Landing-Page sollte einfach zu finden sein, übersichtlich strukturiert sein und einem einzigen Zweck dienen: potenzielle Kunden dazu zu bewegen, Ihr Webinar zu buchen.

WIE GENERIEREN SIE TEILNEHMER FÜR IHR WEBINAR?

Ein gutes Marketing ist Schritt Nummer eins, um Ihr Webinar bekannt zu machen und es Ihren potenziellen Teilnehmern zu präsentieren. Nun wissen Ihre Kunden immerhin schon mal, dass es Ihr Webinar gibt. Jetzt müssen sie es nur noch kaufen! Dies gelingt Ihnen am besten, indem Sie Ihre potenziellen Teilnehmer neugierig machen.

Statten Sie Ihr Webinar mit einem zugkräftigen Titel aus, der die Neugierde weckt. Hier dürfen Sie gerne etwas provokant sein und eine These aufstellen, die Ihre Kunden interessiert, sodass diese mehr über Ihr Webinar wissen wollen.

Klicken sie nun auf den Link, der sie zur Landing-Page führt, können Sie dort – oder auch schon einen Schritt früher – ein kleines Teaser-Video einbauen. Dieses sollte circa 15 bis 30 Sekunden umfassen. Dieses Video füllen Sie dann mit interessanten oder provokanten Aussagen, die im Webinar vorkommen und das Interesse und die Neugier der Kunden wecken, sodass diese das Webinar schließlich buchen.

Natürlich können solche Teaser-Videos auch auf

Social Media hochgeladen oder im Internet platziert beziehungsweise mit einem E-Mail-Newsletter verschickt werden. Schließen Sie die Teaser-Videos mit einem Aufhänger, der so oder so ähnlich lauten könnte: *Sie wollen mehr zu diesem Thema? Dann klicken Sie hier und buchen Sie noch heute Ihr exklusives Webinar.*

Wenn Sie ein Webinar anbieten, mit dem Sie Ihre Kunden und Teilnehmer ausbilden, weiterbilden oder Ihnen bei der Lösung eines expliziten Problems helfen, dann schreiben Sie dies unbedingt in den Titel oder in eine kleine Kurzbeschreibung, mit der Sie Ihr Webinar bewerben. So können Sie zum Problemlöser werden und garantieren Ihren Teilnehmern einen Mehrwert, sodass sich der Kauf des Webinars definitiv lohnen wird.

KUNDENBINDUNG IM WEBINAR

Ein erklärtes Ziel der Erstellung von Webinaren ist es, Ihre Kunden stärker an Sie zu binden, das Vertrauen in Sie und Ihr Produkt oder Ihre Dienstleistung zu stärken und die Kunden dazu zu bewegen, immer wieder bei Ihnen zu kaufen.

Dies erreichen Sie durch kompetente Sympathie. Zeigen Sie Ihren Kunden, dass Sie auf dem Gebiet, welches Sie als Ihr Fachgebiet ansehen, ein Experte sind und sie sich mit all ihren Fragen und Anliegen vertrauensvoll an Sie wenden können.

Auch ein wichtiger Punkt ist es, in der Erinnerung Ih-

rer Kunden verankert zu bleiben. Hierzu müssen Sie präsent sein und Ihren Kunden immer wieder neue Informationen und/ oder Produkte bieten, sodass sie sich oft und ausgiebig mit Ihnen beschäftigen.

SALES FUNNELS – WAS IST DAS UND WIE WIRKT ES?

Sales Funnels gehören zum Marketing dazu und sollten in jedem Unternehmen an der Tagesordnung stehen, um die eigene Bekanntschaft zu steigern. Diese Sales Funnels zielen darauf ab, das Kaufverhalten von Kunden zu untersuchen und auch vorherzusagen. Es gibt sie in den drei Bereichen:

- Verkauf und Kaufabwicklung
- Brand-Awareness steigern
- Automatisierung: Die gewonnene Zeit kann dann wiederum für Marketing-Zwecke genutzt werden

Dabei ist der Sales Funnel in verschiedene Stufen unterteilt. Die erste Stufe erregt die Aufmerksamkeit Ihres potenziellen Kunden. Wenn nun die Aufmerksamkeit gewonnen ist und der potenzielle Kunde bereit ist, beispielsweise die Verkaufsseite im Internet zu besuchen, kommt Stufe zwei zum Tragen: die Meinungsbildung. Hier bildet der Kunde sich eine positive oder eine negative Meinung zu den vorhandenen Produkten.

Im dritten Schritt prüft der Kunde den Deal und das

Produkt für sich selbst. Ist dieses Produkt das Geld wert? Dies ist ein sehr individueller Vorgang und je genauer Sie auf Ihre Zielgruppe abgestimmt sind, desto häufiger werden Kunden in Ihren Sales Funnel geleitet, die diese Frage auch mit Ja beantworten.

Im vierten, einem sehr wichtigen Schritt wird die Präferenz gebildet. Der Kunde beschließt also für sich selbst: Ja, dieses Produkt ist mir das Geld wert, dieses Produkt will ich kaufen. In diesem Schritt werden auch andere Produkte derselben Gruppe mit dem beworbenen Produkt verglichen.

Gibt es ähnliche Produkte auf dem Markt und wenn ja, sind diese ähnlich teuer? Sind diese Produkte das Geld wert oder vielleicht deutlich billiger als das Konkurrenzprodukt? Dann ist der eigentliche Kauf der fünfte und letzte Schritt des Sales Funnels. Manchmal kommt es vor, dass ein potenzieller Kunde die Stufen 1-4 des Sales Funnels durchläuft und es trotzdem nicht zum Kauf kommt, obwohl dieser Kunde überlegt, das Produkt zu kaufen. In diesem Fall kann durch Retargeting, also das erneute Aufmerksam-Machen desselben Kunden auf das Produkt dieser dazu gebracht werden, diesmal bis zum letzten Schritt, dem eigentlichen Kauf, voranzugehen.

5 kritische Fragen hinter den 5 Stufen des Sales Funnels

1. Aufmerksamkeit: Wissen Ihre Kunden, dass das Produkt existiert?
2. Meinung: Haben Ihre Kunden eine Meinung zu diesem Produkt?

3. Prüfung: Denken Ihre Kunden daran, das Produkt zu kaufen oder eher nicht?
4. Präferenz: Vergleichen Ihre Kunden das Produkt mit einer Produktgruppe?
5. Kauf: Haben Ihre Kunden das Produkt gekauft?

3 Bereiche: TOTF, MOTF und BOTF

Die Funnels sind unterteilt in verschiedene Bereiche. Der Bereich, der aus Schritt 1 besteht, wird auch TOTF genannt, also „Top of the Funnel“, während die Schritte 2 bis 4 den MOTF (Middle of the Funnel) bilden und Schritt 5, der letztendliche Kauf als BOTF (Bottom of the Funnel) bezeichnet wird.

Für jeden der drei Bereiche gibt es nun eigene Marketingmethoden, die speziell mit dem Ziel angewendet werden, die Leute (Schritt 1) aufmerksam zu machen, zu informieren (Schritt 2, 3 sowie 4) und im letzten Schritt zum Kauf zu überreden.

TOTF – Top of the Funnel

Ihr erklärtes Ziel ist es, für Ihre Verkaufsseite Traffic zu generieren. Sie wollen erreichen, dass möglichst viele Besucher auf Ihrer Internetseite landen. Dies ist die Aufgabe des TOTF-Marketings und kann durch unterschiedliche Strategien erreicht werden. Die Strategien lassen sich natürlich untereinander kombinieren.

- **Werbeanzeigen auf Facebook und Co.** Bei diesen

Werbeanzeigen ist es Ihnen möglich, sehr genau zu definieren, wem Ihre Werbung angezeigt werden soll. Beispielsweise nur weiblichen oder nur männlichen Nutzern in einem Alter zwischen 12 und 25 Jahren.

- **Hashtags:** Das Raute-Symbol # markiert ein sogenanntes Hashtag. In den sozialen Medien ist es möglich, nach diesen Hashtags zu suchen. So können Sie die Reichweite Ihrer Beiträge erhöhen und sicherstellen, dass diese von der richtigen Zielgruppe entdeckt werden können. Nutzen Sie beispielsweise den #ponyhof, so erreichen Ihre Beiträge pferdeverrückte Mädchen, aber keine Personen, die sich beispielsweise für Yoga interessieren.

- **Veröffentlichungen in der Presse, auf Blogs, in Podcasts:** Hier nutzen Sie die Reichweite anderer Blogs oder eines Podcasts, um auf sich und Ihr Produkt aufmerksam zu machen.

- **Organischer Traffic:** Organisch bedeutet, dass die Bekanntheit Ihrer Seite und Ihrer Firma langsam wächst. Organisches Wachstum ist nicht durch Werbeanzeigen gekauft und kann dementsprechend angeben, wie viele Menschen da draußen Sie beispielsweise per Social Media verfolgen und Ihre Produkte einkaufen. Organischer Wachstum geht immer langsamer vonstatten, wird aber oft als nachhaltiger empfunden, da die Personen, die Sie so kennenlernen, bei Ihnen verweilen. Organische Reichweite generieren Sie auch durch ein gutes SEO und ein

ausgefeiltes Content-Marketing-Konzept.

- **Publicity Stunts:** Durch eine (gern auch verrückte) Handlung generieren Sie Aufmerksamkeit. Das geht beispielsweise durch die Teilnahme an Reality-TV-Formaten oder Quizsendungen, wo Sie beispielsweise auf Ihrer Kleidung die URL Ihres Shops präsentieren können.

Um die gerade genannten Methoden erfolgreich nutzen zu können, ist es wichtig, dass Sie auf ein positives ROI (return on investment) achten: Nur wenn es Ihnen gelingt, mehr zu gewinnen, als Sie einsetzen, sind die Methoden als erfolgreich zu bewerten. Es geht also zuerst nicht darum, möglichst viel Geld in Werbeanzeigen zu stecken, sondern darum, dass Sie mit dem eingesetzten Geld Gewinn generieren konnten. Wenn Sie bei einer Methode kein positives ROI generieren, sollten Sie überdenken, ob es sich um die richtige Methode handelt und diese im Zweifelsfall verbessern, ehe Sie noch mal Geld hinein investieren.

MOTF – Middle of the Funnel

Im MOTF geht es um Schritt 2, 3 und 4 des Funnels, also die Schritte Meinung, Prüfung und Präferenz. Im Nachfolgenden werden verschiedene Marketingmethoden kurz vorgestellt.

- **E-Mails und Produktseiten:** Mailchimp.com ist ein Anbieter für Marketing- und Mailingstrategien, der Ihnen dabei helfen kann, schnell und effektiv mehr Sign-

ups und Kunden zu generieren. Mit dem kostenfreien Tool „Landingpages" von Mailchimp ist es Ihnen möglich, kostenlos Landing-Pages zu erstellen. Diese Seite bildet den ersten Eindruck, den ein Kunde von Ihnen und Ihrem Produkt hat, wenn er dem Link folgt, den Sie ihm im TOTF geliefert haben. Diese Seiten sind es, die Ihren Kunden davon überzeugen, dass Sie und Ihr Produkt interessant sind. Auf den Produktseiten können Sie kostenlose Freebies herausgeben, um den potenziellen Kunden weiter zu informieren und sein Interesse zu vertiefen.

- **E-Books und Bücher:** Eine gute Möglichkeit, Kunden zu gewinnen, ist es, einen kostenfreien Einblick in ein Buch zu gewähren. Wenn es Ihr Ziel ist, über den Sales Funnel ein bestimmtes Buch zu verkaufen, kann das Freebie auf Ihrer Produktseite beispielsweise Kapitel 1 dieses Buches sein, dass Sie den Interessenten kostenfrei zur Verfügung stellen. Viele werden sich diese Chance nicht entgehen lassen und werden viel Zeit investieren, sich Ihr Produkt genauestens anzusehen.

- **Erklär-Videos:** Über YouTube kann durch das kostenfreie Anbieten von erklärenden Videos hervorragend organische Reichweite generiert werden.

- **Follow-up:** Unter einem Follow-up wird die Nachbereitung und Nachsorge eines Kaufs bzw. einer Handlung verstanden, die die Teilnehmer bei Ihnen getätigt haben. Dies kann als E-Mail erfolgen oder auch in Form eines

Anrufes.

- **Produkt-Demo-Videos:** Hier können bestimmte Produkte noch mal in all ihren Vorteilen dargestellt und promotet werden.

BOTF – Bottom of the Funnel

Im Bottom of the Funnel befinden sich nun diejenigen Kunden, die Sie durch die Schritte eins bis vier bereits so weit gebracht haben, dass ihnen das angebotene Produkt gefällt und sie daran echtes Interesse haben. Es kann sich also für Sie lohnen, gerade im BOTF eine aggressivere Verkaufsstrategie zu fahren und beispielsweise klarzumachen: „Kaufe jetzt dieses Produkt oder du wirst Geld verlieren."

- **Telefonanrufe mit Verkaufsabschluss:** Ein Follow-up kann nun ein aggressiver Verkaufsanruf sein, mit dem Sie Ihren Kunden noch mal intensiv betreuen und zum Kaufabschluss leiten können.
- **Affiliates:** Dahinter verstecken sich Personen, die Ihr Produkt für Sie verkaufen und dafür eine Provision bekommen. Affiliates finden Sie beispielsweise über digistore24 oder clickbank.
- **Persönliche Nachricht:** Beispielsweise via Video kann eine persönliche Nachricht an den Kunden verschickt werden. Damit können Sie persönlich und individuell auf die Frage Ihres Kunden antworten. So fühlt sich der Kunde ernst genommen und Sie können ihn zum Kaufabschluss bewegen.
- **Besuch:** Auch persönliche Besuche können bei einem teuren Produkt sehr hilfreich und vor allem vertrauensaufbauend sein.
- **Verkaufsseiten:** Natürlich darf auch die Verkaufsseite an sich nicht fehlen, die Sie nach bestimmten Kriterien errichtet haben.

Sales Funnels auf die eigene Zielgruppe abstimmen

Es ist erheblich wichtig, dass die eigenen Sales Funnels so konzipiert sind, dass sie auch die richtigen Leute ansprechen, also Ihre Zielgruppe. Dazu sollten Sie sich Gedanken darüber machen, wer Ihre Zielgruppe überhaupt ist:

- Alter, Geschlecht, Herkunft.
- Interessensgebiete, welche Probleme bestehen bei der

Zielgruppe.
- Wo ist die Zielgruppe unterwegs? YouTube, Instagram, etc.
- Was nervt die Zielgruppe an anderen Verkaufsseiten, was finden sie gut?
- Wie erreichen Sie Ihre Zielgruppe für die erste Stufe des Sales Funnels (die Aufmerksamkeit)? Über YouTube-Ads oder besser Werbeanzeigen auf Instagram und Facebook?

Stufe 1: Aufmerksamkeit

Um die Aufmerksamkeit Ihrer Kunden zu bekommen, gibt es verschiedene Strategien. Welche davon für Sie und Ihr Unternehmen am besten geeignet ist, kommt ganz auf Ihre Zielgruppe an und ist individuell unterschiedlich. Natürlich können Sie auch mehrere Strategien kombinieren.

Influencer-Marketing: Das Marketing über bekannte Influencer kann sehr förderlich sein, um viele Menschen zu erreichen, die exakt der Zielgruppe entsprechen. Hier müssen Sie nur den passenden Influencer finden, der beispielsweise auf Instagram, Facebook, Y-ouTube oder TikTok für Ihr Unternehmen wirbt.

Gastauftritte: Beispielsweise in Form von Gastartikeln oder in einem Podcast können Sie mit einem Auftritt auf sich aufmerksam machen. Dabei generieren Sie für den Podcast oder einen Blog mit viel Traffic interessanten Content und bekommen im Gegenzug viele Interessenten auf Ihre Landing-Page und die Verkaufsseiten.

PPC (pay per click) Kampagnen: Diese lassen sich über Google Ads, Banner, Facebook Werbeanzeigen oder auch auf YouTube, Instagram und Co. schalten. Hier können Sie je nach verfügbarem Budget und Vorlieben zwischen verschiedenen Varianten wählen.

Social Media Marketing: Auch mit dem eigenen Facebook- oder Instagram-Kanal kann auf sich aufmerksam gemacht werden. So schaffen Sie es, vermehrt Interessenten auf sich und Ihre Produkte aufmerksam zu machen.

SEO & Verkaufsseiten-Optimierung: Die Suchmaschinenoptimierung von Google ermöglicht es Ihnen, vermehrt gefunden und angeklickt zu werden. Google bietet außerdem viele hervorragende Analyse-Tools an, mit denen der Erfolg der Anzeigen überprüfbar wird: Wie viele Menschen haben auf Ihre Verkaufsseite geklickt, wie viel Zeit wurde durchschnittlich auf welcher Seite verbracht etc.

Methoden der Kundenbindung

In diesem kurzen Abschnitt soll auf fünf Methoden eingegangen werden, wie Sie Ihre Kunden binden können, beziehungsweise wie es Ihnen möglich ist, auch Kunden zu behalten, die sich zwar nicht für das spezielle Produkt interessieren, durch dessen Sales Funnel sie auf Ihre Seite gezogen wurden, die aber dennoch Ihre Firma ganz interessant finden und sich vielleicht für ein anderes Produkt begeistern lassen.

Blogs: Durch das Erstellen eines Blogs unterhalten

Sie Ihre Zielgruppe mit Content und bieten ihnen darüber hinaus einen Mehrwert an Wissen und Informationen. Ihre Kunden werden sich dementsprechend gern auf Ihrem Blog herumtreiben und sind empfänglicher für Werbung für Ihre Produkte und deren Verkauf.

Social Media: Promoten Sie sich selbst, Ihr Unternehmen und Ihre Produkte durch gekonntes Social Media Marketing und Content Marketing auf Kanälen wie Instagram, Facebook oder TikTok.

Videos: Für Menschen, die lieber Videos ansehen, anstatt Blogartikel zu lesen, können Sie informative Videos erstellen, die einen erheblichen Mehrwert bieten und so Ihre Kunden an sich binden.

Empfehlungen: Die Empfehlungen und Bestätigungen von anderen Leuten, die vorher bei Ihnen gekauft haben, sind ein sehr gutes Aushängeschild, um Sie und Ihr Unternehmen zu promoten und Ihr Image zu stärken.

Newsletters: Regelmäßige Newsletter sorgen dafür, dass Sie in den Köpfen Ihrer Kunden präsent bleiben. Wichtig dabei ist, dass Sie einen generellen Mehrwert bieten und informative Newsletter erstellen, die Ihren Kunden gefallen und die sie dementsprechend gerne lesen.

Fehler beim Aufbau des Sales Funnels

Der Aufbau eines Sales Funnels ist mehr oder minder komplex und in dem nachfolgenden Abschnitt wird auf die vier häufigsten Fehler kurz eingegangen.

Zu viele Felder auf der Verkaufsseite

Ihre Verkaufsseite hat den einen Zweck, das Produkt an den Kunden zu verkaufen. Eine sehr einfach aufgebaute Verkaufsseite kann beispielsweise aus einem Bild, einem erklärenden Text und dem Button „Kaufen“ bestehen. Diese Verkaufsseite ist so einfach, dass sie sicherlich niemanden verwirrt. Je mehr Texte, Videos, Bilder und anderes Material nun auf die Verkaufsseite gepackt werden oder wenn sich der Kunde sogar erst durch mehrere Seiten durchklicken muss, bis er auf dem Button „Kaufen“ landet, werden viele der potenziellen Kunden verwirrt, verlieren das Interesse oder verlassen die Verkaufsseite zu früh, weil sie sich von dem System genervt fühlen.

Das bedeutet also, dass Sie es auf Ihrer Verkaufsseite schaffen müssen, mit einem kurzen, prägnanten Text oder einem kurzen, informativen Video die Aufmerksamkeit Ihres potenziellen Kunden so weit zu fesseln, dass dieser Ihr Produkt interessant findet. Dann können Sie ihm weitere Möglichkeiten geben, sich umfassender über das Produkt zu informieren.

Zu viele Schritte

Bis zum Button „Kaufen“ sind Ihre Kunden nun hoffentlich vorgedrungen. Im nächsten Schritt sollten Sie es Ihren Kunden nun so einfach wie möglich machen, das Produkt zu erwerben, beispielsweise durch einen Express-Log-out mit PayPal. Diese Zahlungsmethode ist so schnell und einfach, dass sie auch von mobilen Endgeräten sehr leicht abgewickelt werden kann. Wenn dies

nicht möglich ist, versuchen Sie die Schritte zusammenzufassen. Je mehr Schritte Sie bis zur tatsächlichen Kaufbestätigung benötigen, umso mehr Zeit haben Ihre Kunden, sich den Kauf noch mal zu überlegen und letztendlich abzubrechen.

One Click Sign-up

Auch ein erleichterter Login ist eine Möglichkeit, wie Sie Ihren Kunden das Kauferlebnis angenehmer machen können. Oft wird es gewünscht, dass sich Ihre Kunden bei Ihnen anmelden, beispielsweise um ein Produkt zu kaufen oder sich für den Newsletter anzumelden. Verzichten Sie hierbei auf die geforderte Bestätigung des Links. Dieser Schritt ist für viele Ihrer potenziellen Kunden zu aufwendig, denn es wird gefordert, dass sie Ihre Seite verlassen, den E-Mail Account aufrufen, dort ihre Mails checken und dann wieder auf Ihre Seite zurückkehren.

Nicht wegklicken lassen

Eine Verkaufsseite hat nur den einzigen Zweck, dass Ihre Kunden das dort angebotene Produkt kaufen. Je mehr Möglichkeiten bestehen, auf der Seite zu navigieren, sich beispielsweise einen Blog, Videos oder andere Produkte anzusehen, umso schneller werden sich Ihre Kunden ablenken lassen und letzten Endes das Produkt doch nicht kaufen, da sie schnell den Fokus verlieren. Eine Verkaufsseite sollte also so wenig Navigationsmöglichkeiten

wie möglich bieten und im Idealfall nur aus einem einzigen Button bestehen: „Produkt jetzt kaufen!“

SIGN-UPS GENERIEREN MIT SALES FUNNELS

Ziel jeden Marketings ist es, möglichst viele Anmeldungen für Ihr Webinar zu erhalten. Wie Sie dies mit Hilfe der Sales Funnels schaffen, erfahren Sie in diesem Kapitel.

Exit-Intent Pop-up

Pop-ups sind Felder, die beim Besuch einer Seite aufspringen und eine Werbung präsentieren. Diese kennen die meisten Nutzer und Pop-ups werden gerne und schnell weggedrückt. Ein Exit-Intent Pop-up erscheint dann, wenn der potenzielle Kunde die Verkaufsseite verlassen will. Es ist also die letzte Chance, die Aufmerksamkeit des Besuchers doch noch an sich zu reißen. In diesem Pop-up kann das kostenlose Webinar, die Anmeldung zum Newsletter oder etwas vollkommen anderes von den Nutzern verlangt und angeboten werden. Dazu sind zumeist nur eine E-Mail-Adresse und die Angabe des Namens von Nöten.

Eine andere Möglichkeit ist es, ein content-basiertes Pop-up zu schalten und dem Nutzer dadurch einen Schubs zu geben, sich beispielsweise ein kurzes Video anzusehen, in welchem noch mal explizit für das Produkt

geworben wird. Hierbei sind keine plumpen Werbeanzeigen gemeint, sondern Content, der einen relevanten Mehrwert für die Person auf der anderen Seite des Bildschirms liefert.

Lead Magneten

Ein Lead Magnet ist etwas, das die Kunden auf Sie und Ihr Produkt aufmerksam macht. Es ist eine Art Goodie, welches Sie anfangs beispielsweise im Tausch für die E-Mail-Adresse herausgeben. Eine PDF-Datei, ein eBook, ein Webinar oder etwas vollkommen anderes. Diese Lead Magneten sind zumeist kostenlos und haben den Zweck, den Kunden auf Sie und Ihre Arbeit aufmerksam zu machen. Beispielsweise soll durch das kostenfreie PDF das Interesse für den kostenpflichtigen Online-Kurs oder das Webinar geweckt werden und so mehr Sign-ups generiert werden können.

E-Mail-Signatur

Eine Signatur unter einer E-Mail ist quasi eine Unterschrift. Es signalisiert dem Leser, dass er ein offizielles Dokument, eine wichtige Mail vor sich hat, der er mehr Aufmerksamkeit schenken sollte. Es weckt das Interesse und die Konzentration des Lesers auf die Mail, wenn eine aufwendig verfasste Signatur im unteren Teil die Mail abschließt. Diese Signatur sorgt also dafür, dass Ihre E-Mails mehr Aufmerksamkeit bekommen und sich der Text, den Sie damit zu Ihren potenziellen Kunden tragen, aufmerksamer durchgelesen wird.

Webinar Listing Seiten

Listing Seiten sind Internetseiten, auf denen Sie Ihr Webinar listen lassen können und wo sich die Kunden direkt eintragen und an Ihrem Webinar teilnehmen können. Beispiele für Listing Seiten sind:

- tellonline.org
- webinarbase.com

Gastsprecher

Um mehr Reichweite für Ihr Webinar zu generieren, kann es empfehlenswert sein, Gastsprecher darin aufzunehmen. Sie bieten diesen Sprechern dadurch eine Plattform, ihre eigenen Produkte oder Ideen und Gedanken mit den Teilnehmern zu teilen. Im Gegenzug verpflichten sich diese Sprecher dazu, Ihr Webinar zu promoten und für Teilnehmer und Sign-ups zu sorgen. Wie eine solche Partnerschaft aussehen könnte, müssen Sie natürlich immer individuell mit dem jeweiligen Partner absprechen.

Trainervermittlung

Sie müssen nicht selber zum Telefonhörer greifen, wenden Sie sich stattdessen an eine Trainervermittlung. Diese Agenturen übernehmen die Akquise für Sie zu einem Festpreis oder zu einem bestimmten Prozentsatz des Honorars.

- www.trainerlotse.de
- www.roehl-trainer.de
- www.trainertreffen.de

FACEBOOK ADS

Werbeanzeigen in Facebook zu schalten, kann hervorragend funktionieren, um eine bestimmte Zielgruppe anzusprechen, die viel in den Sozialen Medien agiert. Über Facebook ist es natürlich auch möglich, Ads auf Instagram zu schalten.

Das Besondere dabei ist, dass Sie die von Ihnen geschalteten Anzeigen sehr genau auf Ihre Zielgruppe abstimmen können, sodass Ihre Anzeigen wirklich nur denjenigen angezeigt werden, die auch als Ihre Kunden in Frage kommen. Sie können also beispielsweise demografische Angaben zu Ihrer perfekten Zielperson eingeben und die Facebook Ads werden dies beachten.

In 4 Schritten zur Facebook Ad

Von Facebook wird es Ihnen ermöglicht, in vier kurzen Schritten Werbeanzeigen zu schalten.

1. Sie definieren Ihr Unternehmensziel: Was wollen Sie mit Ihrer Anzeige erreichen? Beispielsweise einen bestimmten Post promoten und mehr Shares, Likes und Kommentare erreichen? Oder ist es Ihr Ziel, die Kunden auf eine Verkaufsseite weiterzuleiten, wo sie sich beispielsweise in ein Webinar eintragen können?

2. Definieren Sie ihre Zielgruppe: Hier können Sie, wie bereits erwähnt, genau definieren, wem Ihre Anzeige gezeigt werden soll.

3. Erstellen Sie Ihre Anzeige: Sie können Fotos, Videos, Slideshows für die Werbeanzeige erstellen und jede Anzeige individuell gestalten.
4. Facebook präsentiert Ihre Anzeige: Sie erhalten Insights und Informationen darüber, wie Ihre Anzeige performt.

5 TIPPS ZUR WEBINAR – PROMOTION

In diesem Abschnitt finden Sie fünf weitere Wege, um Ihr Webinar zu bewerben und mehr Teilnehmer zu generieren.

YouTube Videos

Wenn Sie affin sind mit der Erstellung von Videos, können Sie mit einem eigenen YouTube-Kanal für organische Reichweite sorgen. Hierbei ist es wichtig, nicht nur reine Werbevideos zu machen, bei denen Sie Ihre Follower dazu bringen wollen, bei Ihnen zu kaufen. Wie überall auf Social Media kommt es auch hier auf das Content Marketing an, also darauf, dass Sie Videos für Ihre potenziellen Kunden und Ihre Follower schaffen, die diesen einen gewissen Mehrwert bieten, die informativ und lustig sind oder Aufmerksamkeit erregen. Es ist sehr von Vorteil, wenn Ihre Follower sich bereits auf das Erscheinen neuer Videos von Ihnen freuen. So sind sie sicherlich auch gewillt, auf einen Link zu klicken oder der Auffor-

derung in der Beschreibung oder im Video selbst zu folgen und sich somit auf eine Verkaufsseite oder dergleichen weiterleiten zu lassen.

Facebook Gruppen

Über Gruppen in Facebook sind viele Menschen erreichbar. Und das Schöne: In einer Gruppe finden Sie sehr viele Menschen, die alle ein und demselben Interesse verfallen sind. Gruppen gibt es zu nahezu jedem Thema. Sicherlich finden Sie eine Facebook-Gruppe, in der sich genau Ihre Zielgruppe herumtreibt.

Facebook Events

Facebook Events haben den Vorteil, extrem schnell „viral" zu gehen. In diesem Zusammenhang können Sie Ihre Freunde auffordern, jeweils einen anderen Freund zu diesem Event, der Veranstaltung, einzuladen, um so die Reichweite Ihres Events extrem zu steigern.

Andere Sprecher im eigenen Webinar

Dies ist bereits weiter vorn thematisiert worden. Ein fremder Sprecher, dem Sie die Möglichkeit geben, in Ihrem Webinar für sich selbst zu werben, wird Ihnen vielleicht 5 oder 10 Minuten der Zeit nehmen, die Sie in Ihrem Webinar zur Verfügung haben. Im Gegenzug wird er Ihnen aber eine höhere Reichweite sichern und mehr Teilnehmer generieren.

Coupon-Seiten

Viele Menschen stöbern gern auf Coupon-Seiten, um angebotene Kurse und Produkte billiger zu erwerben. Sie

können also einen Ihrer Kurse dort billiger anbieten, um vermehrt Teilnehmer zu generieren. Wenn Sie dann mit diesem Webinar die Teilnehmer überzeugen können, sind diese viel leichter bereit, auch einen teureren Kurs oder ein teureres Produkt von Ihnen zu erwerben. Auch das Anbieten kostenfreier Webinare ist auf diesen Coupon-Seiten natürlich möglich.

Webinar-Moderator

In diesem Kapitel dreht sich alles um den Moderator, den Dozenten und die Techniken der Präsentation.

Das Herzstück Ihres Webinars ist neben dem Inhalt auch die Darstellung desselben. Sie können die interessantesten Themen haben, jedoch durch eine langweilige Präsentation und eine einschläfernde Moderation viele Kunden verlieren und weniger Umsatz generieren.

Als Moderator und als Dozent ist es wichtig, sich vor der Kamera wohlzufühlen. Wenn dies auf Sie nicht zutrifft, überlegen Sie, ob es nicht sinnvoller wäre, einen externen Fachmann die Moderation übernehmen zu lassen, der damit Erfahrung hat, es vielleicht sogar kommerziell macht.

Natürlich ist auch die Moderation zu zweit eine gute Möglichkeit. Hier könnte einer der Redner als Moderator fungieren, der durch das Webinar leitet und der zweite Redner ist der erklärte Experte zu dem Webinar-Thema

und kann seine Fach-Expertise einbringen.

Diese Doppelmoderation lockert auf oft die Stimmung etwas auf und hilft Ihnen, sich vor der Kamera etwas zu entspannen. Gerade wenn Sie neu in das ganze Webinar-Thema einsteigen, ist dies eine gute Möglichkeit, die Scheu zu verlieren.

WAS MACHT EINEN GUTEN MODERATOR/ REDNER AUS?

Pünktlichkeit

Seien Sie überpünktlich!

Es wirkt extrem inkompetent und Sie büßen viel Kundenvertrauen ein, wenn Sie nicht zum kommunizierten Zeitpunkt mit dem Webinar starten. Seien Sie bei einem Live-Event immer schon früher bereit, betreten Sie den Chatraum des Webinars zu früh und als Erster und führen Sie eventuelle Techniktests vor dem offiziellen Beginn des Webinars aus.

Wenn Sie all die Vorbereitungen abgeschlossen haben, steht einem geregelten und vor allem pünktlichen Beginn nichts im Wege. Ihre Teilnehmer werden es Ihnen danken.

Klare Einleitung

Starten Sie die Moderation mit einer kurzen Erklärung, um was es in diesem Webinar gehen soll. Fassen Sie kurz die Thematik zusammen, erklären Sie die Überschrift

und wecken Sie auch hier die Neugierde Ihrer Teilnehmer, indem Sie kleinere Versprechen äußern, auf die Sie dann im Laufe des Webinars zurückkommen werden. Machen Sie Ihren Zuhörern quasi klar, worin die Bedeutung Ihres Webinars für die Teilnehmer liegt und wie Sie ihnen damit helfen können.

Ebenfalls Teil der Einleitung ist die Vorstellung der Teilnehmer, also der Moderatoren und der eventuell anwesenden Fachleute, die im Chat, im Video-Feed oder persönlich mit Ihnen vor der Kamera am Webinar teilnehmen.

Machen Sie klar, ob und wann eventuelle Fragen beantwortet werden. Diese können Sie entweder sammeln und zu festgesetzten Zeiten beantworten, beispielsweise vor der Pause und/oder am Ende des Webinars. Dringende Fragen können, wenn Sie dies zulassen, natürlich auch direkt beantwortet werden.

Interesse wecken

Wie schon mehrmals angesprochen, müssen Sie gerade zu Anfang des Webinars das Interesse und die Neugierde Ihrer Teilnehmer wecken. Vor allem wenn Sie ein kostenloses Webinar anbieten, kann es Ihnen passieren, dass vor dem Ende des Vortrags Teilnehmer abspringen. Doch die Leute, die Ihnen nicht bis zur abschließenden Produktpräsentation oder dem am Ende des Webinars stehenden Call-to-Action folgen, können logischerweise auch nichts kaufen und generieren für Sie keinen Umsatz. Gerade in diesem Fall ist das Interesse essenzielle

Voraussetzung. Um Ihre Teilnehmer zum Dranbleiben zu überreden, können Sie am Anfang einen kleinen Film oder ein Bild zeigen. Natürlich können Sie auch ein kleines, besonderes Gadget präsentieren oder über ein Problem sprechen, das Sie am Ende dieses Webinars für Ihren Zuschauer gelöst haben werden.

Am besten funktioniert in diesem Kontext einerseits ein Problem – oder die Lösung eines Problems – über das Ihre Teilnehmer entweder schon sehr lange nachdenken und Ihr Webinar genau aus diesem Grund gebucht haben – weil Sie ihr Problemlöser sein sollen. Andererseits können Sie natürlich auch ein Problem ernennen, von dem Ihre Zuschauer bisher nicht wussten, dass Sie es haben, sodass sie nun unbedingt erfahren möchten, wie Sie dieses Problem zu lösen gedenken.

Ziele darstellen

Handelt es sich bei Ihrem Webinar um eine Lehrveranstaltung, zeigen Sie Ihren Teilnehmern die verschiedenen Lernziele auf, die im Laufe des Webinars – oder im Laufe einer Webinar-Reihe – erreicht werden können.

Halten Sie jedoch ein Webinar, um eines Ihrer Produkte vorzustellen, kommunizieren Sie dies auch klar an Ihre Teilnehmer. Auf keinen Fall dürfen Sie Erwartungen schüren, die Sie nicht einhalten können. Dies weckt nur Frust und Unzufriedenheit bei Ihren Teilnehmern und Kunden.

Aufgaben stellen

Manche Teilnehmer wissen es zu schätzen, wenn Sie sie

in das Webinar einbinden und aktiv mitarbeiten lassen. Hier kommt es natürlich wie immer auf die Art des Webinars an. Mitmach-Aufgaben können vielfältig sein und beispielsweise die Lösung einer Rechenaufgabe beinhalten, wenn Sie ein Webinar über Mathematik abhalten.

Dies animiert Ihre Teilnehmer ebenfalls zum Dabeibleiben und kann für Gesprächsstoff und Fragen sorgen, was die Interaktionsrate Ihres Webinars in die Höhe treibt.

Hier müssen Sie für sich und das Thema Ihres Webinars entscheiden, wie Sie die Aufgaben stellen wollen und ob Sie einzelne Teilnehmer auf ihren Lösungsweg oder ihre Lösung ansprechen wollen. Dies kann dazu führen, dass die anderen Teilnehmer ebenfalls aktiver am Geschehen teilnehmen. Natürlich kann dies auch in die andere Richtung umschwenken und Ihre Teilnehmer verlassen vielleicht lieber das Webinar, bevor sie quasi Gefahr laufen, auch aufgerufen zu werden.

Wie auch schon bei anderen Fragestellungen, beispielsweise der Wahl des Formats und der Anrede, kommt bei der Wahl, ob Sie Fragen und Aufgaben stellen wollen oder nicht, individuell auf das Thema Ihres Webinars und vor allem auf Ihre Zielgruppe an.

Seien Sie natürlich

Bleiben Sie menschlich, authentisch, sympathisch und nah an Ihren Zuhörern. Suchen Sie das Gespräch, bleiben Sie freundlich und lachen Sie.

Gerade das ständige Lächeln ist sehr wichtig, da das

zweidimensionale Bild Ihre Mimik ernster wirken lässt, als diese in Wahrheit ist, während Sie in die Kamera blicken. Deshalb lächeln Sie und lachen Sie zwischendurch auch mal, um die Stimmung freundlich und offen zu halten.

Eine lockere Stimmung sorgt dafür, dass Ihre Teilnehmer sich wohlfühlen. Auch ernstere Inhalte können bis zu einem gewissen Grad mit lockerer Stimmung präsentiert werden. Achten Sie diesbezüglich allerdings darauf, nicht zu salopp zu wirken. Finden Sie die richtige Mischung aus Ernst und Losgelöstheit, sodass Ihre Teilnehmer Ihnen auch in längeren Redepassagen gerne zuhören.

Bedenken Sie außerdem, dass Ihre Teilnehmer durch feinste Signale in Ihrer Körpersprache und Ihrer Stimmlage erkennen können, wie Sie zu dem Thema stehen, das Sie vortragen: Nur allzu schnell bemerken sie, ob Sie emotional dahinterstehen oder ob eine Produktempfehlung wirklich von Herzen kommt und Sie vollends davon überzeugt sind, was Sie präsentieren. Hiervon hängt es letztendlich ebenso ab wie von einem guten Webinar-Aufbau selbst, ob Ihre Teilnehmer sich auf Sie und die Präsentation einlassen und ob der sogenannte Funke überspringt, mit dem Sie Ihre potenziellen Kunden überzeugen können, Ihr Produkt zu kaufen, Ihre Tipps anzunehmen oder Ihre Folge-Webinare zu buchen.

Fragen

Ein großer Bestandteil für die Lebendigkeit eines Live-

Webinars sind die von den Teilnehmern gestellten Fragen. Oftmals jedoch ist der Chat gerade zu Beginn einer Webinar-Veranstaltung sehr zurückhaltend. Niemand will der Erste sein, der eine vermeintlich dumme Frage stellt.

Um diese Schüchternheit zu umgehen, können Sie ein oder zwei Fragen vorbereiten und entweder von einem Mitarbeiter oder Kollegen in den Chat schreiben lassen oder aber diese Fragen verlesen mit der Erklärung, dass schon vorab einige Fragen bei Ihnen eingegangen sind, die Sie nun zuerst beantworten wollen.

Dies löst oftmals die Verhaltenheit Ihrer Teilnehmer und diese beginnen ebenfalls damit, Fragen zu stellen, die Sie dann gezielt beantworten können.

Somit schaffen Sie Interaktion sowohl zwischen Ihren Teilnehmern als auch zwischen Teilnehmer und Moderator. Dies stärkt ebenfalls die Kundenbindung und das positive Verhältnis zu Ihren Kunden.

Der Blick

Sehen Sie Ihre Teilnehmer direkt an. Dazu müssen Sie genau wissen, wo sich die Kamera an Ihrem Gerät befindet. Gerade beim Tablet oder auch am Computer laufen Sie Gefahr, durch den Blick auf den Bildschirm sozusagen an Ihren Teilnehmern vorbeizusehen. Achten Sie also darauf, direkt in die Kameralinse zu blicken.

Weder die Perspektive von recht weit oben, sodass Ihnen Ihre Teilnehmer auf den Kopf gucken, noch die Perspektive von schräg unten, sodass der Blick in Ihre

Nasenlöcher frei liegt, ist besonders attraktiv. Frontal in die Kamera zu blicken ist zudem persönlicher und Ihre Teilnehmer fühlen sich mit eingebunden.

Gerade beim Sitzen ist die Gefahr einer verschobenen Perspektive gegeben, beispielsweise wenn Sie sich vorlehnen oder das Tablet vor Ihnen auf dem Tisch liegt. Wenn Sie mit Laptop oder Tablet aufnehmen, dann positionieren Sie diese Geräte so, dass diese auf Augenhöhe zu Ihnen sind. Dies können Sie beispielsweise durch das Erhöhen des Geräts mit einem Bücherstapel oder anderen technischen Hilfsmitteln wie Stativen erreichen. Natürlich gilt auch für jede andere Kamera die Regel, dass Sie diese auf Augenhöhe platzieren sollten.

Stimme und Sprache

Trinken Sie genug.

Beginnen Sie damit allerdings nicht erst kurz vor dem Webinar, sodass Sie es möglicherweise für eine Toiletten-Pause unterbrechen müssten, sondern schon am Morgen des Webinar-Tages. Wasser oder Tee ölt die Stimme und sorgt für eine geschmeidigere Sprache, die besser verständlich ist, als wenn Ihr Mund extrem trocken ist und Sie sich schwertun, verständliche Silben zu bilden. Vermeiden Sie an solchen Tagen – wenn möglich – das Atmen trockener Luft, die vor allem im Winter in geheizten Räumen entsteht und das exzessive Trinken von Kaffee. Beides greift die Stimmbänder an und schadet Ihrer Stimmqualität.

Achten Sie darauf, sich klar und deutlich zu artikulieren und nicht zu schnell zu sprechen. Beim schnellen Reden verhaspeln Sie sich leichter, verschlucken vielleicht Silben und sind für Ihre Teilnehmer schlechter zu verstehen. Darunter leidet die Aufmerksamkeit und Konzentration Ihrer Zuhörer enorm.

Auch die Satzlänge ist entscheidend. Wählen Sie kürzere, einfachere Sätze, denen auch in Sprachform leicht zu folgen ist. Lange verschachtelte Sätze kann Ihr Teilnehmer nicht im Nachhinein noch mal nachlesen, sondern er muss Sie auf Anhieb beim ersten Versuch richtig und klar verstehen können.

Fehler passieren

Seien Sie nicht zu perfektionistisch. Fehler können passieren und kleinere Missgeschicke sind auch nicht weiter schlimm. Wenn Sie etwas fallenlassen oder sich den ein oder anderen kleineren Fehler erlauben, kann dies auch für Ihre Teilnehmer etwas Unterhaltungswert bieten und muss nicht unbedingt im Nachgang herausgeschnitten werden. Gerade bei einem Live-Webinar ist dies sowieso nicht möglich und Sie sollten über den Fehler hinweggehen, ohne viel Aufsehen zu machen. Entschuldigen Sie sich gerne bei Ihren Teilnehmern, wenn ein Fehler den Fluss des Webinars stört. Dies macht Sie sympathischer und Ihre Zuschauer verzeihen Ihnen gerne den einen oder anderen Fehler.

Größere Fehler wie der Ausfall von Bild und Ton o-

der anderweitiger wichtiger Technik sind natürlich ärgerlich und gerade wenn es sich um ein aufgezeichnetes Webinar handelt, ist eine Neuaufzeichnung der gesamten Szene ratsam und oftmals auch nur mit geringem Aufwand verbunden.

Schwieriger sind solche Fehler zu überspielen, wenn es sich um ein Live-Webinar handelt. Im schlechtesten Fall müssen Sie hier das Webinar kurz unterbrechen und dafür sorgen, dass Ton und Bild wieder reibungslos funktionieren. Legen Sie hier im Vorfeld viel Wert auf eine ordentliche Testung der eingesetzten Technik. Dies kann solche Fehler überflüssig werden lassen. Denken Sie dran: Fehler machen sympathisch. Schließlich sind Sie auch nur ein Mensch, ebenso wie Ihre Teilnehmer.

DIE RICHTIGE KLEIDUNG

Der Moderator eines Webinars wird von einer Kamera gefilmt und dies stellt gewisse Anforderungen an die getragene Kleidung. Doch nicht nur die Kamera kommt mit manchen Farben und Mustern nicht klar, auch auf den Teilnehmer wirkt Ihre Kleidung erheblich. Passend sind auf jeden Fall gedecktere Farben. Gerade bei weiblichen Moderatorinnen sind knallige Farben wie ein leuchtendes Rot oder Gelb eher störend und wirken ablenkend, ebenso wie gemusterte Krawatten und Hemden bei männlichen Moderatoren. Dies lenkt nicht nur den Blick der Teilnehmer vom Wesentlichen ab, auch die Kamera kann manche Muster, vor allem Streifen und Karo, nicht

verarbeiten. Bei eng gemusterten Hemden gerät das Bild in diesem Fall in eine Art Flimmern, was den Teilnehmer stark ablenkt und auf Dauer auch anstrengend anzusehen ist.

Auch weiße Kleidung ist nicht ratsam, vor allem gepaart mit dunklerer Kleidung wie dunkelblau oder schwarz. Hier ist der Kontrast der Farben für die Kamera zu hoch und sie regelt je nach Fokuspunkt entweder ständig die Helligkeit rauf, wenn sie die dunkleren Farben fokussiert oder aber runter, wenn Weiß im Fokus steht. Dies kann zu stärkeren Rucklern des Bildes führen.Achten Sie also darauf, gedeckte Farben wie Beige oder Braun, Dunkelblau und Hellblau oder ein dunkleres Grau zu wählen und wenig kontrastreiche Farben zu kombinieren.

Die Präsentation des Webinars

In diesem Kapitel werden Sie erfahren, wie Sie Ihr Webinar richtig präsentieren. Worauf kommt es an und was gilt es zu beachten?

Drehbuch

Wichtig ist es, dass Sie einen Plan davon haben, wie Ihr Webinar ablaufen soll, also quasi ein Drehbuch, das Sie sich im Vorfeld skizzieren und grob aufschreiben. Dies hat den Vorteil, dass nicht nur Sie, sondern auch eventuelle Co-Moderatoren genau wissen, wann welcher Punkt drankommt und wann Zeit für Fragen eingeräumt wird.

Oftmals haben Sie ein derartiges Drehbuch schon bei der Vorbereitung Ihres Webinars erstellt – oder wenn Sie einen externen Moderator gebucht haben, stellen Sie ihm dieses zur Verfügung. Seien Sie jedoch nicht zu steif

in Ihrer Gestaltung. Dies wirkt hölzern und kann den Fluss des Webinars langweilig und monoton wirken lassen. Es ist durchaus möglich und ja auch gewollt, mit den Zuschauern zu interagieren. Beantworten Sie spontane Fragen oder geben Sie zumindest den Hinweis, dass diese später gesammelt beantwortet werden. Spontaneität lässt Ihr Webinar flüssig wirken.

Um nach einer spontanen Abschweifung wieder in Ihr Drehbuch zurückzufinden, sind stichpunktartige Notizen hilfreich, die Sie sich irgendwo außerhalb der Szene als Spickzettel deponieren können.

Bildmotive

PowerPoint- oder andere Präsentationen sind ein sehr gutes Hilfsmittel, den Teilnehmern das Gehörte noch mal visuell zu präsentieren. Achten Sie hier darauf, nicht zu viel Text auf eine Folie zu packen. Dies verführt den Teilnehmer erstens dazu, dass er den Text liest, statt Ihnen weiter bei Ihren Ausführungen zuzuhören und wirkt zudem recht lieblos dahingeworfen.

Nutzen Sie stattdessen prägnante Stichworte oder veranschaulichen Sie komplizierte Zusammenhänge in einer einfachen Grafik. Auch die Verwendung von Symbolen oder Bildmotiven, die mit dem Thema symbolisch zusammenhängen, ist möglich. Das befriedigt den visuellen Reiz Ihrer Teilnehmer, lenkt aber nicht von Ihren gesprochenen Informationen ab. Seien Sie vorsichtig mit Tieren und Kindern. Einerseits achten Sie auf das Copy-

right, also ob Sie befugt sind, die Bilder zu veröffentlichen. Andererseits sind solche Motive stark dazu geeignet, die Teilnehmer vom Wesentlichen abzulenken.

Eine Faustregel hierbei ist: Nutzen Sie nur Motive, die innerhalb von ca. drei Sekunden vom Teilnehmer erfasst und verstanden werden können, um die Ablenkung so gering wie möglich zu halten und Ihre Sprache damit sinnvoll zu ergänzen.

Andererseits können Sie Bilder und Grafiken auch als Teaser und zum Erwecken von Neugier nutzen. Hier setzen Sie bewusst auf eine ablenkende Wirkung, sodass sich Ihre Teilnehmer mit dem Motiv beschäftigen und Fragen dazu entwickeln. Diese sollten Sie im Laufe des Webinars dann natürlich erklären können.

Formatwechsel

Auch der Wechsel verschiedener Formate und Blickwinkel bringt Lebendigkeit in Ihre Webinar-Szene. Achten Sie jedoch stets darauf, dass Sie die Technik nicht bis zum Letztmöglichen ausreizen. Dies führt zu Performance-Mängeln und zu ruckelnder Bild- und Tonqualität.

Binden Sie kleinere Videoclips ein, wenn dies zu Ihrem Thema passt oder wechseln Sie von der Totalen, die Sie und die Präsentation zeigt, auf eine Nahaufnahme der Präsentation, wenn dies sinnvoll ist. Denken Sie dabei immer daran: Was wollen Sie in dem einzelnen Moment der Präsentation Ihrem Teilnehmer vermitteln? Ein Überangebot an Abwechslung sollten Sie jedoch vermeiden. Dies lässt das gesamte Webinar unrund wirken und

es kann leicht chaotisch werden, zudem sind dann Performance-Probleme wahrscheinlicher.

Interaktion

Interagieren Sie möglichst viel und aktiv mit Ihren Teilnehmern. Hierzu können Sie die Fragen nutzen, Aufgaben verteilen oder auf Anmerkungen und Kritik eingehen. Alles zu seiner Zeit natürlich.

Kritik und Anmerkungen bearbeitet man meist nach einem Webinar, sodass für das Folge-Webinar oder auch für den Zusammenschnitt einer späteren, online abrufbaren Fassung die Kritikpunkte möglichst bereits behoben werden können.

Natürlich können Sie aber auch direkt im Webinar auf Kritik oder Anregungen eingehen, diese erklären oder entkräften und so aus einem bisher unzufriedenen Teilnehmer noch einen zufriedenen Neukunden kreieren.

Die meisten Menschen lieben Rätsel. Durch das Stellen eines einfachen oder auch eines komplexeren Rätsels können Sie Ihre Teilnehmer auch gut zur Interaktion und zum Mitarbeiten anregen.

In Webinar-Pausen könnten Sie Ihren Teilnehmern auch kleinere Aufgaben stellen, die dann entweder der Reihe nach abgefragt oder von einzelnen Teilnehmern präsentiert werden können. Auch die Auflösung der Aufgabe durch Sie selbst ist natürlich möglich. Ob und inwieweit Sie Ihre Teilnehmer einbinden können, ist ganz ab-

hängig von der Art und Teilnehmeranzahl Ihres Webinars und davon, wie Sie Ihr Webinar gestalten wollen.

Gliedern des Webinars

Bei sehr langen Webinaren bietet es sich an, kurze Pausen einzulegen oder das Webinar auf mehrere Tage aufzuteilen. Denken Sie hier immer daran, dass Ihre Teilnehmer genügend Pausen für Toilettengänge und Verpflegung benötigen. Dies kommt Ihnen selbst natürlich ebenfalls zugute, sodass Sie beispielsweise etwas Wasser trinken und Ihre Stimme schonen können.

Call-to-Action

Wie bereits weiter oben beschrieben steht am Ende Ihres Webinars Ihr "Call-to-Action". Dies ist letztendlich das, was Ihre Teilnehmer nach dem Webinar tun sollen. Möchten Sie, dass Ihre Teilnehmer Ihnen E-Mails schicken, Sie anrufen? Ein Folge-Webinar buchen oder ein Produkt kaufen? Auch der Hinweis auf eine kommende Veranstaltung oder ein weiteres Live-Webinar ist hier geschickt anzubringen.

Hat sich Ihr Webinar mit Sinnfindung oder der Lösung eines Problems beschäftigt, können Sie im Call-to-Action Ihren Teilnehmern noch einen letzten Tipp mit auf den Weg geben oder Ihnen ans Herz legen, eine bestimmte Verhaltensweise zu ändern oder abzulegen.

PRÄSENTATIONSERFAHRUNG SAMMELN

Haben Sie schon einmal einen Vortrag gehalten, vielleicht sogar schon den ein oder anderen Webinar-Vortrag? Wenn ja, erinnern Sie sich noch an die Nervosität vor dem ersten Mal? Dies ist ganz natürlich.

Prinzipiell wird das Lampenfieber nur mit Routine und Übung langsam verschwinden, wenn Sie immer sicherer vor der Kamera werden und die Rolle des Dozierenden gerne annehmen. Es gibt einige Tipps, mit denen Sie sich mental und emotional auf Ihren Vortrag einstimmen können.

Kleiden Sie sich Ihrer Rolle entsprechend. Dies kann ein Accessoire sein, welches Sie mit Ihrer Arbeit verbinden und das Sie daran erinnert, dass Sie der Experte für dieses Gebiet sind. Selbst wenn Ihre Teilnehmer dieses Accessoire nicht sehen können, vermittelt es Ihnen Sicherheit.

Gehen Sie nicht in einen Online-Live-Vortrag, wenn Sie emotional nicht in Stimmung sind. Wenn Sie mit Ablenkung irgendeiner Art kämpfen oder Sorgen in Ihrem Kopf um die Aufmerksamkeit buhlen, werden Sie niemals so konzentriert und auf den Punkt mit Ihrem Thema beschäftigt sein können, wie Sie es in einem Live-Webinar sein müssen. Im schlechtesten Fall führt diese emotionale Belastung zu einem Blackout und Ihnen fällt nicht mehr ein, was Sie sagen wollten.

Stattdessen sollten Sie mit all Ihren Sinnen und aller

Konzentration auf das Vortragsthema fokussiert sein. Bei Live-Events haben Sie nur eine Chance, es muss beim ersten Take sitzen.

Sprechen Sie vorher mit Freunden oder Kollegen von Angesicht zu Angesicht über Ihr Thema. Stimmen Sie sich in Ihre Rolle als Referent ein und spüren Sie dem Gefühl hinterher. Merken Sie, wenn Sie in der Rolle aufgehen? Dann nehmen Sie dieses Gefühl von Kompetenz und Authentizität mit in das Live-Webinar und präsentieren Sie sich Ihren Teilnehmern als fähiger Experte zu dem ausgesuchten Thema.

Vorher können Sie auch noch etwas zu Ihrem Thema lesen, um sich auf dieses einzustimmen, sich selbst etwas Neues beibringen und dabei vielleicht auch Ihre Lieblingsmusik hören, um sich etwas zu entspannen.

Nehmen Sie sich genügend Zeit für die Vorbereitung zum Webinar. Nichts versetzt Sie mehr in Stress, als wenn die Zeit knapp wird und Sie sich abhetzen, bevor der Vortrag tatsächlich losgeht. Dies führt dazu, dass Sie unkonzentriert in den Vortrag starten, abgelenkt sind und nicht das volle Potenzial Ihrer Wirkung entfalten können.

Stärken Sie Ihr Selbstvertrauen, bevor Sie in den Vortrag starten. Dies lässt Sie gleich viel kompetenter und souveräner auf Ihre Teilnehmer wirken.

Und nicht zuletzt hilft eine ganz klassische Vorbereitung: Üben. Üben Sie Ihren Vortrag im Vorfeld mehrmals. Natürlich sind auch Notizen im Zweifel sehr hilfreich, falls Sie doch einmal den Faden verlieren. Dies kann sehr

schnell passieren und im Live-Webinar haben Sie nicht die Chance, die Aufnahmen zusammenzuschneiden. Wenn Sie ein Webinar produzieren, das zum Abruf bereitstehen soll, ist es nicht ganz so tragisch, wenn Sie einmal den Anschluss verpassen.

HINTERGRUNDGESTALTUNG IHRER AUFNAHME

Je nachdem, was Sie mit Ihrem Webinar bezwecken, ist die Gestaltung des abgefilmten Hintergrunds ein wichtiger Punkt. Hierbei sollte so wenig unnötiges Material auf dem Bild zu sehen sein wie möglich. Unwichtige Dinge wie beispielsweise Kabel, halbe Flipcharts, die nicht lesbaren Text enthalten, Türrahmen, ein Teil des Mikrofons, das hereinragt, Getränkeflaschen oder dergleichen, bieten eine hervorragende Ablenkung für den Teilnehmer, sodass dieser sich nicht länger auf den Inhalt Ihres Webinars konzentriert und vielleicht den Anschluss verliert oder wichtige Informationen verpasst.

Der Hintergrund sollte also so leer wie möglich sein und nur das enthalten, was Sie zur Präsentation brauchen, beispielsweise eine Leinwand mit Ihrer PowerPoint-Präsentation. Oder bei handwerklichen Anleitungen Ihren Arbeitsbereich und alle für die durchzuführende Arbeit notwendigen Werkzeuge. Wenn Sie live auf einer Flipchart etwas aufmalen oder zeichnen möchten, nutzen Sie einen Stift, der auch in der Aufnahme gut

sichtbar ist. Am besten eignet sich schwarzer, dicker Edding auf weißem Papier. Bedenken Sie hier wieder, dass auch Teilnehmer, die Ihr Webinar vom Smartphone aus verfolgen, alle Ihre Inhalte gut lesen und erkennen können müssen.

Möchten Sie Fotos oder Bilder im Hintergrund nutzen, um nicht vor einer vollkommen leeren Wand zu stehen, so wählen Sie Stillleben von Landschaften oder andere ruhige Darstellungen. Überladene Fotografien und alles, was dynamische Tätigkeiten zeigt, wirkt ebenfalls ablenkend auf den Teilnehmer.

Nahezu alle genutzten Kameras sind mit Weitwinkelobjektiven ausgestattet, sodass das gesamte abgefilmte Bild scharf dargestellt werden kann. Wenn Sie sich nun vor einer Dokumenten- oder Bücherwand platzieren, ist die Schrift oftmals noch erkennbar und auch lesbar. Dies lenkt natürlich extrem vom eigentlichen Webinar-Inhalt ab, da Ihre Teilnehmer sich mit dem Entziffern der Schriftstücke beschäftigen, statt Ihren Ausführungen zuzuhören.

Achten Sie außerdem darauf, dass keine verfänglichen Dokumente – Stichwort Datenschutz – einzusehen sind. Und auch auf die Titel der Bücher, die in Ihrem Bild zu sehen sind, sollten Sie einmal einen kritischen Blick werfen, ob diese alle unverfänglich genug sind, um sie Ihren Teilnehmern zu präsentieren. Bedenken Sie immer: Mindestens ein Teilnehmer wird die Zeit nutzen und alle Titel der einzusehenden Bücher entziffern wollen.

Auch starke Schatten können eine Bildgestaltung

recht störend erscheinen lassen. Hier kommt wieder die Qualität des eingesetzten Lichtes in den Fokus. Weiches Licht, welches Sie beispielsweise durch eine Folie vor der Lichtquelle brechen, wirft sanftere Schatten und ist immer hartem Licht vorzuziehen.

Natürlich ist auch die Bildgestaltung ein sehr individuelles Thema, das Sie passend zu Ihrem Webinar-Inhalt wählen und gestalten sollten. Bücher bieten sich beispielsweise bei einer Lehrveranstaltung eher an, als wenn Sie ein Kosmetik-Video drehen.

Achten Sie generell darauf, dass das Bild aufgeräumt und nicht zu überladen wirkt, sodass keine Ablenkung darin enthalten ist, Sie aber alle Dinge, die Sie für Ihre Präsentation brauchen, abbilden können.

WAHRNEHMUNG IHRER TEILNEHMER

Die Wahrnehmung des Menschen ist nicht auf 100 % ausgelegt. Die Informationen, die das Gehirn in jedem Augenblick des Webinars aufnimmt und verarbeitet sind vielfältig. Visuelle Informationen wie das Bild, der Text, eine Präsentation und auch die Audio-Spur, also Ihre Stimme und dergleichen werden zu einem Gesamteindruck zusammengesetzt.

Die meisten Menschen sind visuell geprägt und nehmen mehr Informationen durch die Augen als durch die Ohren auf, sodass eine schöne Verpackung der Inhalte Ihren Teilnehmern oftmals wichtig oder manchmal sogar wichtiger ist als der Inhalt selbst. Natürlich ist dies

kein Freibrief dafür, dass Sie Ihren gesprochenen Text vernachlässigen dürfen. Nur das Zusammenspiel einer schönen Verpackung und eines guten Inhaltes macht ein Webinar wirklich erfolgreich. Sie müssen sich also dennoch kompetent mit Ihrem gewählten Thema auseinandersetzen und es ebenso gekonnt präsentieren.

Es ist nun ganz individuell vom Webinar-Thema und auch Ihrer Zielgruppe abhängig, ob Sie mehr Informationen visuell oder durch Audio übermitteln wollen. Letztendlich werden sich Ihre Teilnehmer sowieso nur einen Teil der präsentierten Informationen wirklich merken können. Deshalb können Sie mit Add-ons zu Ihrem Webinar Ihren Teilnehmern einen wahren Mehrwert bieten und das übermittelte Wissen noch vergrößern.

Merken Sie sich, dass Sie, auch wenn Sie sich für ein Webinar entschieden haben, ohne schriftliche Präsentation der Informationen dennoch für eine angenehme Atmosphäre und Bildgestaltung sorgen sollten. Vor allem bei dieser Form, aber auch bei der Unterstützung durch eine Präsentation oder verschiedene Videos sollte der Fokus Ihrer Teilnehmer zum größten Teil auf Ihrer Stimme liegen.

Wahrnehmungspsychologie

Es gibt eine vermeintliche Regel der Wahrnehmungspsychologie des Menschen, die besagt, dass der Mensch beim Zuhören eines Vortrags nur zu ca. 7 % den Inhalt wahrnimmt und zu über 93 % auf die nonverbale Kommunikation und die Wirkung des Sprechenden achtet.

Dies ist jedoch nicht richtig und basiert auf einer Fehlinterpretation.

Tatsächlich nehmen Ihre Teilnehmer viel von dem auf, was Sie Ihnen durch Stimme und Bild präsentieren und achten weniger auf Ihre Mimik und Gestik– vor allem, wenn Sie Ihren Video-Feed recht klein im Bild einblenden, um beispielsweise Platz für die Präsentation, ein Video oder andere Zusatzinhalte zu schaffen.

Der oft angeführte Satz: „Es kommt nicht darauf an, was Sie sagen, sondern wie Sie es sagen.“, ist also nicht richtig und Sie sollten davon Abstand nehmen. Stattdessen ist Ihre Authentizität entscheidend dafür, ob Ihre Teilnehmer das, was Sie sagen, auch annehmen und Ihnen aufmerksam lauschen.

Split-Attention-Effekt

Ihr erklärtes Ziel sollte sein, den Split-Attention-Effekt zu vermeiden. Durch diesen Effekt wird die Aufmerksamkeit Ihrer Teilnehmer vom Wesentlichen abgelenkt. Dies kann durch die Gestaltung des Hintergrundes passieren, aber auch durch einen unsauberen Vortragsstil und durch eine unpassende Gestaltung von Vortragsmaterial.

Das beste Beispiel, um Ihnen den Split-Attention-Effekt zu verdeutlichen, sind die Vortragsfolien. Wie Sie weiter hinten in diesem Buch lernen werden, sollten Vortragsfolien immer das unterstreichen, was Sie sagen und niemals davon ablenken. Dies bedeutet, Sie sollten treffende Stichpunkte ausarbeiten oder auch mit Bild- und Videomaterial zusätzliche Informationen vermitteln, die

es Ihren Teilnehmern leichter machen, das Gehörte zu verknüpfen und so für ein besseres Erinnerungsvermögen und Verständnis zu sorgen.

Die Vortragsfolien sollten dabei nicht als Ihre persönlichen Notizzettel fungieren und keinesfalls sollten Sie einfach niederschreiben, was Sie sagen, also schlicht nur den Text vorlesen, den Ihre Teilnehmer auch selbst lesen können.

Normalerweise kann das menschliche Auge die Informationen schneller lesend erfassen, als Sie diese von der Folie vorlesen können. Deshalb klinken sich Ihre Zuhörer irgendwann aus und erfassen die von Ihnen vorgelesene Information schneller, indem sie sie selbst von den Folien ablesen.

Hierbei tritt Ihre Stimme und die gehörten Informationen in den Hintergrund, da sie als nicht wichtig eingestuft werden. Schon haben Sie die volle Aufmerksamkeit Ihrer Teilnehmer verloren und Ihre gesprochenen Worte kommen nicht mehr voll zur Geltung.

Deshalb ist es besser, die Folien ergänzend so zu gestalten, dass sie Ihr Gesagtes unterstreichen, aber niemals komplett wiedergeben.

MIT GADGETS, FILM UND POWERPOINT DAS WEBINAR WÜRZEN

Seien Sie für Ihre Teilnehmer interessant. Ein statisch

dasitzender oder dastehender Moderator erzeugt schnell Langeweile. Hier können Gadgets und andere Methoden der Auflockerung helfen, Ihre Teilnehmer fokussiert und interessiert zu halten.

Gadgets

Zeigen Sie – ruhig auch schon ganz zu Beginn des Webinars – ein Gadget.

Doch was versteht man eigentlich unter diesem Begriff? "Gadget" kommt aus der englischen Sprache und bedeutet grob übersetzt etwa technische Spielerei oder Schnickschnack. Gemeint ist ein kleiner, raffinierter technischer Gegenstand, der auch für Spielereien geeignet sein kann.

Dabei muss das von Ihnen genutzte Gadget nicht unbedingt etwas Elektronisches sein. Auch ein mechanischer kleiner Gegenstand, den Sie raffiniert einsetzen, um ein Problem zu lösen oder einen "Life-Hack" auszuführen, kann Ihr Webinar aufpeppen.

Denken Sie dabei gerade an kleinere Gerätschaften, die Sie oftmals für etwas Bestimmtes benutzen. Halten Sie beispielsweise ein Webinar übers Kochen, können Sie kleinere Tipps und Tricks mit Gadgets verbinden und diese Ihren Teilnehmern näherbringen. Dabei kann sogar eine einfache Eieruhr ein raffiniertes Gadget sein, wenn Sie diese auf eine besondere Art und Weise verwenden.

Bilder und Filme

Auch der Start über Bild und/oder Filmmaterial ist

beliebt. Wählen Sie etwas, das natürlich mit Ihrem Thema zu tun hat, aber das auch interessant und leicht anzusehen ist, sodass es im Gedächtnis der Teilnehmer hängen bleibt und Ihr Webinar dadurch spannend und interessant beginnt.

Vortragsfolien

Ihre Vortragsfolien, die Sie beispielsweise mit PowerPoint oder einem anderen Programm erstellen, sollen Ihren Teilnehmern einen Mehrwert bieten und es ihnen erleichtern, die Inhalte des Webinars zu begreifen und sich zu merken.

Wenig sinnvoll ist es daher, die Folien einfach mit Stichpunkten zu füllen, um eine Art Notizzettel zu haben, der Sie durch den Vortrag führt. Ein Notizzettel an sich ist natürlich sehr sinnig und kann Ihnen helfen, den roten Faden nicht zu verlieren. Nutzen Sie dazu jedoch nicht Ihre Vortragsfolien.

Stattdessen sollten Ihre Folien als visuelle Unterstützung zu Ihrer Sprache fungieren und das Interesse Ihres Teilnehmers an Ihrem Vortrag hochhalten. Gut strukturierte und gestaltete Vortragsfolien fungieren als visueller Anker und machen es Ihrem Zuhörer leicht, zu verstehen, was Sie gerade versuchen zu erklären.

Ihre Foliengestaltung sollten Sie an Ihre Zielgruppe anpassen, auf das Thema des Webinars abstimmen und auch auf Ihre eigene Persönlichkeit zuschneiden. Sie dürfen durchaus pointiert und ungewöhnlich sein, wenn sie ihren Zweck erfüllen – nämlich Ihre Zuschauer bei der

Stange zu halten.

Screencasts

Unter dem Begriff „Screencasts“ versteht sich das Abfilmen oder Darstellen Ihres Bildschirms, sodass die Teilnehmer genau sehen, was Sie gerade durchführen. Dies eignet sich vor allem, um Schritt-für-Schritt-Anleitungen zu erstellen und den Webinar-Teilnehmern die Möglichkeit zu geben, Ihnen dabei bei jedem noch so kleinen Schritt zuschauen und folgen zu können.

Hierzu können Sie die Mausspur auf Ihrem Computer anzeigen lassen, damit es Ihren Teilnehmern leichter fällt, der Bewegung Ihrer Maus zu folgen. Dies können Sie im Einstellungsmenü des Betriebssystems durchführen. Auch die Bildschirmlupe kann Ihnen, gerade wenn Sie kleinere Inhalte darstellen wollen, gute Dienste leisten. Diese können Sie vorinstalliert im Windows-Betriebssystem finden, indem Sie die Tastenkürzel „**Win +**“ zum Hereinzoomen und „**Win -**“ zum Herauszoomen verwenden.

GESTALTEN IHRER VORTRAGSMEDIEN

In diesem Abschnitt lernen Sie, wie Sie Ihre Vortragsfolien per PowerPoint gestalten, worauf es dabei ankommt und welche anderen Möglichkeiten Sie haben, Ihren Teilnehmern die über Ihre Stimme transportierten Informationen bildlich darzustellen. Der Fokus des Kapitels liegt

darauf, wie Sie Ihre Vortragsfolien und andere nützliche Medien gestalten können, um den Split-Attention-Effekt zu vermeiden und die volle Aufmerksamkeit Ihrer Teilnehmer zu erhalten.

Software

Wenn Sie eine Präsentation nutzen möchten, bietet sich die Verwendung von Microsoft PowerPoint an. Diese Software ist zumeist mit allen Plattformen und Computern kompatibel und wird landläufig verwendet.

PowerPoint besitzt zwei Dateiformate, die Sie an der Endung unterscheiden können. Die Endung *.ppt* wird von PowerPoint-Programmen bis zur Version 2007 verwendet. Diese und neuere Versionen nutzen die *.pptx*, ein XML-basiertes Format, welches weniger störanfällig ist und geringere Kompatibilitätsprobleme aufweist. Auch ist es stärker gegen eventuelle Schadsoftware geschützt.

Bedenken Sie, dass Ihre Folien mit einheitlichem Design eine Zusammengehörigkeit zeigen sollten. Hierzu können Sie vorinstallierte Designs und Folien-Master verwenden. Auch bei der Schriftart sollten Sie daran denken, dass diese nur richtig angezeigt werden kann, wenn auf dem Rechner, der Ihre Präsentation später abspielt, die verwendeten Schriften ebenfalls installiert sind. Hier können Sie also entweder Schriften wählen, die standardmäßig in PowerPoint vorhanden sind, oder Sie liefern die Schriftdateien gemeinsam mit der Vortragsdatei.

Auch Videos, die Sie in PowerPoint abspielen wollen, sollten Sie extra mitliefern, statt sie in die Präsentation

einzubinden. Dies ist oftmals mit schlechterer Qualität verbunden.

Das Format Ihrer Folien hängt grundlegend von der Art des Webinars ab. Zur Wahl haben Sie die Formate 16:9 und 4:3. Das Format 4:3 eignet sich besonders gut, wenn Sie neben einer Leinwand/ einem Bildschirm stehen, auf dem Ihre Präsentation abläuft. Hier sieht der Zuschauer auf seinem Laptop zu Hause oder auch auf dem Tablet oder Smartphone insgesamt mehr von den Vortragsfolien, die ihm auch größer angezeigt werden. Wenn Sie dieses Format allerdings im Vollbild-Modus einblenden, führt es links und rechts auf dem Bildschirm des Endgeräts zu schwarzen Streifen, da heutzutage nahezu alle Bildschirme im Format 16:9 laufen.

Das 16:9-Format eignet sich also besonders für Vollbild-Darstellungen ohne Einblendung des Referenten. Auch für die Bild-in-Bild Darstellung, also wenn ein kleiner Kamera-Feed, ähnlich einer Live-Cam im Stream, über Ihrer Präsentation angezeigt werden soll, ist dieses Format zu wählen. Somit können Sie beispielsweise Tabellen oder Grafiken in Großaufnahmen anzeigen und eine Nahaufnahme des Moderators einpflegen, sodass dieser noch von den Teilnehmern wahrgenommen wird und seine Erklärungen besser verstanden werden.

Folienzahl

Wie viele Folien der Vortrag in Ihrem Webinar haben soll, kommt ganz darauf an: Wie so vieles sollten Sie das

individuell entscheiden, an Ihr Thema anpassen und Vorlieben und Abneigungen Ihrer Zielgruppe in die Überlegungen mit einfließen lassen. Auch hier gilt das Prinzip, dass Sie Ihre Teilnehmer nicht mit zu vielen Informationen überfordern sollten. Ein zu langsamer Wechsel der Folien allerdings kann schnell zu Ablenkung führen. Dies ist darauf zurückzuführen, dass Ihre Teilnehmer visuell bereits alles erfasst haben, was das momentane Bild hergibt. Jetzt sollten Sie einen Folien- oder Perspektivenwechsel vornehmen, um wieder etwas Bewegung in die Szene zu bringen. Diese Dynamik sorgt dafür, dass die Aufmerksamkeit Ihrer Teilnehmer hoch bleibt.

Ganz grob können Sie sich dabei an der 30-Sekunden-Regel orientieren. Diese besagt, dass nach einer dreißigsekündigen Szenenbetrachtung die Aufmerksamkeit zu sinken beginnt. Ihre Teilnehmer werden also beispielsweise mit dem Blick abschweifen. Hier können Sie nun eine Dynamik erzeugen, die die Aufmerksamkeit der Teilnehmer erhält, da sich in Ihrem Webinar-Bild immer etwas verändert. Auf diese Weise werden Ihre Zuschauer gerne aufmerksam bei Ihnen bleiben.

Diese Dynamik können Sie durch den Wechsel von Folien erzeugen, aber auch schon durch eine neue Einblendung auf der aktuellen Folie. Nun ist es natürlich nicht nötig, Ihren Folienwechsel sekundengenau auf 30 Sekunden zu takten. Selbstverständlich dürfen Sie ein Themengebiet, wenn dieses eine längere Erklärung erfordert, auch mit einer Folie allein beschreiben. Dann sollten Sie eine andere Art finden, wie Sie Dynamik in das

Bild bringen können. Dies kann durch einen Perspektivenwechsel erzeugt werden. Blenden Sie beispielsweise einmal um auf eine Nahaufnahme des Vortragenden oder wechseln Sie die Perspektive.

Letzteres ist natürlich nur möglich, wenn Sie ein Technik-Setup haben, in das mehrere Kameras integriert sind. Nehmen Sie Ihr Webinar nur mit der Webcam Ihres Laptops auf, fehlen Ihnen diese Stilmittel der Dynamik-Erzeugung. Hier ist es möglich, durch mehr Folien einen schnelleren Bildwechsel zu erzeugen und somit die 30-Sekunden-Regel ansatzweise noch zu befolgen.

Es ist auch der Schnelllebigkeit der heutigen Gesellschaft zu verdanken, dass sich die Aufmerksamkeit Ihrer Webinar-Teilnehmer weiterhin verkürzt. Heutzutage gibt es in Filmen schnellere, actionreichere Szenenwechsel und auch Social Media ist perfekt auf diese Schnelllebigkeit ausgelegt. Oftmals entscheiden die ersten sieben Sekunden, ob Menschen ein Video auf Social Media interessant genug finden, um es bis zum Ende zu schauen oder ob sie weiterscrollen.

Diese Schnelllebigkeit stellt Sie oftmals vor ein Problem, dem Sie mit dem Dynamisieren Ihres Vortrags zumindest etwas entgegenwirken können.

Als Faustregel gilt: *Jede wichtige Botschaft bekommt eine eigene Folie*. So können Sie Ihre Folienanzahl etwas begrenzen oder auch in die Länge ziehen. Besser ist es tatsächlich, wenn Sie für jede Information eine eigene Folie erstellen. Diese Folien wirken dann vielleicht im ersten Augenblick etwas leer. Doch überfüllte Folien, die

voller Text und Informationen stehen, lenken den Teilnehmer viel zu stark von Ihrer Stimme ab und führen zum Split-Attention-Effekt. Deshalb packen Sie Aufzählungen, die vielleicht im Moment noch nummeriert auf einer Folie stehen jeweils auf eine eigene Folie. So bekommen Sie einerseits mehr Dynamik und andererseits wird Ihr Teilnehmer nicht vom Wesentlichen abgelenkt: Ihrer Stimme.

So gelingt es Ihnen, bewusst Reize zu setzen und Ihre Teilnehmer aufmerksam und konzentriert zu halten.

PowerPoint – Animationen

Wie gerade schon besprochen, ist das schrittweise Einblenden von Texten, anstatt den gesamten Folientext auf einmal einzublenden, eine gute Möglichkeit, die Dynamik in Ihrem Webinar hochzuhalten. Finden Sie hier einen für Sie und Ihre Teilnehmer angenehmen Mittelweg, da es auch extrem störend wirken kann, wenn Sie jede kleinste Information einzeln einblenden oder Informationen sogar aufsplitten. Dies wirkt unfertig und holprig und sollte vermieden werden.

Auch die Art der Animation sollte sorgfältig gewählt und an Zielgruppe und Webinar-Thema adaptiert sein. Gerade aufwendige Dinge wie das Einfliegen von Texten oder andere Animationen, die PowerPoint zu bieten hat, wirken oftmals verspielt und kindlich. Damit verlieren Sie schnell die Seriosität und Ihre Teilnehmer konzentrieren sich tatsächlich weniger auf den Inhalt, der natürlich trotz der Animation gut und richtig sein kann.

Auch die Art der Animation kann also die Wahrnehmung der Teilnehmer stark lenken und beeinflussen, wie diese Ihren Text aufnehmen und welche Wirkung er erzielt. Gerade bei seriösen Webinaren wie Online-Kursen, Fortbildungen oder auch bei firmeninternen Meetings sollten Sie den Text auf einfache, unspektakuläre Weise einblenden lassen. Dies bedeutet natürlich nicht, dass Sie keine aufwendigeren oder auffälligeren Animationen nutzen dürfen, wenn dies zu Ihrem Webinar-Thema passt und mit Ihrer Zielgruppe harmonisiert. Hier ist also wieder eine individuelle Lösung gefragt.

Beachten Sie, dass die Animationen natürlich verloren gehen, wenn Sie Ihre PowerPoint-Präsentation in ein PDF-Format umwandeln. Hier können Sie sich jedoch mit speziellen Add-ons für PowerPoint aushelfen.

Textfolien

Um den Split-Attention-Effekt zu vermeiden, sollten Sie mit Text auf Ihren Vortragsfolien generell sehr sparsam umgehen. Besser ist es, das Gesagte durch Bilder, Grafiken oder Videomaterial zu unterstreichen, denn auf diese Weise können Ihre Teilnehmer immer noch bewusst Ihren Worten lauschen und gleichzeitig die Informationen auf der Folie verarbeiten. Dies führt im Idealfall zum Verknüpfen der Informationen im Gehirn und zum besseren Lernen und Verstehen Ihrer Botschaft.

Verwenden Sie Text auf Ihren Folien, sollte dieser möglichst kurz sein, am besten stichpunktartig. Anders

gestaltet sich das bei Folien, die Sie im Nachgang einblenden oder auch in den Unterlagen, die Sie Ihren Teilnehmern nach dem Webinar zur Verfügung stellen. Hier können sie durchaus Folien einbauen, auf denen Sie das von Ihnen Gesagte stichpunktartig zusammenfassen und Ihren Teilnehmern so die volle Bandbreite an Informationen liefern. Dies wird bei Webinar-Nutzern gerne gesehen, da sie dann nicht zum Mitschreiben gezwungen sind.

Denn auch das Mitschreiben und Notieren neben dem Zuhören kann leicht zu einem Split-Attention-Effekt führen. Hier ist es besser, wenn Ihre Teilnehmer sich während des Live-Webinars auf Sie und Ihre Stimme konzentrieren können. Als Add-on und in der Nachbereitung Ihres Webinars, im Follow-up, können Sie den Text zur Verfügung stellen. Auch bei nicht live abgehaltenen, sondern im Nachhinein online abrufbaren Webinaren können Sie diese Textfolien einbauen und Ihren Teilnehmern kurz Zeit geben, diese in Ruhe und ohne Ablenkung durch die Stimme des Moderators durchzulesen.

Nun gibt es immer Situationen und Themengebiete, die den Einsatz von langen Textpassagen unumgänglich machen. Hier ist vor allem das Abbilden von Gesetzestexten oder umfangreichen Definitionen zu nennen. In diesem Fall können Sie Ihre Teilnehmer um etwas Interaktion bitten und sie den Text selbstständig lesen lassen. Planen Sie eine Pause ein, die Ihren Teilnehmern genug Zeit gibt, den Text zu lesen und zu verstehen und fahren Sie dann mit Ihrem Vortrag fort.

Dies ist auch eine Art Format-Wechsel und kann die Dynamik in Ihrem Vortrag begünstigen sowie die Aufmerksamkeit Ihrer Teilnehmer fordern und fördern.

Bilder und Illustrationen

Die Verwendung von Bildern und Illustrationen spricht auch diejenigen Ihrer Teilnehmer an, die gerne visuell lernen. So können Sie diesen Menschen entgegenkommen und vermeiden gleichzeitig den Split-Attention-Effekt durch zu viel Text auf Ihren Folien.

Aber auch diejenigen, die Ihnen gerne Zuhören und auf Ihre Stimme fokussiert sind, freuen sich über den Einsatz von Bildmaterial. Einerseits lockert dies die Stimmung, andererseits bekommen Sie so die Aufmerksamkeit Ihrer Teilnehmer, da sich nun mal jeder gerne Bilder ansieht.

Schaffen Sie es, mit den eingesetzten Bildern sogenannte Sinn-Bilder zu erzeugen, ist dies für die Verknüpfung des Gelernten und für den Erfolg des Webinars stark von Vorteil. Hierbei werden Sachzusammenhänge vermittelt und das Zusammenspiel von Sprache und Bild führt zu einer Verknüpfung und zu nachhaltigem Lernen bei Ihrem Zuschauer.

Aber auch wenn es sich rein um eine Produkt-Präsentation handelt, sind Bilder sehr vorteilhaft. Zeigen Sie damit beispielsweise die Verwendung des Produkts, typische Fehler, Ergebnisse oder einfach nur Ausschnitte aus der Bedienung. Auch bei einem Webinar mit dieser

Thematik und dem Ziel, ein Produkt vorzustellen und einen Verkauf abzuschließen, lernen die Teilnehmer schließlich etwas – in diesem Falle nun mal über Ihr Produkt. Also sind auch für diese Art von Webinaren dieselben lerntheoretischen Hintergründe anzuwenden wie bei Online-Kursen oder Fortbildungsveranstaltungen.

Damit Ihre Bilder gezielt wirken und ins Schwarze treffen, platzieren Sie diese prominent und gut sichtbar. Pro Folie sollte hierbei nur ein Bild verwendet werden. Dieses können Sie, ohne die typische Gestaltung des Folien-Masters zu verwenden, durchaus im Vollbild anzeigen. Dabei sollten Sie auf die Qualität des Bildes achten. Verpixelte, unscharfe oder verwackelte Bilder wirken nicht auf Ihre Teilnehmer – und wenn doch, dann allerhöchstens nur in einer Weise, die Sie nicht bezweckt haben und die Ihnen keinen Vorteil bringt, sondern eher nachteilig ist.

Ihre Bilder sollten außerdem nur eine einzelne Botschaft enthalten und nicht für mehrere verschiedene Aussagen herhalten. Dies verwirrt Ihre Teilnehmer und verzerrt die Botschaften, die Sie mit dem Bild verknüpfen wollen.

Auch die emotionale Komponente der Bilder sollten Sie bedenken. Gezielt eingesetzt können Sie mit bestimmten Bildern Emotionen wecken, was zu einer stärkeren Verknüpfung und Bindung zu Ihrer Aussage führt. So ist ein Überzeugen Ihrer Teilnehmer möglich. Beim richtigen Einsatz von Emotionen haben Sie ein starkes

Mittel in der Hand, Bindung zu Ihren Teilnehmern einzugehen und diese in die Richtung zu lenken, in die Sie sie mit dem Webinar führen möchten.
Allerdings sollten Sie sich diesbezüglich über die emotionale Wirkung sehr sicher sein, die Ihr Bild auslösen wird. Im Zweifel legen Sie das Bild im Vorfeld einigen Leuten vor, die zu Ihrer Zielgruppe gehören und fragen deren Meinung und Reaktion zu dem Bild ab.

Auch das Hervorheben einzelner Bildausschnitte kann sehr sinnvoll sein, wenn Sie das Bild im Großen präsentieren wollen, aber die Aufmerksamkeit Ihrer Teilnehmer eher auf einen kleinen, am besten den für die Entscheidung wichtigsten Bereich lenken möchten.

Gerne werden auch mehrere Bilder in einer Foto-Story verknüpft dargestellt. Hiermit können Sie beispielsweise die Entwicklung eines Produkts darstellen oder einen Vorher-Nachher-Effekt deutlich machen. Das schrittweise Aufdecken der Bilder erzeugt außerdem mehr Spannung und Konzentrationsbereitschaft bei Ihren Teilnehmern, als wenn Sie die gesamte Story auf einmal einblenden.

Achten Sie darauf, Bilder zu verwenden, die zu Ihrem Thema passen und von denen Sie die Rechte haben, diese zu verwenden. Im Folgenden finden Sie eine beispielhafte Aufzählung von Plattformen, wo Sie lizensierte Grafiken und Bilder finden und herunterladen können. Natürlich ist diese Aufzählung nicht vollständig und kann erweitert werden.

- Adobe Fotostock (ehemals fotolia)

- Shutterstock
- Pixabay.com
- Unsplash.com
- Freepik.com (Illustrationen und Vektorgrafiken)
- Flaticon.com (Illustrationen und Vektorgrafiken)

Auch die Google-Bildersuche kann Ihnen bei dem Sammeln passender Bilder helfen. Hier können Sie den Suchfilter so einstellen, dass Ihnen nur Bilder geliefert werden, die mit einer Creative-Commons-Lizenz versehen sind. Diese Lizenz erlaubt es Ihnen unter bestimmten Bedingungen, das Bild kostenfrei zu verwenden. Da sich die Bedingungen oftmals von Bild zu Bild stark unterscheiden, lesen Sie hier die Regeln zur Verwendung sehr genau durch. Manche dieser Bilder dürfen ohne Nennung des Urhebers genutzt werden, manche dürfen nicht bearbeitet, andere nicht für kommerzielle Zwecke eingesetzt werden.

Im Suchfilter können Sie nach der jeweiligen Verwendungsart filtern und beispielsweise nur Bilder suchen, die „zur Wiederverwendung und Veränderung gekennzeichnet" sind. Dazu stellen Sie bei der Google-Bildersuche unter dem Button „Tools" die „Nutzungsrechte" entsprechend ein. Um wirklich sicher zu sein, ob das nun gefundene Bild für Ihre Verwendung freigegeben ist, lassen Sie sich von Google immer auf die Internetseite weiterleiten, auf der das Bild verlinkt ist. Dort können Sie die

Rechte und Regeln nachlesen, um alle rechtlichen Vorgaben einhalten zu können.

Eine unsachgemäße und unrechtmäßige Verwendung kann zu Schadensersatzforderungen und strafbewehrten Unterlassungsansprüchen führen. Vermeiden Sie dies unbedingt.

Tabellen

Auch der Einsatz von Tabellen, Statistiken und Grafiken ist sinnvoll, wenn dies zu Ihrem Thema und Ihrer Zielgruppe passt. Achten Sie jedoch darauf, dies auf eine bestimmte Art vorzubereiten, denn Tabellen enthalten oftmals viele Informationen auf einmal und lösen deshalb sehr leicht einen Split-Attention-Effekt aus.

Der Einsatz von Zahlenmaterial ist gerechtfertigt, um Ihre Aussagen zu untermauern. Ihre Teilnehmer mögen es gerne, wenn Sie Ihre Aussage durch etwas belegen können und hier eignen sich Tabellen extrem gut. Doch meistens enthalten Tabellen viel zu viele Informationen, von denen für Sie und Ihre Teilnehmer in dem Moment des Einsatzes nur ein Teil wirklich wichtig ist.

Heben Sie also diesen Teil hervor. Geben Sie nun Ihren Teilnehmern etwas Zeit, sich in die Tabelle einzufinden und erklären Sie dann die Daten und Aussagen, die sich in Ihrer Tabelle verbergen. Durch das Hervorheben einzelner Bereiche lenken Sie die Aufmerksamkeit Ihrer Teilnehmer auf genau den Bereich, den Sie gerade erklären. Bei Bedarf kann die Hervorhebung wechseln, sodass

nacheinander alle wichtigen Bereiche der Tabelle abgearbeitet werden können.

Diagramme und Grafiken

Hinter Diagrammen verstecken sich oft metaphorisch gezeichnete Beziehungen und Sinnbilder, die eine Aussage bildlich darstellen. Achten Sie darauf, diese Diagramme so einfach wie möglich zu halten, um auch hier den Split-Attention-Effekt zu vermeiden.

Bei Bedarf und wenn Ihre Diagramme oder Grafiken dies zulassen, kann auch hier mit einer schrittweisen Einblendung gearbeitet werden, um den Teilnehmer durch das Diagramm zu führen und es verständlich zu erklären.

Achten Sie auf die folgenden Zeichen, die eine verständliche Grafik ausmachen:

- Schnelles Erfassen der Grafik hinsichtlich Struktur und deren Aussage.
- Verwenden von klaren Formen und Farben.
- Inhalte beschriften für besseres Verständnis. Beschriftungen allerdings so knapp wie möglich halten.
- Schrittweises Einblenden einzelner Elemente.
- Hervorheben der wichtigen Elemente und Ausblenden der eher unwichtigen Teile. Dies ist eine sehr gute Möglichkeit, eine komplexere Grafik in ihrer Gesamtheit zu präsentieren, aber die Erklärung auf einen Teil zu fokussieren, ohne durch den Split-Attention-Effekt zu viel Aufmerksamkeit Ihrer Teilnehmer einzubüßen.

Flipchart und Whiteboard

Eine sehr interessante Technik, die Sie – sofern dies möglich ist – unbedingt verwenden sollten, ist der Einsatz von Flipchart und Whiteboard. Hier können Sie Ihre Inhalte und Botschaften noch mal auf einem ganz anderen Level präsentieren, indem Ihre Teilnehmer Ihnen dabei zusehen, wie Sie Grafiken direkt passend zu Ihrer Erklärung aufmalen.

Dies fesselt die Aufmerksamkeit Ihrer Teilnehmer sehr und Sie können davon ausgehen, dass Ihnen während des Zeichnens nahezu alle Webinar-Zuschauer gespannt über die Schulter schauen. Wenn Sie nun denken, unter diesen Bedingungen werden Ihre Zeichnungen nicht schön, gibt es hierfür den einfachen Trick, im Vorfeld die Grafiken auf der Flipchart vor zu skizzieren. Hierfür eignet sich ein feiner Bleistift, der im Kamerabild nicht erkannt wird. So erscheint die Flipchart weiterhin weiß und Sie können im passenden Moment mit einem dicken, gut erkennbaren und idealerweise schwarzen Stift die feinen Linien nachfahren.

Machen Sie sich auch für die Grafiken auf der Flipchart gute Konzepte. Für diese gilt ebenso wie für Diagramme in PowerPoint, dass nur das darstellen werden sollte, was gerade in diesem Augenblick relevant ist. Sorgen Sie dafür, dass die Grafik auch im fertigen Zustand gut verständlich ist und sich die Linien nicht überlagern und Chaos erzeugen.

Das Arbeiten mit verschiedenen Farben ist nur dann

sinnvoll, wenn alle Farben gut dargestellt werden können und von Ihren Teilnehmern am anderen Ende des Endgeräts auch wahrgenommen werden. Auch das Ankleben von Kärtchen und Zetteln in einem bestimmten Schema am Flipchart ist möglich und kann Dynamik und Abwechslung in Ihren Vortrag bringen.

Generell gelten diese Dinge auch für die Arbeit mit dem Whiteboard. Hier ist allerdings die Perspektive eine andere. Ein Whiteboard kann auch ganz einfach ein Stück weißes Papier sein, welches von oben abgefilmt wird. Hierbei erfasst die Kamera aus der Vogelperspektive Ihre Hände und das Papier, sodass Sie hier beliebige Dinge zeichnen, malen oder auch vorrechnen können.

Dies ist prinzipiell vergleichbar mit dem Format bei einer handwerklichen Tätigkeit, wenn Sie Ihren Teilnehmern beispielsweise den Zusammenbau eines Geräts oder das Montieren von verschiedenen Gerätschaften demonstrieren wollen.

Hier greift die Spiegelneuronen-Theorie, die besagt, dass eine Handlung bereits dann erlernt wird, wenn diese bei einer anderen Person beobachtet wird. Die Gehirnzellen verknüpfen dies auf dieselbe Art, als würden Sie die Handlung selbst ausführen.

Achten Sie beim Whiteboard und bei der Darstellung handwerklicher Tätigkeiten auf eine geeignete Perspektive und bauen Sie bei Letzterem, wo dies möglich ist, weitere Perspektiven und Blickwinkel ein, um möglichst jeden Handgriff ideal darstellen zu können.

Reale Objekte nutzen

Wenn Sie ein reales Anschauungsobjekt haben – beispielsweise das vorgestellte Produkt bei einer Produktvorstellung in Webinar-Form – oder andere reale Dinge, die Sie präsentieren können, dann nutzen Sie dieses Medium aus.

Jeder Wechsel in Format, Material und Perspektive erregt die so wichtige Aufmerksamkeit Ihrer Teilnehmer und wird Ihnen dabei helfen, Ihre Botschaft zu vermitteln.

Urheberrecht und Internetrecht

Auf folgenden Seiten können Sie einen Überblick über die Entwicklung des Urheber- und Internetrechts verschaffen.

- www.urheberrecht.de
- www.gesetze-im-internet.de/urhg
- www.e-teaching.org/projekt/rechte
- https://www.uni-ulm.de/fileadmin/website_uni_ulm/elearning/downloads/Urheberrecht_Flyer_Uni_Ulm.pdf
- https://irights.info/artikel/neuer-leitfaden-zu-rechtsfragen-bei-live-strea-ming-im-kulturbereich/30085
- https://irights.info/wp-content/uploads/2015/06/Leitfaden_Rechtsfragen-E-Learning_digitale-Lehre-Till_Kreutzer_MMKH_2015.pdf

Umgang mit Ihren Teilnehmern

Die Interaktionen mit Ihren Teilnehmern sind ein wichtiger Bestandteil des Webinars. Um Ihre Teilnehmer aktiv zu halten und für eine hohe Konzentration zu sorgen, sind Interaktionen aller Art sehr gut geeignet.

Dies kann durch alle technischen Möglichkeiten des VC-Systems geschehen. Hier zu nennen sind beispielsweise Umfragen und natürlich die Chat-Funktion, die Sie für alle Fragen und Aufgaben nutzen können. Auch das digitale Whiteboard und andere Techniken können hier zum Einsatz kommen, wieder ganz individuell abgestimmt auf Ihre Teilnehmer und Ihr Webinar-Thema.

Interaktionen können eine Reihe von Zielsetzungen verfolgen:

- Lernerfolg wird gesteigert durch die Eigeninitiative

der Teilnehmer. Interaktion macht mobil und bildet Verknüpfungen im Gehirn aus, mit denen Ihre Teilnehmer besser und effektiver lernen.

- Referenten-Feedback einholen. Über Umfragen, Anmerkungen und dergleichen können Sie wertvolles Feedback einholen, ob Ihr Referent oder ob Sie als Referent dem Publikum gefallen haben. Dies kann im besten Falle Ihr Selbstvertrauen steigern und Ihnen Vorfreude auf das nächste Webinar verschaffen. Aber auch konstruktiv angebrachte Kritik ist sehr wertvoll, um Ihre Fähigkeiten immer weiter zu verbessern.

- Die Erkenntnisfindung anregen können Sie durch geschickt platzierte Fragen, die Ihre Teilnehmer zum Nachdenken bewegen. Wenn Sie dies raffiniert steuern, so antworten Ihre Teilnehmer genau auf die Weise, die Sie gerne hätten. So geben Sie Ihren Teilnehmern ein gutes Gefühl und erreichen dennoch Ihre Ziele: das Vermitteln Ihrer Botschaft.

- Informationen sammeln über Ihre Zielgruppe und Ihren potenziellen Kundenstamm. Dies können Sie im Follow-up für Marketingzwecke nutzen.

- Letztendlich können Sie durch geplante Interaktionen aber auch einfach die Anwesenheit Ihrer Teilnehmer kontrollieren. Dies ist beispielsweise vorgeschrieben für Berufsgruppen, die eine Fortbildungspflicht haben und

eine gewisse Anzahl an Fortbildungsstunden sammeln müssen. Hier kann die Interaktion auch verpflichtend sein, um die Fortbildung gutgeschrieben zu bekommen.

Wann und wie Sie eine Interaktion in Ihren Vortrag einbinden, ist individuell zu entscheiden. Es empfiehlt sich, den Hauptteil Ihres Vortrags bei großen Themen in kleinere Themenabschnitte zu untergliedern. Wenn dies bei Ihnen angewendet werden kann, können Sie beispielsweise jeden der Themenblöcke mit einer kleinen Interaktion beginnen und/ oder auch beenden.

Gerade das Beantworten von gestellten Fragen ist eine sehr beliebte Interaktion und gibt Ihren Teilnehmern außerdem das Gefühl, dass Sie sie ernst nehmen und Ihnen zuhören. Hier ist es sehr sinnvoll, mindestens einen Moderator an der Hand zu haben, der die Fragen für den Redner vorsortiert und sammelt.

Fragen können dann in extra dafür vorgesehenen Frageblocks beantwortet werden. Kommunizieren Sie sehr klar mit Ihren Teilnehmern, ob und wenn ja, wann Fragen beantwortet werden. Unbeantwortete Fragen können zu Frustration führen und auch dazu, dass die Teilnehmer diese aus Angst, überhört worden zu sein, öfters in den Chat schreiben.

MELDUNG ÜBER AUDIO- UND/ODER VIDEO-FEED

Bei einem Webinar mit wenigen Teilnehmern können Sie als Interaktion die direkte Wortmeldung Ihrer Teilnehmer zulassen. Dies eignet sich beispielsweise, um Aufgaben zu besprechen, die Sie Ihren Teilnehmern zur Lösung aufgetragen haben oder um Diskussionsrunden zu eröffnen. Dafür sollten Ihre Teilnehmer mit einem Headset ausgestattet sein, um die Qualität des Tons sicherzustellen.

Bei dieser Interaktionsart ist es ratsam, einen Mann im Hintergrund zu haben, der als Moderator die Aufgabe übernimmt, die Mikrofone der Teilnehmer an- und auszuschalten, sodass nicht permanent über alle Kanäle gesendet wird. Dies führt zu Performancemängeln und zu nervenden Hintergrundgeräuschen.

Oftmals müssen Sie Ihre Teilnehmer direkt zur Interaktion auffordern. Bei derart kleinen Gruppen, wo die Meldung über Audio- und auch Video-Feed möglich ist, können Sie direkt einzelne Teilnehmer mit Namen ansprechen und nach deren Meinung oder einer Lösung der Aufgabe fragen. Dies schärft die Aufmerksamkeit der gesamten Gruppe.

Natürlich sind auch Wortmeldungen mit direktem mündlichem Feedback eine gute Sache für Ihren Vortrag. Jedoch können einige dieser Kommentare durchaus kritischer Natur sein. Stellen Sie sich also darauf ein, Ihren Teilnehmern direkt und persönlich zu antworten, um

Kritik zu begegnen und konstruktiv zu kommentieren. Bleiben Sie hierbei natürlich immer höflich und auch freundlich. Mehr zum Umgang mit schwierigen Teilnehmern finden Sie im nächsten Kapitel.

CHATFUNKTION

Die Chatfunktion in den Virtual-Classrooms sind vor allem für Webinare mit vielen Teilnehmern geeignet, die nicht alle über Video- oder Audio-Feed zugeschaltet werden können. Über den Chat können Sie generelles Feedback zum Webinar einholen und außerdem um andere Interaktionen bitten. Auch hier können Fragen von den Teilnehmern beantwortet werden und natürlich auch für das Fragenstellen in der Fragerunde am Ende gesammelt und vorsortiert werden.

Repräsentative Umfragen können Sie mit dem Chat natürlich nicht durchführen, da Sie auch nie sicher sein können, wie viele Ihrer Teilnehmer Ihnen hierüber antworten und Sie auch keine Möglichkeit der schnellen Auswertung haben.

Auch bedenken müssen Sie, dass der Chat oftmals eine gewisse Verzögerung zu Ihrer Stimme aufweist und Sie auf Fragen erst mit einer kurzen Verzögerung eine Antwort bekommen werden.

Wenn Sie ein Team im Hintergrund haben, können Sie den Chat auch moderieren lassen, anstatt eine offene Chat-Form zu wählen, bei der alle Beiträge sofort sichtbar werden. Dies bedeutet, dass die Beiträge zunächst

nicht sichtbar sind und erst durch jemanden freigegeben werden müssen.

So können Sie unqualifizierte Kommentare zurückhalten, Fragen sammeln und an der passenden Stelle dem Referenten zukommen lassen sowie technische Schwierigkeiten gesondert mit den betroffenen Teilnehmern klären, ohne dass dies im Chat erscheint.

Welche Form des Chats Sie wählen, ist abhängig von Ihrer Zielgruppe, aber vor allem von der Größe des Teams, das Ihnen zur Verfügung steht. Wenn Sie ein Webinar vollkommen eigenständig halten und dieses live präsentieren, dann ist es sehr schwierig für Sie, sich auf Ihren Vortrag zu konzentrieren und gleichzeitig den Chat zu lesen und Fragen zu beantworten. Hierfür wäre ein Moderator an Ihrer Seite sehr hilfreich, der den Chat zumindest sichtet, um eine grobe Sortierung von Fragen vorzunehmen und auf Kommentare reagieren kann.

UMFRAGEN

In den meisten Virtual-Classroom-Systemen können Sie im Vorfeld des Webinars Umfragen einpflegen und vorbereiten. Diese können Sie dann in Echtzeit von Ihren Teilnehmern durchführen lassen und bekommen die Ergebnisse mit einer kurzen Verzögerung direkt ausgewertet, sodass Sie sofort nach einer Umfrage das Ergebnis präsentieren und besprechen können. Umfragen können Sie anonymisiert durchführen. Dies sollten Sie Ihren Teilnehmern vor Beginn der Umfrage mitteilen. Es kann

eventuell bestehende Hemmungen lösen und so mehr Leute dazu bringen, mit Ihrer Umfrage zu interagieren. Erfahrungsgemäß antworten dennoch niemals 100 % Ihrer Teilnehmer auf Ihre Umfrage. Deshalb sollten Sie ca. bei 80 % Beteiligung das Ergebnis präsentieren und mit dem Besprechen beginnen.

Sie können oftmals entscheiden, ob die Umfrage direkt Ihren Webinar-Teilnehmern angezeigt wird oder ob Sie zuerst selbst das Ergebnis sehen können. Wichtig ist, dass Sie ein Umfrage-Ergebnis niemals unkommentiert lassen, auch wenn das Ergebnis nicht so ausfällt, wie Sie erwartet haben! Ihre Teilnehmer möchten natürlich die Ergebnisse wissen, wenn Sie sich schon die Mühe gemacht haben, mit abzustimmen.

Umfragen werden oftmals als Ja-/Nein-Fragen formuliert, doch auch Single- oder Multiple-Choice-Fragen und ein Freitext als Antwortmöglichkeiten können eingebaut werden. In der Regel sollten Sie bei Multiple- oder Single-Choice-Fragen die Antworten auf drei bis fünf Stück begrenzen. Auch zu beachten ist, dass Ihre Umfrage bei kleineren Endgeräten wie Smartphones richtig angezeigt werden muss. Hier sollte die angezeigte Seite eine Frage und alle Antwortmöglichkeiten enthalten, um eine Verfälschung der Umfrage zu vermeiden.

Umfragen können Sie nun zu unterschiedlichen Zwecken einsetzen. Beispielsweise können Sie vor Beginn des Live-Webinars abfragen, wie Ihre Teilnehmer ein Thema einschätzen, wie deren Vorkenntnisse sind oder auch was Sie sich von dem Webinar erhoffen. Auch

Schätzfragen können eingebaut werden. Hier können Sie einen Aha-Effekt erzeugen, wenn Sie die Umfrageergebnisse mit den exakten Zahlen abgleichen. Dies kann auch zu einem leichteren Erlernen führen.

Auch als Bewertung können Umfragen eingesetzt werden. Entweder ganz am Ende des Webinars als Gesamtbewertung oder auch, wenn Sie einen von mehreren Themenblöcken abgeschlossen haben. Außerdem können Sie auch abprüfen, wie es um die Aufmerksamkeit Ihrer Teilnehmer bestellt war, indem Sie Verständnisfragen stellen.

Als Marktforschungsinstrument können Sie diese Umfragen ebenfalls verwenden, um mehr über Ihre Teilnehmer und potenziellen Kunden zu erfahren.

Mit der Plattform www.mentimeter.com können Sie Wortwolken erstellen und Umfragen durchführen. Es stehen verschieden Umfragetypen wie Multiple Choice, Ranking, Skala, Wortwolke, offene Antworten und Quiz zur Verfügung. Sie können auch kostenlose Umfragen über Google Formulare erstellen.

DIGITALES WHITEBOARD

Das digitale Whiteboard kann einerseits wie das echte Whiteboard eingesetzt werden, wenn Sie ein solches nicht zur Verfügung haben. Andererseits kann es auch für kleinere Umfragen oder Interaktionen mit Ihren Teilnehmern genutzt werden. Hier können Sie beispiels-

weise Bilder einblenden und Ihre Teilnehmer auffordern, in den Bildern bestimmte Bereiche zu markieren. Beispielsweise können diese Emojis ankreuzen, um ihre momentane Stimmung zu kommunizieren oder Sie machen eine Themenumfrage, bei der Ihre Teilnehmer ebenfalls Kreuze setzen müssen.

Das digitale Whiteboard eignet sich auch sehr gut zur Eisbrecheraktivität zu Beginn des Online-Webinars. Gerade wenn Sie planen, dieses Tool später im Verlauf des Webinars noch einmal produktiver einzusetzen, ist es von Vorteil, Ihre Teilnehmer den Umgang damit erst einmal üben zu lassen – beispielsweise mit dem Eisbrecher.

UMGANG MIT SCHWIERIGEN TEILNEHMERN

Leider kommt es in der Anonymität des Internets oftmals zu unsachlichen Äußerungen einzelner Menschen. Oftmals treibt gerade diese Anonymität einige Menschen an und lässt sie Dinge sagen, die sie von Angesicht zu Angesicht niemals äußern würden.

Es ist natürlich sehr verunsichernd, wenn Sie in Ihrem Live-Webinar mit so etwas konfrontiert werden. Hier ist es hilfreich, wenn Sie sich im Vorfeld ein genaues Schema zurechtgelegt haben, wie Sie mit solchen unsachgemäßen Äußerungen umgehen wollen.
Oftmals sind es auch einfach Kommentare, die gar nicht

böse gemeint waren, sondern in einem Missverständnis entstanden sind oder sich im weiteren Verlauf des Webinars noch auflösend beantworten lassen.

1. Bleiben Sie auf alle Fälle ruhig und sachlich.
Oftmals wollen die Personen, von denen Sie und Ihr Vortag auf unsachliche Weise angegriffen werden – womöglich sogar beleidigend – damit erreichen, dass Sie sauer werden und sich auf eine Diskussion einlassen. Dies sollten Sie in jedem Falle vermeiden. Distanzieren Sie sich also von der Situation. Der Angriff kann Sie als Person nicht in Ihrem Wert herabsetzen und in keiner Weise verletzen.

2. Überprüfen Sie oder gegebenenfalls Ihr Moderator, der den Chat mitliest und kontrolliert, ob die Nachricht öffentlich oder privat geschickt wurde.
Auf private Nachrichten sollte niemals öffentlich geantwortet werden. Oftmals will Ihr Gegenüber genau dies erreichen, um den Fluss des Webinars zu stören. Antworten Sie oder einer Ihrer Moderatoren also privat. Oftmals sind es Probleme, die sich in einer sachlichen Diskussion oder mit einer kurzen Erklärung lösen lassen.

3. Lohnt sich eine Reaktion Ihrerseits?
Sie müssen entscheiden, ob Sie auf den Kommentar reagieren wollen oder nicht. Wenn Sie sich entschieden haben, den Kommentar und den dahinterstehenden Kommentator zu ignorieren, lassen Sie sich nicht weiter aus

dem Konzept bringen und verbannen Sie jeden Gedanken daran, um mit Ihrem Webinar weiter zu machen.

4. Öffentliche Kritik.
Ist eine unsachliche Kritik öffentlich im Chat erschienen, müssen Sie allerdings darauf reagieren. Dies stärkt Ihre Souveränität. Der Kommentar wird wie eine ganz normale Frage behandelt. Verlesen Sie also den Namen des Kommentators und seinen Kommentar. Sprechen Sie dabei vollkommen ruhig, um in keinster Weise den Verdacht aufkommen zu lassen, der Kommentar könne Sie persönlich getroffen haben. Zeigen Sie stattdessen Ihre Verwunderung und fordern Sie den Kommentator zu einer Stellungnahme heraus. Hier können Sie Ihre übrigen Teilnehmer mit einbeziehen, indem Sie beispielsweise sagen:

Bitte erklären Sie uns, wie Sie zu diesem Standpunkt kommen.

Ihr Teilnehmer hat nun folgende Möglichkeiten:

Er antwortet gar nicht. Dann haken Sie das Thema mit einem kurzen: „Scheint sich erledigt zu haben." ab und fahren mit dem Vortrag fort.

Er reagiert auf sachliche Weise und erklärt seinen Standpunkt. Wenn es sich um ein Missverständnis handelt, können Sie nun mit dem Kommentar verfahren, wie Sie es mit jeder Frage tun und aufklärend antworten. Wenn Sie aus einem bestimmten Grund die Frage nicht

beantworten wollen oder können, dann sagen Sie dies offen und verweisen Sie beispielsweise auf Richtlinien.

Er reagiert auf unsachliche, unangebrachte Weise. Dann können Sie dem Kritiker den Wind aus den Segeln nehmen, indem Sie ihm mitteilen, auf dieser Ebene keine Diskussion mit ihm führen zu wollen. Beispielsweise könnten Sie sagen: „Ihre Kommentare entsprechen nicht der Art, wie wir in diesem Webinar miteinander kommunizieren wollen. Daher werde ich von nun an nicht mehr darauf eingehen."

Natürlich haben Sie oder besser der Host des Events die Möglichkeit, den Teilnehmer zu blockieren, sodass dieser nichts mehr in den Chat schreiben kann. Sie können ihn sogar aus dem Webinar entfernen. Wenn Sie dies tun, kommunizieren Sie es offen und ehrlich mit den anderen Teilnehmern. Verweisen Sie gerne auf Community-Richtlinien oder Social-Media-Regeln und Richtlinien, die Ihnen das Entfernen eines störenden Teilnehmers, beispielsweise zum Schutz der restlichen Gruppe, erlauben.

Webinar-Nachbereitung

Die Nachbereitung Ihres Webinars, das sogenannte Follow-up, ist enorm wichtig, um Ihre Teilnehmer auch in zahlende Kunden umwandeln zu können. Ein gutes Follow-up sichert Ihnen eine höhere Kundenbindung und Kundenzufriedenheit.

HINWEISE AUF FOLGEVERANSTALTUNGEN

Beginnen Sie direkt nach dem Webinar mit der Planung und Erstellung eventueller Folgeveranstaltungen. Weisen Sie Ihre Teilnehmer im Call-to-Action, in einer Folge-E-Mail oder im Newsletter, in den sie sich nach Ende des Webinars eintragen konnten, auf Aktionen hin, die im Zusammenhang mit dem gebuchten Webinar stehen.
Dies können, wie unter dem Kapitel: *Add-ons* bereits be-

sprochen, auch ergänzende Produkte sein, also beispielsweise Bücher oder ein Podcast.

Dies soll bezwecken, dass Ihre Kunden neugierig bleiben. Und wenn ihnen Ihr Webinar gefallen hat, können Sie durch eine direkte Präsentation Ihrer anderen Produkte eine gute Kundenbindung erreichen und Ihre Teilnehmer buchen gerne ein weiteres Webinar von Ihnen oder besuchen Sie auf einer kommenden Veranstaltung.

BEFRAGUNGEN

Dieser Punkt fällt unter Feedback. Befragen Sie Ihre Teilnehmer beispielsweise mit kurzen Fragebögen, die Sie über Mail verschicken oder die Ihre Teilnehmer noch auf der Webinar-Seite direkt im Nachgang ausfüllen können.

Klassischerweise sollten diese Fragen mit dabei sein:

- Was hat Ihrem Teilnehmer besonders gut gefallen und was überhaupt nicht?
- Welche Punkte waren nicht gut dargestellt oder bedürfen noch weiterer Erklärung?
- Was hat in der Präsentation gefehlt?
- Wurden die Erwartungen, die das Webinar geweckt hat, erfüllt?
- Was haben Ihre Teilnehmer aus dem Webinar mitgenommen?

Es gibt noch weitere Möglichkeiten einen Fragebogen an

die Teilnehmer zu verschicken.

- Per Mail als mit automatischer Ausfüllfunktion. Eine detaillierte Anleitung finden Sie auf https://praxistipps.chip.de/pdf-mit-eingabefeldern-erstellen-mit-dieser-software-klappts_20559
- Einen Link per Mail zu Ihrer „Goolge Formulare“ Umfrage. Diese Möglichkeit ist kostenlos und bietet auch gleich eine Auswertemöglichkeit der Antworten. Ein Anleitung mit Tipps finden Sie auf https://www.onlinepc.ch/internet/praxis/wichtigsten-tipps-google-formulare-2536780.html
- Per Online Umfragen zum Beispiel auf https://www.surveymonkey.de/, https://www.umfrageonline.com oder https://www.onlineumfragen.com

NACHKOMMUNIKATION

Hier kommen nun alle Plattformen zum Einsatz, die Sie auch im Marketing genutzt haben, also über die Sie Ihre Webinar-Teilnehmer eingeladen haben.

Über diese Kanäle können Sie Ihren Teilnehmern nun beispielsweise die Ergebnisse der durchgeführten Umfrage oder von der am Ende gestellten Aufgaben präsentieren und noch ein paar Informationshappen verteilen. Beachten Sie dafür, dass Sie gerade Ergebnisse einer

Umfrage oder einer gestellten Aufgabe sehr schnell präsentieren sollten, sodass Ihre Teilnehmer noch genau wissen, wovon Sie reden und was Sie ihnen mitteilen wollen.

Bedenken Sie, dass Teilnehmer, die schon einmal mit dabei waren und denen Ihr Webinar gefallen und geholfen hat, gerne ein weiteres Ihrer Webinare buchen, wenn Sie ihnen dies im Nachgang anbieten.

ZUSATZ-CONTENT VERTEILEN

Schicken Sie Ihren Teilnehmern weiterhin Content. Dies kann eine PDF-Datei sein, die die Webinar-Inhalte zusammenfasst oder kleinere zusätzliche Informationen, die tiefer in die besprochene Thematik einsteigen.

Diese Zusatzleistungen werden von Webinar-Teilnehmern gerne angenommen und auch wertgeschätzt. Natürlich kann dies auch genutzt werden, um kleine Teaser zu präsentieren, die dann gleich wieder die Neugierde für das nächste Webinar wecken.

Um das seit Jahren bewährte Marketings Instrument Newsletter effektiv zu nutzen und nicht den Überblick über Ihre Adresslisten zu verlieren, bietet sich die Nutzung von speziellen Mailingprogrammen an. Diese bieten neuartige Mailingverfahren an, die mit sogenannten Tags arbeiten, so dass sie immer den Überblick behalten für Ihre jeweilige Aktion.
Mögliche Plattformen:

- www.klick-tipp.com
- www.cleverreach.com

Exkurs: Online-Kurs planen, erstellen und verkaufen

In diesem Exkurs soll kurz und knapp auf die Erstellung eines eigenen Online-Kurses eingegangen werden. Ein Online-Kurs ist dabei nicht gleichzusetzen mit dem Begriff Webinar, hinter dem sich ja sehr viel mehr verbirgt. Webinare können aber durchaus Teil des gesamten Online-Kurses sein.

BEVOR SIE IHREN ONLINE-KURS STARTEN

Wie bei jedem neuen Produkt ist es auch bei Online-Kursen so, dass sie niemand kaufen kann, wenn sie niemand

kennt. Deshalb sollten Sie, bevor Sie Ihren ersten Online-Kurs starten oder abhalten, erst mal eine gewisse Bekanntheit aufbauen, wenn Sie diese nicht bereits haben. Das können Sie durch Blogs, die eigene Unternehmensseite oder andere Social-Media-Seiten wie Facebook oder Instagram schaffen. Gerade im Bereich Social Media ist das Content-Marketing ein wunderbares Tool zur Reichweitensteigerung. Sie sammeln dadurch bereits einen treuen Kundenstamm, der Ihre Postings und Artikel gerne liest und Sie als Experten auf dem Thema kennenlernt, Ihnen vertraut und Sie mag und so eher bereit sein wird, Ihren Kurs zu kaufen.

Ein grober Anhaltspunkt ist die Zahl der Abonnenten auf Ihrer E-Mail-Liste. Diese sollte mindestens 500 Personen umfassen, um bei einem Kurs auch genügend Teilnehmer zusammenzubekommen. In der Regel kaufen nur 1-2 % der Abonnenten den angebotenen Kurs. Dies wird bezeichnet als Kaufrate oder Conversion-Rate.

Bevor Sie einen Kurs erstellen, bei dem Sie einfach Ihr komplettes Wissen hineinpacken wollten, ist es sinnvoller, sich durch Einzelkundenarbeit Erfahrung anzueignen. Sie lernen von Ihren Kunden und Kundinnen, was für Probleme diese haben und wie Sie Ihren Kunden ganz speziell helfen können, diese Probleme zu lösen. Die Kunden kaufen einen Online-Kurs, weil sie schnell an ihr Ziel kommen wollen. Die Informationen, die Sie ihnen liefern können, sind in anderer Form oft kostenlos, aber

immer mühsam in Internet zu recherchieren. Diese Recherche-Arbeit wollen Ihre Kunden sich sparen und mit Ihrer Hilfe schneller das erreichen, was Sie ihnen in Ihrem Online-Kurs versprechen.

Es geht also nicht darum, möglichst viel Wissen zu vermitteln, sondern darum, das theoretische Wissen in die Praxis umzusetzen. Hier kommen Sie und Ihre Erfahrung ins Spiel und Sie geben Ihren Kunden Tipps, Tricks, Workbooks oder Übungsaufgaben an die Hand. Genau deshalb kaufen sie Ihren Online-Kurs.

Zur Vorbereitung eines echten großen Online-Kurses, der über mehrere Wochen hinweg verschiedene Module und Kapitel enthält, können Sie beispielsweise kleinere Webinare erstellen. Dies könnten Testläufe sein und die dort behandelten Themen nehmen Sie dann in Ihren umfangreicheren Online-Kurs auf. Dabei können Sie auch das Feedback der ersten Teilnehmer bereits beachten und die Kursfolien, die Struktur oder den Inhalt dementsprechend anpassen.

Durch die kleineren Testläufe vor dem Launch Ihres Online-Kurses schaffen Sie nebenbei auch interessierte Teilnehmer für das umfangreichere Paket. So können Sie deren Aufmerksamkeit durch all die bereits angesprochenen Marketing-Strategien wie beispielsweise eBooks, kostenfreie kurze Webinare etc. erreichen.

Erst verkaufen, dann erstellen

Es kann durchaus eine Überlegung wert sein, den fertigen Kurs erst dann komplett zu erstellen, wenn Sie ihn

bereits verkauft haben. So ersparen Sie sich das aufwendige Produzieren des Kurses, falls niemand Ihr Produkt kaufen möchte. Andererseits ist das für Sie natürlich mit Arbeit und einer strengen Deadline verbunden, da Sie vor Beginn der Module (die beispielsweise immer eine Woche dauern könnten) die jeweiligen Videos, Folien und anderen Materialien fertiggestellt haben müssen.

Preisfestsetzung

Die Preisgestaltung für Ihren Online-Kurs ist natürlich individuell, es empfiehlt sich aber, sich an der Konkurrenz zu orientieren. Ein Kurs mit 1-5 Stunden Unterrichtsmaterial erzielt durchschnittlich einen Preis von 29,90€. Wenn Sie Ihren Kurs teurer verkaufen möchten, sorgen Sie dafür, dass es sich für Ihre Teilnehmer lohnt, dann ist es auch kein Problem, den Preis anzuheben ohne Teilnehmer dabei zu verlieren.

ERSTELLEN DES ONLINE-KURSES

Ein Online-Kurs kann aus verschiedenen Dingen bestehen. Es können physische oder elektronische Bücher wie auch Workbooks oder Listen zum Ausdrucken als Arbeitsmaterialien vorhanden sein. Es kann PowerPoint- oder andere Präsentationen geben, deren Vortragsfolien Sie gestalten. Und natürlich können Sie Ihr Wissen auch

in Videos vermitteln. Der Kurs selbst wird oftmals einfach auf einer Internetseite präsentiert. Dazu können Sie eine Subdomain Ihrer Hauptseite anlegen, auf der nur diese Kurse zu finden sind. Dies geht beispielsweise mit WordPress und einem Theme von Elmastudio oder einem anderen Anbieter. Das WordPress-Plugin „Digimember" erlaubt es Ihren Teilnehmern, sich auf Ihrer Seite einzuloggen. Dazu kaufen sie die Zugangsdaten vorher über Digistore. Die Videos können Sie nun auf dieser WordPress-Seite über einen privaten Link bei Vimeo einbetten.

Pro Modul können Sie nun eine eigene Seite anlegen und diese mit dem Plugin Digimember in einer Kursstruktur ordnen. Dort können sie ebenfalls bestimmen, welche der Seiten nur in eingeloggtem Zustand zu sehen sein sollen. Auch für eine Q&A-Sektion können Sie sorgen und hierfür beispielsweise das Plugin bbPress installieren.

Weitere Plattformen, auf denen Sie Ihren Online-Kurs erstellen können, sind hier kurz aufgelistet:

- Learndash, ein WordPress Plugin
- Teachable, eine Plattform, die das Anbieten eines Online-Kurses vereinfacht
- Udemy, eine Plattform, die das Anbieten vereinfacht. Auch hier wird wie bei Teachable das Hosting übernommen.

STRUKTUR DES ONLINE-KURSES

Um einen Online-Kurs zu erstellen, der Ihren Teilnehmern wirklich hilft, statt sie durch zu viel und zu wirr dargebrachte Information zu verwirren, ist es wichtig, auf eine gute Struktur zu achten. Sie wollen Ihren Teilnehmern schließlich etwas beibringen.

Unterteilen Sie hierzu Ihren Online-Kurs in mehrere Module und zeigen Sie Ihren Teilnehmern am Ende eines jeden Moduls, was sie in diesem gelernt haben und welche Fortschritte sie bereits gemacht haben. Das motiviert die Teilnehmer, am Ball zu bleiben.

Die einzelnen Module sind dann noch mal in einzelne Lektionen unterteilt, die alle nach dem folgenden Schema aufgebaut sind:

1. Was soll gelernt werden (eventuell Angabe: Warum?)
2. Wie kann es gelernt werden
3. Aufgabe zur Umsetzung, Überprüfung des Gelernten

Je nachdem, welchen Zweck der Online-Kurs verfolgt, ist es wichtig, die Struktur dementsprechend anzupassen. Es empfiehlt sich außerdem, den Teilnehmer so gut wie möglich mit einzubeziehen, ihm Fragen zu stellen und Aufgaben zu geben. Fordern Sie Ihren Teilnehmer deutlich dazu auf, die Frage zu beantworten und dabei das Video zu pausieren. Sie können auch Multiple-Choice-Tests

am Ende einer Lerneinheit anbieten, sodass der Teilnehmer seinen Lernerfolg selbst kontrollieren kann. Auch auf das Inhaltsverzeichnis sollten Sie großen Wert legen, da es neugierig macht und den Teilnehmer motiviert, aber natürlich auch als einfache Navigationshilfe und als Überblick, wo der Teilnehmer sich im Kurs gerade befindet, dient.

GRÜNDE FÜR EINEN ERFOLGLOSEN ONLINE-KURS

Hier sind stichpunktartig Gründe aufgelistet, die dafür sorgen, dass Ihr Online-Kurs keinen Absatz findet. Seien Sie ehrlich zu sich selbst, wenn einer dieser Gründe auf Sie zutrifft und versuchen Sie daran zu arbeiten, um dies zu verbessern.

- Sie sind noch nicht bekannt genug, haben keinen Namen in der Branche. → Steigern Sie Ihre Bekanntheit und generieren Sie Traffic.
- Der Prozess ist nicht erprobt oder funktioniert nicht, die Menschen sind enttäuscht. → Lernen Sie aus dem Feedback!
- Sie wissen nicht, was Ihre Kunden wirklich wollen oder brauchen. → Fragen Sie Ihre Kunden nach deren Wünschen und Bedürfnissen.
- Ihr Angebot gefällt zwar Ihnen, aber nicht Ihren Kunden. → Auch hier sollten Sie Ihre Kunden befragen und Ihr Angebot auf Ihre Zielgruppe zuschneiden.

- Sie kopieren andere. → Seien Sie individuell, einzigartig und ganz Sie selbst!
- Vollautomatische Online-Kurse ohne Interaktionsmöglichkeit. → Ihre Kunden wollen im Gespräch mit Ihnen sein und wollen Ihre Hilfe bei den aufkommenden Fragen und Problemen. Lassen Sie sie nicht vollständig allein, sondern unterstützen Sie sie bei jedem Kurs-Tag!
- Übervolle Kurse. → Kürzen Sie die Informationen und das Material. Ihre Kunden wollen nicht eine Enzyklopädie auswendig lernen, sondern mit Ihrer Hilfe schnell und effektiv ohne viel Aufwand ans Ziel kommen.
- Der Kurs ist langweilig. → Sorgen Sie für abwechslungsreiche Kursinhalte, lockern Sie die Atmosphäre auf und seien Sie authentisch und natürlich.

CHECKLISTE: ONLINE-KURS

Themenfindung:

- Brainstorming
- Liste der Ideen reduzieren
- Konkretisieren
- Thema weiter eingrenzen
- Resonanz am Markt testen
- Kurs erstellen

Planung des Online-Kurses:

- Welche Probleme haben Ihre Kunden?
- Wie können Sie dieses Problem lösen?

- Die Grundlage für die Vermarktung erschaffen, d.h. Bekanntheit generieren.
- Die Kanäle mit wertvollem Content füllen und eine Bindung zu den Kunden und Followern aufbauen.
- Klare Positionierung Ihres Unternehmens erzielen.
- Netzwerk und Reichweite aufbauen.
- Marketing vorbereiten, den Kurs bewerben.

Vermarktung:

- Ansprechende Website erstellen
- Überzeugender Auftritt in Social Media
- Vertrauensvolle Bindung zu den Kunden und Followern aufbauen
- Gute Verkaufsseite erstellen
- Selbstmarketing optimieren
- E-Mail-Liste aufbauen (mindestens 500 Adressen)
- Sichtbarkeit und Wahrnehmbarkeit verbessern

Erstellung des Kurses mit elopage (ein Beispiel)

- Elopage-Account anlegen
- Neuen Kurs erstellen auf: Produkte → Meine Produkte
- Menü einrichten, einzelne Lektionen anlegen
- Jede Lektion bekommt eine eigene Drip-in E-Mail
- Vorschau überprüfen
- Loslegen

TIPPS FÜR MEHR NACHHALTIGKEIT IN WEBINRAEN

Um Webinare nachhaltiger zu gestalten ist es wichtig flexibel zu bleiben und Werkzeuge zu nutzen die Ihren Teilnehmern entsprechen. Auf der Webseite der Infoport GmbH finden Sie 5 Tipps um Ihr Webinar nachhaltig zu gestalten.

Tipp1: Die Teilnehmer vorab informieren
Tipp2: Die Teilnehmer auf verschiedene Arten aktivieren
Tipp3: Sogenannte Energizer gezielt einsetzen
Tipp4: Verschiedene Werkzeuge und Medien einsetzten
Tipp5: Blended Learning entwickeln

- https://www.infoport.de/so-gestalten-sie-ihre-webinare-nachhaltiger/

TIPP: DESKTOP AUFZEICHNUNG

Um Ihr Webinar oder Onlineseminar später besser vermarkten zu können (z.B. auf Facebook) gibt es sogenannte „Rekorder-Programme“ die sehr einfach Ihren Bildschirm aufnehmen. In aller Regel müssen Sie dafür kein Geld ausgeben - es gibt genügend kostenlose Software-Tipps (z.B. auf www.computerbild.de).

Diese Software Tools erlauben Ihnen auch neben der

Möglichkeit der reinen Bildschirmaufnahme auch den Systemton oder einen Mikrofon-Ton aufzuzeichnen. Oft wird auch die Einblendung von Schrift oder einer Webcam zugelassen.

Weiterhin bietet auch Windows 10 die Möglichkeit einer Bildschirmaufnahme. Oftmals reicht diese Funktion für kurze Erklär Videos.

- Bereiten Sie Ihren Bildschirm so vor, wie Sie ihn zum Start filmen möchten.
- Drücken Sie nun Windowstaste+G. (Eventuell fragt Windows, ob man die Spielleiste öffnen möchte. Bejahen Sie dies, auch wenn Sie andere Pläne haben, als zu spielen.)
- Ist der Screenmode gestartet, drücken Sie *Windowstaste+Alt+R*, um die Aufnahme zu starten. (sollte hier eine Fehlermeldung erscheinen, kann es sein, dass Ihre Systemvoraussetzungen für die Bildschirmaufnahme Funktion nicht erfüllt sind.

Schluss

Die Erstellung Ihres Webinars ist mit Beendigung dieses Buches nur noch einen Schritt entfernt. Lassen Sie sich nicht durch die scheinbare Komplexität beirren und zögern Sie nicht, dieses Werk als einen Ratgeber zu nutzen, in dem Sic immcr wieder nachschlagen können. Für weitere Informationen zu den einzelnen Themen können Sie in der Quellenangabe am Ende dieses Buches Inspiration finden.

Einen letzten Tipp, den dieses Buch Ihnen mit auf den Weg geben kann:

Bleiben Sie immer flexibel, was die Gestaltung Ihres Webinars betrifft. Bedenken Sie, dass jede Zielgruppe andere Anforderungen an Sie stellt und jedes Webinar-Thema anders abgehalten werden kann.

Finden Sie die Form des Webinars und Online-Kurses, die Ihnen, Ihrem Unternehmen und Ihrer Zielgruppe zusagt und die besten Ergebnisse liefert. Dies schaffen

Sie vielleicht nicht beim ersten Versuch, doch sicherlich lohnt es sich, diesen Weg zu gehen und so mehr Traffic und Verkäufe für Sie und Ihr Unternehmen zu generieren.

Anhang

In diesem Anhang finden Sie alle Checklisten und Schritt-für-Schritt-Anleitungen des Buches nochmals aufgelistet.

CHECKLISTE: WEBINAR-PLANUNG

1. Zielgruppe?
2. Zweck des Webinars?
3. Moderator? Einzel- oder Doppelmoderation?
4. Dauer des Webinars?
5. Gliederung in mehrere Teile/ Webinare?

CHECKLISTE: VORBEREITUNG

1. Zielsetzung?
2. Zielgruppe?
3. Moderator /Dozent?
4. Format?
5. Skript?
6. Dokumentation?

CHECKLISTE SEMINARBESCHREIBUNG

Um Ihr Webinar erfolgreich zu machen, müssen Ihre Kunden es buchen. Und damit Ihre Kunden Ihr Webinar kaufen, sollten Sie eine aussagekräftige Beschreibung des Webinars bieten.

1. **Headline**: Die Überschrift muss genau zeigen, was der Zweck des Webinars ist.

2. **Unterzeile**: Diese kleinere, zweite Überschrift darf ca. 15 Wörter enthalten und kann beispielsweise als Nutzerversprechen formuliert werden.

3. **Organisatorische Daten** zu Datum, Uhrzeit, Format, Teilnahmevoraussetzungen, der Plattform, auf der das Webinar läuft und eventuellen Pausen.

4. **Kurzbeschreibung**: Hier können sie mit ca. 400 Anschlägen Ihr Webinar bewerben. Was macht gerade dieses Webinar für Ihre Kunden so interessant? Warum dürfen Sie es auf keinen Fall verpassen? Welche Probleme lösen Sie mit diesem Webinar für Ihre Kunden und Teilnehmer?

5. **Ausführlichere Beschreibung**: Manche Ihrer potenziellen Kunden möchten ganz genau wissen, welche Inhalte sie in einem Webinar erwarten, da dies die Kaufentscheidung beeinflusst. In einer längeren, ausführlicheren

Beschreibung gehen Sie auf alle Punkte ein, die Sie in Ihrem Webinar erklären und/ oder zeigen wollen. Diesen Text können Sie mit Überschriften und Unterüberschriften formatieren und die Versprechen untermauern, die Sie Ihren Teilnehmern geben.

6. Der **Referent**: Auch den Moderator (oder mehrere Moderatoren) sollten Sie kurz vorstellen. Gerne zusätzlich zum Namen und der Vita auch den Titel des Referenten nennen, seine/ ihre Qualifikation hervorheben und glaubhaft darstellen, warum es sich bei Ihrer Wahl des Referenten um den geeigneten Spezialisten handelt. Damit schaffen Sie erstes Vertrauen in Ihre Kompetenz, sodass sich Ihre Teilnehmer sicher sein können, kompetent und fachlich bei Ihnen und Ihrem Referenten gut aufgehoben zu sein.

7. Ein **Bild** ist zum Erhaschen der Aufmerksamkeit Ihrer potenziellen Teilnehmer sehr wichtig. Oftmals ist es ein aussagekräftiges Bild, welches Ihre Teilnehmer anklicken und erst dann mit dem Lesen der Beschreibung beginnen. Auch Bilder des Referenten sollten Sie einfügen.

8. **Verstärker** einsetzen. Verstärker sollen die Besucher Ihrer Landing-Page, auf der Sie die Seminarbeschreibung präsentieren, direkt zum Kaufen animieren. Hierbei eignet sich je nach angesprochener Zielgruppe der ein oder andere Verstärker mehr oder weniger gut.

a. Sie können die Praxistauglichkeit Ihres Webinars an-

sprechen, indem Sie konkrete Beispiele oder Produkttests von Kunden, die Ihr Webinar bereits genutzt und Ihr Produkt gekauft haben, anbringen.

b. Auch die Begrenzung der Teilnehmerzahl kann ein sinnvoller Verstärker sein.

c. Die Aussicht auf ein Gratis-Goodie, ein Gewinnspiel oder ein kleines Geschenk regt ebenfalls die Kaufbereitschaft an.

d. Wenn Sie mit Verbänden oder Institutionen zusammenarbeiten und beispielsweise mit einer Akkreditierung Ihrer Veranstaltung punkten können, weisen Sie Ihre Teilnehmer darauf hin. Dies schafft Vertrauen.

e. Auch die Aussicht auf ein Zertifikat, welches Sie Ihren Teilnehmern nach erfolgreicher Absolvierung des Webinars anbieten, kann verlockend sein und die Kaufentscheidung beeinflussen.

f. Um Ihre Zielgruppe gezielt und speziell anzusprechen, können Sie auch beschreiben, für welche Bereiche, Berufsgruppen oder Teilnehmer das Webinar nicht geeignet ist.

CHECKLISTE ABLAUF WEBINAR

Mit dieser kurzen Checkliste können Sie sich den Ablauf Ihres Webinars noch mal vor Augen führen.

1. Vorphase: Hier betreten Sie den Warteraum und führen eventuelle letzte Technikchecks durch. Auch Ihre Teilnehmer betreten den Warteraum.

2. Einführung: Hierzu gehört die Begrüßung, die Vorstellung der Referenten, die Eisbrecher-Aktivität, das Darstellen von Versprechen und Lernzielen.

3. Inhalte vermitteln: Hinter diesem Block verbirgt sich das eigentliche Webinar, also Ihr Vortrag mit allen geplanten Inhalten und Interaktionen.

4. Abschluss: In die Endphase des Webinars fallen der Call-to-Action, weitere organisatorische Hinweise oder Verweise auf weiterführende Webinare derselben Reihe und letzte Worte, die Sie an Ihre Teilnehmer richten wollen.

5. Follow-up und Nachbereitung: Unter diese Phase fällt die Bewertung des Webinars, beispielsweise durch einen Fragebogen, den Sie Ihren Teilnehmern am Ende zur Verfügung gestellt haben. Sie können in dieser Phase auch E-Mails mit Zusatzinformationen an Ihre Teilnehmer schicken oder eventuelle Fragen beantworten, die Ihre Teilnehmer im Nachgang gestellt haben.

Literaturverzeichnis

Buch: Jens Wilhelm: „Wirksame Webinare und Online-Seminare“

Buch: Silvia Luber, Inga Geisler: „Online-Trainings und Webinare“

https://blog.elopage.com/online-kurse-planen-erstellen-verkaufen-alles-auf-einen-blick/

https://blog.elopage.com/online-kurse-planen-erstellen-verkaufen-alles-auf-einen-blick/

https://www.edutrainment-company.com/14-tipps-und-tricks-fuer-erfolgreiche-webinare/

https://www.digital-affin.de/blog/webinar-software/

https://www.vergleich.org/webinar-software/

https://www.learnnow.de/aktuelles/wie-sie-einen-guten-online-kurs-erstellen/

YouTube: DIKTMedientraining

https://www.youtube.com/watch?v=Z191RsadncM

https://www.lots.de/digitale-workshops?gclid=CjwKCAiA-f78BRBbEiwAT-

KRRBC7OrD8vrwdCVTiY9uOeJhdhbctVgwGTt4CAhU-RuGzilwzLaPmPP_hoCfQIQAvD_BwE

https://www.marketing-boerse.de/fachartikel/details/1928-wie-erstellt-man-ein-webinar-9-tipps-fuer-einen-erfolgreichen-start--infografik/158467

https://sandraholze.com/wie-du-einen-online-kurs-erstellst-der-reissenden-absatz-findet/

https://gunnarschuster.com/

https://lillikoisser.at/ersten-onlinekurs-erstellen/

https://www.e-learningtogo.de/

Udemy Onlinekurs: Webinar Marketing: Erstelle professionelle Webinar Funnels

Udemy Onlinekurs: In 7 Schritten zum erfolgreichen Webinar

Bibliografische Informationen der Deutschen Nationalbibliothek:

Die Deutsche Nationalbibliothek verzeichnet diese Publikation in der Deutschen Nationalbibliografie. Detaillierte bibliografische Daten sind im Internet über https://www.dnb.de abrufbar.

Hinweise:

Haftungsausschluss:

1. Auflage Januar 2021
Webinare für Einsteiger professionell gestalten

Taschenbuch ISBN: 9798710534854

Impressum

wird vertreten durch

c/o Werneburg Internet Marketing und Publikations-Service
Phillip-Kühner-Straße 2
99817 Eisenach